SCIENCE FICTION

Herausgegeben
von Wolfgang Jeschke

Von **Gene Wolfe** erschien in der Reihe
HEYNE SCIENCE FICTION & FANTASY:

Der fünfte Kopf des Zerberus · 06/3415
Das Buch der Feiertage · 06/4340
Soldat des Nebels · 06/4602
Frees Vermächtnis · 06/5348

Das Buch der Neuen Sonne:

Der Schatten des Folterers · 06/4063
Die Klaue des Schlichters · 06/4064
Das Schwert des Liktors · 06/4065
Die Zitadelle des Autarchen · 06/4066
Die Urth der Neuen Sonne · 06/4655

Das Buch der Langen Sonne:

Die Nachtseite der Langen Sonne · 06/5941
Der See der Langen Sonne · 06/5942
Der Caldé der Langen Sonne · 06/5943
Der Auszug aus der Langen Sonne · 06/5944

in der
BIBLIOTHEK DER SCIENCE FICTION LITERATUR:

Der fünfte Kopf des Zerberus · 06/79

GENE WOLFE

DER SEE DER LANGEN SONNE

DAS BUCH DER LANGEN SONNE
Zweiter Roman

Aus dem Amerikanischen von
JÜRGEN LANGOWSKI

Deutsche Erstausgabe

WILHELM HEYNE VERLAG
MÜNCHEN

HEYNE SCIENCE FICTION & FANTASY
Band 06/5942

Besuchen Sie uns im Internet:
http://www.heyne.de

Titel der amerikanischen Originalausgabe
LAKE OF THE LONG SUN
Deutsche Übersetzung von Jürgen Langowski
Das Umschlagbild ist von Richard Bober

Umwelthinweis:
Dieses Buch wurde auf chlor- und
säurefreiem Papier gedruckt.

Redaktion: Wolfgang Jeschke

Printed in Germany Mai 1998
Umschlaggestaltung: Atelier Ingrid Schütz, München
Technische Betreuung: M. Spinola
Satz: Schaber Datentechnik, Wels
Druck und Bindung: Ebner Ulm

ISBN 3-453-13335-8

Inhalt

Für Dan Knight,
der mehr versteht als die
meisten anderen

1

Es gab Wissenschaftler

Silk öffnete die Tür des alten, dreieckigen Pfarrhauses an der Kreuzung, wo die Sun Street in schrägem Winkel auf die Silver Street traf. Plötzlich wurde es drinnen still, als hätte ein Offizier ein Kommando gebrüllt. Horn, der älteste Schüler der Palaestra, saß kerzengerade auf dem unbequemsten Stuhl in der stickigen kleinen Sellaria. Silk war sicher, daß Horn sich gerade eben erst hastig dort niedergelassen hatte, als er das Klappern des Türriegels gehört hatte.

Die Nachtdohle (Silk war schon eingetreten und hatte die Tür hinter sich geschlossen, als ihm einfiel, daß er die Nachtdohle auf den Namen Oreb getauft hatte) hockte auf der hohen, mit Stoff verkleideten Rückenlehne des harten ›Besucherstuhls‹.

»Schau, Silk!« krächzte Oreb. »Guter Silk!«

»Guten Abend auch. Guten Abend, ihr zwei. Möge Tartaros euch segnen.«

Horn war aufgestanden, als Silk eingetreten war, aber Silk bedeutete ihm, sich wieder zu setzen. »Entschuldige bitte. Es tut mir wirklich leid, Horn. Ehrlich. Maytera Rose sagte mir, daß sie dich zu mir schicken wollte, damit wir reden können, aber ich habe das völlig vergessen. Es ist so viel – gnädige Sphigx! O Durchbohrende Sphigx, erbarme dich meiner!«

Die letzten Worte waren eine Reaktion auf den stechenden Schmerz in seinem Fußgelenk. Als er zum einzigen bequemen Stuhl hinüberhumpelte, es war der, in den er sich immer zum Lesen setzte, überlegte er, daß die Sitzfläche wahrscheinlich noch warm war; er dachte einen Moment lang daran, die Hand auf das Kissen zu legen und es zu überprüfen, verwarf seinen Einfall aber wieder, weil es für Horn peinlich gewesen wäre. Er hielt sich mit einer Hand an Bloods Gehstock mit dem Löwinnenkopf fest und legte, seinem Entschluß zum Trotz, aus reiner Neugier die Handfläche auf den Sitz. Sie war tatsächlich noch warm.

»Ich habe nur eine Minute dort gesessen, Patera. Ich konnte Euren Vogel von dort aus besser sehen.«

»Schon gut.« Silk setzte sich und hob den verletzten Fuß auf die Fußbank. »Ich nehme an, du hast den ganzen Abend auf mich gewartet.«

»Es waren nur ein paar Stunden, Patera. Ich fege immer den Laden meines Vaters aus, während er die Einnahmen nachzählt und … und … das Geld wegsperrt.«

Silk nickte freundlich. »Keine Sorge. Du brauchst mir nicht zu verraten, wo er das Geld aufbewahrt.« Er hielt inne, als ihm einfiel, daß er versucht hatte, sein Manteion von Blood zurückzustehlen. »Ich stehle es bestimmt nicht, weil ich von Euch niemals etwas stehlen würde. Aber man weiß ja nie, wer heimlich zuhört.«

Horn mußte grinsen. »Euer Vogel könnte es weitererzählen, Patera. Ich habe gehört, daß diese Vögel manchmal auch glänzende Gegenstände stehlen. Ringe oder Löffel zum Beispiel.«

»Nicht stehlen!« protestierte Oreb.

»Ich habe auch eher an einen Lauscher mit menschlichen Ohren gedacht. Ich habe heute einer unglücklichen jungen Frau die Beichte abgenommen, und ich glaube, daß die ganze Zeit jemand unter ihrem Fenster gehockt und gelauscht hat. Vor ihrem Fenster war ein Wandelgang, und einmal war ich ganz sicher, die Bretter knarren zu hören, als der Lauscher sein Gewicht verlagerte. Ich war schon drauf und dran, aufzustehen und nachzusehen, aber behindert, wie ich es derzeit bin, wäre er verschwunden gewesen, bevor ich auch nur hätte den Kopf aus dem Fenster stecken können – zweifellos, um sofort zurückzukommen, sobald ich wieder gesessen hätte.«

Silk seufzte. »Glücklicherweise hat sie ziemlich leise gesprochen.«

»Ist es nicht eine schwere Sünde vor den Göttern, bei einer Beichte zu lauschen, Patera?«

»Ja. Aber ich fürchte, das war diesem Jemand einerlei. Das Schlimmste daran ist ja, daß ich den Mann sogar kenne – oder daß ich ihn allmählich kennenlerne –, und was ich bisher von ihm gesehen habe, das hat mir gefallen. Ich glaube, daß viel Gutes in ihm steckt. Nein, ich bin da sogar ganz sicher, auch wenn er sich sehr bemüht, es zu verbergen.«

Oreb flatterte mit dem gesunden Flügel. »Guter Crane.«

»Ich habe diesen Namen nicht erwähnt«, sagte Silk zu Horn, »und du hast keinen Namen gehört.«

»Nein, Patera. Ich kann meistens sowieso nicht verstehen, was dieser Vogel krächzt.«

»Schön. Vielleicht wäre es sogar noch leichter für dich, wenn du genauso große Mühe hättest, mich zu verstehen.«

Horn wurde rot. »Es tut mir leid, Patera. Ich wollte nicht … es war nicht, weil …«

»Nein, so meinte ich das nicht«, warf Silk eilig ein. »Überhaupt nicht. Wir haben noch nicht einmal begonnen, über diese Sache zu reden, aber wir müssen darüber reden. Es bleibt uns nichts anderes übrig. Ich meinte damit, daß ich nicht einmal hätte erwähnen dürfen, daß ich dieser Frau die Beichte abgenommen habe. Ich bin zu müde, um meine Zunge im Zaum zu halten. Und jetzt, da Patera Pike nicht mehr unter uns ist – nun ja, ich werde wohl Maytera Marble ins Vertrauen ziehen müssen. Ich glaube, wenn sie nicht wäre, könnte ich glatt verrückt werden.«

Er beugte sich auf dem weichen alten Stuhl ein wenig vor und bemühte sich, seine wirbelnden Gedanken zu ordnen. »Ich wollte sagen, daß der Betreffende zwar ein guter Mann ist, oder jedenfalls ein Mann, der gut sein könnte, daß er aber trotzdem nicht an die Götter glaubt. Wie auch immer, ich muß ihn dazu bringen zuzugeben, daß er gelauscht hat, damit ich ihm die Beichte abnehmen und ihn von seiner Schuld befreien kann. Das wird nicht einfach werden, aber ich habe mir diese Sache hin und her überlegt, Horn, und ich sehe keine Möglichkeit, mich dieser Pflicht zu entziehen.«

»Ja, Patera.«

»Aber das wird nicht heute abend sein. Ich hatte am Abend eine Menge zu tun, und am Nachmittag war es nicht anders. Ich habe ... ich habe etwas gesehen, das ich dir leider nicht erzählen kann, aber ich habe, seit ich hereingekommen bin, über diesen Mann und die Probleme nachgedacht, die er mir macht. Es ist mir eingefallen, als ich das blaue Ding da am Flügel des Vogels gesehen habe.«

»Ich habe mich schon gefragt, was das ist, Patera.«

»Ich glaube, das nennt man eine Schiene.« Silk sah auf die Uhr. »Deine Eltern machen sich inzwischen bestimmt schon große Sorgen.«

Horn schüttelte den Kopf. »Die anderen Kinder werden ihnen gesagt haben, wo ich bin, Patera. Ich habe es den Kindern jedenfalls aufgetragen, bevor ich gegangen bin.«

»Bei Sphigx, das will ich hoffen.«

Silk beugte sich vor und zog das verletzte Bein an. Er schob die Socke hinunter und wickelte den Stützverband ab. »Hast du so etwas schon einmal gesehen, Horn?«

»Einen Streifen Leder, Patera?«

»Nein, das ist etwas viel Besseres.« Silk warf ihm das Ding zu. »Wenn du willst, kannst du etwas für mich tun. Gib dem Verband einen festen Tritt, so daß er gegen die Wand fliegt.«

Horn riß die Augen auf.

»Wenn du Angst hast, etwas zu zerbrechen, dann wirf ihn einfach drei- oder viermal fest auf den Boden. Nicht hier auf den Teppich. Ich glaube, dort drüben auf den nackten Dielenbrettern geht es besser. Feste werfen, denk dran.«

Horn tat wie ihm geheißen und gab Silk anschließend den Verband zurück. »Er wird warm.«

»Ja, so soll es auch sein.« Silk wickelte sich den Verband wieder um das schmerzende Fußgelenk und bemerkte mit zufriedenem Lächeln, daß er sich von selbst festzog. »Das ist nämlich nicht einfach ein Streifen Leder, obwohl die äußere Hülle möglicherweise sogar aus Leder besteht. Aber da drinnen ist ein Mechanismus, so dünn wie das goldene Geflecht auf einer Karte. Wenn dieser Mechanismus bewegt wird, dann nimmt er Energie auf. Wenn er ruht, strahlt er die Energie in Form von Wärme wieder ab. Was dann noch übrigbleibt, macht sich in Form von Geräuschen bemerkbar. Man hat mir allerdings erklärt, daß es sich dabei um Geräusche handelt, die wir nicht hören können. Vielleicht sind sie zu leise oder zu hoch. Kannst du etwas hören?«

Horn schüttelte den Kopf.

»Ich höre auch nichts, obwohl ich Geräusche hören konnte, die Patera Pike nicht wahrgenommen hat – zum Beispiel das Quietschen der Scharniere im Gartentor, bis ich sie geölt habe.«

Silk entspannte sich. Der Verband linderte die Schmerzen, und es tat gut, auf dem weichen Stuhl zu sitzen. »Diese wundervollen Verbände wurden, glaube ich, noch im Whorl der Kurzen Sonne hergestellt. Genau wie die Gläser und die Heiligen Fenster und viele andere Dinge, die wir zwar noch haben, die wir aber nicht ersetzen können, wenn sie entzwei sind.«

»Es gab einmal Wissenschaftler, Patera. Das hat mir jedenfalls Maytera Rose erzählt.«

Oreb krächzte: »Guter Crane!«

Silk lachte. »Hat er dich gelehrt, das zu sagen, während er deinen Flügel behandelt hat, du dummer Vogel? Na schön, Doktor Crane soll meinetwegen heute noch eine Art Wissenschaftler sein. Wenigstens kennt er sich in der Medizin aus, und das ist wissenschaftlicher als das, was die meisten anderen Menschen wissen, und er hat mir den Verband geliehen. Ich muß ihn in ein paar Tagen zurückgeben.«

»So ein Ding muß zwanzig oder dreißig Karten wert sein, Patera.«

»Noch mehr sogar. Kennst du Auk? Ein großer Mann, der oft am Scylsday zum Opfer kommt?«

»Ich glaube schon, Patera.«

»Markantes Kinn, breitschultrig, große Ohren. Er ist mit einem Hirschfänger bewaffnet und trägt Stiefel.«

»Ich habe noch nicht mit ihm gesprochen, Patera, aber ich weiß, wen Ihr meint.« Horn hielt inne, und sein hübsches junges Gesicht wurde ernst. »Auk macht oft Schwierigkeiten, das sagen alle Leute. Wenn ihm jemand in die Quere kommt, schlägt er ihn einfach nieder. Mit Teasels Vater hat er es jedenfalls einmal gemacht.«

Silk hatte schon die Gebetskette aus der Tasche gezogen und ließ die Kugeln geistesabwesend durch die Finger gleiten, während er antwortete. »Das tut mir leid. Ich werde mit ihm darüber sprechen.«

»Haltet Euch lieber von ihm fern, Patera.«

Silk schüttelte den Kopf. »Das geht nicht, Horn. Nicht, wenn ich meine Aufgabe erfüllen will. Auk ist sogar einer von denen, die ich in meiner Nähe wissen muß. Ich glaube nicht, daß der Außenseiter – aber dazu ist es jetzt sowieso zu spät. Ich wollte dir eigentlich sagen, daß ich Auk diesen Verband gezeigt habe und daß Auk mir daraufhin gesagt hat, daß er noch viel mehr wert ist, als du gemeint hast. Das ist aber nicht so wichtig. Hast du dich eigentlich schon einmal gefragt, warum so viele Dinge, die wir im Whorl der Kurzen Sonne noch gewußt haben, verlorengegangen sind?«

»Ich nehme an, diejenigen, die etwas von diesen Dingen verstanden haben, sind nicht mit in unseren Whorl gekommen, Patera.«

»Das liegt auf der Hand. Oder wenn sie mitgekommen sind, dann haben sie sich offenbar nicht hier in Viron niedergelassen. Aber sie haben viele Dinge gewußt, die für uns heute sehr nützlich wären, und sie wären gewiß zu uns gekommen, wenn Pas es ihnen befohlen hätte.«

»Patera, die Flieger wissen, wie man fliegt, und wir wissen das nicht. Wir haben gestern einen gesehen, wißt Ihr noch? Direkt nach dem Spiel. Er flog ziemlich tief. Und ich möchte gern wissen, wie sie das machen, denn sie fliegen anders als die Vögel.«

»Nicht fliegen!« verkündete Oreb.

Silk betrachtete einen Moment lang das verlassene Kreuz, das an der Kette baumelte. Dann ließ er die Gebetskette in seinen Schoß fallen. »Ich wurde heute abend einem älteren Mann vorgestellt, der ein ganz außergewöhnliches künstliches Bein hat. Er mußte fünf kaputte oder abgenutzte künstliche Beine kaufen, um es zu bauen. Es ist ein künstliches Bein, wie es die ersten Siedler hatten – ein Bein, das beinahe aus dem Whorl der Kurzen Sonne stammen könnte. Als er es mir zeigte, dachte ich, wie wundervoll es wäre, wenn wir heute noch solche Dinge für Maytera Rose und Maytera Marble und für all die Bettler anfertigen könnten, die blind oder verkrüppelt sind. Es wäre natürlich auch wundervoll, wenn wir fliegen könnten. Ich wollte auch immer schon fliegen, und vielleicht beruhen diese beiden so unterschiedlichen Dinge am

Ende sogar auf ein und demselben Geheimnis. Wenn wir wundervolle Dinge wie künstliche Beine für die Menschen bauen könnten, die sie brauchen, dann könnten wir vielleicht auch für jeden, der fliegen will, wundervolle Flügel herstellen.«

»Das wäre schön, Patera.«

»Vielleicht wird es eines Tages geschehen. Vielleicht wird es eines Tages wirklich geschehen, Horn. Wenn die Menschen im Whorl der Kurzen Sonne sich selbst beibringen konnten, so etwas zu tun …« Silk schüttelte sich und gähnte. Dann stand er auf. Er stützte sich schwer auf Bloods Gehstock.

»Nun gut. Danke, daß du gekommen bist. Es war mir eine Freude, aber jetzt muß ich wirklich ins Bett.«

»Aber ich sollte doch … Maytera hat gesagt …«

»Ach ja, richtig.« Silk legte die Gebetskette weg. »Ich soll dich bestrafen. Oder dir die Leviten lesen oder so etwas. Was hast du denn angestellt, daß Maytera Rose wütend geworden ist?«

Horn schluckte. »Ich habe nur versucht, so zu reden wie Ihr, Patera. Wie Ihr im Manteion sprecht. Und es war nicht einmal heute, und ich will es auch nicht wieder tun.«

»Natürlich.« Silk ließ sich wieder auf den Stuhl sinken. »Aber es *war* heute, Horn. Oder wenigstens war heute einer von mehreren Tagen, an denen du gesprochen hast wie ich. Ich habe dich gehört, bevor ich die Tür geöffnet habe. Ich habe mich sogar eine Minute auf die Treppe gesetzt, um dir zuzuhören. Du hast mich so gut imitiert, daß ich einen Augenblick lang tatsächlich glaubte, deine Stimme wäre in Wirklichkeit die meine. Es war, als hätte ich mir selbst zugehört. Du bist wirklich gut darin.«

»Guter Junge«, krächzte Oreb. »Keine Prügel.«

»Keine Sorge«, sagte Silk zu dem Vogel, der daraufhin in seinen Schoß flatterte, vom Schoß auf die Stuhllehne und von der Stuhllehne auf seine Schulter.

»Maytera Rose schlägt uns manchmal, Patera.«

»Ja, ich weiß. Das ist sehr mutig von ihr, aber ich bin überhaupt nicht sicher, ob das auch klug ist. Ich will es noch einmal hören, Horn. Draußen auf der Treppe habe ich nicht alles verstanden, was du gesagt hast.«

Horn murmelte etwas, und Silk mußte lachen. »Das habe ich schon wieder nicht verstehen können. So habe ich doch bestimmt nicht gesprochen, oder? Wenn ich vom Ambion aus spreche, höre ich das Echo meiner Stimme von den Wänden widerhallen.«

»Nein, Patera, so habt Ihr nicht gesprochen.«

»Dann rede noch einmal genauso, wie ich reden würde. Ich verspreche dir, daß ich nicht böse werde.«

»Es war bloß ... Ihr wißt schon. Die Dinge, die Ihr eben sagt.«

»Nicht reden?« wollte Oreb wissen.

Silk ignorierte ihn. »Also, laß es mich hören. Du bist zu mir gekommen, um mit mir darüber zu sprechen, und ich glaube, das könnte eine gute Lektion für mich sein. Ich fürchte, ich überschätze mich manchmal selbst.«

Horn schüttelte den Kopf und starrte Löcher in den Teppich.

»Los, nun mach schon! Worüber rede ich immer?«

»Daß wir uns benehmen sollen, wie es die Götter erwarten; daß man den Göttern danken muß, weil man mit dem Leben, das sie einem geschenkt haben, zufrieden sein soll. Daß man sich überlegen muß, wer weise ist, und daß man sich verhalten soll wie ein weiser Mensch.«

»Das hast du gut gesagt, Horn, aber das hat nicht im mindesten nach mir geklungen. Ich will es mit meiner eigenen Stimme hören, genau wie ich es vorhin draußen auf der Treppe gehört habe. Kannst du das nicht für mich tun?«

»Ich glaube, dazu müßte ich aufstehen, Patera.«

»Dann steh doch auf, um alles im Whorl.«

»Aber seht mich bitte nicht dabei an, ja?«

Silk schloß die Augen.

Eine halbe Minute lang geschah überhaupt nichts. Wenn er blinzelte, konnte Silk beobachten, wie die Lampe hinter seinem Stuhl langsam verblaßte. Es war die beste im ganzen Haus. Er hatte nichts dagegen. Der rechte Unterarm, in den ihn der Weißköpfige am vergangenen Abend mit seinem gekrümmten Schnabel gehackt hatte, fühlte sich heiß und geschwollen an, er war müde, und ihm taten alle Knochen weh.

»Lebt, wie es die Götter wünschen«, vernahm er seine eigene Stimme, »und ihr lebt ein gottgefälliges Leben, indem ihr den Göttern jeden Tag zeigt, daß ihr mit dem zufrieden seid, was die Götter euch geschenkt haben, und indem ihr dem Willen der Götter gehorcht – dies ist der Geist, den Pas jedem Menschen als Hüter und Führer einflößt, dies ist der beste Teil in jedem Menschen, dies ist das Verstehen, und dies ist Vernunft. Wie ihr hernach leben werdet, richtet sich nach dem Leben, das ihr hier und heute führt. Aber wenn die Menschen es Euch nicht erlauben ...«

Silk setzte den unversehrten Fuß auf die Fußbank. Plötzlich hatte er das Gefühl, sie könnte wegrutschen, und er würde auf den roten Lehmboden stürzen.

»Und wenn ich von Weisheit spreche, dann könnte es scheinen, als spräche ich von großer Weisheit wie der des Prolokutors oder eines Ratsherren. Das ist aber nicht die Weisheit, die ich meine. Wenn ihr noch heute mit einem Ratsherrn oder mit Seiner Kogniszenz reden könntet, dann würden euch beide sagen, daß Weisheit manchmal gewaltig, aber manchmal auch unscheinbar sein und im kleinsten Kind gefunden werden kann. Was aber ist nun ein weises Kind? Es ist ein Kind, das sich weise Lehrer sucht und auf sie hört.«

Silk öffnete die Augen. »Was du zuerst gesagt hast, war aus den Schriften, Horn. Wußtest du das?«

»Nein, Patera. Ich habe bloß gehört, wie Ihr das gesagt habt.«

»Ich habe es zitiert. Es ist gut, daß du diese Stelle auswendig gelernt hast, auch wenn du sie nur gelernt hast, um dich über mich lustig zu machen. Setz dich. Du hast über Weisheit gesprochen. Nun ja, ich habe all diese Dummheiten zweifellos von mir gegeben, aber du verdienst es, etwas Besseres zu hören. Wer sind die Weisen, Horn? Hast du mal darüber nachgedacht? Wenn nicht, dann denke jetzt nach. Wer sind sie?«

»Nun ... Ihr zum Beispiel, Patera.«

»NEIN!« Silk fuhr so abrupt auf, daß der Vogel erschrocken quakte. Er trat ans Fenster und starrte durch die Gitter zur Sun Street hinaus, die jetzt mit ihren Schlaglöchern im gespenstischen Himmelslicht lag.

»Nein, ich bin gewiß nicht weise, Horn. Oder sagen wir, ich war nur für einen einzigen Moment weise – für einen einzigen Augenblick in meinem ganzen Leben.«

Er humpelte quer durchs Zimmer zu Horns Stuhl und hockte sich vor ihm hin, ein Knie auf den Boden gesetzt. »Erlaube mir, dir zu erklären, wie dumm ich gewesen bin. Weißt du, was ich geglaubt habe, als ich in deinem Alter war? Ich habe gedacht, daß nichts außer dem Denken und nichts außer Weisheit eine Rolle spielte. Du bist gut im Ballspiel, Horn. Du kannst rennen und springen und klettern. Ich war wie du, ich konnte das auch, aber ich hatte für diese Fähigkeiten nichts als Verachtung übrig. Das Klettern war nichts, mit dem ich angeben konnte, solange ich nicht annähernd so gut klettern konnte wie ein Affe. Aber ich konnte besser denken als ein Affe – besser als jeder andere in meiner Schulklasse sogar.« Er lächelte und schüttelte wehmütig den Kopf. »So etwas habe ich damals gedacht! Ich war auf meinen Unsinn stolz.«

»Aber ist es nicht gut, wenn man denken kann, Patera?«

Silk stand auf. »Nur, wenn wir das Richtige denken. Man denkt, um später zu handeln. Das Handeln ist der Sinn des Denkens. Wozu sonst sollte es gut sein? Wenn wir nicht anschließend handeln, ist das Denken wertlos. Wenn wir nicht handeln können, ist es nutzlos.«

Er kehrte zu seinem Stuhl zurück, blieb aber stehen. »Wie oft hast du mich schon über Erleuchtung sprechen hören, Horn? Zwanzig- oder dreißigmal gewiß, du erinnerst dich sicher. Wiederhole, was ich gesagt habe.«

Horn blickte verlegen zu Oreb, als könnte der ihm aus der Klemme helfen, aber der Vogel legte nur den Kopf schief und hüpfte auf Silks Schulter herum, als freute er sich auf das, was Horn gleich sagen würde. Endlich bekam Horn heraus: »Es ist … es ist Weisheit, wenn ein Gott sich sozusagen in dich ergießt. Das geschieht nicht, wenn du ein Buch liest oder so. Und … und …«

»Vielleicht gelingt es dir besser, wenn du mit meiner Stimme sprichst«, schlug Silk vor. »Steh auf und versuch es noch einmal. Ich werde auch nicht zusehen, wenn dich das nervös macht.«

Horn stand auf, hob den Kopf, verdrehte die Augen zur Decke und zog die Mundwinkel herab. »Die göttliche Erleuchtung bedeutet, daß du weißt, ohne zu denken, und das liegt nicht daran, daß das Denken schlecht wäre, sondern daran, daß die Erleuchtung etwas noch viel Besseres ist. Erleuchtet sein bedeutet, am Denken eines Gottes teilzuhaben.«

Mit normaler Stimme fügte er hinzu: »Ohne in Ruhe drüber nachzudenken, kriege ich es nicht besser hin, Patera.«

»An deiner Wortwahl könntest du noch etwas feilen«, erklärte Silk ihm fachkundig, »aber deine Betonung ist ausgezeichnet, und du hast meine Eigenarten beim Sprechen perfekt imitiert. Aber was noch viel,

viel wichtiger ist: Alles, was du gesagt hast, entspricht der Wahrheit. Die Frage ist nun, wer sie empfängt, Horn? Wer empfängt die Erleuchtung?«

»Die Menschen, die lange Zeit versucht haben, ein Leben im Namen der Götter zu führen. Die werden manchmal erleuchtet.«

»Aber nicht immer?«

»Nein, Patera, nicht immer.«

»Würdest du es mir glauben, Horn – würdest du es mir ohne Vorbehalte abnehmen –, wenn ich behaupten würde, daß ich selbst erleuchtet worden bin? Ja oder nein?«

»Ja, Patera. Wenn Ihr das sagt.«

»Daß ich erst gestern erleuchtet worden bin?«

Oreb pfiff leise.

»Ja, Patera.«

Silk nickte, mehr zu sich selbst, wie es schien. »Genau das ist passiert, Horn, und zwar nicht, weil ich irgendwelche Verdienste erworben hätte. Ich wollte gerade sagen, daß du in jenem Augenblick sogar bei mir warst, aber das wäre nicht wahr. Nicht ganz, jedenfalls.«

»War es vor der Andacht im Manteion, Patera? Ihr habt gestern gesagt, daß Ihr ein privates Opfer darbringen wolltet. Hatte das etwas damit zu tun?«

»Ja. Ich habe allerdings nichts geopfert, und vielleicht wird es überhaupt nicht mehr dazu kommen.«

»Nicht schneiden!«

»Und wenn, dann jedenfalls nicht dich«, sagte Silk zu Oreb. »Wahrscheinlich wird es nicht einmal ein lebendiges Tier sein, obwohl ich morgen einige Tiere opfern werde, die ich vorher noch kaufen muß.«

»Haustier?«

»Ja, schon gut.« Silk hob Bloods Stock mit dem Löwinnenkopf in Schulterhöhe, und Oreb hüpfte darauf und legte den Kopf schräg, um Silk abwechselnd aus beiden Augen anzuschielen.

Horn sagte: »Er wollte nicht, daß ich ihn berühre, Patera.«

»Du hattest auch keinen Grund, ihn zu berühren, und er kannte dich nicht. Tiere mögen es nicht, wenn Fremde sie berühren. Hattest du schon einmal einen Vogel?«

»Nein, Patera. Ich hatte mal eine Hündin, aber sie ist gestorben.«

»Ich hatte gehofft, daß du mir einen Rat geben kannst. Ich will nicht, daß Oreb eingeht – aber ich kann mir andererseits gut vorstellen, daß Nachtdohlen zähe Viecher sind. Heb die Hand.«

Horn gehorchte, und Oreb hüpfte auf sein Handgelenk. »Braver Junge!«

»Versuche lieber nicht, ihn festzuhalten«, sagte Silk. »Er soll so lange bei dir bleiben können, wie er selbst es für richtig hält. Du kannst als Kind nicht viele Spielzeuge gehabt haben, Horn.«

»Nein, nicht viele. Wir waren …« Plötzlich mußte Horn lächeln. »Eines hatte ich aber. Mein Großvater hat es gemacht. Es war eine Holzpuppe, ein Mann mit einem blauen Mantel. Daran waren Schnüre befestigt, und wenn man sie richtig gezogen hat, dann konnte er gehen und sich verneigen.«

»Ja!« Silks Augen blitzten, und die Spitze des Gehstocks mit dem Löwinnenkopf pochte auf den Boden. »Das ist genau die Sorte Spielzeug, die ich meine. Darf ich dir von einem meiner Spielzeuge erzählen? Du wirst glauben, ich schweife vom Thema ab, aber ich verspreche dir, dem ist nicht so.«

»Natürlich, Patera. Beginnt nur.«

»Es waren Tänzer, ein Mann und eine Frau, sehr schön bemalt. Sie haben auf einer kleinen Bühne getanzt, und wenn ich sie aufgezogen habe, hat Musik dazu gespielt. Und sie haben sich umeinander bewegt, die kleine Frau sehr anmutig und der kleine Mann mit Sprüngen und Drehungen und allen möglichen

Kapriolen. Es gab drei Melodien – man mußte einen Hebel bewegen, um die Melodie auszusuchen –, und ich habe stundenlang damit gespielt. Ich habe Lieder gesungen, die ich mir selbst ausgedacht hatte, und mir vorgestellt, was er zu ihr sagen könnte und was sie zu ihm sagen könnte. Meist waren das aber, glaube ich, ziemlich alberne Dinge.«

»Ich verstehe, Patera.«

»Meine Mutter ist während meines letzten Jahres auf der Schola gestorben, Horn. Kann sein, daß ich dir das schon erzählt habe. Ich war dabei, mich auf die Prüfung vorzubereiten, und dann hat mich der Prälat in sein Zimmer gerufen und mir gesagt, daß ich, da sie gestorben war, nach Hause fahren und meine persönlichen Dinge abholen müßte. Unser Haus – ihr ganzer Besitz, aber das war ja in erster Linie nur das Haus – ist nämlich ans Kapitel gefallen. Bevor man in die Schola eintritt, muß man ein Abkommen unterzeichnen.«

»Armer Silk!«

Er lächelte den Vogel an. »Vielleicht, aber damals habe ich ganz anders darüber gedacht. Ich fühlte mich elend, weil meine Mutter gestorben war, aber ich glaube nicht, daß ich mir selbst leid getan habe. Ich hatte Bücher, die ich lesen konnte, und Freunde und genug zu essen. Aber jetzt komme ich wirklich vom Thema ab.

Also, ich habe dieses Spielzeug hinten in meinem Schrank wiedergefunden. Ich war damals im sechsten Jahr auf der Schola, und ich hatte, bevor ich das Haus meiner Mutter verließ, dieses Spielzeug jahrelang nicht mehr in der Hand gehabt. Jetzt stand es wieder vor mir! Ich zog es auf, und die Tänzer haben getanzt, und die Musik hat genauso gespielt wie damals, als ich noch ein kleiner Junge war. Das Lied hieß ›Erste Liebe‹, und ich werde es nie im Leben vergessen.«

Horn räusperte sich. »Nettle und ich sprechen

manchmal über solche Sachen, Patera. Darüber, was wird, wenn wir älter sind.«

»Nettle und ich sprechen darüber«, korrigierte Patera abwesend. »Das ist gut, Horn. Sehr gut. Ihr zwei werdet bald viel erwachsener sein, als ihr euch vorstellen könnt. Ich bete für euch beide.

Aber eigentlich wollte ich erzählen, daß ich damals geweint habe. Bei der Beerdigung meiner Mutter hatte ich nicht geweint. Nicht einmal, als ihr Sarg ins Grab hinuntergelassen wurde. Aber als ich die Tänzer sah, mußte ich weinen, weil es mir schien, als sei für sie überhaupt keine Zeit vergangen. Sie wußten nicht, daß der Mann, der sie jetzt aufgezogen hatte, im Grunde immer noch der Junge war, der sie das letzte Mal aufgezogen hatte, und daß die Frau, die sie in der Clock Street gekauft hatte, nicht mehr lebte. Verstehst du, was ich damit sagen will, Horn?«

»Ich glaube schon, Patera.«

»Die Erleuchtung ist so etwas Ähnliches, nur auf den ganzen Whorl bezogen. Die Zeit bleibt für alle anderen stehen. Du stehst plötzlich außerhalb von allem – es ist eine Art Zeit zwischen den Zeiten, in welcher der Gott zu dir spricht. Zu mir hat der Gott gesprochen, den wir den Außenseiter nennen. Ich glaube, ich habe bisher in der Palaestra noch nicht viel über ihn gesagt. Aber ich werde in Zukunft eine Menge über ihn erzählen. Maytera Mint sagte heute nachmittag etwas zu mir, das mir seitdem nicht mehr aus dem Sinn geht. Sie sagte, er sei ganz anders als die anderen Götter, die sich miteinander im Mainframe beraten, und niemand außer ihm selbst könne sagen, was in seinem Kopf vorgeht. Maytera Mint ist voller Demut, aber sie ist auch voller Weisheit. Ich darf nicht vergessen, daß mich das erste nicht für das zweite blind machen darf.«

»Braves Mädchen!«

»Ja, und von großer Güte ist sie auch. Demütig und rein.«

Horn sagte: »Was die Erleuchtung angeht, Patera, Eure Erleuchtung, meine ich – ist das der Grund dafür, daß jetzt jemand überall an die Wände schreibt, daß Ihr Caldé werden müßt?«

Silk schnippte mit den Fingern. »Gut, daß du das erwähnst. Ich wollte dich sowieso danach fragen. Ich wußte doch, daß ich etwas vergessen hatte. Jemand hat ›Silk muß Caldé werden‹ an eine Wand geschrieben. Ich habe es auf dem Weg hierher gesehen. Warst du das etwa?«

Horn schüttelte den Kopf.

»Oder einer der anderen Jungs?«

»Ich glaube nicht, daß es einer der Schüler war, Patera. Ich habe es zweimal gefunden. Einmal am Konfektionsgeschäft und einmal drüben in der Hat Street an dem Haus, in dem Gosseyplum wohnt. Ich habe mir beide Schriftzüge angesehen. Sie sind ziemlich hoch. Ich könnte es schaffen, ohne mich irgendwo draufzustellen, und Locust vielleicht auch noch, aber er sagt, daß er es auch nicht war.«

Silk nickte abwesend. »Dann wirst du wohl recht haben, Horn. Der Grund dafür muß sein, daß ich erleuchtet worden bin. Oder vielmehr, es ist geschehen, weil ich jemand davon erzählt habe und weil dieses Gespräch belauscht worden ist. Ich habe es, dich eingeschlossen, inzwischen mehreren Menschen erzählt. Vielleicht hätte ich das nicht tun sollen.«

»Wie war es denn, Patera? Abgesehen davon, daß alles angehalten hat, wie Ihr sagt?«

Die Uhr tickte auf dem Kaminsims, und Silk schwieg und dachte zum hundertsten Mal über das Erlebnis nach, das er mittlerweile so oft in seinem Kopf hin- und hergewendet hatte, daß es sich anfühlte wie ein im Wasser geglätteter Stein, poliert und glänzend. Endlich sagte er: »Ich habe in diesem Augenblick auf einen Schlag alles verstanden, was ich je wissen muß. Natürlich ist es falsch, wenn ich von einem

Augenblick spreche, weil ich ja in Wirklichkeit außerhalb der Zeit gestanden habe. Aber, Horn« – er lächelte –, »jetzt stehe ich wieder innerhalb der Zeit. Genau wie du. Und ich glaube, es dauert seine Zeit, bis ich alles begriffen habe, was mir in diesem Augenblick, der doch kein Augenblick war, gesagt worden ist. Es wird seine Zeit dauern, bis ich es verarbeitet habe. Drücke ich mich verständlich aus?«

Der arme Horn nickte zögernd. »Ich glaube schon, Patera.«

»Dann wollen wir es damit gut sein lassen.« Silk hielt gedankenverloren abermals inne. »Eins, was ich dabei erfahren habe, ist, daß ich ein Lehrer sein werde. Das ist das einzige, was der Außenseiter von mir erwartet. Ich soll unser Manteion retten. Aber ich soll es tun, indem ich ein Lehrer bin.

Horn, es gibt viele Berufungen, und die höchste ist die Anbetung in ihrer reinsten Form. Das ist aber nicht die meine. Es ist meine Berufung zu lehren, und ein Lehrer muß ebenso handeln wie denken. Der alte Mann, den ich heute abend kennengelernt habe – der Mann mit dem wundervollen Bein –, auch er ist ein Lehrer, und doch ist er sehr aktiv und kann rasch handeln. Obwohl er alt ist und nur noch ein brauchbares Bein besitzt. Er lehrt den Schwertkampf. Warum, glaubst du, ist er wohl, wie er ist? So aktiv?«

Horns Augen funkelten. »Ich weiß es nicht, Patera. Warum ist er so?«

»Weil ihm der Kampf mit dem Schwert – und noch mehr mit einem Azothen – keine Zeit zum Nachdenken läßt. Sich voll und ganz aufs Handeln zu konzentrieren, das ist es, was er lehrt. Und jetzt paß gut auf. *Er hat darüber nachgedacht.* Verstehst du? Obwohl er, wenn er mit dem Schwert kämpft, an nichts anderes als ans Handeln denkt, muß er nachdenken, wenn er andere diese Art des Kampfes lehrt. Der alte Mann muß nicht nur über das nachdenken, was er lehren will, sondern auch über die Art und Weise, wie er es am besten vermitteln kann.«

Horn nickte. »Ich glaube, das verstehe ich, Patera.«

»Auf die gleiche Art und Weise mußt du nachdenken, wenn du mich imitierst. Du mußt nicht nur überlegen, wie du mich nachmachen kannst, sondern auch überlegen, was du imitieren willst. Und wann du es tust. Und jetzt geh nach Hause.«

Oreb flatterte mit dem unversehrten Flügel. »Kluger Mann!«

»Danke. Geh nur, Horn. Wenn Oreb mit dir gehen will, dann kannst du ihn behalten.«

»Patera?«

Silk stand auf, als Horn sich erhob. »Ja? Was ist?«

»Wollt Ihr den Schwertkampf lernen?«

Silk überlegte einen Augenblick lang, bevor er antwortete. »Es gibt wichtigere Dinge zu lernen als den Schwertkampf, Horn. Beispielsweise, gegen wen man kämpfen muß. Und man muß lernen, Geheimnisse zu hüten. Jemand, der Geheimnisse nur hütet, wenn er ausdrücklich aufgefordert worden ist, sie zu hüten, ist nicht wirklich vertrauenswürdig. Das verstehst du doch, nicht wahr?«

»Ja, Patera.«

»Von einem guten Lehrer kann man mehr lernen als das Thema, um das es jeweils gerade geht. Sag deinem Vater und deiner Mutter, daß ich dich nicht so lange aufgehalten habe, um dich zu bestrafen, sondern aus Gedankenlosigkeit, und daß ich mich dafür entschuldige.«

»Nicht gehen!« Oreb flatterte wie wild herum, flog halb und stürzte halb von Horns Schulter herunter und ließ sich schließlich auf der hohen Lehne des Besucherstuhls nieder. »Vogel bleibt!«

Horn hatte schon die Hand auf den Türriegel gelegt. »Ich werde ihnen berichten, worüber wir gerade gesprochen haben, Patera. Ich werde sagen, daß Ihr mich etwas über den Außenseiter und über andere Dinge gelehrt habt. Es wird die Wahrheit sein.«

Oreb krächzte: »Wiedersehen! Mach's gut, Junge!«

»Dummer Vogel«, sagte Silk, als Horn die Tür hinter sich zugezogen hatte. »Was hast du jetzt aus alledem gelernt? Ein paar neue Worte vielleicht, die du falsch anwenden wirst.«

»Die Wege der Götter!«

»Oh, sicher. Du bist jetzt ungeheuer weise.« Obwohl er noch warm war, wickelte Silk den Verband ab. Nachdem er damit auf die Fußbank eingeschlagen hatte, wickelte er ihn sich um den Unterarm über den Leinenverband.

»Mann gut. Mein Gott.«

»So halt doch den Schnabel«, sprach der müde Gott.

Er hatte den Arm ins Glas gesteckt, und Kypris küßte ihm die Hand. Ihre Lippen waren kalt wie der Tod, aber es war ein Tod, den er anfangs sogar willkommen hieß. Mit der Zeit bekam er aber Angst und wollte den Arm zurückziehen, doch Kypris ließ ihn nicht los. Als er Horn rief, kam kein Ton über seine Lippen. Orchids Sellaria war auf einmal im Pfarrhaus, was ihm jedoch überhaupt nicht komisch vorkam. Ein ungestümer Wind stöhnte im Schornstein. Er erinnerte sich, daß Auk ihm so einen Wind vorausgesagt hatte, und versuchte sich zu erinnern, was laut Auks Prophezeiung geschehen sollte, wenn dieser Wind wehte.

Ohne seinen Arm aus ihrem Griff zu lassen, drehte sich die Göttin mit erhobenen Armen um sich selbst. Sie trug ein enganliegendes Kleid, das sich an ihren Körper schmiegte wie eine Flüssigkeit. Er war sich der Rundungen ihrer Schenkel und ihrer einladenden Hüften schmerzhaft bewußt. Während er sie anstarrte, spielte Bloods Orchester ›Erste Liebe‹, und Kypris verwandelte sich in Hyacinth, obwohl sie Kypris blieb, und war schöner denn je. Er trat um sich und taumelte, wirbelte herum, bis seine Füße höher waren als der Kopf, aber seine Hand ruhte fest in ihrer und wollte sich nicht lösen.

Nach Luft schnappend, wachte er auf. Die Lichter waren inzwischen erloschen. Im schwachen Himmelslicht, das durch die Fenstervorhänge drang, sah er Oreb hinaushüpfen und davonflattern. Mucor stand neben seinem Bett, nackt in der Dunkelheit und dürr wie ein Skelett. Er blinzelte, und sie löste sich in Dunstschwaden auf und war fort.

Er rieb sich die Augen.

Ein warmer Wind stöhnte, wie er es im Traum gehört hatte, und spielte mit den löchrigen hellen Vorhängen. Der Verband auf seinem Arm war weiß von Rauhreif, der unter seiner Berührung sofort schmolz. Er wickelte ihn ab und prügelte das klamme Bettlaken damit. Dann legte er ihn sich um das inzwischen wieder stark schmerzende Fußgelenk. Er schalt sich, weil er die Treppen nicht ohne Verband hätte hinaufsteigen dürfen. Was würde Doktor Crane sagen, wenn er ihm das beichtete?

Das Klatschen des Verbandes hatte die Lichter zu einem leichten Schimmern erweckt. Es war hell genug, um die Zeiger der geschäftig tickenden kleinen Uhr neben dem Triptychon zu erkennen. Nach Mitternacht.

Er stand auf und schob das Fenster zu. Erst jetzt fiel ihm ein, daß Oreb nicht hinausgeflogen sein konnte. Oreb hatte einen ausgerenkten Flügel.

Unten in der Küche war Oreb dabei, in den Ecken nach etwas Eßbarem herumzustochern. Silk legte ihm die letzte Scheibe Brot hin und füllte den Napf des Vogels mit frischem Wasser auf.

»Fleisch?« Oreb legte den Kopf schief und klackerte mit dem Schnabel.

»Du mußt dir schon selbst was fangen, wenn du Fleisch essen willst«, erklärte Silk. »Ich habe keines.«

Nach kurzem Nachdenken fügte er hinzu: »Vielleicht werde ich morgen etwas kaufen, falls Maytera Orchids Zahlungsanweisung einlösen konnte. Wenn nicht, werde ich mich selbst darum kümmern. Oder wenigstens einen Fisch – einen lebendigen Fisch, den ich im Waschbecken halten kann, bis alles verbraucht ist, was von den Opfern übrigbleibt, und den ich dann mit Maytera Rose teilen kann. Und mit Maytera Mint natürlich. Was hältst du von einem schönen frischen Fisch, Oreb?«

»Mag Fisch!«

»Schön. Ich werde sehen, was sich machen läßt. Aber du mußt mir jetzt auch etwas entgegenkommen. Es gibt keinen Fisch, wenn du mir nicht gehorchst. Warst du gerade in meinem Schlafzimmer?«

»Nicht gestohlen!«

»Ich habe nicht gesagt, daß du etwas gestohlen hast«, erklärte Silk geduldig. »Warst du dort?«

»Wo?«

»Da oben.« Silk deutete zur Decke. »Ich weiß, daß du oben warst. Ich bin aufgewacht und habe dich gesehen.«

»Nein, nein!«

»Natürlich warst du oben, Oreb. Ich habe dich selbst gesehen. Ich habe gesehen, wie du durchs Fenster hinausgeflogen bist.«

»Nicht fliegen!«

»Ich werde dich nicht bestrafen. Ich will nur etwas wissen. Hör jetzt gut zu. Als du oben warst, hast du da eine Frau gesehen? Oder ein Mädchen? Eine sehr schmale junge Frau, die unbekleidet in meinem Schlafzimmer stand?«

»Nicht fliegen«, wiederholte der Vogel störrisch. »Flügel tut weh.«

Silk fuhr sich mit den Fingern durch das strohblonde Haar. »Na schön, du kannst nicht fliegen. Meinetwegen. Warst du nun oben?«

»Nicht stehlen.« Oreb klapperte wieder mit dem Schnabel.

»Nein, du hast nichts gestohlen. Das ist schon in Ordnung.«

»Fischköpfe?«

Silk schrieb alle Vorsicht in den Wind. »Ja, mehrere. Große. Ich verspreche es dir.«

Oreb hüpfte zur Fensterbank. »Nicht gesehen.«

»Schau mich bitte an. Hast du sie gesehen?«

»Nicht sehen.«

»Du hattest vor irgend etwas Angst.« Silk dachte nach. »Vielleicht aber auch nur, weil ich aufgewacht bin. Vielleicht hattest du Angst, ich würde dich bestrafen, weil du dich in meinem Schlafzimmer umgesehen hast. War es das?«

»Nein, nein!«

»Dieses Fenster hier liegt direkt unter meinem. Ich dachte zwar, ich hätte dich fliegen sehen, aber in Wirklichkeit habe ich wohl gesehen, wie du aus dem Fenster gehüpft und unten in die Brombeeren geflattert bist. Von dort aus war es leicht, durchs Fenster wieder hierher in die Küche zu kommen. War es so?«

»Nicht hüpfen!«

»Ich glaube dir nicht, weil ...« Silk hielt inne. Er hatte Patera Pikes Bett leise knarren gehört, und plötzlich bekam er Schuldgefühle, weil er den alten Mann geweckt hatte, der so schwer arbeitete und so schlecht schlief. Irgendwie hatte er geträumt (es war nur ein Traum, sagte er sich energisch), daß Pike tot war, und er hatte geträumt, daß Hyacinth seinen Arm geküßt hatte und daß er in einem alten gelben Haus in der Lamp Street mit Kypris gesprochen hatte, mit Lady Kypris, der Göttin der Liebe und der Göttin der Huren.

Von Zweifeln geplagt, ging er wieder zur Pumpe und pumpte, bis eiskaltes frisches Wasser ins Becken strömte, dessen Abfluß er zugesperrt hatte. Er spritzte sich das schwitzende Gesicht ab und benetzte sein widerborstiges Haar, bis er trotz der Wärme zu schaudern begann.

»Patera Pike ist tot«, erklärte er Oreb, der mitfühlend den Kopf schief gelegt hatte.

Silk füllte den Wasserkessel und setzte ihn auf. Er brachte das Herdfeuer unter enormer Verschwendung von Altpapier zum Brennen. Als die Flammen am Kessel emporleckten, setzte er sich auf den wackligen Holzstuhl, auf dem er beim Essen gesessen hatte, und zielte mit dem Finger auf Oreb. »Patera Pike ist im letzten Frühjahr gestorben. Das war vor fast einem Jahr. Ich habe selbst den Totengottesdienst abgehalten, und sogar ohne Grabstein war sein Grab so teuer, daß wir es uns kaum leisten konnten. Also muß ich den Wind oder sonst etwas gehört haben. Ratten vielleicht. Habe ich mich deutlich ausgedrückt?«

»Jetzt essen?«

»Nein.« Silk schüttelte den Kopf. »Es ist nichts übrig außer einem kleinen Rest Matetee und etwas Zucker. Ich werde mir jetzt eine Tasse Tee machen und wieder ins Bett gehen. Wenn du schlafen kannst, dann würde ich dir empfehlen, das zu tun.«

Droben, und jetzt war Silk ziemlich sicher, sich nicht verhört zu haben, knarrte abermals Patera Pikes Bett.

Er stand auf. Hyacinths mit Einlegearbeiten verzierter Nadler steckte noch in seiner Tasche, und bevor er am Abend ins Pfarrhaus gekommen war, hatte er ihn mit Nadeln aus dem Päckchen geladen, das Auk ihm gekauft hatte. Er zog den Ladeknopf zurück, um sich zu vergewissern, daß eine Nadel geladen war, und legte den Sicherungshebel herum. Er ging zur Treppe und rief hinauf: »Mucor? Bist du es?«

Er bekam keine Antwort.

»Wenn du es bist, dann bedecke dich. Ich komme hinauf, weil ich mit dir reden will.«

Der erste Schritt jagte einen stechenden Schmerz

durch sein Fußgelenk. Er sehnte sich nach Bloods Gehstock, aber der Stock lehnte am Kopfende seines Bettes.

Ein weiterer Schritt, und der Boden über ihm knarrte. Er stieg drei Stufen hinauf und blieb stehen, um zu lauschen. Der Nachtwind seufzte immer noch um das Pfarrhaus und stöhnte im Kamin, wie er es schon im Traum getan hatte. Silk hatte sicher nur den Wind gehört, der das alte Haus stöhnen ließ und der ihn – Narr, der er war – hatte glauben lassen, er hätte das Bett des alten Auguren krachen und quietschen gehört, während sich der alte Patera mühsam umdrehte oder sich kurz aufrichtete, um zu beten oder durchs leere, offene Fenster hinauszublicken, bevor er sich wieder auf den Rücken oder auf die Seite legte.

Oben wurde leise eine Tür geschlossen.

Das war gewiß seine eigene Tür gewesen – die Tür zu seiner Schlafkammer. Er hatte nicht auf die Tür geachtet, als er sich hastig die Hosen angezogen hatte und nach unten geeilt war, um nach Oreb zu sehen. Die Türen im alten Pfarrhaus sprangen von selbst auf und zu, wenn man sie nicht versperrt hielt. Sie öffneten und schlossen sich in Wänden, die schon lange nicht mehr lotrecht standen, sie krachten in verzogenen Rahmen, die, wahrscheinlich von vornherein schon nicht rechtwinklig gezimmert, es jetzt ganz gewiß nicht mehr waren.

Er legte den Finger an den Abzug des Nadlers. Dann erinnerte er sich an Auks Warnung und legte die Fingerspitze an den Schutzbügel vor dem Abzug. »Mucor? Ich will dir nicht weh tun. Ich will nur mit dir reden. Bist du da oben?«

Keine Stimme, keine Schritte, nichts war droben zu hören. Er stieg wieder ein paar Stufen hinauf. Er hatte Auk den Azothen gezeigt, und das war sehr unklug gewesen. Ein Azoth war Tausende von Karten wert. Auk brach nach Belieben in viel besser bewachte Häuser als dieses hier ein. Auk war bestimmt gekommen, um sich den Azothen zu holen. Oder er hatte einen Komplizen geschickt, der seine Gelegenheit hatte kommen sehen, als die Lichter in der Küche ausgegangen waren.

»Auk? Ich bin's, Patera Silk.«

Keine Antwort.

»Ich habe einen Nadler, aber ich will eigentlich nicht schießen. Wenn Ihr die Hände hochnehmt und keinen Widerstand leistet, werde ich nicht schießen. Ich werde Euch auch nicht der Zivilgarde übergeben.«

Seine Stimme hatte die kleine Lampe über dem Treppenabsatz geweckt. Zehn Schritte blieben noch. Silk stieg langsam hinauf, ebenso durch seine Furcht wie durch den Schmerz behindert.

Als erstes sah er schwarz gekleidete Beine in seinem Schlafzimmer, dann den Saum einer schwarzen Robe und schließlich des alten Auguren lächelndes Gesicht.

Patera Pike winkte und löste sich in silbrigem Dunst auf. Die blau gesäumte schwarze Kappe fiel fast geräuschlos auf die unebenen Dielenbretter des Treppenabsatzes.

2

Lady Kypris

Silk und Maytera Marble hatten die Klageweiber völlig vergessen. Dennoch erschienen sie, offenbar auf Geheiß des Verkäufers, der die Pflanzen geliefert hatte, eine Stunde, bevor Orpines Totenmesse beginnen sollte. Für die zwei Karten, die ihnen versprochen worden waren, hatten sie sich bereits die Arme, Oberkörper und Wangen mit Feuersteinen aufgeritzt, bevor die ersten Trauergäste eintrafen, und spielten den Inbegriff des heulenden Elends. Während die langen Haare im Wind flatterten, rissen sie an ihrer schmutzigen Kleidung herum, heulten oder knieten nieder, um sich die blutenden Gesichter mit Staub zu verschmieren.

Vorn im Manteion waren fünf lange Bänke für die Trauergäste reserviert, die zu zweit und zu dritt erst kamen, als der nicht reservierte Teil des alten Manteions in der Sun Street bereits bis auf den letzten Platz besetzt war. Überwiegend waren es die jungen Frauen, die Silk am vergangenen Nachmittag in Orchids gelbem Haus in der Lamp Street gesehen hatte, aber es waren auch einige Händler darunter (zweifellos von Orchid abkommandiert, dachte Silk) und ein paar Männer mit harten Gesichtern, die aussahen, als wären sie Freunde von Auk.

Auk selbst war auch gekommen. Er hatte den Widder mitgebracht, den er versprochen hatte. Maytera Mint hatte Auk glücklich strahlend zwischen die Trauergäste gesetzt. Vermutlich, dachte Silk, hatte Auk ihr erklärt, daß er ein Freund der Verstorbenen war. Silk nahm den Strick des Widders, bedankte sich mit förmlicher Höflichkeit bei Auk (der mit einem verlegenen Lächeln reagierte) und führte den Widder durch die Seitentür hinaus in den Garten, wo Maytera Marble über das wachte, was sich mittlerweile ausnahm wie ein kleiner Zoo.

»Die Färse hat meine Petersilie angefressen«, erklärte sie Silk, »und das Gras plattgetrampelt. Aber sie hat mir auch ein Geschenk hinterlassen, so daß ich im nächsten Jahr einen besonders fruchtbaren Garten haben werde. Und die Kaninchen – o Patera, ist das nicht großartig! Seht sie nur an!«

Silk betrachtete die Tiere und strich sich mit der Hand über die rechte Wange, während er überlegte, wie die heilige Reihenfolge bei diesem Opfer aussehen müßte. Manche Auguren nahmen zuerst die größten Tiere, manche begannen mit einem allgemeinen Opfer für alle Neun. Damit wäre die weiße Färse so oder so als erste an der Reihe. Andererseits …

»Das Holz ist noch nicht gekommen. Maytera wollte sich selbst darum kümmern. Ich hätte ja lieber einen der Jungen geschickt. Wenn sie nicht auf dem Wagen mit zurückfährt …«

Damit war Maytera Rose gemeint, die kaum noch laufen konnte. »Es treffen immer noch Leute ein«, sagte Silk abwesend zu Maytera Marble. »Ich kann mich ja, wenn nötig, vor den Ambion stellen und eine Weile predigen.« Nach einer kurzen erbarmungslosen Selbstprüfung mußte er zugeben, daß ihm ein Vorwand, um die Andacht ohne Maytera Rose beginnen und beenden zu können, mehr als gelegen gekommen wäre. Aber solange das Zedernholz nicht angeliefert und das heilige Feuer nicht entfacht war, konnte es kein Opfer geben.

Er kehrte gerade rechtzeitig ins Manteion zurück,

um zu verfolgen, wie Orchid eintraf. Sie hatte sich mit rotbraunem Samt und einem schwarzen Zobelmantel, auf den sie trotz der Hitze nicht hatte verzichten wollen, übertrieben fein herausgeputzt. Sie schien leicht betrunken. Sie weinte, während er sie zu dem Platz in der ersten Reihe am Gang führte, der für sie reserviert worden war. Er hätte sich eigentlich, dachte er, über ihren unsicheren Gang und ihre klickende Gagatkette amüsieren können, aber er stellte fest, daß er von ganzem Herzen mit ihr fühlte. Das Gesicht der Tochter, deren sterbliche Überreste mit einer Schicht aus fast unsichtbarem Kunststoff vom feuchten Eis unter ihr abgeschirmt wurden, schien im Vergleich zu dem der Mutter gelassen und gefaßt.

»Zuerst das schwarze Mutterschaf«, murmelte Silk auf einmal. Er konnte selbst nicht erklären, wie er zu dieser Entscheidung gelangt war. Er informierte Maytera Marble, dann trat er durchs Gartentor auf die Sun Street hinaus, um Ausschau zu halten, wo Maytera Rose mit ihrer Wagenladung Zedernholz bliebe.

Immer noch strömten Besucher herein. Es waren vertraute Gesichter, die er von Dutzenden Scylsdays kannte, und unbekannte Menschen, die wahrscheinlich auf irgendeine Weise mit Orpine und Orchid zu tun hatten oder die einfach nur (wie vermutlich alle Menschen in diesem Stadtviertel) gehört hatten, daß an diesem Tag in der Sun Street im womöglich ärmsten Manteion der ganzen Stadt den Göttern reiche, großzügige Opfer dargeboten werden würden.

»Darf ich nicht auch hinein, Patera?« fragte eine Stimme, die von unten zu kommen schien. »Sie wollen mich nicht einlassen.«

Silk blickte erschrocken hinab und sah das fast kreisrunde Gesicht Sclerodermas, der Metzgersgattin, die beinahe so breit wie groß war. »Natürlich dürft Ihr eintreten.«

»Da stehen aber Männer an der Tür.«

Silk nickte. »Ich weiß. Ich habe sie selbst dort postiert. Wenn nicht, wäre kein Platz mehr für die Trauergäste geblieben, und noch vor dem ersten Opfer wäre ein Aufstand ausgebrochen. Sobald das Holz kommt, werden sich einige von ihnen in die Seitengänge stellen.«

Er führte sie durchs Gartentor und schloß hinter sich ab.

»Ich komme jeden Scylsday.«

»Das weiß ich doch«, erwiderte Silk.

»Und ich spende etwas, wann immer ich das kann. Eigentlich sogar ziemlich oft. Ich lasse fast immer etwas da.«

Silk nickte. »Natürlich, das weiß ich. Deshalb lasse ich Euch auch leise durch die Seitentür herein. Wir werden so tun, als hättet Ihr ein Opfer mitgebracht.« Eilig fügte er hinzu: »Aber laut sagen werden wir das natürlich nicht.«

»Das mit dem Katzenfleisch tut mir leid. Daß ich es über Euch ausgekippt habe, meine ich. Das war gräßlich. Ich war nur so wütend.« Sie war schon vorausgewackelt. Vielleicht wollte sie seinem Blick ausweichen. Dann blieb sie stehen und bewunderte die weiße Färse. »Seht nur, wieviel Fleisch sie auf den Knochen hat!«

Er mußte lächeln. »Ich wünschte, ich hätte jetzt ein wenig von Eurem Katzenfleisch. Ich würde es meinem Vogel geben.«

»Habt Ihr einen Vogel? Viele Kunden kaufen bei mir auch Fleisch für ihre Hunde. Ich werde Euch etwas schicken.«

Er führte sie wie versprochen durch die Seitentür ins Manteion und überließ sie Horns Obhut.

Als er die Treppe zum Ambion hinaufstieg, wurde gerade die erste Kiepe Zedernholz durch den Mittelgang hereingetragen. Maytera Rose tauchte plötzlich neben dem Altar auf, um das Entfachen des Feuers zu überwachen, und ihr Anblick erinnerte ihn an Patera Pike, den er im Trubel der Vorbereitungen beinahe vergessen hätte.

Oder vielmehr mußte Silk plötzlich wieder an Pateras Geist denken. Es nützte ja nichts, die Tatsachen zu verleugnen und die Dinge nicht beim rechten Namen zu nennen. Silk hatte sich schon in der Kindheit dem Spirituellen und Übernatürlichen zugewendet. Sollte er jetzt verängstigt die Flucht ergreifen, sobald ein übernatürlicher Geist ins Spiel kam?

Die Chrasmologischen Schriften lagen auf dem Ambion bereit. Maytera Marble hatte sie vor über einer Stunde dort hingelegt. Am Phaesday hatte er den Kindern der Palaestra erklärt, daß sie in den Schriften stets Anleitung finden konnten. Deshalb wollte er zuerst aus den Schriften lesen. Vielleicht war auch jetzt wieder, wie an jenem Nachmittag vor zwei Tagen, eine persönliche Botschaft für ihn selbst dabei. Er schlug das Buch aufs Geratewohl auf und ermahnte die versammelte Gemeinde mit einem Blick zur Ruhe.

»Wir wissen, daß der Tod das Tor zum Leben ist – auch wenn das Leben, das wir kennen, das Tor zum Tod ist. Wir wollen entdecken, welchen Rat die Weisen der Vergangenheit unserer verstorbenen Schwester und uns zu geben haben.«

Silk hielt inne. Chenille (dank des feuerroten Haars, das vom heißen Sonnenlicht im Eingang von hinten angestrahlt wurde, war sie nicht zu verwechseln) hatte gerade das Manteion betreten. Er hatte ihr aufgetragen, an der Andacht teilzunehmen, erinnerte er sich jetzt – er hatte es sogar sehr nachdrücklich von ihr verlangt. Nun, da war sie also. Er lächelte sie an, aber ihre Augen, die größer und dunkler waren, als er sie in Erinnerung hatte, ruhten gebannt auf der toten Orpine.

»Wir wollen hoffen, daß sie uns nicht nur auf die Begegnung mit dem Tod vorbereiten, sondern uns auch in die Lage versetzen, das Leben selbst zu meistern.« Er machte wieder eine feierliche Pause und überflog die Seite. »›Wer aber einer Angelegenheit wegen bekümmert oder unzufrieden ist, der gleicht einem Schwein beim Opfer, das sich windet und schreit. Wie eine Opfertaube ist dagegen derjenige, der im stillen klagt. Was uns aber erst zu Menschen macht, das ist unsere Fähigkeit, uns in die Dinge zu fügen, die uns auferlegt worden sind.‹«

Ein Duft des anbrennenden Zedernholzes wehte am Ambion vorbei. Das Feuer brannte, die Opfer konnten beginnen. Gleich würde Maytera Marble, die draußen im Garten wartete, durch das Gotteslicht im Dach den Rauch aufsteigen sehen und das schwarze Schaf auf die Sun Street hinaus und durch den Haupteingang ins Manteion führen. Silk winkte den kräftigen Helfern, die er dort postiert hatte, und die Seitengänge füllten sich.

»Hier finden wir wahrlich den Rat, den wir suchen. Ich werde gleich die Götter bitten, direkt zu uns zu sprechen, so ihnen der Sinn danach steht. Aber was könnten sie noch sagen, das uns eine größere Hilfe sein könnte als die Weisheit, die sie uns bereits geschenkt haben? Sicherlich nichts mehr. Also denkt nach. Was ist uns unumgänglich auferlegt? Unser eigener Tod? Das ist ohnehin keine Frage. Aber es gibt außerdem noch viel, viel mehr. Jeder Mensch ist Angst, Krankheit und zahlreichen anderen Übeln ausgesetzt. Und, was noch schlimmer ist, wir leiden, wenn wir einen Freund, einen Geliebten oder ein Kind verlieren.«

Er hielt besorgt inne und hoffte, Orchid würde nicht in Tränen ausbrechen.

»All diese Dinge«, fuhr er fort, »sind Begleiterscheinungen des Lebens. Wir wollen sie frohen Mutes auf uns nehmen.«

Chenille hatte sich inzwischen neben die kleine, dunkle Poppy gesetzt. Während er ihr glattes, auf schlichte Art schönes Gesicht und ihre Augen betrachtete, erinnerte Silk sich, daß sie von der ockerfarbenen Droge abhängig war, die man Rost nannte. Hyacinth hatte sich mit ihr in Stimmung gebracht, wie er sich erinnerte; wahrscheinlich reagierte jeder anders auf die Droge, und vermutlich hatte Hyacinth auch keine große Menge eingenommen.

»Orpines Körper liegt hier vor uns, und ihre Seele weilt nicht mehr unter uns. Wir werden sie in diesem Leben nicht mehr wiedersehen. Sie war freundlich, schön und großzügig. Sie hat ihre Freude mit uns geteilt. Welche Sorgen sie hatte, werden wir nicht erfahren, denn sie hat andere nicht mit ihren Sorgen belastet, sondern sie allein getragen. Wir wissen, daß sie in der Gunst Molpes stand, denn sie ist jung gestorben. Wenn ihr euch fragt, warum eine Göttin sie begünstigen sollte, dann überlegt euch, was ich gerade gesagt habe. Man kann mit Reichtümern nicht die Gunst der Götter erkaufen – denn alles, was es im Whorl gibt, gehört ihnen schon. Keine Macht kann die Götter zu etwas zwingen; wir sind ihrem Willen unterworfen und nicht sie dem unsrigen. Wir, die Bewohner dieser heiligen Stadt Viron, haben Orpine vielleicht nicht genügend Wertschätzung entgegengebracht; gewiß haben wir sie nicht so geschätzt, wie sie es ihren guten Taten nach verdient gehabt hätte. Aber in den Augen der allwissenden Götter bedeutet unsere Wertschätzung überhaupt nichts. In den Augen der allwissenden Götter war Orpine ein wertvoller Mensch.«

Silk wandte sich um und richtete die nächsten Worte an das grau schimmernde Heilige Fenster hinter dem Ambion. »Ihr Götter, nehmt das Opfer dieser schönen jungen Frau an. Unsere Herzen mögen betrübt sein, aber wir – ihre Mutter« (plötzlich flogen zwischen den Gästen der Trauerfeier gemurmelte Fragen hin und her) »und ihre Freunde sind uns in einem einig.«

Die Klageweiber, die während Silks Predigt geschwiegen hatten, kreischten unisono auf.

»Wir alle bitten euch, zu uns zu sprechen und uns zu zeigen, was die Zukunft für uns bereithält. Für Orpine genauso wie für uns. Was sollen wir tun? Sagt nur ein einziges Wort, und wir werden es ehren wie einen großen Schatz. Wenn ihr euch aber entscheidet zu schweigen …«

Er wartete stumm und mit ausgebreiteten Armen. Wie immer kam kein Geräusch vom Fenster, kein Flackern der Farbe.

Er ließ die Arme sinken. »Wir beugen uns eurem Willen. So bitten wir euch, sprecht zu uns durch unsere Opfer.«

Maytera Marble, die in der Tür zur Sun Street gewartet hatte, führte das schwarze Schaf herein.

»Dieses schöne schwarze Mutterschaf bieten wir dem Hohen Hierax dar, dem Herrn des Todes, in dessen Reich Orpine hinübergeht. Orchid, ihre Mutter, hat es ausgewählt.« Silk zog die Opferhandschuhe an und nahm von Maytera Rose das Opfermesser mit dem Knochengriff entgegen.

Maytera Marble flüsterte: »Das Lamm?« Er nickte.

Ein Stich und ein Schnitt, so schnell, daß es mit bloßem Auge kaum zu verfolgen war, töteten das Schaf. Maytera Mint kniete nieder, um etwas Blut in einem irdenen Pokal aufzufangen. Dann spritzte sie das Blut ins Feuer, was ein beeindruckendes Zischen und eine Qualmwolke erzeugte. Silk ertastete mit der Messerspitze den Spalt zwischen zwei Wirbeln, und der Kopf des schwarzen Schafs wurde sauber abgetrennt. Immer noch strömte Blut aus dem toten Tier. Silk hob den abgeschnittenen Kopf und legte ihn ins Feuer. Darauf folgten, rasch nacheinander, die vier Hufe.

Das Messer in der Hand haltend, wandte er sich abermals an das Heilige Fenster. »O Hoher Hierax, akzeptiere nun dieses schöne Mutterschaf als Opfer. Und wir bitten dich, sprich zu uns. Sprich von den Zeiten, die kommen werden. Was sollen wir tun? Sag nur ein Wort, und wir werden es ehren wie einen großen Schatz. Wenn du dich aber entschließen solltest zu schweigen …«

Er ließ die Arme sinken. »Wir beugen uns deinem Willen. So bitten wir dich denn, sprich durch dieses Opfer zu uns.«

Er hob den Rumpf des Schafs auf den Ambion und öffnete den Bauch. In der Wissenschaft der Auguren gab es zwar gewisse starre Regeln, doch andererseits blieb genug Raum für individuelle Interpretationen. Als er die engen Darmwindungen und die blutrote Leber des Schafs sah, schauderte Silk unwillkürlich. Maytera Mint, die wie alle Sibyllen ein wenig von der Kunst der Auguren verstand, hatte sich abgewendet.

»Hierax warnt uns, daß viele den Weg gehen können, den Orpine gegangen ist.« Silk mußte sich anstrengen, damit seine Stimme neutral klang. »Seuchen, ein Krieg oder eine Hungersnot stehen uns bevor. Wir wollen nicht sagen, die unsterblichen Götter hätten zugelassen, daß wir unvorbereitet von diesen Heimsuchungen ereilt werden.« Die Gläubigen regten sich unruhig. »Da dies so ist, wollen wir den Göttern, die großzügig ihr Mahl mit uns teilen, doppelt dankbar sein.

Orchid, Ihr habt dieses Opfer gestiftet, und Ihr habt den ersten Anspruch auf das heilige Mahl, das es darstellt. Wollt Ihr es ganz oder wollt Ihr einen Teil davon?«

Orchid schüttelte den Kopf.

»In diesem Fall werden wir das heilige Mahl unter uns allen aufteilen. Es mögen diejenigen unter uns vortreten, die wünschen, einen Teil für sich zu beanspruchen.« Silk sprach lauter, damit die Zaungäste im Eingang ihn hören konnten, obwohl sie seine Frage im Grunde schon durch die Tatsache ihrer Anwesenheit beantwortet hatten. »Sind draußen noch mehr? Wie viele sind es noch?«

»Hunderte, Patera!« rief ein Mann.

»Dann muß ich jeden, der seinen Teil am heiligen Mahl bekommen hat, bitten, sofort zu gehen. Für jeden, der geht, soll ein neuer eingelassen werden.«

Bei den Opfern, die Silk bisher durchgeführt hatte, war für diejenigen, die zum Ambion vorgetreten waren, kaum mehr geblieben als ein schmaler Streifen Fleisch. Dieses Mal konnte er seiner Großzügigkeit freien Lauf lassen, und das tat er auch – ein ganzes Bein für einen, die halbe Seite für den anderen, die ganze Brust für den dritten. Der Hals ging an die Frau, die für die Palaestra gekocht hatte, ein Rippenstück an eine ältere Witwe, deren Haus keine fünfzig Schritte vom Pfarrhaus entfernt war. Das Stechen in seinem Fußgelenk war ein geringer Preis für das Lächeln und die Dankesworte der Empfänger.

»Dieses schwarze Lamm opfere ich selbst dem Dunklen Tartaros, um ein Gelübde zu erfüllen.«

Als das Lamm getötet war, wandte Silk sich wieder an das Heilige Fenster. »Akzeptiere, o Dunkler Tartaros, dieses Lamm als Opfer. Wir bitten dich, sprich zu uns von den Zeiten, die kommen werden. Was sollen wir tun? Sprich nur ein Wort, und wir werden es ehren wie einen großen Schatz. Wenn du dich aber entschließen solltest zu schweigen …«

Er ließ die Arme sinken. »Wir beugen uns deinem Willen. So bitten wir dich denn, durch dieses Opfer zu uns zu sprechen.«

Die Eingeweide des schwarzen Lamms sahen etwas freundlicher aus. »Tartaros, der Herr der Finsternis, warnt uns, daß viele von uns in das Reich eingehen könnten, das er regiert, aber wir werden wieder ans

Licht gelangen. Diejenigen unter euch, die es wünschen, mögen vortreten und ihren Anteil an diesem heiligen Mahl beanspruchen.«

Der schwarze Hahn wehrte sich heftig, als Maytera Marble ihn packte. Er konnte seine Flügel befreien und flattern, was stets ein schlechtes Zeichen war. Silk opferte ihn ganz, und das Manteion füllte sich mit dem Gestank brennender Federn.

»Dieser graue Widder wird von Auk geopfert. Da er weder schwarz noch weiß ist, kann er den Neun, einzeln oder insgesamt, nicht als Opfer angeboten werden. Er kann jedoch allen Göttern insgesamt oder einem bestimmten Nebengott geopfert werden. Wem sollen wir ihn opfern, Auk? Sprecht laut, damit ich Euch höre.«

Auk erhob sich. »Opfert ihn dem Gott, über den Ihr immer sprecht, Patera.«

»Dem Außenseiter also. Möge dieser Widder dank der Kunst der Auguren zu uns sprechen!« Plötzlich, aus unerfindlichen Gründen, war Silk überglücklich. Auf sein Zeichen hin häuften Maytera Rose und Maytera Mint duftendes Zedernholz auf den Ambion, bis die Flammen durch das Gotteslicht im Dach schlugen.

»Akzeptiere, o Geheimnisvoller Außenseiter, diesen schönen Widder als Opfer. Wir bitten dich, sprich zu uns von den Zeiten, die kommen werden. Was sollen wir tun? Sprich nur ein Wort, und wir werden es ehren wie einen großen Schatz. Wenn du dich aber entschließen solltest zu schweigen …«

Er ließ die Arme sinken. »Wir beugen uns deinem Willen. So bitten wir dich denn, durch dieses Opfer zu uns zu sprechen.«

Der Kopf des Widders platzte in den Flammen, als Silk niederkniete, um die Eingeweide zu betrachten. »Dieser Gott spricht offen zu uns«, verkündete er, nachdem er den Anblick eine Weile studiert hatte.

»Ich glaube nicht, daß ich in einem einzigen Tier schon einmal so viel geschrieben gesehen habe. Auk, ich erkenne eine persönliche Botschaft für Euch, denn ich erkenne das Zeichen des Spenders. Darf ich sie verkünden, oder soll ich sie Euch unter vier Augen mitteilen? Ich würde sagen, es sind gute Neuigkeiten.«

Auk brummte von seinem Platz in der ersten Bank: »Tut, was Ihr für richtig haltet, Patera.«

»Nun gut. Der Außenseiter läßt uns wissen, daß Ihr in der Vergangenheit allein gehandelt habt, daß diese Zeit aber beinahe vorbei ist. Ihr werdet an der Spitze einer Truppe tapferer Männer stehen. Zusammen mit ihnen werdet Ihr triumphieren.«

Auks Lippen formten sich zu einem lautlosen Pfiff.

»Und ich erkenne hier eine Botschaft für mich selbst. Da Auk so aufrichtig war, will ich seinem Beispiel folgen. Ich soll mich dem Willen des Gottes, der spricht, und dem Willen des Pas unterwerfen. Gewiß will ich mich bemühen, beides zu tun, und nach der Art und Weise, wie es hier geschrieben steht, glaube ich sogar, daß es ein und dasselbe ist.« Silk zögerte und biß sich auf die Unterlippe. Die Freude, die er gerade noch empfunden hatte, schmolz dahin wie das Eis, das Orpines Leichnam kühlte. »Ich erkenne hier auch eine Waffe, die auf mein Herz zielt. Ich will versuchen, mich darauf vorzubereiten.« Er holte tief Luft. Er fürchtete sich und schämte sich zugleich für seine Furcht.

»Und schließlich ist hier noch eine Botschaft für uns alle: Wenn Gefahr droht, sollen wir Sicherheit zwischen engen Wänden finden. Kann mir jemand sagen, was das bedeuten soll?«

Obwohl ihm fast die Beine den Dienst verweigerten, richtete Silk sich auf und musterte das Meer der Gesichter vor sich. »Der Mann dort neben dem Bild des Tartaros. Habt Ihr einen Vorschlag, mein Sohn?«

Der Mann antwortete, aber Silk konnte es nicht verstehen.

»Würdet Ihr bitte aufstehen? Laßt uns hören, was Ihr zu sagen habt.«

»Unter der Stadt gibt es alte Gänge, Patera. Stellenweise sind sie zusammengebrochen und stellenweise voll Wasser. Ich bin mit meiner Gruppe letzte Woche auf einen gestoßen, als wir die Baugrube für den neuen Fiskus ausgeschachtet haben. Wir mußten das Loch auffüllen, damit niemand hineinfallen konnte. Es ist dort unten ziemlich eng, und es ist alles nackter Schiffsstein.«

Silk nickte. »Ich habe schon davon gehört. Ich nehme an, diese Gänge wären ein Ort, an den man fliehen könnte. Vielleicht sind sie gemeint.«

Eine Frau sagte: »Oder unsere Häuser sind gemeint. Hier ist doch niemand, der ein großes Haus hat.«

Orchid drehte sich um und funkelte sie an.

»Ein Boot«, schlug ein Mann auf der anderen Seite des Gangs vor.

»Auch das ist denkbar. Wir wollen die Botschaft des Außenseiters nicht vergessen. Ich bin sicher, daß uns die Bedeutung seiner Worte klar werden wird, wenn der richtige Augenblick gekommen ist.«

Maytera Marble stand bereits mit zwei Tauben im hinteren Teil des Manteions. Silk sagte: »Auk hat als erster Anspruch auf dieses heilige Mahl. Auk, mein Sohn, wünscht Ihr alles oder einen Teil für Euch zu beanspruchen?«

Auk schüttelte den Kopf, und Silk teilte rasch den Körper des Widders auf. Herz, Lungen und Innereien warf er, als alles andere verteilt war, ins Altarfeuer.

Maytera Marble hielt eine Taube fest, während Silk die andere vor das Heilige Fenster hob. »Akzeptiere, o Wunderschöne Kypris, diese schönen weißen Tauben als Opfer. Wir bitten dich, sprich zu uns von den Zeiten, die kommen werden. Was sollen wir tun?

Sprich nur ein Wort, und wir werden es ehren wie einen großen Schatz. Wenn du dich aber entschließen solltest zu schweigen ...«

Er ließ die Arme sinken. »Wir beugen uns deinem Willen. So bitten wir dich denn, durch dieses Opfer zu uns zu sprechen.«

Mit einer einzigen energischen Bewegung trennte er den Kopf der ersten Taube ab. Silk warf ihn in die Flammen, dann hielt er den noch flatternden, hellroten und weißen Körper hoch, um das Blut auf das Zedernholz spritzen zu lassen. Zuerst glaubte er, die sich plötzlich herandrängenden Menschen rissen nur die Augen und Münder auf, weil sie einen Teil des Opfers haben wollten oder weil irgendwo am Ambion etwas passiert sei. Vielleicht hatten seine Handschuhe oder seine Robe Feuer gefangen, oder die alte Maytera Rose war gestürzt.

Maytera Marble sah, wie im Heiligen Fenster Farben auftauchten, und sie hörte eine undeutliche Stimme. Ein Gott sprach, wie Pas zu Patera Pikes Zeiten gesprochen hatte. Sie fiel auf die Knie und gab dabei unwillkürlich die Taube frei, die sie festgehalten hatte. Das Tier schoß nach oben zum Dach, schien beinahe auf den heiligen Flammen zu tanzen, stieg hinauf durchs Gotteslicht und verschwand. Ein unrasierter Mann in der zweiten Reihe, der sah, wie sie auf die Knie sank, schloß sich ihr an. Einen Augenblick später knieten auch die bunt und prächtig gekleideten jungen Frauen, die mit Orchid gekommen waren. Sie stießen sich gegenseitig an und zupften die Freundinnen an den Röcken, die benommen auf ihren Plätzen sitzen geblieben waren. Als Maytera Marble den Kopf hob, um endlich anzusehen, was sie wahrscheinlich nur ein einziges Mal im Leben würde sehen dürfen – die tanzenden Farben, die die Gegenwart eines Gottes verhießen –, war Patera Silk schon neben sie getreten und hatte flehend die Hände gehoben.

»Komm zurück!« beschwor Silk die tanzenden Farben und das leise Rauschen. »Oh, bitte, komm zurück!«

Maytera Mint sah deutlich das Gesicht der Göttin und hörte sogar ihre Stimme, und selbst Maytera Mint, die so wenig über die Welt wußte und am liebsten noch weniger gewußt hätte, erkannte, daß Stimme und Antlitz schöner waren als bei jeder sterblichen Frau. Sie schienen andererseits aber ihr selbst sehr zu ähneln, und die Ähnlichkeit schien immer größer zu werden, je länger sie hinsah, bis sie endlich, voller Verehrung und überfließender Bescheidenheit, die Augen schloß. Es war das größte Opfer, das sie je dargebracht hatte, und sie hatte Tausende Opfer gebracht, unter denen mindestens fünf sehr große gewesen waren.

Maytera Rose kniete als letzte der drei Sibyllen nieder. Der Grund war nicht etwa mangelnde Ehrerbietigkeit. Vielmehr brauchte sie zum Niederknien bestimmte Körperteile, mit denen sie geboren worden war, die jetzt aber genaugenommen tot waren, obwohl sie immer noch funktionierten und in den nächsten Jahren weiter funktionieren würden. Echidna hatte sie für die Götter blind gemacht, das war die Strafe der Göttin gewesen, und so konnte Maytera Rose nicht mehr erkennen, als daß die heiligen Farben hin und her über das Heilige Fenster tanzten. Als die tiefe göttliche Stimme sprach, verglich sie den Klang unwillkürlich mit einem Cello. Nur hier und dort konnte sie ein Wort oder eine Redewendung aufschnappen. Der junge Patera Silk, der immer so sorglos war und der um so sorgloser wurde, je bedeutender die Dinge waren, um die es ging, hatte das Opfermesser fallen gelassen. Das Messer, das Maytera Rose inzwischen seit fast einem Jahrhundert reinigte und ölte und schärfte und das jetzt vom Blut der Taube verfärbt war. Maytera Rose streckte sich und nahm es an sich. Der Knochengriff war nicht gesprungen, und die Klinge war durch den kurzen Kontakt mit dem Boden nicht verunreinigt worden. Vorsichtshalber wischte sie es trotzdem am Ärmel ab. Dann prüfte sie abwesend die Spitze mit dem Fingernagel, während sie lauschte und gelegentlich einen kurzen Satz verstehen konnte oder zu verstehen glaubte. Es war, als spielte ein Orchester, das zu wundervoll für diesen armen Whorl war, für diesen Whorl, der wie Maytera Rose selbst verschlissen und abgenutzt war, der seine Zeit überlebt und seine wahre Blüte nie erlebt hatte. Zu alt inzwischen, obwohl noch nicht einmal so alt wie Maytera Marble, und trotzdem dem Tode so viel näher. Cellos aus den Wäldern des Mainframe, Flöten aus Diamant. Maytera Rose, die alte Maytera Rose, die so müde war, daß sie nicht einmal mehr ihre Müdigkeit spürte, hatte früher Flöte gespielt. Sie hatte seit jener Schande nicht mehr an ihre Flöte gedacht. Der Schmerz hat die Erinnerung aufgefressen, dachte sie, hat sie durch Folter zum Verstummen gebracht. Früher, ja, da hatte sie abends ihre Flöte süß, so süß erklingen lassen.

Irgendwie spürte die alte Maytera Rose, daß diese Göttin nicht Echidna war. Thelxiepeia vielleicht oder gar die Sengende Scylla. Scylla war eine ihrer Lieblingsgöttinnen, und heute war schließlich Scylsday.

Die Stimme verstummte. Langsam verblaßten die Farben, ähnlich den schönen, komplizierten Mustern auf Flußkieseln, die sich in nichts auflösen, sobald die Steine in der Sonne trocknen. Immer noch auf den Knien hockend, verneigte Silk sich und berührte mit der Stirn den Boden des Manteions. Unter den Trauernden und den Besuchern entstand ein Gemurmel, das anschwoll, bis es dem Tosen eines Sturms glich.

Silk sah sich über die Schulter zu den Gläubigen um. Einer der grobschlächtigen Männer, der neben Orchid gesessen hatte, schien zu brüllen, während er dem Heiligen Fenster mit der Faust drohte. Die Augen traten hervor, und das Gesicht war in einer Gefühlswallung, deren Natur Silk nur erahnen konnte, purpurrot angelaufen. Eine hübsche junge Frau mit Locken, die so schwarz waren wie Orchids Perlenkette, tanzte mitten im Gang zu einer Musik, die nur sie selbst hören konnte.

Silk richtete sich auf und humpelte langsam zum Ambion. »Ihr sollt alle erfahren ...«

Es war, als hätte er die Stimme verloren. Zunge und Lippen hatten sich zwar bewegt, die Luft war zwischen ihnen durchgestrichen, aber in diesem Lärm hätte sich nicht einmal ein Trompeter bemerkbar machen können.

Silk hob die Hände und blickte noch einmal zum Heiligen Fenster. Es schimmerte wieder grau und leer, als hätte nie eine Göttin mit seiner Hilfe gesprochen. Gestern im gelben Haus in der Lamp Street hatte die Göttin ihm erklärt, daß sie bald, *sehr bald* wieder mit ihm sprechen würde.

Sie hat Wort gehalten, dachte er.

Dann fiel ihm ein, daß die Register hinter dem Heiligen Fenster jetzt nicht mehr leer waren, wie sie es bisher immer gewesen waren. Eins würde jetzt etwas anzeigen, und das zweite würde die Länge der Theophanie der Göttin anzeigen, doch in Einheiten, die kein lebender Mensch begreifen konnte. Er wollte sie prüfen, um die Realität dessen zu bekräftigen, was er gerade gesehen und gehört hatte.

»Ihr sollt alle erfahren ...« Seine Stimme klang schwach und schrill, aber wenigstens konnte er sie wieder hören.

Ihr sollt alle erfahren, wie es ist, wenn man zu sprechen versucht, ohne sich selbst hören zu können, dachte er. Ihr alle sollt nie vergessen, wie ihr euch in diesem Augenblick gefühlt habt und was ihr der Göttin gesagt habt oder was ihr sagen wolltet – auch wenn ihr euch wahrscheinlich selbst nie begreifen werdet.

Der Lärm ließ allmählich nach, ebbte ab wie eine Welle auf dem See. Du mußt laut sprechen, sagte Silk zu sich selbst, aus dem Bauch. Damals in der Schule hatte man ihn gelobt, weil er diese Technik so gut beherrscht hatte.

»Ihr alle sollt erfahren, was die Göttin gesagt hat und welchen Namen sie genannt hat. Es war Kypris, die ja, wie ihr wißt, nicht zum Kreis der Neun gehört.« Und ehe er sich beherrschen konnte, fügte er noch hinzu: »Ihr sollt auch erfahren, daß Kypris sich mir schon einmal offenbart hat, als ich allein war.«

Sie hatte ihm aufgetragen, nicht darüber zu sprechen, und nun hatte er es trotz ihrer Bitte getan; er war sicher, daß sie ihm niemals verzeihen würde, wie er selbst sich niemals verzeihen würde.

»Kypris wird in den Schriften sieben Mal erwähnt. Es heißt, sie interessiere sich besonders für … für junge Frauen. Für Frauen, die zwar in heiratsfähigem Alter, aber noch jung an Jahren sind. Zweifellos hat sie sich für Orpine interessiert. Ich bin sogar sicher, daß es so war.«

Die Zuhörer hatten sich inzwischen weitgehend beruhigt, und viele hörten ihm aufmerksam zu. Er war immer noch überwältigt von der wunderbaren Erscheinung der Göttin und brachte kaum einen zusammenhängenden Gedanken zustande.

»Die Schöne Kypris, die uns so begünstigt hat, wird in den Chrasmologischen Schriften sieben Mal erwähnt. Ich glaube, das sagte ich bereits, aber es mag sein, daß einige unter euch es nicht gehört haben. Ihr werden oft weiße Tauben und weiße Kaninchen geopfert, und deshalb hatten wir heute auch die Tauben.

Ihre Mutter – Orpines Mutter, meine ich, also Orchid – hat die Tauben gestiftet.«

Glücklicherweise fiel ihm noch etwas ein. »In den Schriften wird sie als die liebste Gefährtin des Pas unter den Nebengöttern dargestellt.«

Silk hielt inne und schluckte. »Ich sagte gerade, ihr sollt alles erfahren, was sie gesagt hat. So erfordert es der Kanon. Leider kann ich mich aber nicht so an den Kanon halten, wie ich es gern tun würde. Ein Teil ihrer Botschaft war unmittelbar an die Hauptbetroffene gerichtet, und diesen Teil muß ich unter vier Augen übermitteln. Ich will dies tun, sobald der öffentliche Teil beendet ist.«

Die Menschen kamen wieder zu sich. Sogar die Klageweiber hörten jetzt mit aufgerissenen Augen und offenem Mund zu.

»Sie – die Schöne Kypris – hat drei Dinge gesagt. Eines war die private Botschaft, die ich noch übermitteln werde. Sie sagte auch, sie wolle eine Prophezeiung machen, damit wir ihr Glauben schenken. Ich denke, im Augenblick ist keiner unter uns, der nicht glauben will, was er gesehen hat. Aber möglicherweise könnte später der eine oder andere die Theophanie in Frage stellen. Möglicherweise wollte Kypris sich auch an die ganze Stadt wenden, an alle Einwohner Virons.

Ihre Prophezeiung lautet jedenfalls so: In Viron wird ein großes Verbrechen erfolgreich verübt werden. Sie breitet ihren Mantel über die … die Verbrecher, und deshalb werden sie Erfolg haben.«

Erschüttert und fieberhaft versuchend, seine Gedanken zu ordnen, verstummte Silk. Ein Mann, der neben Auk saß, rettete ihn, indem er rief: »Wann? Wann wird das sein?«

»Heute abend noch.« Silk räusperte sich. »Sie sagte, es würde heute abend geschehen.«

Der Mann schloß verblüfft den Mund und sah sich um.

»Die dritte Botschaft war diese: Sie will bald wieder in diesem Heiligen Fenster erscheinen. Ich habe sie darum gebeten – einige von euch müssen es gehört haben. Ich bat sie, wiederzukommen, und sie sagte, sie würde bald kommen. Das ... das ist alles, was ich euch im Augenblick sagen kann.«

Er sah Maytera Marbles gesenkten Kopf und spürte, daß sie für ihn betete. Wahrscheinlich betete sie darum, daß er irgendwie die Kraft und Geistesgegenwart bekäme, die er so dringend brauchte. Das Wissen darum schien ihn bereits zu stärken.

»Und jetzt muß ich die trauernde Mutter bitten, hier herauf zu kommen. Orchid, meine Tochter, bitte kommt zu mir. Wir müssen uns an ... an einen abgeschiedenen Ort zurückziehen, damit ich Euch die Botschaft der Göttin übermitteln kann.«

Er wollte sie durch die Seitentür in den Garten hinausführen. Als er an den Garten dachte, fielen ihm wieder die Färse und die anderen Opfertiere ein. »Bitte bleibt, wo ihr seid, ihr alle. Oder geht, wenn ihr wollt, und laßt andere am heiligen Mahl teilhaben. Das wäre eine verdienstvolle Tat. Sobald ich die Botschaft der Göttin übermittelt habe, werden wir die Totenmesse für Orpine fortsetzen.«

Er hatte Bloods Stock mit dem Löwinnenkopf hinter dem Heiligen Fenster abgestellt. Er holte ihn, bevor er mit Orpine zur Seitentür ging. »Draußen im Laubengang können wir uns setzen. Ich muß das Ding von meinem Bein abwickeln und gegen etwas Festes schlagen. Ich hoffe, das macht Euch nichts aus.«

Orpine gab ihm keine Antwort.

Erst als sie in den Garten hinaustraten, bemerkte Silk, wie heiß es im Manteion in der Nähe des Altarfeuers gewesen war. Der ganze Ort schien zu glühen. Die Kaninchen lagen auf der Seite und schnappten nach Luft, und man konnte fast zusehen, wie Maytera Marbles Kräuter verwelkten. Aber ihm kam der heiße, trockene Wind kühl vor, und der brennende Balken der Mittagssonne, deren Hitze ihn hätte treffen müssen wie ein Schlag, schien keine Kraft zu haben.

»Ich müßte eigentlich etwas trinken«, sagte er. »Wasser, meine ich. Wir haben ja nur Wasser. Ihr müßt sicher auch etwas trinken.«

Orchid sagte: »Na gut.« Er führte sie in den Laubengang und humpelte in die Küche, wo er heftig pumpte, bis das Wasser kam. Er tauchte den Kopf in den sprudelnden Strahl.

Wieder draußen, gab er Orchid einen Becher Wasser und füllte sich einen zweiten aus der Karaffe, die er mitgebracht hatte. »Wenigstens ist es kalt. Es tut mir leid, daß ich Euch keinen Wein anbieten kann. Ich werde dank Eurer Spende in ein oder zwei Tagen auch Wein haben, aber heute morgen hatte ich noch keine Zeit.«

»Ich habe Kopfschmerzen«, erklärte Orchid. »Wasser ist genau das, was ich brauche.« Dann fügte sie hinzu: »Sie war schön, nicht wahr?«

»Die Göttin? O ja! Sie war ... sie ist wunderschön. Kein Künstler ...«

»Ich meinte Orpine.« Orchid hatte ihren Becher geleert. Während sie sprach, hielt sie ihn Silk hin, der nickte und ihr nachschenkte.

»Kann das nicht der Grund dafür sein, daß die Göttin erschienen ist? Ich würde es mir jedenfalls gern so vorstellen, Patera. Und vielleicht ist es ja sogar die Wahrheit.«

Silk sagte: »Ich muß Euch jetzt die Botschaft der Göttin übermitteln. Ich habe schon zu lange gewartet. Sie sagte, ich sollte Euch mitteilen, daß niemand, der außer sich selbst noch etwas anderes liebt, völlig schlecht sein kann. Orpine, sagte die Göttin, hat Euch eine Weile gerettet, aber jetzt müßt Ihr etwas anderes finden, um Euch zu retten. Ihr müßt etwas Neues finden, das Ihr lieben könnt.«

Orchid schwieg. Sehr lange, wie es Silk erschien. Die weiße Färse, die unter dem sterbenden Feigenbaum lag, legte sich bequemer hin und begann wiederzukäuen. Die Menschen, die auf der Sun Street jenseits der Gartenmauer warteten, unterhielten sich aufgeregt. Silk verstand nicht, was sie sagten, aber er konnte sich ausmalen, was sie zu bereden hatten.

Schließlich murmelte Orchid: »Ist die Liebe denn wirklich wichtiger als das Leben? Bedeutet sie wirklich mehr?«

»Ich weiß es nicht. Vielleicht ist es so.«

»Ich hätte auch sagen können, daß ich eine ganze Menge Dinge liebe.« Sie verzog den Mund zu einem bitteren Grinsen. »Geld zum Beispiel. Aber ich habe Euch hundert Karten für die Beerdigung gegeben, nicht wahr? Vielleicht heißt das, daß ich das Geld doch nicht so sehr liebe, wie ich dachte.«

Silk suchte nach den richtigen Worten. »Die Götter müssen in ihrer eigenen Sprache zu uns sprechen. Wir verzerren ihre Worte immer, weil wir sie nicht richtig verstehen. Sie kennen vielleicht tausend Worte für tausend verschiedene Arten von Liebe, aber wenn sie zu uns sprechen, dann müssen sie von ›Liebe‹ sprechen, wie wir es tun. Ich glaube, daß daher manchmal unverständlich klingt, was sie uns sagen wollen.«

»Es wird mir nicht leichtfallen, Patera.«

Silk schüttelte den Kopf. »Das habe ich auch nicht angenommen, und Kypris hat das wohl auch nicht erwartet. Wenn es einfach wäre, hätte sie Euch bestimmt nicht diese Botschaft geschickt.«

Orchid spielte mit ihrer Gagatkette. »Ich habe mich schon gefragt, warum nicht irgendein Gott – Kypris oder Pas oder wer auch immer – meine Tochter retten konnte. Ich glaube, jetzt habe ich das verstanden.«

»Dann sagt es mir«, bat Silk. »Denn ich verstehe es nicht, und ich würde es gern verstehen.«

»Sie haben sie gerettet, obwohl es nicht danach aussieht. Das klingt verrückt, nicht wahr? Ich glaube, Orpine hat außer mir keinen anderen Menschen geliebt, und wenn ich vor ihr gestorben wäre ...« Orchid zuckte die Achseln. »Also ließen sie Orpine als erste gehen. Sie war wunderschön, hat viel besser ausgesehen als ich in meiner besten Zeit. Aber sie war nicht so hart im Nehmen. Jedenfalls glaube ich das. Was liebt Ihr eigentlich, Patera?«

»Ich bin nicht ganz sicher«, gab Silk zu. »Als wir uns das letzte Mal unterhalten haben, hätte ich noch gesagt, daß ich dieses Manteion hier liebe. Ich versuche, den Außenseiter zu lieben – Auk hat recht, wenn er sagt, daß ich oft über ihn spreche –, aber manchmal hasse ich ihn beinahe, weil er mir eine Verantwortung auferlegt hat, die zugleich eine große Ehre ist.«

»Ihr wurdet erleuchtet. Das hat mir jemand auf dem Weg hierher erzählt. Ihr sollt die Charta wieder einsetzen und Caldé werden.«

Silk schüttelte den Kopf und stand auf. »Wir sollten wieder hineingehen. Wir lassen Hunderte von Menschen in der Hitze warten.«

Sie klopfte ihm zum Abschied auf die Schulter, was ihn einigermaßen überraschte.

Als das letzte Opfer dargebracht und das letzte Fitzelchen des heiligen Mahles aufgeteilt war, ließ er das Manteion räumen. »Wir werden jetzt Orpine in ihren Sarg legen«, erklärte er, »und den Sarg verschließen. Die unter euch, die ihr ein letztes Mal Lebewohl sagen können, mögen das auf dem Weg nach draußen tun. Alle anderen sollten jetzt gehen. Wer den Sarg zum Friedhof begleiten will, soll draußen auf der Treppe warten.«

Maytera Rose war schon gegangen, um die Handschuhe und das Opfermesser zu säubern. Maytera Mint flüsterte: »Ich würde lieber nicht zusehen, Patera. Darf ich ...«

Er nickte, und sie eilte ins Zönobium.

Die Trauernden zogen am Sarg vorbei. Orchid wartete, um als letzte Abschied zu nehmen. Maytera Marble sagte: »Die Männer dort sind gekommen, um den Sarg zu tragen. Gestern habe ich darüber nachgedacht, daß wir jemanden finden müßten, der das übernimmt. Auf der Zahlungsanweisung stand Orchids Adresse, und so habe ich einen Jungen mit einer Nachricht zu ihr geschickt.«

»Ich danke Euch, Maytera. Wie ich schon tausendmal gesagt habe, ich wüßte gar nicht, was ich ohne Euch tun sollte. Laßt die Männer bitte am Eingang warten.«

Chenille war still auf ihrem Platz sitzen geblieben. »Ihr solltet jetzt auch gehen«, sagte er zu ihr, aber sie schien ihn nicht zu hören.

Als Maytera Marble zurückkehrte, hoben sie Orpine aus ihrem eisigen Bett und legten sie in den bereitstehenden Sarg. »Ich werde Euch auch mit dem Deckel helfen, Patera.«

Er schüttelte den Kopf. »Ich glaube, Chenille will mich sprechen, und sie wird es nicht tun, solange Ihr hier seid. Geht bitte schon zum Eingang, Maytera, wo Ihr uns nicht hören könnt, wenn wir leise sprechen.« An Chenille gewandt, fuhr er fort: »Ich werde jetzt den Deckel befestigen. Wenn Ihr wollt, können wir uns dabei unterhalten.«

Sie warf einen raschen Blick in seine Richtung, aber sie sagte nichts.

»Maytera muß in der Nähe bleiben. Wir müssen immer zu zweit sein, damit wir bestätigen können, daß keiner von uns die Tote beraubt oder geschändet hat.« Er hob grunzend den schweren Deckel an die richtige Stelle. »Wenn Ihr wissen wollt, ob ich irgend etwas von dem, was Ihr mir während der Beichte anvertraut habt, jemand anders weitererzählt habe, dann kann ich Euch beruhigen. Wahrscheinlich werdet Ihr das nicht glauben, aber ich habe das meiste sogar schon wieder vergessen. Ich bemühe mich, solche Dinge möglichst schnell wieder zu vergessen, müßt Ihr wissen. Wenn Euch vergeben ist, dann sind Eure Sünden vergessen, und dieser Teil Eures Lebens ist vorbei. Es wäre sinnlos, daran festhalten zu wollen.«

Chenille blieb nach wie vor reglos sitzen und starrte ins Leere. Ihre breite, geschwungene Stirn glänzte vor Schweiß. Als Silk in ihre Richtung sah, rollte ein Tropfen in ihr linkes Auge und kam wieder zum Vorschein, als wäre er eine Träne.

Der Sargschreiner hatte sechs lange Messingschrauben mitgeliefert, eine für jede Ecke. Sie lagen neben dem Schraubenzieher aus dem Besenschrank der Palaestra unter der schwarzen Decke bereit, die den Katafalk verhüllte. Die Löcher, die die Schrauben aufnehmen sollten, waren bereits vorgebohrt. Als Silk sie hervorholte, hörte er Chenilles zögernde Schritte im Gang und hob den Kopf. Sie sah jetzt in seine Richtung, aber ihre Bewegungen wirkten beinahe mechanisch.

Er sagte zu ihr: »Wenn Ihr Orpine Lebewohl sagen wollt, dann kann ich den Deckel noch einmal abnehmen. Ich habe die Schrauben noch nicht befestigt.«

Sie gab ein undefinierbares Geräusch von sich und schüttelte den Kopf.

»Nun gut.« Er zwang sich, nur noch an die Arbeit zu denken, die er jetzt tun mußte. Bisher war ihm noch nicht aufgefallen, wie schön sie war – nicht einmal, als er in ihrem Zimmer in Orchids Haus mit ihr gesprochen hatte. Im Garten hatte er sagen wollen, daß kein Künstler ein Gesicht malen konnte, das auch nur halb so schön war wie das der Kypris. Nun schien es ihm, als könnte man beinahe das gleiche über Chenille sagen, und einen Moment lang stellte er sich vor, wie es sein mochte, wenn er ein Bildhauer oder Maler wäre. Er würde sie neben einem Wasserlauf posieren lassen, dachte er, das Gesicht nach oben gewandt, als beobachtete sie einen Wiesenpieper …

Er spürte ihre Nähe, noch bevor er die erste Schraube festgezogen hatte. Er war sicher, daß ihre Wange höchstens eine Handbreit von seinem Ohr entfernt war. Ihr Parfüm drang ihm in die Nase, und obwohl es kaum anders war als das Parfüm der anderen Frauen und großzügiger aufgelegt, als es gut gewesen wäre, und obwohl mit dem Geruch ihres Schweißes gemischt, mit den nicht ganz so angenehmen Gerüchen von Gesichts- und Körperpuder, und trotz der Ausdünstungen ihres Wollkleides, das während des viel zu langen Sommers wohl die meiste Zeit in einer der verbeulten alten Kisten aufbewahrt gewesen war, die er in ihrem Zimmer bemerkt hatte – trotz alledem fand er den Duft, den sie ausströmte, berauschend.

Als er die dritte Schraube einsetzte, legte sie ihre Hand auf die seine. »Vielleicht solltet Ihr Euch lieber setzen«, sagte er zu ihr. »Eigentlich dürftet Ihr überhaupt nicht hier sein.«

Sie lachte leise.

Er richtete sich auf und wandte sich zu ihr um. »Maytera beobachtet uns. Habt Ihr das vergessen? Geht und setzt Euch wieder, bitte. Ich möchte nicht gern meine Autorität ausspielen, aber wenn es nicht anders geht, werde ich es tun.«

Als sie endlich sprach, klang ihre Stimme zugleich verwundert und amüsiert. Sie sagte: *»Diese Frau ist eine Spionin!«*

3

Gesellschaft

Er war zwar schon oft auf dem alten Friedhof gewesen, aber mit einer richtigen Kutsche war er noch nie hingefahren. Sie hatten bisher immer Loachs Karren benutzt, der bei solchen Gelegenheiten als Leichenwagen diente. Normalerweise ging die Prozession, wie es der Brauch verlangte, hinter dem Wagen her. Loach hatte nach der Beerdigung Silk meist eingeladen, auf dem verwitterten grauen Holzbrett, das den Kutschbock darstellte, in den Ort zurückzufahren.

Heute hatten sie allerdings einen richtigen Leichenwagen mit Glas und schwarz lackiertem Holz und schwarzen Federn und zwei schwarzen Pferden. Sie hatten das Gespann für die schwindelerregende Summe von drei Karten bei dem Sargtischler bestellt, der Orpines Sarg gezimmert hatte. Silk, der kaum noch humpeln konnte, als sie den Friedhof erreichten, war erleichtert, als der livrierte Kutscher ihm anbot, auf dem Wagen mitzufahren, und er war sehr erstaunt, als er sah, daß der Sitz im Leichenwagen sogar eine Rückenlehne hatte. Sitz und Lehne waren mit glänzendem schwarzem Leder ausgekleidet wie ein kostbarer Stuhl. Und der Sitz war sehr hoch, so daß Silk aus einem ganz neuen Blickwinkel auf die Straßen hinabschauen konnte, durch die sie fuhren.

Der Kutscher räusperte sich und spuckte exakt zwischen den Pferden aus. »Wer war sie, Patera? Eine Freundin von Euch?«

»Ich wünschte, ich könnte das sagen«, erwiderte Silk. »Aber ich habe sie niemals lebend gesehen. Ihre Mutter ist eine Freundin, oder wenigstens hoffe ich das. Sie hat übrigens auch Euren feinen Wagen und viele andere Dinge bezahlt, und deshalb stehe ich tief in ihrer Schuld.«

Der Fahrer nickte verständnisvoll.

»Das ist eine neue Erfahrung für mich«, fuhr Silk fort. »Die zweite binnen drei Tagen. Ich bin noch nie mit einem Schweber gefahren, aber vorgestern hatte ich Gelegenheit dazu, als mich ein feiner Herr in seinem Schweber nach Hause bringen ließ. Und jetzt dies hier! Wißt Ihr, das hier gefällt mir beinahe noch besser. Man kann von hier oben so viel sehen, und ich fühle mich – ich kann es kaum beschreiben. Wie ein Ratsherr vielleicht. Tut Ihr das jeden Tag? So wie heute mit dem Wagen fahren?«

Der Kutscher kicherte. »Und ich muß die Pferde striegeln und füttern und tränken und den Stall ausmisten und so weiter, und den Wagen in Schuß halten. Wachsen und polieren und alles sauber halten und die Achsen schmieren. Die Leute, die mit der Kutsche fahren, beschweren sich normalerweise ja nicht. Aber die Verwandten, die jammern immer, daß es schrecklich klingt, wenn die Achsen quietschen. Also muß ich sie schmieren, aber das ist lange nicht so anstrengend wie das Wachsen und Waschen.«

»Ich beneide Euch«, sagte Silk aufrichtig.

»Oh, es ist eigentlich kein schlechtes Leben, solange nicht zu viele Leute sterben. Ihr habt danach für heute frei, nicht wahr, Patera?«

Silk nickte. »Vorausgesetzt, es kommt nicht noch jemand und bittet um die Vergebung des Pas.«

Der Kutscher zog einen Zahnstocher aus der Westentasche. »Aber wenn jemand kommt, dann müßt Ihr Euch um ihn kümmern, nicht wahr?«

»Gewiß doch.«

»Und wie viele Tauben und Ziegen und so weiter habt Ihr erledigt, bevor wir die Tote eingeladen haben?«

Silk mußte einen Augenblick überlegen. »Zusammen waren es vierzehn, einschließlich der Vögel. Nein, insgesamt fünfzehn, weil Auk den Widder gebracht hat, den er mir versprochen hatte. Ich hatte ihn tatsächlich vergessen, obwohl seine Eingeweide mir doch gesagt haben, daß ... aber das spielt jetzt keine Rolle.«

»Fünfzehn also, und ein Widder dabei. Und ich möchte wetten, Ihr habt sie aufgeschnitten und in ihnen gelesen, was?«

Silk nickte noch einmal.

»Und Ihr seid mit Eurem schlimmen Bein durch die Gegend marschiert und habt auf dem ganzen Weg Gebete vorgelesen. Erst jetzt könnt Ihr Euch die Stiefel ausziehen, es sei denn, es stirbt jemand. Aber eigentlich habt Ihr es nicht so schlecht, Ihr Auguren, was? Beinahe so wie wir, was?«

»Es ist eigentlich kein schlechtes Leben«, sagte Silk, »solange man auf dem Rückweg mitgenommen wird.«

Sie lachten beide.

»Ist da drin was passiert? In Eurem Manteion, meine ich?«

Silk nickte. »Es wundert mich nur, daß Ihr so schnell davon gehört habt.«

»Die Leute haben darüber gesprochen, als ich angekommen bin, Patera. Ich bin nicht religiös. Ich weiß nichts über die Götter, und ich will auch nichts von ihnen wissen, aber es hat sich interessant angehört.«

»Ich verstehe.« Silk strich sich über die Wange. »In diesem Fall ist das, was Ihr wißt, genauso wichtig wie das, was ich weiß. Ich weiß nur, was wirklich herübergekommen ist, während Ihr das wißt, was die Leute darüber reden, und das ist mindestens genauso wichtig.«

»Ich habe mich gefragt, warum die Göttin erschienen ist, nachdem sich so lange kein Gott hat blicken lassen. Hat sie das gesagt?«

»Nein. Und ich konnte sie natürlich auch nicht fragen. Es gehört sich nicht, die Götter einem Kreuzverhör zu unterziehen. Und jetzt sagt mir, was die Leute draußen vor dem Manteion geredet haben. Erzählt mir alles darüber.«

Es war praktisch schon dunkel, als der Kutscher das Gespann vor dem Gartentor zügelte. Kit und Villus, die auf der Straße gespielt hatten, waren neugierig: »Ist wirklich eine Göttin erschienen, Patera?« »Eine richtige Göttin?« »Wie hat sie ausgesehen?« »Konntet Ihr sie auch wirklich gut sehen?« »Habt Ihr mit ihr gesprochen?« »Hat sie Euch etwas gesagt, Patera?« »Konntet Ihr verstehen, was sie gesagt hat?« »Was hat sie gesagt?«

Silk brachte sie mit erhobener Hand zum Schweigen. »Ihr hättet sie auch sehen können, wenn ihr zum Opfer gekommen wärt, wie es eigentlich eure Pflicht gewesen wäre.«

»Sie wollten uns nicht hineinlassen.«

»Wir mußten draußen bleiben.«

»Oh, das tut mir aber wirklich leid«, sagte Silk aufrichtig. »Ihr hättet die Schöne Kypris genauso gesehen wie ich, obwohl es die meisten Menschen – es müssen fünfhundert gewesen sein, wenn nicht noch mehr – nicht konnten. Und nun hört zu. Ich weiß, daß ihr unbedingt Antworten auf eure Fragen haben wollt. Mir würde es an eurer Stelle nicht anders gehen. Aber ich muß in den nächsten paar Tagen noch eine Menge über die Theophanie erzählen, und ich will es mir nicht selbst verderben. Außerdem werde ich es allen Schülern in der Palaestra erzählen, und zwar ganz ausführlich, und es würde euch langweilen, wenn ihr es zweimal hört.«

Silk hockte sich hin, bis er auf gleicher Höhe mit dem ziemlich schmutzigen Gesicht des kleineren Jungen war. »Aber, Kit, es gibt dabei auch eine Lektion zu lernen. Vor allem für dich. Du hast mich erst vor zwei Tagen gefragt, ob wirklich einmal ein Gott in unserem Fenster erscheinen könnte. Erinnerst du dich?«

»Ihr habt gesagt, daß es noch lange dauern würde, aber so war es nicht.«

»Ich sagte, daß es vielleicht noch lange dauern würde, Kit. Ich habe nicht gesagt, daß es ganz bestimmt noch lange dauern würde. Aber im Grunde hast du schon recht. Ich habe wirklich angenommen, daß es noch lange dauern würde, womöglich Jahrzehnte, und ich habe mich sehr geirrt. Aber ich wollte jetzt vor allem darauf hinaus, daß die anderen Schüler gelacht haben, als du diese Frage gestellt hast. Sie haben geglaubt, das sei eine komische Frage. Weißt du noch?«

Kit nickte ernst.

»Sie haben gelacht, als hättest du eine dumme Frage gestellt, weil sie geglaubt haben, es wäre tatsächlich eine dumme Frage. Sie haben sich sogar noch mehr geirrt als ich, und das muß ihnen inzwischen auch selbst klargeworden sein. Du hast nämlich eine ganz ernsthafte und wichtige Frage gestellt, und dein einziger Irrtum war, daß du jemanden gefragt hast, der nur wenig mehr darüber gewußt hat als du selbst. Du darfst dich niemals von den ernsthaften und wichtigen Fragen des Lebens ablenken lassen, und du darfst dich niemals deswegen auslachen lassen. Versuche, das nicht zu vergessen.«

Silk wühlte in seiner Hosentasche herum. »Ich möchte, daß ihr Jungs eine Besorgung für mich erledigt. Ich würde selbst gehen, aber ich kann kaum noch laufen, von Rennen ganz zu schweigen. Villus, dir gebe ich fünf Bits. So. Und du, Kit, bekommst drei. Kit, du gehst zum Gemüsehändler. Sag ihm, daß das

Gemüse für mich ist, und bitte ihn, dir für die drei Bits zu geben, was am besten und am frischesten ist. Du, Villus, gehst zum Fleischer. Sag ihm, ich möchte für fünf Bits frische Schnitzel haben.« Silk dachte nach und sagte dann: »Ich werde euch beiden je ein halbes Bit geben, wenn ihr mir bringt, was ich euch aufgetragen habe.«

Villus fragte: »Was für Fleisch wollt Ihr haben, Patera? Hammel oder Schwein?«

»Das wollen wir den Fleischer entscheiden lassen.«

Silk sah den beiden Jungen nach, die sofort losrannten. Dann schloß er das Gartentor auf und trat ein. Das Gras war, wie Maytera Marble bereits gesagt hatte, schlimm zertrampelt. Das war sogar im letzten, sterbenden Tageslicht noch zu erkennen. Auch Mayteras kleiner Nutzgarten war übel mitgenommen. Er dachte melancholisch daran, daß in einem normalen Jahr die letzten Gartenfrüchte schon vor mehreren Wochen geerntet worden wären.

»Patera!«

Maytera Rose beugte sich aus dem Fenster des Zönobiums und winkte ihm. Das war ein Benehmen, dessentwegen sie Maytera Marble oder Maytera Mint endlose Vorhaltungen gemacht hätte.

»Ja«, sagte Silk. »Was ist, Maytera?«

»Sind sie nicht mit Euch zurückgekommen?«

Er humpelte zum Fenster. »Eure Sibyllen? Nein. Sie haben gesagt, daß sie zusammen zu Fuß gehen wollten. Sie müßten bald da sein.«

»Die Zeit für das Abendessen ist schon fast vorbei«, erklärte Maytera Rose streng. Allerdings entsprach die Erklärung nicht ganz der Wahrheit.

Silk lächelte. »Das Abendessen wird sicher bald auf dem Tisch stehen, und möge Scylla Eure Mahlzeit segnen.« Er wandte sich, immer noch lächelnd, ab, bevor sie ihn weiter ausfragen konnte.

Auf der Treppe vor der Küchentür des Pfarrhauses

fand er ein kleines Päckchen, das in weißes Papier gewickelt und mit Bindfaden verschnürt war. Er hob es auf und drehte es hin und her, bevor er die Tür öffnete.

Oreb, der den verspritzten Tropfen nach zu urteilen gerade aus seinem Becher getrunken hatte, hockte auf dem Küchentisch. »Hallo, Silk.«

»Guten Tag, Vogel.« Silk holte das Schälmesser.

»Vogel schneiden?«

»Nein. Ich will das Paket öffnen. Ich bin zu müde – oder zu faul –, um die Knoten zu öffnen, aber wenn ich sie aufschneide, müßte ich trotzdem den größten Teil des Bindfadens retten können. Hast du die Ratte getötet, deren Überreste ich weggeworfen habe, Oreb?«

»Großer Kampf!«

»Ich sollte dir wohl gratulieren und dir danken. Also, ich danke dir.« Als er das weiße Papier abwickelte, legte er eine Sammlung verschiedener stark riechender Fleischreste frei. »Das ist Katzenfutter, Oreb. Nachdem man mir einmal einen Eimer voll über den Balg gekippt hat, erkenne ich es sofort. Scleroderma hat es uns versprochen, und sie hat ihr Versprechen schnell eingelöst.«

»Jetzt essen?«

»Wenn du willst, kannst du essen. Ich werde noch nicht essen. Aber du hast einen großen Teil der Ratte gefressen, die du getötet hast. Erzähl mir nicht, daß du noch Hunger hast.«

Oreb flatterte nur ein wenig mit den Flügeln und legte neugierig den Kopf schief.

»Ich bin nicht sicher, ob soviel Fleisch überhaupt gut für dich ist.«

»Gutes Fleisch!«

»Nein, besonders gut ist es eigentlich nicht mehr.« Er schob es dem Vogel hinüber. »Aber wenn ich es zurückhalte, wird es nur noch schlechter, und ich habe keine Möglichkeit, es frisch zu halten. Also, dann iß, wenn du willst.«

Oreb schnappte sich ein Stück Fleisch und schaffte es, den Fetzen halb fliegend und halb hüpfend auf den Vorratsschrank zu transportieren.

»Scylla möge auch deine Mahlzeit segnen.« Zum tausendsten Mal sagte er sich, daß ein Mahl, das Scylla segnete, logischerweise eigentlich aus Fisch bestehen mußte. Die Chrasmologischen Schriften deuteten jedenfalls darauf hin, daß dem so war. Er legte seufzend die Robe ab und hängte sie über den Stuhl, der einst Patera Pike gehört hatte. Später mußte er die Robe ins Schlafzimmer mitnehmen, sie abbürsten und ordentlich aufhängen; und dann würde er noch die Kopie der Schriften, die ins Manteion gehörte, aus der großen vorderen Tasche der Robe nehmen und an den richtigen Platz zurücklegen müssen.

Aber das hatte noch Zeit, und das war ihm ganz recht so. Er zündete ein Feuer im Herd an, wusch sich die Hände und holte die Pfanne, in der er am Tag zuvor die Tomaten gebraten hatte. Dann füllte er den alten Topf, den Patera Pike immer benutzt hatte, mit Wasser aus dem Brunnen und setzte ihn auf den Herd. Er überlegte gerade, ob er lieber Mate oder Kaffee trinken wollte, als es an der Tür zur Silver Street klopfte.

Er sperrte auf und nahm von Villus ein Päckchen entgegen, das dem Paket, das er auf der Treppe gefunden hatte, sehr ähnlich sah. Allerdings war es erheblich größer. Er suchte in seinen Taschen nach dem halben Bit, den er dem Jungen versprochen hatte.

»Patera ...« Villus hatte das kleine Gesicht in angestrengtem Nachdenken verzogen.

»Ja, was ist?«

»Ich will kein Geld haben.« Villus hielt ihm eine verdreckte Hand entgegen, in der fünf glänzende Bits lagen, kleine Quadrate, die von Karten abgeschnitten worden waren.

»Sind das meine?«

Villus nickte. »Er wollte sie nicht annehmen.«

»Ach, ich verstehe. Aber der Fleischer hat dir trotzdem die Schnitzel gegeben, und du hast das Päckchen bestimmt nicht selbst gepackt. Und nun, da er kein Geld von mir annehmen will – ich hätte dich nicht sagen lassen sollen, daß es für mich ist –, denkst du, du dürftest auch kein Geld nehmen, wenn du ein anständiger, frommer Junge sein willst.«

Villus nickte feierlich.

»Nun gut. Ich will dich natürlich nicht zwingen, es anzunehmen. Ich schulde aber deiner Mutter noch ein Bit. Also gib mir vier zurück und bringe das fünfte deiner Mutter. Willst du das tun?«

Villus nickte wieder, gab ihm die vier Bits und verschwand in der Dämmerung.

»Diese Schnitzel gehören weder dir noch mir«, erklärte Silk dem Vogel, der auf dem Vorratsschrank hockte. Er schloß die Tür zur Silver Street und legte den schweren Riegel vor. »Also laß sie in Ruhe.«

So groß die Pfanne auch war, die Schnitzel füllten sie bis zum Rand. Er sprenkelte eine winzige Prise des kostbaren Salzes darüber und setzte die Pfanne auf den Herd. »Wir werden zu Plutokraten des Übernatürlichen gemacht«, erklärte er Oreb freundlich, »und zwar in einem Ausmaß, daß es fast schon peinlich ist. Andere wie Blood haben Geld. Oder Macht, wie Ratsherr Lemur. Oder Kraft und Mut wie Auk. Wir haben die Götter und Geister.«

Vom Vorratsschrank krächzte Oreb herunter: »Silk gut!«

»Wenn das bedeuten soll, daß du verstanden hast, dann hast du eine Menge mehr verstanden als ich. Aber ich will es trotzdem versuchen. Die Plutokraten des Übernatürlichen brauchen kein Geld, wie wir gesehen haben – aber wir haben auch gesehen, daß sie manchmal welches bekommen. Kraft und Mut eilen herbei, um ihnen zu helfen.« Silk ließ sich auf den Stuhl fallen, die Gabel in einer Hand haltend und das Kinn in die andere Hand gestützt. »Sie brauchen allerdings Weisheit. Niemand versteht die Götter oder Geister, doch wir müssen sie verstehen: Lady Kypris heute, Patera oben auf der Treppe gestern abend und all die anderen Dinge.«

Oreb lugte über die Kante des Schranks. »Böser Mann?«

Silk schüttelte den Kopf. »Vielleicht willst du jetzt einwenden, ich hätte Mucor vergessen, die nicht tot ist und die deshalb kein Geist sein kann und ganz gewiß keine Göttin. Sie benimmt sich im Grund sogar genau wie ein Teufel. Da fällt mir ein, daß es ja auch noch Teufel gibt. Jedenfalls war oder ist die arme Teasel von einem besessen. Doktor Crane glaubt, sie sei von einer Art Fledermaus gebissen worden, aber sie selbst meinte, es sei ein alter Mann mit Flügeln gewesen.«

Die Schnitzel begannen zu spucken. Silk stand auf und stach prüfend die Gabel in eins hinein, dann hob er ein zweites hoch, um die braune Unterseite zu begutachten. »Da wir gerade vom Fliegen sprechen, was würdest du davon halten, wenn wir mit dem einfachsten Rätsel beginnen? Mit dir selbst, Oreb?«

»Guter Vogel!«

»Das ist mal sicher. Aber so gut, daß du mit deinem gebrochenen Flügel fliegen könntest, bist du doch nicht. Trotzdem konnte ich gestern abend, kurz bevor ich Mucor bemerkt habe und anschließend verschwinden sah, beobachten, wie du geflogen bist. Das läßt mich vermuten ...«

»Patera?« Stählerne Knöchel pochten an die Gartentür.

»Einen Augenblick, Maytera. Ich muß noch Eure Schnitzel wenden.« An Oreb gerichtet, fügte Silk hinzu: »Ich habe Mucor nicht eingeschlossen, weil ich das, was sie tut, nicht als übernatürlich bezeichnen würde. Ich gebe aber gern zu, daß es so erscheinen mag. Ich bin vielleicht der einzige in ganz Viron, der es nicht so nennen würde.«

Mit der Gabel in der Hand zog er die Küchentür weit auf.

»Guten Abend, Maytera. Guten Abend, Kit. Mögen die Götter Euch stets behüten. Ist das mein Gemüse?«

Kit nickte, und Silk nahm ihm den großen Sack ab und legte ihn auf den Küchentisch. »Wenn ich mir überlege, wie hoch die Preise heute sind, dann scheint das eine Menge Ware für drei Bits zu sein, Kit. Und da sind sogar Bananen drin – ich kann sie riechen. Die sind immer besonders teuer.«

Kit schwieg beharrlich. Maytera Marble schaltete sich ein. »Er hat draußen auf der Straße gestanden, Patera. Er hatte Angst zu klopfen. Oder vielmehr hat er vielleicht ganz leise geklopft, und Ihr habt ihn nicht gehört. Ich habe ihn in den Garten mitgenommen, aber er wollte den großen Sack einfach nicht loslassen.«

»Sehr gewissenhaft«, erwiderte Silk. »Aber, Kit, ich werde dich doch nicht beißen, wenn du mir die Lebensmittel bringst, nachdem ich dich selbst darum gebeten habe.«

Kit hielt ihm eine schmutzige Faust hin.

»Ich verstehe. Oder ich glaube zu verstehen. Er wollte das Geld nicht nehmen?«

Kit schüttelte den Kopf.

»Und du hattest Angst, ich könnte deshalb wütend sein? Nun, um ehrlich zu sein, irgendwie bin ich wirklich ein bißchen wütend. Komm, gib mir das Geld.«

Maytera Marble fragte: »Wer wollte Euer Geld nicht nehmen, Patera? Marrow im Laden ein Stück die Straße hinauf?«

Silk nickte. »Hier, Kit. Hier ist das halbe Bit, das ich dir versprochen habe. Nimm es, schließe die Gartentür hinter dir und vergiß nicht, was ich dir gesagt habe. Und hab keine Angst.«

»Ich habe Angst«, erklärte Maytera Marble, als der Junge verschwunden war. »Nicht um mich selbst, sondern um Euch, Patera. Es gefällt ihnen nicht, wenn jemand zu beliebt ist. Hat Euch die Freundliche Kypris versprochen, Euch zu behüten? Was werdet Ihr tun, wenn sie die Zivilgarde schicken, Euch abzuholen?«

Silk schüttelte den Kopf. »Ich glaube, dann werde ich mitgehen. Was könnte ich sonst tun?«

»Es kann aber sein, daß Ihr nicht zurückkommt.«

»Ich werde erklären, daß ich keinerlei politische Ambitionen habe, was die schlichte Wahrheit ist.« Silk zog seinen Stuhl näher an die Tür und setzte sich. »Ich wünschte, ich dürfte Euch hereinbitten, Maytera. Darf ich Euch wenigstens den anderen Stuhl hinausstellen?«

»Danke, schon gut«, erwiderte Maytera Marble. »Aber Euer Fußgelenk muß Euch weh tun. Ihr seid gestern einen weiten Weg gelaufen.«

»Es ist nicht mehr so schlimm wie gestern«, erwiderte Silk, indem er den Verband betastete. »Oder ich habe es nicht gemerkt, weil ich so aufgeregt war. Phaesday sind viele Dinge geschehen, und alles ging so schnell. Zuerst diese große Sache, über die ich Euch erzählt habe, als wir während des Regens im Laubengang gesessen haben. Dann ist Blood hergekommen, dann habe ich Auk getroffen und bin mit ihm zu Bloods Villa gefahren. Dort habe ich mir das Fußgelenk gebrochen, und ich hatte eine Unterredung mit Blood. Am Sphigxday habe ich der armen Teasel Pas' Vergebung gebracht, dann ist Orpine gestorben, und ich habe die Teufelsaustreibung in Orchids Haus durchgeführt, und Orchid wollte das letzte Opfer für Orpine hier bei uns abhalten. Ich bin nicht daran gewöhnt, daß so viele Dinge so schnell nacheinander geschehen.«

Maytera Marble sah ihn mitfühlend an. »Das erwartet auch niemand von Euch, Patera.«

»Gestern abend dachte ich schon, ich bekäme wieder Boden unter die Füße, um es mal so auszudrücken, und dann sind noch einige andere Dinge passiert. Heute hat Kypris uns ihre Gunst geschenkt – das erste Manteion in Viron, das sie seit mehr als zwanzig Jahren besucht hat. Wenn …«

Maytera Marble unterbrach ihn. »Das war wundervoll. Ich versuche immer noch, es richtig zu begreifen, wenn Ihr wißt, was ich meine. Ich muß es in meine Betriebsparameter integrieren. Aber es ist – Ihr wißt schon Patera, diese Sache mit Marrow zum Beispiel. Ich habe gesehen, daß die Worte ›Setzt die Charta wieder ein!‹ auf ein Haus gemalt waren. Und dann dies in unserem Manteion. Ihr müßt vorsichtig sein!«

»Ich werde daran denken«, versprach Silk ihr. »Wie ich gerade erklären wollte, habe ich mein inneres Gleichgewicht wiedergewonnen. Ich habe getan, was Ihr gerade beschrieben habt – ich habe alles in meine Betriebs- wie auch immer das heißt … ich habe es in mein Denken eingearbeitet. Während wir dem Leichenwagen gefolgt sind, hatte ich genug Zeit, alles zu durchdenken. Das war eine Gelegenheit, meine eigenen Eindrücke dem gegenüberzustellen, was ich in den Schriften lese. Vielleicht erinnert Ihr Euch an den Abschnitt, der mit diesen Worten beginnt: ›Die erhabene Natur, die das Ganze regiert, wird bald alle Dinge verändern, die du siehst, um aus ihrer Substanz andere Dinge zu erschaffen und aus deren Substanz wieder andere Dinge, auf daß sich der Whorl Tag für Tag erneuern kann.‹

In Zusammenhang mit ihrem letzten Opfer bedeutet das natürlich nichts anderes, als daß Orpine in Gestalt von Gras und Blumen wieder zu uns zurückkehren wird. Trotzdem, ich hatte bei dieser Passage den Eindruck, daß sie ganz besonders für mich aufgeschrieben worden ist und daß sie mir heute etwas Wichtiges zu sagen hat. Ich wünschte, ich könnte anderen Menschen Dinge sagen, die für sie nur halb so wichtig sind wie diese Worte für mich. Während ich die Stelle las, erkannte ich, daß ich keineswegs ein so friedvolles Leben führte, wie ich es mir eingeredet hatte, und daß mein Leben nicht einfach ohne Unterbrechung und ohne Zwischenfälle weitergehen würde, bis ich ein alter Mann bin. Nein, es war in Wirklichkeit ganz anders – mein Leben war nur eine vorübergehende Insel scheinbarer Stabilität in einem unendlichen Strom. In meinem letzten Jahr auf der Schola zum Beispiel ...«

»Patera, sagtet Ihr nicht etwas in der Art, diese Schnitzel seien für mich, als ich geklopft habe? Wolltet Ihr mir damit sagen, daß ich mir nun nicht mehr die Mühe machen muß, das Abendessen zuzubereiten? Ich bin Euch dafür sehr dankbar. Sie duften köstlich, und ich bin sicher, daß Maytera Rose und Maytera Mint sie sehr genießen werden.«

Silk seufzte. »Ihr wollt mir sagen, daß es Zeit wird, sie noch einmal zu wenden, nicht wahr?«

»Nein, Patera. Es ist Zeit, sie vom Herd zu nehmen und auf einen Teller zu legen. Ihr habt sie schon einmal gewendet.«

Er humpelte zum Herd. Oreb hatte sich über das Katzenfutter hergemacht, während er mit Kit und Maytera Marble gesprochen hatte. Die Brocken waren über den Tisch verstreut, und ein paar waren auf den Boden gefallen. Die Unterseiten der Schnitzel waren saftig-dunkelbraun. Silk häufte sie auf den größten Teller, den er im Schrank finden konnte, legte ein sauberes Tuch darüber und übergab die Ladung an Maytera Marble, die draußen vor der Türschwelle wartete.

»Ich danke Euch sehr, Patera.« Sie lugte unter das Tuch. »Herrlich! Sie sind einfach wunderbar! Ihr habt

Euch hoffentlich mindestens drei Stück für Euch selbst aufgehoben.«

Silk schüttelte den Kopf. »Ich habe gestern abend, als Auk mich zum Essen eingeladen hat, auch schon Schnitzel gegessen. Ich habe keinen großen Appetit auf Fleisch.«

Sie deutete eine Verbeugung an. »Ich muß mich sputen, damit sie nicht kalt werden.«

»Maytera?« Er humpelte hinter ihr her, folgte ihr ein Stück über den Kiesweg zum Zönobium. Der brennende Strich der Sonne war inzwischen völlig von der Blende bedeckt, und die Nachtluft lag still, trocken und heiß im Garten wie ein Mensch, der vom Fieber an den Rand des Todes getrieben wird.

»Ja, Patera?«

»Ihr sagtet, die Schnitzel dufteten köstlich. Kann irgend etwas – kann Essen wirklich gut für Euch riechen, Maytera? Ihr könnt es ja nicht zu Euch nehmen.«

»Aber ich kann es kochen, und das tue ich auch«, erinnerte sie ihn freundlich, »und deshalb weiß ich natürlich auch, wann etwas gut riecht.«

»Ich habe gerade nur an Maytera Rose gedacht, und das war nicht recht von mir. Ich hätte etwas finden müssen, das ihr drei gemeinsam genießen könnt.« Silk hielt inne, suchte vergeblich nach Worten, die nicht zu ungelenk klangen. »Es tut mir wirklich leid, und ich will versuchen, einen Weg zu finden, das wiedergutzumachen.«

»Aber ich genieße es doch, Patera. Ihr habt mir zum Beispiel die Freude gemacht, dieses gute Essen meinen Sibyllen zu bringen. Bitte, geht doch zurück ins Pfarrhaus und setzt Euch. Es bekümmert mich zu sehen, daß Ihr Schmerzen habt.«

Er zögerte, wollte noch etwas sagen, nickte schließlich und kehrte zurück. Als er sich umdrehte, verdrehte er das Fußgelenk im Verband, der sich rasch abzulösen schien, und ein heftiger Schmerz fuhr durch seinen Körper, daß er fast aufgeschrien hätte. Er mußte sich am Laubengang festhalten und fand einen passenden Ast des kleinen Birnbaums.

Irgendwo in einiger Entfernung war ein Klopfen zu hören.

Wenn er nicht bereits innegehalten hätte, dann wäre er sofort stehengeblieben. Wieder klopfte es, dieses Mal ein wenig lauter. Das Geräusch kam zweifellos von links, aus der Richtung der Sun Street. Zur Sun Street ging die Vordertür des Pfarrhauses hinaus. Das Zönobium hatte auf dieser Seite überhaupt keine Tür.

Er wollte schon dem Besucher zurufen, er möge warten, doch dann bemerkte er etwas, das ihm die Sprache verschlug. Ein Schatten (sehr schwach, weil die Lichter inzwischen fast erloschen waren) huschte hinter den Vorhängen seines Schlafzimmers vorbei. Dort oben war jemand, der dem Besucher, der geklopft hatte, die Tür öffnen würde. Jemand – so schien es ihm jetzt –, der zugesehen hatte, wie er über den Gartenweg gehumpelt war, um Maytera Marble zu folgen.

Alle Fenster des Pfarrhauses, die zum Garten hinausgingen, standen weit offen. Durch die Fenster hörte er das Tappen von Füßen, die rasch die verzogene Treppe hinunterhuschten. Und dann, unverkennbar, wurde der Balken vor der Tür zur Sun Street hochgehoben, und die Scharniere der Tür quietschten, als sie geöffnet wurde. Danach begann ein unverständliches Murmeln menschlicher Stimmen – es klang nicht sehr freundlich, wie es ihm schien.

Es war seltsam, wie wenig sein Fußgelenk jetzt noch schmerzte. So leise er konnte, öffnete er die Tür der Sellaria, aber die beiden drehten sich sofort zu ihm um, die Frau lächelnd, der Mann finster starrend.

»Da ist er ja«, erklärte Chenille. »Ihr könnt ihm jetzt selbst stecken, was Ihr ihm sagen wollt.«

Musk knurrte und stieß sie zur Seite. Wie eine Katze

schritt er mit federnden Schritten durch die Sellaria und setzte sich auf Silks Lesestuhl.

Silk räusperte sich. »Ich möchte zwar nicht unhöflich erscheinen, aber ich muß Euch beide doch fragen, was Ihr hier zu suchen habt.«

Musk grinste überheblich, während Chenille beinahe Erfolg damit hatte, ein betretenes Gesicht zu machen. »Ich wollte … ich habe nicht … ich hatte keinen Nerv, so lange hinter dem Leichenwagen herzurennen. Jedenfalls nicht mit diesen dünnen Schuhen. Orchid hat außerdem nichts davon gesagt, daß wir auch zum Grab mitgehen müßten. Sie meinte, wir sollten zur Totenmesse kommen, und das habe ich ja gemacht. Ein paar andere Mädchen sind nicht einmal ins Manteion gekommen.«

»Fahrt fort«, ermunterte Silk sie.

»Und Ihr hattet ja genau das gleiche gesagt. Daß ich kommen und beten sollte, meine ich. Habe ich ja auch gemacht.«

»Frauen dürfen das Pfarrhaus nicht betreten«, ermahnte Silk sie streng. Musk saß auf Silks Stuhl, und Silk weigerte sich aus prinzipiellen Erwägungen, in dieser Situation mit einem anderen vorliebzunehmen. »Entschuldigt mich für einen Augenblick.«

Das Wasser, das er in der Küche aufgesetzt hatte, kochte mittlerweile heftig. Er legte noch ein ordentliches Scheit nach und nahm Bloods Gehstock an sich, der in einer Ecke lehnte.

Als er in die Sellaria zurückkehrte, sagte Chenille: »Ihr habt gesagt, ich dürfte hier in dieses Haus nicht rein. Das wußte ich nicht. Ich wollte schon im Manteion mit Euch sprechen, als Ihr den Sargdeckel befestigt habt, aber das war wohl kein guter Zeitpunkt und nicht der richtige Ort, weil uns da die chemische Frau beobachtet hat. Ich wollte eigentlich dort auf Euch warten, aber Ihr seid nicht zurückgekommen. Nach ein paar Stunden bin ich dann in den Garten gegangen und habe etwas zu trinken gesucht. Ich habe dieses schnuckelige kleine Haus hier gefunden und eine Weile mit Eurem Vogel gespielt, und dann ... nun ja, wenn ich ehrlich bin, ich habe mich einfach hingelegt und bin wohl eingeschlafen.«

Silk nickte nachdenklich. »Ich weiß, daß Ihr Rost nehmt, und ich glaube, daß Ihr Euch manchmal auch schwer betrinkt. Als Ihr mir gestern während der Teufelsaustreibung erklärt habt, daß Euer Gedächtnis gut sei, habt Ihr gesagt, Ihr hättet an diesem Tag noch nichts getrunken. Habt Ihr inzwischen hier getrunken?«

»Ich würde doch keinen Schnaps zu Orpines Beerdigung mitnehmen!«

Musk kicherte. Er hatte sein Messer gezogen und schnitt sich die Fingernägel.

»Vielleicht nicht«, räumte Silk ein. »Und wenn Ihr es getan hättet, dann hätte ich das bemerkt, außer wenn es eine sehr kleine Flasche gewesen wäre. Aber Ihr habt vermutlich Geld bei Euch gehabt, und hier in der Nähe gibt es ein Dutzend Stellen, wo Ihr ohne weiteres Bier oder Branntwein oder was auch sonst kaufen könnt.«

Musk fragte: »Wieviel hat Orchid Euch gegeben?«

»Fragt sie selbst. Sie kennt Euch, und sie hat zweifellos Angst vor Euch. Anscheinend haben alle Frauen Angst vor Euch. Sie wird es Euch sicher sagen.«

»Wie ich hörte, war es eine größere Summe. So viele Blumen und soviel Viehzeug, daß alle Götter im Mainframe für die ganze kommende Woche gesättigt sind. Soviel hat sie Euch gegeben. Und dann liegt diese Hure hier in Eurem Bett, und Ihr nehmt sie Euch als nächste vor.«

Chenille strich mit den Händen über ihr Kleid. »Schaut mich an. Ich bin angekleidet. Wäre ich angezogen, wenn Ihr recht hättet?«

Silk pochte mit Bloods Gehstock auf den Boden. »Hört auf mit diesem Unfug! Seid still, alle beide.

Chenille, Ihr sagt, Ihr wolltet mit mir reden. Ich habe heute nachmittag im Manteion versucht, mit Euch zu sprechen. Ihr habt nicht geantwortet.«

Sie hatte so eine Art, mit einem schiefen Lächeln seine Füße anzustarren, als wäre sie belustigt über die abgestoßenen braunen Schuhe, und plötzlich hatte er eine Ahnung, daß er dieses Lächeln noch sehr oft sehen würde. »Erklärt Euch«, sagte er, »oder verlaßt auf der Stelle dieses Haus.«

»Ich konnte dort einfach nicht mit Euch reden, Patera. Ich mußte über so viele Dinge nachdenken! Deshalb habe ich abgewartet. Ihr wißt schon, ich mußte erst meinen eigenen Kopf auf die Reihe kriegen. Aber ich wollte auf jeden Fall unter vier Augen mit Euch sprechen.«

»Ich verstehe. Und was ist mit Euch, Musk? Seid Ihr auch gekommen, um unter vier Augen mit mir zu sprechen? Ich warne Euch, ich habe Euch einige ziemlich unangenehme Dinge zu sagen.«

Musk schien ein wenig überrascht, und das Messer verharrte einen Moment reglos über den Fingernägeln. »Ich kann es Euch auch sofort sagen. Blood hat mich geschickt.«

Silk nickte. »Das dachte ich mir schon.«

»Wieviel Zeit hat er Euch zugestanden? Vier Wochen? Oder einen ähnlichen Unfug?«

Silk nickte. »Vier Wochen, nach deren Ablauf ich eine größere Summe an ihn zahlen muß. Wenn ich das schaffe, werden wir uns noch einmal beraten.«

Musk stand geschmeidig auf. Seine Bewegungen erinnerten Silk an Mucors Luchse. Musk hielt das Messer jetzt waagrecht, die Klinge quer gelegt, und die Spitze zielte auf Silks Brust, woraufhin dieser sich an die Warnung erinnerte, die er in den Eingeweiden von Auks Widder gelesen hatte. »Daraus wird nichts. Es gilt nicht mehr. Ihr habt eine Woche, um die ganze Summe zurückzuzahlen. Eine Woche!«

Oreb, der auf einer staubigen Vitrine neben der Treppe hockte, krächzte: »Armer Silk?«

»Wir hatten eine Abmachung«, erwiderte Silk.

»Wollt Ihr sehen, was Eure verdammte Abmachung wert ist?« Musk spuckte Silk vor die Füße. »Ihr habt eine Woche, um die ganze Summe zu bezahlen. Vielleicht. Danach kommen wir wieder.«

»Böser Mann!«

Das lange Messer fuhr wie ein Blitz quer durch die Sellaria und blieb zitternd in der Wandvertäfelung über dem Vorratsschrank stecken. Oreb quakte erschrocken, und eine schwarze Feder wehte herunter.

»Ihr habt Euch da ein gefiedertes Mistvieh besorgt«, flüsterte Musk, »weil Ihr Euch bei mir einschmeicheln wollt, was? Nun, paßt gut auf! Euren Mistvogel würde ich nicht einmal einem Falken verfüttern, aber wenn Ihr ihn behalten wollt, dann solltet Ihr ihn lieber lehren, den Schnabel zu halten.«

Chenille grinste. »Wenn Ihr schon ein Messer nach ihm werft, solltet Ihr wenigstens zusehen, daß Ihr ihn auch trefft. Ein Fehlwurf ist nicht sehr beeindruckend.«

Musk fuhr herum und wollte sie schlagen, aber Silk packte sein Handgelenk und hielt ihn zurück. »Seid nicht kindisch!«

Musk spuckte ihm ins Gesicht, und der geschnitzte Hartholzgriff des Gehstocks traf Musk mit einem dumpfen, satten Knall wie ein Gummihammer unter dem Kinn. Musks Kopf flog in den Nacken, er taumelte zurück und zertrümmerte einen kleinen Tisch, als er zu Boden ging.

»Ah!« Chenille hatte mit leuchtenden Augen und offenkundiger Begeisterung zugesehen.

Musk blieb für eine oder zwei Sekunden, die den beiden viel länger vorkamen, reglos liegen. Dann öffnete er die Augen und starrte noch einen Moment benommen ins Leere. Schließlich setzte er sich auf.

Silk hob den Stock. »Wenn Ihr einen Nadler habt, dann ist dies der Augenblick, ihn zu ziehen.«

Musk sah ihn böse an, schüttelte aber den Kopf.

»Nun gut. Wie lautet Eure Botschaft? Daß ich eine Woche habe, um Blood die sechsundzwanzigtausend Karten zu zahlen?« Mit der freien Hand fischte Silk ein Taschentuch aus der Hosentasche und wischte sich Musks Spucke ab.

Musk bekam kaum die Lippen auseinander, als er knurrte: »Vielleicht sogar weniger als eine Woche.«

Silk ließ den Gehstock sinken, bis er sich darauf stützen konnte. »Sonst noch etwas?«

»Nein.« Musk stützte sich mit einer Hand an der Wand ab und rappelte sich auf.

»Dann will ich Euch noch ein Wort sagen. Heute hat Orpines Totenmesse stattgefunden. Ihr habt sie offensichtlich gekannt, und Ihr habt beide, mittelbar oder unmittelbar, für Blood gearbeitet. Ihr habt gewußt, daß sie gestorben war. Ihr habt an der Andacht nicht teilgenommen, und Ihr habt kein Opfertier für sie gestiftet. Als ihr Grab geschlossen wurde, habe ich Orchid gefragt, ob Blood ihr eine Geste der Anteilnahme hat zukommen lassen. Sie hat unmißverständlich erwidert, daß dies nicht geschehen sei. Wollt Ihr das abstreiten?«

Musk schwieg, aber sein unsteter Blick bewegte sich zur Tür, die zur Sun Street hinausging.

»Habt Ihr selbst etwas geschickt oder gesagt? Nein, geht noch nicht. Ich erlaube es nicht.«

Musk erwiderte Silks festen Blick.

»Vielleicht habt Ihr geglaubt, Blood hätte in Euer beider Namen etwas gesagt oder getan. War es so?«

Musk schüttelte den Kopf, und die verblassenden Lichter der Sellaria tanzten auf seinem fettigen Haar.

»Also gut. Ihr seid ein Mitglied der menschlichen Rasse. Ihr habt Euch Eurer mitmenschlichen Pflicht entzogen, und es ist meine Pflicht, Euch daran zu erinnern – und Euch zu lehren, Euch wie ein menschliches Wesen zu verhalten, falls Ihr das nicht wißt. Ich warne Euch, beim nächsten Mal werdet Ihr nicht so leicht davonkommen.« Silk schritt an ihm vorbei zur Tür, die zur Sun Street hinausging, und zog sie für ihn auf. »Geht jetzt in Frieden.«

Musk ging ohne ein Abschiedswort und ohne einen Blick zurück, und Silk schloß hinter ihm die Tür. Als er den Riegel vorlegte, spürte er, wie Chenille ihm einen Kuß in den Nacken drückte. »Laßt das!« protestierte er.

»Ich wollte es aber gerne tun, und ich wußte, daß Ihr mich Euer Gesicht nicht würdet küssen lassen. Übrigens hatte er einen Nadler.«

»Ich habe das vermutet. Ich habe auch einen. Wollt Ihr Euch jetzt bitte setzen? Egal wo. Mein Fußgelenk tut weh, und ich kann nicht sitzen, solange Ihr steht.«

Sie entschied sich für den unbequemen Holzstuhl, auf dem Horn am Abend zuvor gesessen hatte. Silk ließ sich dankbar auf seinem gewohnten Platz nieder. Cranes Verband war inzwischen stark ausgekühlt. Er wickelte ihn ab und prügelte damit auf die Fußbank ein. »Ich habe versucht, das öfter zu machen«, sagte er, »aber es scheint nicht viel zu nützen. Wahrscheinlich muß er erst völlig auskühlen, ehe er wieder warm werden will.«

Chenille nickte.

»Ihr habt gesagt, Ihr wolltet mich sprechen. Darf ich Euch vorher noch eine Frage stellen?«

»Fragen dürft Ihr«, erwiderte Chenille, »aber ich weiß nicht, ob ich auch antworten kann. Worum geht es?«

»Als wir im Manteion waren – als ich den Deckel auf Orpines Sarg befestigt habe –, habt Ihr gemeint, sie sei eine Spionin, wolltet aber nichts weiter sagen, als ich fragte, was das zu bedeuten hätte. Vor ein paar Minuten erst hat mich eine unserer Sibyllen gewarnt, ich sei möglicherweise in Gefahr, weil ein paar Leute aus unserem Viertel anscheinend versuchen, mich in die Politik zu drängen. Wenn bekannt wird, daß ich für eine Spionin eine Beerdigungsfeier durchgeführt habe, wird die Gefahr mit Sicherheit größer, und deshalb ...«

»Aber nein, Patera! Ich habe nicht Orpine gemeint. Ich habe über mich selbst gesprochen – ich habe es nur ausgedrückt, als ginge es um einen anderen Menschen. Das ist eine unschöne Angewohnheit von mir.«

»Ihr habt *über Euch selbst* gesprochen?«

Sie nickte lebhaft. »Ihr müßt wissen, Patera, daß ich bis dahin noch gar nicht begriffen hatte, was da vor sich ging – was ich getan hatte. Als ich während der Andacht in der Bank saß, kam es plötzlich über mich, als hätte mich ein Blitz getroffen. Aber das ist ziemlich schwer zu beschreiben.«

Silk legte sich den Verband wieder ums Fußgelenk. »Ihr habt unsere Stadt ausspioniert? Viron? Versucht jetzt nicht, Ausflüchte zu machen oder Euch herauszureden, meine Tochter. Das ist eine äußerst ernste Angelegenheit.«

Chenille starrte seine Schuhe an.

Nachdem ein paar Sekunden in drückendem Schweigen verstrichen waren, schielte Oreb über den Rand der Vitrine. »Mann weg?«

»Ja, er ist weg«, sagte Chenille. »Aber es kann sein, daß er zurückkommt, also sei vorsichtig.«

Die Nachtdohle nickte und begann mit Musks Messer zu kämpfen. Der Vogel zog mit dem Schnabel am Knauf, hockte sich auf den Griff und stemmte ein rotes Bein gegen die Wand. Chenille sah ihm zu, offensichtlich amüsiert. Wahrscheinlich, dachte Silk, ist sie dankbar für die Ablenkung.

Er räusperte sich. »Ich sagte, ich wollte Euch nur eine einzige Frage stellen, und jetzt sind bereits mehrere daraus geworden. Dafür will ich mich entschuldigen. Ihr habt durchblicken lassen, daß Ihr meinen Rat hören wollt, und ich habe gesagt oder wenigstens deutlich gemacht, daß Ihr ihn bekommen könnt. Was wolltet Ihr nun mit mir besprechen?«

»Genau das«, erwiderte sie und riß sich vom eifrig beschäftigten Vogel los. Sie sah Silk in die Augen. »Wie Ihr richtig gesagt habt, stecke ich in großen Schwierigkeiten. Ich bin nicht sicher, wie groß die Euren sind, Patera, aber ich vermute, daß meine Probleme größer sind. Wenn die Zivilgarde herausfindet, was ich gemacht habe, dann wird man mich wahrscheinlich auf der Stelle erschießen. Als erstes muß ich mir einen Ort suchen, wo er mich nicht finden kann, denn wenn er mich findet, stecke ich noch tiefer in der Klemme. Ich weiß nicht, wo ich bleiben soll, aber ich will heute abend auf keinen Fall zu Orchid zurück.«

»Er?« Silk schloß für einen Moment die Augen, und als er sie wieder öffnete, fragte er direkt: »Doktor Crane?«

Chenille riß die Augen auf. »Ja. Woher wißt Ihr das?«

»Ich wußte es nicht. Es war nicht mehr als eine Vermutung, und ich glaube, ich sollte dankbar dafür sein, daß ich recht hatte. Aber ich bin nicht dankbar.«

»Habt Ihr es erraten, weil er gestern in mein Zimmer gekommen ist, während wir geredet haben?«

Silk nickte. »Aus diesem und aus anderen Gründen. Zum Beispiel, weil er Euch, wie Ihr mir gestern verraten habt, einen Dolch geschenkt hat. Weil Ihr die erste Frau wart, die er in Orchids Haus aufgesucht hat, und weil er Euch manchmal Rost geschenkt hat. Natürlich wäre es denkbar gewesen, daß er Euch nur deshalb als erste untersucht hat, um Euch einen Gefallen zu tun, so daß Ihr früher ausgehen konntet, was Ihr ja gestern anscheinend auch vorhattet. Aber es schien auf der Hand zu liegen, daß ein guter Grund für die Bevorzugung auch der sein konnte, daß er eine Gegenleistung von Euch erwartet hat; und Informationen irgendeiner Art waren eine von mehreren Möglichkeiten.«

Silk hielt inne und rieb sich nachdenklich die Wange. »Als Ihr Orpine begegnet seid, hattet Ihr den Dolch am Körper verborgen. Die meisten Frauen, die Waffen besitzen, tragen sie aber nur bei sich, wenn sie abends ausgehen; das habe ich jedenfalls gehört. Aber Blood hat anscheinend erwartet, Euch zum Abendessen bei Orchid zu sehen, und später habt Ihr mir selbst gesagt, Ihr müßtet am Abend bei Orpine schwer arbeiten.«

»Frauen wie ich, die nachts ausgehen müssen, brauchen eben eine Waffe, Patera, das könnt Ihr mir glauben.«

»Ich glaube es Euch. Aber Ihr wolltet ja gar nicht im Dunklen ausgehen. Also seid Ihr einer anderen Gefahr entgegengegangen oder habt dies wenigstens geglaubt. Daß der Mann, der Euch den Dolch geschenkt hat, der gleiche Mann war, der Euch in die Gefahr geschickt hat, schien mir naheliegend. Wollt Ihr mir nicht verraten, wohin Ihr gehen wolltet?«

»Ich wollte … nein. Noch nicht. Es ist noch zu früh.« Sie beugte sich vor, aufrichtig und ehrlich besorgt, und in diesem Augenblick hätte er schwören können, daß ihr selbst nicht bewußt war, wie schön sie war. »Das ist alles falsch. Ich meine, es stimmt – die Tatsachen stimmen –, aber es kommt mir irgendwie alles so komisch vor. Es scheint, als käme ich eigentlich aus einer anderen Stadt, aber ich bin wie Ihr in Viron geboren. Ich bin hier zur Welt gekommen, und ich habe Wasserkresse auf dem Markt verkauft, als ich kaum größer war als der Hocker da, auf den Ihr Euer Bein gelegt habt.«

Silk nickte und fragte sich, ob sie wußte, wie groß seine Sehnsucht war, sie zu berühren. »Ich glaube Euch, meine Tochter. Wenn Ihr wünscht, daß ich die Wahrheit erfahre, dann müßt Ihr sie mir auch sagen. Was habt Ihr denn nun am Anfang geglaubt?«

»Crane war einfach mein Freund, wie ich gestern schon sagte. Er war freundlich, und er hat mir Geschenke mitgebracht, obwohl ich keine von ihm verlangt hatte. Erinnert Ihr Euch an den Blumenstrauß? Chenillen waren es, klein und schön anzusehen. Die meisten Mädchen mögen ihn, und manchmal habe ich mich ihm umsonst hingegeben. Er bevorzugt große Mädchen, und er lacht oft selbst darüber.«

Silk sagte: »Seine geringe Größe ist ihm etwas peinlich; das hat er mir anvertraut, als wir uns das erste Mal begegnet sind. Vielleicht fühlt er sich größer, wenn er mit großen Frauen beisammen ist. Fahrt fort.«

»So war das zwischen uns, seit ich bei Orchid eingezogen bin. Er hat nicht gesagt: Du mußt dieses und jenes für mich ausspionieren und deine Stadt verraten, und dann schenke ich dir eine Uniform. Wir haben vor ein paar Monaten geredet, vier oder fünf Mädchen im großen Zimmer. Crane war dabei. Sie haben Witze darüber gerissen, was er macht, wenn er uns untersucht. Die Routineuntersuchungen. Ihr wißt doch, was ich meine, oder?«

»Nein«, erwiderte Silk müde, »aber ich kann es mir lebhaft vorstellen.«

»Jemand hat eine Bemerkung gemacht, daß ein Commissioner da gewesen wäre, und Crane hat durch die Zähne gepfiffen und gefragt, wer ihn bedient hat. Ich sagte, ich war das, und er wollte wissen, ob der Commissioner mir ein großes Trinkgeld gegeben hätte. Später, als er mich untersucht hat, wollte er noch wissen, ob dieser Commissioner den Caldé erwähnt hätte.«

Silk zog die Augenbrauen hoch. »Den Caldé?«

»Ich habe mich auch gewundert, Patera. Ich sagte, nein, er hat nichts dergleichen gesagt, und überhaupt hätte ich doch gedacht, daß der Caldé tot sei. Ja, klar, meinte Crane, sicher, er ist tot. Aber als wir fertig waren und ich mich wieder anzog, meinte er, wenn dieser Commissioner oder sonst jemand noch einmal etwas über den Caldé oder die Charta sagen würde, dann sollte ich es ihm erzählen. Und wenn jemand etwas über einen Ratsherren sagte. Nun ja, mein Kunde hatte tatsächlich etwas über die Ratsherren gesagt …«

»Was denn?« wollte Silk wissen.

»Nur, daß er zum See hinaus wollte, um sich mit zweien zu treffen. Mit Tarsier und Loris. Ich machte oh! und ah!, weil er das zu erwarten schien, aber es kam mir nicht so vor, als wäre das besonders wichtig gewesen. Versteht Ihr, was ich meine?«

»Gewiß.«

»Als ich dann angezogen war und hinausging, kam Crane gerade aus Violets Zimmer und gab mir so ein zusammengefaltetes Stück Papier. Er hat es – Ihr wißt schon, Patera – er hat es mir hier reingesteckt. Als ich allein war, habe ich es herauszogen und es gelesen. Es war eine Zahlungsanweisung über fünf Karten, unterschrieben von einem Kerl, von dem ich noch nie etwas gehört hatte. Ich dachte, das Ding wäre vielleicht wertlos, aber weil ich sowieso in die Richtung mußte, habe ich es zum Fiskus mitgenommen, und die haben mir tatsächlich fünf Karten ausgezahlt und überhaupt nicht gefragt, wer ich sei und wie ich die Zahlungsanweisung bekommen hätte. Einfach so, fünf Karten, bar auf die Theke.« Chenille hielt inne und wartete auf seine Reaktion. »Was glaubt Ihr, wie oft ich ein Trinkgeld von fünf Karten einsacken kann, Patera?«

Er zuckte die Achseln. »Da Ihr einen Commissioner bedient habt, würde ich annehmen, daß es vielleicht einmal im Monat vorkommt.«

»Diese Gelegenheit nicht mitgezählt, ist mir das in meinem ganzen Leben nur zweimal passiert, und das ist die reine Wahrheit. In Orchids Haus muß ein Gast zehn Bits zahlen, wenn er reinkommen und die Mädchen ansehen will, und wenn er mit aufs Zimmer will, muß er mir eine Karte bezahlen, und die muß ich mit Orchid teilen, es sei denn, es ist jemand wie dieser Commissioner. Der kommt umsonst rein und kriegt es auch umsonst, weil niemand Ärger haben will. Er bekommt nur das Beste von allem, und man muß ihm immer sagen, wie gut er ist, und normalerweise gibt er nicht einmal Trinkgeld. Von denen, die zahlen, kriege ich, wie ich schon sagte, eine Karte. Wenn sie wollen, bekommen sie mich dafür die ganze Nacht. Also, wenn der erste mich für die ganze Nacht nimmt und mir kein Trinkgeld gibt, dann bleibt mir eine halbe Karte.«

Silk sagte: »Ich kenne Menschen, die bekommen für eine ganze Woche schwerer Arbeit nicht einmal eine halbe Karte.«

»Natürlich. Was glaubt Ihr, warum wir das machen? Aber ich wollte damit eigentlich sagen, daß ich in einer guten Woche mit Trinkgeld vielleicht vier oder fünf oder höchstens sechs Karten verdienen kann. Aber wenn ich in einer Woche mal etwas Glück habe, dann verdiene ich in der folgenden Woche höchstens zwei oder drei Karten. Und jetzt hatte ich soviel bekommen wie in einer guten Woche, nur weil ich Crane erzählt habe, was der Commissioner gesagt hatte. Das war toll! Ihr werdet mir jetzt sicher sagen, daß ich es hätte durchschauen müssen, aber ich habe damals nicht weiter darüber nachgedacht, und das ist die reine Wahrheit.« Chenille hielt wieder inne und wartete, ob er ihr Vorwürfe machen würde.

Silk murmelte: »So hat das also angefangen. Und wie ging es dann weiter?«

»Seitdem habe ich ihm vielleicht sechs oder acht andere Sachen weitererzählt und ein paarmal tagsüber für ihn Dinge zu irgendwelchen Leuten gebracht. Und wenn dann ein Commissioner oder ein Colonel – jemand in dieser Art – zu Orchid kommt, dann bin ich ausgesprochen nett und bearbeite ihn nicht, um Trinkgeld und Geschenke zu bekommen, wie es die anderen Mädchen immer machen. Deshalb fragen diese Leute auch nach mir, wenn ich gerade mal nicht da bin.«

Die Nachtdohle regte sich unruhig auf der Vitrine. Der Vogel legte fragend den Kopf schief und klappte den langen roten Schnabel halb auf.

»Und seit ich Orpine da auf den Eisblöcken liegen sah, habe ich nachgedacht.« Chenille rückte ihren Stuhl näher an Silks Stuhl heran und senkte die Stimme. »Müßt Ihr wirklich Blood sechsundzwanzigtausend Karten auf den Tisch legen, wenn Ihr das Haus hier behalten wollt? So habe ich Musk verstanden.«

Silk nickte fast unmerklich.

»Also gut. Warum ... warum versuchen wir zwei nicht, es von Crane zu bekommen, Patera?«

»Mann da«, warnte Oreb. »Draußen.«

Chenille sah ängstlich zu dem Vogel hinauf.

»Jetzt da«, beharrte Oreb. »Nicht klopfen.«

4

Der Stellvertreter

Silk stand so leise wie möglich auf. Er mußte daran denken, daß es ihm nicht gelungen war, Musk und Chenille zu überraschen. Er ließ Bloods Gehstock am Stuhl stehen, ging quer durch den Raum zur Tür, die zur Sun Street ging, zog den schweren eisernen Riegel aus der Halterung (er hielt die Eisenstange fest, um sie im Notfall als Waffe benutzen zu können) und riß die Tür auf.

Der große, mit einer schwarzen Robe bekleidete Mann, der vor der Treppe auf der Straße wartete, schien nicht im mindesten überrascht. »Hat mein Kommen Euch irgendwie … äh … irgendwie aufgeschreckt, Patera?« fragte er mit nasaler Stimme. »Ich habe versucht, diskret und … äh … und so wenig aufdringlich wie möglich zu sein. Versteht Ihr? Ich war leise, aber ich bin in solchen Dingen wohl nicht sehr geschickt. Ich stand vor Eurer Türe und hörte die … äh … die Stimme einer Dame.«

Silk lehnte den Riegel an die Wand. »Ich weiß, daß dies etwas eigenartig aussieht, Euer Eminenz, aber …«

»O nein, nein, nein! Ihr habt gewiß Eure Gründe, gar keine Frage, Patera.« Der Mann in der schwarzen Robe verneigte sich tief. »Guten Abend, Gnädigste. Guten Abend, und mögen Euch in dieser Nacht alle Götter behüten.« Er schenkte Silk ein strahlendes Lächeln, daß die Zähne sogar im trüben Schein der Himmelsländer blitzten. »Ich habe mich wirklich sehr bemüht, mich so weit fernzuhalten, daß ich nicht etwa versehentlich zum ... äh ... zum Lauscher wurde, Patera. Ihr wart gerade eben bis vor die Türe zu hören, die Stimme der Dame trug ein wenig weiter. Ich konnte nur hören, daß jemand sprach, und auch das nur, wenn gerade kein Wagen vorbeigefahren ist, wenn Ihr mir folgen könnt. Aber ich habe kein Wort von dem verstanden, was gesprochen wurde. Ich konnte kein einziges Wort verstehen.« Er lächelte wieder. »Die Reizende Scylla soll meine Zeugin sein!«

Silk trat hinaus auf die Treppe. »Es tut mir wirklich leid, daß ich so heftig geworden bin, Euer Eminenz. Wir hatten gehört ... oder besser, erfahren, daß ...«

»Das ist doch völlig in Ordnung Patera.« Er hob abwehrend die Hand. »Das ist doch überhaupt keine Frage.«

»... daß jemand draußen sei, aber wir wußten nicht, wer es war.« Silk holte tief Luft. »Ihr müßt etwas sehr Dringendes zu erledigen haben, sonst wärt Ihr nicht so spät noch gekommen, Euer Eminenz. Wollt Ihr nicht eintreten?«

Er hielt die Tür auf und versperrte sie wieder, als der Mann mit der schwarzen Robe eingetreten war. »Wir haben nur eine bescheidene Sellaria, fürchte ich. Es ist dennoch der beste Raum, den wir haben. Ich kann Euch Wasser und – und Bananen anbieten, falls Ihr welche mögt.« Ihm fiel ein, daß er Kits Beutel noch nicht untersucht hatte. »Vielleicht sogar noch andere Früchte.«

Der Mann mit der schwarzen Robe lehnte Silks Angebot mit einer Handbewegung ab. »Ihr habt diese junge Dame unterwiesen, was, Patera? Ihr habt ihr doch hoffentlich nicht gerade die Beichte abgenommen? Nein, das habt Ihr nicht getan, das weiß ich, obwohl ich doch kein Wort verstanden habe. Ich erkenne den ... äh ... den Tonfall der Vergebung des Pas. Das denke ich mir jedenfalls, nachdem ich sie so viele,

viele Male selbst intoniert habe. Die Litanei der Heiligen Namen, was? Ich spreche nun für den Großen Pas, für die Göttliche Echidna, für die Sengende Scylla und für die anderen. Aber ich habe nichts dergleichen gehört. Ich habe überhaupt nichts gehört.«

Chenille, die Silk zur Tür gefolgt war und jetzt hinter ihm im Eingang stand, fragte: »Seid Ihr auch ein Augur, Patera?«

Der Mann mit der schwarzen Robe verneigte sich abermals und hob das verlassene Kreuz, das er trug. Die Goldkette blinkte in der düsteren kleinen Sellaria wie der Goldene Pfad. »Das bin ich tatsächlich, meine Liebe. Und zwar einer, der durchaus fähig ist, sich diskret zu verhalten, denn eigentlich sollte ich gar nicht sein, wo ich heute bin, was? Ihr habt also nichts zu befürchten, denn ich habe kein einziges Wort von dem gehört, was Ihr gesprochen habt.«

»Ich bin sicher, daß ich Euch völlig vertrauen kann, Patera. Ich wollte aber gerade sagen, daß Patera Silk und ich jetzt wahrscheinlich sowieso eine Weile geschwiegen hätten. Ich kann irgendwo hingehen und in einer oder zwei Stunden zurückkommen – je nachdem, wie lange Ihr für Eure Angelegenheiten braucht.«

Silk starrte sie erstaunt an.

»Eine Dame wie Ihr, meine Liebe? In *diesem* Stadtviertel? Ich will nicht … äh … ich will nichts davon hören. Keinen Augenblick dürft Ihr dort allein hinaus! Aber vielleicht kann ich einen Moment mit Patera sprechen? Und dann werde ich mich sofort wieder zurückziehen.«

»Natürlich«, sagte Chenille. »Bitte tut einfach so, als wäre ich nicht da, Euer Eminenz.«

Er war mehr als einen halben Kopf größer als Silk (obwohl Silk beinahe so groß war wie Auk) und mindestens fünfzehn Jahre älter. Dünne, pechschwarze Haare rutschten ihm immer wieder in die Stirn;

während er sprach, warf er oft den Kopf zurück, um sie sich aus den Augen zu halten.

»Ihr seid Patera Silk, nicht wahr? Ich glaube nicht, daß ich schon das Vergnügen hatte, Euch zu begegnen, Patera. Wir sind uns völlig fremd, was? Oder beinahe, oder doch so sehr, daß man es beinahe so ausdrücken könnte. Ich wünschte, es wäre anders. Ich wünschte … äh … ich wünschte, wir könnten uns jetzt als alte Freunde begegnen, was? Aber ich habe Euch übel mitgespielt, was? Vor ein paar Jahren. Ich gebe es zu. Ich muß es zugeben. Das ist überhaupt keine Frage, aber ich muß ja immer das tun, was für das Kapitel das Beste ist, was? Das Kapitel ist schließlich unsere Mutter, es ist wichtiger als jeder einzelne Mann. Mein Name ist Remora.«

Er schenkte Chenille ein Lächeln. »Diese junge Schönheit mag es vorziehen, diskret … äh … ganz diskret ihre Anonymität zu wahren, was? Das könnte das klügste sein, was? So sei es, wenn sie es wünscht, und ich werde es nicht als unhöfliche Geste auffassen.«

Chenille nickte. »Wenn es Euch nichts ausmacht, Patera.«

»Oh, ganz gewiß nicht, nein.« Remora fuchtelte wieder abwehrend mit der Hand herum. »Wirklich nicht. Weil ich … äh … weil ich es Euch ja selbst vorgeschlagen habe.«

Silk sagte: »Ihr wart bei meiner Weihe anwesend, Euer Eminenz. Ihr habt auf dem Podium gestanden, rechts neben unserem Prälaten. Ich kann aber sicher nicht erwarten, daß Ihr Euch an mich erinnert.«

»Oh, aber ich erinnere mich! Wirklich! Wollt Ihr Euch nicht setzen, mein Freund? Also, wirklich, Silk. Schließlich seid Ihr geehrt worden, was? Die jungen Burschen, die geehrt werden, vergesse ich nie. Ihr wart der kräftigste Bursche, der zu jener Zeit in den alten Mauern gewohnt hat. Ich weiß noch, was ich zu Quetzal gesagt habe – zum Prolokutor, mein Lieber, obwohl ich eigentlich Seine Kogniszenz hätte sagen müssen. Ich habe danach gesagt, daß Ihr eigentlich in die Arena gehören würdet. So haben wir ... äh ... deshalb haben wir Euch hierher geschickt. Ja, das haben wir getan. War natürlich nur ein Scherz. Ich war ... äh ... ich war dafür verantwortlich. Meine Schuld, ganz allein meine Schuld. Daß Ihr hierher geschickt worden seid, meine ich. In dieses Viertel, in dieses Manteion. Ich habe das vorgeschlagen.« Mit einem schrägen Blick zu den Trümmern des Tisches, über den Musk gefallen war, ließ Remora sich auf Silks Lesestuhl sinken. »Ich habe darauf gedrängt – so setzt Euch doch, Patera –, und der liebe Quetzal hat zugestimmt.«

»Ich danke Euch, Euer Eminenz«, sagte Silk. »Ich bin Euch sehr dankbar. Ich hätte an keinen besseren Ort kommen können.«

»Oh, das meint Ihr doch nicht im Ernst. Ich kann Euch keine Vorwürfe machen. Nein, das kann ich wirklich nicht, was? Überhaupt nicht. Ihr habt es hier sehr schlecht getroffen. Ich ... äh ... wir wissen das, Quetzal und ich. Wir erkennen das. Aber Euer armer alter ... äh ... Euer Vorgänger. Wie war noch gleich sein Name?«

»Pike, Euer Eminenz. Patera Pike.«

»Ganz recht, Patera Pike. Was wäre gewesen, wenn wir dem alten Pike einen dieser zappeligen jungen Kerle geschickt hätten, was? So einen hätte man hier in diesem Viertel gleich am ersten Tag umgebracht und aufgefressen. Ihr wißt das heute, Patera, und ich wußte es damals schon. Deshalb habe ich Quetzal vorgeschlagen, Euch zu schicken, und er hat sofort eingesehen, wie logisch das war. Und Ihr wißt das jetzt auch, was? Ihr habt es ganz von selbst erkannt. Nachdem Pike in einem ... äh ... in eine angenehmere Umgebung übergewechselt ist. Ihr habt wirklich gut, sehr gut gearbeitet, Patera. Außergewöhnlich gut ... äh ...

habt Ihr hier gearbeitet. Ich glaube, es ist wirklich nicht übertrieben, wenn ich das sage.«

Silk unterbrach ihn. »Ich würde Euch gern zustimmen, Euer Eminenz.« Die Worte kamen mit langen Pausen und wogen schwer wie Wegsteine. »Aber dieses Manteion ist verkauft worden. Ihr werdet das inzwischen sicher wissen. Wir konnten nicht einmal mehr die Steuern bezahlen. Es ist in den Besitz der Stadt übergegangen. Ich bin sicher, daß das Kapitel informiert wurde, auch wenn man es versäumt hat, mich zu unterrichten. Der neue Besitzer will das Manteion und die Palaestra schließen, und es kann sein, daß er beide Gebäude abreißen läßt.«

»Er hat schwer gearbeitet, meine Liebe«, sagte Remora zu Chenille. »Ihr lebt nicht in diesem Viertel, nicht wahr? Deshalb könnt Ihr es nicht wissen. Aber er hat wirklich sehr hart gearbeitet.«

»Danke, Euer Eminenz«, sagte Silk. »Ihr seid sehr freundlich. Ich wünschte, Eure freundlichen Worte wären wirklich berechtigt. Ich wünschte, ich hätte dieses Manteion erfolgreicher verwaltet. Als ich mich bei Euch dafür bedankt habe, daß Ihr mich hergeschickt habt, war ich nicht sehr höflich. Ich mag diesen Ort eigentlich nicht – diese engen, alten, heruntergekommenen Gebäude und das alles. Ich habe versucht, mir einzureden, daß ich mich hier wohl fühlte. Aber die Leute – hier leben viele Menschen. Das wird Euch jeder bestätigen können. Die Guten unter ihnen sind durchs Höllenfeuer gegangen und trotzdem gut geblieben, obwohl der Whorl alles gegen sie geschleudert hat, was es nur an Unbilden gab. Ihr findet ihresgleichen nicht im ganzen Whorl. Und selbst bei den Bösen wärt Ihr überrascht …«

In diesem Augenblick flatterte Oreb mit Musks Messer im Schnabel in Chenilles Schoß herunter.

»Was? Das ist aber ganz außergewöhnlich! Was ist das?«

»Oreb hat sich einen Flügel ausgerenkt«, erklärte Silk. »Ich habe ihn versehentlich verletzt, Euer Eminenz. Ein Arzt hat gestern den Knochen gerichtet, aber es ist noch nicht verheilt.«

Remora unterbrach Silks Ausführungen zu Orebs Verletzung. »Ich meine den Dolch, was? Ist das Eurer, meine Liebe?«

Chenille nickte ernst. »Ich habe ihn geworfen, um im Gespräch mit Silk ein Argument zu unterstreichen, Euer Eminenz. Oreb hat ihn mir freundlicherweise zurückgebracht. Ich glaube, er mag mich.«

Oreb pfiff.

»*Ihr* habt ihn geworfen? Ich will nicht … äh … ich will ja nicht unhöflich sein, meine Liebe, aber …«

Chenilles Hand zuckte in Richtung der Vitrine, und die Vertäfelung darüber knallte wie eine Pauke. Die Klinge halb ins Holz eingedrungen, blieb Musks Messer stecken, ohne zu zittern.

»Oh! Ihr Götter!« Remora stand auf und untersuchte das Messer. »Also, ich hätte nie … das ist aber wirklich … äh … also – das ist äußerst …« Er packte den Griff und versuchte, das Messer herauszuziehen, aber er schaffte es nicht, ohne es hin und her zu bewegen. »Hier in der Wand ist nur ein einziges Loch.«

»Ich dachte, Patera Silk zieht es vor, wenn ich nicht zu viele Löcher in seine Wände mache«, erwiderte Chenille bescheiden.

»Ha!« Remora schnaubte triumphierend, als er das Messer endlich freibekam. Er gab es ihr mit einer tiefen Verneigung zurück. »Eure Waffe, meine Liebe. Ich wußte ja, daß dieses Viertel etwas – wie soll ich sagen? – etwas rauh ist. Gefährlich. Gesetzlos. Und ich habe den zerbrochenen Tisch gesehen. Aber mir war nicht klar – Patera, meine … äh … unsere Bewunderung für Euch war bisher schon sehr groß. Aber es ist … äh … meine ist jetzt … nun ja …« Er setzte sich wieder. »Ich wollte gerade darauf zu sprechen kommen, Patera. Ihr könnt Euch vielleicht vorstellen, daß wir … äh … Quetzal und ich …«

Er wandte sich wieder an Chenille. »Dieser gute Augur hier weiß, daß ich … äh … der Stellvertreter Seiner Kogniszenz bin, meine Liebe. Zweifellos ist Euch der … äh … mein Titel vertraut. Ich bin sein Adjutant, wie es bei der Zivilgarde heißen würde. Sein Koadjutor, was? Das ist … äh … die offizielle, korrekte Bezeichnung, so heißt es richtig. Und ich wollte gerade sagen, daß wir Pateras Fortschritte mit großer Aufmerksamkeit und Bewunderung verfolgt haben. Er hatte natürlich gewisse Schwierigkeiten. Oh, natürlich! Er ist auf Hindernisse gestoßen, was? Es war kein Feld, das sich leicht beackern ließ, keine … äh … keine stille Wiese. Dieses Manteion, das so arm ist und den unsterblichen Göttern doch so teuer.«

Chenille nickte. »Das denke ich auch, Euer Eminenz.«

»Er hätte sich an uns wenden und um … äh … um Unterstützung bitten können, was? Er hätte sich ganz offen an Seine Kogniszenz und mich wenden können. Er hätte uns, sozusagen, seinen Fall darlegen können. Könnt Ihr mir folgen? Aber das gilt natürlich auch umgekehrt, und zwar noch mehr, was? Wir hätten ihm unsere Unterstützung auch ohne seine Bitte geben müssen. Ja, wirklich! Das Kapitel hätte ihn energisch unterstützen und … äh … viel, viel mehr tun müssen. Und viel eher.«

»Ich bin nicht bis zu Euch vorgedrungen«, erklärte Silk trocken. »Euer Protonotar hat mich freundlich informiert, daß eine Krise Eure ganze Aufmerksamkeit in Anspruch genommen habe.«

Remora schnaubte. »So war es sicherlich auch, Patera. Manchmal scheint es mir, als bestünde meine einzige Aufgabe … äh … als bestünde meine Arbeit nur darin, mich mit endlosen … äh … mit einem erbarmungslosen Ansturm immer schlimmer werdender Krisen zu befassen.«

Im Westen ertönten Gebläse, die immer lauter wurden, während ein bewaffneter Schweber der Zivilgarde die Sun Street hinunterfuhr. Remora hielt inne und lauschte.

»Es ist unsere … äh … es entspricht unserer Politik, Patera, das müßt Ihr doch verstehen, junge Auguren in Ruhe zu lassen, damit sie … äh … von selbst flügge werden können. Gleichsam ihre ersten Flugversuche nur aus der Ferne zu beobachten. Sie gewissermaßen etwas grob aus dem Nest zu stoßen. Könnt Ihr mir folgen? Das ist eine Art Prüfung, die Ihr … äh … wirklich hervorragend bestanden habt.«

Silk neigte den Kopf. »Ich bin Euch wirklich dankbar, Euer Eminenz, obwohl mir auch bewußt ist, daß ich dieses Lob nicht verdient habe. Dies könnte die beste Gelegenheit sein, Euch – inoffiziell natürlich – darüber zu informieren, welch große Ehre unserem gefährdeten Manteion heute zuteil geworden ist …«

»Gefährdet sagt Ihr, Patera? Dieses Manteion?« Remora tat die Schwierigkeiten mit einem Lächeln ab. »Es wurde … äh … in der Tat verkauft, wie Ihr sagtet. Aber so ein Verkauf ist ja nur eine Formalität, nicht wahr? Könnt Ihr mir folgen? Eine Idee oder … äh … eine Strategie des alten Quetzal, genauer gesagt. Die neuen Besitzer … äh … der Name – wie heißen sie noch gleich?«

»Blood«, sagte Silk.

»Nein, so lautet der Name nicht. Es war ein etwas häufigerer Name.«

Chenille murmelte: »Musk?«

»Ja, ja, ganz recht. Musk ist der Name. Eigentlich ein ziemlich komischer Name, was? Wenn ich das so sagen darf. Man weiß doch, daß Kinder im allgemeinen lange nicht so … äh … so süß riechen. Aber dieser Musk hat Eure Steuern bezahlt. Deshalb hat er den Besitz bekommen. Könnt Ihr mir folgen? Für die Steuern und einen kleinen Aufschlag. Diese Gebäude hier bedürfen dringend einer … äh … Renovierung. Das habt Ihr ja selbst gesagt, Patera. Wir lassen ihn das tun, was? Warum eigentlich nicht? Er soll die Kosten tragen und nichts davon haben, was? Schließlich wird er uns doch wieder alles schenken. Alles dem Kapitel zurückgeben, was? Eine milde Gabe.«

Chenille schüttelte den Kopf. »Ich glaube nicht …«

»Wir haben Mittel und Wege, meine Liebe, Ihr werdet schon sehen. Der liebe alte Quetzal ganz besonders. Er beherrscht das Spiel. Das muß er auch als … äh … Prolokutor des Kapitels. Und sein Einfluß beim Ayuntamiento, was? Er hat dort … äh … sogar dort einen großen Einfluß, gar keine Frage. Ein ganzes Arsenal von Druckmitteln, die er … äh … die wir einsetzen können und werden, falls es einmal zu Problemen kommt wie … äh … wie im Augenblick in diesem Fall. Wie hier bei Euch in der Sun Street, Patera.«

Silk sagte: »Musk ist nur auf dem Papier der Besitzer, Euer Eminenz. In Wirklichkeit gehört der Besitz hier Blood, und Blood droht, alles abreißen zu lassen.«

»Das spielt keine Rolle. Das macht überhaupt nichts. Ihr werdet schon sehen, Patera.« Remora ließ wieder die Zähne blitzen. »Es wird nicht dazu kommen … äh … es wird nichts passieren. Keine Sorge. Ihr braucht keine Angst zu haben. Oder wenn es dazu kommt, dann werden die alten Gebäude durch neue ersetzt. Das wäre doch das beste, nicht wahr? Wenn alles besser und … äh … geräumiger wieder aufgebaut würde. Ich darf nicht vergessen, morgen mit Quetzal darüber zu sprechen, wenn er seine Fleischbrühe getrunken hat.«

Remora nickte Chenille zu. »Er mag Fleischbrühe sehr, der alte Quetzal. Patera ist das sicherlich bekannt. Solche Dinge werden gern weitererzählt, Ihr wißt schon, in unseren Kreisen macht das die Runde. Wie bei einem Haufen … äh … Waschweibern, was? Gerüchte, Tratsch. Aber der liebe alte Quetzal sollte wirklich etwas mehr essen, was? Ich muß ihn dauernd daran erinnern. Ein Mann lebt nicht von Fleischbrühe und Luft allein, was? Quetzal kann das. Aber er wird schwach dabei.«

Er blickte zur Uhr über dem kleinen Kamin der Sellaria. »Was ich … äh … was ich Euch eigentlich sagen wollte, Patera Silk – wißt Ihr, mein Lieber, ich bin schrecklich selbstsüchtig. Ja, wirklich, obwohl ich schon so lange dem Kapitel diene. Ich wollte Euch persönlich informieren. Patera, Ihr sollt Euch nicht länger allein mühen müssen. Das sagte … äh … sagte ich Euch schon, nicht wahr? Ich habe Euch versichert, daß man Euer Bemühen bemerkt hat, was? Aber jetzt kann ich noch mehr sagen, denn deshalb … äh … bin ich hier. Ein Akoluth, ein junger Augur, der erst im Frühling diesen Jahres seine Ausbildung mit Auszeichnung abgeschlossen hat, was? Genau wie Ihr selbst, Patera. Ich … äh … wir können uns gut daran erinnern. Er ist in Hierologie gut ausgebildet, wollte ich sagen, und er wird morgen früh hier eintreffen. Ihr selbst sollt die Freude haben, diesen vielversprechenden Novizen auf den Wegen zu führen, die Ihr selbst schon mit solcher Tapferkeit beschritten habt. Ihr habt doch hier oben zwei Schlafzimmer, nicht wahr? Bitte, laßt das weniger … äh … vorteilhafte für Patera Gulo herrichten.«

Remora stand auf und streckte die Hand aus. »Es war mir eine große Freude, Patera. Eine Freude und eine Ehre, die viel zu lange aufgeschoben und verweigert worden ist. Ich habe sie mir selbst verweigert, aber irgendwann muß jede Beschränkung mal ein Ende haben, was?«

Silk erhob sich mit Hilfe von Bloods Gehstock, und sie schüttelten sich feierlich die Hand.

»Meine Liebe, es tut mir leid, daß ich Euer Gespräch mit Eurem spirituellen … äh … Berater unterbrochen habe. Euer Gespräch mit diesem ergebenen jungen

Auguren. Ich entschuldige mich dafür. Unser kleines Tête-à-tête kann für Euch wirklich nicht sehr interessant gewesen sein, und doch …«

»Oh, aber das war es durchaus!« Chenilles Lächeln wirkte beinahe aufrichtig.

»Nun, wenigstens hat es nicht lange gedauert. Es war … äh … es war kurz und bündig. Und jetzt möchte ich Euch segnen, egal was Euch bekümmern mag.« Remora machte das Zeichen der Addition in der Luft. »Seid gesegnet im Namen des Heiligen Pas, des Vaters der Götter, im Namen der Anmutigen Echidna, seiner Gefährtin, und gleichermaßen im Namen ihrer Söhne und Töchter, und heute und für alle Zeiten im Namen ihres ältesten Kindes Scylla, der Schutzpatronin unserer Heiligen Stadt Viron.«

»Der neue Besitzer«, sagte Silk einigermaßen drängend zu Remora, »besteht darauf, daß alle Einnahmen, soweit sie die Betriebsaufwendungen für das Manteion übersteigen, an ihn abgeliefert werden müssen. Angesichts der Gelder, die heute während des Opfers eingenommen wurden – Euer Eminenz ist sich dessen doch sicherlich bewußt …«

Remora schob grunzend den schweren Riegel zur Seite. »Ihr müßt hier eine Menge Dinge reparieren, Patera. Oder ersetzen. Oder … äh … verbessern. Dinge, für welche dieser Musk von sich aus sicher kein Geld … äh … ausgeben würde. Dann Eure eigene … äh … Eure Garderobe, was? Das wäre schon Mal ein Anfang. Ihr könntet … äh … Ihr könntet vieles tun. Viele Dinge. Und mit dem Rest könntet Ihr vielleicht Euer eigenes Konto ein wenig auffüllen, oder wie sehe ich das? Zweifellos könnt Ihr viele gute Dinge finden, die Ihr mit diesem … äh … rein fiktiven Überschuß tun könntet. Und ich denke mir, Ihr habt Euch sicherlich hier und dort verschiedene Summen Geldes geliehen. Das ist mir … äh … das ist uns, Seiner Kogniszenz und mir, jedenfalls zu Ohren gekommen.«

Die Tür fiel hinter ihm mit einem Klicken ins Schloß.

Oreb pfiff: »Böser Mann.«

Chenille streckte den Arm aus, und der Vogel hüpfte darauf. »Eigentlich nicht, Oreb. Nur ein Mann, der schrecklich in seine eigene Klugheit verliebt ist.«

Ein feines Lächeln spielte um ihre Mundwinkel, als sie sich wieder an Silk wandte. »Und all das für eine einzige Manifestation einer Nebengöttin. Einer Göttin, die nicht zu den Neun gehört – sagtet Ihr das nicht im Manteion? Ich glaube mich daran zu erinnern.«

Silk schob den Riegel wieder vor. Er wollte antworten, aber sie hielt ihn mit erhobener Hand zurück. »Ich weiß, was Ihr sagen wollt, Patera. Sagt es nicht. Mein Name ist Chenille. Das müßt Ihr als gegeben annehmen, das ist kein Thema, über das man streiten oder sich auseinandersetzen kann. Nennt mich selbst dann Chenille, wenn wir allein sind. Und Ihr dürft mich nicht anders als Chenille behandeln.«

»Aber …«

»*Weil ich Chenille bin.* Ihr könnt diese Dinge nicht begreifen, ganz egal, wie lange Ihr sie studiert habt. Und jetzt setzt Euch. Ich weiß doch, daß Euer Bein weh tut.«

Silk ließ sich auf seinen Stuhl sinken.

»Ihr wolltet noch etwas sagen – nicht das andere, das nicht ganz wahr ist. Was wolltet Ihr?«

»Ich fürchte, ich könnte Euch beleidigen, aber das will ich gar nicht.« Er zögerte und schluckte, »Chenille, Ihr … Ihr sprecht in verschiedenen Situationen ganz unterschiedlich. Gestern in Orchids Haus habt Ihr gesprochen wie eine junge Frau, die auf der Straße aufgewachsen ist und kaum Lesen konnte und die ein paar Redewendungen und vielleicht ein paar grammatische Regeln bei gebildeteren Menschen aufgeschnappt hat. Heute, bevor Seine Eminenz kam, habt Ihr beinahe wie Auk gesprochen, als wärt Ihr eine Diebin. Als Seine Eminenz dann kam, wart Ihr eine kultivierte und gebildete junge Frau.«

Ihr Lächeln wurde breiter. »Ihr verlangt doch hoffentlich keine Rechtfertigung für die Art und Weise, wie ich mit Euch spreche, Patera? Das ist kaum das, was ein Ehrenmann verlangen würde, ganz zu schweigen von einem, der die Priesterrobe trägt.«

Silk schwieg eine Weile und kratzte sich nachdenklich am Kinn. Oreb hüpfte von Chenilles Handgelenk auf ihre Schulter, dann auf den zerkratzten Lesetisch, der neben Silks Stuhl stand.

Schließlich sagte Silk: »Wenn Ihr mit Seiner Eminenz gesprochen hättet wie mit mir, dann hätte er angenommen, daß ich Euch für den Abend angeheuert habe oder so etwas. Um mir die Peinlichkeit zu ersparen, habt Ihr Euch anders verhalten, als es Eurem Wesen entspricht. Wenn ich doch nur wüßte, wie ich Euch angemessen dafür danken kann, Chenille.«

»Ihr sprecht meinen Namen aus, als wäre es eine höfliche Lüge. Ich versichere Euch, daß es mein richtiger Name ist.«

Silk fragte: »Aber wenn ich einen anderen Namen benutzen würde – wir beide wissen, welchen ich meine –, wäre das dann nicht auch die Wahrheit?«

»Eigentlich nicht. Viel weniger, als Ihr jetzt glaubt. Und es würde endlose Schwierigkeiten nach sich ziehen.«

»Ihr seid heute noch schöner als gestern in Orchids Haus. Darf ich das sagen?«

Sie nickte. »Ich hatte mir da keine besondere Mühe gegeben und mich nicht sorgfältig hergerichtet. Die Männer glauben, es liege nur am Körperbau und am Make-up. Aber vieles … es gibt gewisse Dinge, die ich tun kann. Mit den Augen und den Lippen. Die Art und Weise, wie ich mich bewege. Die richtigen Gesten. Ihr tut das unbewußt auch, Silk. Ich liebe es, Euch zu beobachten. Wenn Ihr nicht wißt, daß ich Euch beobachte, meine ich.« Sie gähnte und streckte sich, bis es schien, als wollten ihre vollen Brüste ihr Kleid sprengen. »So. Das war nicht sehr schön, nicht wahr? Aber er hat es geliebt, wenn ich gähnte. Er hat mir dann immer die Hand geküßt. Manchmal habe ich es nur getan, um ihm eine Freude zu machen. Er hat sich wirklich darüber gefreut. Silk, ich muß heute irgendwo schlafen. Euer Name ist schön: Silk.* Ich wollte Euch das schon den ganzen Abend sagen. Die meisten Namen sind häßlich. Wollt Ihr mir helfen?«

»Natürlich«, sagte er. »Ich bin Euer Diener.«

»Chenille.«

Er schluckte wieder. »Ich will Euch nach Kräften helfen, Chenille. Ihr könnt nicht hier schlafen, aber ich bin sicher, daß wir etwas Passendes finden werden.«

Plötzlich war sie wieder die Frau, die er in Orchids Haus kennengelernt hatte. »Darüber müssen wir auch noch quatschen, aber es gibt ein paar Dinge, die im Augenblick wichtiger sind. Wißt Ihr, warum dieser schreckliche Mann gekommen ist? Warum Ihr einen Akoluthen bekommt? Warum dieser schreckliche Mann und der Prolokutor versuchen werden, Euer Manteion von Blood zurückzubekommen?«

Silk nickte grimmig. »Ich muß zwar zugeben, daß ich manchmal ziemlich naiv bin, aber so naiv bin ich nun doch nicht. Ich war irgendwann sogar so weit, ihm zu sagen, daß er sein Getue lassen sollte.«

»Er wäre bestimmt sauer geworden.«

»Das bin ich jetzt schon.« Silk holte tief Luft und atmete mit einem halb erleichterten und halb angewiderten Schnaufen aus. »Der Akoluth soll mich natürlich im Auge behalten. Ich würde gern wissen, wie er den Sommer verbracht hat.«

»Glaubt Ihr, er könnte ein Schützling Remoras sein? Etwas in dieser Art?«

---

* Seide

Silk nickte. »Wahrscheinlich war er ein Assistent seines Protonotars. Er ist nicht der Protonotar selbst, denn den kenne ich. Er heißt nicht Gulo. Wenn ich mit ein paar anderen Auguren sprechen kann, die in der gleichen Gruppe waren, finde ich es vielleicht heraus.«

»Also werdet Ihr den Schnüffler beschnüffeln«, sagte Chenille lächelnd. »Wenigstens ist das Manteion jetzt sicher.«

»Das wage ich zu bezweifeln. Zuerst einmal setze ich kein großes Vertrauen in die Fähigkeit Seiner Kogniszenz, Blood zu manipulieren. Weniger jedenfalls, als Seine Eminenz hat oder zu haben vorgibt. Jeder weiß, daß das Kapitel heute nicht mehr den gleichen Einfluß wie früher auf das Ayuntamiento hat. Lady Kypris' heutige Theophanie könnte da natürlich einiges ändern. Und …«

»Ja? Was ist noch?« Chenille streichelte Orebs Rücken. Der Vogel streckte den Hals und rieb mit dem roten Schnabel über ihren Arm.

»Und wenn sie tatsächlich Blood manipulieren können, dann werde ich nicht mehr lange hier sein. Sie werden mich wahrscheinlich auf einen Verwaltungsposten versetzen, und dieser Patera Gulo wird das Manteion übernehmen.«

»O ja. Ich bin stolz auf Euch.« Chenille sah immer noch den Vogel an. »Dann ist mein kleiner Vorschlag also interessant für Euch?«

»Viron auszuspionieren?« Silk packte Bloods Stock mit dem Löwinnenkopf mit beiden Händen, als wollte er ihn zerbrechen. »Nein! Nicht, solange Ihr mir nicht den Befehl dazu gebt. Und, Chenille – Ihr seid doch jetzt wirklich Chenille, oder?«

Sie nickte mit ernstem Gesicht.

»Chenille, ich kann Euch auch nicht erlauben, daß Ihr damit weitermacht. Von Fragen der Loyalität mal ganz abgesehen, kann ich nicht zulassen, daß Ihr auf diese Weise Euer Leben aufs Spiel setzt.«

»Ihr seid wütend. Ich kann es Euch nicht verdenken, Silk. Aber es ist besser, kühl zu bleiben. Er … Ihr nennt ihn Pas. Jemand hat einmal gesagt, daß er immer voller kalter Wut ist. Aber er ist es nicht immer, Silk.«

Sie leckte sich die Lippen. »Es war nicht die Wahrheit. Oder nur die halbe Wahrheit. Es ist ihm gelungen, den ganzen – Whorl zu beherrschen. Unseren Whorl, der größer ist als dieser. Es ging ganz schnell. Alles in ein paar Jahren. Niemand konnte es glauben.«

Silk sagte: »Ich glaube, was kalte Wut angeht, bin ich nicht besonders erfahren, aber ich will es versuchen. Ich wollte fragen, was geschehen wird, wenn wir Erfolg haben. Angenommen, wir bekommen sechsundzwanzigtausend Karten von Doktor Crane und geben sie Blood. Ich glaube nicht, daß das möglich ist, aber nehmen wir es einmal an. Wem außer Blood würde das nützen?«

Silk schlug sich die Hände vors Gesicht und schwieg eine Weile. »Ich sollte Blood wie allen anderen Menschen natürlich nur das Beste wünschen. Selbst als ich in sein Haus eingebrochen bin, um ihn dazu zu bewegen, mir das Manteion zurückzugeben, habe ich es auch deswegen getan, um ihn davon abzuhalten, seine Seele zu beflecken, indem er den Besitz einem bösen Zweck zuführt. Aber ihm Geld zu geben, das er gar nicht braucht, das ist nicht gut für ihn und könnte ihm sogar schaden.«

Oreb hüpfte auf Silks Schulter, und Silk erschrak und fuhr auf. Oreb schnappte eine Strähne von Silks widerborstigem Haar und zupfte daran.

»Er spürt, wie Ihr Euch fühlt«, sagte Chenille leise. »Er will Euch zum Lachen bringen, wenn er es kann.«

»Er ist ein guter Vogel. Ein sehr guter Vogel. Es ist nicht das erste Mal, daß er von selbst zu mir kommt.«

»Ihr würdet ihn mitnehmen, nicht wahr? Selbst

wenn Ihr auf diesen Verwaltungsposten versetzt werden würdet? Aber gibt es nicht eine Vorschrift, daß Auguren keine Haustiere halten dürfen?«

»Nein, es ist ihnen gestattet.«

»Dann wäre doch nicht alles verloren.« Chenille stand auf und schwebte hinter seinen Stuhl. »Ich könnte ... ich könnte Euch auch einen kleinen Trost spenden. Jetzt gleich, Silk. Falls Ihr das wünscht.«

»Nein«, wiederholte er.

Es wurde still in der kleinen Sellaria. Nachdem zwei Minuten oder sogar noch mehr verstrichen waren, fügte er hinzu: »Aber ich möchte Euch trotzdem danken. Vielen, vielen Dank. Eigentlich sollte ich mich nicht besser fühlen, nachdem Ihr das gesagt habt, aber ich fühle mich besser, und ich bin Euch dankbar.«

»Es könnte sein, daß ich Eure Dankbarkeit ausnutze.«

Er nickte knapp. »Das will ich doch hoffen. Das sollt Ihr auch.«

»Ihr könnt Mädchen wie mich nicht leiden.«

»Nein, so ist das nicht.« Er schwieg einen Moment lang, um darüber nachzudenken. »Ich mag nicht, was Ihr tut – die Dinge, die jeden Abend in Orchids Haus vorgehen –, weil ich weiß, daß sie allen Beteiligten eher schaden als nützen und weil sie uns mit der Zeit alle verletzen. Es ist nicht so, daß ich Euch oder Poppy oder die anderen nicht leiden könnte; ganz im Gegenteil, ich mag Euch wirklich. Ich mag sogar Orchid, und alle Götter wissen ...« – er hätte sich am liebsten auf die Zunge gebissen, aber es war zu spät – »alle Götter wissen, daß sie mir heute nachmittag leid getan hat.«

Sie lachte leise. »Das wissen ja gar nicht alle Götter, Silk. Eine Göttin weiß es. Oder zwei. Ihr glaubt, diese Männer heiraten nicht, weil sie uns haben. Aber die meisten sind schon verheiratet, obwohl sie es eigentlich nicht sein sollten.«

Er nickte widerstrebend.

»Ihr habt gesehen, wie jung die meisten Mädchen sind. Was glaubt Ihr, was mit uns geschieht?«

»Darüber habe ich noch nicht nachgedacht.« Er wollte sagen, daß viele wahrscheinlich starben wie Orpine; aber Chenille, die vor ihm saß, hatte ja Orpine erstochen.

»Ihr glaubt, wir werden alle wie Orchid oder wir nehmen zuviel Rost und sterben in Krämpfen. Die meisten von uns heiraten aber. Ganz einfach. Ihr glaubt mir nicht, aber das ist die Wahrheit: Wir heiraten den Kerl, der am häufigsten nach uns fragt. Silk.«

Sie streichelte sein Haar. Irgendwie hatte er auf einmal das Gefühl, daß er sie nicht würde sehen können, wenn er sich umdrehte; daß ihn die Finger eines Phantoms berührten.

»Ihr sagtet, Ihr wolltet es nicht tun, Silk. Weil Ihr die Götter sehen wollt. Ihr habt das zu jemandem gesagt. War das nicht gestern? Und was ist jetzt?«

»Jetzt bin ich nicht mehr sicher«, gab er zu.

»Ihr habt Angst, daß ich lachen könnte. Daß Ihr ungeschickt seid. Das denken alle Männer. Silk. Patera. Ihr habt Angst, ich könnte lachen.«

»Ja, so ist es.«

»Würdet Ihr mich töten, Silk? Würdet Ihr mich aus Angst, ich könnte lachen, umbringen? Manche Männer tun so etwas.«

Er antwortete nicht sofort. Ihre Hände lagen, wo Musks Hände gelegen hatten, aber er wußte, daß sie ihm nicht weh tun würden. Er wartete, daß sie weitersprâche, aber er hörte nur das leise Knacken des sterbenden Feuers im Küchenherd und das eilige Ticken der Uhr auf dem Kaminsims. Schließlich sagte er: »Ist das der Grund dafür, daß manche Männer ihre Frauen bei der Liebe schlagen? Damit sie nicht lachen?«

»Manchmal.«

»Hat Pas Euch geschlagen?«

Sie lachte wieder, und das Lachen perlte wie ein silberner Strom in den Raum. Er konnte nicht sagen, ob sie über ihn oder über Pas lachte. »Nein, Silk. Er schlägt niemals. Er tötet, oder er tut gar nichts.«

»Aber Euch nicht. Er hat Euch nicht getötet.« Wieder stieg ihm ihr Duft, ein Gemisch ihres Parfüms und der staubige Geruch ihres Kleides, in die Nase.

»Ich weiß nicht.« Sie sprach ernst, und er verstand nicht, was sie meinte.

Oreb pfiff plötzlich und hüpfte von Silks Schulter auf den Tisch. »Sie hier! Kommt zurück.« Er hüpfte auf den Schirm der kaputten Leselampe und flatterte von dort aus auf die Vitrine. »Eisenmädchen!«

Silk nickte, stand auf und humpelte zur Gartentür.

Chenille murmelte: »Ich meinte übrigens nicht, daß wir für Crane Viron ausspionieren sollen. Ich glaube nicht, daß ich damit weitermachen werde. Ich wollte nur vorschlagen, daß wir uns das Geld von Crane besorgen sollen.«

Sie gähnte wieder und legte sich eine Hand, die größer war als bei den meisten Frauen, vor den Mund. »Er scheint eine Menge Geld zu haben oder wenigstens zu kontrollieren. Warum sollen wir es uns nicht nehmen? Und wenn Ihr erst der Besitzer des Manteions seid, dann kann man Euch nicht mehr so leicht auf einen anderen Posten schicken.«

Silk starrte sie offenen Mundes an.

»Nun erwartet aber nicht von mir, daß ich einen todsicheren Plan habe. Ich habe keinen. Ich bin im Planen sowieso nicht gut, und ich bin zu müde, mir heute abend noch etwas zu überlegen. Da Ihr nicht mit mir schlafen wollt, könnt Ihr ja inzwischen darüber nachdenken. Ich werde auch darüber nachdenken, wenn ich wach bin.«

»Chenille …«

Maytera Marbles stählerne Knöchel pochten an die Tür.

»Das ist Eure mechanische Frau, wie Oreb sagte. Wie nennt Ihr sie? Roboter? Roboterinnen? Früher gab es viel mehr von ihnen.«

»Chemische«, flüsterte Silk, während Maytera Marble erneut klopfte.

»Was auch immer. Öffnet die Tür, damit sie mich sehen kann, Silk.«

Er gehorchte, und Maytera Marble betrachtete überrascht das große Mädchen namens Chenille mit dem feuerroten Haar.

»Patera hat mir die Beichte abgenommen«, erklärte sie der Sibylle, »und nun brauche ich einen Platz zum Übernachten. Ich glaube, er will nicht, daß ich hier schlafe.«

»Ihr …? Nein, nein!« Obwohl es unmöglich war, schien es, als hätte Maytera Marble die Augen aufgerissen.

Silk schaltete sich ein. »Ich dachte, daß Ihr – und Maytera Rose und Maytera Mint – sie heute nacht im Zönobium unterbringen könntet. Ihr habt doch, wie ich weiß, einige leerstehende Zimmer. Ich wollte Euch gerade aufsuchen und Euch fragen. Ihr müßt meine Gedanken gelesen haben, Maytera.«

»O nein. Ich wollte Euch nur den Teller zurückbringen, Patera.« Sie hielt ihm den Teller hin. »Aber … Aber …«

»Ihr würdet mir damit wirklich einen großen Gefallen tun.« Er nahm ihr den Teller ab. »Ich verspreche Euch, daß Chenille Euch keine Schwierigkeiten machen wird, und vielleicht seid Ihr und Maytera Rose und Maytera Mint sogar in der Lage, ihr Ratschläge zu geben, die ich als Mann ihr niemals geben könnte – obwohl Chenille natürlich, wenn Maytera Rose nicht einwilligt, anderswo wird übernachten müssen. Es ist zwar schon spät, aber ich würde dann versuchen, eine Familie zu finden, die sie aufnimmt.«

Maytera Marble nickte unsicher. »Ich will es versuchen, Patera. Ich will mein Bestes geben, das verspreche ich.«

»Das weiß ich doch«, versicherte er ihr lächelnd.

Er lehnte sich, den Teller in der Hand haltend, gegen den Türrahmen und sah den beiden Frauen nach. Maytera Marble trug ihren schwarzen Habit und Chenille ihr schwarzes Kleid. Sie waren sich so ähnlich und doch so verschieden, wie sie langsam den Weg entlanggingen. Als sie beinahe die Tür des Zönobiums erreicht hatten, drehte sich die zweite, die ein Stück hinter der anderen gegangen war, zu ihm um und winkte.

Es schien Silk, als sei das Gesicht, das ihm zugewandt wurde, nicht das Gesicht Chenilles und kein in üblichem Sinne gutaussehendes Gesicht, sondern vielmehr ein überirdisch schönes Antlitz.

Hare wartete vor dem Schuppen, in dem der Schweber stand. »Also, er wäre dann wohl fertig«, sagte er.

»Wird er auch fliegen?«

Hare zuckte die Achseln. Er hatte die Prellung auf Musks Kinn bemerkt, war aber klug genug, sich nicht nach Einzelheiten zu erkundigen.

»Wird er fliegen?« fragte Musk noch einmal.

»Wie soll ich das wissen? Ich verstehe nichts davon.«

Musk, der einen Kopf kleiner war als Hare, trat einen Schritt näher. »Wird er fliegen? Ich frage nicht noch einmal.«

»Gewiß doch«, sagte Hare und nickte, zuerst zögernd, dann zuversichtlicher. »Natürlich fliegt er.«

»Wie, zum Teufel, willst du das wissen, du Trottel?«

»Er sagt es. Er sagt, er kann ein ordentliches Gewicht tragen, und er baut sie seit fünfzig Jahren. Er sollte es eigentlich wissen.«

Musk wartete, ohne zu sprechen. Sein Gesicht

schien gespannt, die Hände verharrten in der Nähe des Gürtels.

»Er sieht wirklich gut aus.« Hare wich einen halben Schritt zurück. »Er sieht echt aus. Ich kann es Euch zeigen.«

Musk nickte, beinahe gegen seinen Willen, und deutete zur Tür. Hare beeilte sich, sie zu öffnen.

Der Schuppen war erst vor kurzem gebaut worden und deshalb nicht mit den grünen, schallsensorischen Lampen ausgestattet, welche die ersten Siedler mitgebracht hatten oder die sie, auch das war möglich, herzustellen verstanden hatten. Kerzen aus Bienenwachs und ein halbes Dutzend Lampen, in denen Tran brannte, erhellten das geräumige Innere. Es roch leicht nach heißem Wachs und erheblich stärker nach Fisch, und beide Gerüche wurden vom noch stärkeren, leicht stechenden Geruch reifer Bananen fast übertrumpft. Der Drachenbauer war über sein Werk gebeugt und stellte die Spannung des fast unsichtbaren Fadens nach, der die beiden zehn Ellen großen Flügel miteinander verband.

Musk sagte: »Ich dachte, er sei fertig. Ihr sagtet, es sei alles fertig.«

Der Drachenbauer hob den Kopf. Er war sogar noch kleiner als Musk, aber sein Bart war eisgrau, und er hatte die zottigen Augenbrauen, die die vorletzte Jahreszeit im Leben eines Mannes ankündigen. »Es ist fertig«, sagte er. Seine Stimme war leise und etwas rauchig. »Ich habe nur die Trimmung nachgestellt.«

»Könnt Ihr ihn fliegen lassen? Heute abend noch?«

Der Drachenbauer nickte. »Wenn der Wind stark genug ist.«

Hare protestierte. »Sie wird nachts nicht fliegen, Musk.«

»Aber der hier wird fliegen. Der hier kann jetzt fliegen, nicht wahr?«

Der Drachenbauer nickte wieder.

»Mit einem Kaninchen? Kann er ein Kaninchen tragen?«

»Ein kleines Kaninchen, ja. Hauskaninchen werden ziemlich groß. Ein so großes Kaninchen kann er nicht tragen. Aber das habe ich Euch schon gesagt.«

Musk nickte abwesend und wandte sich an Hare. »Geh und hole eins der weißen Kaninchen. Nicht das kleinste, sondern das zweitkleinste vielleicht. Ungefähr so groß.«

»Es geht kein Wind.«

»Ein weißes Kaninchen«, wiederholte Musk. »Wir treffen uns auf dem Dach.« Er winkte dem Drachenbauer. »Bringt den Drachen und den Draht mit und was Ihr sonst noch braucht.«

»Ich muß ihn auseinanderbauen und dort oben wieder zusammensetzen. Das wird mindestens eine Stunde dauern, vielleicht sogar länger.«

»Gebt mir den Draht«, erklärte Musk. »Ich gehe als erster hinauf und werfe ihn hinunter. Ihr bleibt hier unten und hakt das Ding fest. Dann ziehe ich es hinauf. Hare kann Euch zeigen, wie Ihr hinaufkommt.«

»Ihr habt doch nicht die Katzen herausgelassen?«

Musk schüttelte den Kopf und ging zur Bank, um die Spule mit dem Draht zu holen. »Kommt schon.«

Draußen lag die Nacht heiß und still. Kein Blatt regte sich im Wald jenseits der Mauer.

Musk deutete hinauf. »Stellt Euch dorthin, wo das Gebäude drei Stockwerke hat. Seht Ihr es? Ich werde oben auf dem Dach warten.«

Der Drachenbauer nickte und ging zum Wagenschuppen, um die breite Vordertür zu öffnen. Als er den Drachen aufhob, lag er schwer in seiner Hand. Er hatte ihn nicht gewogen, aber jetzt versuchte er, das Gewicht zu schätzen: so schwer wie der große Kampfdrachen, den er ganz am Anfang seiner Laufbahn gebaut und auf den er einen großen schwarzen Stier gemalt hatte.

Der Drachen, der in einem Wind, der schwächer war als ein Sturm, nicht hatte fliegen wollen.

Er trug den neuen Drachen über den weißen Steinweg und über die hügelige Wiese bis zu dem Punkt, den Musk ihm gezeigt hatte. Von Hare war nichts zu sehen, und er konnte auch keinen herabbaumelnden Draht erkennen. Er legte den Kopf in den Nacken und starrte zur verzierten Brüstung hinauf, die sich schwarz und bedrohlich vor dem bunten Mosaik der Himmelsländer abhob. Es war niemand oben.

Ein Stück hinter ihm trotteten die Katzen nervös in ihrem Pferch herum. Sie warteten darauf, endlich freigelassen zu werden. Er konnte sie nicht hören, aber er wußte genau, daß sie hinter ihm waren: Klauen und bernsteinfarbene Augen, hungrig und gereizt. Wenn der Talus sie nun herausließ, ohne Musks Befehl abzuwarten? Wenn sie sogar schon draußen waren und durchs Gebüsch schlichen und sich gerade in die richtige Position für den Sprung brachten?

Etwas berührte seine Wange.

»He, schlaf nicht ein da unten.« Es war Musks rauchige, fast feminine Stimme, die vom Dach herunter drang.

Der Drachenbauer fing den Draht ein und befestigte den winzigen Karabinerhaken am Lattenkreuz des Drachens. Dann trat er zurück, um sein Werk zu bewundern, während der Drachen rasch vor dem geschliffenen Stein des Hauses nach oben gezogen wurde. Der Dachen war menschenähnlich, aber kleiner und schlanker als ein Mann, und hatte zarte Flügel wie eine Libelle.

Hare kam mit etwas Hellem auf dem Arm über die Wiese heran. Der Drachenbauer rief: »Laßt mich das ansehen.« Er trottete Hare entgegen und nahm ihm das weiße Kaninchen ab. Er hob es an den Löffeln hoch. »Es ist zu schwer!«

»Es ist dasjenige, das ich bringen sollte«, erwiderte Hare. Er nahm das Kaninchen wieder an sich.

»Ein so großes Kaninchen kann er nicht tragen.«

»Im Augenblick weht sowieso kein Wind. Kommt Ihr mit hinauf?«

Der Drachenbauer nickte.

»Dann kommt jetzt.«

Sie betraten die Villa durch die Hintertür, stiegen zwei Treppenfluchten hoch und klapperten dann die eiserne Wendeltreppe hinauf, die Silk vor zwei Abenden heruntergekommen war. Hare öffnete die Falltür. »Wir hatten früher mal einen großen Vogel hier oben«, erklärte Hare, »aber er ist gestorben. Wir haben ihn Hierax genannt.«

Obwohl ein wenig außer Atem, fühlte sich der Drachenbauer verpflichtet, ein belustigtes Kichern von sich zu geben.

Sie überquerten die Dachschindeln und kletterten auf das Dach des Seitenflügels. Der Drachenbauer hielt das fügsame Kaninchen fest und gab es Hare zurück, als dieser auf dem höheren Dach des Seitenflügels angelangt war.

Musk saß auf der Brüstung. Er verschwand beinahe hinter dem Drachen. »Nun macht schon. Ich warte schon eine Stunde. Wollt Ihr laufen?«

»Ich werde die Seilspule halten«, erwiderte der Drachenbauer. »Hare kann mit dem Drachen rennen. Aber ohne Wind wird er nicht fliegen.«

»Es weht ein Wind«, erklärte Musk.

Der Drachenbauer befeuchtete einen Zeigefinger und hielt ihn hoch. »Das reicht nicht«, sagte er.

»Ich konnte den Wind spüren«, erwiderte Musk. »Ich habe gespürt, wie der Drachen aufsteigen wollte.«

»Natürlich will er steigen.« Der Drachenbauer konnte und wollte den Stolz auf sein Handwerk nicht verbergen. »Meine Drachen wollen immer steigen, aber der Wind ist nicht stark genug.«

Hare fragte: »Soll ich das Kaninchen an den Drachen binden?«

»Laß es mich erst einmal sehen.« Musk hob das Kaninchen, das protestierend quiekte, an den Ohren hoch. »Das ist das kleinste. Du Trottel hast das kleinste mitgebracht.«

»Ich habe sie gewogen. Ich schwöre, daß es noch zwei kleinere gibt als dieses.«

»Ich sollte es über die Brüstung werfen. Oder vielleicht sollte ich besser *dich* hinunterwerfen.«

»Soll ich die anderen holen? Ich kann sie Euch zeigen. Es dauert nur einen Augenblick.«

»Und wenn es verletzt wird und stirbt? So kleine haben wir nicht mehr. Was benutzen wir dann morgen früh?« Musk gab Hare das Kaninchen zurück.

»Es sind noch zwei, bei Scyllas Schleim. Bei allen Namen aller Götter, ich würde Euch doch nicht anlügen.«

»Das ist kein Kaninchen, das ist eine verdammte Ratte.«

Eine Bö zauste das Haar des Drachenbauers. Einen Augenblick sah es aus, als wäre eine unsichtbare Göttin mit den Fingern durch sein Haar gefahren. Er hatte das Gefühl, er könnte sie sogar noch sehen, wenn er sich schnell genug umdrehte: Molpe, die Göttin der Winde und aller leichten Dinge. Molpe, deren Verehrer er sein Leben lang gewesen war. *Molpe, laß deine Winde für mich wehen. Mache mir keine Schande, Molpe, nachdem ich dir immer treu gedient habe. Ich opfere dir ein Finkenpärchen, ich schwöre es.*

Musk schnappte: »Binde es fest«, und Hare kniete sich auf die warme, weiche Teerpappe, mit der das Dach gedeckt war. Er zog die Schnur, die das arme Kaninchen hielt, grausam fest an.

»Nun mach schon!«

»Langsam. Ich kann hier kaum etwas sehen. Wir hätten eine Laterne mitnehmen sollen.«

»Paß auf, daß es nicht herausrutschen kann.«

Hare stand auf. »So. Es ist fest.« Er nahm Musk den Drachen ab. »Soll ich ihn hochhalten?«

Der Drachenbauer nickte. Er hatte die Drahtrolle schon in der Hand. Jetzt befeuchtete er noch einmal den Finger.

»Soll ich in diese Richtung dort laufen?«

»Nein. Hört zu. Ihr müßt in meine Richtung laufen, gegen den Wind – soweit überhaupt ein Wind weht. Ihr müßt rennen, damit der Wind für den Drachen stärker scheint, als er wirklich ist. Wenn wir Glück haben, treibt der künstliche Wind den Drachen bis in eine Höhe, wo der natürliche Wind etwas stärker ist. Geht in jene Richtung dort, bis zur Ecke des Dachs. Ich lasse Draht aus, bis Ihr dort seid, und wenn Ihr zurückkommt, ziehe ich die Leine wieder ein. Sobald Ihr das Gefühl habt, daß sich der Drachen aus Euren Händen lösen will, werft Ihr ihn hoch. Wenn er wieder herunterfällt, mußt Ihr ihn auffangen.«

»Er kommt aus der Stadt«, erklärte Musk. »Dort läßt man keine Drachen steigen.«

Der Drachenbauer nickte abwesend und beobachtete Hare. »Haltet ihn an den Füßen fest und hebt ihn, so hoch Ihr könnt. Lauft erst los, wenn ich es sage.«

»Er sieht jetzt ziemlich echt aus«, bemerkte Musk. »Ich weiß nur nicht, ob es echt genug ist. Ich werde ihn bei Tageslicht und im vollen Sonnenschein einsetzen, und sie können erheblich besser sehen als wir. Nur, daß sie nicht immer das Echte von einer Fälschung unterscheiden können. Sie sind nicht in der Lage, wie wir darüber nachzudenken.«

»Also gut«, rief der Drachenbauer. »Los jetzt!«

Hare rannte los, langbeinig und schnell, und die Flügel des Drachens bewegten sich, flappten bei jedem Schritt ein wenig in der Luft, als wollten sie wie Vogelflügel schlagen, wenn sie nur konnten. Als er die

Hälfte des Dachs überwunden hatte, ließ Hare los, und der Dachen stieg.

Molpe, o Molpe!

Ein gutes Stück über Hares Kopf verharrte der Drachen, blieb einen Augenblick reglos stehen und stürzte, bis er beinahe das Dach berührte. Dann richtete er sich wieder auf, stieg bis in Kopfhöhe und fiel schließlich leblos auf das Teerdach.

»Fang ihn auf!« rief Musk. »Du sollst ihn doch auffangen! Willst du dem Vieh den Hals brechen?«

»Ihr macht Euch Sorgen um das Kaninchen«, sagte der Drachenbauer zu ihm, »aber Ihr habt noch mehr, und Ihr könnt morgen früh ein Dutzend kaufen, wenn Ihr wollt. Ich mache mir Sorgen um den Drachen. Wenn er beschädigt wird, brauche ich womöglich zwei Tage, um ihn zu reparieren. Wenn der Schaden zu groß ist, muß ich unter Umständen noch einmal ganz von vorne anfangen.«

Hare hob den Drachen auf. »Dem Kaninchen ist nichts passiert«, rief er herüber. »Sollen wir es noch einmal versuchen?«

Der Drachenbauer schüttelte den Kopf. »Die Spannschnur ist nicht stramm genug. Bringt ihn her.«

Hare trug den Drachen zu ihm.

»Haltet ihn hoch.« Der Drachenbauer kniete nieder. »Ich will ihn nicht hier auf den Teer legen.«

»Vielleicht können wir ihn hinten an einen Schweber binden«, schlug Hare vor.

»Das wäre sogar noch gefährlicher als das, was wir gerade eben versucht haben. Wenn er dabei abstürzt, dann würde er in Fetzen gehen, bevor wir anhalten könnten.« Er löste den Knoten der Schnur. »Ich wollte eigentlich eine Spannschraube einbauen. Vielleicht sollte ich das noch nachholen«, sagte er zu Musk.

»Wir können es noch einmal versuchen, sobald Ihr hier fertig seid.«

»Morgen früh weht vielleicht ein stärkerer Wind.«

»Morgen früh lasse ich Aquila fliegen. Über den Drachen will ich mir dann keine Gedanken mehr machen müssen.«

»Also gut.« Der Drachenbauer stand auf, befeuchtete den Zeigefinger und nickte Hare zu. Er deutete in die Richtung, in die der Wind wehte.

Dieses Mal stieg der riesige Drachen gleichmäßig auf, obwohl der Drachenbauer den Eindruck hatte, daß überhaupt kein Wind wehte. Er stieg fünfzehn, zwanzig, fünfundzwanzig Ellen hoch – dann sackte er durch – beschrieb einen Bogen, der das Kaninchen verängstigt quietschen ließ, und stieg mühsam, fast wie gegen seinen Willen, wieder auf.

»Wenn er unter Dachhöhe sinkt, nimmt ihm das Haus den Wind.«

»Genau.« Der Drachenbauer nickte geduldig. »Daran habe ich auch schon gedacht.«

»Ihr zieht ihn ja herunter! Warum macht Ihr das? Er fliegt doch jetzt.«

»Ich muß den unteren Spanndraht etwas lockern«, erklärte der Drachenbauer. »Das ist der Draht, der vom unteren Ende bis zum Kreuz läuft.«

Er warnte Hare mit einem Ruf: »Er kommt herunter! Fangt ihn auf!«

»Schon gut, das reicht jetzt!« Musk hatte plötzlich den Nadler in der Hand. »Wir versuchen es morgen früh noch einmal. Wir versuchen es, wenn ein stärkerer Wind weht, und dann sollte der Drachen fliegen, und er sollte gut fliegen. *Habt Ihr das verstanden, alter Mann?*«

Hare hatte den Drachen aufgefangen. Der Drachenbauer ließ die Seilkurbel los. »Ungefähr so weit.« Er deutete mit den Fingern an, wie weit er den Draht lösen mußte. »Habt Ihr gesehen, wie er abgestürzt ist? Wenn er mit diesem Tempo aufs Dach oder auf den Boden geknallt wäre, dann wäre er völlig zerstört worden.«

Während Hare den Drachen hochhielt, lockerte der Drachenbauer den unteren Spanndraht, so weit es nötig war. »Ich habe schon gedacht, daß das nötig werden könnte«, erklärte er. »Deshalb habe ich etwas Spiel gelassen.«

Musk wandte sich an Hare. »Das will ich heute abend nicht noch einmal riskieren.«

»Seid still.« Der Drachenbauer unterbrach seine Arbeit und ließ den erst halb wieder befestigten Spanndraht los. Weit entfernt hörte er das Murmeln des trockenen Laubes, das Rascheln alter Blätter und das Reiben unzähliger dürrer Äste an ihren Nachbarn. Er drehte mit geschlossenen Augen den Kopf hin und her.

»Was ist los?« wollte Hare wissen.

Der Drachenbauer richtete sich auf. »Geht dieses Mal zur anderen Ecke«, sagte er.

»Es wäre gut, wenn er nicht kaputtgeht.« Musk verstaute den Nadler unter der Tunika.

»Wenn der Drachen zerstört wird, dann wird mir nichts geschehen«, bemerkte der Drachenbauer. »Ihr könnt ihn nicht reparieren, und er kann es auch nicht.«

»Wenn er fliegt, wird es Euch erheblich besser gehen«, sagte Musk wütend.

Hare, der inzwischen vierzig Schritt oder noch weiter entfernt war, hatte ihre Stimmen gehört. »Kann es losgehen?«

Der Drachenbauer blickte automatisch zur Seilrolle. Die Bäume raschelten nicht mehr, aber er spürte Molpes unsichtbare Finger im Haar. Sogar sein Bart bewegte sich ein wenig. »LOS!«

Hare hielt den riesigen Drachen fest, während er über das halbe Dach rannte. Dann warf er ihn hoch und ließ los. Der Drachen schoß sofort fünfzig, sechzig Ellen hoch; dann hielt er inne, als müßte er ein wenig ausruhen.

»Hoch«, murmelte Musk. »So fliege doch hoch!«

Geschlagene zwei Minuten blieb der Drachen, wo er

war. Die durchsichtigen Flügel waren vor den Himmelsländern beinahe unsichtbar, und der wie ein Mensch geformte Körper war schwarz wie die Abschattung. Das Kaninchen, ein weißer Punkt, zappelte auf der Brust der Gestalt. Endlich lächelte der Drachenbauer und ließ Leine nach. Der Drachen stieg ohne zu zögern höher und höher hinauf, bis es schien, als verlöre er sich zwischen dem Mosaik der Felder und den funkelnden Flüssen auf der anderen Seite des Whorl. »Reicht das?« fragte der Drachenbauer. »Soll ich ihn wieder einholen?«

Musk schüttelte den Kopf.

Hare, der sich zu ihnen gesellt hatte, um den Drachen zu beobachten, sagte: »Sieht gut aus, was? Sieht wirklich echt aus.«

»Ich will mein Geld haben«, sagte der Drachenbauer zu Musk. »Ihr habt bekommen, was verabredet war. Ich habe ihn gebaut, und Ihr habt ihn für gut befunden. Er ist in der Lage, ein Kaninchen zu tragen.«

»Die Hälfte jetzt«, flüsterte Musk, der immer noch den Drachen beobachtete. »Ich werde ihn Euch erst dann endgültig abnehmen, wenn Aquila ihn angreift. Ich bin immer noch nicht sicher, ob er für ihre Augen richtig aussieht.«

Hare kicherte. »Das arme kleine Kaninchen! Ich möchte wetten, daß es gar nicht richtig weiß, wie ihm geschieht. Es fühlt sich bestimmt einsam da oben.«

Musk blickte mit bitterem Lächeln zum Kaninchen hoch. »Morgen früh wird es Gesellschaft bekommen.« Der auffrischende Wind ließ seine bestickte Tunika flattern und wehte ihm eine lange Strähne seines fettigen Haars in die Stirn.

Der Drachenbauer sagte: »Wenn Ihr fürchtet, der Drachen könnte Euren Adler nicht täuschen, dann sagt mir, welche Änderungen ich vornehmen soll. Ich will versuchen, bis morgen früh mit der Arbeit fertig zu sein.«

»Er sieht jetzt gut aus«, räumte Musk ein. »Er sieht wirklich so aus wie ein echter Flieger, der ein Kaninchen hält.«

Während er sich auf dem Bett herumwarf, steuerte Silk den Leichenwagen durch eine dunkle, zerstörte Traumlandschaft, durch ein Land der Toten, das dennoch ein Land der Lebenden war. Der Wind wehte heftig und ließ die weißgelben Vorhänge der Schlafzimmerfenster flattern, er ließ die Samtdecken des Leichenwagens flattern wie schwarze Flaggen; ließ sie flattern wie das zerschlitzte Plakat des alten Ratsherren Lemur auf der Sun Street, dessen Augen herausgestochen waren und dessen Nase und Mund jetzt im Wind tanzten und tanzten; wie das freundliche Gesicht des alten Ratsherren Loris, das herausgeschnitten worden war und jetzt durch die Gosse wehte; wie Maytera Roses weiter schwarzer Habit mit den Bleischnüren in den Säumen. Die Federn auf den Köpfen der Pferde vor dem Leichenwagen wippten, wenn die Pferde nickten, und der Wind erfaßte die schwarze Schnur von Silks tanzender Peitsche, so daß sein Peitschenhieb versehentlich das falsche Pferd traf. Das nicht getroffene schwarze Pferd wurde immer langsamer und langsamer, verzögerte stärker und stärker den Schritt und schnaubte den wallenden gelben Staub an, wurde aber nie von der Peitsche getroffen. Das Pferd hätte Prügel verdient, weil es seinen Bruder betrog, der sich schwitzend und mühsam ins Zeug legte und dessen Flanken von gelbem Staub und hartgebackenem weißen Schaum überkrustet waren.

Im Leichenwagen wand sich die nackte, bleiche Orpine. Silks zerrissenes altes Leinentaschentuch fiel von ihrem Gesicht herunter, es fiel und fiel und hörte nicht auf zu fallen, rutschte weiter und weiter und glitt doch nie ganz herab, obwohl der Wind pfeifend um den Aufbau spielte und durch jeden Spalt Staub hineintrieb. Während er dem falschen und immer dem falschen Pferd die Peitsche gab, sah Silk zu, wie die tote Orpine an Chenilles Dolch zu zerren begann, er sah, wie sie ihn packte und daran zog, als sei er zwischen den Rippen verkantet, er sah, wie sie ihn packte, als wäre sie die auf den Messergriff gravierte Katze mit dem roten Schwanz, die ihre Beute packt. Das Gesicht unter dem rutschenden Taschentuch war von ihrem Blut befleckt, und auf einmal glich es dem Gesicht von Bloods geisteskranker Tochter Mucor. Das braune Haar war geschoren, und auf der Kopfhaut zeigten sich Nähte. Moorgrass hatte den Körper gewaschen und den halben Kopf geschoren, damit die Stiche zu sehen waren, und aus jedem Stich quoll ein Tropfen Blut, während aus den vollen Brüsten Milch auf den schwarzen Samt rann. Das Grab wartete auf sie, nur noch das Grab, ein frisches Grab in einem Whorl voller Gräber, wo so viele schon lagen, der Obhut des Totengottes Hierax übergeben. Hierax, der Caldé der Toten, der Erhabene Hierax, der Weißköpfige, hielt nun ihren weißen Geist in den Klauen, weil der zweite Doktor, der sie behandelt hatte, ein Hirnchirurg gewesen war.

Silk, der auf dem mit schwarzem Leder gepolsterten Kutschbock saß, wußte nicht, was all diese Bilder zu bedeuten hatten. Er wußte nur, daß er zum Grab fuhr und sich wie immer verspätet hatte. Immer kam er zu spät und doch zu früh zu den Gräbern, fuhr nach der Abblendung in einer Dunkelheit, die tiefer war als die tiefste Nacht, fuhr an Tagen, die heißer waren als alle Tage davor, so daß der wallende Staub gebacken wurde wie der Ton im kleinen Brennofen eines Künstlers, bis er in der Hitze golden zu flimmern begann. Und die schwarzen Federn wippten, während er dem falschen Pferd die Peitsche gab, einem schwitzenden Pferd, das am Grab sterben würde, wenn sich nicht auch das andere ins Zeug legte. Und wo sollte Orpine liegen, wenn das schwarze Pferd tot in ihr Grab gestürzt war?

»Hü-ah!« rief er, aber die Pferde parierten nicht, denn sie standen schon am Grab, und die Lange Sonne war erloschen, ausgebrannt, für alle Ewigkeit gestorben, bis sie von neuem entfacht werden würde. »Zu tief«, sagte Chenille ihm, als sie neben das Grab trat. »Zu tief«, äfften die Frösche sie nach, die Frösche, die er als Knabe in dem Jahr gefangen hatte, in dem er ohne besonderen Grund mit seiner Mutter aufs Land gefahren war, um hernach in ein Leben zurückzukehren, das sich nicht verändert hatte. Die Frösche, die er geliebt und mit seiner Liebe getötet hatte. *»Zu tief!«* Und das Grab war zu tief, obwohl der Boden mit schwarzem Samt ausgeschlagen war, damit sie nicht mit dem Sand und dem kalten Lehm in Berührung käme. Das kalte Wasser unterirdischer Ströme, deren Spiegel jedes Jahr tiefer fiel, würde Orpine nie benetzen, würde nicht ihren verwesenden Rücken den Bäumen und Blumen als Nahrung zuführen, würde niemals Bloods Blut abwaschen und niemals die rotglühende Katze mit der schwarzen Maus im Maul und niemals die goldenen Hyazinthen befeuchten. Es würde niemals den goldenen Teich füllen, in dem der goldene Kranich für alle Ewigkeit goldenen Fischen auflauerte; denn dies war kein gutes Jahr für goldene und nicht einmal für silberne Fische.

»Zu tief!«

Und das Loch war zu tief, denn der gelbe Staub würde es niemals füllen können, und der Samt auf dem Boden war mit Funken besprenkelt, die irgendwann flackern mochten, die aber nicht geflackert hatten, als Maytera Marble ihn auf sie hingewiesen hatte; und auf einmal war sie wieder jung und hatte ein Gesicht wie Maytera Mint und trug braune Handschuhe, die die schwer arbeitenden stählernen Finger bedeckten.

»Zu lange!« sagte er zu den Pferden, und dasjenige, das nicht gezogen hatte, sprang und bäumte sich auf und legte sich mit aller Kraft ins Geschirr. Es spürte den Wind in den Nüstern, und die Nacht war dunkler, als eine Nacht eigentlich sein konnte, und nirgends war auch nur ein Fleckchen von den Himmelsländern zu sehen. Die unendliche Straße unter den Hufen war von wallendem Staub und den im Wind treibenden losgerissenen Büschen bedeckt.

»Zu lange!«

Hyacinth saß neben ihm auf dem gepolsterten Ledersitz, und nach einer Weile gab er ihr sein altes, blutbeflecktes Taschentuch, damit sie Nase und Mund schützen konnte. Der Wind heulte wie tausend gelbe Hunde und versuchte vergeblich, den krachenden, glänzenden, alten Leichenwagen von der Straße zu fegen, die überhaupt keine Straße war, und Silk war froh, Hyacinth an seiner Seite zu wissen.

5

Der Sklave der Sphigx

Heute ist Molpsday, dachte Silk, als er sich im Bett aufrichtete. Es war der Tag der Leichtfüßigkeit und Behendigkeit, mit der Aussicht auf Tanz und Gesang nach getaner Arbeit. Er fühlte sich ganz und gar nicht leichtfüßig, als er sich aufsetzte, die Beine über die Bettkante schwang und sich die Augen und das stachlige Kinn rieb. Er hatte – wie lange? – geschlafen. Beinahe zu lange, aber wenn er sich beeilte, konnte er sich wohl noch zu den Sibyllen gesellen, die sicher schon beim Morgengebet waren. Es war die erste Nacht, die er hatte durchschlafen können, seit …

Seit Thelxday.

Er streckte sich und sagte sich, daß er sich beeilen mußte. Frühstücken würde er später oder gar nicht; allerdings waren noch Früchte übrig und genug Gemüse, um das halbe Stadtviertel zu speisen.

Er stand auf und wollte sich sputen, wurde jedoch sofort mit einem stechenden Schmerz im rechten Knöchel bestraft. Abrupt mußte er sich wieder setzen.

Bloods Stock mit dem Löwinnenkopf lehnte am Kopfende des Betts, Cranes Verband lag daneben auf dem Boden. Er hob den Verband auf und knallte ihn auf die Dielenbretter.

»Sphigx soll heute meine Göttin sein«, murmelte er. »Meine Stütze und meine Zuflucht.« Er machte das Zeichen der Addition in der Luft. »O Scharfzahnige, Stechende, Brüllende Sphigx, o Löwin und Amazone, steh mir bei bis zum Ende. Schenk mir Mut in dieser schweren Stunde.«

Cranes Verband war jetzt heiß wie eine offene Flamme. Er zog sich wie ein Schraubstock um Silks Bein und hielt das gebrochene Gelenk angenehm fest, während Silk die Treppe hinunterstieg, um die Waschschüssel an der Pumpe in der Küche zu füllen.

Oreb schlief oben auf dem Vorratsschrank. Er stand auf einem Bein und hatte den Kopf unter den unversehrten Flügel gesteckt. Silk rief hinauf: »Wach auf, alter Vogel. Essen? Frisches Wasser? Sag mir, was du brauchst.«

Oreb krächzte protestierend, ohne den Kopf unter dem Flügel hervorzuziehen.

Von Orebs altem Käfig waren noch ein paar Stäbe da, und vom Herdfeuer, auf dem am vergangenen Abend kein Gemüse gekocht hatte, war sogar ein großes Stück Glut übriggeblieben. Silk legte ein halbes Dutzend Zweige darüber, blies sie an und rieb sich die Hände, als eine frische Flamme aufloderte. Er hatte nicht einmal etwas vom wertvollen Papier verbrauchen müssen!

»Es ist Morgen«, erklärte er dem Vogel. »Die Blende ist fort, und du solltest allmählich wach werden.«

Er bekam keine Antwort.

Oreb, dachte Silk schließlich, ignorierte ihn demonstrativ. »Mein Fußgelenk ist gebrochen«, erklärte er dem Vogel fröhlich, »und ein Arm ist steif – Meister Xiphias dachte, ich sei Linkshänder, habe ich dir das schon erzählt? Der Bauch tut mir weh, und ich habe eine große schwarzblaue Stelle auf der Brust, wo Musk mich mit dem Messerknauf getroffen hat.« Er rückte drei kleine Scheite auf dem Haufen lodernder, knackender Zweige zurecht. »Aber das ist mir ganz egal. Heute ist Molpsday, es wird ein wunderschöner Molpsday, und ich fühle mich prächtig. Wenn du mein Haustier sein willst, mußt du dich auch prächtig fühlen, Oreb.« Er knallte den Feuerkasten zu und setzte Wasser zum Rasieren auf.

»Fischköpfe?«

»Keine Fischköpfe. Es war keine Zeit, Fischköpfe zu besorgen. Aber es könnte noch eine schöne Birne übrig sein. Magst du Birnen?«

»Mag Birnen.«

»Ich auch. Dann können wir uns also eine teilen.« Er angelte sich das Messer, mit dem er die Tomaten in Scheiben geschnitten hatte, aus dem Ausguß, wischte die Klinge ab (mit leichtem Schuldgefühl bemerkte er, daß sie zu rosten begann) und teilte die Birne in der Mitte. Dann biß er in seine Hälfte, spülte den Ausguß sauber, pumpte frisches Wasser herauf und spritzte es sich ins Gesicht, an den Hals und über das Haar. »Willst du nicht zum Morgengebet mitkommen, Oreb? Du mußt nicht, aber ich habe das Gefühl, es könnte dir guttun.« Als er sich Maytera Roses wahrscheinliche Reaktion auf den Anblick des Vogels ausmalte, mußte er lachen. »Wahrscheinlich würde es mir selbst auch guttun.«

»Vogel schlafen.«

»Aber erst wenn du deine Birne gegessen hast, würde ich annehmen. Wenn sie noch da ist, wenn ich zurückkomme, dann werde ich sie selbst essen.«

Oreb flatterte auf den Tisch herunter. »Jetzt essen.«

»Das ist klug von dir«, lobte Silk. Er biß wieder in seine Hälfte, und auf einmal fiel ihm sein Traum wieder ein. Nach allem, was er noch wußte, war es ein bemerkenswerter Traum gewesen. Dann dachte er an den medizinischen Faden auf Mucors Kopfhaut. Hatte er ihn gesehen, oder hatte er das nur geträumt? Dann fiel ihm ein, daß Crane Arzt war und wahrscheinlich die Embryos der gehörnten Katzen in den Schoß des Mädchens verpflanzt hatte, vermutlich immer zwei oder drei auf einmal.

Während er sich oben einseifte und rasierte, fiel ihm

Chenilles Bemerkung ein, sie könnten womöglich von Crane genug Geld bekommen, um das Manteion zu retten. Normalerweise hätte er einen so verrückten Vorschlag auf der Stelle weit von sich gewiesen, aber Chenille war ja gar nicht Chenille – oder besser, sie war nicht ausschließlich Chenille –, und ganz egal, was sie sagte, darüber konnte ihn nichts und niemand hinwegtäuschen, auch wenn es die Höflichkeit anscheinend gebot, sich etwas zu verstellen. Er hatte die Schöne Kypris gebeten, ihm noch einmal zu erscheinen, und sie hatte seinen Wunsch mehr als erfüllt – genaugenommen war sie überhaupt nicht von ihm gewichen und hatte das Heilige Fenster nur verlassen, um von Chenille Besitz zu ergreifen.

Das war natürlich eine große Ehre für Chenille. Einen Moment lang beneidete er sie geradezu. Er selbst war allerdings vom Außenseiter erleuchtet worden, und das war eine noch größere Ehre. Danach hätte er eigentlich nie wieder jemand anders um irgend etwas beneiden dürfen. Kypris war die Göttin der Huren. Ob Chenille eine gute Hure war? Und ob sie dafür belohnt wurde? Sie – oder besser, die Göttin – oder vielleicht auch beide – hatten erklärt, daß sie nicht in Orchids Haus zurückkehren wollten.

Er reinigte das Rasiermesser und trocknete es ab. Dann begutachtete er sein Gesicht im Spiegel.

Konnte man daraus etwa schließen, daß Kypris die Huren liebte, ohne zu billigen, was sie taten? Das war ein sehr erbaulicher und möglicherweise sogar zutreffender Gedanke. Er wußte über Kypris lange nicht so viel, wie er gern gewußt hätte, und auch über den Außenseiter wußte er so gut wie nichts, obwohl der Außenseiter ihm doch so viel gezeigt hatte und obwohl Kypris am vergangenen Abend etwas von sich selbst offenbart hatte – vor allem über ihre Beziehung zu Pas.

Silk rieb sich das Gesicht trocken und drehte sich

zum Schrank um. Als er nach einer frischen Tunika suchte, fiel ihm ein, daß Patera Remora ihm praktisch befohlen hatte, sich neue Kleidung zu kaufen. Da von Orpines Beerdigung noch Karten übrig waren, sollte das kein Problem sein.

Hyacinth hatte ihm die Tunika gehalten und ihm geholfen, sie trotz des verletzten Arms anzulegen. Statt nun hinabzulaufen, um sich im Manteion zu den Sibyllen zu gesellen, setzte er sich wieder auf das Bett, stützte den Kopf in die Hände und versuchte, die Gedanken an Hyacinth zu sortieren, die durch seinen Kopf schwirrten. Wie schön sie gewesen war, wie freundlich! Wie wunderschön sie neben ihm gesessen hatte, als sie zum Grab gefahren waren. Er mußte sterben – alle Menschen mußten sterben – also auch sie; aber die Menschen mußten nicht allein sterben. Er erschrak, als er erkannte, daß dieser Traum kein normaler nächtlicher Traum gewesen, sondern von einem Gott geschickt worden war. Zweifellos von Hierax, der im Traum erschienen war (das war für sich genommen schon ein sehr deutlicher Hinweis) und Orpines weißen Geist in Händen gehalten hatte.

Voller Freude stand Silk wieder auf und zog eine saubere Tunika aus dem Schrank. Blood hatte seinen Vogel Hierax genannt, eine bewußte Gotteslästerung. Er, Silk, hatte diesen Vogel getötet oder zumindest mit ihm gekämpft und seinen Tod verursacht. Deshalb hatte Hierax ihm seine Gunst geschenkt – hatte ihn sogar die ganze Zeit seit diesem Augenblick begünstigt, indem er ihm nicht nur einen Traum geschickt hatte, in dem zahlreiche Symbole des Gottes auftauchten, sondern indem er ihm die sehr profitable Begräbnisfeier für Orpine hatte zukommen lassen. Man konnte wirklich nicht sagen, daß Hierax undankbar war!

Die Robe, die er am Vortag getragen hatte, war schmutzig und voller getrockneter Blutflecken; aber er besaß keine saubere Robe, die er jetzt benutzen konnte. Er holte die Kleiderbürste und schrubbte drauflos, daß der Staub nur so flog.

Männer und Frauen, aus Schlamm gemacht (ursprünglich vom Außenseiter, wie eine recht zweifelhafte Stelle in den Schriften besagte), mußten am Ende wieder zu Staub werden. Genaugenommen wurden sie sogar viel zu schnell wieder zu Staub. Dieser bedrückende Gedanke war ihm schon gegen Ende der Totenmesse für Orpine gekommen, als er die Schrauben festgezogen und den Deckel auf Orpines Sarg befestigt hatte.

Dabei hatte Chenille ihn gestört. Sie hatte sich ihm genähert wie … wie … Er fand keinen passenden Vergleich. Er versuchte, sich die Szene noch einmal vorzustellen. Chenille, größer als die meisten Männer, mit lockigem feuerrotem Haar, großen Knochen, flachen Wangen und großen Brüsten, irgendwie hölzern wirkend und doch so beweglich in ihrem blauen Kleid.

Nein. Das Kleid war schwarz gewesen, wie es sich gehörte. Hatte sie vielleicht ein blaues Kleid getragen, als sie sich in Orchids Haus zum ersten Mal gesehen hatten? Nein, dort hatte sie ein grünes Kleid getragen. Ein grünes Kleid, er war ziemlich sicher.

Horns Spielzeug! Das war es. Er hatte es nie gesehen. (Er bürstete heftiger.) Aber er hatte ähnliche Spielzeuge gesehen, Figuren mit Gelenken, die mit vier Schnüren an einem Holzkreuz befestigt waren. Horn hatte eine blaue Jacke getragen, und Chenille hatte sich zuerst bewegt wie eine dieser Puppen, als hätte die Göttin noch nicht gelernt, geschickt mit den Fäden umzugehen. Sie hatte kaum besser gesprochen als Oreb.

War es denn möglich, daß sogar eine Göttin neue Dinge erst lernen mußte? Das war wirklich ein absonderlicher Gedanke.

Aber wie es schien, lernten Göttinnen rasch. Als Patera Remora kam, war sie schon in der Lage, besser mit einem Messer zu werfen als Musk. Musk, der ihm am vergangenen Abend eine knappe Woche gegeben hatte, um das Manteion zu retten. Das Manteion war es vielleicht nicht einmal wert, gerettet zu werden, aber der Außenseiter hatte ihm aufgetragen, es zu retten, und deshalb mußte er es tun.

Und jetzt kam die entscheidende Frage: Was sollte er in dieser Sache heute unternehmen? Schließlich war keine Zeit zu verlieren, überhaupt keine Zeit. Er mußte versuchen, von Blood mehr Zeit zu bekommen – irgendwie –, oder er mußte die gewaltige Summe ganz oder wenigstens zum größten Teil beschaffen.

Er klopfte seine Hosentaschen ab. Hyacinths Nadler war noch da. Er kniete nieder und zog die Geldkiste unter dem Bett hervor. Er schloß sie auf und nahm den Azothen heraus. Als er sich die Waffe unter die Tunika geschoben hatte, verschloß er die Kiste wieder und legte den Schlüssel an seinen Platz zurück. Die jetzt leere Kiste schob er wieder in ihr Versteck.

»Scharfzahnige Sphigx«, murmelte er, »erbarme dich deiner Diener, die vom Schwert leben und die durch das Schwert umkommen.« Es war ein Gebet der Gardisten, aber es kam ihm vor, als würde es auch auf ihn sehr gut passen.

Chenille wartete schon im Garten, als Silk hinter Maytera Rose und Maytera Marble mit der kleinen Maytera Mint im Schlepptau aus der Seitentür des Manteions trat. Oreb, der auf Chenilles Schulter saß, rief: »Guter Silk!« und hüpfte auf die Schulter des Auguren. Maytera Rose ging vor ihm, und so konnte er nicht sehen, was sie für ein Gesicht machte – falls sie den Vogel überhaupt bemerkt hatte.

Maytera Marble sagte: »Ich wollte Euch eigentlich bitten, uns Gesellschaft zu leisten, Chenille, aber Ihr habt so tief geschlafen ...«

Chenille lächelte. »Ich bin Euch dankbar, daß Ihr es nicht getan habt, Maytera. Ich war schrecklich müde. Aber ich habe später kurz hereingeschaut. Ich hoffe, ich habe Euch nicht gestört.«

»Ach, wirklich?« Maytera Marble erwiderte ihr Lächeln, hob den Kopf und neigte ihn ein wenig nach rechts. »Ihr hättet einfach zu uns kommen sollen. Das wäre schon in Ordnung gewesen.«

»Oreb war bei mir, und er hat sich gefürchtet. Und Ihr wart auch sowieso schon bei der Anamnese.«

Silk nickte nachdenklich. In Chenilles Gesicht, das die jetzt schon grausam heiß brennende Sonne gespenstisch bleich erscheinen ließ, war im Augenblick nichts von Kypris zu sehen; andererseits konnte Chenille den theologischen Fachbegriff eigentlich nicht kennen. Er sagte: »Ich hoffe, Chenille hat Euch vergangene Nacht keine Umstände gemacht, Maytera?«

»Nein, nein, überhaupt nicht. Keine Sorge. Aber jetzt müßt Ihr mich entschuldigen. Die Kinder werden bald kommen. Ich muß noch aufschließen und den Lehrstoff durchgehen.«

Als sie ihr nachblickten, wie sie davoneilte, sagte Chenille: »Ich fürchte, ich mache sie nervös. Sie möchte mich gern ins Herz schließen, aber sie fürchtet, ich könnte Euch vom rechten Weg abbringen.«

»Ihr macht mich auch nervös, Chenille«, gab Silk zu. Während er sprach, fiel ihnen gleichzeitig Maytera Mint auf, die mit niedergeschlagenen Augen im Halbschatten des Laubengangs wartete. Silk wandte sich leise an sie. »Wollt Ihr etwas mit mir besprechen, Maytera?«

Sie schüttelte den Kopf, ohne den Blick zu heben.

»Vielleicht wollt Ihr auch Eurem Gast Lebewohl sagen; aber um die Wahrheit zu sagen, ich weiß noch nicht, ob sie nicht vielleicht heute nacht noch einmal bei Euch bleiben muß.«

Zum ersten Mal, seit er Maytera Mint kannte,

schaffte sie es, ihn zu erschrecken. Sie trat plötzlich aus den Schatten heraus und sah mit einer Sehnsucht, die er nicht ganz ergründen konnte, zu Chenilles Gesicht hoch. »Ihr macht mich nicht nervös«, sagte sie. »Das ist es, was ich Euch sagen wollte. Ihr seid der einzige erwachsene Mensch, der mich nicht nervös macht. Ich fühle mich zu Euch hingezogen.«

»Ich mag Euch auch«, sagte Chenille leise. »Ich mag Euch sehr, Maytera.«

Maytera Mint nickte, und Silk hielt das Nicken für eine Geste des Akzeptierens und Verstehens. »Ich bin gewiß fünfzehn Jahre älter als Ihr. Vielleicht sogar noch älter. Ich werde im nächsten Jahr siebenunddreißig. Und trotzdem fühle ich mich, als ... vielleicht liegt es auch nur daran, daß Ihr soviel größer seid als ich ...«

»Ja, bitte?« fragte Chenille sanft.

»Ich fühle mich, als wärt Ihr meine ältere Schwester. Dabei habe ich nie eine ältere Schwester gehabt. Ich liebe Euch.« Und damit machte Maytera Mint auf dem Absatz kehrt, daß der schwarze Bombasin nur so flog, als wollte sie eilig zum Zönobium hinüberlaufen. Doch auf halbem Wege bog sie plötzlich ab und ging über die trockene braune Wiese in Richtung der Palaestra auf der anderen Seite des Spielplatzes.

»Wiedersehen!« rief Oreb. »Wiedersehen, Mädchen!«

Silk schüttelte den Kopf. »Damit hätte ich nun wirklich nicht gerechnet. In diesem Whorl geschehen Dinge, die ich mir im Leben nicht hätte träumen lassen.«

»Schade«, seufzte Chenille. »Ich muß es Euch wohl sagen. Es Euch erklären. Silk. Patera. Wir müssen noch über etwas anderes reden. Darüber, daß wir das Geld von Crane bekommen müssen. Aber ich ... wir haben ein Problem. Es betrifft die arme Maytera Mint. Es ist meine Schuld. In gewisser Weise jedenfalls.«

Silk sagte: »Ich hoffe, es ist kein zu schwerwiegendes Problem. Ich mag sie, und ich fühle mich für sie verantwortlich.«

»Ich auch. Trotzdem, wir müssen reden. Es ist wichtig. Können wir nicht in Euer kleines Haus gehen und uns dort unterhalten?«

Silk schüttelte den Kopf. »Frauen dürfen das Pfarrhaus nicht betreten. Es gibt natürlich eine ganze Reihe von Ausnahmen – wenn ein Augur erkrankt ist, darf zum Beispiel eine Frau kommen und ihn pflegen. Wenn ich mit Maytera Marble spreche, dann setzen wir uns hier in den Laubengang oder in ihr Klassenzimmer in der Palaestra.«

»Also gut.« Chenille duckte sich unter den herabhängenden Weinranken hindurch. »Was ist mit Maytera Mint? Und mit der alten Maytera Rose? Wo unterhaltet Ihr Euch mit ihnen?«

»An den gleichen Orten.« Mit einem leichten Schuldgefühl setzte Silk sich gegenüber von Chenille auf die alte Holzbank auf den Platz, auf dem Maytera Marble normalerweise saß. »Aber um Euch die Wahrheit zu sagen, ich rede nur selten mit den beiden. Maytera Mint ist meist viel zu schüchtern, um zu antworten, und Maytera Rose hält mir Vorträge.« Er schüttelte den Kopf. »Ich sollte eigentlich auf sie hören, aber nach fünf oder zehn Minuten will ich nur noch von ihr fortkommen. Ich will damit nicht andeuten, daß sie keine guten Frauen wären; das sind sie ganz gewiß.«

»Maytera Mint ist es auf jeden Fall.« Chenille leckte sich die Lippen. »Deshalb fühle ich mich auch so schlecht. Es war … irgendwie war ich es nicht selbst. Nicht ich, Chenille.«

»Natürlich nicht!« Silk nickte heftig. »Sie spürt die Göttin in Euch! Ich hätte das sofort erkennen müssen. Ihr wollt ihr wohl nicht sagen, daß …«

»Nein, nein. Sie spürt es, aber das ist nicht der entscheidende Punkt. Sie wird es auch nicht weitertragen, weil sie es selbst nicht genau weiß. Nicht bewußt.«

Silk räusperte sich. »Wenn Ihr das Gefühl habt, es könnte eine körperliche Anziehung im Spiel sein – mir ist bewußt, daß derlei Dinge zwischen Frauen wie zwischen Männern geschehen –, dann wäre es wohl besser, Ihr würdet in der kommenden Nacht woanders schlafen.«

Chenille tat seine Bedenken mit einer Handbewegung ab. »Das ist nicht von Bedeutung. Außerdem trifft es auch nicht zu. Sie will nicht … sie will überhaupt nichts. Sie will nichts von mir haben. Sie will nur helfen. Sie will mir etwas geben. Das verstehe ich. Das ist nicht … das ist eine ehrenhafte Absicht. Sagt Ihr das nicht so? Eine ehrenhafte Absicht?«

»Ich glaube, so kann man das ausdrücken.«

»Aber all dies hier … es spielt keine Rolle. Nichts ist wirklich wichtig. Ich muß es Euch sagen. Ich muß Euch noch mehr erzählen. Ich werde nicht lügen.« Ihre Augen blitzten. »Ganz bestimmt nicht!«

»Ich würde auch nicht wollen, daß Ihr lügt«, versicherte Silk ihr.

»Ja, ja, so ist es gut, Silk. Besessenheit … Ihr … wir haben gestern abend darüber gesprochen. Ihr glaubt, eine Göttin sei … in mir. Kypris, meine ich. Oder eine andere. Diese schreckliche Frau mit den Schlangen. Ihr glaubt, wir fahren in Menschen hinein. So, wie ein Fieber die Menschen überkommt.«

»Nun ja, so hätte ich es sicher nicht ausgedrückt.«

Chenille sah ihn mit hungrigen Augen an, die im Halbschatten des Laubengangs größer wirkten als draußen. Dunkle Augen, die in ihrem eigenen, inneren Glanz strahlten. »Aber Ihr denkt es. Ich weiß es. Wir … es dringt durch die Augen ein. Wir Götter sind nicht … etwas, das Ihr seht? Wir sind Strukturen. Wir verändern uns. Wir lernen und wachsen. Sind aber trotzdem Strukturen. Und ich bin nicht Kypris. Ich sagte es Euch … Ihr dachtet, ich hätte gelogen.«

Oreb pfiff: »Armes Mädchen!«

Und Silk, der sich von der schrecklichen Macht und der Sehnsucht dieser dunklen Augen abgewandt hatte, sah jetzt, daß Tränen in ihnen standen. Er bot ihr sein Taschentuch an und erinnerte sich, daß Maytera Marble ihm genau hier im Laubengang das ihre geborgt hatte, bevor er zu Bloods Villa aufgebrochen war.

»Ich habe nicht gelogen. Ich lüge nicht. Nicht sehr, jedenfalls. Oder ich lüge nicht, wenn ich nicht muß. Und ich habe nicht gelogen. Aber was Ihr Besessenheit nennt – Kypris hat einen Teil, nur einen kleinen Teil von sich selbst kopiert.« Chenille schneuzte sich leise. »Ich hatte nichts mehr zum Schnupfen, seit Orpine … so geht es einem dann, Patera. Wenn man ihn nicht bekommt, meine ich. Ihr seht alles mögliche und denkt immer nur, das ist kein Rost, und alles ist so traurig.«

»Es wird bald vorbei sein«, sagte Silk und hoffte, daß es die Wahrheit war.

»Eine Woche. Vielleicht auch zwei. Ich habe es schon einmal versucht. Aber … egal. Ich würde jetzt jedenfalls keinen nehmen. Ich will nicht mehr, und wenn Ihr eine ganze Tasse voll Rost hättet und sie mir geben würdet, und ich könnte soviel nehmen, wie ich wollte, ich würde nichts nehmen.«

»Das ist wundervoll«, sagte Silk, und es war ihm ernst.

»Das liegt an der Struktur. Ich meine das kleine Stück von ihr selbst, das Kypris durch meine Augen in mich hineingesteckt hat. Das war gestern im Manteion. Aber Ihr versteht nicht, was ich Euch sage, nicht wahr? Ich weiß, daß Ihr es nicht versteht.«

»Ich verstehe nichts von diesen Strukturen«, sagte Silk. »Das andere kann ich begreifen, oder ich glaube wenigstens, daß ich es begreife.«

»Es ist wie Euer Herz, Patera. Ein Muster oder ein Rhythmus von Herzschlägen. Ja, ja, nein, nein, nein, ja, ja. Da ist so ein Ding, das jeder hinter den Augen hat. Ich begreife selbst nicht alles. Wie bei dieser mechanischen Frau. Marble? Jemand, der sehr klug war, brachte heraus, wie er es mit ihnen machen konnte. Wie er das Programm ein bißchen verändern konnte. Die Menschen haben Maschinen hergestellt, und dann wurde das Programm verändert, und Leute wie Maytera Marble haben für andere Leute und nicht mehr für den Staat gearbeitet. Er … der, den Ihr Pas nennt. Er hat Menschen veranlaßt, es zu untersuchen. Und sie haben herausgefunden, daß man etwas ganz Ähnliches mit Menschen machen konnte. Es war schwieriger. Die Frequenz war viel höher. Aber man konnte es tun, und wir tun es. So hat es begonnen. Silk. Durch die Terminals, durch ihre Augen.«

»Jetzt verstehe ich überhaupt nichts mehr«, sagte Silk.

»Das ist jetzt nicht wichtig. Jedenfalls funktioniert es mit Hilfe von Lichtblitzen. Es ist ein Licht, das niemand sonst sehen kann. Die Stöße, die Impulse, aus denen das Programm des Gottes besteht, das im Mainframe läuft. Kypris ist die Göttin, dieses Programm. Aber sie hat die Augen geschlossen. Mint, meine ich. Maytera Mint. Und ich war noch nicht fertig, ich hatte es noch nicht abgeschlossen.«

Silk schüttelte den Kopf. »Mir ist klar, daß dies wichtig ist, und ich versuche, es zu verstehen. Aber um Euch die Wahrheit zu sagen, ich habe keine Ahnung, wovon Ihr sprecht.«

»Dann werde ich lügen.« Chenille schob sich näher an ihn heran, bis sie seine Knie mit den ihren berührte. »Ich werde lügen, damit Ihr es versteht, Patera. Hört jetzt gut zu. Ich … Kypris wollte von Maytera Mint Besitz ergreifen. Es soll uns jetzt nicht interessieren, aus welchem Grund sie das tun wollte.«

»Ihr seid doch jetzt Chenille.«

»Ich bin immer Chenille. Nein. Das stimmt nicht. Wenn ich lüge, bin ich Kypris. Also gut. Ich bin jetzt Kypris, die so spricht, wie Chenille sonst gesprochen hat. Sagt ja.«

Silk nickte. »Jawohl, Große Göttin.«

»Schön. Ich wollte von Maytera Mint Besitz ergreifen und vom Heiligen Fenster aus mein göttliches Ich durch ihre Augen in ihren Körper schicken. Versteht Ihr?«

Silk nickte wieder. »Gewiß doch.«

»Ich wußte, daß Ihr es verstehen würdet, wenn ich es falsch ausdrücke. Also schön. Es fühlt sich gut an, wirklich gut, so daß praktisch niemand die Augen schließt. Die Leute wollen es. Sie wollen immer mehr davon. Sie zwinkern nicht einmal, sie saugen es auf.«

Silk sagte: »Es ist ganz natürlich, daß Menschen an Eurem göttlichen Leben Anteil nehmen wollen, Große Göttin. Das ist einer unserer tiefsten Instinkte.«

»Aber sie hat geblinzelt, und das müßt Ihr jetzt begreifen. Sie hat nur ein Stück von mir bekommen – von der Göttin, meine ich. Ich habe keine Ahnung, was es mit ihr anrichten wird.«

Silk sank in sich zusammen und kratzte sich an der Wange.

Oreb, der sich von Silks Schulter entfernt hatte, um die Weinranken zu erforschen, murmelte: »Gutes Mädchen.«

»Ja, Oreb, das ist sie. Das ist einer der Gründe dafür, weshalb ich mir solche Sorgen mache.«

»Gut jetzt!«

Nach einem langen bedrückten Schweigen hob Silk die Hände. »Ich hätte wirklich nicht geglaubt, daß ein Gott aufgeteilt werden kann.«

Chenille nickte. »Ich auch nicht.«

»Aber Ihr habt doch gesagt …«

»Ich habe gesagt, daß es geschehen ist.« Sie legte

eine Hand auf sein Knie. »Ich hätte nicht gedacht, daß es geschehen würde. Aber es ist geschehen, und es kann sein, daß sie sich dadurch verändert. Ich glaube sogar, sie hat sich bereits verändert. Ich bin Chenille, aber ich fühle mich, als wäre hier in mir noch jemand anders, als erlebte ich eine Art, über Dinge nachzudenken und Dinge zu tun, die mir bis gestern noch unbekannt war. Das ist bei ihr etwas anders. Sie erlebt einen Teil von Kypris, wie Ihr einen Traum erleben könntet.«

»Das ist aber schrecklich, Chenille. Kann man es nicht rückgängig machen?«

Sie schüttelte den Kopf, daß ihre feuerroten Locken tanzten. »Kypris könnte es rückgängig machen, aber wir können es nicht. Sie müßte vor einem Terminal stehen – vor einem Heiligen Fenster oder einem Glas, das spielt keine Rolle –, wenn Kypris erscheint. Selbst dann würde noch etwas zurückbleiben. Es bleibt immer etwas zurück. Ein Teil von Maytera Mints eigenem … Geist würde auch auf Kypris übergehen.«

»Aber Ihr *seid* doch Kypris«, sagte Silk. »Ich weiß das, denn ich will ständig vor Euch niederknien.«

»Nur wenn ich lüge, Patera. Wenn ich eine wirkliche Göttin wäre, dann könntet Ihr mir nicht widerstehen. Nicht wahr? In Wirklichkeit bin ich Chenille mit einem gewissen Zusatz. Paßt auf, ich weiß noch eine Lüge, die Euch helfen kann. Wenn jemand betrunken ist, sagt man da nicht manchmal, daß der Schnaps aus ihm spricht? Oder das Bier oder was auch sonst?«

»Ja, das sagen die Leute oft. Ich glaube aber nicht, daß das jemand wirklich ernst meint.«

»Also gut. In diesem Fall ist es ähnlich. Es ist nicht ganz das gleiche, aber es ist ziemlich ähnlich. Nur, daß es nicht nachläßt, wie die Wirkung von Schnaps nachläßt. Maytera Mint wird für den Rest ihres Lebens so bleiben, wie sie ist; es sei denn, Kypris nimmt sich selbst zurück – kopiert den Teil, der in Mint überging, mit all den Veränderungen wieder in sich selbst zurück und löscht, was in Maytera Mint war.«

»Dann können wir sie doch nur genau beobachten und versuchen … äh …« (Mit einem Mal empfand Silk für Patera Remora beinahe so etwas wie Sympathie) »… versuchen, auf unerwartete Dinge mit Nachsicht zu reagieren.«

»Ich fürchte, uns bleibt nichts anderes übrig.«

»Ich werde es Maytera Marble sagen. Ich meine damit nicht, daß ich ihr sagen werde, was Ihr mir gesagt habt, aber ich werde sie warnen. Maytera Rose ist in diesem Fall nicht zu gebrauchen. Sie würde alles nur schlimmer machen. Aber Maytera Marble wird eine große Hilfe sein, auch wenn sie in der Palaestra nicht zur gleichen Zeit in ihrem eigenen und in Maytera Mints Klassenzimmer sein kann. Danke, Chenille.«

»Ich muß Euch noch etwas sagen.« Chenille tupfte sich Nase und Augen ab. »Wegen des Geldes. Ich habe darüber nachgedacht, während Ihr im Manteion wart. Weil ich Geld brauche. Ich muß mir einen neuen Lebensunterhalt suchen. Ein Geschäft aufmachen, vielleicht … und ich werde Euch nach Kräften helfen, Silk. Wollt Ihr Euch zur Hälfte beteiligen?«

Er schüttelte den Kopf. »Ich muß Blood sechsundzwanzigtausend Karten geben, um das Manteion von ihm zurückzukaufen. Das ist das Wichtigste. Aber Ihr könnt alles haben, was diese Summe übersteigt. Angenommen, wir könnten irgendwie hunderttausend Karten bekommen – aber das ist eine absurde Zahl. Dann könntet Ihr vierundsiebzigtausend behalten. Aber wenn wir nur sechsundzwanzig bekommen, dann muß die gesamte Summe an Blood gehen.« Er hielt inne und sah sie scharf an. »Ihr zittert ja. Würde es Euch helfen, wenn ich eine Decke aus dem Pfarrhaus hole?«

»Es ist gleich vorbei, Patera. Es wird mir gleich wieder gutgehen. Ich habe eine viel größere Kontrolle darüber als sie. Ich nehme es an. Euer Angebot. Sagte ich das schon? Euer großzügiges Angebot. So muß ich es wohl nennen ... habt Ihr Euch schon einen Plan überlegt? Es gibt ... es gibt gewisse Dinge, die mir sehr leichtfallen. Aber im Pläneschmieden bin ich nicht sehr gut. Nein, das bin ich nicht, Silk. Silk? Und sie war es auch nicht. Spreche ich jetzt richtig?«

»Ich glaube schon, aber ich kannte sie nicht besonders gut. Ich hatte gehofft, Ihr hättet Euch einen Plan überlegt. Als Chenille seid Ihr mit Crane doch viel besser bekannt als ich, und Ihr solltet eine viel klarere Vorstellung von der Spionageoperation haben, die er, wie Ihr sagtet, durchführt.«

»Ich habe versucht, mir etwas zu überlegen. Gestern abend und heute morgen noch einmal. Das einfachste wäre es, ihm zu drohen, wir würden melden, was er tut. Und dann habe ich noch das hier.« Sie zog eine kleine Statue der Göttin Sphigx, die aus dunklem Hartholz geschnitzt war, aus einer Tasche ihres Kleides. »Ich sollte das einer Frau geben, die einen Stand auf dem Markt hat. Dorthin wollte ich gehen, als ... Ihr wißt schon. Deshalb hatte ich mich so schnell angezogen. Und dann ist es passiert, und ich bin in Orchids Haus geblieben. Ihr wißt ja, warum. Und dann war da der Exorzismus. Euer Exorzismus, Silk? Und als ich dann endlich auf den Markt kam, war er schon geschlossen. Es war kaum noch jemand da, abgesehen von den Leuten, die über Nacht bleiben und sehen, ob sie noch Geschäfte machen können. Die Marktfrau war jedenfalls schon weg.«

Silk nahm die Statue der Göttin entgegen. »Sphigx hält hier ein Schwert«, murmelte er, »wie sie es fast immer auf solchen Darstellungen tut. Außerdem hat sie noch etwas Quadratisches, ein Tablett vielleicht oder einen Stapel Papiere; vielleicht soll das ein Symbol für Pas' Anweisungen sein, aber ich glaube, so etwas habe ich noch nie gesehen.« Er gab Chenille die Statue zurück.

»Ihr würdet sie kennen, wenn Ihr den Stand dieser Frau gesehen hättet. Sie hatte immer drei oder vier dieser Statuen da. Die meisten waren größer als diese hier. Ich sollte ihr meine geben, und sie sollte fragen, ob ich sie wirklich nicht haben wollte, obwohl sie doch so schön und so billig sei. Ich sollte dann nur den Kopf schütteln und weggehen, und sie sollte sie zu den anderen auf ihren Stand stellen, als hätte ich sie nur einen Moment in der Hand gehabt, um sie anzusehen.«

»Ich verstehe. Vielleicht würde es sich lohnen, diesen Stand einmal aufzusuchen.« Unsicher, wie weit er sich auf die Unterstützung der Göttin verlassen konnte, zögerte er, bevor er den Wurf wagte. »Es ist schade, daß Ihr nicht selbst Kypris seid. Wenn Ihr es wärt, könntet Ihr mir vielleicht erklären, welche Bedeutung …«

»Mann kommt!« verkündete Oreb, der über ihnen im Laubengang saß. Einen Augenblick später hörten sie jemanden laut an die Tür des Pfarrhauses klopfen.

Silk stand auf und wich gebückt den Weinranken aus. »Hier drüben, Auk. Wollt Ihr Euch nicht zu uns setzen? Ich bin froh, Euch zu sehen, und hier ist noch jemand, über dessen Gegenwart Ihr Euch wahrscheinlich auch freuen werdet.«

Chenille rief: »Auk? Bist du es? Ich bin hier. Wir brauchen deine Hilfe.«

Auk riß die Augen auf. »Chenille?«

»Ja! Hier drinnen. Komm, setze dich zu mir.«

Silk teilte die Ranken, damit Auk den Eingang des Laubenganges fand. Als er ihm dann folgte, saß Auk schon neben Chenille. Silk sagte: »Offensichtlich kennt Ihr Euch ja schon.«

Chenille lächelte verschmitzt und sah mit einemmal so aus wie das neunzehnjährige Mädchen, das sie angeblich war. »Wißt Ihr noch, was ich Euch vorgestern sagte, Patera? Daß es noch jemanden gibt? Jemanden, der jünger ist als Crane? Und ich sagte auch, daß er mir … uns helfen könnte. Um mit Crane ins Geschäft zu kommen.«

Auk grinste und legte ihr den Arm um die Schultern. »Weißt du, ich habe dich ja noch nie bei Tageslicht gesehen, Chenille. Du bist noch hübscher, als ich erwartet hätte.«

»Ich wußte immer, wie … stattlich? Wie stattlich du bist, Auk.« Sie küßte ihn rasch und leicht auf die Wange.

Silk sagte: »Chenille wird mir helfen, das Geld zu bekommen, das ich brauche, um unser Manteion zu retten, Auk. Darüber haben wir gerade gesprochen, und nun würden wir gern Euren Rat hören.«

Er wandte sich an das Mädchen. »Ich sollte Euch vielleicht noch erklären, daß Auk mir schon einmal geholfen hat – mit Ratschlägen zumindest. Ich glaube, es macht ihm wohl nichts aus, wenn ich das verrate.«

Auk stimmte mit einem Nicken zu.

»Und nun brauchen Chenille und ich noch einmal Euren Rat. Ich bin sicher, daß Auk auch dieses Mal so großzügig sein wird, wie er es bei mir schon war.«

»Auk war immer sehr … sehr gut zu mir, Patera. Er hat immer nach mir gefragt. Seit … seit dem Frühling?«

Sie nahm Auks freie Hand in ihre Hände. »Ich will nicht mehr in Orchids Haus arbeiten, Auk. Ich will woanders leben, ich will nicht mehr … du weißt schon. Immer die Männer um Geld anbetteln. Und ich will keinen Rost mehr nehmen. Es war … eine Zeitlang war es schön. Vor allem, wenn ich Angst hatte. Der Rost macht die Mädchen aber manchmal zu mutig. Nach einer Weile ergreift er Besitz von einem Mädchen. Ohne Rost fühlt man sich niedergeschlagen. Man hat Angst. Deshalb nimmt man immer mehr Rost und wird schwanger. Oder man wird umgebracht. Ich war auch zu mutig. Ich bin nicht schwanger. Das meine ich nicht. Patera wird es dir erklären. Auk?«

Auk sagte: »Das hört sich gut an. Es gefällt mir. Ich nehme an, ihr habt euch nach der Beerdigung kennengelernt, oder?«

»Das ist richtig.« Chenille küßte ihn wieder. »Ich habe nachgedacht. Über das Sterben und alles mögliche, verstehst du? Orpine war so jung und gesund, und auf einmal war sie tot. Ich rede jetzt viel besser, nicht wahr, Patera Silk? Sagt es mir, und bitte schont meine Gefühle nicht.«

Oreb steckte den Kopf mit dem roten Schnabel durch die halb verdorrten Weinblätter und sagte: »Gut sprechen!«

Silk nickte und hoffte, sein Gesicht würde seine Gedanken nicht verraten. »Es ist gut, Chenille.«

»Patera hilft mir, wie … du weißt schon. Gebildeter zu sprechen? Auk. Und ich dachte, ich könnte Orpine sein. Deshalb habe ich gewartet. Wir haben uns gestern abend lange unterhalten, nicht wahr, Silk? Und ich habe bei den Sibyllen übernachtet.« Sie kicherte. »Ein hartes Bett und kein Abendessen, überhaupt nicht wie in Orchids Haus. Aber sie haben mir ein Frühstück gegeben. Hast du schon gefrühstückt, Auk?«

Auk schüttelte grinsend den Kopf. »Ich war noch gar nicht im Bett. Hast du gehört, was die Göttin gestern gesagt hat, Jugs? Schau mal her.«

Er nahm den Arm von ihren Schultern und stand halb auf, um in der Hosentasche herumzuwühlen. Als seine Hand wieder auftauchte, schienen kalte, weiße Flammen aus ihr hervorzubrechen. »Hier, Patera. Nehmt es. Das sind zwar nicht sechsundzwanzigtausend, aber drei- oder viertausend sollte es bringen, wenn Ihr beim Verkauf etwas aufpaßt. Ich kann Euch ein paar Leute nennen, die ich kenne.« Als Silk nicht nach dem angebotenen Gegenstand griff, warf Auk ihm das Ding in den Schoß.

Es war ein drei Finger breites diamantenes Fußkettchen, das einmal einer Frau gehört hatte. »Ich kann das aber wirklich nicht …« Silk schluckte. »Wahrscheinlich kann ich. Ich werde es nehmen, weil ich muß. Aber, Auk …«

Auk klopfte sich auf die Schenkel. »Ihr müßt es nehmen! Ihr seid doch derjenige, der die Göttin Kypris verstehen kann, oder? Ihr habt ihre Worte verstanden, das habt Ihr gesagt. Ihr mußtet nicht erst lange herumfragen und Euch bei jemand anders erkundigen, was sie gesagt hat. Also, sie hat es gesagt, und ich habe es geglaubt, und jetzt will ich sie wissen lassen, daß ich für sie da bin. Die Götter sind real. Ihr könnt sie ansehen, Ihr könnt sie sehen, und Ihr sollt für die Göttin ein paar schöne Opfer besorgen, und vergeßt ja nicht, ihr zu sagen, von wem die Spende gekommen ist.«

Silk nickte. »Das werde ich tun, obwohl ich sicher bin, daß sie es schon weiß.«

»Sagt ihr, Auk hält zu seinen Freunden. Wer zu Auk hält, der kann auf Auk zählen.« Damit nahm er Chenilles Hand und streifte ihr einen Ring über einen Finger. »Ich wußte nicht, daß du hier bist, aber der hier ist auf jeden Fall für dich, Jugs. Siehst du den roten Stein da funkeln? Das ist ein Edelstein, den man Rubin nennt. Vielleicht glaubst du, du hättest so was schon einmal gesehen, aber ich wette fünf Karten, daß du so was noch nie gesehen hast. Willst du ihn verkaufen, oder wirst du ihn behalten?«

»Ich könnte ihn im Leben nicht verkaufen, Hackum.« Sie küßte ihn so leidenschaftlich auf die Lippen, daß Silk sich gezwungen sah, den Blick abzuwenden. Ihr Ansturm hätte sie fast beide von der kleinen Holzbank geworfen. Als sie sich voneinander lösten, fügte sie hinzu: »Du hast ihn mir geschenkt, und deshalb werde ich ihn immer behalten.«

Auk grinste, wischte sich den Mund ab und begann wieder zu grinsen, breiter denn je. »Klasse. Und wenn du es dir anders überlegen willst, dann sage mir nur vorher Bescheid.«

Er wandte sich wieder an Silk. »Patera, habt Ihr eine Ahnung, was gestern abend los war? Ich möchte wetten, daß gestern abend ein halbes Dutzend Häuser auf dem Palatinum ausgeräumt wurde. Ich weiß aber nicht, was da sonst noch los war. Und heute morgen sind so viele Grüne unterwegs, daß sie sich gegenseitig auf den Füßen stehen.« Er senkte die Stimme. »Was ich eigentlich mit Euch besprechen wollte, Patera – was genau hat sie zu Euch gesagt? Wollte sie noch einmal hier erscheinen?«

»Sie hat gesagt, daß sie das tun wollte«, berichtete Silk.

Auk beugte sich vor, das kantige Kinn vorgeschoben und die Augen zusammengekniffen. »Mit welchen Worten?«

Silk rieb sich die Wange und versuchte, sich an die kurze Unterhaltung mit der Göttin, die im Heiligen Fenster erschienen war, zu erinnern. »Ihr habt natürlich recht. Ich muß alles, was sie gesagt hat, Wort für Wort dem Kapitel vortragen, und im Grunde müßte ich in diesem Augenblick an meinem Bericht schreiben. Ich habe sie gebeten zurückzukehren. Ich kann Euch die genauen Worte nicht sagen, aber das ist nicht so wichtig; sie jedenfalls hat erwidert: ›Ich werde bald wieder zu euch sprechen.‹«

»Meinte sie damit dieses Manteion hier? Euer Manteion?«

»Ich kann das nicht mit Sicherheit …«

Chenille unterbrach ihn. »Ihr wißt, daß sie Euer Manteion meinte. Sie hat in Eurem Manteion gesprochen, und sie hat gesagt, sie würde wieder im selben Fenster erscheinen.«

Silk nickte widerstrebend. »Das hat sie, wie ich Euch schon sagte, zwar nicht wörtlich gesagt, aber ich denke inzwischen, daß es wohl das war, was sie gemeint hat.«

»Genau.« Chenille hatte einen Sonnenstrahl gefunden, der rotes Feuer in ihrem Ring entfachte. Während sie weitersprach, drehte sie die Hand hin und her und betrachtete das Schmuckstück. »Wir müssen dir noch von Crane erzählen, Auk. Kennst du Crane? Er ist Bloods Leibarzt.«

»Ich glaube, Patera hat ihn gestern abend erwähnt.« Auk blickte fragend zu Silk, der sich daraufhin einschaltete. »Ich habe Auk eigentlich nicht direkt etwas gesagt, aber es mag sein, daß ich angedeutet oder darauf hingewiesen habe, daß Doktor Crane einer gewissen jungen Frau namens Hyacinth einen Azothen geschenkt haben könnte. Wie Ihr wahrscheinlich wißt, kostet so eine Waffe fünftausend oder mehr Karten, und deshalb war ich gern bereit, Euch zu glauben, als Ihr sagtet, man könnte von ihm möglicherweise eine sehr große Summe Geldes erpressen. Wenn er Hyacinth einen solchen Gegenstand geschenkt hat, und ich neige zu der Ansicht, daß diese Annahme zutrifft, dann muß er insgeheim über beträchtliche Mittel verfügen.« Fast gegen seinen Willen fragte Silk: »Kennt Ihr sie eigentlich?«

»O ja. Sie macht das gleiche, was ich früher gemacht habe, aber sie arbeitet jetzt direkt für Blood und nicht mehr für Orchid. Sie hat Orchids Haus ein paar Wochen, nachdem ich eingezogen bin, verlassen.«

Silk ließ das funkelnde Fußkettchen mit einem gewissen Widerwillen in die Tasche seiner Robe gleiten. »Bitte, erzählt mir alles, was Ihr über sie wißt.«

»Ein paar der anderen Mädchen kennen sie besser als ich. Aber ich kann sie gut leiden. Sie ist … ich weiß nicht genau, wie ich das ausdrücken soll. Sie sagt nicht immer, dieser Kerl ist gut und jener Kerl ist schlecht. Sie nimmt die Menschen, wie sie eben sind, und sie ist hilfsbereit geblieben, selbst wenn man nicht immer so nett zu ihr war, wie man es eigentlich hätte sein müssen. Ihr Vater ist ein höherer Beamter im Juzgado. Aber wollt Ihr das wirklich alles wissen, Silk?«

»Ja, natürlich.«

»Einer der Commissioner hat sie gesehen, als sie schätzungsweise vierzehn Jahre alt war. Er sagte: ›Hört zu, ich brauche ein Hausmädchen. Schickt sie zu mir, daß sie in meinem Haus lebt‹ – dieser Mann hatte, glaube ich, acht oder neun Kinder –, ›dann kann sie etwas Geld verdienen, und Ihr sollt eine schöne Beförderung bekommen.‹ Damals war Hys Vater wahrscheinlich nur ein kleiner Beamter. Er hat zugestimmt und Hy zum Palatinum geschickt, und Ihr könnt Euch denken, was dann passiert ist. Sie brauchte gar nicht viel zu arbeiten – keine schwere Arbeit, nur die Mahlzeiten servieren und Staub wischen, und sie hat ziemlich viel Geld bekommen. Aber nach einer Weile ist die Frau des Commissioners böse geworden, weil sie die beiden erwischt hat, als er sie gerade … na ja, wie das halt so ist. Hy hat dann eine Zeitlang mit einem Kapitän zusammengelebt, aber da hatte sie oft Ärger … und dann ist sie zu Orchid gekommen.«

Chenille schneuzte sich in Silks Taschentuch. »Es tut mir leid, Patera. So geht es mir immer, wenn ich einen Tag oder so nichts genommen habe. Die Nase läuft, und die Hände zittern. Das wird wohl bis Tarsday so weitergehen. Danach müßte alles wieder in Ordnung sein.«

Um Auk und sich selbst zu beruhigen, fragte Silk: »Ihr wollt also ganz bestimmt keinen Rost mehr nehmen? Ganz egal, wie schlimm Eure Entzugserscheinungen noch werden?«

»Nein. Nicht, wenn wir diese Sache anpacken wollen. Das Zeug macht einen übermütig. Ich glaube, das sagte ich schon. Oder? Es ist gut zu schnupfen oder eine Prise zu schlucken … manche Leute machen das. Aber wenn man Todesangst hat, braucht man entsprechend mehr. Nur, daß man nach einer Weile noch mehr Angst hat, keinen Rost mehr zu kriegen. Das ist noch schlimmer als Bass oder sogar Musk oder der Kerl, der im großen Raum so schlimm ausgesehen hat. Irgendwann hat einen das Zeug im Griff. Es hat mich in der Gewalt, es hat Hy in der Gewalt. Das glaube ich jedenfalls. Silk?«

Er nickte, und Auk tätschelte Chenilles Arm.

»Ich kenne sie, aber jetzt, wo ich über sie nachdenke, muß ich sagen, daß ich eigentlich doch nicht sehr viel über sie weiß, und das meiste habe ich Euch bereits erzählt. Seid Ihr Hyacinth denn schon einmal begegnet?«

»Ja«, sagte Silk. »Das war Phaesday, in der Nacht.«

»Dann wißt Ihr ja, wie gut sie aussieht. Ich bin den meisten Kerlen zu groß. Sie mögen große Mädchen, aber die Mädchen dürfen nicht größer sein als sie selbst oder nicht einmal gleich groß. Hy hat genau die richtige Größe. Aber selbst wenn ich viel kleiner wäre, würden die Kerle immer noch ihr und nicht mir hinterherlaufen. Sie ist richtig berühmt geworden, und deshalb arbeitet sie jetzt direkt für Blood. Ein Mädchen, das soviel einbringt wie sie, will er nicht mit Orchid oder sonst jemandem teilen.«

Silk nickte abwesend. »Hat er außer dem gelben Haus in der Lamp Street noch weitere Häuser?«

»Oh, natürlich. Ein halbes Dutzend, schätze ich. Aber Orchids Haus ist eins der besten.« Chenille hielt inne und dachte angestrengt nach. »Hy war eher flachbrüstig, als ich sie in Orchids Haus kennengelernt habe. Crane hat ihr sicher etwas gegeben, was? Damit sie zwei große Dinger bekommt.«

Auk kicherte.

»Sagtet Ihr nicht, sie sei hier in Viron geboren?«

»Ja, sicher, Patera. Irgendwo drüben im Osten der Stadt. Das habe ich jedenfalls gehört. In Orchids Haus ist noch ein weiteres Mädchen, das aus dem gleichen Viertel stammt.«

Auk sagte: »Patera meint, sie könnte Informationen haben. Für dich und für ihn, nehme ich an.«

»Und er wird sie von meinem Anteil bezahlen wollen«, sagte Chenille bitter. »Hier läuft nichts, solange ich nicht zugestimmt habe.«

»Nein, daran dachte ich überhaupt nicht«, beruhigte Silk sie. »Auk hat ganz richtig erkannt, daß ich der Meinung bin, Hyacinth könnte mir helfen, etwas gegen Blood zu unternehmen; aber ich habe keinen Grund zu der Annahme, daß sie uns auch gegen Crane helfen würde, und darum geht es ja im Augenblick. Ich muß Euch noch erklären, Auk, daß Chenille mit einiger Bestimmtheit versichert hat, daß Crane Viron ausspioniert, auch wenn wir nicht wissen, für welche andere Stadt er das tut. Nicht wahr, Chenille?«

»Nein. Er hat nicht einmal gesagt, daß er ein Spion ist, und ich hoffe, ich habe ebenfalls nichts dergleichen gesagt. Aber er ist ... er wollte alles mögliche über wichtige Leute wissen. Besonders über die Zivilgarde. Er wollte wissen, ob und wie oft die Colonels zu uns kämen und was sie sagen. Und ich muß immer denken, daß die kleinen Statuen Botschaften sind oder daß Botschaften in ihnen versteckt sind.«

Sie bemerkte Auks mißbilligenden Blick und fuhr fort: »Ich wußte es nicht, Hackum. Er war nett zu mir, und deshalb habe ich ihm ab und zu geholfen. Ich hatte bis gestern überhaupt keine Ahnung.«

Auk sagte: »Ich wünschte, ich wäre diesem Crane mal begegnet. Er muß ein bemerkenswerter Kerl sein. Wollt Ihr ihn ausmisten oder es versuchen, Patera? Ihr und Jugs?«

»Ja, wenn ausmisten das bedeutet, was ich vermute.«

»Es heißt, Ihr setzt ihm die Daumenschrauben an. Wollt Ihr ihm wirklich die sechsundzwanzig aus der Nase ziehen?«

Chenille nickte, und Silk sagte: »Wenn wir können, sogar noch viel mehr, Auk. Chenille würde gern einen Laden aufmachen.«

»Der einfachste Ausweg für ihn wäre es natürlich, Euch in der Versenkung verschwinden zu lassen. Ist Euch das klar?«

»Ihr meint, er könnte uns umbringen oder uns von jemand anders umbringen lassen. Ja, natürlich. Wenn Crane ein Spion ist, dann wird er nicht zögern, so etwas zu tun, und wenn er über genug Geld verfügt, um Hyacinth einen Azothen zu schenken, dann kann er ohne weiteres jemanden finden, der den Mord für ihn begeht. Wir müssen wohl vorsichtig vorgehen.«

»Das würde ich auch sagen. Ich könnte Euch zwanzig Kerle nennen, die das für hundert Karten erledigen würden, und ein paar von ihnen sind Könner auf ihrem Gebiet. Wenn dieser Crane schon lange für Blood arbeitet ...«

»Seit vier Jahren«, warf Silk ein. »Das hat er mir an jenem Abend gesagt.«

»Dann weiß er so gut wie ich, wen man in solchen Fällen fragen kann. Diese Hy ...« Auk kratzte sich am Kopf. »Erinnert Ihr Euch an unser Abendessen? Ihr habt mir von diesem Azothen erzählt, und ich sage Euch, ich könnte wetten, daß Crane eine Menge Spitzel hat. Wenn er Jugs gebeten hat, ihm etwas über Colonels zu erzählen, dann muß diese Hy nach allem, was Ihr gesagt habt, noch viel wichtiger für ihn sein. Sie ist also sein Spitzel. Sie lebt draußen auf dem Land in Bloods Haus, nicht wahr? Kommt sie überhaupt mal in die Stadt?«

»Ich glaube schon. Sie hatte in Bloods Villa eine

eigene Wohnung, und der Monitor in ihrem Glas hat sie als seine Herrin bezeichnet.« Silk erinnerte sich an Hyacinths Kleiderschränke, die der Monitor ihm als Versteck vorgeschlagen hatte. »Sie hatte auch eine Menge Kleidung dort.«

Chenille sagte: »Sie fährt ziemlich oft in die Stadt, aber ich weiß nicht, wann und wohin. Wenn sie in die Stadt kommt, dann wird sie bestimmt von jemandem begleitet, weil Blood sonst ausflippen würde.«

Auk richtete sich auf und legte die linke Hand auf den großen, mit Messing beschlagenen Griff seines Hirschfängers. »Also, Patera. Ihr wolltet meinen Rat hören. Ich werde ihn Euch geben, aber ich glaube, er wird Euch nicht gefallen.«

»Ich möchte ihn trotzdem hören.«

»Dachte ich mir. Ich würde dieser Hy vorläufig aus dem Weg gehen. Es dürfte schon schwierig sein, sie zu finden, und höchstwahrscheinlich wird sie sofort zu Crane rennen und ihm alles erzählen. Jugs hier meint, sie wüßte nicht, ob Hy spioniert hätte. Das mag ja sein. Aber wenn Hy von diesem Crane einen Azothen geschenkt bekommen hat, dann gehe ich jede Wette ein, daß sie als Spitzel für ihn arbeitet. Wenn sie der einzige Ansatzpunkt wäre, den Ihr habt, dann würde ich sagen, nehmt sie Euch vor. Aber ich wäre vorsichtig. Wenn dieser Crane sich von Jugs erzählen ließ, was die Colonels gemacht und gesagt haben, und wenn auch Hy für ihn geschnüffelt hat, und so sieht es ja aus, dann ist doch wohl anzunehmen, daß er noch vier oder fünf weitere Schnüffler hat. Wahrscheinlich in Bloods anderen Bordellen. Und wenn Jugs weg ist – weil sie ja sagte, daß sie weg will –, dann wird er sich in Orchids Haus jemand anders suchen.«

Chenille warf ein: »Vielleicht ist es am Ende doch das beste, wenn ich zu Orchid zurückgehe. Wenn ich ein bißchen auf Viron schimpfe, weiht er mich vielleicht ein. Vielleicht könnte ich auch herausfinden, wer die Frau auf dem Markt ist.«

Silk erklärte: »Es gibt eine Marktfrau, die anscheinend mit Crane in Kontakt ist, Auk. Crane hat Chenille aufgetragen, eine Statue von Sphigx zu ihr zu bringen. War es eigentlich immer Sphigx, Chenille?«

Sie nickte, daß die feuerroten Locken tanzten. »Sie sahen immer so aus wie diejenige, die ich Euch gezeigt habe. Ich glaube, es waren immer die gleichen Statuen.«

»Dann laßt uns nachforschen, was anschließend mit ihnen geschieht«, schlug Auk vor. »Wohin geht diese Markttante, wenn der Markt schließt?«

»Guter Silk!« Oreb ließ sich aus den Weinranken herunterfallen und landete in Silks Schoß. »Fischköpfe?«

»Vielleicht«, sagte Silk zu dem Vogel, während dieser auf seine Schulter hüpfte. »Ich glaube, das ist sogar sehr wahrscheinlich.«

Er wandte sich wieder an Auk. »Ihr habt natürlich vollkommen recht. Ich habe viel zu sehr über Hyacinth nachgedacht. Es würde mir nicht gefallen, wenn Chenille zu Orchid zurückkehrte, aber Eure beiden Vorschläge, die sich ja nicht einmal gegenseitig ausschließen, sind immer noch besser, als an Hyacinth heranzutreten, ohne etwas Brauchbares in der Hand zu haben. Aber wenn wir noch ein wenig mehr herausgefunden haben, werden wir sicherlich eine Handhabe finden. Wir werden ihr sagen können, daß Crane ein Agent einer anderen Stadt ist, daß wir überzeugende Beweise gegen ihn besitzen und daß wir wissen, daß sie für ihn arbeitet. Unter der Voraussetzung, daß sie uns hilft, können wir ihr anbieten, sie zu beschützen.«

»Glaubt Ihr etwa, Crane stammt gar nicht aus Viron?« fragte Chenille. »Er redet wie ein Einheimischer.«

»Nein. Ein Grund für meine Vermutung ist die Tatsache, daß er anscheinend so viel Geld kontrolliert. Ein weiterer Grund ist etwas, das er einmal zu mir gesagt hat. Ich verstehe allerdings nichts von Spionen oder Spionage. Ihr wohl auch nicht. Was ist mit Euch, Auk?«

Der große Mann zuckte die Achseln. »Man hört so dieses und jenes. Das meiste erfährt man von Händlern, die haben immer viel zu erzählen.«

»Ich vermute, praktisch jede Stadt wird die Händler ausfragen, wenn sie heimkehren, und zweifellos sind manche Händler ausgebildete Agenten. Ich könnte mir vorstellen, daß ein gut mit Geld ausgestatteter Agent nicht ohne weiteres als jemand zu erkennen ist, der für seine Heimatstadt arbeitet – wahrscheinlich weiß er genau, wie er sich an dem Ort bewegen muß, zu dem er geschickt wird. Ein Agent, der bereit ist, die Stadt zu verraten, in der er lebt, ist wohl auch bereit, gegebenenfalls seinen Auftraggeber zu verraten. Ganz besonders, wenn er die Chance sieht, ein Vermögen dabei zu verdienen.«

»Was hat Crane Euch denn erzählt, Patera?« Chenille fragte dazwischen.

Silk beugte sich vor. »Welche Farbe haben meine Augen?«

»Blau. Ich wünschte, meine wären auch blau.«

»Angenommen, ein Gast würde bei Orchid eine Gespielin mit blauen Augen verlangen. Könnte Orchid ihm diesen Wunsch erfüllen?«

»Arolla. Nein, die ist ja weg. Aber Bellflower ist noch da. Sie hat auch blaue Augen.«

Silk lehnte sich zurück. »Seht Ihr? Blaue Augen sind ungewöhnlich. Hier in Viron jedenfalls. Aber sie sind keineswegs wirklich selten. Wenn Ihr hundert Menschen versammelt, wird höchstwahrscheinlich mindestens einer mit blauen Augen darunter sein. Mir fallen blaue Augen besonders auf, weil man mich als Kind wegen meiner Augen aufgezogen hat. Crane hat sie auch bemerkt; aber obwohl er älter ist als ich, meinte er, ich wäre erst der dritte Mensch mit blauen Augen, dem er begegnet sei. Das läßt vermuten, daß er den größten Teil seines Lebens in einer anderen Stadt verbracht hat, wo die Menschen etwas dunkler und wo blaue Augen noch seltener sind als hier.«

Auk grinste. »In Gens sollen die Leute sogar Schwänze haben. Das habe ich jedenfalls gehört.«

Silk nickte. »Ja, man hört alle möglichen Geschichten, und die meisten sind nicht wahr. Aber trotzdem braucht Ihr Euch nur die Händler auf dem Markt anzusehen, um Unterschiede und Ähnlichkeiten auf den ersten Blick zu erkennen.«

Er hielt inne und sammelte seine Gedanken. »Ich bin vom Thema abgekommen. Ich wollte gerade sagen, Auk, daß zwar beide Wege, die Ihr vorgeschlagen habt, gangbar sind, daß es aber noch einen dritten gibt, der mir noch aussichtsreicher scheint. Man kann Euch nicht vorwerfen, daß Ihr es nicht vorgeschlagen habt, denn Ihr wart nicht da, als Chenille mir die Informationen gab. Chenille, Ihr habt mir doch erzählt, daß ein Commissioner Orchids Haus besucht hat, nicht wahr? Crane sei sehr neugierig geworden, als Ihr ihm sagtet, der Commissioner sei nach Limna gefahren – Ihr habt zwar den See erwähnt, aber ich nehme an, die Stadt war gemeint –, um sich mit zwei Ratsherren zu treffen.«

Chenille nickte.

»Das hat mich nachdenklich gemacht. Im Ayuntamiento sitzen fünf Ratsherren. Wo leben sie?«

Sie zuckte die Achseln. »Auf dem Hügel, nehme ich an.«

»Das habe ich auch immer gedacht. Auk, Ihr kennt die Bewohner des Palatinums besser als Chenille oder ich. Wo wohnt, sagen wir mal, Ratsherr Galago?«

»Ich dachte immer, er wohnt im Juzgado. Ich

glaube, dort gibt es außer einigen Zellen auch Wohnungen.«

»Die Ratsherren haben bestimmt Büros im Juzgado. Aber haben sie nicht auch Wohnsitze auf dem Palatinum? Oder Villen auf dem Land wie Blood?«

»Eigentlich soll das niemand erfahren, Patera. Wenn die Leute wissen, wo sie wohnen, dann kommen sie und wollen mit ihnen reden, oder sie schmeißen sogar mit Steinen. Aber ich weiß, wer in all den Häusern auf dem Hügel wohnt, und ich weiß, daß die Ratsherren nicht darunter sind. Nur die Commissioner haben da oben große Häuser.«

Silk murmelte jetzt nur noch. »Aber als ein Commissioner mit mehreren Ratsherren sprechen wollte, ist er nicht zum Palatinum gefahren. Er ist auch nicht im Juzgado ein oder zwei Stockwerke hochgestiegen. Wie Chenille erklärt hat, ist er nach Limna gefahren – zum See, wie er ihr sagte. Wenn ein Mann mit mehreren anderen Männern sprechen will, dann fährt er normalerweise zu ihnen, statt sie zu sich kommen zu lassen, und das gilt natürlich erst recht, wenn die anderen seine Vorgesetzten sind. Wenn Crane nun tatsächlich ein Spion ist, dann wird er doch herausfinden wollen, wo die Mitglieder des Ayuntamiento wohnen. Man könnte beispielsweise einiges von ihren Dienern erfahren.« Er verstummte.

»Fahrt doch fort, Patera«, drängte Chenille.

Er lächelte sie an. »Ich mußte gerade daran denken, daß der Commissioner, seit Ihr Crane von seiner Prahlerei vor ein paar Monaten erzählt habt, inzwischen wahrscheinlich sogar mehrere Male dort war. Ich will heute selbst hinfahren und versuchen herauszufinden, mit wem er geredet hat und was besprochen worden ist. Wenn die Götter mir beistehen – und ich habe Grund zu der Annahme, daß sie das tun werden –, dann könnte ich allein dadurch bereits alle Beweise in die Hand bekommen, die wir brauchen.«

Sie sagte: »Ich komme mit, Patera. Und du, Auk?«

Der große Mann schüttelte den Kopf. »Ich habe ja schon gesagt, daß ich die ganze Nacht auf den Beinen war. Aber paß auf: Laß mich ein bißchen schlafen, und dann treffen wir uns in Limna, wo die Wagen anhalten. Sagen wir, um vier Uhr.«

»Du mußt dich aber nicht so beeilen, Auk.«

»Schon gut. Wenn ihr bis dahin etwas herausgefunden habt, dann kann ich euch vielleicht helfen, noch mehr herauszufinden. Oder ich forsche auf eigene Faust nach. Da gibt es gute Stellen zum Angeln, und wir können dort zu Abend essen und mit euch in die Stadt zurückfahren.«

Chenille umarmte ihn. »Ich wußte schon immer, wie stattlich du aussiehst, Hackum, aber ich wußte noch nicht, wie süß du bist. Du bist wirklich ein toller Typ.«

Auk grinste. »Um mal vorne anzufangen, das hier ist meine Stadt, Jugs. Es ist nicht alles in Butter hier, aber es ist alles, was ich habe. Und ich habe ein paar Freunde bei der Zivilgarde. Was wollt ihr zwei eigentlich mit diesem Crane machen, wenn ihr ihn ausgemistet habt?«

Silk sagte: »Ich glaube, wir sollten ihn melden.«

Chenille schüttelte den Kopf. »Dann würde er verraten, daß er uns Geld gegeben hat, und man würde uns das Geld wieder abnehmen. Vielleicht müssen wir ihn sogar selbst töten. Habt Ihr Auguren nicht früher der Göttin Scylla Kinder geopfert?«

»Dann könnte Patera wegen Mordes angeklagt werden, Jugs«, sagte Auk zu ihr. »Nein, es ist wirklich besser, diesen Crane den Grünen zu übergeben. Nur wenn ihr es vermasselt, dann wäre es besser, ihr hättet ihn gleich umgelegt. Sie werden es aus dir herausprügeln, dir das Geld abnehmen und dich einsperren wie ihn. Sie hätten dich sofort am Wickel, Jugs, weil du ihm geholfen hast. Und Patera hier, nun ja, Crane hat sich um seinen Fuß gekümmert und ist mit ihm in seinem eigenen Wagen zu Orchids Haus gefahren. Also wäre es kein Problem, etwas zusammenzuphantasieren.«

Er wartete, ob sie ihm widersprechen wollten, aber sie antworteten nicht.

»Wenn ihr aber klug sein, und ihr übergebt ihn ein paar zuverlässigen Männern wie mir, die ihn dann heimlich an die Zivilgarde weiterreichen, dann sind wir alle anständige Bürger und Helden. Die Grünen können den Ruhm einstreichen, und wir haben ihn ans Messer geliefert. In diesem Fall würden uns die Grünen sogar die Hand schütteln und freundlich lächeln und hoffen, wir hätten öfter mal jemanden, den wir ihnen ausliefern können. Ich brauche Kumpel, die solche Sachen mitmachen, wenn ich in meinem Geschäft bestehen will. Also wißt ihr zwei erst einmal überhaupt nichts. Wißt ihr, wenn ich einen anderen Ganoven ausmiste, dann hat er gefälligst stillzuhalten. Und wenn er aufmuckt, wird er angezeigt, und ich habe ihn erwischt und bin ein rechtschaffener Bürger.«

Silk nickte. »Ich verstehe. Ich dachte mir gleich, daß Eure Hilfe sehr wertvoll sein würde, und ich kann mir nicht vorstellen, daß Chenille anderer Meinung ist. Oder, Chenille?«

Sie schüttelte den Kopf, und die Augen blitzten.

»Das ist schön. Ich bin nämlich noch nicht fertig. Wie heißt dieser feine Schnösel, Jugs?«

»Simuliid.«

»Den kenne ich. Großer Kerl, breit wie ein Ochse, Schnurrbart?«

Sie nickte.

»Patera und ich müssen vielleicht noch einen Besuch machen, wenn wir vom See zurückkommen. Was macht Euer Fuß, Patera?«

»Der ist heute schon viel besser«, sagte Silk. »Aber was soll es uns nützen, den Commissioner aufzusuchen?«

Oreb legte aufmerksam den Kopf schief und hüpfte wieder in die Weinranken.

»Ich hoffe, wir bekommen ihn überhaupt nicht zu Gesicht. Ich will mich nur umsehen; besonders, wenn Ihr und Jugs am See nichts herausgefunden habt. Vielleicht wohnen die Ratsherren wirklich da draußen, Patera, wie Ihr es sagt. Aber vielleicht ist da draußen auch etwas, das sie ihm zeigen wollten oder das er ihnen zeigen mußte. Man hört ja allerhand Sachen über den See, und wenn Ihr und Jugs Euch diesen Crane angeln wollt, dann braucht Ihr einen Köder. Wir werden also heute abend oben auf dem Hügel bei diesem Simuliid vorbeischauen. Arbeit für mich, Beute für Euch, so kriegt jeder seinen Teil.«

Oreb hüpfte auf die Lehne des alten Holzstuhls. »Mann kommt!«

Silk nickte, stand auf und teilte die Weinranken. Ein rundlicher junger Mann in der schwarzen Robe der Auguren drückte gerade hinter sich die Seitentür des Manteions zu. Es sah aus, als starrte er etwas an, das er in den Händen hatte.

»Hier drüben«, rief Silk. »Patera Gulo?« Er trat aus dem Laubengang und humpelte über das trockene, braune Gras, um den Neuankömmling zu begrüßen. »Mögen Euch alle Götter gewogen sein. Es freut mich sehr, Euch zu sehen, Patera.«

»Ein Mann auf der Straße, Patera …« Gulo hob einen kleinen, gelb und grün funkelnden Gegenstand hoch und ließ ihn baumeln. »Er wollte … wir … er wollte nicht …«

Auk war Silk gefolgt. »Überwiegend Topase, und der hier sieht aus wie ein recht schöner Smaragd.« Er langte an Silk vorbei, nahm Gulo das Armband ab und hob es hoch, um es zu bewundern.

»Diese Dame dort heißt Chenille, Patera Gulo.« Silk deutete auf den Laubengang. »Dieser Herr hier heißt Auk. Beide sind Gemeindemitglieder aus unserem

Viertel, den Göttern sehr ergeben und, wie ich glaube, von allen Göttern begünstigt. Ich muß in wenigen Minuten mit ihnen aufbrechen, und ich verlasse mich darauf, daß Ihr in meiner Abwesenheit das Manteion hüten werdet. Maytera Marble könnt Ihr dort drüben im Zönobium finden. Sie ist eine wahre Fundgrube an wertvollen Informationen und klugen Ratschlägen.«

»Ein Mann hat mir das da gegeben«, platzte Gulo heraus. »Das war vor kaum einer Minute, Patera. Er hat es mir einfach in die Hand gedrückt!«

»Ich verstehe.« Silk nickte halb abwesend, während er sich vergewisserte, daß der Azoth noch unter der Tunika steckte. »Auk, gebt Patera Gulo bitte den Schmuck zurück. Patera, Ihr werdet unter meinem Bett eine Geldkassette finden. Wartet einen Moment.« Er zog das diamantene Fußkettchen aus der Tasche und drückte es Gulo in die Hand. »Legt beides dort hinein und schließt es gut ab, wenn Ihr so freundlich sein wollt, Patera. Vielleicht solltet Ihr den Schlüssel sogar am besten in Eurer Hosentasche verwahren. Ich müßte ungefähr um die Zeit zurück sein, wenn der Markt schließt, oder ein wenig später.«

»Böser Mann!« erklärte Oreb von droben aus den Weinranken. »Böser Mann!«

»Er sagt das wegen Eurer schwarzen Robe, Patera«, erklärte Silk. »Er hat Angst, er könnte geopfert werden. Komm mit, Oreb! Wir gehen zum See. Fischköpfe, du alberner Vogel.«

Mit hektisch flatternden Flügeln landete die verletzte Nachtdohle schwer auf Silks von der schwarzen Augurenrobe verhüllten Schulter.

6

Lake Limna

»Was hast du gesagt, mein Sohn?« Silk kniete nieder, damit er auf gleicher Höhe mit dem Gesicht des kleinen Jungen war.

»Ma sagt, ich soll um Euren Segen bitten.« Seine Blicke pendelten zwischen Silk und Oreb hin und her.

»Und warum habt ihr diesen Wunsch?«

Der kleine Junge antwortete nicht.

»Ist der Grund nicht der, daß ihr wünscht, die unsterblichen Götter mögen euch gewogen sind, mein Sohn? Hast du nicht in der Palaestra etwas darüber gelernt? Ich bin sicher, daß du das gelernt hast.«

Der kleine Junge nickte widerstrebend.

Silk machte über dem Kopf des Jungen das Zeichen der Addition und sprach den kürzesten allgemeinen Segen. Der Spruch endete mit den Worten: »Im Namen ihres ältesten Kindes Scylla, der Herrin dieser unserer Heiligen Stadt Viron, und im Namen des Außenseiters, der von allen Göttern der älteste ist.«

»Seid Ihr wirklich Patera Silk?«

Ein halbes Dutzend Fahrgäste warteten auf den Holobit-Wagen nach Limna. Keiner von ihnen drehte sich um, aber Silk spürte förmlich, wie die Wartenden die Ohren spitzten. In der Lake Street, die alles andere als eine ruhige Straße war, schien es plötzlich still zu werden.

»Ja, er ist es«, verkündete Chenille stolz.

Einer der wartenden Männer trat zu Silk und kniete

mit gesenktem Kopf vor ihm nieder. Bevor Silk das Zeichen der Addition machen konnte, kamen noch zwei weitere und knieten ebenfalls nieder.

Die Ankunft des Wagens rettete ihn. Es war ein langes, grellbunt bemaltes Fahrzeug, auf dem ein wackliger Baldachin aus einer alten Segeltuchplane befestigt war. Gezogen wurde das Transportmittel von zwei müden Pferden. »Ein Bit«, brummte der Fahrer, indem er vom Kutschbock heruntersprang. »Ein Bit bis Limna, Barzahlung, Schatten auf allen Plätzen.«

»Ich habe Geld«, sagte Chenille.

»Ich habe auch Kleingeld«, gab Silk mit drohendem Unterton zurück und brachte damit mehrere Passagiere zum Schweigen, die drauf und dran gewesen waren zu verlangen, Silk müsse kostenlos fahren dürfen. Als der Fahrer Silks Bits einsteckte, sagte er: »Wenn sich jemand wegen des Vogels beschwert, müßt Ihr aussteigen.« Daraufhin begannen die Fahrgäste wie aus einem Munde zu protestieren.

»Das gefällt mir nicht«, sagte Silk zu Chenille, während sie auf den langgestreckten, nach außen weisenden Bänken ihre Sitzplätze suchten. »Die Leute haben Sprüche an Wände geschrieben, und das hat mir auch nicht gefallen.«

Der Fahrer ließ die Peitsche knallen, und der Wagen setzte sich ruckend in Bewegung.

»Silk muß Caldé werden … meint Ihr das, Silk? Das ist gar keine schlechte Idee.«

»Genau.« Er zog die Gebetskette aus der Hosentasche. »Oder vielmehr, es ist falsch. Es ist falsch, soweit es mich selbst betrifft, und es ist falsch, soweit es das Amt des Caldé betrifft. Ich bin kein Politiker, und Ihr könnt mir bestimmt keinen Grund nennen, der mich jemals verleiten sollte, einer zu werden. Hinter dem Amt des Caldé steckt nichts weiter als ein verbreiteter Aberglaube. Es ist eine rein historische Kuriosität.

Meine Mutter hat den letzten Caldé noch gekannt, aber er ist kurz nach meiner Geburt gestorben.«

»Ich glaube, ich kann mich noch an ihn erinnern.«

Ohne sie anzusehen, sagte Silk niedergeschlagen: »Ich kann mir nicht vorstellen, daß Ihr Euch wirklich an ihn erinnern könnt, o Schöne Kypris. Chenille ist vier Jahre jünger als ich.«

»Dann habe ich jetzt … an jemand anders gedacht. Macht es Euch keine Schwierigkeiten? Mit jemandem wie mir zu reisen? Die Menschen hier wissen doch, wer Ihr seid.«

»Ich hoffe sehr, daß sie es wissen, große Göttin, und daß sie jetzt gehörig enttäuscht sind – weil ich ganz einfach nur mein Leben retten will, ohne meine heilige Berufung zu verraten.«

Ein besonders heftiger Ruck des Wagens ließ Silk mit der Frau zu seiner Rechten zusammenprallen, die sich sogleich wortreich entschuldigte. Als er sich anschließend auch bei ihr entschuldigt hatte, begann er das Gebet des verlassenen Kreuzes zu sprechen: »Großer Pas, Gestalter und Schöpfer des Whorl, du Hüter und Beschützer des Goldenen Pfades …« Damit war, erinnerte Silk sich, der Streifen am Himmel gemeint, der das spirituelle Gegenstück zur Sonne darstellte. Zu ihm stiegen die Opfer in Form von Rauch auf und erreichten letzten Endes am Ostpol den Mainframe, wo die Sonne und der Weg begannen. Auch die Geister der Toten nahmen diesen prächtigen Weg, soweit sie nicht mit dem Bösen belastet waren. In den Chrasmologischen Schriften hieß es, gelegentlich hätten die Geister bestimmter heiliger Theodidakten ihre aus Staub geformten sterblichen Körper verlassen und seien – gemeinsam mit den brüllenden Tieren und den bußfertigen Toten – zum Mainframe gereist, um sich mit einem Gott zu beraten, der sie erleuchtet hatte. Er selbst war auch ein Theodidakt, erinnerte Silk sich. Und der Außenseiter hatte ihn erleuchtet.

Er hatte das Gebet des verlassenen Kreuzes und vier weitere Gebete gesprochen (er zählte die Perlen der Gebetskette mit den Fingern ab). Indem er die vorgeschriebenen Gebete murmelte und zu jedem den Namen des Außenseiters hinzufügte, wollte er sich dazu bringen, seinen Körper und die stark befahrene Straße zu verlassen und sich in das spirituelle Gedränge auf dem Goldenen Pfad zu mischen.

Einen Augenblick lang hatte er fast das Gefühl, er hätte Erfolg, auch wenn er nicht die goldene Bahn der Sonne sah, sondern die eiskalte, schwarze Leere jenseits des Whorl, in der hier und dort kleine Lichtpunkte flimmerten.

»Da wir gerade über Schriften an der Wand sprechen, Silk – Silk? Schaut, dort. Öffnet die Augen.«

Er sah in die angegebene Richtung. Es war ein primitiv mit großen Buchstaben beschriftetes Plakat. Es war nicht zerfetzt, und über die roten und schwarzen Buchstaben hatte noch niemand einen obszönen Spruch gekritzelt, was angesichts des Viertels, in dem sie sich befanden, wohl bedeutete, daß es weniger als eine Stunde dort hing.

KRÄFTIGE JUNGE MÄNNER GESUCHT
FÜR DIE NEUE RESERVEBRIGADE

Hast Du Dir nicht schon immer gewünscht,
bei der ZIVILGARDE zu dienen?
Die Reservebrigade trainiert zweimal wöchentlich
Gute BEZAHLUNG, UNIFORMEN werden gestellt
BEVORZUGTE BERÜCKSICHTIGUNG
bei Versetzungen zur
REGULÄREN TRUPPE
Bewerber melden sich im
HAUPTQUARTIER DER DRITTEN BRIGADE

COLONEL OOSIK, Kommandant

»Meinst du nicht, die Jagd auf den Drachen hat ihn zu sehr angestrengt?«

Es war nicht das erste Mal, daß Blood diese Frage stellte, und Musk war es müde, immer wieder mit ›Nein‹ zu antworten. Dieses Mal sagte er: »Wie oft soll ich es dir denn noch erklären? Aquila ist ein Weibchen.« Der große Vogel, der mit seiner Kappe auf dem Kopf auf Musks Handgelenk hockte – ob es war, weil er seinen Namen hörte oder weil er die vertraute Stimme vernahm oder nur aus Zufall –, begann im gleichen Augenblick zu fressen. Musk wartete, bis das Tier satt war, bevor er weitersprach. »Männchen werden nicht so groß. Um Molpes willen, so höre doch ein einziges Mal richtig zu.«

»Schon gut, schon gut. Vielleicht könnte ein kleinerer Vogel höher fliegen.«

»Sie wird es schaffen. Je größer sie sind, desto höher können sie fliegen. Hast du schon einmal gesehen, daß ein Spatz höher geflogen wäre als dein kahler Kopf?« Musk sah den rotgesichtigen, beleibten Mann nicht an, während er mit ihm sprach. Er blickte zwischen dem Adler und dem Himmel hin und her. »Ich glaube, wir hätten die Grünen informieren sollen.«

»Wenn die merken, was wir machen, sind sie eine Woche später selbst dazu in der Lage.«

»Aber die Flieger fliegen hoch, sie kommen der Sonne sehr nahe. Wenn wir einen erwischen, dann kann er wer weiß wo herunterkommen.«

»Wir brauchen drei Schweber mit jeweils drei Männern. Fünf weitere Männer werden sich auf Hochrädern bereithalten.«

Mit der freien Hand hob Musk sein Fernglas an die Augen. Obwohl er wußte, daß dort nichts zu sehen war, suchte er den weiten, leeren Himmel ab.

»Richte das Ding nicht in die Sonne. Du kannst dabei erblinden.« Es war auch nicht das erste Mal, daß Blood diese Warnung aussprach.

»Er könnte an jedem Ort im Whorl herunterkommen. Du hast ja gehört, wo der Drachen heruntergekommen ist, und der hing sogar an einer verdammten Leine, um Molpes willen. Du glaubst, es sei in jedem Falle gut, auf einer Straße zu sein, weil du immer auf der Straße fährst.« Das war für Musks Verhältnisse eine sehr lange Rede. »Wenn du aber ein paarmal mit meinen Falken gejagt hättest, dann wüßtest du, daß Straßen in diesem Fall überhaupt nichts nützen. Der größte Teil des Whorl ist weit von jeder Straße entfernt. Der größte Teil des Whorl ist zwanzig, dreißig Stadien von der nächsten Straße entfernt.«

»Das ist gut«, sagte Blood. »Es wäre nicht schön, wenn ein Bauer den Grünen was flüstern würde.« Er wartete, ob Musk ihm antworten würde, aber als Musk schwieg, fuhr er fort: »Sie können wirklich nahe an die Sonne herankommen. Die Sonne ist viel heißer als ein Feuer. Eigentlich müßten sie verbrennen.«

»Vielleicht brennen sie nicht.« Musk ließ sein Fernglas sinken. »Vielleicht sind sie überhaupt keine Menschen.«

»Sie sind Menschen. Sie sind genau wie wir.«

»Dann haben sie vielleicht Nadler.«

Blood sagte: »Sie tragen bestimmt nichts mit sich herum, was sie nicht unbedingt brauchen.«

»Das freut mich aber, daß du das so genau weißt. Ich bin wirklich froh, daß du sie gefragt hast.«

Aquila regte sich und brachte die großen Krallen in eine neue Position, als Musk wieder das Fernglas hob. Die Schellen, die der Vogel trug, klingelten leise.

»Da ist einer!« sagte Blood unnötigerweise. »Willst du sie fliegen lassen?«

»Ich weiß nicht«, gab Musk zurück. »Er ist sehr weit entfernt.«

Blood richtete sein eigenes Fernglas auf den Flieger. »Er kommt näher. Er kommt in unsere Richtung!«

»Ich weiß. Deshalb beobachte ich ihn ja.«

»Er ist hoch.«

Musk verfiel in den gelangweilten, verbitterten Tonfall, den er sich schon in der Kindheit angewöhnt hatte. »Ich habe sie schon höher fliegen sehen.« Das Jagdfieber hatte ihn gepackt, sehnsüchtig begrüßt und unvermittelt ausgebrochen wie der Frühlingsanfang.

»Ich habe dir doch gesagt, daß sie eine große Kanone gebaut haben. Sie haben die Flieger einen Monat lang beschossen, aber die Kugeln fliegen nicht gerade nach oben, und sie konnten sowieso nicht hoch genug schießen.«

Musk ließ das Fernglas auf die Brust sinken. Er konnte den Flieger jetzt mit bloßem Auge erkennen, ein dunkler Umriß vor dem silbernen Spiegel des Lake Limna, der auf der anderen Seite der Stadt in den Himmel stieg.

»Warte, bis er näher ist«, sagte Blood aufgeregt.

»Wenn wir noch viel länger warten, ist er schon wieder fort, bis sie oben ist.«

»Und wenn …«

»Tritt etwas zurück. Wenn sie dich angreift, bist du tot.« Mit der freien Hand packte Musk die mit scharlachroten Federn geschmückte Kappe und riß sie dem Vogel vom Kopf. *»Flieg, Falke!«*

Dieses Mal gab es kein Zögern. Das Adlerweibchen breitete die riesigen Schwingen aus und stieg mit einem wilden Rauschen, das für einen Augenblick sogar Musk ängstigte, in die Luft. Zuerst flog es mühsam und versuchte, die Thermik über dem Dach zu finden, dann stieg es und stieg und schwebte, pechschwarz wie ein Wappenvogel, vor dem grellen Hellblau des weiten Himmels.

»Vielleicht ist sie zu schwer, weil sie das Kaninchen gefressen hat.«

Musk lachte. »Dieses winzige Karnickel? Es war das kleinste, das wir hatten. Das war nicht mehr als ein

Häppchen.« Zum zweitenmal, seit sie sich kannten, nahm er Bloods Hand.

Und Blood, überglücklich, aber vorgebend, es sei nichts Besonderes geschehen, fragte so ruhig er konnte: »Glaubst du, sie kann ihn sehen?«

»Zum Teufel, ja doch, sie sieht ihn. Sie sieht alles. Wenn sie direkt auf ihn losfliegen würde, dann würde sie ihn verscheuchen. Sie wird über ihn steigen und mit der Sonne im Rücken angreifen.« Musk stellte sich unwillkürlich auf die Zehenspitzen, als wäre es wichtig, seinem Vogel diese drei Fingerbreit näher zu kommen. »Genau wie eine Wildgans sieht er aus. Als wäre er eine große Wildgans. Raubvögel werden mit ihren Fähigkeiten geboren. Paß nur auf.« Sein bleiches, hübsches Gesicht bekam Falten, als er lächelte, aber die dämonischen Augen funkelten wie schwarzes Eis. »Beobachte sie nur, alter Bär.«

Iolar sah den Adler weit drunten im Norden und beschleunigte. Die Gewitterfront, deren Wolkenbänke voraus zu sehen waren, sah interessant aus und war vielleicht sogar für ihn von Bedeutung; aber sie war zweihundert Landmeilen entfernt, wenn nicht noch weiter, und würde diese versengte, heiße Gegend vielleicht niemals erreichen. Die Anzeige stand hier bei hundertfünfzehn und längs der Sonne durchschnittlich meist bei hundertneun, abgesehen von jahreszeitlichen Schwankungen. Er überlegte, welches Datum man schrieb. Inzwischen waren es sogar hundertachtzehn.

Den Adler hatte er schon wieder vergessen.

Er war ein schmächtiger Mann, dünn wie die Stabilisierungsrippen seiner Flügel. Seine Augen waren überdurchschnittlich gut, und die meisten, die ihn kannten, hielten ihn für einen introvertierten und vielleicht ein wenig zu kaltblütigen Mann. Er sprach nur selten; und wenn er sprach, dann redete er über

Luftmassen und Windrichtungen, über Orientierungspunkte am Tag und Orientierungspunkte bei Nacht, über Bereiche der Sonne, die von der Wissenschaft überhaupt nicht oder nur unwillig bearbeitet wurden, und natürlich über Flügel und Fluganzüge und Instrumente und Antriebsmodule. Aber darüber redeten auch alle anderen Flieger. Da er physisch wie psychisch dem Ideal sehr nahe kam, hatte man ihm drei Frauen erlaubt, aber die zweite hatte ihn schon nach knapp einem Jahr wieder verlassen. Die erste hatte ihm jedoch drei wieselflinke, leichtknochige Kinder geboren, und die dritte fünf weitere Kinder, die fröhlich und munter waren wie Grillen. Das kleinste Mädchen war sein Liebling, die winzige Dreoilin mit den lachenden Augen. »Ich kann schon ihre Flügel sehen«, sagte er manchmal zu ihrer Mutter, und die Mutter, die sie nicht sehen konnte, stimmte ihm glücklich zu. Er flog seit achtzehn Jahren.

Er hatte an Höhe verloren, weil er jetzt schneller flog. Er stellte den Schub nach und begann wieder zu steigen, aber die Lufttemperatur war ein wenig gesunken, und über dem großen See herrschten Fallwinde. Sobald er wieder über Land wäre, würde er in die korrespondierende Thermik geraten. Er beschloß, sich von diesem Aufwind so hoch tragen zu lassen, wie es nur eben möglich war. Er würde für jede Elle Höhe dankbar sein, wenn er sich diesen fernen Gewitterwolken näherte.

Er bemerkte den Adler erst wieder, als dieser schon fast über ihm war. Das Tier stieß pfeilgerade nach unten, trieb sich mit gewaltigen Stößen seiner Schwingen schneller an, als ein Stein fallen konnte, der Erde entgegen, um im allerletzten Augenblick die Schwingen einzufalten und mit den Fängen zuzuschlagen, die Iolar trafen, als hätte ihm die mit Nägeln bewehrte Faust eines Riesen einen Schlag versetzt.

Vielleicht verlor er sogar einen Moment das Bewußtsein. Die Orientierung aber, als Erde und Himmel wild umeinander wirbelten, verlor er gewiß nicht. Er wußte, daß der linke Flügel intakt und unbeschädigt war, der andere aber nicht, und daß der Antrieb nicht mehr reagierte. Er vermutete, daß ein halbes Dutzend Rippen gebrochen waren, und vielleicht sogar das Rückgrat, aber darauf achtete er jetzt nicht. Mit einer unvergleichlichen Geschicklichkeit, die selbst seine Artgenossen offenen Mundes bestaunt hätten, wenn sie Zeugen des Angriffs geworden wären, verwandelte er den wilden Sturz in einen kontrollierten Sinkflug, sprengte Antriebsaggregat und Instrumente ab und hatte die Fallgeschwindigkeit halbiert, bevor er ins Wasser stürzte.

»Habt Ihr es auch spritzen sehen?« Chenille erhob sich von ihrem Sitz im Holobit-Wagen, während sie sprach. Sie schirmte die Augen mit flacher Hand gegen das im Sonnenlicht grell funkelnde Wasser ab. »Es gibt ein paar riesige Fische im See. Wirklich große Biester. Ich weiß noch – ich war nicht mehr hier draußen, seit ich ein kleines Mädchen war … oder … jedenfalls kann ich mich nicht erinnern.«

Silk nickte und duckte sich unter dem Baldachin durch, um zur Sonne hinaufzublicken. Die von Ost nach West ziehenden Wolken ließen den goldenen Streifen am Himmel unbedeckt, der – wieder kam ihm diese Erinnerung – das sichtbare Sinnbild des Goldenen Pfades war. Das war der Weg der moralischen Lauterkeit und der Frömmigkeit, auf dem die Menschen sich den Göttern nähern konnten. War er von diesem Weg abgeirrt? Er war nicht bereit, Crane zu opfern, obwohl eine Göttin ihm dies vorgeschlagen hatte.

Einen Menschen zu opfern, das war doch gewiß keine Handlungsweise, welche die Götter von einem geweihten Auguren erwarten konnten.

»Fischköpfe?« Oreb zupfte an Silks Haar.

»Ja, es gibt bald Fischköpfe«, sagte er zum Vogel. »Das ist ein feierliches Versprechen.«

Am Abend würde er Auk helfen, Chenilles Commissioner auszurauben. Die Commissioner waren reiche Unterdrücker, die die Armen schwitzen und bluten ließen; zweifellos konnte jeder von ihnen auf ein paar Juwelen und sein Silberbesteck verzichten. Aber ein Raub war ein Unrecht, selbst wenn man damit einem Gott dienen wollte.

Obwohl Molpsday war, murmelte Silk ein letztes Gebet an Sphigx, während er die Gebetskette in die Hosentasche zurückschob. Sphigx würde ihn besser verstehen als jede andere Gottheit; sie war zur Hälfte eine Löwin, und Löwen mußten unschuldige Geschöpfe töten, um zu überleben – dies war das unwiderrufliche Gebot des Pas, der jedem Geschöpf außer dem Menschen seine eigene Nahrung gegeben hatte. Als er die Gebete vollendet hatte, deutete Silk vor dem wild und zugleich wohlwollend blickenden Gesicht auf Bloods Gehstock eine Verbeugung an.

»Früher sind wir hier heraus gekommen, um Wasserkresse zu pflücken«, erzählte Chenille. »Weit drüben auf der anderen Seite des Sees. Wir sind schon vor der Aufblendung losgegangen und hier heraus gelaufen, Patera. Ich weiß nicht, wie oft ich zum Wasser hinausgesehen und auf die ersten Sonnenstrahlen gewartet habe. Wenn ich nichts sah, wußte ich, daß wir noch weit laufen mußten. Wir haben Papier aufgeklaubt, alles Papier, das wir finden konnten, und es gut angefeuchtet und unsere Wasserkresse damit eingewickelt. Dann sind wir schnell nach Hause gelaufen und haben sie verkauft, bevor sie verwelkt war. Manchmal ist sie verwelkt, und dann mußten wir sie selbst essen, weil wir nichts anderes hatten. Ich mag sie nicht essen. Aber ich kaufe sie ziemlich oft bei kleinen Mädchen auf dem Markt. Kleine Mädchen, die so sind, wie ich einmal war.«

»Das ist sehr freundlich von Euch«, erklärte Silk, der in Gedanken schon bei seinem Plan war.

»Aber heute gibt es nicht mehr viel Wasserkresse, weil die Bäche, in denen es die besten Pflanzen gab, ausgetrocknet sind. Ich esse sie ja sowieso nicht. Manchmal füttere ich die Ziegen damit, versteht Ihr? Und manchmal werfe ich sie einfach weg. Ich frage mich, wie viele der Damen früher bei mir aus dem gleichen Grund eingekauft haben.«

Die Frau neben Silk sagte: »Ich mache belegte Brote. Wasserkresse und weißer Käse auf Roggenbrot. Aber vorher spüle ich sie natürlich ordentlich aus.«

Silk nickte und lächelte.

»Das ist bei heißem Wetter ein schöner Imbiß.«

Chenille schaltete sich ein und fragte die Frau: »Habt Ihr hier in Limna Freunde?«

»Verwandte«, erwiderte die Frau. »Die Mutter meines Mannes wohnt hier draußen. Sie glaubt, die reine Luft am See sei gut für sie. Wäre es nicht schön, wenn unsere Verwandten auch unsere Freunde sein könnten?«

»Oh, das wäre bestimmt schön. Wir suchen hier übrigens einen Freund. Doktor Crane heißt er. Kennt Ihr ihn? Ein kleiner Mann, ungefähr fünfzig Jahre alt, ziemlich dunkel. Er hat einen kleinen grauen Bart …«

»Ich kenne ihn nicht«, sagte die Frau entschieden, »aber wenn er Arzt ist und in Limna wohnt, dann wird meine Schwiegermutter ihn kennen. Ich werde sie fragen.«

»Er hat vor kurzem hier draußen ein Haus gekauft, damit er von seiner Praxis ausspannen kann. Mein Mann hilft ihm beim Umzug, und Patera hier hat versprochen, das Haus zu segnen. Wenn ich nur nicht vergessen hätte, wo es ist.«

Der Mann zu ihrer Linken sagte: »Ihr könnt im Juzgado fragen. Es ist in der Shore Street. Wenn er ein Haus gekauft hat, dann ist die Überschreibung dort registriert worden.«

»Oh, gibt es hier auch einen Juzgado?« fragte Chenille. »Ich dachte, es gäbe nur einen in der Stadt.«

»Er ist klein«, sagte der Mann. »Hier werden nur einige wenige Fälle aus dem Ort verhandelt, und eine Handvoll Kleinkrimineller sitzt in den Zellen. Eine Alambrera gibt es hier nicht – diejenigen, die lange Strafen verbüßen müssen, werden nach Viron überstellt. Die Steuerangelegenheiten und die Besitzurkunden werden auch hier verwaltet.«

Inzwischen rumpelte der Holobit-Wagen, mit dem sie fuhren, über das Kopfsteinpflaster einer schmalen, gewundenen Straße, die von windschiefen, zwei- und dreistöckigen Häusern gesäumt war. Alle Häuser hatten spitze Dächer, und die abblätternde Farbe verriet, daß sie schon lange nicht mehr gestrichen worden waren. Silk, Chenille, der Mann, der ihnen vom Juzgado erzählt hatte, und die Frau, die Brote mit Wasserkresse machte, fuhren auf der dem See abgewandten Seite des Wagens. Wenn Silk sich über die Schulter umsah, konnte er zwischen den Häusern hin und wieder einen Blick auf schmutziges Wasser und einmastige Fischerboote werfen.

»Ich war seit meiner Kindheit nicht mehr hier«, sagte er zu Chenille. »Seltsam, daß ich vor fünfzehn Jahren hier geangelt habe. Hier nimmt man zum Hausbau anscheinend keinen Schiffsstein wie wir, nicht wahr? Und auch keine Lehmziegel.«

Der Mann, der links neben Chenille saß, sagte: »Nein, es ist viel einfacher, am Ufer Bäume zu fällen und die Stämme über den See nach Limna zu flößen.«

»Ich verstehe. Daran hatte ich nicht gedacht – aber es ist natürlich ganz naheliegend.«

»Daran denken die meisten Leute nicht«, sagte der Mann. Er hatte sein Kartenetui geöffnet und zog eine Visitenkarte aus Pappe heraus, während er sich vorstellte. »Darf ich Euch meine Karte geben, Patera? Mein Name ist Vulpes. Ich bin Advokat, und meine

Kanzlei ist hier in der Shore Street. Wißt Ihr, was Ihr im Falle einer Verhaftung zu tun habt?«

Silk hob die Augenbrauen. »Verhaftung? Das möge Molpe verhüten! Ich will doch nicht hoffen, daß wir in diese Verlegenheit kommen.«

»Ich auch nicht.« Vulpes senkte die Stimme, bis Silk ihn zwischen dem Straßenlärm und dem Quietschen der Wagenachsen kaum noch verstehen konnte. »Das wünscht sich natürlich niemand. Aber wißt Ihr, was Ihr im Zweifelsfall zu tun habt?«

Silk schüttelte den Kopf.

»Wenn Ihr den Grünen den Namen und die Adresse eines Advokaten nennt, dann müssen sie nach ihm schicken – so will es das Gesetz. Wenn Ihr keinen Namen und keine Adresse nennen könnt, dann bekommt Ihr erst einen Anwalt, wenn Eure Angehörigen erfahren, was mit Euch geschehen ist, und einen für Euch beauftragen.«

»Ich verstehe.«

»Und«, fuhr Vulpes fort, indem er sich vor Chenille herüberbeugte und Silk aufs Knie tippte, um seine Worte zu unterstreichen, »wenn Ihr hier in Limna seid, dann kann Euch jemand, der in Viron praktiziert, nicht helfen. Es muß jemand aus dem Ort sein. Es kommt tatsächlich manchmal vor, daß die Zivilgarde eigens wartet, bis jemand hierher kommt, um die Verhaftung erst hier vorzunehmen. Steckt meine Karte in die Tasche, Patera, dann könnt Ihr sie vorzeigen, wenn Ihr sie braucht. Vulpes in der Shore Street, hier in Limna. Achtet auf ein Schild mit einem roten Fuchs.«

Als er das Wort ›Fuchs‹ aussprach, hielt der Wagen mit einem Quietschen an, und der Fahrer brüllte: »Alles aussteigen! Rückfahrt nach Viron um vier, sechs und acht Uhr von hier, und wer zu spät kommt, hat Pech gehabt.«

Silk zupfte den Mann am Ärmel, bevor er in der Scheune verschwinden konnte. »Könnt Ihr mir etwas über Limna erzählen, Fahrer? Ich kenne mich hier überhaupt nicht aus.«

»Ihr wollt wissen, wie der Ort aussieht?« Der Kutscher zupfte sich nachdenklich an der Nase. »Das ist einfach zu erklären, Patera. Die Stadt ist lange nicht so groß wie Viron. Das Wichtigste ist, daß Ihr Euch merkt, wo wir jetzt gerade sind, damit Ihr nicht die Rückfahrt verpaßt. Das hier ist die Water Street, klar? Wir sind hier praktisch schon in der Stadtmitte. Es gibt eigentlich nur drei nennenswerte Straßen – die Dock Street, die Water Street und die Shore Street. Die Stadt erstreckt sich rings um die Bucht. Sie ist ungefähr wie ein Hufeisen geformt, nur nicht ganz so stark gekrümmt. Versteht Ihr, was ich Euch sage? Der Markt liegt im Zentrum an der Dock Street. Die Shore Street liegt außen. Wenn Ihr mit einem Boot auf den See hinausfahren wollt, dann müßt Ihr in der Dock Street fragen. Ich kann Euch ein paar gute Adressen nennen. Wenn Ihr essen wollt, könnt Ihr es im Catfish oder im Full Sail versuchen. Das Rusty Lantern ist auch ganz gut, wenn Ihr genug Geld habt. Wollt Ihr hier übernachten?«

Silk schüttelte den Kopf. »Wir wollen, wenn möglich, vor Einbruch der Dunkelheit in die Stadt zurückkehren.«

»Dann solltet Ihr die Kutsche um sechs Uhr nehmen.« Damit wandte sich der Fahrer ab.

Als er fort war, sagte Chenille: »Ihr habt ihn nicht gefragt, wo die Ratsherren wohnen.«

»Wenn das weder Auk noch mir bekannt ist, dann ist das sowieso nicht vielen Menschen bekannt«, erwiderte Silk. »Crane muß es auf eigene Faust herausgefunden haben, und das Beste, was wir tun können, ist, jemanden zu finden, den er gefragt hat. Ich glaube, er ist wohl nicht wie wir heute mit einer Kutsche gefahren. Wenn es ein Scylsday war, dann hat er vermutlich eine Sänfte gemietet.«

Sie nickte. »Vielleicht ist es sogar besser, wenn wir uns trennen, Patera. Ihr könnt oben suchen, ich unten.«

»Mir ist nicht ganz klar, was Ihr damit meint.«

»Ihr redet mit den ehrbaren Leuten an den ehrbaren Orten. Ich sehe mich in den Spelunken um. Wann wollte ... Auk? Wann wollte Auk sich mit uns hier treffen?«

»Um vier Uhr«, erklärte Silk.

»Dann bin ich um vier Uhr wieder hier. Wir können dann mit ... Mit Auk? Etwas essen gehen. Und uns berichten, was wir in Erfahrung gebracht haben.«

»Ihr seid mit der Frau in der Kutsche sehr geschickt umgegangen. Ich wünschte, ich wäre nur halb so geschickt wie Ihr«, sagte Silk.

»Aber es hat uns doch nichts ... Genützt? Das ist leider die Wahrheit. Patera. Silk? Ich glaube nicht, daß Ihr besonders gut mit ... darin seid? Was wolltet Ihr sagen?«

Silk rieb sich die Wange. »Ich habe während der Fahrt darüber nachgedacht. Ich meine, das wird von den Umständen abhängen. Ich könnte beispielsweise so tun, als suchte ich einen Mann, der an einer von mir durchgeführten Teufelsaustreibung teilgenommen hat, und da ich bisher nicht in das betroffene Haus zurückgekehrt bin, möchte ich mich erkundigen, ob es gewirkt hat.«

Chenille nickte. »Die reine Wahrheit ... völlig wahr. Ihr werdet gut zurechtkommen, das sehe ich jetzt. Silk?« Sie hatte gezwungenermaßen schon nahe bei ihm gestanden, weil in der Straße dichter Verkehr herrschte. Jetzt trat sie noch einen Schritt näher, so daß die Spitzen ihrer vorstehenden Brüste sich in seine Tunika drückten. »Ihr liebt mich nicht, Patera. Ihr würdet mich nie lieben, selbst wenn Ihr nicht denken würdet, daß ich zu ... zu Auk gehöre. Aber Ihr liebt Hy? Nicht wahr? Sagt mir ...«

Er sagte elend: »Eigentlich dürfte ich es nicht. Es ist nicht richtig, und ein Mann in meiner Position – ein Augur – hat einer Frau so wenig zu bieten. Kein Geld. Kein richtiges Zuhause. Aber sie ist wie die – es gibt Sachen, über die ich einfach immer wieder nachdenken muß. Hyacinth ist eins dieser Themen.«

»Nun, ich bin auch sie.« Chenille drückte ihm einen raschen, heißen Kuß auf. Als er sich wieder gefaßt hatte, war sie schon zwischen Trägern und Händlern, hektischen Touristen und schlendernden, mit wiegendem Gang laufenden Fischern verschwunden.

»Wiedersehen, Mädchen!« Oreb winkte ihr mit dem unverletzten Flügel nach. »Paß auf! Viel Glück!«

Silk holte tief Luft und sah sich um. An diesem Ende des Sees, das Viron am nächsten lag, hatte eine kleine Stadt entstehen können. Im Grunde war sie nur ein Vorort des größeren Viron, aber dennoch auf eigenartige Weise von der großen Stadt getrennt.

Man sollte wohl besser sagen (zwei seiner Finger beschrieben langsame Kreise auf seiner Wange), daß der Lake Limna auf seinem Rückzug ein Stück der Stadt Viron mit sich gezogen hatte. Einst hatte die Orilla am Seeufer gelegen – das Gegenstück zur Dock Street, wie sie hier hieß. Dem Namen nach zu urteilen, hatte als nächstes die Shore Street die Rolle der Uferstraße übernommen. Von der gepflasterten Straße gingen die Kaianlagen ab, und auf der anderen Seite standen Gebäude, die das Wasser überblickten. Der See war weiter geschrumpft, und irgendwann war die Water Street, auf der er jetzt stand, gebaut worden. Noch einmal zwanzig oder dreißig Jahre, und die Water Street würde zurückfallen wie die anderen Straßen.

Aber der See war immer noch ungeheuer groß. Silk versuchte sich vorzustellen, wie der See ausgesehen hatte, als die ersten Siedler in die leere Stadt eingezogen waren, die für sie am damaligen Nordufer des Sees gebaut worden war. Er schätzte, daß der See am

Anfang doppelt so groß gewesen sein mußte wie jetzt. Ob nach weiteren dreihundert Jahren oder so eine Zeit kommen würde, in der es überhaupt keinen See mehr geben würde? Höchstwahrscheinlich würde sich seine Größe dann abermals halbiert haben, und irgendwann, in sechshundert oder tausend Jahren, würde er ganz und gar verschwunden sein.

Er begann zu laufen und fragte sich müßig, welches die ehrbaren Orte wären, die zu besuchen ihm die Göttin aufgetragen hatte. Wenn er nur gewußt hätte, an welchem dieser Orte er die besten Informationen finden konnte.

Von Jugenderinnerungen an kühles Wasser und einem weiten Ausblick über den See beflügelt, folgte er einer kurzen Seitengasse zur Dock Street. Dort wurden von einem halben Dutzend Fischerbooten silberne Ströme von Forellen, Alsen, Hechten und Barschen entladen. Kleine Garküchen am Straßenrand boten den frischesten Fisch zu einem Zehntel der Preise an, die man in den feinen Restaurants in der Stadt bezahlen mußte, und vor erstklassigen Gasthäusern mit bunt bemalten Läden standen Reklameschilder: Wer im heißen Sommer die Bequemlichkeit Virons verlassen wollte, um hier am See den frischen Wind zu genießen, und wer zu jeder beliebigen Jahreszeit schwimmen, angeln oder segeln wollte, der war hier an der richtigen Stelle.

Auch hier, fand Silk bald heraus, war ein Exemplar des neuen Plakats aufgehängt, das er und Chenille unterwegs gesehen hatten, bevor der Holobit-Wagen die Stadt verlassen hatte. ›Kräftige junge Männer‹ sollten die Gelegenheit ergreifen, sich als Teilzeit-Gardisten zu verdingen, um zu gegebener Zeit auf eine volle Stelle versetzt zu werden. Während er das Schild noch einmal las, erinnerte Silk sich an die unheilverkündenden Eingeweide des Mutterschafs. Außer den Göttern hatte bisher noch niemand von Krieg gesprochen. Genauer gesagt sprachen die Götter und dieses Plakat vorerst nur zu denen von Krieg, die genau zuhören konnten.

Die vorletzte Zeile auf dem Plakat war mit schwarzer Tinte durchgestrichen, und mit Hand waren die Worte *im Juzgado in Limna* dazugesetzt worden. Die neue Reservebrigade würde also auch ein oder zwei Kompanien hier am See unterhalten – vielleicht sogar ein ganzes Bataillon, falls genug Fischer überzeugt werden konnten, sich einzuschreiben.

Ihm fiel ein, daß Limna eine hervorragende Basis oder ein gutes Aufmarschgebiet für eine Armee bieten könnte, die gegen die Stadt marschieren wollte. Die feindlichen Truppen konnten hier zum größten Teil oder sogar vollständig Schutz finden, man war vor Überraschungsangriffen aus dem Süden sicher, und der See gab Nahrung her und Wasser in unbegrenzter Menge für Mensch und Tier. Kein Wunder, daß Crane hatte erfahren wollen, ob die Ratsherren sich hier befanden und ob ein Commissioner gekommen war, um sich mit ihnen zu beraten.

»Fischköpfe!« Oreb flatterte von Silks Schulter auf den Boden herunter und rannte mit überraschender Geschwindigkeit ein gutes Stück auf einen Steg hinaus, um sich über die Fischköpfe herzumachen, die dort lagen.

»Ja«, murmelte Silk. »Endlich gibt es Fischköpfe und andere Abfälle.«

Während er den Steg hinunterschlenderte und den strahlendblauen See und die Boote betrachtete, deren schneeweiße Segel zu Dutzenden auf dem unruhigen Wasser tanzten und hüpften, dachte er über Orebs Mahlzeit nach.

Die Fische gehörten Scylla, wie die Schlangen Scyllas Mutter Echidna gehörten. Katzen aller Arten gehörten der jüngeren Schwester Sphigx. Die Brandende Scylla, die Schutzherrin der Stadt, erlaubte es ihren Anbetern großzügig, soviel Fisch zu fangen, wie sie brauchten, wobei sich die Menschen an uralte Einschränkungen und Verbote zu halten hatten. Dennoch waren die Fische – einschließlich der Reste, die Oreb jetzt fraß – ihr Besitz, und der See war ihr Palast. Wenn die Ehrfurcht vor Scylla schon in Viron sehr stark war, wo sie ihre göttliche Erscheinung vor zwei Generationen zum letzten Mal in einem Heiligen Fenster gezeigt hatte, wie groß mochte die Ehrerbietung dann erst hier sein?

Silk gesellte sich zu Oreb und setzte sich auf einen einladenden Poller. Dann wickelte er Cranes Wunderverband vom verletzten Fußgelenk ab und knallte ihn ein paarmal auf die verzogenen Planken des Stegs.

Was, wenn Crane den Wunsch hatte, am Seeufer einen Schrein für Scylla zu errichten, um ein Gelübde zu erfüllen? Wenn Crane an eine wichtige Informantin einen Azothen verschenken konnte, dann konnte er sich sicherlich auch einen Schrein leisten. Silk wußte nicht viel über die Baukunst, aber er war sicher, daß man für tausend Karten oder weniger einen bescheidenen und dennoch angemessenen Schrein am Seeufer würde bauen können. Crane könnte seinen spirituellen Ratgeber – ihn selbst, Silk – gebeten haben, eine passende Stelle zu suchen.

Eine noch bessere Idee wäre es, wenn Chenilles Commissioner der demütige Erbauer wäre – niemand würde daran zweifeln, daß ein Commissioner imstande war, höchstpersönlich ein sehr kostspieliges Gebäude errichten zu lassen. Es würde kein Manteion werden, weil es kein Heiliges Fenster bekommen konnte, aber man würde dennoch dort opfern können. Wenn das Gebäude von einem Commissioner gestiftet wurde, konnte dort vielleicht sogar ein Augur einziehen – jemand wie er selbst zum Beispiel.

Wenn Crane die gewünschten Informationen bekommen hatte, war er vermutlich Chenilles Commissioner gefolgt.

»Gut! Gut!« Oreb hatte sein Mahl beendet. Er balancierte auf den weit ausgebreiteten Krallen eines Beins und kratzte sich mit dem anderen Fuß am Schnabel.

»Mach mir ja nicht die Robe schmutzig«, sagte Silk zu ihm. »Ich warne dich. Ich kann ziemlich wütend werden.«

Als er Cranes Verband wieder anlegte, versuchte Silk, sich den Commissioner vorzustellen. Zwei Ratsherren hatten ihn zu einer Konferenz an den See gerufen. Wahrscheinlich war es ein vertrauliches Gespräch gewesen, in dem es womöglich sogar um militärische Angelegenheiten gegangen war. Der Mann, dachte Silk, war mit ziemlicher Sicherheit mit einem Schweber nach Limna gefahren, aber er hatte – auch das war relativ sicher – den Schweber samt Fahrer bestimmt irgendwo zurückgelassen, um ein unauffälligeres Transportmittel zu benutzen.

Wie er es oft in der Palaestra tat, wenn er sich konzentrieren wollte, zielte Silk mit dem Zeigefinger auf seinen Gesprächspartner. »Er könnte zum Beispiel einen Esel gemietet haben«, erklärte er Oreb. »Genau wie Auk und ich es vor ein paar Tagen getan haben.«

Ein kleines Boot näherte sich vom See her dem Steg. Ein grauhaariger Mann bediente die Ruderpinne, während ein paar Jungen hastig das einzige Segel einholten.

»Genau!«

Die Nachtdohle beäugte ihn neugierig.

»Er hat ein Boot gemietet, Oreb. Vielleicht mit ein oder zwei zuverlässigen Männern besetzt, die es für ihn segeln konnten. Ein Boot ist natürlich viel schneller als ein Esel oder ein Pferd. Es kann einen Sekretär oder einen vertrauenswürdigen Schreiber und den Commissioner tragen, und man kann mit einem Boot jeden Punkt am Seeufer …«

»Silk gut?« Oreb, der damit beschäftigt gewesen war, den scharlachroten Fleck auf seiner Brust mit dem Schnabel zu putzen, legte den Kopf schief und schielte Silk an. »Alles klar?«

»Nein. Das kann auch nicht sein. Er hat kein Boot gemietet. Er hätte es von seinem eigenen Geld bezahlen müssen, und er könnte das Gefühl haben, daß er den Männern, die es für ihn segeln, nicht trauen kann. Aber die Stadt muß doch eigene Boote und Beamte haben – wenn die Fischer miteinander streiten, muß doch jemand eingreifen können –, und wer für diese Boote zuständig ist, wird sich natürlich beinahe überschlagen, um einem Commissioner zu helfen. Also, klettere an Bord, du alberner Vogel. Wir gehen zum Juzgado.« Nachdem er in mehreren Taschen gesucht hatte, fand Silk endlich die Visitenkarte des Advokaten. »In der Shore Street. Seine Kanzlei ist in der gleichen Straße wie der Juzgado. Weißt du noch, Oreb? Das ist natürlich sehr bequem, wenn man eilig zum Gericht muß.«

Der alte Drachenbauer hob überrascht den Kopf, als die Tür des großen Schuppens geöffnet wurde.

Der kleine Mann mit dem grauen Bart, der in der Tür stand, sagte: »Entschuldigt. Ich wußte nicht, daß Ihr hier arbeitet.«

»Ich packe meine Sachen. Ich wollte gerade gehen«, erklärte der Drachenbauer. Er fragte sich einen Moment lang, ob Musk ihm aus Angst, er könnte etwas stehlen, diesen Mann als Aufpasser geschickt hatte.

»Ich habe von dem Drachen gehört. Ihr habt ihn gebaut, nicht wahr? Alle sagen, daß es eine wunderschöne Arbeit war.«

»Schön war er bestimmt nicht.« Der Drachenbauer band ein Bündel dünner Stäbe mit einem Stück Schnur zusammen. »Aber es war das, was sie haben wollten, und es war einer der größten, die ich je gebaut habe. Je größer sie sind, desto höher fliegen sie. Wenn sie sehr hoch steigen, müssen sie eine Menge Draht mit hochziehen.«

»Ich bin Doktor Crane«, erklärte der bärtige Mann. »Ich hätte mich längst vorstellen sollen.« Er hob eine Fischöllampe auf und schüttelte sie. »Fast voll. Hat man Euch schon bezahlt?«

»Musk hat mir die volle Summe ausbezahlt.« Der Drachenbauer klopfte auf seine Hosentasche. »Keine Karten, sondern eine Zahlungsanweisung für den Fiskus. Hat Blood Euch geschickt, damit Ihr mich hinausbegleitet?«

»Richtig, er hat es mir aufgetragen, bevor sie aufgebrochen sind. Sie sind jetzt, glaube ich, alle fort. Blood und Musk sind jedenfalls weggefahren, auch die meisten Wächter und ein paar Diener.«

Der Drachenbauer nickte. »Sie haben alle Schweber genommen. Ein paar standen ja hier drin. Und alle Hochräder. Sollte ich nicht noch einmal mit Blood reden, bevor ich aufbreche? Musk hat aber nichts dergleichen gesagt.«

»Soweit ich es beurteilen kann, ist das wohl nicht nötig«, sagte Crane lächelnd. »Das Haupttor steht offen, und der Talus wurde hinausgeworfen. Ihr könnt also jederzeit gehen. Andererseits dürft Ihr auch gern noch bleiben, wenn Ihr wollt. Möglicherweise läßt Blood Euch sogar mit einem der Schweber nach Hause bringen, wenn sie wieder da sind. Wohin wollten sie überhaupt? Mir hat niemand etwas gesagt.«

Der Drachenbauer tastete nach seinem liebsten Schabhobel und fand ihn unter einem Tuchfetzen. »Zum See. Das hat jedenfalls einer von ihnen erwähnt.«

Crane nickte und lächelte wieder. »Dann werden sie wohl eine Weile unterwegs sein. Aber Ihr dürft trotzdem gern warten, wenn Ihr wollt.« Er schloß hinter sich die Tür und eilte zur Villa zurück. Wenn er jetzt nicht nachsah, sagte er sich, wann sollte er es dann tun? Eine bessere Gelegenheit würde er nie bekommen. Die Küchentür stand offen, die Tür zur Kellertreppe war unverschlossen.

Der Keller war tief und sehr dunkel. Nach allem, was er während seiner freundschaftlichen Plaudereien mit den Lakaien erfahren hatte, gab es angeblich sogar einen noch tiefer gelegenen Weinkeller. Vielleicht war damit der Tiefkeller gemeint, den eine Magd einmal erwähnt hatte. Als er halb die Treppe hinunter war, blieb Crane stehen und hob seine Lampe.

Nichts. Nur ein paar verrostete, von Staub überzogene Maschinen, die man vermutlich niemals wieder würde zum Leben erwecken können. Und …

Er stieg die restlichen Stufen hinunter und trottete über den schmutzigen, unebenen Boden. Einmachgläser: Pfirsiche in Brandy, saure Gurken. Vermutlich stammten sie noch vom Vorbesitzer.

Ob am Eingang zu den unterirdischen Gängen ein Wachtposten stand? Er hatte sich vor einiger Zeit überlegt, daß das vermutlich nicht der Fall war. Allerdings war die Tür (falls es eine gab) sicherlich zugesperrt oder sonstwie von der anderen Seite blockiert. Vielleicht war es sogar eine Geheimtür – irgendwo in einem geheimen Raum verborgen oder so. Hinter den Regalen begann eine weitere Treppe, und richtig, dort sah er Fußspuren, die in die Tiefe führten.

Diese Treppe war nur kurz, und unten wurde er von einer verschlossenen Tür aufgehalten. Er mußte mit seinem Einbrecherwerkzeug eine halbe Minute, die ihm zehnmal so lange vorkam, im Schloß forschen, bis er den Griff drehen und den Riegel zurückschieben konnte.

Das Quietschen der Scharniere aktivierte ein Licht, das mitten in der niedrigen, gewölbten Decke saß. Im trüben Schein sah er Regale mit Weinflaschen. Es waren mindestens fünfhundert. Dazu gestapelte Kisten: Brandy, Aguardiente, Rum und Kräuterliköre und mehrere Fässer, in denen früher vielleicht einmal Starkbier gelagert worden war. Er rollte ein paar Fässer zur Seite und untersuchte den Boden unter ihnen, dann überprüfte er den restlichen Fußboden und klopfte die Wände ab.

Nichts.

»Was nun, was nun?« murmelte er. »Erst mal einen guten Schluck nehmen, das hilft beim Denken.« Er öffnete eine klobige schwarze Flasche, von der, wie es aussah, schon einmal jemand eine Kostprobe genommen hatte. Er trank einen großen Schluck hellen, in der Kehle brennenden Arraks, verkorkte die Flasche wieder und machte eine letzte Inspektionsrunde.

Nichts.

Er schloß leise die Tür des Weinkellers hinter sich und drehte den Griff zurück. Das gedämpfte Quietschen des Riegels weckte unangenehme Erinnerungen an den kleinen Hund, den Musk einmal gequält hatte.

Einen Moment lang dachte er daran, die Tür unversperrt zu lassen. Er würde Zeit sparen, und mit großer Sicherheit würde – falls Bloods Kellermeister oder sonst jemand es entdeckte – irgendein nachlässiger Diener die Schuld zugesprochen bekommen. Aber seine Vorsicht und seine gründliche Ausbildung geboten ihm, alles genauso zu hinterlassen, wie er es vorgefunden hatte.

Seufzend zog er das Einbrecherbesteck aus der Hosentasche, steckte das richtige Werkzeug ins Schloß und stocherte herum, bis er mit einem schwachen Klicken belohnt wurde.

»Ich muß schon sagen, Ihr versteht Euer Handwerk.«

Crane fuhr herum. Jemand – im dunstigen Zwielicht des Kellers schien es ein großer, gutaussehender, weißhaariger Mann zu sein – stand am oberen Ende der kürzeren Treppe und sah zu ihm herab.

»Ich hoffe, Ihr erkennt mich?«

Crane ließ das Besteck fallen, zog den Nadler und feuerte mit einer einzigen fließenden Bewegung mehrere rasche Schüsse ab. Das Knacken der Nadeln klang im engen Keller unnatürlich laut.

»Damit könnt Ihr mich nicht verletzen«, erklärte Ratsherr Lemur. »Und jetzt kommt herauf und gebt mir das Ding, und dann werde ich Euch zeigen, wie Ihr den Ort erreicht, den Ihr finden wolltet.«

»Im Frühling war ein Commissioner bei Euch«, sagte Silk zu der rundlichen Frau in mittleren Jahren, die hinter einem großen Aktenstapel an ihrem Schreibtisch saß. »Ihr wart so freundlich, ihm ein Boot zur Verfügung zu stellen.« Er lächelte sie gewinnend an. »Keine Sorge, ich will Euch nicht bitten, mir auch eines zu geben, denn ich bin ja kein Commissioner.«

»Im letzten Frühjahr, Patera? Ein Commissioner aus der Stadt?« Die Frau sah ihn ratlos an.

Genau in dem Moment, als Silk sicher war, den Namen des Commissioners vergessen zu haben, fiel er ihm wieder ein. Er beugte sich etwas weiter zu der Frau hinüber. Er wünschte, er hätte sich von Chenille eine detailliertere Beschreibung geben lassen. »Commissioner Simuliid. Er ist ein äußerst wichtiger Beamter.« Silk bemühte sich, die passenden Worte zu finden und genau den selbstbewußten und zugleich vertraulichen Ton zu treffen, den der Stellvertreter des Prolokutors ihm gegenüber angeschlagen hatte. »Ein … äh … ein stattlicher Mann. Er hat einen Schnurrbart.«

Als die Frau immer noch nicht reagierte, fuhr er verzweifelt hinzu: »Einen äußerst eleganten Schnurrbart, würde ich sogar sagen, obwohl man vielleicht …«

»Commissioner Simuliid, Patera?«

Silk nickte begierig.

»Das ist aber noch nicht so lange her. Es war bestimmt nicht im Frühling. Vielleicht vor zwei Monaten. Höchstens drei. Es war schon schrecklich heiß, das weiß ich noch genau, und er trug einen großen Strohhut. Ihr kennt doch diese großen Hüte, Patera?«

Silk nickte aufmunternd. »Aber sicher doch. Ich hatte früher selbst einen.«

»Und er hatte einen Gehstock. Größer als Eurer sogar. Aber er wollte gar kein Boot haben. Wir hätten ihm selbstverständlich gern eines geliehen, aber er wollte ja keines.« Die Frau knabberte an ihrem Stift. »Er hat etwas anderes haben wollen, und das hatten wir nicht, aber ich weiß nicht mehr, was es war.«

Oreb legte den Kopf schief. »Armes Mädchen!«

»Ja, wirklich«, sagte Silk. »Wenn Ihr nicht in der Lage wart, Commissioner Simuliid zu helfen.«

»Oh, aber ich *habe* ihm doch geholfen«, beharrte die Frau. »Ich weiß genau, daß ich ihm geholfen habe. Er war sehr zufrieden, als er ging.«

Silk bemühte sich, wie ein Augur zu erscheinen, für den die Gesellschaft eines Commissioners etwas Alltägliches war. »Nun, bei mir hat er sich jedenfalls nicht beklagt.«

»Wißt Ihr denn nicht, was er wollte, Patera?«

»Mir ist nicht bekannt, was er von Euch wollte«, erklärte er der dicken Frau, »denn ich hatte den Eindruck, daß er sich ein Boot besorgen wollte. Soweit ich weiß, gibt es ja entlang des ganzen Ufers wundervolle Aussichtspunkte, und ich dachte mir, es wäre sicherlich ein Akt wahrer Nächstenliebe, wenn Commissioner Simuliid – oder sonst jemand – an einem solchen Punkt unserer Schutzpatronin einen angemessenen Schrein errichten würde. Geschmackvoll müßte er sein und nicht zu bescheiden. Der Commissioner könnte, wie ich ihn kenne, auch selbst schon daran gedacht haben.«

»Seid Ihr sicher, daß er nicht angeboten hat, ihn zu reparieren, Patera? Oder einen Anbau zu finanzieren? Etwas in dieser Art? Es gibt hier nämlich schon einen wunderschönen Schrein der Göttin Scylla, den manchmal sehr wichtige Leute aus der Stadt aufsuchen, um, nun ja, um über wichtige Dinge zu meditieren.«

Silk schnippte mit den Fingern. »Ein Anbau! Eine überdachte Erweiterung für die Ausübung der Hydromantie. Aber natürlich! Warum habe ich nicht gleich daran …«

Oreb krächzte: »Nicht schneiden?«

»Jedenfalls nicht dich«, beruhigte Silk den Vogel. »Wo ist dieser Schrein, meine Tochter?«

»Wo der Schrein …?« Plötzlich strahlte die pummelige Frau. »Wißt Ihr was? Genau danach hat auch Commissioner Simuliid gefragt. Jetzt erinnere ich mich. Er wollte einen Stadtplan haben. Er wollte wissen, wie er den Schrein finden könnte. Wir haben keine Stadtpläne, auf denen der Schrein zu sehen ist, es gibt da gewisse Vorschriften. Aber man braucht auch keinen Stadtplan. Ihr müßt nur dem Pilgrim's Way folgen. Das habe ich ihm auch gesagt. Nach Westen um die Bucht herum, dann nach Süden bis zur Landzunge. Man muß ein bißchen klettern, aber wenn Ihr einfach den weißen Steinen folgt, könnt Ihr es nicht verfehlen.« Die Frau holte einen Stadtplan hervor. »Der Schrein ist hier nicht eingezeichnet, aber ich kann es Euch zeigen. Das Blaue hier ist der See, und diese schwarzen Linien hier sollen Limna darstellen. Seht Ihr die Shore Street? Und hier, an dieser Stelle, ist der Schrein. Hier läuft der Pilgrim's Way die Klippe hinauf. Wollt Ihr wirklich dort hinaufsteigen, Patera?«

»Sobald ich eine Gelegenheit finde«, erwiderte Silk. Simuliid hatte mit Sicherheit den Weg der Pilger benutzt. Die Frage war, ob Crane ihm dorthin gefolgt war.

»Und vielen, vielen Dank, meine Tochter. Ihr habt mir wirklich sehr geholfen. Sagtet Ihr nicht, daß sogar Ratsherren sich manchmal dort hinauf zur Meditation zurückziehen? Ein Bekannter von mir, Doktor Crane – vielleicht kennt Ihr ihn; ich glaube, er verbringt viel Zeit hier draußen am See …«

Die Frau schüttelte den Kopf. »O nein, Patera. Ich glaube, die meisten sind zu alt, um hinaufzusteigen.«

»Vielleicht habe ich Doktor Crane auch mißverstanden. Ich dachte, er hätte diese Information von Euch hier bekommen. Ein kleiner Mann mit einem kurzen grauen Bart?«

Sie schüttelte den Kopf. »Ich glaube nicht, daß er schon einmal hier bei mir war, Patera. Und ich glaube auch nicht, daß die Ratsherren oft hierherkommen. Wahrscheinlich hat er an die Commissioner gedacht. Die kommen ab und zu her, auch einige Richter und so weiter, und manchmal wollen sie ein Boot nehmen, aber wir müssen ihnen sagen, daß das nicht geht. Der Schrein ist ja oben auf dem Hügel, und man kommt vom Wasser aus überhaupt nicht hin. Man muß den Pilgrim's Way nehmen. Man kann nicht einmal reiten, weil dort Stufen in die Felsen gehauen sind. Ich glaube, deshalb kommen auch die Ratsherren nicht her. Ich habe jedenfalls noch nie einen gesehen.«

Er selbst hatte auch noch nie einen gesehen, dachte Silk, als er den Juzgado verließ. Hatte überhaupt schon einmal jemand einen leibhaftigen Ratsherren gesehen? Ihre Bilder waren natürlich verbreitet – sogar hier im Juzgado hatte Silk ein Gruppenbild gesehen. Die Bilder waren sogar so verbreitet, daß Silk geglaubt hatte, er wäre ganz gewiß dem einen oder anderen Ratsherren von Angesicht zu Angesicht begegnet, bis er ernsthaft darüber nachgedacht hatte. In Wirklichkeit hatte er noch keinen von ihnen persönlich getroffen, und er kannte auch niemand anders, der schon einmal einen getroffen hatte.

Simuliid hatte einen getroffen. Das hatte er wenigstens Chenille erzählt. Wahrscheinlich aber nicht im Schrein der Scylla, denn dort ließen sich die Ratsherren ja nicht blicken. Vielleicht in einem Restaurant oder auf einem Boot.

»Nicht schneiden?« Oreb war immer noch verunsichert.

»Ganz bestimmt nicht. Ein Schrein ist sowieso kein guter Platz für ein Opfer, obwohl man hin und wieder von dieser Regel abweicht. Ein ordentlich unterwiesener Augur wie ich sollte einen Schrein eigentlich nur betreten, um zu meditieren oder in frommen Schriften zu lesen.«

Die Frau im Juzgado hatte ihm verraten, daß verschiedene Politiker aus der Stadt hin und wieder Scyllas Schrein über dem See aufsuchten. Das kam ihm seltsam vor – Politiker stellten gern ihre Frömmigkeit zur Schau, aber er hatte noch nie von einem gehört, der tiefe und echte religiöse Gefühle in sich barg. Der Prolokutor hatte heutzutage keinen großen Einfluß mehr auf die Regierungsgeschäfte der Stadt; das sagte praktisch jeder außer Remora.

Aber Auk oder Chenille – ziemlich sicher war es Auk gewesen – hatte Simuliid als ›groß wie ein Ochse‹ oder so ähnlich bezeichnet. Das hatte er natürlich nur tun können, weil er ihn vom Ansehen her kannte. Simuliid sei ein großer und schwerfälliger Mann, hatte Silk erfahren. Dennoch war Simuliid, wie es schien, zu Fuß zu Scyllas Schrein gepilgert, nachdem die heiße Jahreszeit bereits begonnen hatte. Das kam Silk äußerst unwahrscheinlich vor, besonders da Simuliid dort draußen bestimmt nicht mit einem Ratsherren verabredet gewesen war.

Während er weiterging und abwesend in Schaufenster blickte, massierte Silk eifrig seine Wange. Es schien jetzt denkbar, daß Commissioner Simuliids Prahlerei Chenille gegenüber nichts weiter als die Lüge eines Aufschneiders gewesen war. In diesem Fall hätte Chenille auch die fünf Karten nicht verdient gehabt, und Crane hatte seine Zeit hier draußen vergeudet.

Aber ob Crane seine Zeit vergeudet hatte oder nicht,

er hatte Simuliid anscheinend nicht über den Juzgado aufgespürt wie er selbst. Womöglich hatte Crane den Mann überhaupt nicht verfolgt.

»Oreb, da ist etwas faul. Die Sache stinkt zum Himmel, wenn du verstehst, was ich meine.«

»Kein Boot?«

»Kein Boot, kein Arzt und keine Ratsherren. Kein Geld. Kein Manteion. Fehlschläge auf der ganzen Linie. Ich weiß allmählich wirklich nicht mehr, was der Außenseiter da in mir zu sehen geglaubt hat.«

Freilich lehrte die Vernunft und bestätigten die Schriften, daß die unsterblichen Götter nicht ›glaubten‹, Dinge zu sehen. So konnte man das wirklich nicht ausdrücken.

Die Götter glaubten nicht, sie wußten.

Ohne ein bestimmtes Ziel anzusteuern, war er über die Shore Street geschlendert. Jetzt sah er den Weg durch einen großen, weiß gestrichenen Felsblock versperrt. In die weiße Fläche war ungelenk das Abbild der Göttin Scylla mit ihren vielen Tentakeln eingeritzt.

Er überquerte die Straße, um das Abbild näher in Augenschein zu nehmen. Darunter stand ein gereimtes Gedicht geschrieben. Er machte das Zeichen der Addition in der Luft und bat Scylla um Hilfe. Er erinnerte sie daran, daß ihre Stadt das Manteion brauchte, und entschuldigte sich für die Ungeduld, mit der er zum See gehastet war, ohne begründete Hoffnung, dort wirklich etwas erreichen zu können. Dann sprach er das Gebet nach, das auf den Stein geschrieben war, und stellte belustigt fest, daß die Gesichtszüge der mächtigen Göttin, wie sie auf dem Felsblock dargestellt waren, ein wenig an das Gesicht der hilfsbereiten Frau im Juzgado erinnerten.

Die Mitglieder des Ayuntamiento suchten den Schrein niemals auf, hatte sie gesagt, aber die Commissioner kämen ab und zu her. Ob sie selbst den Schrein öfter aufgesucht und dabei gesehen hatte, wer kam und wer nicht? Nein, das war vermutlich nicht der Fall, dachte Silk.

Plötzlich stellte er erschrocken fest, daß ein halbes Dutzend Passanten ihn beobachten, wie er mit gesenktem Kopf vor dem Bild betete. Als er sich abwandte, bat ihn ein annähernd gleichaltriger, stämmiger Mann um Verzeihung und erkundigte sich, ob Silk die Absicht habe, zum Schrein zu pilgern.

»Das war eine der Fragen, zu denen ich die Göttin um Anleitung gebeten habe«, erklärte Silk. »Ich habe erst vor ein paar Minuten einer guten Frau gesagt, daß ich mich auf die Pilgerschaft begeben will, sobald sich eine Gelegenheit bietet. Das war natürlich ein sehr voreiliges Versprechen, weil es mitunter schwierig sein kann zu entscheiden, wann eine solche Gelegenheit gekommen ist. Ich bin heute geschäftlich hier und könnte deshalb sagen, daß ich keine Gelegenheit finde; andererseits besteht doch die Möglichkeit, daß eine Pilgerschaft zum Schrein für meine Angelegenheiten günstig ist. Wenn dem so ist, dann will ich mich gewiß auf den Weg machen.«

Eine Frau, ebenfalls ungefähr im gleichen Alter, schaltete sich ein. »Ihr solltet es lieber bleiben lassen, Patera. Verzichtet auf die Pilgerschaft, solange es so heiß ist.«

»Gutes Mädchen!« murmelte Oreb.

»Das ist Chervil, meine Frau«, sagte der untersetzte Mann zu Silk. »Ich bin Coypu, und wir haben die Pilgerschaft schon zweimal gemacht.« Silk wollte etwas erwidern, aber Coypu unterbrach ihn mit einer Handbewegung. »Da drüben gibt es kalte Getränke. Wenn Ihr heute zum Schrein hinauflaufen wollt, dann solltet Ihr Euch reichlich mit Getränken versorgen. Wir würden Euch gern Eure Getränke bezahlen. Aber wenn Ihr auf uns hören wollt, dann laßt Euch gesagt sein, daß Ihr heute am besten überhaupt nicht hinaufsteigen solltet.«

»Durstig!«

Chervil lachte, und Silk sagte: »Sei still, Oreb. Durstig bin ich auch.«

Im Laden war es erfreulich kühl, und nachdem sie aus dem prallen Sonnenlicht eingetreten waren, schien es drinnen recht düster. »Es gibt hier Bier und Fruchtsäfte – sogar Kokosmilch, falls Ihr so etwas noch nicht probiert habt – und Quellwasser«, erklärte Coypu. »Bestellt Euch, was immer Ihr wollt.«

Zum Kellner, der an ihrem Tisch erschien, sobald sie sich gesetzt hatten, sagte er: »Meine Frau nimmt den bitteren Orangensaft, und ich nehme das Bier, das am längsten in Eurer Zisterne liegt.«

Dann wandte er sich wieder an Silk. »Und Ihr, Patera? Bestellt Euch, was Ihr wollt.«

»Quellwasser, bitte. Zwei Gläser, wenn es geht.«

»Wir haben Euer Bild an einem Zaun gesehen«, erklärte Chervil. »Es ist noch keine fünf Minuten her. Ein Augur mit einem Vogel auf der Schulter, ziemlich treffend mit Kalk und Holzkohle gemalt. Über Euren Kopf hat der Künstler den Satz geschrieben: ›Silk ist da!‹ Und gestern in der Stadt haben wir irgendwo den Satz gesehen: ›Silk muß Caldé werden!‹«

Er nickte grimmig. »Das Bild mit dem Vogel habe ich nicht gesehen, aber ich habe so eine Ahnung, wer es gemalt hat. Und wenn das stimmt, dann muß ich mal ein Wörtchen mit ihr reden.«

Der Kellner stellte drei kalte, vor Kondenswasser tropfende Flaschen auf den Tisch – gelb, braun und durchsichtig –, setzte vier Gläser daneben und trug ihre Bestellung auf einer kleinen Schiefertafel ein.

Coypu betastete die braune Flasche und lächelte. »Am Scylsday ist hier immer viel Betrieb. Wahrscheinlich haben sie das Bier schon da kalt gestellt.«

Silk nickte. »Tief unter der Erde ist es immer kalt. Ich vermute, die Nacht, die den Whorl umgibt, ist so kalt wie eine Winternacht.«

Coypu warf ihm einen erschrockenen Blick zu, während er seiner Frau die Flasche Orangensaft öffnete.

»Habt Ihr denn noch nie darüber nachgedacht, was außerhalb des Whorl liegt, mein Sohn?«

»Ihr meint, wohin man gelangt, wenn man immer tiefer gräbt? Ich dachte, dort ist nur noch Erdreich, ganz egal, wie tief man kommt.«

Silk schüttelte den Kopf, während er seine eigene Flasche öffnete. »Nein, das weiß auch der dümmste Bergarbeiter, mein Sohn. Selbst ein Totengräber – ich habe gestern mit einigen gesprochen, und sie sind alles andere als dumm – könnte Euch sagen, daß die Erde, die unsere Pflüge umgraben, kaum tiefer reicht, als ein Mann groß ist. Darunter kommen Lehm und Kies, und noch tiefer stößt man auf Stein oder Schiffsstein.«

Silk goß Oreb etwas kühles Wasser in ein Glas und sammelte seine Gedanken. »Jenseits von Fels und Schiffsstein, der lange nicht so dick ist, wie Ihr vielleicht glaubt, ist die Leere, in der sich der Whorl dreht. Eine Nacht herrscht dort, die sich grenzenlos in alle Richtungen erstreckt.« Er hielt inne und dachte weiter nach, während er sich selbst einschenkte. »In dieser Leere sind jedoch hin und wieder bunte Funken zu sehen. Man hat mir mal erklärt, was sie zu bedeuten haben, aber ich kann mich gerade nicht daran erinnern.«

»Ich dachte, es sei einfach so, daß die Wärme nicht dort hinunter reicht.«

»Doch, sie reicht hinunter«, erklärte Silk dem Mann. »Sie reicht tiefer als der Boden der Zisterne hier und tiefer als die Brunnen in meinem Manteion, aus denen immer kaltes Wasser kommt, wenn man lange genug pumpt. Sie reicht sogar bis zur äußersten Steinschicht des Whorl und verliert sich danach erst in der kalten Nacht. Wenn die Sonne nicht wäre, das erste und größte Geschenk Pas' an den Whorl, dann würden wir alle erfrieren.« Silk sah einen Moment lang Oreb zu, der aus seinem Glas trank. Dann nahm er einen tiefen Zug aus seinem eigenen Glas. »Ich danke Euch beiden. Es ist sehr gut.«

Chervil sagte: »Ich will ja nicht mit Pas oder mit Euch über den Wert der Sonne streiten, Patera, aber sie kann auch gefährlich sein. Wenn Ihr wirklich den Schrein sehen wollt, dann würde ich Euch vorschlagen, die Pilgerschaft am Abend zu machen, wenn es nicht mehr so heiß ist. Weißt du noch, als wir das letzte Mal dort waren, Coypu?«

Ihr Mann nickte. »Wir sind im letzten Herbst hochgestiegen, Patera. Wir haben die Wanderung genossen, und man hat vom Schrein aus einen wundervollen Ausblick. Deshalb haben wir beschlossen, auch dieses Jahr zu gehen. Als wir endlich dazu kamen, waren die Feigen schon fast reif, aber es war trotzdem lange nicht so heiß wie jetzt.«

»Nicht einmal annähernd«, warf Chervil ein.

»Wir sind also gelaufen, und es wurde immer heißer. Erzähle du es ihm, Liebling.«

»Er hat den Weg verlassen«, erzählte Chervil weiter. »Den Pilgrim's Way, oder wie er heißt. Ich konnte schon die nächsten paar Wegsteine vor uns sehen, aber er ist nach rechts abgebogen, direkt in dieses kleine – ich weiß nicht, wie es heißt. Ein felsiges kleines Tal zwischen zwei Hügeln.«

»Eine Schlucht?« schlug Silk vor.

»Ja, das ist es. Eine Schlucht. Und ich sagte: ›Wohin willst du? Das ist nicht der richtige Weg.‹ Und er meinte: ›Komm nur, mach schon, sonst kommen wir nie an.‹ Ich bin ihm hinterhergelaufen und habe ihn dann eingeholt.«

Im nächsten Jahr werden sie ein Kind haben, dachte Silk. Er stellte sich die drei beim Abendessen in einem kleinen Innenhof vor, wie sie redeten und lachten.

Chervil war bei weitem nicht so schön und bezaubernd wie Hyacinth, aber er stellte fest, daß er Coypu von ganzem Herzen beneidete.

»Dann war sie zu Ende. Die Schlucht, meine ich. Sie endete vor einem Abhang, der zu steil war, um hinaufzuklettern, und er wußte nicht, was er tun sollte. Schließlich sagte ich: ›Wohin willst du eigentlich?‹ Und er sagte: ›Zu meiner Tante.‹«

»Ich verstehe.« Silk hatte sein Glas geleert. Er schenkte sich den Rest aus der Flasche ein.

»Ich habe ziemlich lange gebraucht, um ihn auf den Weg zurückzubekommen, und als wir dort endlich waren, kam uns ein Mann entgegen, der auf dem Rückweg vom Schrein war. Ich rief ihm zu, er solle mir helfen, und er blieb stehen und fragte, was los sei. Er ließ Coypu ein Stückchen weitergehen, wo etwas Schatten war, und dort konnten wir ihn überreden, sich hinzulegen.«

»Das war natürlich die Hitze«, sagte Silk.

»Ja! Ganz genau!«

Coypu nickte. »Ich war völlig durcheinander, und irgendwie bin ich auf die Idee gekommen, wir wären in der Stadt und seien zum Haus meiner Tante unterwegs. Ich habe mich die ganze Zeit gefragt, was wohl mit der Straße passiert war. Warum sie sich so sehr verändert hatte.«

»Dieser Mann ist dann bei uns geblieben, bis Coypu sich wieder besser gefühlt hat. Er sagte, das sei das Anfangsstadium eines Hitzschlages, und Coypu müßte aus der Sonne herauskommen, sich hinlegen, salzige Sachen essen und kaltes Wasser trinken, wenn möglich. Aber das konnten wir nicht, weil wir nichts mitgenommen hatten, und wir waren zu hoch oben, um zum See hinunterzuklettern. Er war glücklicherweise Arzt.«

Silk starrte sie an. »Oh, ihr Götter!«

»Was ist denn, Patera?«

»Daß es immer noch Leute gibt, die nicht glauben wollen.« Er trank sein Wasser aus. »Ich – sogar ich, der ich es doch besser wissen sollte als jeder andere –, sogar ich verhalte mich manchmal, als gäbe es neben meinen schwachen Kräften keine anderen Mächte im Whorl. Ich glaube, ich sollte Euch jetzt, um der Form zu genügen, nach dem Namen des Arztes fragen, aber das ist nicht nötig. Ich kenne seinen Namen.«

»Ich habe ihn vergessen«, gab Coypu zu, »aber er ist, glaube ich, ein paar Stunden geblieben und hat mit uns gesprochen.«

Chervil sagte: »Er hatte einen Bart, und er war nicht viel größer als ich.«

»Sein Name ist Crane«, sagte Silk zu den beiden und winkte dem Kellner.

Chervil nickte. »Genau, das ist richtig. Seid Ihr mit ihm befreundet, Patera?«

»Genaugenommen nicht. Er ist ein Bekannter. Wollt ihr zwei noch etwas zu trinken? Diese Runde bezahle ich.«

Sie nickten, und Silk erklärte dem Kellner: »Ich bezahle alles – die ersten Drinks und diese Runde hier auch.«

»Fünf Bits, wenn Ihr sofort zahlen wollt, Patera. Wißt Ihr eigentlich etwas über diesen Patera Silk in der Stadt?«

»Nicht viel«, sagte Silk. »Ich weiß gewiß lange nicht so viel über ihn, wie ich eigentlich wissen sollte.«

»Ist wirklich eine Göttin in seinem Fenster erschienen? Er soll eine Art Wundertäter sein.«

»Das erste ist wahr«, sagte Silk, »das zweite nicht.« Er wandte sich wieder an Coypu und Chervil. »Ihr sagtet, Doktor Crane habe eine Weile mit Euch gesprochen. Ich will Euch nach unserer kurzen Bekanntschaft nicht zu sehr in Anspruch nehmen, aber darf ich fragen, worüber er gesprochen hat?«

»Er *ist* Patera Silk«, sagte Chervil zum Kellner. »Seht Ihr nicht seinen Vogel?«

Silk legte sechs Kartenbits auf den Tisch.

Coypu sagte: »Er wollte wissen, ob meine Mutter und mein Vater bei guter Gesundheit wären, und er hat immer wieder meine Haut abgetastet. Und er wollte wissen, woran meine Großmutter gestorben ist. Daran kann ich mich noch genau erinnern.«

»Er hat eine Menge Fragen gestellt. Und ich mußte ihm Luft zufächeln«, warf Chervil ein. »Coypu, meine ich.«

Oreb, der aufmerksam zugehört hatte, fächelte mit dem unverletzten Flügel.

»Genau, Vogel. Genau so, nur daß ich meinen Hut benutzt habe.«

»Ich muß mir einen besorgen«, murmelte Silk. »Einen neuen besorgen, sollte ich wohl sagen. Zum Glück habe ich etwas Geld.«

»Einen Hut?« fragte Coypu.

»Ja. Sogar der Commissioner hatte … aber das spielt jetzt keine Rolle. Ich kenne den Mann nicht. Und ich möchte nicht, daß Ihr etwas anderes glaubt. Ich habe mich lange genug verstellt. Nein, ich sollte, bevor ich zum Schrein aufbreche, einen Strohhut mit einer breiten Krempe kaufen. Ich habe vorhin das Schaufenster eines Geschäfts gesehen, wo Hüte ausgestellt waren.«

Der Kellner brachte ihnen drei neue schwitzende Flaschen und drei saubere Gläser.

Coypu sagte zu Silk: »Hier verkaufen viele Geschäfte Hüte. Man kann einen häßlichen Sonnenbrand bekommen, wenn man mit dem Boot auf den See hinausfährt.«

»Sogar beim Baden, weil die Leute gern auf den Felsen sitzen.« Chervil lachte. Ihr Lachen klang sehr anziehend, und Silk spürte, daß ihr das bewußt war. »Sie kommen von der Stadt heraus, weil der See schön kühl ist, und sie glauben, das sei genau das, was sie brauchen. Aber wenn sie hineingesprungen sind, kommen die meisten ziemlich schnell wieder heraus.«

Silk nickte lächelnd. »Ich glaube, das muß ich auch mal probieren. Könnt Ihr Euch erinnern, was Doktor Crane sonst noch gefragt hat?«

»Er wollte wissen, wer den Schrein gebaut hat«, fuhr Coypu fort. »Das war Ratsherr Lemur. Es ist ungefähr fünfundzwanzig Jahre her. Da oben ist eine Bronzeplakette, auf der man das auch lesen kann, aber der Doktor hat sie wohl übersehen, als er oben war.«

Chervil sagte: »Er wollte wissen, ob Coypu mit einem Ratsherren verwandt sei. Ich glaube, er wußte überhaupt nicht, was das für ein Tier ist, nach dem Coypu seinen Namen bekommen hat. Und ob wir ihn oder einen von ihnen kennen würden und wie alt sie wären. Er sagte, die meisten wären schon vor vierzig oder mehr Jahren unsere Ratsherren geworden, und demnach müßten sie damals noch recht jung gewesen sein.«

»Ich weiß aber nicht, ob das stimmt«, warf Coypu ein.

»Und ob wir wüßten, wie schlimm es in einigen anderen Städten aussieht und ob wir nicht helfen wollten. Ich sagte, zuerst müßte man natürlich dafür sorgen, daß jeder genug zu essen hat, weil viele Schwierigkeiten dadurch entstehen, daß die Leute dort Korn kaufen und darauf warten, daß die Preise steigen. Ich sagte, die Preise in Viron seien für mich schon hoch genug, auch ohne daß wir unseren Reis nach Palustria schicken.«

Sie lachte wieder, und Silk stimmte in ihr Lachen ein, während er sich die ungeöffnete Flasche Quellwasser in die Vordertasche seiner Robe schob. In Gedanken schritt er schon die Reihe der weißen Steine entlang, die den Pilgrim's Way säumten – den Weg, der sich von Limna bis zum Schrein der Scylla erstreckte, zu dem heiligen Ort auf den Klippen über dem See, den Doktor Crane und Commissioner Simuliid aufgesucht hatten.

Als er fast eine Stunde später aufbrach, kam ihm die Sonne vor wie ein lebendiger Feind, wie eine feurige Schlange, die sich mächtig, giftig und böse über ihm am Himmel erstreckte. Der Pilgrim's Way flimmerte vor ihm in der Hitze, und der dritte weiße Stein, auf den er sich setzte, um Cranes Verband wieder aufzuladen, fühlte sich so heiß an wie der Deckel eines Kessels auf dem Herd.

Als er sich die Stirn mit dem Ärmel abwischte, überlegte er, ob es vor zwei oder drei Monaten, als Simuliid sich auf die gleiche Pilgerschaft begeben hatte, ebenso heiß gewesen war wie an diesem Tag. Wahrscheinlich nicht. Es war heiß gewesen – es war schon lange so heiß, daß die Menschen ständig stöhnten. Aber bestimmt nicht so heiß wie an diesem Tag.

»Das ist jetzt die schlimmste Zeit«, sagte er zu Oreb. »Die heißeste Stunde des ganzen Tages. Vielleicht wäre es wirklich klüger gewesen, bis zum Abend zu warten, wie Chervil vorgeschlagen hat. Aber wir wollen uns ja am Abend mit Auk zum Essen treffen. Wir können uns mit dem Gedanken trösten, daß wir, wenn wir dies hier überstehen – und wir werden es überstehen –, das Schlimmste ausgehalten haben, was die Sonne anrichten kann. Von nun an wird es wieder besser werden. Wir werden auf dem Rückweg nicht nur bergab laufen, sondern es wird außerdem auch kühler sein.«

Oreb klackerte nervös mit dem Schnabel, sagte aber nichts.

»Hast du Coypus Gesichtsausdruck gesehen, als ich mich humpelnd von unserem Tisch entfernt habe?« Silk knallte den Verband ein letztes Mal gegen die Seite des weiß gestrichenen Felsblocks. »Als ich ihm sagte, daß mein Knöchel gebrochen ist, fürchtete ich schon, er könnte versuchen, mich mit roher Gewalt in Limna festzuhalten.«

Als Silk wieder aufstand, dachte er daran, daß Simuliid durch sein Alter und sein Gewicht wahrscheinlich viel stärker behindert gewesen war als er mit seinem Fußgelenk. Ob Crane unterwegs noch anderen Pilgern begegnet war? Und wenn ja, worüber hatte er mit ihnen gesprochen?

Und was sollte er selbst, Patera Silk aus der Sun Street, den Menschen sagen, denen er begegnete? Was sollte er sie fragen? Während er weiterging, versuchte er, sich eine halbwegs glaubwürdige Geschichte zurechtzulegen, die es ihm erlaubte, ohne zuviel von seinen eigenen Absichten zu verraten, die Passanten zu fragen, ob auch sie auf dem Pilgrim's Way mit Crane gesprochen hätten.

Er sollte keine Gelegenheit bekommen, seine Geschichte auszuprobieren. Der Weg war, wie ihm die Frau im Juzgado erklärt hatte, gut markiert, aber verlassen. Er war steil und steinig, und die Einsamkeit und die sengende Hitze wurden nur durch gelegentliche atemberaubende Ausblicke auf den stahlblauen See aufgewogen, während die Klippen immer steiler und gefährlicher wurden, je höher er kam.

»Wenn ein Augur diese Pilgerschaft an jedem Tag seines Lebens machen sollte«, sagte Silk zu Oreb, »bei jedem Wetter und egal ob krank oder gesund, ob dann wohl, vielleicht am letzten Tag seiner Existenz in diesem Whorl, die Aufbrausende Scylla aus dem See aufsteigen und sich ihm zeigen würde? Ich glaube es, und wenn ich nicht das Manteion hätte, um das ich mich kümmern muß – wenn die Leute in unserem Viertel mich nicht brauchen würden und wenn der Außenseiter mir nicht befohlen hätte, das Manteion zu retten –, ich glaube, dann wäre ich in Versuchung, dieses Experiment zu wagen. Und selbst wenn es fehlschlägt, ich könnte mir ein viel schlechteres Leben vorstellen als so eines.«

Oreb antwortete mit einem unbestimmten Krächzen und sah hierhin und dorthin.

»Schließlich ist es Scylla, Pas' älteste Tochter, die uns zu Auguren erwählt. Jeder Jahresanfang ist wie eine Flotte, deren Schiffe mit vielen jungen Männern und Frauen beladen sind. So erklärt man es uns jedenfalls auf der Schola.«

Ein überhängender Felsen bot eine kleine schattige Stelle. Silk hockte sich hin und fächelte sich mit dem Hut, den er in Limna gekauft hatte, Luft in das schweißnasse Gesicht.

»Manche, die sich zu einem Leben in Frömmigkeit hingezogen fühlen, segeln sehr nahe an Scylla vorbei. Unter denen, die ihr nahekommen, wählt sie eine Anzahl aus, nicht zu viele und nicht zu wenige. Eben die Anzahl, die für das betreffende Jahr gebraucht wird. Andere, die das einfache und entbehrungsreiche Leben der Auguren schrecklich finden, entfernen sich so weit wie möglich von ihr. Auch unter diesen wählt sie eine Anzahl aus, nicht zu viele und nicht zu wenige, eben gerade die Anzahl, die im betreffenden Jahr gebraucht wird. Deshalb malen Künstler sie mit vielen langen Armen, die an Peitschen erinnern. Mich hat sie mit so einem Arm zu sich gerissen. Es kann sein, daß sie dich genauso zu sich gerissen hat, Oreb.«

»Sehe nicht.«

»Ich auch nicht«, gestand Silk. »Ich habe sie auch nicht gesehen. Aber ich habe gespürt, wie sie mich gezogen hat. Weißt du, ich glaube inzwischen sogar, daß die Lauferei für meinen Knöchel gut ist. Er muß inzwischen so weit verheilt sein, daß ich eher Bewegung als Ruhe brauche. Da kommt wieder eine Klippe. Was meinst du, soll ich Bloods Stock der Göttin Scylla opfern?«

»Nicht schlagen?«

»Ich schlage dich nicht, ich schwöre es.«

»Behalten.«

»Weil jemand anders ihn finden und dich schlagen könnte? Mach dir keine Sorgen. Ich würde dort oben bis an die Klippe treten und ihn so weit werfen wie ich kann.«

Silk stand auf und ging bis zur Klippe. Er bewegte sich vorsichtig weiter vor, bis er direkt an der Kante der Klippe stand, die an dieser Stelle fünfhundert Ellen tief abfiel. Es war ein Gewirr von Felsplatten, an dem sich weit unter ihm Wellen brachen. »Was meinst du, Oreb? Sollen wir ein Opfer darbringen? Ein informelles Opfer für die Aufbrausende Scylla? Denn es muß Scylla gewesen sein, die uns dieses freundliche Paar geschickt hat. Sie haben mir ohne weiteres erzählt, wo sie leben, und einige Fragen, die Doktor Crane ihnen gestellt hat, bringen mich auf gewisse Vermutungen.«

Er hielt inne. Als wäre er ein Geschenk der Göttin, ließ ein plötzlicher Windstoß Silks schwarze Robe flattern und trocknete den Schweiß, der seine Tunika durchnäßt hatte.

»Auk und Chenille – und ich auch –, wir haben überlegt, ob wir Crane der Zivilgarde übergeben sollen, nachdem wir ihm das Geld abgenommen haben. Ich hatte deshalb ein schlechtes Gewissen, und dieses Gefühl wird seitdem immer schlimmer. Ich würde es beinahe vorziehen, dem Außenseiter in diesem Punkt nicht zu gehorchen.«

»Guter Mann.«

»Ja.« Silk ließ den Gehstock sinken und entdeckte, daß vor ihm kein Boden mehr war, auf den er die Spitze setzen konnte. Er wich einen Schritt zurück. »Das ist das Problem. Wenn ich herausfinden sollte, daß jemand, den ich kenne, in eine andere Stadt geht, um für Viron zu spionieren, dann würde ich ihn für einen tapferen Mann und einen Patrioten halten. Doktor Crane ist offensichtlich ein Spion aus einer anderen Stadt – aus seiner Heimat, ob es nun Ur, Urbs, Trivigaunte, Sedes oder Palustria ist. Nun, ist er dann nicht auch ein tapferer Mann und ein Patriot?«

»Weitergehen?«

»Du hast recht. Wir sollten weitergehen.« Dennoch blieb Silk stehen, wo er war, und blickte zum Seeufer hinunter. »Ich könnte natürlich sagen, daß wenn Scylla mein Opfer akzeptiert – wenn der Stock also ins Wasser fällt –, daß es dann richtig wäre, Crane in Frieden zu lassen, sobald das Manteion gerettet ist. Er müßte natürlich Viron verlassen, aber wir würden ihn und unsere Beweise nicht der Wache übergeben – wir würden ihn nicht bei den Grünen anschmieren, wie Auk es ausdrücken würde.«

Er tippte mit der Spitze des Gehstocks auf den Felsen. »Aber das wäre nichts als Aberglaube und eines Auguren unwürdig. Wir brauchen ein richtiges Opfer, am besten am Scylsday, bei dem die Form strikt gewahrt wird. Und wir müssen es vor einem Heiligen Fenster durchführen.«

»Nicht schneiden!«

»Nein, ich schneide dich nicht. Wie oft muß ich dir das eigentlich noch sagen? Ein Widder oder etwas in dieser Art. Weißt du, Oreb, es gibt – oder es gab einmal – die Wissenschaft der Hydromantie. Ein Augur, der sie beherrschte, konnte in den Wellen Scyllas Willen ablesen. Ich habe der Frau im Juzgado gegenüber eine entsprechende Bemerkung gemacht – wahrscheinlich war es mir eingefallen, weil ich den See gesehen hatte, bevor wir hineingegangen sind –, und es würde mich nicht wundern, wenn Ratsherr Lemur auch daran gedacht hätte, als er den Schrein, zu dem wir jetzt gehen, hat bauen lassen. Die Hydromantie wurde hier noch bis vor hundert Jahren praktiziert, und als der Schrein gebaut wurde, muß es noch Tausende von Menschen gegeben haben, die sich daran erinnern konnten. Vielleicht hat Ratsherr Lemur gehofft, diese Kunst wiederbeleben zu können.«

Der Vogel antwortete nicht. Silk blieb noch zwei Minuten oder länger stehen und starrte in die Brandung hinunter, bevor er die gezackten Klippen zur Rechten ins Auge faßte. »Schau, man kann den Schrein von hier aus sehen.« Er deutete mit dem Gehstock zum Heiligtum. »Ich glaube fast, man hat die Säulen, die die Kuppel tragen, so geformt, daß sie Scyllas Armen ähneln. Siehst du, wie gewunden sie sind?«

»Mann dort.«

Im bläulichen Zwielicht unter dem Kuppeldach des luftigen Heiligtums bewegte sich eine dunkle Gestalt. Dann verschwand der Schatten, als er (vermutlich war es ein Mann) niederkniete.

»Du hast recht«, sagte Silk zu seinem Vogel. »Da ist wirklich jemand. Dieser Jemand muß kurz vor uns hinaufgestiegen sein. Ich wünschte, wir hätten ihn eingeholt.«

Er bewunderte noch einen Moment die überirdische Schönheit des fernen Schreins, dann wandte er sich ab. »Ich glaube, wir werden ihm auf dem Weg begegnen. Wenn nicht, sollten wir wohl warten, bis er seine Rituale abgeschlossen hat. Aber was ist jetzt mit dem Stock? Soll ich zurückgehen und ihn hinunterwerfen?«

»Nicht werfen.« Oreb breitete die Flügel aus und schien Anstalten zu machen, davonzufliegen. »Behalten.«

»Also schön. Wahrscheinlich tut mir auf dem Rückweg auch wieder das Bein weh, und da ist es sicher gut, den Stock zur Hand zu haben.«

»Silk kämpfen.«

»Mit dem Stock, Oreb?« Er ließ ihn kreisen. »Ich habe Hyacinths Azothen und ihren kleinen Nadler, und das sind viel bessere Waffen.«

»Kämpfen!« wiederholte die Nachtdohle.

»Gegen wen sollte ich kämpfen? Hier ist doch niemand.«

Oreb pfiff. Auf einen ersten, tiefen Ton folgte ein zweiter, höherer.

»Ist das in der Vogelsprache das Wort für ›Ich weiß

es nicht‹? Nun, ich weiß es wirklich nicht. Und ich glaube, du weißt es auch nicht, Oreb. Ich bin froh, daß ich die Waffen dabei habe, denn wenn ich sie hier habe, dann heißt das, daß Patera Gulo sie nicht finden kann. Ich möchte wetten, daß er inzwischen meine Kammer durchsucht hat. Wenn sie mir und nicht Hyacinth gehörten, dann würde ich sie liebend gern dem Stock hinterdrein werfen und sie der Göttin opfern, und Gulo könnte sie nicht mehr finden.«

»Böser Mann?«

»Ja, ich glaube, er ist ein böser Mann.« Silk kehrte auf den Pilgrim's Way zurück. »Aber das ist nur eine Vermutung. Wenn ich raten soll – etwas anderes kann ich ja sowieso nicht tun –, dann würde ich darauf tippen, daß er einer von denen ist, die sich selbst für gut halten, und das sind die schlimmsten, die es gibt.«

»Paß auf.«

»Ich werde es versuchen«, versprach Silk. Allerdings war er nicht sicher, ob der Vogel Patera Gulo oder den Weg gemeint hatte, der vor ihnen, direkt an der Klippe, eine scharfe Kurve beschrieb. »Also – wenn es stimmt, dann ist dieser Patera Gulo das genaue Gegenstück zu Auk, der ein guter Mann ist und sich selbst für einen schlechten Menschen hält. Ich glaube, das hast du auch schon gemerkt.«

»Schon gemerkt.«

»Ja, das dachte ich mir. Auk hat mir ein dutzendmal geholfen, das Diamantfußkettchen nicht einmal mitgezählt. Patera Gulo ist ziemlich erschrocken, als er es sah, und dann auch noch das Armband, das ein anderer Dieb ihm gegeben hat. Ich wage mir gar nicht auszumalen, was er getan oder gesagt hätte, wenn er den Azothen gefunden hätte.«

»Mann gehen.«

»Meinst du Patera Gulo? Nun ja, ich wünschte, ich fände einen Weg, das zu arrangieren. Wirklich. Aber das steht im Augenblick wohl nicht in meiner Macht.«

»Mann gehen«, wiederholte Oreb kratzbürstig. »Nicht beten.«

»Meinst du, der Mann entfernt sich vom Schrein?« Silk deutete mit dem Gehstock zum Heiligtum. »Er kann nicht verschwunden sein, wenn er nicht hinuntergesprungen ist. Ich habe ihn nicht herauskommen sehen, und inzwischen kann ich den Weg überblicken.«

Zu Silks Überraschung hob Oreb von seiner Schulter ab und arbeitete sich wild flatternd ein Stück in die Luft hinauf, bis er sich wieder auf Silks Schulter niederließ. »Nicht sehen.«

»Ich will dir gern glauben, daß du ihn von hier aus nicht sehen kannst«, sagte Silk zum Vogel, »aber er muß trotzdem noch dort sein. Vielleicht ist unterhalb des Schreins noch eine Kapelle in den Fels gehauen. Der Weg biegt dort oben wieder landeinwärts ab. In spätestens einer halben Stunde werden wir es genau wissen.«

7

Scyllas Arme

»Mögen Euch zu dieser … äh … Mittagsstunde alle Götter zur Seite stehen, Patera«, sagte Remora, sobald der Protonotar hinter Gulo die Tür geschlossen hatten. Es war eine außergewöhnlich verbindliche Begrüßung.

»Mögen die Götter gleichermaßen auch Euch beistehen, Euer Eminenz«, sagte Gulo und verneigte sich so tief, daß seine Stirn fast den Boden berührte. Die Verneigung und die vom Protokoll vorgeschriebenen Phrasen gaben ihm die Gelegenheit, im Kopf noch einmal die wichtigsten Punkte durchzugehen, die er gleich berichten mußte. »Möge die Jungfräuliche Molpe, die Schutzpatronin des Tages, möge der Große Pas, der Schutzherr des ganzen Whorl, dem wir alles verdanken, was wir sind, und möge die Sengende Scylla, die Schutzherrin dieser unserer Heiligen Stadt Viron, alle Zeit bei Euch sein und jeden Tag Eures Lebens behüten, Euer Eminenz.« Während er sich verneigte, schaffte Gulo es, unauffällig auf die Tasche zu klopfen, in der sich das Armband und der Brief befanden.

Als er sich wieder aufrichtete, fügte er hinzu: »Ich hoffe doch, Euer Eminenz erfreuen sich bester Gesundheit? Und daß ich nicht zu ungelegener Zeit komme?«

»Nein, nein«, erwiderte Remora. »Äh … überhaupt nicht. Ich bin … äh … ich bin entzückt, wirklich ganz entzückt, Euch zu sehen, Patera. Bitte, setzt Euch doch. Was habt Ihr … äh … was denkt Ihr über den jungen Silk?«

Der etwas pummelige Gulo setzte sich auf einen mit schwarzem Samt bezogenen Lehnstuhl neben Remoras Schreibtisch. »Ich hatte bisher kaum Gelegenheit, ihn persönlich in Augenschein zu nehmen, Euer Eminenz. Fast keine Gelegenheit. Er verließ das Manteion, kaum daß ich dort eingetroffen war, und er war noch nicht zurückgekehrt, als ich es selbst verließ, um hier bei Eurer Eminenz Bericht zu erstatten. Er sagte, er werde erst gegen Abend zurückkehren, also ist er vermutlich immer noch nicht da.«

Remora nickte.

»Allerdings gewann ich einen gewissen Eindruck, auch wenn ich Patera Silk nur kurz gesehen habe, Euer Eminenz. Einen ganz bestimmten Eindruck.«

»Ich … äh … ich verstehe.« Remora lehnte sich zurück und legte die Fingerspitzen beider Hände aneinander. »Wäre es Euch möglich, diese … äh … diese kurze Begegnung im Detail zu beschreiben?«

»Wie Euer Eminenz wünschen. Kurz nachdem ich in jenem Stadtviertel eingetroffen war, hat ein Mann mir das hier übergeben.« Patera Gulo zog das Armband aus der Hosentasche und hielt es hoch. Remora schürzte die Lippen.

»Ich muß hinzufügen, Euer Eminenz, daß danach noch einige weitere Männer im Pfarrhaus angeklopft haben. Ich hatte den Eindruck – ich gewann den deutlichen Eindruck, Euer Eminenz –, daß sie gekommen waren, um ähnliche Geschenke abzugeben. Sie nahmen jedoch davon Abstand, als sie erfuhren, daß Patera Silk nicht anwesend war.«

»Habt Ihr, äh, habt Ihr sie bedrängt, Patera?«

»Nur so weit, wie ich es wagte, Euer Eminenz. Es waren keine Männer, die man ohne weiteres unter Druck setzen kann.«

Remora grunzte.

»Ich sollte noch sagen, Euer Eminenz, daß Patera Silk, als ich ihm dies hier zeigte, ein ähnliches Schmuckstück aus der Tasche zog. Er gab es mir und trug mir auf, beides in seiner Geldkassette zu verwahren. Es war ein diamantenes Fußkettchen, Euer Eminenz. Zu dieser Zeit waren noch zwei weitere Personen bei ihm, ein Mann und eine Frau. Ich glaube, sie wollten zu dritt zum See fahren. Jedenfalls glaube ich etwas in dieser Art gehört zu haben.« Gulo hüstelte verlegen. »Vielleicht, Euer Eminenz, bezog sich das aber auch nur auf Patera und die Frau.«

»Ihr wollt mir damit wohl zu verstehen geben, daß Patera ein wenig diskreter hätte sein können.« Remora schien in sich zusammenzusinken. »Bevor Ihr aber nicht herausgefunden habt, wer die beiden sind, könnt Ihr kaum … äh … kaum entscheiden, wie indiskret man wirklich war. Habt Ihr es herausgefunden?«

Gulo wand sich. »Er hat sie Auk und Chenille genannt, Euer Eminenz. Er hat sie mir vorgestellt.«

»Laßt mich mal dieses … äh … dieses Glitzerding sehen.« Remora streckte die Hand nach dem Armband aus. »Ich brauche wohl nicht eigens zu betonen, daß Ihr selbst, Patera, um einiges … äh … um einiges diskreter sein könntet, als Ihr es in diesem Fall wart. Mit diskret meine ich in diesem Fall nachdrücklicher, was? Ich bin sicher, daß man Diskretion auch … äh … auch in diesem Sinne verstehen kann. Diskret sein heißt … äh … es heißt, richtig zu urteilen, was? Und in dieser Angelegenheit bedeutet richtig zu urteilen, daß man … äh … daß man strategisch geschickt und entschlossen vorgeht. Und eine entsprechende Einstellung an den Tag legt, was?«

»Jawohl, Euer Eminenz.«

»Ihr hättet demütig und … äh … und dankbar die Opfergaben der Gläubigen annehmen sollen, Patera.« Remora hob das Armband, bis sich das Licht des runden Fensters hinter ihm darin fing, und ließ es pendeln. »Ich werde … äh … ich werde in dieser Hinsicht keinerlei Ausreden mehr gelten lassen, Patera. Habt Ihr … äh … habt Ihr mich verstanden? Keinerlei Ausreden.«

Gulo nickte devot.

»Diese … äh … diese Herren werden doch sicherlich wiederkommen, was? Vielleicht, wenn Patera abwesend ist, wie er es … äh … wie er es heute war. Ihr werdet hoffentlich in der Lage sein, eine … äh … eine einmalige Gelegenheit beim Schopfe zu ergreifen und Eurem guten Ruf gerecht werden, was? Das sollte Euch doch möglich sein. Seht zu, daß Ihr Erfolg habt.«

Gulo krümmte sich. »Ich will es versuchen, Euer Eminenz. Ich werde so energisch wie möglich sein, das kann ich Euch versichern.«

»Nun gut. Und was habt Ihr zu Silk selbst zu sagen? Ihr braucht Euch nicht … äh … nicht mit seiner körperlichen Erscheinung aufzuhalten. Ich weiß, wie er aussieht.«

»Jawohl, Euer Eminenz.« Gulo zögerte, den Mund aufgesperrt, die vorstehenden Augen ins Leere blickend. »Er schien entschlossen.«

»Entschlossen, was?« Remora legte das Armband auf einen Stapel Papiere. »Entschlossen wozu?«

»Das weiß ich nicht, Euer Eminenz. Aber ich sah, wie er energisch den Unterkiefer angespannt hatte. Er schien fest entschlossen, irgend etwas zu tun. In seinen Augen war, Euer Eminenz, eine Art stählernes Funkeln zu sehen. So kam es mir vor. Vielleicht ist dieser Vergleich etwas übertrieben, Euer Eminenz, aber …«

»In der Tat«, wies Remora ihn streng zurecht.

»Und doch bringt dieser Vergleich wenigstens annähernd das zum Ausdruck, was ich in ihm gespürt habe. In der Schola, Eminenz, war Patera Silk zwei Jahrgänge über mir.«

Remora nickte.

»Ich habe ihn dort wahrgenommen wie viele andere, Euer Eminenz. Ich hielt ihn für einen gutaussehenden, fleißigen jungen Mann, der mitunter etwas langsam war. Jetzt aber ...«

Remora unterbrach ihn mit einer unwirschen Handbewegung. »Ihr habt vorhin angedeutet, daß Patera Silk ... äh ... daß Patera Silk mit einem Paar aufgebrochen sei. War es ein Ehepaar? Waren sie ... äh ... waren sie verheiratet, soweit Ihr das sagen konntet?«

»Ich glaube, sie waren vielleicht verheiratet, Euer Eminenz. Die Frau trug einen schönen Ring.«

Remoras lange Finger spielten mit dem juwelenbesetzten Gammadion, das er an einer Halskette trug. »Beschreibt die beiden. Beschreibt ihr ... äh ... ihr Äußeres.«

»Der Mann war ein Bär von einem Mann, Euer Eminenz. Etwas älter als ich, würde ich sagen. Er war unrasiert, aber ordentlich gekleidet und mit einem schweren Hirschfänger bewaffnet. Glattes braunes Haar, Euer Eminenz. Ein rötlicher Bart, dunkle und durchdringende Augen, ziemlich groß. Mir sind vor allem die Hände aufgefallen, als er mir das da«, Gulo deutete auf das Armband, »abgenommen hat. Und als er es mir zurückgab, Euer Eminenz. Er hatte ungewöhnlich große und starke Hände, Euer Eminenz. Ein Schlägertyp, würde ich sagen. Ich fürchte, Euer Eminenz werden mich für einen Märchenerzähler halten.«

Remora grunzte wieder. »Fahrt fort, Patera. Laßt es mich erst anhören. Ich werde Euch danach schon sagen, was ich davon halte.«

»Dieser Hirschfänger, Euer Eminenz. Er hatte einen Messinggriff und einen breiten Handschutz, und nach der Scheide zu urteilen, war die Klinge länger und breiter als bei den meisten Waffen dieser Art. Relativ stark gekrümmt. Es schien mir, als ähnelte die Waffe dem Mann, wenn Ihr versteht, was ich meine, Euer Eminenz.«

»Ich … äh … ich habe keinen Zweifel, daß Ihr meint, was Ihr sagt, Patera. Wie auch immer, diese Details sind womöglich nicht ganz … äh … nicht ganz unwichtig. Was ist mit der Frau? Mit dieser Chenille? Seid bitte so märchenhaft, wie Ihr mögt.«

»Sie war äußerst attraktiv, Euer Eminenz. Ungefähr zwanzig Jahre alt, groß gewachsen, aber nicht korpulent. Und doch hatte sie etwas an sich, das …«

»Kirschrotes Haar?«

»Aber ja doch, Euer Eminenz.«

»Dann kenne ich sie, Patera. Ich lasse seit gestern ein paar … äh … ein paar treue Mitarbeiter nach ihr suchen. Also war dieses … äh … dieses Teufelsweib heute morgen wieder in Silks Manteion, was? Ich muß mit meinem … äh … meinem Gefolge wohl doch mal ein paar ernste Worte sprechen, Patera. Laßt mich noch einmal dieses Schmuckstück sehen.«

Er nahm das Armband. »Ihr wißt nicht zufällig, was es wert ist? Vor allem dieser grüne Stein hier sieht kostbar aus.«

»Fünfzig Karten, Euer Eminenz?«

»Ich habe keine Ahnung. Ihr habt es nicht … äh … schätzen lassen? Nein, nein, schon gut. Legt es in Silks Kiste zurück. Sagt ihm … äh … sagt ihm nichts. Ich werde selbst mit ihm reden. Richtet Incus aus, daß ich Patera Silk am Tarsday sprechen will. Incus soll Euch eine Nachricht an Silk mitgeben, er soll jedoch nicht erwähnen, daß Ihr hier wart, was? Und er soll den Termin in meinem Kalender notieren.«

Gulo nickte dienstbeflissen. »Natürlich, Euer Eminenz.«

»Diese … äh … diese Frau. Was genau hat sie gesagt und getan, als Ihr sie gesehen habt? Versucht, Euch an jedes Wort zu erinnern.«

»Überhaupt nichts, Euer Eminenz. Ich glaube, sie hat überhaupt nichts gesagt. Laßt mich nachdenken.«

Remora gab ihm mit einer Handbewegung die Erlaubnis. »Nehmt Euch soviel Zeit, wie es … äh … wie es nötig ist. Jede Kleinigkeit kann wichtig sein, was?«

Gulo schloß die Augen und ließ den Kopf sinken. Er legte eine Hand an die Schläfe und dachte angestrengt nach. Schweigen legte sich über den großen, luftigen Raum, von dem aus der Koadjutor Patera Remora die mitunter sehr komplizierten Angelegenheiten des Kapitels regelte. Aus vier blitzenden Augen betrachtete der doppelköpfige Pas, gemalt auf einem unbezahlbaren Bild von Campion, Gulos gekrümmten Rücken. Unten auf der Straße wieherte das Pferd eines Gardisten.

Nach ein oder zwei Minuten stand Remora auf und trat an das runde Fenster hinter seinem Stuhl. Es war geöffnet, und durch die kreisrunde Öffnung, durch die er trotz seiner Größe hätte aufrecht gehen können, konnte er die Spitzdächer und die wuchtigen Türme des Juzgado sehen, der am westlichen und am wenigsten steilen Abhang des Palatinums stand. Hoch über dem höchsten Turm, an einem Masten befestigt, der im grellen Sonnenlicht beinahe unsichtbar war, flatterte das grüne Banner Virons. Auf der Fahne, anmutig bewegt vom heißen, auffrischenden Wind, schienen Scyllas lange weiße Arme zu winken, ähnlich den Tentakeln gewisser wirbelloser Tiere in Scyllas See, die den Bewegungen der Wellen folgten und im klaren Wasser blind nach Kadavern und lebenden Fischen suchten.

»Euer Eminenz? Ich glaube, ich kann Euch jetzt alles sagen, was ich gesehen habe.«

Remora drehte sich zu Gulo um. »Ausgezeichnet. Äh … ganz ausgezeichnet. Bitte, Patera.«

»Es war, wie ich schon sagte, nur eine kurze Begegnung, Euer Eminenz. Hätte sie länger gedauert, wäre ich vielleicht nicht so sicher. Kennen Euer Eminenz den kleinen Garten hinter dem Manteion?«

Remora schüttelte den Kopf.

»Nun, dort gibt es also einen Garten. Man kann ihn vom Manteion aus betreten – auf diesem Weg bin ich hineingegangen, als ich ankam. Ich hatte zuerst im Manteion nachgesehen, weil ich dachte, ich könnte Patera Silk dort betend antreffen.«

»Die Frau, bitte, Patera. Diese ... äh ... Chenille, was?«

»Beinahe mitten im Garten ist ein Laubengang mit Weinranken, Euer Eminenz. Man kann dort unter den Ranken sitzen. Sie hat dort gesessen, fast völlig vom Blattwerk verborgen. Patera und der Laie, Auk, haben dort mit ihr geredet, glaube ich. Sie kamen mir entgegen, um mich zu begrüßen, aber die Frau blieb sitzen.«

»Ist sie ... äh ... ist sie später aufgetaucht?«

»Ja, Euer Eminenz. Wir haben ungefähr eine Minute gesprochen, und Patera hat mir die Namen genannt, wie ich schon sagte. Dann sagte er, daß er bald gehen wolle, und sein Vogel – kennen Euer Eminenz seinen Vogel?«

Remora nickte wieder. »Die Frau, Patera.«

»Patera sagte, man werde jetzt aufbrechen, und daraufhin verließ sie den Laubengang. Er sagte – ich glaube, das waren seine Worte: ›Dies hier ist Patera Gulo, Chenille. Wir sprachen ja bereits über ihn.‹ Sie nickte und lächelte.«

»Und dann, Patera? Was ist ... äh ... was ist dann geschehen?«

»Sie sind zusammen fortgegangen, Euer Eminenz. Alle drei. Patera sagte noch: ›Wir gehen zum See, du dummer Vogel.‹ Und als sie durch das Tor hinausgingen – man kommt vom Garten aus durch ein Tor direkt auf die Sun Street, Euer Eminenz –, da sagte der Laie: ›Hoffentlich findet Ihr was heraus, aber laßt den Kopf nicht hängen, wenn Ihr eine Niete zieht.‹ Die Frau hat überhaupt nichts gesagt.«

»Wie war ... äh ... war sie gekleidet?«

»Sie trug ein schwarzes Kleid, Euer Eminenz. Ich

weiß noch, daß ich einen Moment lang dachte, es sei der Habit einer Sibylle, aber es war in Wirklichkeit nur ein teures Wollkleid, wie es manche Frauen gern im Winter tragen.«

»Schmuck? Ihr sagtet, sie hätte einen Ring getragen, was?«

»Ja, Euer Eminenz. Und eine Halskette und Ohrringe aus Jade. Der Ring ist mir besonders aufgefallen, weil er gefunkelt hat, als sie die Weinranken teilte und herauskam. Im Ring saß ein ziemlich großer roter Edelstein wie ein Karfunkel. Ich glaube, er war in einer schlichten Fassung aus gelbem Gold befestigt. Wenn Euer Eminenz mir nur verraten könnten, warum …«

»Warum sie so … äh … so wichtig ist? Nun, vielleicht ist sie gar nicht wichtig.« Remora schob seufzend den Stuhl vom Schreibtisch ab und kehrte zum Fenster zurück. Den Rücken zu Gulo gewandt und die Hände hinter dem Rücken verschränkt, sagte er noch einmal: »Vielleicht ist sie überhaupt nicht wichtig.«

Von einem Übermaß an Artigkeit getrieben, stand auch Gulo auf.

»Vielleicht ist sie aber auch … äh … auch wichtig. Ihr legt doch sicher Wert darauf, den Göttern treu zu dienen, nicht wahr, Patera? Das habt Ihr jedenfalls gelobt, was?«

»O ja, Euer Eminenz. Ich brenne geradezu darauf.«

»Und Ihr legt sicher auch Wert darauf, in den … äh … in den Annalen einer bemerkenswert großen Gemeinschaft lobend … äh … lobend erwähnt zu werden, was? Das glaube ich … äh … das glaube ich unterstellen zu dürfen. Vielleicht habt Ihr auch schon einmal daran gedacht, daß Ihr zu … äh … zu gegebener Zeit irgendwann einmal Prolokutor werden könntet, was?«

Gulo errötete wie ein schüchternes Mädchen. »Aber nein, Euer Eminenz. Das heißt … das heißt …«

»Nein, nein, Ihr habt daran gedacht, was? Jeder junge Augur stellt sich das vor; ich war selbst nicht anders. Ist Euch eigentlich schon einmal eingefallen, daß diejenigen, die Ihr … äh … die Ihr zu beeindrucken hofft mit Eurer … äh … mit Eurer übergroßen Ehrfurcht, längst tot sind, wenn Ihr so weit seid? Einfach tot, was? Vergessen von allen außer den Göttern, Patera Gulo, mein Junge. Und Ihr, was? Vergessen von allen außer den Göttern und Euch selbst. Und wer weiß schon, welche Entschlüsse die Götter fassen, was? So ist das … äh … das Leben nun einmal, das kann ich Euch … äh … das kann ich Euch sagen.«

Gulo faßte einen weisen Entschluß, schluckte schwer und schwieg.

»Ihr könnt es keinesfalls schaffen, Patera. Was? Keinesfalls. Das Amt übernehmen, meine ich. Falls Ihr überhaupt so weit kommt. Jedenfalls nicht, solange ich nicht abgetreten bin, was? Und mein Nachfolger ebenfalls. Ihr seid … äh … Ihr seid im Augenblick noch zu jung. Und wenn ich nun noch sehr lange lebe, was? Ihr habt daran gedacht, was? Ihr wärt ein Idiot, wenn Ihr nicht daran gedacht hättet, was?«

Der arme Gulo nickte und wünschte verzweifelt, er wäre an einem anderen Ort.

Der Koadjutor drehte sich wieder zu ihm um. »Ich kann nicht … äh … ich kann nicht für ihn sprechen, was? Für meinen Nachfolger. Ich kann nur für mich selbst sprechen. Ah, ja. Was mich selbst angeht, so denke ich mir, daß ich … äh … daß ich doch noch eine Weile länger regieren werde als der alte Quetzal, was?«

»Ich würde Euch nichts anderes wünschen, Euer Eminenz.«

»Seine Gemächer sind dort drüben, Patera.« Remora machte eine unbestimmte Handbewegung. »In dieser Etage des Palastes, was? Südseite. Die Fenster gehen zum Garten.« Er kicherte. »Der Garten ist wohl größer als Patera Silks Garten. Viel … äh … viel ausgedehnter. Zweifellos. Springbrunnen … äh … und Statuen. Große Bäume. Und so weiter.«

Gulo nickte. »Ich weiß, Euer Eminenz, es ist ein sehr schöner Garten.«

»Er ist jetzt schon seit dreiunddreißig Jahren im Amt, was? Der alte Quetzal. Es gibt Hunderte wie Euch … äh … Patera. Jedes Jahr kommen neue. Viele haben bessere … äh … bessere Beziehungen als Ihr. Ich … äh … ich wäre übrigens ein viel naheliegenderes Ziel … äh … ein besserer Weg, um Euren Ehrgeiz zu befriedigen.«

Remora setzte sich wieder und winkte Gulo, sich ebenfalls zu setzen. »Ein … äh … ein kleines Spielchen gefällig? Eine Ablenkung, damit wir diese … äh … diese heiße Tageszeit gut überstehen. Denkt an eine Stadt, Patera. Sucht Euch irgendeine Stadt aus, nur Viron darf es nicht sein. Doch, ich meine es ernst. So geht das Spiel. Denkt nach. Ist sie groß? Schön? Reich? Welche Stadt habt Ihr Euch ausgesucht, Patera?«

»Palustria, Euer Eminenz?«

»Unten bei den Kaulquappen, was? Nun gut. Und jetzt stellt Euch vor, Ihr wärt der führende Mann des Kapitels von Palustria. Vielleicht … äh … vielleicht in einem Jahrzehnt. Ihr wärt natürlich nach wie vor dem Mutterhaus hier in Viron gegenüber tributpflichtig. Ihr wärt dem Prolokutor untertan, was? Wer auch immer es ist. Der alte Quetzal oder … äh … ich selbst, was in zehn Jahren nicht unwahrscheinlich ist. Könnt Ihr Euch vorstellen, daß dies eine verlockende Aussicht ist, Patera?« Remora hob die Hand, wie er es schon einmal getan hatte. »Nein, wenn Ihr … äh … wenn Ihr Hemmungen habt, braucht Ihr nichts zu sagen.«

»Euer Eminenz?«

»Ich weiß nicht, Patera. Ich weiß es wirklich nicht, was? Aber diese Dürre. Es ist Euch doch bewußt, welche Schwierigkeiten sie uns macht, was? Man kann der Dürre nicht entgehen. Wie würde das Eure … äh … Eure Entscheidung beeinflussen, Patera? Wie ergeht es Palustria in der Dürre?«

Gulo schluckte. »Ich habe gehört, daß die Reisernte verloren ist, Euer Eminenz. Ich weiß, daß es hier auf dem Markt keinen Reis gibt und daß Händler nur selten welchen mitbringen.«

Remora nickte. »Es gibt Aufstände, Patera. Es gibt … äh … es gibt noch keine Hungersnöte. Noch nicht. Aber das Gespenst des Hungers geht um. Soldaten versuchen, den … äh … den Mob unter Kontrolle zu halten. Einige Soldaten sind praktisch … äh … sind praktisch aufgerieben worden. Ist Euer Onkel nicht beim Militär, was?«

Verblüfft ob des plötzlichen Themawechsels, quetschte Gulo seine Antwort heraus. »Ich – warum – ja, einer meiner Onkel ist beim Militär, Euer Eminenz.«

»Er ist Major in der Zweiten Brigade. Fragt ihn, wo unsere Armee ist, Patera. Oder vielleicht könnt Ihr es mir sagen? Habt Ihr diese … äh … diese schrecklichen Gerüchte gehört? Wo ist unsere Armee, was?«

»Eingelagert, Euer Eminenz. Unter der Erde. Hier in Viron brauchen wir nur die Zivilgarde.«

»Genau. Aber anderswo ist das anders, Patera. Wir müssen alle sterben, was? Wir werden alt wie … äh … wie Seine Kogniszenz. Und dann beschreiten wir den Pfad zum Mainframe. Die Chemischen leben aber länger. Ob sie ewig leben?«

»Darüber habe ich noch nicht nachgedacht, Euer Eminenz. Aber ich würde meinen …«

Remora zog einen Mundwinkel hoch. »Aber Ihr werdet darüber nachdenken, nicht wahr? Natürlich werdet Ihr darüber nachdenken. Gut zu wissen, daß unsere Bewaffneten … äh … so gut wie neu sind, was? Oder … äh … beinahe jedenfalls. Nicht wie in … äh … in Palustria, was? Und in vielen anderen Städten. Die Soldaten und ihre … äh … Waffen sind wie neu oder so gut wie neu. Denkt darüber nach, Patera.«

Remora richtete sich im Sitzen auf und legte die Ellenbogen auf den Schreibtisch. »Was … äh … was habt Ihr sonst noch über Patera Silk zu berichten, Patera?«

»Euer Eminenz haben Waffen erwähnt. Ich habe eine Papierschachtel mit Nadeln gefunden, Euer Eminenz. Sie war angebrochen.«

»Eine Schachtel mit Nadeln, Patera? Ich verstehe nicht …«

»Ich meinte keine Nähnadeln«, fügte Gulo hastig hinzu. »Geschosse für einen Nadler, Euer Eminenz. Ich habe sie in einer von Pateras Schubladen unter der Kleidung gefunden.«

»Darüber … äh … darüber muß ich erst nachdenken«, sagte Remora gedehnt. »Ich … äh … ich muß sagen, das macht mir Sorgen. Keine Frage. Sonst noch … äh … sonst noch etwas?«

»Ein Punkt noch, Euer Eminenz. Es ist eine Angelegenheit, die ich lieber nicht zur Sprache bringen würde. Ich meine diesen Brief hier.« Gulo zog ihn aus einer Tasche seiner Robe. »Er ist von …«

»Ihr habt ihn geöffnet.« Remora schenkte ihm ein mildes Lächeln.

»Er wurde von einer Frau geschrieben, Euer Eminenz, und er ist stark parfümiert. Unter diesen Umständen habe ich das getan, was ich für das Beste hielt. Ich habe wirklich sehr gehofft, Euer Eminenz, daß er von einer Schwester oder einer anderen Verwandten stammte. Allerdings …«

»Ihr seid aber … äh … ziemlich mutig, Patera. Nun gut, diesen Schluß … äh … muß ich jedenfalls ziehen. Sphigx steht den Mutigen bei, was?« Remora warf einen Blick auf den Brief. »Er kommt nicht von dieser … äh … von dieser Chenille, nicht wahr? Das hättet Ihr mir sicher gleich gesagt, was?«

»Nein, Euer Eminenz. Er ist von einer anderen Frau.«

»Lest Ihn mir vor, Patera. Ihr müßt … äh … Ihr müßt dieses unleserliche Gekritzel sicher schon entziffert haben. Ich würde das lieber nicht auf mich … äh … auf mich nehmen.«

»Ich fürchte, Euer Eminenz, Ihr werdet gleich feststellen, daß Patera Silk sich kompromittiert hat. Ich wünschte …«

»Laßt lieber mich das beurteilen, was? Lest vor, Patera.«

Gulo räusperte sich und faltete den Brief auseinander. »Oh, mein liebster kleiner Floh: Ich nenne Dich nicht nur so, weil Du aus meinem Fenster gesprungen bist, sondern auch, weil Du in mein Bett gehüpft bist! Wie sehr sich Deine einsame Blüte nach einer Nachricht von Dir sehnt!«

»Blüte, Patera?«

»Ich glaube, damit meint die Frau sich selbst, Euer Eminenz.«

»Ich … äh … nun gut. Fahrt fort, Patera. Gibt es noch weitere … äh … Enthüllungen?«

»Ich fürchte ja, Euer Eminenz. ›Du hättest dem guten Freund, der Dir mein Geschenk mitbrachte, eine Botschaft mitgeben können!‹«

»Laßt mich … äh … laßt mich das sehen, Patera.« Remora streckte die Hand aus, und Gulo übergab ihm das stark zerknitterte Blatt.

»Ah, so etwas auch.«

»Ja, Euer Eminenz.«

»Solche Sachen schreibt sie? Das … äh … das ist erstaunlich. Wirklich … äh … ganz erstaunlich. Ich hätte nicht gedacht, daß ein … äh … ein Mensch solche Dinge schreiben kann.«

Remora runzelte die Stirn und beugte sich über den Brief. »›Du solltest Dich wirklich bei mir‹ … äh … ›bei mir bedanken‹ … äh … so heißt es doch, was? ›Bei mir bedanken, wenn wir uns das nächste Mal wiedersehen.‹ Das ist … äh … sehr interessant, was. ›Kennst Du den kleinen‹ … äh … ›das kleine Haus auf dem Palatinum‹, also, wirklich, also so etwas auch.«

»Ja, Euer Eminenz.«

»›Dieses kleine Haus auf dem Palatinum, wo Thelx‹, sie meint wohl … äh … Thelxiepeia und wußte nicht, wie man es schreibt. ›Wo Thelx einen Spiegel hochhält? *Hieraxday.*‹ Die Zeitangabe ist unterstrichen. Man glaubt es kaum, was? Unterschrift: ›Hy‹.«

Remora tippte mit einem langen Fingernagel auf den Brief. »Was … äh … was meint Ihr, Patera? Wo mag das sein, was? Ein Bild, wenn ich … äh … wenn ich raten sollte. Aber nicht in einem unserer Manteions, was? Die kenne ich alle.«

Gulo schüttelte den Kopf. »Ich habe noch nie so ein Bild gesehen, Euer Eminenz.«

»Wahrscheinlich in … äh … in einem Haus, Patera. Ein privates … äh … ein privates Wohnhaus. Das denke ich … äh … das denke ich jedenfalls.« Remora rief: *»Incus!«* über Gulos Schulter hinweg, und sofort kam ein kleiner, verschlagen aussehender Augur mit vorstehenden Zähnen so schnell herein, als hätte er draußen an der Tür gelauscht.

»Wo könnten wir … äh … hier auf dem Hügel wohl ein Bild von Thelxiepeia mit einem Spiegel finden, Incus? Ihr wißt es nicht, nein? Erkundigt Euch. Ich erwarte das Resultat spätestens morgen beim … äh … beim Mittagessen. Das sollte doch nicht zu schwer sein, was?« Remora betrachtete das gebrochene Siegel des Briefes. »Und besorgt ein Siegel mit einem Herzen oder einem Kußmund oder so etwas und macht das hier wieder zu.« Er warf Hyacinths Brief zu Incus hinüber.

»Sofort, Euer Eminenz.«

Remora wandte sich wieder an Gulo. »Wir dürfen aber nicht unbedingt annehmen, daß Patera diesen

Brief wirklich gesehen hat, Patera. Das ist wohl eine Frau von der Sorte, die mindestens ein Dutzend an der Leine hat. Ihr wißt nicht, wie man … äh … wie man einen Brief öffnet, ohne das Siegel zu beschädigen? Incus kann es Euch zeigen. Das ist eine nützliche Kunst, was?«

Als der Protonotar sich verneigt hatte und die Tür hinter ihm mit einem Klicken ins Schloß gefallen war, stand Remora wieder auf. »Nehmt den Brief wieder mit zur Sun Street zurück, was? Wenn Incus damit fertig ist. Falls Patera noch nicht zurückgekehrt ist, stellt Ihr den Brief auf den Kamin. Wenn er wieder da ist, sagt Ihr, jemand hätte ihn Euch … äh … Euch gegeben, als Ihr auf dem Weg nach draußen wart, was? Ihr habt natürlich keinen Blick hineingeworfen, was?«

Gulo nickte bedrückt. »Selbstverständlich, Euer Eminenz.«

Remora beugte sich vor und sah ihn aus der Nähe an. »Euch macht doch irgend etwas Sorgen, Patera. Heraus damit.«

»Euer Eminenz, wie kann ein geweihter Augur, ein so vielversprechender Mann wie Patera Silk, sich so kompromittieren? Ich meine, mit dieser schrecklichen, widerlichen Frau. Und trotzdem ist eine Göttin – ich verstehe nur zu gut, warum Euer Eminenz der Meinung sind, daß Patera beobachtet werden muß, aber – aber eine Theophanie!«

Remora hob die Hand und nagte nachdenklich an den Fingerknöcheln. »Der alte … äh … der alte Quetzal pflegt oft zu sagen, daß die Götter keine Gesetze kennen, Patera. Nur Launen.«

»Ich kann das verstehen, Euer Eminenz, aber wenn der fragliche Augur …«

Remora unterbrach ihn mit einer unwirschen Handbewegung. »Vielleicht werden wir … äh … werden wir in das Geheimnis eingeweiht, Patera. Zu gegebener Zeit, was? Vielleicht gibt es auch überhaupt kein Geheimnis. Habt Ihr über Palustria nachgedacht?«

Gulo, nicht sicher, ob seine Stimme funktionieren würde, beschränkte sich auf ein Nicken.

»Sehr schön.« Remora faßte ihn noch schärfer ins Auge. »Nun denn. Was wißt Ihr über die Geschichte der … äh … der Caldés, Patera?«

»Über die Caldés, Euer Eminenz? Ich weiß nur, daß der letzte gestorben ist, bevor ich geboren wurde. Das Ayuntamiento hat beschlossen, daß er keinen Nachfolger bekommen sollte.«

»Und es hat sich … äh … in gewisser Weise selbst zu seinem Nachfolger gemacht, was? So könnte man sagen. Das ist Euch sicher klar, nicht wahr, Patera?«

»Ich glaube schon, Euer Eminenz.«

Remora stolzierte quer durch den Raum zu einem hohen Bücherschrank. »Ich kannte ihn, was? Den letzten. Er war ein lauter, tyrannischer, rastloser Mann. Die Massen haben ihn … äh … verehrt, was? Leute wie er werden immer geliebt.« Er zog einen dünnen, in rotbraunes Leder gebundenen Band aus dem Schrank, kam zurück und ließ das Buch in Gulos Schoß fallen. »Die Charta, was? Aufgeschrieben von der … äh … Göttin Scylla und von Pas korrigiert. So … äh … so wird uns versichert. Seht Euch mal Artikel sieben etwas näher an. Rasch, nun macht schon. Sagt mir, was Euch dort … äh … besonders auffällt.«

Schweigen senkte sich im geräumigen, mit dunklen Möbeln eingerichteten Zimmer herab, als der junge Augur die Nase ins Buch steckte und las. Draußen auf der Straße stritten Sänftenträger wie Spatzen mit lautem Geschrei und sogar ein paar Knüffen. Während die Minuten langsam verstrichen, sah Remora den Streithähnen durch das offene Fenster zu.

Gulo blickte auf. »Es geht hier um die Wahl neuer Ratsherren, Euer Eminenz. Sie sollen alle drei Jahre gewählt werden. Ich nehme an, diese Vorschrift wurde außer Kraft gesetzt?«

»So kann man es … äh … durchaus ausdrücken, Patera. Ihr könntet vielleicht … äh … tatsächlich eines Tages in Palustria sein. Was steht da sonst noch?«

»Hier steht, der Caldé wird auf Lebenszeit bestimmt, und er darf seinen Nachfolger benennen.«

Remora nickte. »Stellt es bitte wieder ins Regal zurück. Man hat es nicht getan, was? Es gibt jetzt überhaupt keinen Caldé mehr. Aber das Gesetz ist immer noch gültig. Wißt Ihr vom Handel mit gefrorenen Embryos, Patera? Neue Viehsorten, exotische Schoßtiere, sogar Sklaven? Zum Beispiel in Trivigaunte, was? Woher kommen die eigentlich?«

Gulo eilte zum Bücherschrank. »Aus anderen Städten, Euer Eminenz?«

»Die sagen das gleiche, Patera. Samen und Stecklinge, aus denen … äh … bizarr geformte Pflanzen heranwachsen. Sie gehen ein, was? Die meisten jedenfalls. Oder sie gedeihen unnatürlich gut.«

»Ich habe davon gehört, Euer Eminenz.«

»Die meisten Tiere und Menschen sind … äh … ganz gewöhnliche Exemplare. Weitgehend. Bis auf ein paar … äh … Monstrositäten, was? Arme Geschöpfe. Oder schreckliche Geschöpfe. Man zahlt außerordentlich hohe Preise für sie. Hört gut zu, Patera.«

»Ich höre Euch zu, Euer Eminenz.«

Remora stellte sich neben ihn und legte ihm die Hand auf die Schulter. Er flüsterte jetzt fast. »Das wußte früher jedes Kind, was? Vor fünfzehn Jahren. Die Verrücktheiten des Caldé, so haben wir es genannt. Das ist jetzt vergessen, was? Und Ihr werdet mit niemandem darüber sprechen, Patera. Damit wir keine schlafenden Hunde wecken, was?«

Gulo verrenkte sich fast den Hals, um dem Koadjutor in die Augen sehen zu können. »Euer Eminenz können sich voll und ganz auf mich verlassen.«

»Ausgezeichnet. Bevor er … äh … seine Belohnung von den Göttern bekam, Patera, hat der Caldé eine … äh … eine gewisse Summe Geldes ausgegeben. Er hat einen menschlichen Embryo gekauft. Etwas … äh … etwas ganz Außergewöhnliches.«

»Ich verstehe.« Gulo leckte sich nervös die Lippen. »Ich weiß Euer Vertrauen zu schätzen, Euer Eminenz.«

»Ein Nachfolger, was? Oder eine … äh … eine Waffe. Niemand weiß es, Patera. Das Ayuntamiento ist nicht klüger als Ihr jetzt, nachdem ich es Euch gesagt habe.«

»Wenn ich Euch fragen darf, Eminenz …«

»Was daraus geworden ist? Das ist das … äh … das Problem, Patera. Und was könnte dieses Geschöpf tun? Vielleicht besitzt es außergewöhnliche Kräfte. Oder es kann Gedanken lesen, was? Gegenstände bewegen, ohne sie zu berühren. Es gibt Gerüchte, daß solche Menschen existieren. Das Ayuntamiento hat danach suchen lassen, was? Die Suche wurde bis heute nicht eingestellt.«

»Wurde der Embryo einer Frau eingepflanzt, Euer Eminenz?«

»Das weiß niemand. Das hat man bis heute nicht herausgefunden, was?« Remora kehrte zum Schreibtisch zurück und setzte sich. »Ein Jahr ist vergangen. Zwei Jahre, fünf Jahre – ah, sogar zehn Jahre. Sie haben sich an uns gewandt. Wir sollten jedes Kind in jeder Palaestra in der ganzen Stadt überprüfen, und das haben wir getan. Gedächtnis, was? Geschicklichkeit. Alles mögliche. Es gab da ein paar, die wir … äh … für die wir uns interessiert haben. Hat aber zu nichts geführt, was? Je intensiver wir sie untersucht haben, desto weniger … äh … desto weniger fremdartig haben sie ausgesehen. Frühentwickler, was? Ein paar Jahre, und die anderen hatten sie eingeholt.«

Remora schüttelte den Kopf. »Das war … äh … das war absehbar gewesen, sagten wir uns, und die …

äh … Lemur, Loris und die anderen waren der gleichen Meinung. Sie sind nicht mehr, was sie früher mal waren, diese gefrorenen Embryos. Sie sterben oft schon in der Gebärmutter ab. Das vergessen die Leute meist. Könnt Ihr mir folgen?«

Normalerweise wurde Gulo nur selten mit Geistesblitzen beschenkt, aber in diesem Augenblick hatte er einen. »E-E-Euer Eminenz haben diese Person ausfindig gemacht! Es ist diese Chenille!«

Remora schürzte die Lippen. »Ich habe nichts dergleichen gesagt, Patera.«

»Nein, das habt Ihr nicht, Euer Eminenz.«

»Patera ist ein … äh … ein sehr populärer Mann geworden, wie ich Euch gestern schon erklärt habe. Natürlich wegen dieser Theophanie. Vom Wald bis zum See steht ›Silk muß Caldé werden‹ an den Wänden. Das wird alle möglichen Leute in seine Nähe ziehen. Ein Akoluth von … äh … von einer gewissen Klugheit muß auf ihn aufpassen. Mit großer Diskretion. Silks Bekanntenkreis muß auf die gleiche Weise überwacht werden. Eine große Aufgabe für einen … äh … für einen jungen Mann. Aber für den zukünftigen Koadjutor von Palustria sicherlich eine angemessene Herausforderung.«

Da Gulo spürte, daß sein Vorgesetzter ihn entlassen wollte, stand er auf und verneigte sich. »Ich werde mein Bestes tun, Euer Eminenz.«

»Hervorragend. Wendet Euch wegen des Briefes und meiner Nachricht an Patera Silk an Incus.«

Sehr mutig geworden, wagte Gulo zu fragen: »Glaubt Ihr, Patera hat es selbst herausgefunden, Euer Eminenz? Oder hat es ihm die Frau von sich aus gesagt?«

Remora nickte düster.

Vom höchsten Punkt aus gesehen, schien sich die Klippe wie der Bug eines riesigen Bootes in den See vorzuschieben. Eine bescheidene Bronzetafel, die neben dem Eingang befestigt war, ließ den Besucher wissen, daß der demütige Bittsteller Lemur, der Vorsitzende Ratsherr des Ayuntamiento, zu Ehren der im See wohnenden Scylla diesen schlichten Tempel errichtet hatte. Er bestand aus milchig-blauem, halb durchsichtigem Stein, und die Kuppel stand auf zehn (Silk zählte sie) sich nach oben verjüngenden filigranen Säulen, die ihrerseits auf einer breiten und niedrigen Balustrade ruhten. Mit feinen Strichen war auf der Balustrade in Bronze nachgezeichnet, was in Schriften und Legenden der Göttin Scylla zugeschrieben wurde. Am beeindruckendsten aber war ihr Abbild, mit wehendem Haar und nackten Brüsten, das in Bronze in der Mitte des Steinbodens dargestellt war. Zehn sich windende Arme streckten sich zu den zehn Säulen aus.

Sonst war nichts zu sehen.

»Hier ist niemand, Oreb«, sagte Silk. »Obwohl ich sicher bin, daß wir jemanden gesehen haben.«

Der Vogel gab nur ein Murmeln von sich.

Silk schüttelte verwundert den Kopf und trat in den tiefen Schatten der Kuppel. Als sein staubiger schwarzer Schuh den Boden berührte, glaubte er, im massiven Fels unter den Füßen ein leises Stöhnen zu hören.

Und sehr zu Silks Überraschung flog Oreb plötzlich davon. Er flog nicht sehr gut und auch nicht sehr weit; er flatterte nur zwischen zwei Säulen hindurch und landete schwer auf einem kahlen Felsblock ungefähr acht oder zehn Ellen außerhalb des Schreins; aber immerhin, er flog. Cranes hellblaue kleine Schiene war im schwarzen Gefieder zu sehen.

»Wovor hast du Angst, du dummer Vogel? Hast du Angst zu fallen?«

Oreb drehte den glänzenden Kopf in Richtung Limna. »Fischköpfe?«

»Ja«, versprach Silk ihm. »Du bekommst Fischköpfe, wenn wir zurückgekehrt sind.«

»Paß auf!«

Während er sich mit seinem breiten Strohhut Luft zufächelte, drehte Silk sich herum und genoß den Ausblick über den See. Ein paar kleine Segel waren hier und dort zu sehen; winzige weiße Dreiecke vor dem weiten, weißen Kobaltblau. Es war hier oben kühler als zwischen den Felsen, und drunten in einem der Boote, die er beobachtete, war es sicherlich noch kühler als hier. Wenn es ihm gelang, den Wunsch des Außenseiters zu erfüllen und das Manteion zu retten, dann würde er irgendwann im Sommer mit den Kindern aus der Palaestra hier heraus fahren. Manche von ihnen hatten den See noch nie gesehen, waren noch nie mit einem Boot gefahren und hatten noch nie im Leben einen Fisch gefangen. Es sollte für sie ein Erlebnis werden, das sie nie vergessen würden und das sie sich als kostbaren Schatz bewahren konnten, solange sie lebten.

»Paß auf, Arm!«

Orebs Stimme wurde vom Seewind herangetragen, leise, aber schrill. Silk blickte unwillkürlich zu seiner linken Hand hoch, die er knapp unter der Kuppel an eine der gewundenen Säulen gelegt hatte, um sich abzustützen. Natürlich war die Hand nicht in Gefahr.

Er drehte sich zu Oreb um, aber der Vogel war irgendwo zwischen den kahlen Felsen weiter landeinwärts verschwunden.

Oreb kehrt wohl in die Wildnis zurück, dachte Silk sich – in die Freiheit. Genau das hatte er dem Vogel ja schon am ersten Abend angeboten. Der Gedanke, daß der einst in einen Käfig gesperrte Vogel glücklich und frei sein könnte, sollte eigentlich nicht weh tun. Trotzdem, es schmerzte ihn.

Während er mit den Augen die Felsen nach Oreb absuchte, bemerkte Silk aus dem Augenwinkel, wie die zierlich geschwungenen Säulen neben dem Eingang sich von der Kuppel lösten. Eine bog sich zu einem doppelten S und versperrte den Eingang. Die zweite langte nach ihm. Die geschmeidige Bewegung wirkte beiläufig und fast achtlos. Er duckte sich und schlug mit Bloods Gehstock nach ihr.

Scheinbar ohne Mühe legte sich die Säule um seine Hüfte, eine Schlinge aus Stein. Beim dritten Schlag zerbrach Bloods Stock.

Die auf dem Boden dargestellte Scylla öffnete die steinernen Lippen, und unwiderstehlich trug ihn der Tentakel zum klaffenden Mund. Als Silk genau über der Öffnung schwebte, wurde er losgelassen und fiel hinunter.

Er stürzte nicht tief, aber er landete auf einer mit Teppich belegten Treppe und purzelte, sich wild überschlagend, die Stufen hinunter, bis er, mindestens zwanzig oder dreißig Ellen unterhalb des Schreins, mit angeschlagenen Knien und Ellenbogen und einer verschrammten Wange, flach auf dem Boden liegenblieb.

»Oh, ihr Götter!«

Der Klang seiner Stimme ließ einige Lampen aufflammen, und er sah große, bequem aussehende Lehnstühle, die mit braunem und dunkel-orangefarbenem Leder bezogen waren, und einen großen Tisch. Doch Silk hatte keine Augen für die Möblierung. Er betastete mit einer Hand den gebrochenen Knöchel und knallte mit der anderen Cranes Verband auf den Teppich.

Wie durch Zauberhand bewegt, öffnete sich ein dunkelblauer, kreisrunder Teil der Wandverkleidung am anderen Ende des Raumes wie eine Iris, und ein mächtiger Talus kam zum Vorschein. Das Ogergesicht bestand aus schwarzem Metall, und die schlanken schwarzen Läufe der Maschinengewehre drohten links und rechts neben den Reißzähnen. *»Du schon wieder!«* dröhnte der Talus.

Die Erinnerung an Bloods mit Klingen besetzte Mauer kehrte zurück – an die stille, drückend heiße Nacht, an das Tor mit den engen Stäben, an den brüllenden Giganten aus Messing und Stahl. Silk schüttelte den Kopf und legte den Verband wieder an. Es fiel ihm schwer, aber er schaffte es, mit gleichmütiger Stimme laut zu erwidern: »Ich bin zum ersten Mal hier.«

»Ich kenne dich!« Der Talus fuhr rasch einen Arm aus und wollte Silk packen.

Silk kletterte die Treppe hoch. »Ich wollte gar nicht herkommen! Ich habe nicht versucht, hier einzudringen.«

»Ich kenne dich!«

Eine metallene Hand, so groß wie eine Schaufel, schloß sich um Silks rechten Unterarm und drückte auf die Wunden, die ihm der Weißköpfige zugefügt hatte. Silk schrie.

»Tut dir das weh?«

»Ja«, keuchte Silk. »Das tut weh. Das tut schrecklich weh. Bitte, laß mich los. Ich werde tun, was du von mir verlangst.«

Die stählerne Hand schüttelte ihn. *»Es ist dir egal.«*

Silk schrie wieder auf und wand sich im Griff der Finger, die so dick waren wie Rohrleitungen.

»Musk hat mich bestraft! Er hat mich erniedrigt!«

Das Schütteln hörte auf. Der riesige mechanische Arm hob Silk vom Boden und wurde wieder eingezogen, während Silk, hilflos wie eine Hündchen, in der Luft hing. Mit klappernden Zähnen sagte Silk: »Dann bist du Bloods Talus. Du hast mich an seinem Tor aufgehalten.«

Die stählerne Hand öffnete sich, und Silk fiel schwer zu Boden. *»Was ich getan habe, war richtig!«*

Der Azoth, den er aus der Stadt zum See mitgenommen hatte, steckte nicht mehr im Hosenbund. Silk mußte sich sehr zusammennehmen, damit seine

Stimme nicht brach. »Darf ich aufstehen?« Er hoffte, er würde beim Aufstehen spüren, wie die Waffe durch sein Hosenbein rutschte.

»Musk hat mich weggeschickt!« röhrte der Talus. Es sah grotesk aus, als sich der Oberkörper der Kampfmaschine dabei in Silks Richtung vorbeugte.

Silk stand auf. Der Azoth war fort; als er vom Schrein aus den See bewundert hatte, war er mit Sicherheit noch an Ort und Stelle gewesen. Also hatte er ihn vermutlich während seines Falls verloren. Vielleicht lag er noch am oberen Ende der Treppe.

Er riskierte es, vorsichtig einen Schritt zurückzuweichen. »Das tut mir wirklich sehr leid. Wirklich. Ich habe auf Musk keinen großen Einfluß. Er mag mich so wenig, wie er dich mag. Aber ich habe ein klein wenig Einfluß auf Blood, und ich kann mich bei ihm dafür einsetzen, daß du wieder in Dienst genommen wirst.«

»Nein! Das schaffst du nicht!«

»Doch, das kann ich.« Silk machte wieder einen kleinen Schritt zurück. »Ich werde es tun, das verspreche ich dir.«

»Ihr weichen Dinger!« Geräuschlos und anscheinend ohne besondere Anstrengung glitt der Talus auf seinen Laufbändern über den Teppich. Die Spitze des Messinghelms kratzte fast unter der Decke entlang. *»Du siehst weich aus, weil du weich bist! Leicht zu zerbrechen! Reparatur nicht möglich! Voller Schleim!«*

Immer weiter zurückweichend, fragte Silk: »Warst du das da im Schrein? Dort oben?«

»Ja! Mein Prozessor war über die Schnittstelle verbunden!«

Jetzt langte der Talus mit beiden Händen nach ihm und fuhr die Arme so rasch aus, daß Silk nur um Haaresbreite entkommen konnte. Er stolperte rückwärts und schob verzweifelt einen schweren Lehnsessel vor die Hand des Ungetüms. Dann tauchte er unter den Tisch.

Der Tisch wurde hochgehoben, in der Luft herumgedreht und flach auf den Boden geklatscht, als wollte der Talus eine lästige Fliege erschlagen. Silk rollte sich entsetzt zur Seite und spürte, wie die dicke Tischplatte den Ärmel seiner Robe streifte. Als die Platte auf den Boden knallte, fuhr ihm ein heftiger Luftstoß ins Gesicht.

Da lag etwas auf dem Boden, keine Elle von seinem Gesicht entfernt. Ein grüner Kristall in einer silbernen Fassung. Er nahm das Ding an sich, während der Talus ihn vom Boden hochriß. Dieses Mal hatte der Talus ihn am Rückenteil der schwarzen Robe gepackt, so daß Silk in der Metallhand baumelte wie eine schwarze Motte, die jemand an den Flügeln gepackt hat.

»Musk hat mir weh getan!« röhrte der Talus. *»Er hat mir weh getan und mich hinausgeworfen! Ich bin zu Potto zurückgekehrt! Er war nicht erfreut!«*

»Damit hatte ich nichts zu tun.« Silk sprach so beruhigend wie möglich. »Ich will dir helfen, wenn ich kann – das schwöre ich.«

»Du bist hineingekommen! Ich hatte Wachdienst!« Der Talus schüttelte ihn. *»Im Gang kann dein rotes Wasser nichts beschmutzen.«*

Der Talus zog sich durch die Iristür zurück, er bewegte sich langsam und gleichmäßig und fuhr gleichzeitig die Arme ein, so daß Silk dem schrecklichen Gesicht immer näher kam.

»Ich will dir nicht weh tun«, sagte Silk zum Talus. »Es ist böse, es ist sehr böse, Chemische zu zerstören. Es ist genauso falsch, wie wenn man Biologische zerstört, und du bist doch beinahe ein Chemischer.«

Der Talus blieb verblüfft stehen. *»Chemische sind Mist.«*

»Chemische sind wundervolle Konstruktionen. Sie gehören zu einer Art, die wir Biologischen vor langer Zeit erschaffen haben. Sie sind unsere Abbilder, geformt aus Metall und Kunststoff.«

»Biologische sind Kompost!« Der Talus fuhr wieder rückwärts.

Silk hielt den Azothen in der linken Hand. Der Daumen lag schon auf dem Dämon. »Bitte sage, daß du mich nicht töten wirst.«

»Nein!«

»Laß mich an die Oberfläche zurückkehren.«

»Nein!«

»Ich werde dir nichts mehr antun, das verspreche ich. Und wenn ich kann, werde ich dir sogar helfen.«

»Ich werde dich zu Boden werfen und dich zerschmettern!« brüllte der Talus. *»Mit einem einzigen Schlag!«* Die Iristür schloß sich hinter ihnen. Sie befanden sich jetzt in einem langen, düsteren Tunnel, der etwas mehr als doppelt so breit war wie der Talus. Er war anscheinend durch den Fels der Klippe gebohrt worden.

»Fürchtest du nicht die unsterblichen Götter, mein Sohn?« fragte Silk verzweifelt. »Ich bin der Diener eines Gottes und der Freund einer weiteren Göttin.«

»Ich diene Scylla!«

»Als Augur genieße ich den Schutz aller Götter, also auch den ihren.«

Die Stahlfinger schüttelten ihn heftiger denn je, dann ließen sie die Robe los. Silk stürzte und hätte beinahe den Azothen verloren, als er auf den dunklen, schmutzigen Steinboden prallte. Flach liegend und halb blind vor Schmerz sah er zum metallenen Ogergesicht hinauf und bemerkte, daß der Talus zum Schlag ausholte und eine stählerne Faust über den Kopf gehoben hatte.

Hierax' Flügel rauschten in Silks Ohren. Er hatte keine Zeit mehr zu denken, Vernunft walten zu lassen, zu drohen oder einen Trick zu versuchen. Er drückte auf den Dämon.

Aus dem Griff des Azothen schoß die universelle Diskontinuität wie eine Klinge hervor und traf den Talus unter dem rechten Auge. Gezackte, brennende

Schlackestücke platzten aus dem Loch, das sie schlug. Die Stahlfaust fuhr herab, irrte jedoch ab und hämmerte links neben Silk auf den Boden.

Schwarzer Rauch und knackende orangefarbene Flammen brachen aus dem Trümmerhaufen, der gerade noch der Kopf des Talus gewesen war, und zugleich war ein ohrenbetäubendes wütendes und gequältes Brüllen zu hören. Die großen Stahlfäuste schwangen wild herum, schlugen Splitter, scharf wie Feuersteine, aus den Steinwänden des Gangs. Geblendet und brennend ging der Talus auf ihn los.

Ein einziger Schnitt mit dem Azothen durchtrennte die beiden breiten Laufbänder, auf denen er sich bewegte. Die Bänder klatschten auf den Boden und gegen die Wände und trafen den sterbenden Talus wie Peitschen. Dann erschlafften sie. Es gab eine gedämpfte Explosion; hinter dem aufrecht stehenden Torso schossen Flammen aus dem kastenförmigen Unterbau des Körpers.

Silk zog sich vor der Hitze und dem Qualm zurück und ließ den Dämon wieder los. Er stand auf, schob sich den Azothen in den Hosenbund, klopfte die schwarze Robe ab und zog die Gebetskette hervor. Er ließ das verlassene Kreuz in Richtung des brennenden Talus schwingen und machte wieder und wieder das Zeichen der Addition. »Ich überantworte dich, mein Sohn, der Vergebung aller Götter.«

Die Rezitation klang zuerst flach und beinahe mechanisch, doch während das Wunder und die Großartigkeit der göttlichen Vergebung sein Denken erfüllten, wurde seine Stimme lauter und bebte vor Inbrunst. »Erinnere dich nun an die Worte des Pas, der sagte: ›Tue, wie ich dir geheißen, und lebe in Frieden, vermehre dich und brich nicht mein Siegel. So sollst du meinem Zorn entgehen. Fahre nun dahin, und alle Sünden, die du je begangen hast, sollen dir vergeben sein …‹«

Incus gab Hyacinths Brief mit einem schiefen Grinsen an Gulo zurück. Das neue Siegel, das keine vollkommene Kopie, aber dennoch dem alten recht ähnlich war, zeigte eine tanzende Flamme zwischen zwei Händen. »Ich glaube, ihr voller Name könnte *Hymenocallis* lauten«, bemerkte Incus. »Wirklich hübsch. Ich habe es selbst schon ein- oder zweimal benutzt.«

»Ich habe den Brief nicht geschrieben«, erwiderte Gulo mürrisch. »Aber Ihr sollt jetzt einen Brief an Patera Silk schreiben und ihm auftragen, am Tarsday bei Seiner Eminenz vorstellig zu werden. Ihr sollt die Stunde festlegen und im Kalender Seiner Eminenz vermerken.«

Der Protonotar mit dem Kaninchengebiß nickte. »Dann wollt Ihr unseren Brief selbst zustellen? Ich würde nur ungern einen meiner Jungs damit beauftragen, Euren geilen Bock zur Räson zu bringen.«

Der pummelige Gulo tat mit geballten Fäusten und geröteten Wangen einen Schritt auf ihn zu. »Patera Silk ist ein richtiger Mann, und Ihr seid nicht besser als eine keifende Concierge. Was er auch mit dieser Frau getan haben mag, er ist ein Dutzend von Eurer und drei von meiner Sorte wert. Vergeßt das nicht, und vergeßt nicht das Verhältnis.«

Incus grinste zu ihm hoch. »Meine Güte, Gully! Ihr habt Euch ja in ihn *verknallt!*«

8

Die Schläfer

Patera Silk wich zwei Schritte von der immer noch fest geschlossenen Tür zurück und beäugte sie mit dem gleichen Widerwillen, den er auch für sich selbst und sein Versagen empfand. Irgendwie konnte man die Tür öffnen – jedenfalls hatte der Talus sie geöffnet. Wenn sie offen war, konnte er zu der Treppe gelangen, die zum Fußboden des Schreins auf der Klippe führte, und von dort aus konnte er vielleicht den Mund in Scyllas Abbild öffnen, das in den Boden eingraviert war. Dann konnte er hinausklettern, zurück in den Schrein, und nach Limna zurückkehren.

Commissioner, sagte Silk sich, und – wen hatte die Frau noch erwähnt? – Richter und andere Leute kamen hier herauf, um sich mit dem Ayuntamiento zu beraten. Bevor er ihn mit dem Azothen getötet hatte …

(Er mußte sich zwingen, dieses Wort zu benutzen, auch wenn er sich, völlig der Wahrheit entsprechend, immer wieder sagte, daß er nur getötet hatte, um sein eigenes Leben zu retten.)

Bevor er den Talus mit dem Azothen getötet hatte, hatte dieser ihm erklärt, er sei von Musk entlassen worden und zu Potto zurückgekehrt. Mit ›Potto‹ war vermutlich Ratsherr Potto gemeint gewesen.

Also war die Gestalt, die den Schrein betreten hatte und verschwunden war, zweifellos ein Commissioner, ein Richter oder jemand von dieser Sorte gewesen. Und sein Verschwinden war überhaupt nicht geheimnisvoll. Der Mann war eingetreten und vermutlich vom Talus gesehen worden. Vielleicht hatte er eine Art Ausweiskarte vorgezeigt. Scyllas Mund hatte sich für ihn geöffnet, und er war die Treppe hinuntergestiegen und zu einem Ort geführt worden, der nicht sehr weit entfernt sein konnte, weil der Talus eine halbe Stunde später schon wieder auf seinem Posten gewesen war.

Das alles war völlig logisch und zeigte, daß es in der Nähe Büros des Ayuntamiento gab. Die Erkenntnis bedrückte Silk. Wie konnte er, ein Bürger und ein Augur, all das für sich behalten, was er über Cranes Aktivitäten erfahren hatte? Das durfte er nicht einmal tun, wenn er damit das Manteion retten konnte.

Bekümmert wandte er sich wieder der Tür zu, die sich vor dem Talus mühelos geöffnet hatte, die aber für ihn nicht aufspringen wollte. Es gab kein Schloß, keinen Griff und keinen Mechanismus, um sie zu öffnen. Die Facetten der Iristür waren so gut eingepaßt, daß er kaum die gekrümmten Linien zwischen ihnen erkennen konnte. Er hatte »Öffnen!« und hundert weitere naheliegende Worte gerufen, bis er heiser wurde, aber es hatte nichts genützt.

Entmutigt hatte er mit der flimmernden Diskontinuität, mit der Klinge des Azothen, auf die Tür eingehauen und eingestochen, doch er hatte damit die Platten nur zerkratzt und angeschmolzen, bis womöglich nicht einmal mehr jemand, der das Geheimnis kannte, sie so leicht öffnen konnte, wie es der Talus getan hatte. Silk hatte dabei einen ohrenbetäubenden Lärm gemacht. Aus den Wänden und der Decke waren Steine gebrochen, die ihn ein dutzendmal hätten töten können. Schließlich war der Griff des Azothen zu heiß geworden, um ihn festzuhalten. Aber die Tür war immer noch zu, und er hatte es nicht vermocht, auch nur ein einziges kleines Loch hineinzubrennen.

Also, sagte Silk sich, blieb ihm nichts anderes übrig, als sich auf den Weg zu machen, müde und hungrig und zerschlagen, wie er war. Er mußte den Tunnel hinunterwandern und konnte nur hoffen, dort unten irgendwo einen anderen Ausgang zu finden. Er haderte innerlich schon beinahe mit dem Außenseiter und allen anderen Göttern, so frustriert war er. Schließlich setzte er sich auf den nackten Felsboden und nahm Cranes Verband ab. Crane, dachte Silk ziemlich verbittert, hatte ihm aufgetragen, den Verband nur auf glatte Flächen zu schlagen, beispielsweise auf eine Fußbank oder einen Teppich. Zweifellos sollte diese Anweisung verhindern, daß die weiche, lederartige Hülle des Verbandes zu schnell verschliß. Der rauhe Fußboden kam kaum in Frage, und er war Crane nicht zuletzt deshalb etwas schuldig, weil er von ihm das Geld erpressen wollte, das Blood für das Manteion verlangt hatte. Und das auch noch, obwohl Crane mehr als einmal sehr freundlich zu ihm gewesen war.

Seufzend zog Silk die Robe aus, faltete sie zusammen und legte sie auf den Boden. Dann klatschte er den Verband auf das zusammengefaltete Kleidungsstück, bis er sich heißer anfühlte als der Griff des Azothen. Als der Verband wieder an Ort und Stelle war, rappelte Silk sich mühsam auf, zog die Robe wieder an (die Wärme war ihm in der kühlen, zugigen Luft im Tunnel willkommen) und machte sich entschlossenen Schrittes in die Richtung auf, die ihn höchstwahrscheinlich näher an Limna heranbringen würde.

Ihm kam sofort die Idee, seine Schritte zu zählen, um festzustellen, wie weit er sich unter der Erde bewegt hatte. Zuerst zählte er stumm und streckte jeweils für hundert Schritte einen Finger von der geballten Faust aus. Bald jedoch stellte er fest, daß er laut zählte. Er fand das schwache Echo seiner Stimme tröstlich, war aber schon nach kurzer Zeit nicht mehr sicher, ob er die Faust einmal nach fünfhundert oder schon zweimal nach tausend Schritten geschlossen hatte.

Der Gang, der so einförmig erschienen war, veränderte sich geringfügig, je weiter er kam. Diese kleinen Veränderungen wurden bald so interessant, daß er das Zählen vergaß und sich eilte, sie zu untersuchen. Stellenweise war an Stelle der Felsen Schiffsstein zu sehen, der im Abstand von jeweils dreiundzwanzig Schritten wie eine Meßlatte eingekerbt war. Hier und dort waren die an der Decke kriechenden, auf Geräusche ansprechenden Lichter völlig zerstört, so daß er im Dunkeln weitergehen mußte; und obwohl er sich sagte, daß seine Befürchtungen dumm waren, konnte er den Gedanken nicht ganz verscheuchen, daß er in ein Loch stürzen oder daß ihm im Dunkeln ein weiterer Talus oder etwas noch viel Schrecklicheres auflauern könnte. Zweimal kam er an Iristüren vorbei, die derjenigen ähnlich waren, die ihm den Zutritt zum Raum unter Scyllas Schrein verwehrt hatte. Beide waren fest verschlossen. Einmal teilte sich der Tunnel, und er folgte aufs Geratewohl dem linken. Dreimal zweigten Seitengänge ab, die ihm dunkel und irgendwie bedrohlich vorkamen.

Und die ganze Zeit schien es ihm, als ginge es leicht bergab und als würde die Luft kühler und der Fels feuchter.

Er arbeitete sich beim Gehen durch die Gebetskette und zählte die Schritte, während er drei komplette Ketten betete. Diese Zahl versuchte er dann mit der insgesamt zurückgelegten Strecke in Einklang zu bringen. Er kam auf zehntausenddreihundertsiebzig Schritte – oder fünf komplette Rezitationen plus zehn einzelne Gebete. Dazu kamen die ursprünglichen fünfhundert oder tausend Schritte, und das machte zusammen …

Inzwischen tat ihm der Knöchel wieder schrecklich weh. Er lud den Verband wieder auf, wie er es schon einmal getan hatte, und humpelte weiter durch den Gang, den er bei jedem zögernden Schritt bedrückender fand.

Irgendwann quälte ihn ein fast unwiderstehlicher Drang, einfach umzukehren. Es schien ihm fast sicher, daß die Tür nachgegeben hätte, wenn er den Azothen hätte abkühlen lassen, um es danach noch einmal zu versuchen. Inzwischen wäre er sicher schon wohlbehalten in Limna. Auk hatte davon gesprochen, daß es dort gute Restaurants gäbe; er versuchte, sich an die Namen der Lokale zu erinnern und sich zu vergegenwärtigen, welche davon er gesehen hatte, als er zum Juzgado unterwegs gewesen war.

Nein, falsch. Der Fahrer der Kutsche hatte die Lokale empfohlen. Eines, hatte er erklärt, sei ziemlich gut, aber teuer; das war das Rusty Lantern gewesen. Silk hatte nicht weniger als sieben Karten in der Tasche, fünf von Orpines Begräbnisfeier und zwei von den drei Karten, die Blood ihm am Phaesday gegeben hatte. Für das Abendessen in einem feinen Restaurant hatte Auk neulich achtzehn Kartenbits bezahlt. Das war Silk wie ein kleines Vermögen vorgekommen, aber die Summe war klein im Vergleich zu seinen sieben Karten. Ein üppiges Mahl in Limna in einem der besten Gasthöfe, ein bequemes Bett für die Nacht und ein schönes Frühstück, das alles würde weniger als eine einzige Karte kosten. Es schien ihm dumm, weiter ins Ungewisse zu marschieren, wenn all diese Dinge in unmittelbarer Nähe auf ihn warteten. Ein halbes Dutzend Worte, die er noch nicht an der Tür ausprobiert hatte, fiel ihm ein: *freimachen, lösen, trennen, wegziehen, auflösen* und *aufgehen.*

Schlimmer noch war das unbegründete Gefühl, daß er bereits kehrt gemacht hatte, daß er nicht mehr nach Norden in Richtung Limna, sondern zurück gen Süden wanderte und daß er jeden Augenblick hinter einer kleinen Kurve oder einer leichten Biegung den toten Talus würde sehen können.

Den Talus, den er getötet hatte. Aber es schien, als hätte der tote Talus auch seinen Mörder ins Grab geschickt. Der Talus war tot, aber er selbst, Silk, war begraben. Bald, dachte er, würde er Orpine, dem alten Patera Pike und seiner Mutter begegnen, die unterschiedlich stark verwest waren. Er und sie würden sich vielleicht zusammen auf dem Boden des Gangs niederlegen, hier war schließlich eine Stelle so gut wie die andere, und sie würden ihm die vielen Dinge erzählen, die er im Reich der Toten wissen mußte. Genauso hatte Patera Pike ihn damals, als er in die Sun Street gekommen war, über die Geschäfte und die Menschen im Viertel unterrichtet, über die Notwendigkeit, Kleidung und Lebensmittel bei den wenigen Geschäftsinhabern zu kaufen, die einigermaßen regelmäßig an den Gottesdiensten teilnahmen, und über die Notwendigkeit, sich vor gewissen notorischen Lügnern und Schwindlern in acht zu nehmen. Einmal hörte Silk in der Ferne ein leises Gackern, ein irres Gelächter, das nicht humorvoll und nicht belustigt und nicht einmal menschlich klang. Es war das Gelächter eines Teufels, der im Dunkeln sein eigen Fleisch und Blut fraß.

Als er das Gefühl hatte, schon einen halben Tag oder länger müde und voller Angst gelaufen zu sein, erreichte er einen Punkt im Tunnel, wo der Boden, so weit er ihn überblicken konnte, mit Wasser bedeckt war. Die schwachen Lichtpunkte, die über die Decke krochen, zeigten ihm, daß es eine große Wasserfläche sein mußte. Unschlüssig zögerte Silk am Rande des Teichs, denn es war gut möglich, daß der Gang, dem er bisher gefolgt war, ein Stück weiter völlig überflutet war.

Er kniete nieder und trank, und erst beim Trinken spürte er, wie durstig er war. Als er sich wieder aufrichten wollte, fuhr ein so starker Schmerz durch seinen Knöchel, daß er sich setzen mußte. Er mußte sich eingestehen, daß er sehr müde war. Er würde eine Stunde ruhen; er war sicher, daß es draußen inzwischen dunkel war. Patera Gulo würde sich zweifellos Gedanken machen, was aus ihm geworden wäre. Gulo brannte ja darauf, Silk auf die Schliche zu kommen. Maytera Marble würde sich Sorgen machen, und Auk und Chenille waren sicher schon vor einer Weile in die Stadt zurückgekehrt und hatten ihm an der Haltestelle der Kutsche eine Nachricht hinterlassen.

Silk zog sich die Schuhe aus, rieb sich die Füße (ein köstliches Gefühl) und streckte sich aus. Der rauhe Boden hätte eigentlich unbequem sein müssen, aber aus irgendeinem Grund war er es nicht. Es wäre klug gewesen, wenn er an Bord von Bloods Schweber ein Nickerchen gemacht hätte. Er wäre dank der kurzen Ruhepause wacher und besser in der Lage gewesen, jeden Vorteil zu nutzen, der sich ihm aus ihrem eigenartigen Verhältnis bieten mochte. »So schnell kann er nicht fliegen«, erklärte ihm der Fahrer, »jedenfalls nicht in *diese* Richtung!« Aber sehr bald schon, während der flinke Schweber über eine Landschaft glitt, die wogte wie eine Flüssigkeit, würde seine Mutter kommen und ihm den Gutenachtkuß geben. Er liebte es, bis zu diesem Augenblick wach zu bleiben und, wenn sie wieder ging, zu erwidern: »Auch dir eine gute Nacht, Mama.«

Er beschloß, erst einzuschlafen, wenn sie kam.

Mehr als nur halb betrunken torkelte Chenille aus der Tür des Full Sail auf die Straße. Als sie Auk sah, winkte sie. »He, du da! Kerl! Kennen wir uns nicht?« Als er lächelte und ihr Winken erwiderte, überquerte sie die Straße und faßte ihn am Arm. »Du warst doch mal in Orchids Haus, oder? Klar doch, du warst öfter dort, und ich müßte eigentlich deinen Namen kennen. Er fällt mir bestimmt gleich wieder ein. Hör mal, Kerl, ich will dich nicht anbaggern, keine Sorge.«

Auk hatte schon in der Kindheit gelernt, in solchen Situationen nachsichtig zu reagieren. »Schon gut, alles klar. Wollen wir ein Glas trinken?« Er deutete mit dem Daumen in Richtung des Full Sail. »Ich möchte wetten, daß wir da drin eine nette, ruhige Ecke finden.«

»O Mann, das wäre aber wirklich süß.« Chenille stützte sich auf seinen Arm und ging so dicht neben ihm, daß ihr Schenkel den seinen streifte. »Wie heißt du? Ich heiße Chenille. Ich sollte eigentlich auch deinen Namen kennen, nicht wahr? Aber ich habe so ein Sausen im Kopf, und wir sind hier draußen am See, was?« Sie schneuzte sich durch die Finger. »All das Wasser, ich habe es vorhin zwischen zwei Häusern gesehen. Mann, ich muß eigentlich gleich zu Orchid zurück, weißt du das? Da wird gleich im großen Saal das Abendessen serviert. Sie wird Bass anweisen, mich rauszuschmeißen, wenn ich Pech habe.«

Auk hatte sie aus den Augenwinkeln beobachtet, während sie das Full Sail betreten hatten. »Es stimmt wohl, was, Jugs? Du kannst dich an überhaupt nichts erinnern.«

Sie nickte wehmütig. Als sie sich setzte, zitterten ihre feuerroten Locken. »Und ich bin scharf auf Rost, total scharf. Hast du mal 'ne Prise da?«

Auk schüttelte den Kopf.

»Nur eine Prise, und du kriegst mich die ganze Nacht umsonst.«

»Ich würde es dir nicht einmal geben, wenn ich was hätte«, erklärte Auk ihr. »Aber ich habe nichts.«

Eine Serviererin baute sich stirnrunzelnd neben ihrem Tisch auf. »Bringt sie woanders hin.«

»Einen Red Ribbon und Wasser«, sagte Chenille zu der Bedienung. »Aber nicht mischen.«

Das Mädchen schüttelte heftig den Kopf. »Ich habe Euch schon mehr gegeben, als gut für Euch ist.«

»Und ich habe Euch mein ganzes Geld gegeben!«

Er legte eine Karte auf den Tisch. »Aber ich will was haben, Süße. Mein Name ist Auk.«

Das Stirnrunzeln verschwand. »Ja, Sir.«

»Ich nehme ein Bier, das beste. Sie bekommt nichts.«

Chenille protestierte.

»Draußen habe ich gesagt, ich könnte dir was zu trinken kaufen. Jetzt sind wir aber nicht mehr draußen.« Auk scheuchte die Bedienung mit einer Handbewegung fort.

»Jetzt weiß ich es wieder!« sagte Chenille triumphierend. »Dein Name ist Auk. Ich habe doch gleich gesagt, daß er mir wieder einfällt.«

Er beugte sich zu ihr. »Wo ist Patera?«

Sie wischte sich die Nase am Unterarm ab.

»Patera Silk. Du bist mit ihm hergekommen. Was hast du mit ihm gemacht?«

»Oh, an den erinnere ich mich. Er war in Orchids Haus, als ... als ... Auk, ich brauche wirklich dringend eine Prise. Hast du Geld? Bitte.«

»Gleich, vielleicht. Ich habe mein Bier noch nicht bekommen. Paß gut auf, was ich dir sage. Du hast vorhin schon hier gesessen und Red Ribbon gesoffen, richtig?«

Chenille nickte. »Ich bin halb krank ...«

»Erkältet, ja.« Er faßte ihre Hand und drückte, bis es ihr weh tat. »Wo warst du davor?«

Sie rülpste leise. »Ich sage dir die Wahrheit, ich sage dir alles. Aber du wirst es nicht verstehen. Wirst du mir was kaufen, wenn ich es dir erzähle?«

Er kniff die Augen zusammen. »Beeil dich. Ich werde das entscheiden, wenn ich es gehört habe.«

Die Kellnerin stellte ein schwitzendes Glas vor ihm ab. »Das beste und das kälteste. Sonst noch etwas, Sir?«

Er schüttelte ungeduldig den Kopf.

»Ich bin verdammt spät aufgestanden«, begann Chenille, »weil wir am Abend davor so viele Gäste hatten. Weißt du das noch? Da war wirklich viel los. Nur, daß du nicht da warst, Hackum. Siehst du, jetzt erinnere ich mich an dich. Ich wünschte, du wärst da gewesen.«

Auk verstärkte seinen Griff wieder. »Ich weiß selbst, daß ich nicht dort war. Nun spuck's schon aus!«

»Und ich mußte mich doch zurechtmachen, weil heute die Beerdigung war und weil Orchid wollte, daß alle hingehen. Außerdem hatte ich diesem großen Auguren versprochen, daß ich kommen würde.« Sie rülpste wieder. »Wie heißt er noch gleich, Hackum?«

»Silk«, sagte Auk.

»Genau, das ist er. Ich habe also mein gutes schwarzes Kleid rausgeholt. Dieses hier, siehst du? Und ich habe mich fein gemacht. Die meisten sind in kleinen Gruppen gegangen, aber bis ich so weit war, waren schon alle weg, also mußte ich alleine gehen. Kann ich nicht doch einen klitzekleinen Schluck kriegen, Hackum? Bitte.«

»Also gut.«

Auk schob das schwitzende Glas über den Tisch zu ihr hinüber, und sie trank und wischte sich den Mund am Unterarm ab. »Man soll nicht durcheinander trinken, was? Ich glaube, ich passe lieber auf.«

Er nahm ihr das Glas wieder ab. »Du warst also auf Orpines Beerdigung. Fahr von dort aus fort.«

»Genau. Nur, daß ich mir vorher eine ordentliche Prise genehmigt habe. Hat wirklich reingeknallt. Ich wünschte, es würde noch wirken.«

Auk trank.

»Also, ich bin ins Manteion gegangen, und Orchid und die anderen waren schon da, und es hatte schon angefangen. Ich habe mir einen Platz gesucht und mich gesetzt, und dann auf einmal ... dann ...«

»Was war dann?« hakte Auk nach.

»Und dann bin ich aufgestanden, aber sie waren auf einmal alle weg. Ich hatte nur das Fenster angesehen, weißt du? Aber es war doch nur ein Fenster, und es war kaum noch jemand dort, nur ein paar alte Schachteln, sonst niemand.« Sie hatte zu weinen begonnen. Heiße Tränen kullerten über ihre großen, flachen Wangen. Auk zog ein nicht sehr sauber aussehendes Taschentuch hervor und gab es ihr. »Danke.« Sie wischte sich die Augen trocken. »Ich hatte große Angst. Ich habe jetzt noch Angst. Du glaubst vielleicht, ich hätte Angst vor dir, aber es ist einfach schön, bei jemandem zu sein und jemanden zu haben, mit dem man reden kann. Du verstehst das vielleicht nicht.«

Auk kratzte sich am Kopf.

»Und dann bin ich nach draußen gegangen, aber ich war überhaupt nicht mehr auf der Sun Street oder sonst irgendwo. Ich war hier unten, wo wir immer hingefahren sind, als ich noch klein war, aber es war kein Mensch in der Nähe. Ich habe dann ein kleines Lokal gefunden, wo sie Sonnenschirme vor der Tür hatten und Tische darunter, und da habe ich vielleicht drei oder vier Gläser getrunken. Dann ist so ein großer schwarzer Vogel gekommen. Er ist herumgehüpft und hat fast wie ein Mensch geredet, und ich habe so ein kleines Glas nach ihm geworfen, und da haben sie mich rausgeschmissen.«

Auk stand auf. »Hast du ihn mit dem Glas getroffen? Verdammt, nein, du hast nicht getroffen. Los, komm. Zeig mir, wo dieser Laden mit den Sonnenschirmen ist.«

Ein steil abfallender Hügel, der mit Büschen bewachsen war, versperrte Silk den Weg zum Zönobium. Er kletterte hinunter, kratzte sich Hände und Gesicht auf, zerfetzte seine Kleidung an Dornen und gebrochenen Ästen und ging hinein. Maytera Marble lag im Bett. Sie war krank, und er war in diesem Augenblick sogar froh darüber, denn er hatte vergessen, daß kein Mann das Zönobium betreten durfte, es sei denn, ein Augur, der die Vergebung der Götter brachte. Er murmelte immer und immer wieder ihre Namen. Jedesmal hatte er das Gefühl, er hätte einen vergessen, bis ein kleiner, dicker Schüler, den er noch nie in der Schola gesehen hatte, zu ihm kam und ihm sagte, daß sie alle ein Stück die Straße hinunter einen Besuch beim Prälaten machen wollten, der auch erkrankt war. Maytera Marble stand auf und sagte, sie wolle mitkommen, aber sie war nackt unter dem rosafarbenen Morgenmantel. Ihr schlanker Metallkörper schimmerte hindurch wie Silber. Der Morgenmantel roch nach dem schweren Parfüm der blauen Glaslampe. Er sagte ihr, sie müsse sich anziehen, bevor sie gehen konnte.

Er verließ das Zönobium mit dem kleinen dicken Schüler. Es regnete; ein harter, kalter und prasselnder Regeln, der ihn bis auf die Knochen auskühlte. Eine Sänfte mit sechs Trägern wartete auf der Straße. Sie überlegten, wem sie gehören könnte; er war sicher, daß Maytera Marble die Besitzerin war. Die Träger waren Greise, einer war sogar blind, und der triefende Baldachin war alt, verschlissen und rissig. Er schämte sich, die alten Männer zu bitten, sie zu tragen. So ging es die Straße hinauf bis zu einem großen weißen Gebäude ohne Wände, dessen Dach aus schmalen weißen Steinplatten bestand, die mit einer Handbreit Abstand ausgelegt waren. Drinnen standen so viele Möbel, daß man sich kaum bewegen konnte. Sie suchten sich zwei Stühle und setzten sich, um zu warten. Als der Prälat kam, entpuppte er sich als Mucor, Bloods verrückte Tochter.

Sie saßen bibbernd mit ihr im Regen und sprachen über Schulangelegenheiten. Sie erwähnte ein Problem, das sie nicht lösen konnte, und gab ihm die Schuld.

Kalt und steif setzte er sich auf. Er verschränkte die Arme und schob die eiskalten Finger in die Achselhöhlen. Mucor sagte zu ihm: »Weiter vorn ist es trockener. Wir treffen uns, wo die Biologischen schlafen.« Sie saß im Schneidersitz auf dem Wasser, und wie das Wasser war sie durchsichtig. Er wollte sie bitten, ihn zur Erdoberfläche zu führen; doch als er zu sprechen begann, verschwand sie wie der Rest seines Traums. Nur ein Schimmer grünlichen Lichts blieb wie eine Schleimspur auf dem Wasser zurück.

Wenn das stille, klare Wasser zurückgewichen war, während er geschlafen hatte, dann war die Veränderung nicht offensichtlich. Er zog die Socken aus, band die Schuhe an den Schnürsenkeln zusammen und hängte sie sich um den Hals. Den Verband stopfte er in die Tasche seiner Robe. Dann knotete er die Säume der Robe an der Hüfte fest und krempelte sich die Hosenbeine hoch. Dabei redete er sich ein, daß die Bewegung ihn wärmen würde und daß es ihm sicher besser gehen würde, sobald er im Wasser lief. Er machte sich auf den Weg.

Das Wasser war so kalt, wie er befürchtet hatte, aber nicht tief. Es kam ihm vor, als könnte die Kälte des Wassers, das gegen den verletzten Knöchel schwappte, vielleicht sogar die Schmerzen betäuben; aber immer wenn er den Fuß belastete, fuhr ein nadelscharfer Schmerz durch den Knochen.

Das leise Plätschern, das seine nackten Füße verursachten, erweckte weitere Lichter zum Leben. Schließlich konnte er ein gutes Stück den Gang hinab sehen. Der Boden war überflutet, so weit das Licht reichte. Er war nicht sicher, ob das Wasser dem Verband schaden konnte. Er hielt es sogar für unwahrscheinlich, denn die Leute, die klug genug gewesen waren, so einen Verband herzustellen, hatten sicherlich daran gedacht, ihn vor Feuchtigkeit zu schützen. Aber der Verband gehörte Crane und nicht ihm selbst, und er war zwar bereit, Crane Geld zu stehlen, wenn dies nötig war, um das Manteion zu retten, aber er wollte nicht riskieren, Cranes Verband zu ruinieren, nur um sich ein paar Schmerzen zu ersparen.

Er war schon eine ganze Weile gelaufen, als ihm einfiel, daß er sich etwas wärmen konnte, wenn er den Verband auflud und wieder in die Tasche steckte. Er versuchte es und knallte den Verband gegen die Tunnelwand. Das Ergebnis war äußerst befriedigend.

Er dachte wehmütig an Bloods Gehstock mit dem Löwinnenkopf. Wenn er ihn noch hätte, könnte er den verletzten Knöchel entlasten. Vor ein paar Stunden (vielleicht war es sogar schon etwas länger her) war er bereit gewesen, den Gehstock wegzuwerfen. Er hatte die aus Verachtung geborene Tat als Opfer für Scylla deklarieren wollen. Oreb hatte jedoch Angst bekommen, und Oreb hatte recht gehabt. Die Göttin hatte eingegriffen und den Gehstock (und damit ihre Schwester Sphigx) besiegt, als er ihn in ihren Schrein mitgenommen hatte.

Seine Füße scheuchten einen Klumpen leuchtender Würmer auf, die in alle Richtungen davonkrochen und sich vor Angst hellgelb färbten. Das Wasser war hier tiefer, die dunklen Schiffssteinwände dunkel vor Feuchtigkeit.

Andererseits hatte der Talus, den er getötet hatte, erklärt, er diene Scylla; aber diese Angeberei hatte vermutlich nicht mehr zu bedeuten, als daß er Viron diente, Scyllas Heiliger Stadt – und das tat er ja auch selbst, indem er plante, Cranes Aktivitäten zu unterbinden. Genauer gesagt, war der Talus fraglos ein Diener des Ayuntamiento gewesen. Ratsherr Lemur hatte den Schrein errichtet, und man konnte mit einiger Sicherheit davon ausgehen, daß sich die Ratsherren und Commissioner und Richter im Raum unter dem Schrein trafen. Andererseits mußten sie sich aber auch hin und wieder im Juzgado blicken lassen (im richtigen Juzgado in Viron, dachte Silk). Er hatte einmal ein Bild von Ratsherr Loris gesehen, das ihn zeigte, wie er vor gar nicht langer Zeit von einem Balkon aus zum Volk gesprochen hatte.

Und der Talus hatte gesagt, er sei zu Potto zurückgekehrt.

Silk blieb stehen und balancierte auf dem unverletzten Fuß, während er abermals den Verband gegen die Tunnelwand knallte.

Wenn der Talus nun aber dem Ayuntamiento diente (und damit, wenn man es etwas großzügig auslegte, indirekt auch Scylla), was hatte er dann in Bloods Villa zu suchen gehabt? Mucor hatte angedeutet, daß der Talus Bloods Mitarbeiter und möglicherweise sogar bestechlich gewesen sei.

Dieses Mal wickelte Silk sich den Verband unter der Tunika um die Brust. Er zog sich glücklicherweise nicht stark genug fest, um die Atmung zu behindern.

Zuerst dachte Silk, der stechende Schmerz in seinem Fuß hätte irgendwie sein Gehör beeinträchtigt. Das Rauschen wurde jedoch lauter, und weit unten am Ende des Tunnels war ein Licht zu sehen, zuerst nicht größer als eine Nadelspitze. Er konnte nicht fliehen, selbst wenn er hätte rennen können, und es gab kein Versteck. Er drückte sich, so gut es ging, gegen die Wand und hielt Hyacinths Azothen bereit.

Der Lichtpunkt wurde heller. Das Ungetüm, das auf ihn zuraste, hielt den Kopf gesenkt wie ein wütender Hund. Es donnerte an ihm vorbei, überschüttete ihn mit eiskaltem Wasser und verschwand in die Richtung, aus der er gekommen war.

Er floh, platschte durch das Wasser, das immer tiefer wurde, sah den steil ansteigenden Seitentunnel in dem Augenblick, als das Brüllen und das Rumpeln der zurückkehrenden Maschine hinter ihm unerträglich laut wurde.

Hundert lange, ausgesprochen schmerzhafte Schritte weiter, und er war aus dem Wasser heraus. Aber er wagte es erst, sich zu setzen, den Verband wieder um den Knöchel zu legen und in Socken und Schuhen weiterzugehen, als er den Gang, den er verlassen hatte, endgültig nicht mehr sehen konnte. Er hörte noch einmal etwas vorbeirauschen. Er nahm an, es sei wieder die gleiche Maschine. Ängstlich lauschte er, schon halb überzeugt, daß die Maschine in den Tunnel abbiegen würde, in den er ausgewichen war. Aber sie kam nicht, und seine Angst ließ nach.

Am Ende, sagte er sich, war das Glück nun doch wieder auf seiner Seite. Oder vielmehr hatte ein gnädiger Gott beschlossen, ihn zu begünstigen. Vielleicht Scylla, die ihm verziehen hatte, daß er den Gehstock ihrer Schwester als unangemessenes Opfer in Betracht gezogen und dann in ihren Schrein mitgebracht hatte. Da der Gang steil anstieg, konnte er eigentlich nicht sehr lang sein, denn er würde bald die Oberfläche erreichen. Höchstwahrscheinlich würde er sogar in der Nähe von Limna, wenn nicht gar mitten im Ort herauskommen. Außerdem war Silk jetzt oberhalb des Wasserspiegels, und es sah so aus, als würde das auch so bleiben.

Nachdem er den Azothen wieder im Hosenbund verstaut hatte, rollte er die Hosenbeine hinunter und löste die Knoten in der Robe.

Seine Schritte zählte er schon lange nicht mehr, aber er war noch nicht weit gekommen, als er den unverkennbaren Geruch von brennendem Holz erkannte. Es war, sagte er sich, ganz bestimmt nicht der Geruch, der mit einem Opfer einherging, der Duft des Zedernholzes, der sich mit dem stechenden Geruch von brennendem Fleisch, Fett und Haar vermischte. Dennoch – irgendeine Ähnlichkeit bestand, und einen Augenblick fragte er sich, ob hier unten in diesen alten Gängen nicht vielleicht doch ein Opfer im Gange war.

Als er sich dem nächsten müden, grünen Licht näherte, bemerkte er Fußspuren auf dem Boden des Tunnels. Die Fußabdrücke eines Mannes, der ähnliche Schuhe trug wie er selbst, zeichneten sich in einer dünnen grauen Schicht ab, die sich mit den Fingern leicht abwischen ließ.

Ob er etwa im Kreis gelaufen war? Er schüttelte den

Kopf. Der Gang war von Anfang an steil angestiegen, und als er die Fußabdrücke genauer untersuchte und sie mit seinen eigenen verglich, wurde deutlich, daß jemand anders vor ihm gegangen war. Die Schritte waren kürzer als seine, der Betreffende hatte nicht gehumpelt, und die Schuhe, von denen diese Abdrücke stammten, waren etwas kleiner als seine. Die Hacken waren an den Außenkanten bei weitem nicht so stark abgelaufen wie seine eigenen.

Das Licht, in dem er sie untersuchte, schien auf eine größere Strecke das letzte zu sein. Der Tunnel vor ihm war pechschwarz. Er dachte nach, dann durchwühlte er seine Taschen, um etwas zu finden, mit dem er Licht machen konnte. Schließlich mußte er husten. Er stellte die Suche ergebnislos ein. Er hatte Hyacinths Azothen und den Nadler, die sieben Karten und eine Menge Bits, die er nicht gezählt hatte, die Gebetskette, das alte Federetui (in dem sich ein paar Kiele, eine kleine Flasche mit Tusche und zwei zusammengefaltete Papierstücke befanden), die Brille, die Schlüssel und das Gammadion, das seine Mutter ihm geschenkt hatte. Es hing an einer Kette um seinen Hals.

Er nieste.

Der Rauch wurde stärker, und jetzt versanken seine Füße sogar in einer weichen, trockenen Substanz; außerdem sah er, nur ein paar Schritte voraus, einen dunkelroten Fleck, wie er ihn morgens viel zu selten im Feuerungskasten des Küchenherds zu sehen bekam. Es war ein Stück glühendes Holz. Er war ganz sicher. Als er es erreichte, stand er bis zu den Knien in einer weichen, unsichtbaren Masse. Er blies das Stück sachte an und sah sofort, daß seine Vermutung richtig gewesen war. Er zog eins der Blätter aus dem Federetui, drehte es zu einem Fidibus zusammen und hielt das Ende in die Glut.

Asche.

Überall war Asche. Er stand auf dem flachen Abhang einer riesigen grauen Schneewehe aus Asche, die auf einer Seite den Tunnel völlig versperrte. Auf der anderen Seite war der Haufen so hoch, daß er sich würde bücken müssen, wenn er nicht mit dem Kopf gegen die Decke prallen wollte.

Er eilte weiter, um den Engpaß zu überwinden, bevor die schwache gelbe Flamme des Fidibus erlosch. Der Mann, dessen Spuren er bemerkt hatte, war in die gleiche Richtung gegangen. Das Gehen war schwer; er sank bei jedem Schritt fast bis zu den Knien ein, und der feine Dunst, den seine eilenden Füße aufwallen ließen, kratzte im Hals.

Er mußte wieder niesen, und dieses Mal folgte auf das Niesen ein seltsames, leises Knirschen, lauter und tiefer als das Geräusch einer großen, kaputten Uhr, aber diesem doch irgendwie ähnlich.

Die Flamme des Fidibus erreichte inzwischen fast seine Finger. Er faßte ihn anders an, und noch einmal wurde die Flamme größer. Als er den Lichtschein in vier Augen reflektiert sah, ließ er das Ende fallen.

Er stieß einen lauten Ruf aus, wie er es manchmal tat, um die Ratten im Wohnhaus zu verscheuchen, riß den Azothen aus dem Hosenbund und schwenkte die tödliche Klinge in Richtung der Augen. Er wurde mit einem schrillen Schmerzensschrei belohnt. Direkt darauf folgte der Knall einer Muskete, worauf ihn ein Erdrutsch aus weicher Asche beinahe verschüttete.

Wieder knallte die Muskete, und der dumpfe Einschlag wurde von einem halb menschlichen Kreischen beantwortet. Ein starkes Licht durchdrang die wirbelnden Aschewolken, und ein Geschöpf, das halb Hund und halb Teufel zu sein schien, raste an ihm vorbei und warf weitere Aschewolken auf. Als Silk wieder bei Atem war, rief er um Hilfe. Nach einigen Minuten fanden ihn zwei Soldaten. Es waren schwerfällige Chemische, die zwei Köpfe größer waren als er. Sie zerrten ihn ganz unzeremoniell aus der Asche.

»Ihr seid verhaftet«, sagte der erste, indem er Silk ins Gesicht leuchtete. Es war keine Laterne und keine Kerze und kein anderer tragbarer Leuchtkörper, der Silk bekannt war; Silk starrte das Ding an und war viel zu neugierig, um Angst zu haben.

»Wer seid Ihr?« fragte der zweite.

»Ich bin Patera Silk vom Manteion in der Sun Street.« Silk nieste noch einmal. Er unternahm den aussichtslosen Versuch, die Asche von seiner Kleidung zu klopfen.

»Seid Ihr durch die Rutsche heruntergekommen, Patera? Haltet Eure Hände so, daß ich sie sehen kann. Beide Hände.«

Er gehorchte und zeigte ihnen die Handflächen, damit sie sehen konnten, daß sie leer waren.

»Das hier ist Sperrgebiet. Militärisches Sperrgebiet. Was habt Ihr hier zu suchen, Patera?«

»Ich habe mich verlaufen. Ich wollte eigentlich mit dem Ayuntamiento über einen fremden Spion sprechen, den eine andere Stadt nach Viron geschickt hat, aber ich habe mich in diesen Gängen verlaufen. Und dann ...« Silk hielt inne und suchte nach Worten. »Und dann das hier.«

Er erste Soldat sagte: »Hat man nach Euch geschickt?« Und der zweite fragte sofort hinterher: »Seid Ihr bewaffnet?«

»Man hat nicht nach mir geschickt. Ja, ich habe einen Nadler in der Hosentasche.« Ungerührt fügte er hinzu: »Einen sehr kleinen.«

»Wolltet Ihr uns damit erschießen?« Der erste Soldat schien amüsiert.

»Nein. Ich habe mir wegen des Spions, von dem ich erzählt habe, Sorgen gemacht. Ich glaube, er könnte Verbündete haben.«

Der erste Soldat sagte: »Zeigt uns den Nadler, Patera. Wir müssen ihn sehen.«

Widerstrebend holte Silk den Nadler hervor.

Der Soldat richtete die Lampe auf seine fleckige stählerne Brust. »Schießt auf mich.«

»Ich bin ein gesetzestreuer Bürger«, protestierte Silk. »Ich würde nie im Leben auf einen unserer Soldaten schießen.«

Der Soldat hielt ihm die große Mündung seiner Muskete unter die Nase. »Seht Ihr das hier? Das Ding verschießt eine Kugel aus Uran, so lang wie mein Daumen und beinahe so dick. Wenn Ihr nicht auf mich schießt, dann werde ich auf Euch schießen, und mit einem Schuß aus dieser Waffe hier wird Euer Kopf explodieren wie eine Dose Schwarzpulver. Also schießt.«

Silk feuerte. Der Nadler knackte unnatürlich laut im Tunnel. Auf der breiten Brust des Soldaten erschien ein heller Streifen.

»Noch einmal.«

»Wozu sollte das gut sein?« Silk schob den Nadler wieder in die Hosentasche.

»Ich wollte Euch eine Chance geben, mehr nicht.« Der zweite Soldat gab die Lampe an seinen Gefährten weiter. »Also schön. Ihr habt Eure Chance gehabt. Jetzt bin ich an der Reihe. Gebt mir den Nadler.«

»Damit Ihr mich erschießen könnt? Ihr würdet mich töten.«

»Vielleicht auch nicht. Gebt ihn mir, dann werden wir sehen.«

Silk schüttelte den Kopf. »Ihr sagtet, ich sei verhaftet. Wenn ich verhaftet bin, dann müßt Ihr nach einem Advokaten schicken, falls ich einen engagieren will. Ich will. Sein Name ist Vulpes, und er hat seine Kanzlei in der Shore Street in Limna. Das kann nicht weit von hier sein.«

Der zweite Soldat kicherte. Es war ein eigenartiges, unmenschliches Geräusch. Es klang, als hätte jemand ein stählernes Lineal an einem Gitter entlanggezogen. »Laßt ihn in Ruhe, Corporal. Ich bin Sergeant Sand, Patera. Wer ist dieser Spion, den Ihr erwähnt habt?«

»Ich würde das lieber einem Angehörigen des Ayuntamiento selbst mitteilen.«

Sand brachte seine Muskete in Anschlag. »Biologische wie Ihr kommen hier unten oft zu Tode, Patera. Sie wandern hier herein, und die meisten kommen nie wieder heraus. Ich kann Euch gleich einen zeigen, wenn Ihr dann noch nicht tot seid. Sie sterben, und sie werden einschließlich der Knochen aufgefressen. Manchmal bleiben ein paar Kleiderfetzen übrig, aber meistens nicht einmal das. Ihr solltet mir das um Euer selbst willen glauben.«

»Ich glaube es.« Silk rieb mit den Handflächen über seine Schenkel, um die Asche abzustreifen.

»Wir haben strikten Befehl, jeden zu töten, der Viron in Gefahr bringt. Wenn Ihr etwas über einen Spion wißt und es uns nicht sagt, dann bringt Ihr Viron in Gefahr, und Ihr seid nicht besser als der Spion selbst. Versteht Ihr, was ich Euch damit sagen will?«

Silk nickte widerwillig.

»Corporal Hammerstone hat nur mit Euch gescherzt. Er hätte Euch nicht wirklich erschossen, sondern Euch höchstens ein bißchen durchgewalkt. Ich dagegen scherze nicht.« Sand entsicherte seine Muskete. Es klickte laut. »Wie heißt der Spion?«

Das Sprechen fiel Silk schwer. Wieder eine moralische Kapitulation in einer anscheinend endlosen Serie ähnlicher Kapitulationen. »Sein Name ist Crane. Doktor Crane.«

»Vielleicht hat er auch schon davon gehört«, sagte Hammerstone.

»Das wage ich zu bezweifeln. Wann seid Ihr hier herunter gekommen, Patera? Habt Ihr eine Ahnung?«

Doktor Crane würde verhaftet und erschossen oder in die Gruben geschickt werden. Silk erinnerte sich, wie Crane geblinzelt und zur Decke gedeutet hatte, während er gesagt hatte: »Jemand dort oben mag

Euch. Man sollte meinen, eine Göttin ist Euch verfallen.« Auf diese Weise hatte Crane deutlich gemacht, daß das Objekt, das er Silk heimlich zusteckte, von Hyacinth stammte. Und Silk hatte ganz richtig erraten, daß es ihr Azoth war.

Sand sagte: »Ratet, wenn Ihr nicht ganz sicher seid, Patera. Heute ist Molpsday, und es ist schon ziemlich spät. Wann war es ungefähr?«

»Kurz vor Mittag, würde ich sagen – vielleicht um elf Uhr. Ich bin mit dem ersten Wagen aus Viron gekommen, und ich habe vielleicht eine Stunde in Limna verbracht, ehe ich über den Pilgrim's Way zu Scyllas Schrein hinaufgestiegen bin.«

»Habt Ihr das Glas dort benutzt?« fragte Hammerstone.

»Nein. Gibt es dort eins? Ich habe keins gesehen.«

»Unter der Tafel, auf der steht, wer den Schrein gebaut hat. Man hebt die Tafel hoch, und darunter ist das Glas.«

Sand sagte: »Er will darauf hinaus, Patera, daß heute abend, bevor wir auf Streife gegangen sind, im Hauptquartier der Division eine Meldung über das Glas eingegangen ist. Wie es scheint, hat Ratsherr Lemur höchstpersönlich einen Spion gefangen. Einen Arzt namens Crane.«

»Aber das ist ja wundervoll!«

Sand legte den Kopf schief. »Wie bitte? Es ist wundervoll herauszufinden, daß Ihr für nichts und wieder nichts hier herunter gekommen seid?«

»Nein, nein, so ist das nicht.« Zum ersten Mal, seit Oreb ihn verlassen hatte, mußte Silk lächeln. »Ich meine, daß es dadurch nicht mehr meine Schuld wäre. Daß es nicht mehr meine Schuld ist. Ich hatte zwar das Gefühl, daß es meine Pflicht war, irgend jemandem alles zu erzählen, was ich wußte – jemandem, der genügend Autorität hatte, um etwas zu unternehmen. Ich wußte aber auch, daß die Folge davon sein würde, daß Crane darunter leiden mußte. Daß er vielleicht sogar sterben muß.«

Sand sagte beinahe sanft: »Er ist nur ein Biologischer, Patera. Ihr könnt in Euch selbst neue erzeugen, deshalb gibt es Millionen von Euch. Einer mehr oder weniger, das spielt keine große Rolle.« Er stieg wieder den Aschehügel hinauf. Er kam gleichmäßig vorwärts, obwohl er bei jedem Schritt tief einsank. »Bringt ihn mit, Corporal.«

Hammerstone stieß Silk den Lauf seiner Muskete in den Rücken. »Los!«

Kaum mehr als fünf Ruten von der Stelle entfernt, wo die Soldaten Silk gefunden hatten, lag eins der hundeähnlichen Wesen blutend in der Asche. Es war zu schwach, um aufzustehen, aber noch kräftig genug, um zu knurren. »Was ist das für ein Tier?« fragte Silk.

»Ein Gott. Die Wesen, die euch Biologische hier unten fressen.«

Silk starrte das sterbende Tier an und schüttelte schließlich den Kopf. »Die Unfrommen schaden niemandem außer sich selbst, mein Sohn.«

»Nun geht schon, Patera. Ihr seid ein Augur, opfert Ihr nicht jede Woche den Göttern?«

»Wenn ich kann, sogar noch öfter.« Die Asche machte ihm das Gehen immer schwerer.

»So, so. Was ist mit den Überresten? Was macht Ihr damit?«

Silk drehte sich zu ihm um. »Wenn das Opfer genießbar ist – was für die meisten gilt –, dann wird das Fleisch unter denen verteilt, die an der Zeremonie teilgenommen haben. Ihr müßt doch irgendwann einmal einem Opfer beigewohnt haben, mein Sohn.«

»Ja, freilich, man hat uns mal hingeschickt.« Hammerstone nahm die Muskete in die linke Hand und bot Silk den rechten Arm an. »Hier, haltet Euch fest. Was ist mit den Resten, Patera? Mit dem Fell und dem

Kopf und so weiter, und mit den Tieren, die Ihr nicht eßt?«

»Das wird vom Altarfeuer verzehrt«, erklärte Silk.

»Und damit steigt es zu den Göttern auf, nicht wahr?«

»Symbolisch gesprochen, ja.«

Ein Stück weiter lag das nächste hundeähnliche Wesen tot in der Asche. Hammerstone versetzte ihm einen Tritt, während er daran vorbeiging. »Eure kleinen Feuer reichen dazu nicht aus, Patera. Sie sind nicht groß und heiß genug, um die Knochen eines großen Tieres zu verbrennen. Manchmal wird nicht einmal das ganze Fleisch verbrannt. Die Reste werden zusammen mit der Asche hier heruntergekippt. Wenn ein Manteion gebaut wird, dann errichtet man es meist über einem dieser alten Gänge, so daß unter dem Gebäude ein Hohlraum ist, in den man die Asche auskippen kann. In Limna gibt es auch ein Manteion, versteht Ihr? Wir befinden uns jetzt direkt darunter. In Viron gibt es noch eine Menge Plätze wie diesen hier und eine Menge mehr Götter.«

Silk schluckte. »Ich verstehe.«

»Erinnert Ihr Euch an die, die wir verscheucht haben? Sobald wir hier raus sind, werden sie zurückkommen. Wir hören sie manchmal lachen und um die besten Teile zanken.«

Sand war ein Stück vor ihnen stehengeblieben. Er rief zurück: »Beeilt Euch, Corporal.«

Silk, der schon so schnell ging, wie er konnte, versuchte trotzdem, noch weiter zu beschleunigen. Hammerstone murmelte: »Keine Sorge, der sagt das den ganzen Tag. Die beste Möglichkeit, um befördert zu werden.«

Erst als sie Sand beinahe erreicht hatten, bemerkte Silk das formlose graues Bündel, vor dem der Soldat stand. Es war offenbar eine reglose menschliche Gestalt. Sand deutete mit der Muskete darauf. »Seht Euch das mal an, Patera. Vielleicht kennt Ihr ihn.«

Silk kniete sich neben die Leiche und berührte eine verstümmelte Hand. Dann versuchte er, die Aschekruste von der Stelle wegzukratzen, wo das Gesicht hätte sein sollen. Doch darunter waren nur Fleischfetzen und Knochensplitter zu sehen. »Das Gesicht ist weg!« rief er.

»Das waren die Götter. Sie reißen mit einem Biß das ganze Gesicht ab, wie ich mir die Gesichtsplatte abnehmen kann oder wie Ihr in einen … wie heißen diese Dinger noch gleich?«

Silk stand auf und rieb sich verzweifelt die Hände, wie um sie sauberzuwischen. »Ich glaube, ich verstehe nicht, was Ihr meint.«

»Die runden roten Dinger, die auf Bäumen wachsen. Äpfel. Richtig. Wollt Ihr ihn nicht segnen oder so?«

»Ihm den Segen des Pas übermitteln, meint Ihr. Das können wir nur tun, solange der Tod noch nicht vollständig eingetreten ist. Technisch gesprochen, solange noch Zellen in seinem Körper leben. Habt Ihr ihn getötet?«

Sand schüttelte den Kopf. »Ich will Euch nicht anlügen, Patera. Wenn wir ihn gesehen hätten und ihn angerufen hätten, daß er stehenbleiben soll, und er wäre weggerannt, dann hätten wir ihn erschossen. Aber wir waren es nicht. Er hatte eine Laterne, sie muß noch irgendwo dort drüben liegen. Und einen Nadler. Den habe ich an mich genommen. Wahrscheinlich hat er gedacht, damit käme er hier unten zurecht. Aber wahrscheinlich waren wie meistens ein paar Götter in der Nähe. Es ist hier immer ziemlich dunkel, weil sich die Asche auf den Lichtern absetzt. Vielleicht ist seine Laterne ausgegangen oder die Götter waren besonders hungrig und haben ihn angefallen.«

Hammerstone grunzte zustimmend. »Das hier ist

kein guter Ort für Biologische, Patera, wie der Sergeant schon sagte.«

»Er sollte wenigstens begraben werden«, sagte Silk zu den Soldaten. »Wenn Ihr mich laßt, will ich es tun.«

»Wenn Ihr ihn hier in der Asche begraben würdet, dann würden die Götter ihn ausgraben, sobald wir fort sind«, erwiderte Sand.

»Ihr könntet ihn doch tragen. Ich habe gehört, daß Ihr Soldaten sehr viel stärker seid als wir.«

»Ich könnte Euch auch zwingen, ihn selbst zu tragen«, sagte Sand zu Silk, »aber ich werde das nicht tun.« Er machte kehrt und schritt davon.

Hammerstone folgte ihm und rief über die Schulter zurück: »Los doch, Patera. Ihr könnt ihr jetzt nicht mehr helfen, und wir können auch nichts tun.«

Plötzlich bekam er Angst, sie könnten ihn zurücklassen. Silk humpelte eilig hinter ihnen her. »Sagtet Ihr nicht, daß es ein Mann war?«

»Der Sergeant mag das gesagt haben, aber ich habe ihre Taschen durchsucht, und ich hatte den Eindruck, es war eine Frau in Männerkleidern.«

Mehr zu sich selbst sagte Silk: »Da war jemand vor mir auf dem Pilgrim's Way, höchstens eine halbe Stunde voraus. Ich habe gerastet und eine Weile geschlafen. Ich weiß aber nicht, wie lange. Ich vermute, sie hat nicht gerastet.«

Hammerstone fletschte die Zähne und grinste breit. »Ich habe seit vierundsiebzig Jahren nicht mehr geschlafen, wie man mir sagte. Im Hauptquartier könnte ich Euch dagegen ein paar hundert Ersatzleute zeigen, die im Leben noch nicht wach waren. Ein paar Biologische sind auch darunter.«

Silk erinnerte sich an die Worte, die Mucor im Traum zu ihm gesprochen hatte. »Bitte tut das. Ich würde sie wirklich gern sehen, mein Sohn.«

»Nun geht schon weiter. Vielleicht wird Euch der Major auch einsperren. Wir werden sehen.«

Silk nickte, dann blieb er noch einen Augenblick stehen, um sich umzusehen. Die namenlose Leiche war jetzt wieder ein formloser Haufen, und die Identität – die Identität dieser sterblichen Überreste eines menschlichen Wesens – verlor sich in der Dunkelheit, die sogar noch schneller kam als die unglücklichen Tiere, die von den Soldaten als Götter bezeichnet wurden. Silk mußte an Patera Pikes Tod denken. Er war im Schlafzimmer neben Silks Kammer gestorben, der friedliche Tod eines alten Mannes. Still, einsam und ohne Gegenwehr hatte er einfach aufgehört zu atmen. Selbst das war ihm, Silk, schrecklich vorgekommen. Um wieviel schlimmer, um wieviel schrecklicher mußte es sein, in diesem unterirdischen Gewirr von Gängen zu sterben, inmitten von Dunkelheit und Verwesung, tief in diesen Wurmlöchern des Whorl.

9

Träume wie der Tod

»Und Patera Pike ist in diese Richtung gegangen?« fragte Auk die Nachtdohle, die auf seiner Schulter hockte.

»Ja, ja!« Oreb flatterte aufgeregt. »Von hier! Gehen Schrein!«

»Also, ich gehe da nicht hin«, erklärte Chenille.

Eine alte Frau, die gerade am ersten weißen Stein vorbeikam, der den Beginn des Pilgrim's Way markierte, warf ein: »Nach Einbruch der Dunkelheit geht dort kaum noch jemand hin, und es wird bald dunkel werden.«

»Dunkel gut«, verkündete Oreb voller Überzeugung. »Tag schlecht. Schlafen.«

Die alte Frau kicherte.

»Ein Freund ist heute zum Schrein gegangen«, erklärte Auk. »Er ist bisher noch nicht zurückgekommen.«

»O weh!«

Chenille fragte: »Gibt es dort draußen etwas, das Menschen frißt? Dieser verrückte Vogel sagt, der Schrein hätte unseren Freund gefressen.«

Die alte Frau lächelte, und ihr Gesicht legte sich in tausend fröhliche Falten. »O nein, meine Liebe. Aber man kann dort stürzen. Fast jedes Jahr stürzt da jemand ab.«

»Siehst du?« sagte Chenille mit schriller Stimme. »Du kannst ja bis Hieraxday durch die verdammten

Felsen klettern, wenn es dir Spaß macht. Ich werde jedenfalls zu Orchids Haus zurückkehren.«

Auk faßte ihr Handgelenk und verdrehte ihr den Arm, bis sie in die Knie ging.

Silk starrte ehrfürchtig die in langen Regalen angeordneten grauen Stahlkästen an. Ungefähr die Hälfte war leer. In den anderen lagen Soldaten. Sie lagen auf dem Rücken, die Arme an den Seiten ausgestreckt, als schliefen sie oder als seien sie tot.

»Als diese Anlage gebaut wurde, hat sie sich unter dem See befunden«, erklärte Corporal Hammerstone freundlich. »Man konnte nicht direkt hineinmarschieren, wenn man sie erobern wollte, versteht Ihr? Und es war schwer festzustellen, wo genau sie sich befunden hat. Die Angreifer hätten ziemlich weit durch die Gänge vordringen müssen, und da gibt es Stellen, wo zwanzig Blechkameraden eine ganze Armee aufhalten können.«

Silk nickte abwesend, immer noch überwältigt vom Anblick der schlafenden Soldaten.

»Vielleicht denkt Ihr, das Wasser hätte eindringen müssen, aber so war es nicht. Hier über uns ist dicker, massiver Fels, und wir haben vier große Pumpen, um eingedrungenes Wasser zu entfernen. Drei von ihnen wurden niemals in Betrieb genommen. Ich war ziemlich überrascht zu sehen, daß der See inzwischen zurückgewichen ist und die Stelle über uns freigelegt hat, aber es wäre immer noch eine schwierige Aufgabe, den Ort hier einzunehmen. Ich würde nicht auf der Seite der Angreifer kämpfen wollen.«

»Habt Ihr fünfundsiebzig Jahre hier geschlafen wie die anderen?« fragte Silk ihn.

»Beim letzten Mal waren es vierundsiebzig Jahre. Die anderen waren wie ich hin und wieder eine Zeitlang wach. Aber wenn Ihr weitergehen wollt, dann kann ich Euch ein paar zeigen, die noch nie aufgewacht sind. Kommt mit.«

Silk folgte ihm. »Es müssen Tausende sein.«

»Ungefähr siebentausend von uns gibt es noch. Als wir von der Kurzen Sonne herkamen, hat er es so eingerichtet, daß die Städte unabhängig sein sollten. Pas hat sich gedacht, wenn irgend jemand zuviel Land hätte, dann könnte er auf die Idee kommen, den Mainframe zu übernehmen, das Supergehirn, das die Astrogation erledigt und das Schiff steuert.«

Einigermaßen verwirrt fragte Silk: »Meint Ihr damit den ganzen Whorl?«

»Ja, klar. Den *Whorl.* Was er also gemacht hat, war – wenn Ihr mich fragt, war das ziemlich klug –, jeder Stadt eine Division schwere Infanterie zu geben. Zwölftausend Blechkameraden. Für eine große Offensive braucht man Panzer und Luft- und Bodenunterstützung und so weiter. Aber zur Verteidigung braucht man schwere Infanterie, und zwar reichlich. Verteile ein paar hundert Städte im *Whorl,* gib jeder eine Division zur Verteidigung, und die Sache müßte im Lot bleiben, ganz egal, was ein verrückter Caldé irgendwo ausheckt. Bisher hat es dreihundert Jahre lang gehalten, und wie ich schon sagte, ist noch mehr als die Hälfte unserer Leute einsatzbereit.«

Silk war froh, daß er auch einige Informationen beisteuern konnte. »Viron hat keinen Caldé mehr.«

»Ja, das stimmt.« Hammerstone schien beunruhigt. »Das habe ich auch gehört. Das ist eine Schande, weil unser Grundprogramm sagt, daß wir unsere Anweisungen vom Caldé bekommen müßten. Der Major sagt zwar, wir müßten vorerst dem Ayuntamiento gehorchen, aber das gefällt den Leuten nicht so recht. Wißt Ihr, was ein Grundprogramm ist, Patera?«

»Nein, eigentlich nicht.« Silk war etwas zurückgefallen, um zu zählen, wie viele Etagen jedes Regal hatte. Es waren zwanzig. »Sand hat so etwas erwähnt, glaube ich.«

»Ihr habt etwas, das damit vergleichbar ist«, erklärte Hammerstone ihm. »Paßt auf.«

Er ließ einen bösen linken Haken auf Silks Gesicht los. Silk riß sofort die Hände hoch, um das Gesicht zu schützen, aber die riesige stählerne Faust hielt einen Fingerbreit vor seinen Händen inne.

»Seht Ihr? Euer inneres Grundprogramm sagt Euch, daß Ihr Euer Gesicht schützen müßt. Unser inneres Grundprogramm sagt uns, daß wir Viron beschützen müssen. Man kann es nicht umschreiben oder löschen. Höchstens, daß einem jemand im Kopf herumpfuscht und eine Kleinigkeit verändert.«

»Das Bedürfnis, die Götter anzubeten, ist ebenfalls eine Art Grundprogramm«, erklärte Silk dem Soldaten nachdenklich. »Es ist ein tiefes Bedürfnis des Menschen, den unsterblichen Göttern zu danken, die ihm alles gegeben haben, was er besitzt, sogar das Leben selbst. Ihr und Euer Sergeant habt geringschätzig über unsere Opfer gesprochen, und ich will gern zugeben, daß sie armselig und bei weitem nicht angemessen sind. Aber sie erzeugen für viele Einzelpersonen und insgesamt in der ganzen Gemeinde eine gewisse innere Zufriedenheit, die auf andere Weise nicht hergestellt werden kann.«

Hammerstone schüttelte den Kopf. »Es fällt mir schwer, mir vorzustellen, daß Pas in eine tote Ziege beißt, Patera.«

»Aber fällt es Euch auch schwer, Euch vorzustellen, wie er mit kleinen Dingen, etwa durch den konkreten Beweis, daß wir ihn nicht vergessen haben, sehr glücklich gemacht wird? Daß wir – sogar die Menschen in meinem eigenen Viertel, obwohl sie arm sind – bereit sind, unsere spärlichen Vorräte mit ihm zu teilen?«

»Nein, das kann ich auch nicht begreifen.«

»Dann brauchen wir uns auch nicht weiter darüber zu streiten«, sagte Silk zu ihm. »Denn so sehe ich das, und zwar nicht nur in bezug auf Pas, sondern in bezug auf alle anderen Götter, auf alle der Neun, auf den Außenseiter und die Nebengottheiten.«

Hammerstone blieb stehen und drehte sich zu Silk um. Sein massiger Körper füllte den Gang fast völlig aus. »Wißt Ihr, was ich glaube, das Ihr jetzt gerade tut, Patera?«

Silk, der die Worte ausgesprochen hatte, noch bevor ihm völlig klar geworden war, was er da gesagt hatte – er hatte den Außenseiter nicht zu den Nebengottheiten gezählt –, war überzeugt, daß man ihn wegen Ketzerei anklagen würde. Er konnte nur murmeln: »Nein. Ich habe keine Ahnung.«

»Ich glaube, Ihr übt gerade das, was Ihr meinen Vorgesetzten erzählen wollt. Ihr überlegt Euch, wie Ihr sie dazu bekommen könnt, Euch freizulassen. Vielleicht wißt Ihr es selbst nicht, aber ich glaube, daß es so war.«

»Vielleicht habe ich nur versucht, mich zu rechtfertigen«, gab Silk mit großer Erleichterung zurück. »Aber das heißt ja nicht, daß das, was ich gesagt habe, falsch ist. Und es heißt auch nicht, daß ich unaufrichtig bin, wenn ich es sage.«

»Ich glaube nicht, nein.«

»Glaubt Ihr denn, daß sie mich freilassen werden?«

»Ich habe keine Ahnung, Patera, und Sand weiß es auch nicht.« Hammerstone legte grinsend den Kopf in den Nacken. »Deshalb läßt er mich Euch ja so herumführen, versteht Ihr? Wenn er sicher wäre, daß die Vorgesetzten Euch freilassen, dann hätte er Euch gleich selbst freilassen können, ohne ein Wort zu sagen. Wenn er sicher wäre, daß sie Euch einsperren würden, dann hätte er Euch selbst schon längst eingesperrt, und Ihr würdet jetzt in einem gewissen Raum sitzen, den wir haben, und vielleicht hätte er Euch sogar noch eine schöne Flasche Wasser gegeben, weil er Euch mag. Aber Ihr habt gesagt, daß wir nach Eurem Advokaten schicken müssen, und Sand ist nicht sicher, was der Major sagen wird, also läßt er Euch Zeit, damit Ihr Euch etwas säubern könnt, und er behandelt Euch freundlich und läßt mich auf Euch aufpassen.«

»Er hat mir auch erlaubt, meinen Nadler zu behalten – oder vielmehr den Nadler, den mir jemand geliehen hat, was sicher sehr freundlich war.« Silk zögerte, und er sprach nur weiter, weil sein Gewissen es verlangte. »Vielleicht sollte ich das nicht sagen, mein Sohn, aber habt Ihr mir nicht viele Dinge erzählt, die ein Spion gern erfahren würde? Ich bin kein Spion, sondern ein gesetzestreuer Bürger, wie ich vorhin schon sagte; und weil ich das bin, beunruhigt mich der Gedanke, ein wirklicher Spion könnte einige der Dinge erfahren, die ich hier gesehen habe. Beispielsweise die Tatsache, daß unsere Armee siebentausend Köpfe zählt.«

Hammerstone lehnte sich an ein Regal. »Immer mit der Ruhe. Glaubt Ihr denn, ich wäre wach und würde meine Runden schieben, wenn ich ein Trottel wäre? Wie ich Euch gesagt habe, wäre es der helle Wahnsinn, wenn jemand versuchen würde, diesen Ort hier zu erobern. Sollen die Spione doch nach Hause gehen und ihren Vorgesetzten genau dies erzählen. Das kann Viron nur recht sein. Und ich habe es nicht so deutlich gesagt, aber im Grunde *zeige* ich Euch, daß Viron siebentausend Blechkameraden zur Verfügung hat, die jederzeit aufgeweckt werden können. Die anderen Städte in diesem Teil des *Whorl* haben höchstens die Hälfte davon, soweit wir wissen. Also werden sie sich hüten, Viron anzugreifen, und wenn Viron sagt, daß sie nach unserer Pfeife tanzen sollen, dann werden sie tanzen.«

»Dann bringen mich die Dinge, die Ihr mir gesagt habt, also nicht weiter in Gefahr?«

»Überhaupt nicht. Wollt Ihr immer noch die Ersatzmannschaften sehen?«

»Natürlich, wenn Ihr noch bereit seid, sie mir zu zeigen. Darf ich fragen, warum Ihr Euch überhaupt Sorgen um Spione macht, wenn Ihr doch ohne weiteres jemanden, der ein Spion sein könnte – ich betone, daß ich natürlich keiner bin –, durch diese Anlage führen könntet?«

»Weil die Spione sich nicht für diese Anlage interessieren. Wenn es nur das wäre, dann würden wir sie einfach herumlaufen lassen und anschließend wieder nach Hause schicken. Nein, sie wollen wissen, wo unsere Regierung ist.«

Silk sah ihn neugierig an. »Wo das Ayuntamiento seine Sitzungen abhält?«

»Zum Beispiel, ja.«

»Es scheint mir, als müßte das Ayuntamiento sogar noch stärker verteidigt sein als dieses Hauptquartier. Und wenn das so ist, was hätten sie dann von ihrem Wissen?«

»Es ist stärker verteidigt«, erklärte Hammerstone, »allerdings nicht auf die gleiche Art und Weise. Wenn es so wäre, dann könnte man es leicht finden. Ihr habt jetzt mich und den Sergeant gesehen. Glaubt Ihr, wir bestehen aus sehr hartem Metall?«

»Ja, das glaube ich.«

Hammerstone hob eine beeindruckend große Faust. »Glaubt Ihr, Ihr könntet mich verprügeln?«

»Nein, natürlich nicht. Ich bin mir durchaus bewußt, daß Ihr mich sehr schnell töten könntet, wenn Ihr das wollt.«

»Vielleicht kennt Ihr einen Biologischen, der es könnte?«

Silk schüttelte den Kopf. »Der stärkste Biologische, den ich kenne, ist mein Freund Auk. Auk ist etwas größer als ich und erheblich kräftiger gebaut. Er ist ein erfahrener Kämpfer, aber ich bin sicher, daß Ihr auch ihn mühelos besiegen könntet.«

»In einem Faustkampf? Jede Wette. Ich würde ihm

mit dem ersten Schlag den Kiefer brechen. Und denkt an das hier.« Hammerstone deutete auf den hellen Kratzer, den Hyacinths Nadler auf seinem Brustpanzer hinterlassen hatte. »Aber was, wenn wir beide Musketen hätten?«

Silk sagte diplomatisch: »Ich glaube, Auk besitzt keine.«

»Angenommen, Viron gibt ihm eine und eine Schachtel Munition dazu.«

»In diesem Fall könnte ich mir vorstellen, daß es eine reine Glückssache ist.«

»Hat dieser Auk, den Ihr kennt, noch viele Freunde außer Euch, Patera?«

»Ganz bestimmt. Da ist ein Mann namens Gib – der ist sogar noch größer als Auk, wenn ich's mir recht überlege. Und eine unserer Sibyllen ist mit Auk befreundet.«

»Lassen wir die mal weg. Angenommen, ich müßte gegen Euch und gegen Auk und gegen diesen anderen Biologischen namens Gib antreten, und Ihr drei hättet Musketen.«

Immer noch bemüht, ihn nicht zu verletzen, sagte Silk: »Ich glaube, dann wäre jeder Ausgang denkbar.«

Hammerstone richtete sich auf, machte einen Schritt auf Silk zu und baute sich drohend vor ihm auf. »Ihr habt recht. Vielleicht würde ich Euch alle drei töten, oder Ihr würdet mich töten, ohne auch nur einen Kratzer abzubekommen. Aber was meint Ihr, was das Wahrscheinlichste ist? Ich sage Euch gleich, wenn Ihr mich jetzt anlügt, dann werde ich nicht mehr so freundlich mit Euch sein wie oben. Also überlegt es Euch genau, bevor Ihr antwortet. Also, was ist nun? Ihr drei gegen mich, und wir haben alle Musketen.«

Silk zuckte die Achseln. »Wenn Ihr es wünscht. Ich verstehe nicht viel vom Kämpfen, aber ich denke, wahrscheinlich könntet Ihr einen oder zwei von uns töten, aber am Ende würdet Ihr selbst sterben.«

Hammerstone warf den Kopf zurück und grinste wieder. »Ihr seid nicht leicht einzuschüchtern, Patera, was?«

»Ganz im Gegenteil. Ich bin sogar ein eher ängstlicher Mensch. Ich hatte große Angst, als ich es sagte, und ich habe genaugenommen immer noch Angst, aber Ihr wolltet ja wissen, was ich für die Wahrheit halte.«

»Wie viele Biologische gibt es in Viron, Patera?«

»Ich weiß es nicht.« Silk hielt inne und streichelte seine Wange. »Eine interessante Frage! Ich habe noch nie darüber nachgedacht.«

»Ihr seid ein kluger Mann. Das habe ich gleich gesehen. Nun, es ist lange her, daß ich das letztemal in der Stadt war. Was meint Ihr, wie viele sind es?«

Silk rieb sich immer noch die Wange. »Im Idealfall unterhalten wir – das Kapitel, meine ich – jeweils ein Manteion für fünftausend Einwohner. Heute sind fast alle Einwohner Biologische – es gibt nicht mehr viele Chemische, das Verhältnis liegt wahrscheinlich nur noch bei eins zu zwanzig. Ich glaube, derzeit sind hundertsiebzehn Manteions in Betrieb. Das war jedenfalls die Zahl, die ich auf der Schola gelernt habe.«

»Fünfhundertfünfundfünfzigtausendsiebenhundertundfünfzig«, erklärte Hammerstone.

»Aber in Wirklichkeit ist das Verhältnis höher. Ich würde sagen, mehr als sechstausend Einwohner pro Manteion, vielleicht sogar acht- oder neuntausend.«

»Also gut, nehmen wir an, es sind sechstausend«, entschied Hammerstone. »Da Ihr ja selbst sicher seid, daß das Verhältnis so ist. Das macht siebenhundertundzweitausend Biologische. Angenommen, die Hälfte davon sind Kinder. Die Hälfte der übrigen sind Frauen, und von denen würden nicht viele kämpfen. Bleiben noch hundertfünfundsiebzigtausendfünfhundert Männer. Nehmen wir an, die Hälfte davon ist zu alt oder zu krank oder läuft fort. Dann bleiben noch siebenundachtzigtausendsiebenhundertfünfzig Männer. Versteht Ihr, worauf ich hinauswill, Patera?«

Von den vielen großen Zahlen verwirrt, schüttelte Silk den Kopf.

»Ihr und ich, wir waren einer Meinung, daß ich bei einem Verhältnis von drei zu eins wahrscheinlich sterben würde. Also gut, siebenundachtzigtausendsiebenhundertfünfzig gegen dreitausendfünfhundert Blechkameraden, das ist ungefähr die Zahl, die wir Wick zutrauen. Das macht ein Verhältnis von fünfundzwanzig zu eins.«

»Ich glaube, ich beginne zu verstehen«, sagte Silk.

Hammerstone zielte mit einem Finger auf ihn, der so dick war wie eine Brechstange. »Das wären alle, die überhaupt kämpfen können. Nun nehmt die Garde. Fünf Brigaden?«

»Es wird gerade eine neue aufgestellt«, erklärte Silk. »Eine Reservebrigade. Dann sind es sechs.«

»Sechs Brigaden mit jeweils vier- bis fünftausend Soldaten. Wer ist also wichtig, wenn es bald einen neuen Krieg gibt, Patera? Wir Blechkameraden oder das Ayuntamiento, das der Garde die Befehle gibt und das ohne weiteres der Hälfte aller Biologischen in Viron Musketen in die Hand drücken könnte, wenn es das wollte?«

Silk, in seinen Gedanken verloren, gab keine Antwort.

»Ihr wißt es jetzt, Patera, und wir wissen es auch. Heute sind wir nur noch eine Elitetruppe, während wir früher alles alleine erledigen konnten. Kommt mit, ich werde Euch die Ersatzmannschaften zeigen.«

Hinten im weiten, hohen Arsenal, in den Regalen, die der Rückwand am nächsten waren, lagen Soldaten in schmutzigen Plastikplanen. Ihre Gliedmaßen waren mit einem zähflüssigen braunschwarzen Konservierungsmittel eingerieben. Erstaunt bückte Silk sich und untersuchte den nächsten. Er wollte Staub und Spinnweben wegblasen, und als das nicht half, wischte er sie mit dem Ärmel ab.

»Eine ganze Kompanie«, verkündete Hammerstone voller Stolz. »Immer noch in dem Zustand, in dem sie aus der Fabrik gekommen sind.«

»Und er hat noch kein Wort gesprochen und ist noch nie aufgestanden und hat sich umgesehen? Dreihundert Jahre lang?«

»Sogar noch etwas länger. Wir waren ungefähr zwanzig Jahre gelagert, ehe wir an Bord kamen.«

Dieser Mann war ungefähr zur gleichen Zeit entstanden wie Maytera Marble, überlegte Silk. Ungefähr zur gleichen Zeit wie Hammerstone selbst. Maytera war jetzt alt und verschlissen und dem Tode nahe; aber Hammerstone war noch jung und stark, und dieser Mann hier war noch nicht einmal geboren.

»Wir könnten ihn jetzt sofort aufwecken«, erklärte Hammerstone. »Ihr braucht nur in sein Ohr zu schreien und ihm auf die Brust zu schlagen. Aber laßt es lieber.«

»Nein, ich werde es nicht tun.« Silk richtete sich auf. »Würden damit seine geistigen Prozesse in Gang gesetzt?«

»Sie sind bereits in Gang. In der Fabrik mußten sie ja prüfen, ob alles in Ordnung ist. Danach haben sie ihn gleich eingeschaltet gelassen. Nur heruntergefahren, wenn Ihr versteht, was ich meine, so daß die meisten Teile nicht abgenutzt werden. In gewisser Weise weiß er sogar, daß wir hier sind. Er hört uns reden, aber es bedeutet ihm nicht viel, und er wird nicht weiter darüber nachdenken. Das Gute daran ist, daß er aufwachen würde, sobald hier ein Notfall eintritt, wie beispielsweise ein Brand, und dann hat er sein Grundprogramm, an das er sich halten kann.«

»Ich wollte Euch in Zusammenhang mit all diesen Dingen schon die ganze Zeit etwas fragen«, sagte Silk.

»Eigentlich habe ich sogar mehrere Fragen, und ich hoffe sehr, Ihr werdet nicht wütend auf mich, obwohl Ihr mich leicht für unhöflich halten könntet. Aber bevor ich frage, möchte ich wissen, ob die Soldaten, die in diesen Regalen schlafen, einander gleichen.«

»Nicht ganz genau.« Hammerstone schien wieder beunruhigt wie zuvor, als er seine Unzufriedenheit mit dem Ayuntamiento zum Ausdruck gebracht hatte. »Wenn man einmal eine Weile wach war, ist es schwerer, wieder herunterzufahren. Ich glaube, weil dann alle Systeme in Betrieb waren. Versteht Ihr, was ich meine?«

Silk nickte. »Ich glaube schon.«

»Zuerst scheint es so, als würde man einfach hier liegen. Man merkt, daß etwas nicht stimmt und daß man nicht einschlafen kann und daß man genausogut auch aufstehen könnte. Man tut es dann zwar nicht, aber man denkt die ganze Zeit daran. Also denkt man, nun gut, ich habe gerade nichts Besseres zu tun, also gehe ich einige der schönsten Dinge durch, die mir passiert sind, wie zum Beispiel, als Schist die Granate verkehrt herum geladen hat. Und so geht es weiter, nur daß es nach einer Weile nicht mehr ganz so aussieht, wie es geschehen ist, und dann ist man vielleicht ein anderer geworden.« Hammerstone machte eine unbestimmte Geste. »Ich kann es nicht richtig erklären.«

»Nein, ganz im Gegenteil«, widersprach Silk. »Ihr habt es sogar sehr gut erklärt.«

»Und es wird immer dunkler. Noch etwas wollte ich Euch zeigen, Patera. Kommt mit, wir müssen dieser Rückwand ein Stück folgen, bis wir es sehen.«

»Einen Moment bitte, mein Sohn.« Silk stellte den rechten Fuß auf die niedrigste Querstange des Regals und wickelte Cranes Verband ab. »Darf ich die Fragen stellen, die ich erwähnt habe, während ich mich um meinen Fuß kümmere?«

»Natürlich, schießt nur los.«

»Ihr habt vor einer Weile einen Major erwähnt, der entscheiden wird, ob ich unter Arrest gestellt werden soll. Kann ich annehmen, daß er der ranghöchste wache Offizier ist?«

Hammerstone nickte. »Er ist der Wachhabende, der Chef vom Dienst. Der Sergeant und ich und die anderen, wir sind unter ihm zum Wachdienst eingeteilt. Wir sagen meist einfach, daß wir Wache schieben. So reden wir eben unter uns.«

»Ich verstehe. Ich würde gern wissen, warum dieser Major – oder irgendein anderer Offizier – ein Offizier ist, während Ihr Corporal seid. Warum ist Sand zum Beispiel Sergeant? Es scheint mir doch so, als wärt Ihr Soldaten untereinander austauschbar.«

Hammerstone blieb schweigend stehen und starrte ins Leere, bis Silk die Situation peinlich wurde. »Ich muß mich entschuldigen, mein Sohn. Ich hatte ja gleich befürchtet, daß ich Euch zu nahe treten könnte, obwohl ich das nicht wollte, und es scheint sogar schlimmer zu sein, als ich befürchtet hatte. Ich ziehe meine Frage zurück.«

»Nein, keine Sorge, Patera. Ich wollte nur alles durchdenken, bevor ich etwas sage. Es ist so, daß es nicht nur eine Antwort darauf gibt.«

»Ich will auch keine Antwort mehr hören«, versicherte Silk ihm. »Es war eine dumme und schlecht durchdachte Frage, die ich niemals hätte stellen sollen.«

»Zunächst einmal muß ich sagen, daß Ihr recht habt. Die grundlegende Hardware ist die gleiche, aber die Software unterscheidet sich. Ein Corporal muß viele Dinge wissen, die ein Major nicht braucht, und wahrscheinlich ist es andersherum genauso. Ist Euch eigentlich aufgefallen, wie ich spreche? Ich spreche etwas anders als Ihr, nicht wahr? Aber wir sprechen trotzdem die gleiche verdammte Sprache. Verzeihung, Patera.«

Silk sagte vorsichtig: »Mir ist bisher nicht aufgefallen, daß Eure Diktion in irgendeiner Hinsicht seltsam oder ungewöhnlich wäre, aber nun, da Ihr mich darauf aufmerksam macht, muß ich zweifellos sagen, daß Ihr recht habt.«

»Seht Ihr? Ihr redet mehr oder weniger wie ein Offizier, und die können wieder nicht so reden wie einfache Soldaten und Corporals oder Sergeants. Sie benutzen viel mehr und längere Worte, und sie können die Dinge nicht so klar ausdrücken, wie es ein Corporal tun würde. Warum ist das so? Nun, wenn es den nächsten Krieg gibt, dann werden Sand und ich dieses und jenes mit der Garde, mit gemeinen Soldaten, mit Corporals und Sergeants zusammen tun, nicht wahr? Vielleicht werden wir ihnen zeigen, wo sie ihre Maschinengewehre aufbauen sollen und so weiter. Wir müssen also reden wie sie, damit sie uns verstehen und damit wir zusammen den Feind bekämpfen und nicht etwa gegeneinander kämpfen. Der Major macht das gleiche mit den anderen Offizieren, also muß er reden wie die Offiziere. Und das tut er dann auch. Habt Ihr schon einmal versucht, so zu reden, wie ich rede, Patera?«

Silk nickte und errötete. »Ich bin kläglich gescheitert, fürchte ich.«

»Genau. Nun, der Major kann auch nicht so reden wie ich, und ich kann nicht so reden wie er. Wenn einer von uns das tun wollte, müßte er die Software für beide Sprachmuster haben. Das Problem ist nur, daß unsere Köpfe den ganzen Mist, der da herumspukt, gar nicht speichern können, versteht Ihr? Wir haben da oben nur einen beschränkten Raum, genau wie Ihr, und da ist kein Platz mehr frei. Draußen, wo einem das Blei um die Ohren fliegt, da käme der Major lange nicht so gut zurecht wie ich als Corporal, und ich würde wieder keinen guten Major abgeben.«

Silk nickte. »Danke. Jetzt fühle ich mich besser mit der Art und Weise, wie ich selbst spreche.«

»Warum denn das?«

»Es hat mich bisher immer gestört, daß die Menschen in unserem Viertel nicht so reden wie ich und daß ich nicht so reden kann wie sie. Nachdem ich Euch zugehört habe, ist mir klar, daß es so ist, wie es sein sollte. Die Leute in meinem Viertel leben – wenn ich das so sagen darf – in einer Gegend, in der einem das Blei um die Ohren fliegt. Sie können es sich nicht leisten, auch nur einen Augenblick unaufmerksam zu sein, und sie beschäftigen sich nicht mit komplexen abstrakten Gedanken, weil es für sie zu gefährlich wäre, mißverstanden zu werden. Ich bin so etwas wie ein Gesandter für sie – ein Mittler zwischen ihnen und den wohlhabenderen Gesellschaftsschichten, wo das Leben angenehmer ist, wo man sich aber viel häufiger mit komplizierten und abstrakten Gedanken beschäftigen muß und wo die Konsequenzen von Mißverständnissen lange nicht so gravierend sind. Ich spreche so, wie ich sprechen muß, weil ich dadurch meinem Volk am besten dienen kann.«

Hammerstone nickte. »Ich glaube, ich verstehe Euch jetzt, Patera. Und ich glaube, Ihr habt mich auch verstanden. Also gut, es gibt noch andere Dinge. KI zum Beispiel. Wißt Ihr, was das ist? Was es heißt?«

»Ich fürchte, ich habe noch nie davon gehört.« Silk hatte Cranes Verband gegen einen Stützpfosten des Regals geschlagen. Er setzte den Fuß auf die Querstrebe und wickelte sich den Verband wieder um den Knöchel.

»Das ist ein schrulliges Wort dafür, daß man Dinge lernt. Wenn ich etwas mache, dann lerne ich dabei, es in Zukunft besser zu machen. Nehmen wir an, ich schieße auf einen dieser Götter. Wenn ich ihn verfehle, dann lerne ich etwas daraus. Ich schieße also im Laufe der Zeit immer besser und verschwende meine Kugeln nicht mehr auf Dinge, die ich sowieso nicht treffe, wenn ich sie nicht gerade aus reinem Glück erwische. Ihr macht das genauso.«

»Natürlich.«

»Nein! Da irrt Ihr Euch, Patera.« Hammerstone wackelte mit einem großen Stahlfinger vor Silks Gesicht herum. »Viele tun das ja gar nicht. Denkt an einen Schweber. Er weiß, daß er nicht zu schnell nach Süden fliegen darf, aber er lernt niemals, über welche Dinge er wegfliegen kann und über welche nicht. Der Fahrer muß das lernen. Oder denkt an eine Katze. Habt Ihr mal versucht, einer Katze etwas beizubringen?«

»Nein«, gab Silk zu. »Aber ich habe – oder ich muß wohl sagen, ich hatte – einen Vogel, der ganz bestimmt etwas lernen konnte. Er hat zum Beispiel meinen und seinen eigenen Namen gelernt.«

»Ich rede jetzt von Katzen. Als es das zweite Jahr gegen Urbs ging, habe ich in einem zerstörten Bauernhaus ein kleines Kätzchen gefunden. Ich habe es behalten, um jemanden zu haben, mit dem ich reden und für den ich sorgen konnte. Das war manchmal ganz schön.«

»Ich weiß genau, was Ihr meint, mein Sohn.«

»Also, in diesem Sommer hatten wir auf einem Hügel einen großen Granatwerfer aufgebaut, und als die Schlacht im Gange war, haben wir so schnell gefeuert, daß Ihr es nicht glauben würdet, selbst wenn Ihr daneben gestanden hättet. Und der Leutnant hat die ganze Zeit noch geschrien, wir sollten noch schneller schießen. Manchmal hatten wir acht oder neun Geschosse gleichzeitig in der Luft. Habt Ihr schon einmal einen Granatwerfer bedient, Patera?«

Silk schüttelte den Kopf.

»Also gut. Stellt Euch vor, Ihr geht zu dem Granatwerfer und öffnet den Verschluß und schiebt eine Splittergranate rein, und dann wird gefeuert. Dann öffnet Ihr das Verschlußstück wieder, und die leere Hülse fliegt heraus. Sie ist ziemlich heiß.«

»Ja, das kann ich mir vorstellen.«

»Aber wenn Ihr sechs, sieben, acht Geschosse gleichzeitig in der Luft habt, dann wird das Verschlußstück selbst so heiß, daß es das nächste Geschoß schon zum Explodieren bringt, bevor man überhaupt die Zündleine ziehen kann. Und wenn die Hülse herausspringt, dann ist sie so heiß, daß sie im Dunkeln glüht. Wir haben also geschossen und geschossen und immer mehr Munition herangeschafft und weitergeschossen, bis wir an einer Seite einen ziemlich hohen Stapel leerer Hülsen liegen hatten. Und dann kommt dieses arme Kätzchen und will sich irgendwo setzen und uns zusehen, und es sucht sich ausgerechnet den Haufen mit den Hülsen aus und springt oben drauf. Natürlich waren die Hülsen ganz oben so heiß, daß man etwas hätte darauf braten können.«

Silk nickte verständnisvoll.

»Das Kätzchen hat geheult und ist abgehauen, und ich habe es danach zwei oder drei Tage nicht gesehen.«

»Aber es ist zurückgekehrt?« Der Gedanke, daß auch Oreb zurückkehren könnte, munterte Silk etwas auf.

»Die Katze ist zurückgekehrt, aber sie hat sich danach von den Hülsen ferngehalten. Ich konnte ihr eine zeigen und vielleicht sogar eine Pfote oder ihre Nase dagegen stupsen, um ihr zu zeigen, daß sie eiskalt waren, aber es hat nichts genützt. Sie hatte gelernt, daß diese Dinger heiß sind, Patera. Danach konnte sie nicht mehr lernen, daß sie manchmal auch kalt sind, obwohl ich es ihr doch gezeigt habe. Sie hatte keine KI, und es gibt Menschen, bei denen das genauso ist. Ziemlich viele sogar.«

Silk nickte wieder. »Ein Theodidakt hat einmal geschrieben, daß die weisen Menschen aus den Erfahrungen der anderen lernen. Narren, sagte er, lernen nur aus den eigenen Erfahrungen, während die meisten Menschen überhaupt nichts lernen. Ich glaube, er wollte damit wohl sagen, daß die meisten Menschen keine KI haben.«

»Da habt Ihr vollkommen recht, Patera. Aber wenn Ihr das verstanden habt, dann muß es ja so sein, daß jemand, der mehr Erfahrung hat, auch einen höheren Rang bekleidet. Deshalb ist Sand Sergeant, ich bin Corporal, und Schist ist ein gemeiner Soldat. Ihr sagtet, Ihr hättet mehrere Fragen. Wie lautet die nächste?«

»Vielleicht sollten wir uns lieber gleich auf den Weg machen, wenn wir noch ein Stück zu laufen haben«, schlug Silk vor. Sie setzten sich zusammen in Marsch und gingen nebeneinander durch den breiten Gang zwischen der Mauer und der hintersten Regalreihe. »Ich wollte Euch nach Pas' Absicht fragen, die Städte unabhängig zu halten. Als Ihr es mir beschrieben habt, schien mir das völlig vernünftig. Ich war sicher, daß es so funktionieren würde, wie Pas es sich vorgestellt hat.«

»So hat es auch funktioniert«, bestätigte Hammerstone. »Ich sagte, ich hielte es für ziemlich klug, und das denke ich immer noch.«

»Aber später haben wir dann über Soldaten wie Euch gesprochen und über drei Biologische, die mit Musketen bewaffnet sein könnten, und über die Zivilgarde und so weiter. Dabei ist mir eingefallen, daß die Einteilung, die Ihr vorher beschrieben hattet, so bewundernswert sie einst gewesen sein mag, heute nicht mehr wirksam ist. Wenn Wick dreitausendfünfhundert Soldaten hat, und unsere Stadt hat siebentausend, dann ist unsere Stadt nur dann doppelt so stark wie Wick, wenn Soldaten die einzigen sind, die in einem Krieg kämpfen. Wenn außer den Soldaten aber auch zehn- oder zwanzigtausend Gardisten kämpfen würden, ganz zu schweigen von einigen hunderttausend normalen Bürgern – dann könnte Wick doch, insgesamt gesehen, genauso stark sein wie Viron, oder?

Vielleicht sogar stärker? Was wird unter diesen Umständen aus Pas' Arrangement?«

Hammerstone nickte. »Darüber machen wir uns alle Sorgen. So, wie ich es sehe, hat Pas vor allem die ersten zweihundert Jahre bedacht. Vielleicht die ersten zweihundertfünfzig Jahre. Ich glaube, er dachte sich, danach hätten wir gelernt, miteinander auszukommen, oder wir hätten uns gegenseitig umgebracht, was vielleicht auch keine so schlechte Idee ist. Patera, am Anfang hat es überhaupt nicht so viele Biologische gegeben, und sie waren auch nicht besonders gut darin, Dinge herzustellen. Die Städte waren schon da, als sie gekommen sind, gepflasterte Straßen und Häuser aus Schiffsstein. Das Problem war, Nahrungsmittel anzubauen. Zuerst haben sie angefangen, Werkzeuge und Kleidung herzustellen und Lehmziegel, damit sie Gebäude errichten konnten, wo sie es für nötig hielten, obwohl Pas dort keine vorgesehen hatte.

Wartet, Patera. Bleibt stehen, ich kann es Euch gleich zeigen.«

Hammerstone war vor einer breiten Doppeltür stehengeblieben. Er versperrte mit seinem breiten Rücken die Fuge zwischen den Türflügeln. Anscheinend war dort etwas, das Silk nicht sehen sollte.

»Wie ich schon sagte, hat es vor dreihundert Jahren noch nicht so viele Biologische gegeben. Die Chemischen haben den größten Teil der Arbeit erledigt. Wir Soldaten haben auch manchmal gearbeitet, aber das meiste haben die Zivilisten gemacht. Vielleicht kennt Ihr ein paar. Sie haben keinen Panzer, und sie haben eine andere Software.«

»Die meisten sind verschwunden, fürchte ich«, sagte Silk.

»Ja, und das ist ein Punkt, wo der alte Pas meiner Meinung nach einen Fehler gemacht hat. Ich und eine weibliche Chemische, wir könnten ein Kind haben. Wißt Ihr das?«

»Natürlich.«

»Jeder von uns hat die Hälfte der Pläne in sich. Aber das Problem ist, daß wir ein Jahr brauchen würden, wenn wir Glück haben, und vielleicht zwanzig Jahre, wenn es nicht so gut läuft. Ihr Biologischen könnt das jeden Abend nach der Arbeit machen.«

»Glaubt mir«, sagte Silk, »ich wünsche von ganzem Herzen, Ihr wärt uns etwas ähnlicher und wir wären ein wenig mehr wie Ihr. Ich habe noch nie im Leben etwas so ernst gemeint.«

»Danke. Nun ja, nach einer Weile waren dann mehr Biologische da, und die Werkzeuge waren besser, weil anfangs immer noch eine Menge Chemische da waren, die sie herstellen konnten. Außerdem waren in vielen Städten, die Kriege geführt haben, eine Menge Musketen auf dem Markt, weil die Soldaten, denen sie gehört hatten, gestorben waren. Es ist eigentlich gar nicht so schwer, eine Muskete herzustellen. Man braucht nur ein paar Werkzeuge und eine Drehbank für den Lauf. Aber was man mit einer Drehbank machen kann, das kann ein geschickter Handwerker genausogut auch mit ein paar Feilen und einem Handbohrer machen, wenn er genug Zeit hat.«

Hammerstone machte eine ausholende Geste, die das ganze Lager einschloß. »So, da wären wir. Nicht mehr so viele, wie wir mal waren, und mit der Zeit werden wir immer weniger.«

»Es ist eine Schande«, sagte Silk nachdenklich.

»Kopf hoch, Patera. Hier kommt das Beste, was ich Euch zeigen kann, da Ihr ein Augur seid. Ich habe es mir deshalb bis zuletzt oder bis fast zuletzt aufgespart. Habt Ihr schon einmal von Pas' Siegel gehört?«

Silk riß erstaunt die Augen auf. »Sicher doch. Es wird den Gebeten erwähnt. ›Tue, wie ich dir geheißen, und lebe in Frieden, vermehre dich und brich nicht mein Siegel. So sollst du meinem Zorn entgehen.‹«

Hammerstone warf abermals grinsend den Kopf zurück. »Habt Ihr es je gesehen?«

»Nein, natürlich nicht. Pas' Siegel ist – meines Wissens jedenfalls – vor allem eine Metapher. Wenn ich Euch zum Beispiel die Beichte abnehmen sollte, dann muß alles, was ich dabei von Euch erfahre, dem Siegel des Pas unterliegen und dürfte ohne Eure ausdrückliche Erlaubnis keinem Dritten mitgeteilt werden.«

»Nun, dann seht Euch mal das hier an«, sagte Hammerstone und trat einen Schritt zur Seite.

In halber Höhe saß mitten auf der Fuge zwischen den beiden Türflügeln ein großer Klecks aus dunklem Plastik. Silk ließ sich auf ein Knie nieder und las die eingravierten Buchstaben und Zahlen.

5533	8783	4223	9700	34
2221	0401	1101	7276	56

VERSIEGELT FÜR DEN MONARCHEN

»Da seht Ihr es«, sagte Hammerstone zu Silk. »Es ist hier, seit wir an Bord gekommen sind, und wenn die Menschen von Pas' Siegel sprechen, dann meinen sie dieses Ding hier, das Ihr gerade anseht. Früher gab es noch mehr davon.«

»Wenn dieser Abdruck tatsächlich das ist, was man als Siegel des Pas bezeichnet«, flüsterte Silk, »dann ist es ein unermeßlich kostbares Relikt.« Er verneigte sich ehrfurchtsvoll und machte das Zeichen der Addition vor dem Siegel. Dann murmelte er ein Gebet.

»Vielleicht wäre es kostbar, wenn wir es abnehmen und zu einem der großen Manteions schleppen würden. Das Problem ist aber, daß das nicht geht. Wenn Ihr versucht, die Türen mit Gewalt zu öffnen, dann zerspringt das Ding in eine Million winziger Stücke. Wir haben ein paar zerbrochen, als wir hergekommen sind, und was von ihnen übrigbleibt, ist nur ein feines Pulver.«

»Und niemand weiß, was hinter den Siegeln liegt?« fragte Silk. »In dem Raum dahinter?«

»Oh, wir wissen durchaus, was dort ist. Die Räume sehen mehr oder weniger so aus wie dieser hier. Viele Leute in Regalen. Nur, daß dort drin Biologische sind. Wollt Ihr sie sehen?«

»Biologische?« wiederholte Silk. Als er das Wort aussprach, fiel ihm wieder der Traum ein, den er ein paar Stunden zuvor geträumt hatte. Die Erinnerung kam mit einer Eindringlichkeit und Klarheit, die ihm völlig neu war: der mit Brombeerranken überwucherte Hügel, Maytera Marble (absurderweise) krank im Bett, der aufdringlich süße Geruch von Maytera Roses blauer Lampe, Mucor auf dem Wasser sitzend, als der Traum, in dem sie eine Rolle gespielt hatte, zu Ende war. *»Weiter vorn ist es trockener. Wir treffen uns, wo die Biologischen schlafen.«*

»Klar«, bestätigte Hammerstone. »Biologische wie Ihr. In dem Lager, in dem wir gerade eben waren, liegen Soldaten, und in denen, wo die Siegel noch vor den Türen sind, lagern Biologische. Der alte Pas muß Angst gehabt haben, es könnte eine Krankheit ausbrechen oder vielleicht eine Hungersnot, so daß Viron neue Biologische braucht, um wieder in Gang zu kommen. Aber sie liegen nicht wie wir, sondern sie stehen. Wollt Ihr sie sehen?«

»Natürlich«, sagte Silk. »Wenn sich das machen läßt, ohne Pas' Siegel zu brechen.«

»Keine Sorge. Ich habe das bestimmt schon ein dutzendmal gemacht.« Hammerstone klopfte mit dem Knöchel an eine der Türen. »Ich mache das nicht, damit jemand kommt und uns hereinläßt, sondern damit drinnen die Lichter angehen. Sonst könntet Ihr nichts sehen.«

Silk nickte.

»Ich glaube, Eure Finger sind nicht stark genug, deshalb muß ich es für Euch machen.« Er schob die meißelähnlichen Fingernägel in den Spalt zwischen den Türflügeln. »Unter dem Siegel ist ein Knopf, der die Türen verschlossen hält. In diesem Zustand waren die meisten, als wir an Bord gekommen sind. Pas' Siegel bricht nicht einmal, wenn ich so fest ziehe, wie ich kann. Aber ich kann den oberen Teil so weit auseinanderziehen, daß Ihr einen Blick hineinwerfen könnt, wenn Ihr das Auge an den Spalt legt. Schaut nur hinein.«

Hammerstones Stimme vibrierte etwas, während er sprach, und die dunkle Fuge zwischen den Türflügeln verwandelte sich in einen grünen Lichtstreifen. »Ihr müßt Euch zwischen mich und die Tür quetschen, um hineinzusehen. Ihr müßt das Auge dicht vor den Spalt bringen.«

Silk drängte sich gegen die harte, glatte Tür und schaffte es, durch den Spalt zu lugen. Er sah einen kleinen Ausschnitt eines anscheinend großen und hell erleuchteten Saales. Auch hier standen Regale aus grau gestrichenem Stahl; aber die reglosen Biologischen in der untersten Reihe (auf einer Flucht mit dem Spalt, durch den er blickte) standen beinahe aufrecht. Sie steckten in anscheinend extrem dünnen Glaszylindern, die nur sichtbar waren, weil eine Staubschicht sie bedeckte. Da er durch den schmalen Spalt zwischen den Türen blickte, war sein Gesichtsfeld stark begrenzt; er konnte nur drei der Schläfer deutlich erkennen: eine Frau und zwei Männer. Alle drei waren nackt und (so schien es ihm) ungefähr in seinem Alter. Die drei standen aufrecht, und die Augen in ihren leeren, entspannten Gesichtern waren geöffnet.

»Ist das Licht hell genug?« fragte Hammerstone. Er beugte sich vor, um auch selbst durch den Spalt zu sehen. Sein Kinn war ein ganzes Stück höher als Silks Kopf.

»Da drinnen ist jemand«, informierte Silk ihn. »Jemand, der nicht schläft.«

»Dort drinnen?« Es gab ein metallisches Klirren, als Hammerstone mit der Stirn gegen die Tür schlug.

»Seht nur, wie hell es da drinnen ist. Alle Lichter in dem Raum sind voll erleuchtet. Ein paar Schläge gegen die Tür können das nicht bewirkt haben.«

»Da drinnen kann niemand sein!«

»Natürlich kann da jemand sein«, erwiderte Silk. »Es gibt eben einen zweiten Eingang, ganz einfach.«

Langsam – so langsam, daß Silk zuerst nicht sicher war, ob er die Bewegung tatsächlich sah – hob die Frau in der untersten Reihe die Hände und preßte sie gegen die kristallene Wand, die sie festhielt.

»Corporal der Wache!« brüllte Hammerstone. »Rückseite des Personallagers!« In der Ferne nahm ein Wachtposten den Ruf auf.

Bevor Silk protestieren konnte, hatte Hammerstone den Lauf der Muskete gegen das Siegel geschlagen, das sofort zu grobem schwarzem Staub zersprang. Während Silk entsetzt zurückwich, riß Hammerstone beide Türflügel auf und stürmte in die riesige Halle dahinter.

Silk kniete nieder und sammelte so viel von dem schwarzen Staub ein, wie er konnte. Da er kein passendes Gefäß hatte, faltete er sein letztes Blatt Papier zu einer Tüte und verwahrte den Staub im Federetui.

Als er das Etui geschlossen und in die Tasche seiner Robe zurückgesteckt hatte, lagen die Hände der gefangenen Frau an ihrer eigenen Kehle, und ihre Augen traten in den Höhlen hervor. Silk richtete sich hastig auf, humpelte in den hell erleuchteten Saal und verschwendete kostbare Sekunden darauf, nach dem Mechanismus zu suchen, der den durchsichtigen Zylinder, der sie gefangen hielt, öffnen würde. Dann zog er Hyacinths Nadler aus der Hosentasche und schlug mit dem Griff auf das fast unsichtbare Glas.

Es zersprang beim ersten Schlag. Die Atmosphäre im Innern nahm sofort die Farbe dunkelblauer reifer

Weintrauben an, wirbelte und wehte und mischte sich mit der Luft und verschwand schließlich so schnell, wie Mucor nach seinem Traum verschwunden war. Mit schlafwandlerischer Langsamkeit nahm die nackte Frau die Hände wieder an ihre Seite.

Sie rang nach Luft.

Silk wandte die Augen ab und zog seine Robe aus. »Wollt Ihr das hier anlegen, bitte?«

»Wir werden Geliebte sein«, erklärte die Frau ihm laut. Bei der vorletzten Silbe brach die Stimme. Ihr Haar war so schwarz wie Hyacinths Haar, die Augen von einem etwas dunkleren Blau als Silks Augen.

»Kennt Ihr diese Räume?« fragte Silk drängend. »Gibt es einen zweiten Ausgang?«

»Ich kenne mich aus.« Mit fast normalen Bewegungen trat sie aus dem Regal heraus.

»Ich muß fort.« Silk sprach so rasch er konnte. Er fragte sich, ob sie ihn überhaupt verstehen konnte, selbst wenn er so langsam sprach, als hätte er ein Kind vor sich. »Es muß noch einen zweiten Ausgang geben, weil jemand hier drinnen war, der nicht durch die Tür dort hereingekommen ist. Zeigt ihn mir, bitte.«

»Hier entlang.«

Er riskierte es, ihr Gesicht in Augenschein zu nehmen, und achtete sorgsam darauf, daß sein Blick nicht tiefer wanderte als bis zu ihrem langen, anmutigen Hals. In ihrem Lächeln war etwas Vertrautes – etwas Schreckliches, das er zuerst nicht wahrhaben wollte. Vorsichtig legte er ihr die Robe um die Schultern. »Ihr müßt sie vorn zuhalten.«

»Für mich zubinden?«

Er zögerte. »Es wäre besser ...«

»Ich weiß nicht wie.«

Sie kam einen Schritt näher. »Bitte?« Sie hatte ihre Stimme jetzt besser unter Kontrolle. Sie kam ihm irgendwie bekannt vor.

Er fummelte mit den Bändern herum. Seltsam, daß

etwas, das er jeden Morgen automatisch tat, am Körper eines anderen Menschen so schwierig war.

»Jetzt kann ich fliegen!« Sie streckte die Arme und breitete die Robe weit aus. Dann rannte sie langsam und unbeholfen den Gang hinunter, bis sie vor der gegenüberliegenden Wand fast nicht mehr zu sehen war. Dort machte sie kehrt und kam, ihre Kräfte gut einteilend, zurückgerannt. »Ich kann – es – wirklich.« Sie schnappte nach Luft, ihre Brüste hoben sich schwer. »Aber – du kannst – mich dann – nicht sehen.« Sie keuchte, aber sie lächelte stolz und warf den Kopf zurück wie Hammerstone. Am Lächeln, am starren, an eine Leiche erinnernden Grinsen erkannte er sie endlich.

»Du hast kein Recht, diese Frau zu übernehmen, Mucor!« Er machte das Zeichen der Addition. »Im Namen des Pas, des Herrn des Whorl, entferne dich!«

»Ich bin – eine Frau. Oh – ja.«

»Im Namen der Herrin Echidna, entferne dich.«

»Ich – kenne – sie. Sie – mag – mich.«

»Im Namen der Scylla und der Sphigx! Im heiligen Namen des Außenseiters!«

Sie hörte einfach nicht mehr zu. »Weißt du – warum dieser Raum – so hoch ist?« Sie deutete zur kuppelartigen Decke. »Damit die Flieger – hier fliegen können – ohne laufen zu müssen.« Sie deutete zu einem wirren Haufen von Knochen, Haar und verwestem Fleisch auf dem Boden eines Zylinders in der zweiten Reihe. »Einmal war ich – sie. Sie hat sich – erinnert.«

»Für mich bist du der Teufel, der von der Tochter einer armen Frau Besitz ergriffen hat«, sagte Silk wütend zu ihr. »Der Teufel, der von Orpine Besitz ergriffen hat.« Er sah die Furcht in ihren Augen aufblitzen. »Ich bin natürlich ein böser Mann – ein Mann, der gegen das Gesetz verstößt und manchmal alles andere als fromm ist. Trotzdem bin ich ein heiliger, geweihter und gesegneter Augur. Gibt es denn überhaupt nichts, was du respektierst?«

»Ich fürchte mich nicht, Silk.« Sie wich zurück, während sie ihm antwortete.

»Im Namen der Phaea, entferne dich! Im Namen der Thelxiepeia, weiche! Im Namen der Molpe, deren Tag heute ist, und im Namen der Scylla und der Sphigx. Entferne dich im Namen der Götter!«

»Ich wollte doch nur helfen …«

»Entferne dich im Namen des Tartaros und des Hierax!«

Sie hob die Hände, als wollte sie einen Schlag von Hammerstone abwehren, und Silk, der ihre Angst sah, erinnerte sich, daß *Hierax* der Name war, den Musk dem Weißköpfigen gegeben hatte, dem Weißkopfgeier, der auf dem Dach von Bloods Villa gelebt hatte. Diese Erinnerung weckte weitere Erinnerungen an die Nacht des Phaesday: wie er im Schatten einer dahinfliegenden Wolke eilig über die Wiese vor Bloods Haus gehuscht war, wie seine Astgabel auf das Dach des Wintergartens geprallt war, wie er das Beil zwischen Fensterflügel und Fensterrahmen von Mucors Zimmer geklemmt hatte, wie ihm die Drohung, dieses Fenster zu schließen, am nächsten Tag geholfen hatte, sie aus Orchids Haus zu verbannen.

Beinahe freundlich sagte er zu ihr: »Mucor, wenn du mich nicht in Frieden läßt, werde ich dein Fenster so fest verschließen, daß es nie wieder geöffnet werden kann. Verschwinde jetzt.«

Als wäre sie nie da gewesen, verließ sie die große, dunkelhaarige Frau, die vor ihm stand. Er hatte nichts gesehen und nichts gehört, aber er wußte es so sicher, als wäre sie mit einem Blitz oder einem Windstoß verschwunden.

Die Frau blinzelte zweimal. Ihre Augen blickten nicht scharf, und sie war desorientiert. »Gehen? Wohin?« Sie zog Silks Robe um sich fest.

»Gelobt sei der Große Hierax, der Sohn der Toten und der Neuen Toten, dessen Gnade endgültig und unendlich ist«, sagte Silk mitfühlend. »Geht es Euch gut, meine Tochter?«

Sie starrte ihn an, preßte eine Hand zwischen die Brüste. »Mein – Herz?«

»Es rast sicher noch, nachdem Mucor Euch so beansprucht hat. Aber Euer Puls müßte in ein paar Minuten wieder langsamer werden.«

Sie zitterte, sagte aber nichts. In der eintretenden Stille hörte er die Schritte schwerer stählerner Füße.

Er schloß die Doppeltür, die Hammerstone geöffnet hatte. Ihm war eingefallen, daß Hammerstone seine Leute zur Rückseite des Arsenals gerufen hatte. Es konnte eine Weile dauern, bis die heraneilenden Soldaten erkannten, daß in Wirklichkeit die große Halle dahinter gemeint gewesen war. »Vielleicht sollten wir etwas herumlaufen und eine geschützte Stelle finden, wo Ihr Euch setzen könnt. Wißt Ihr einen Weg hinaus?«

Die Frau sagte nichts, erhob aber auch keine Einwände, als Silk sie aufs Geratewohl durch einen Gang führte. Er sah jetzt, daß auf den Sockeln der Zylinder etwas geschrieben stand. Indem er sich auf die Zehenspitzen stellte, konnte er den Namen einer Frau lesen (Olive), ihr Alter (vierundzwanzig) und eine Art Zusammenfassung ihrer Ausbildung.

»Ich hätte auch Eure Angaben lesen sollen«, sagte er zu ihr, wie er zu Oreb gesprochen hatte, ohne eine Antwort zu erwarten. »Aber wir sollten lieber nicht zurückgehen. Wenn ich vorhin nachgeschaut hätte, dann wüßte ich jetzt wenigstens Euren Namen.«

»Mamelta.«

Er sah sie neugierig an. »Das ist Euer Name?« Er hatte diesen Namen noch nie gehört.

»Ich glaube schon. Ich bin aber …«

»Nicht sicher?« schlug er behutsam vor.

Sie nickte.

»Das ist jedenfalls ein sehr seltener Name.« Die grünen Lichter über ihnen verblaßten allmählich, und im Zwielicht, das noch blieb, sah er Hammerstone in einiger Entfernung durch einen Quergang laufen. Er fragte: »Könnt Ihr nicht etwas schneller gehen, Mamelta?«

Sie antwortete nicht.

»Ich würde ihm gern aus dem Weg gehen«, erklärte er. »Ich habe meine Gründe dafür. Ihr braucht aber keine Angst vor ihm zu haben. Er würde Euch oder mir niemals weh tun.«

Mamelta nickte zwar, aber er war nicht sicher, ob sie ihn auch wirklich verstanden hatte.

»Er wird nicht finden, was er sucht. Der arme Kerl. Er will denjenigen suchen, der die Lichter hier aktiviert hat. Ich bin ziemlich sicher, daß es Mucor war, aber die ist ja schon wieder fort.«

»Mucor?« Mamelta deutete auf sich selbst und legte beide Hände an die Wangen.

»Nein«, sagte Silk zu ihr. »Ihr seid nicht Mucor, obwohl Mucor für kurze Zeit von Euch Besitz ergriffen hat. Ich glaube, ich habe Euch aufgeweckt, als Ihr noch in dieser Glasröhre gesteckt habt. Ich glaube nicht, daß das vorgesehen war. Können wir jetzt etwas schneller gehen?«

»Gut.«

»Wir dürfen aber nicht rennen. Er könnte es hören, und er würde dadurch bestimmt mißtrauisch werden. Aber wenn wir gehen, können wir ihm vielleicht entkommen. Wenn wir ihm nicht entkommen und er findet uns, wird er sicher glauben, Ihr hättet die Lichter aktiviert. Das sollte ihn eigentlich zufriedenstellen, und wir hätten nichts verloren.« Halblaut fügte Silk hinzu: »Das hoffe ich jedenfalls.«

»Wer ist Mucor?«

Er sah Mamelta überrascht an. »Ihr fühlt Euch jetzt besser, nicht wahr?«

Sie starrte geradeaus, den Blick auf die gegenüberliegende Wand geheftet, als hätte sie seine Frage nicht gehört.

»Ich glaube – nein, ich weiß –, daß Ihr das moralische Recht habt, eine Antwort zu bekommen, und zwar die beste, die ich Euch geben kann. Aber ich fürchte, ich kann Euch keine sehr gute Antwort geben. Ich weiß nicht halb so viel über sie, wie ich gern wüßte, und mindestens zwei Dinge, die ich zu wissen glaube, widersprechen einander. Sie ist eine sehr junge Frau, die ihren Körper verlassen kann – oder, um es anders auszudrücken, die ihren Geist aussenden kann. Sie ist geistig nicht sehr stabil, oder sie war es nicht, als ich sie einmal persönlich getroffen habe. Inzwischen, da ich etwas Zeit hatte, über sie nachzudenken, glaube ich, daß sie möglicherweise doch nicht so verstört ist, wie ich zuerst dachte. Sie muß den Whorl ganz anders sehen als die meisten anderen Menschen.«

»Ich habe das Gefühl, daß ich Mucor bin …«

Er nickte. »Heute morgen – nein, inzwischen könnte es schon gestern morgen sein – habe ich mit jemandem gesprochen …« Er konnte es nicht erklären. »Mit einer Frau, die ich für eine sehr außergewöhnliche Person halte. Wir haben uns über Besessenheit unterhalten, und sie sagte etwas, das ich nicht so beachtet habe, wie ich es hätte beachten sollen. Aber ich habe über dieses Gespräch nachgedacht, während ich zum Schrein hochgestiegen bin – ich kann Euch vielleicht später noch davon erzählen –, und dabei habe ich erkannt, daß das, was sie gesagt hat, möglicherweise von äußerster Wichtigkeit ist. Sie hat gesagt: ›Trotzdem, es bleibt etwas zurück. Das geschieht eigentlich immer.‹ Oder etwas in dieser Art. Wenn ich sie richtig verstanden habe, dann läßt auch Mucor einen Teil von sich selbst zurück, wenn sie einen Menschen wieder verläßt. Andererseits nimmt sie aber einen kleinen Teil aus dem Geist dieses anderen Menschen mit, wenn sie verschwindet. Eigentlich lernen wir, die Seele sei unteilbar, aber die Schriften vergleichen die Seelen immer wieder mit Winden. Winde sind aber nicht unteilbar. Winde bewegen sich, und der Luftstrom teilt sich, sobald wir eine Tür schließen oder Atem schöpfen.«

Mamelta flüsterte: »So viele sind tot.« Sie blickte zu einem kristallenen Zylinder, in dem nur noch Knochen und ein paar Haarsträhnen lagen. Unten schien eine Schicht schwarzer Erde zu liegen.

»Ich fürchte, dafür ist teilweise auch Mucor verantwortlich.« Silk schwieg einen Moment lang, weil ihn das schlechte Gewissen plagte. »Ich habe Euch versprochen, Euch von ihr zu erzählen, aber das Wichtigste habe ich Euch bisher noch nicht gesagt. Für mich ist es jedenfalls sehr wichtig. Ich habe sie verraten. Sie ist die Tochter eines Mannes namens Blood. Er ist ein mächtiger Mann, der sie abscheulich behandelt. Als ich mit ihr sprach, sagte ich ihr, daß ich ihrem Vater ins Gewissen reden würde, sobald ich ihn treffe. Später hatte ich dann ein längeres Gespräch mit ihm, aber ich habe die Art und Weise, wie er seine Tochter behandelt, nicht zur Sprache gebracht, weil ich fürchtete, er könnte sie bestrafen, wenn er erfährt, daß sie mit mir geredet hat. Trotzdem habe ich das Gefühl, daß ich sie im Stich gelassen habe. Wenn man ihr zeigen könnte, daß andere sie schätzen, dann …«

»*Patera!*« Hammerstone suchte ihn.

Silk drehte sich um. »Ja, mein Sohn?«

»Hier herüber. Ein paar Reihen weiter herunter. Seid Ihr wohlauf?«

»O ja, mir geht es gut«, erklärte Silk. »Ich bin, nun ja, durch dieses faszinierende Lager geschlendert, oder wie Ihr es nennt, und habe mir die Leute angesehen.«

»Mit wem habt Ihr gesprochen?«

»Um Euch die Wahrheit zu sagen, mit einer dieser

Frauen. Ich fürchte, ich habe ihr einen Vortrag gehalten.«

Hammerstone kicherte. Es war das gleiche trockene, unmenschliche Geräusch, das Silk schon bei Sergeant Sand im Tunnel gehört hatte. »Habt Ihr jemanden gesehen?«

»Eindringlinge? Nein, niemanden.«

»Gut. Die Wachen müßten eigentlich schon da sein, aber sie haben sich bisher nicht blicken lassen. Ich muß nachsehen, wo sie bleiben. Wir treffen uns drüben an der Tür, durch die wir hereingekommen sind.« Ohne auf Silks Antwort zu warten, klapperte Hammerstone davon.

»Ich muß in die Gänge zurück«, sagte Silk zu Mamelta. »Ich habe dort etwas Wertvolles zurückgelassen. Es gehört mir nicht, und selbst wenn der Offizier mich gehen läßt, wird er dafür sorgen, daß ich zurück nach Limna eskortiert werde.«

»Hier entlang«, sagte sie und deutete irgendwohin. Silk verstand nicht, was sie meinte.

Er nickte und ging in die entsprechende Richtung. »Ich fürchte, ich kann nicht rennen. Nicht so wie Ihr. Ich würde jetzt bestimmt rennen, wenn ich könnte.«

Zum ersten Mal überhaupt sah sie ihn voll an. »Ihr habt eine Prellung im Gesicht, und Ihr humpelt.«

Er nickte. »Ich hatte mehrere Unfälle. Zum Beispiel wurde ich eine Treppe hinuntergeworfen. Aber meine Schürfwunden werden schnell verheilen. Ich wollte Euch von Mucor erzählen. Sie wird, fürchte ich, nicht so schnell wieder gesund werden. Seid Ihr sicher, daß wir nicht in die falsche Richtung gehen? Wenn wir zurückgehen ...«

Mamelta streckte wieder den Arm aus, und dieses Mal sah er, daß sie auf eine grüne Linie auf dem Boden deutete. »Wir folgen der Linie.«

Er lächelte. »Ich hätte mir gleich denken können, daß es hier irgendwelche Orientierungshilfen gibt.«

Die grüne Linie endete vor einem würfelförmigen Gebilde, dessen Vorderseite aus kleinen Platten bestand. Mamelta drückte mitten darauf, und die Platten bebten und quietschten, wurden blaß und setzten sich schließlich sogar in Bewegung. Zuerst dachte Silk an die Iristür, die seinen Bemühungen getrotzt hatte, dann fiel ihm als Vergleich eine Rose ein, die ihre Blüte entfaltete. »Das sieht schön aus«, sagte er zu Mamelta. »Aber das kann doch kein Ausgang sein. Es sieht aus wie … wie ein Werkzeugschuppen.«

Der quadratische Raum, der freigelegt wurde, als sich die Tür öffnete, war trübe erleuchtet und schmutzig; auf dem Boden lagen Glassplitter und in den Ecken Haufen von grau gestrichenen Stahlteilen. Mamelta setzte sich auf einen dieser Haufen, und unter ihr wallte eine Staubwolke empor. »Können wir damit zum Shuttle fahren?«

Sie hatte ihn zwar angesehen, während sie sprach, aber Silk hatte das deutliche Gefühl, daß sie nicht sein Gesicht sah. »Mit diesem Ding hier können wir nirgendwohin fahren, fürchte ich.« Die Tür hatte sich inzwischen wieder geschlossen. »Aber ich denke, wir können uns hier eine Weile verstecken. Wenn wir warten, bis die Soldaten fort sind, ehe wir hinausgehen, kann ich vielleicht sogar den Rückweg in die Tunnel finden.«

»Das werden wir tun. Setzt Euch.«

Er setzte sich und hatte plötzlich das seltsame Gefühl, daß der Stapel der Stahlteile – eigentlich sogar der ganze Lagerraum – unter ihm wecksackte. »Was ist ein Shuttle, Mamelta?«

»Das ist die *Loganstone,* das Schiff, das uns zum Sternenkreuzer *Whorl* bringen wird.«

»Ich glaube …« Silk hatte etwas Mühe mit den unbekannten Wörtern. »Ich meine, habt Ihr nicht – habt Ihr Euch nicht überlegt, daß dieses Boot, das Euch irgendwohin bringen sollte, vielleicht schon lange nicht mehr existiert? Schon sehr lange nicht mehr?«

Sie starrte ins Leere. Er sah, wie sich ihr Unterkiefer anspannte.

»Ich wollte Euch von Mucor erzählen. Vielleicht sollte ich damit jetzt fortfahren, und dann können wir uns um die anderen Dinge kümmern. Ich habe den Eindruck, daß Ihr all dies sehr beunruhigend findet.«

Mamelta nickte fast unmerklich.

»Ich wollte Euch sagen, daß ich mir große Sorgen gemacht habe, weil ihr Vater anscheinend nicht weiß, was sie tut. Wie ich Euch schon sagte, kann sie mit ihrem Geist herumwandern. Sie kann von Menschen Besitz ergreifen, wie sie es mit Euch getan hat. Mir ist sie körperlos in meinem Pfarrhaus erschienen, und später – das war erst heute – ist sie noch einmal im Tunnel aufgetaucht, nachdem ich von ihr geträumt hatte. Außerdem ist der Geist eines sehr lieben Freundes – ich sollte sagen, meines Lehrers und Ratgebers – fast zur gleichen Zeit erschienen wie sie. Ich glaube, daß das eine auf irgendeine Weise mit dem anderen zu tun hat, wenn ich auch viel weniger über solche Dinge weiß, als ich eigentlich wissen sollte.«

»Bin ich ein Geist?«

»Nein, ganz bestimmt nicht. Ihr seid völlig lebendig – Ihr seid eine lebendige Frau, und eine sehr attraktive obendrein. Mucor war auch kein Geist, als sie mir erschienen ist. Es war gewissermaßen ein Abglanz des Lebendigen, was ich dort gesehen habe. Nicht wie der Geist eines Verstorbenen. Als sie sprach, habe ich wirklich Geräusche gehört, da bin ich sicher, und sie muß im großen Lager dort draußen gerufen oder etwas zerbrochen haben, um die Lampen so hell leuchten zu lassen.«

Silk biß sich auf die Lippe. Irgendein sechster Sinn (der ihn mit Sicherheit trog) sagte ihm, daß er fiel, daß er ins Bodenlose stürzte, daß der Stapel grauer Stahlteile und der mit Glas übersäte Boden unter ihm wegfielen und ihn mit sich zogen.

»Ich wollte sagen, daß Mucor einmal von mehreren Frauen in einem Haus in unserer Stadt Besitz ergriffen hat, ihr Vater aber nicht bemerkte, daß der Teufel, den er dort am Werke glaubte, seine eigene Tochter war. Ich habe den ganzen Tag darüber nachgedacht. Ich glaube, ich habe die Antwort gefunden, und ich wüßte von Euch gern, ob ich richtig liege. Wenn Mucor einen kleinen Teil ihres Geistes in Euch hinterlassen hat, dann ist es möglich, daß Ihr es wißt. Ist sie einmal operiert worden? Ist sie im Kopf operiert worden?«

Es gab ein langes Schweigen. »Ich bin nicht sicher.«

»Ich habe nämlich mit ihrem Vater unter anderem auch über Ärzte gesprochen. Er hat einen Leibarzt, und dieser Arzt sagte mir, sein Vorgänger sei Gehirnchirurg gewesen.« Silk wartete, ob Mamelta etwas sagen wollte, aber sie reagierte nicht.

»Ich fand das seltsam, bis ich auf die Idee kam, daß der Gehirnchirurg vielleicht aufgrund eines bestimmten Bedürfnisses eingestellt worden war. Angenommen, Mucor war zuerst in jeder Hinsicht ein völlig normales Kind, abgesehen von ihrer Fähigkeit, von anderen Menschen Besitz zu ergreifen. Ich würde meinen, daß sie zuerst von denen Besitz ergriffen hat, die ihr am nächsten waren, und das dürfte ihren Verwandten nicht gefallen haben. Blood hat vermutlich mehrere Ärzte konsultiert – ihre bemerkenswerte Fähigkeit wurde zuerst wohl als Krankheit behandelt, weil er ganz bestimmt kein religiöser Mensch ist. Irgendwann muß Blood dann einen Arzt gefunden haben, der ihm erklärte, er könne Mucor ›heilen‹, indem er einen Tumor oder so etwas aus ihrem Kopf entfernte. Vielleicht auch, indem er einen Teil des Gehirns selbst entfernte, obwohl das eine so schreckliche Vorstellung ist, daß ich lieber nicht weiter darüber nachdenken will.«

Mamelta nickte.

Ermutigt fuhr Silk fort: »Blood muß geglaubt haben,

daß die Operation erfolgreich verlaufen ist. Er ist nicht auf die Idee gekommen, seine eigene Tochter habe von den Frauen Besitz ergriffen, weil er, möglicherweise schon seit Jahren, der festen Überzeugung war, sie könne von niemandem mehr Besitz ergreifen. Ich glaube, die Operation hat vielleicht wirklich ihre Fähigkeit eingeschränkt, bis sie älter war, genau wie anscheinend auch ihr Denkvermögen beeinträchtigt worden ist. Aber im Laufe der Zeit hat ihr Gehirn sich regeneriert, und ihre Fähigkeit ist zurückgekehrt. Nachdem sie eine zweite Chance bekommen hatte, war sie klug genug, sich in der Ferne umzusehen, um zu verbergen, was sie tat. Anscheinend ist sie aber ihrem Vater oder jemand anderem aus dem Haus zu dem Ort gefolgt, wo die Frauen lebten, und auf die gleiche Weise ist sie später auch mir gefolgt. Kommt Euch das irgendwie bekannt vor, Mamelta? Könnt Ihr mir irgend etwas dazu sagen?«

»Die Operation wurde durchgeführt, bevor ich an Bord kam.«

»Ich verstehe«, sagte Silk, obwohl er überhaupt nichts verstand. »Und dann?«

»Es kam. Ich erinnere mich jetzt. Sie haben uns festgeschnallt.«

»War es ein Sklavenschiff? Solche Schiffe gibt es in Viron nicht, aber ich weiß, daß es sie in manchen anderen Städten gibt, und auf dem Amnis gibt es Sklavenfänger, die die Fischerdörfer überfallen. Es täte mir leid zu erfahren, daß es auch jenseits des Whorl Sklavenboote gibt.«

»Ja«, sagte Mamelta.

Silk stand auf und drückte gegen die Mitte der Tür, wie Mamelta es getan hatte, aber die Tür wollte sich nicht öffnen.

»Noch nicht. Sie wird bald von selbst aufgehen.«

Er setzte sich wieder und hatte aus unerfindlichen Gründen das Gefühl, als würde der Raum nach links gleiten und dabei weiter fallen. »Das Boot ist gekommen?«

»Wir mußten als Freiwillige helfen. Sie waren – man konnte nicht nein sagen.«

»Erinnert Ihr Euch, einmal draußen gewesen zu sein, Mamelta? Gras und Bäume und der Himmel über Euch und so weiter?«

»Ja.« Sie lächelte leicht. »Ja, mit meinen Brüdern.« Ihre Mimik wurde lebhafter. »Wir haben im Patio Ball gespielt. Mama wollte mich nicht mit meinen Brüdern auf die Straße lassen. Es gab dort einen Brunnen, und wir haben immer den Ball ins Wasser geworfen, damit der, der ihn fangen mußte, naß wurde.«

»Konntet Ihr die Sonne sehen? War sie lang oder kurz?«

»Ich verstehe nicht.«

Silk forschte in seiner Erinnerung nach den Dingen, die Maytera Marble ihm über die Kurze Sonne erzählt hatte. »Hier«, begann er behutsam, »ist unsere Sonne lang und gerade. Sie ist eine Linie aus brennendem Gold, das unser Land von den Himmelsländern trennt. War Eure Sonne genauso? Oder war sie eine Scheibe in der Mitte des Himmels?«

Ihr Gesicht bekam unzählige Falten, und Tränen quollen aus ihren Augen. »Ich werde niemals zurückkehren können. Haltet mich, oh, haltet mich!«

Er nahm sie in den Arm, linkisch wie ein Junge und sich des weichen, warmen Fleisches unter dem verschlissenen schwarzen Stoff der Robe, die er ihr geliehen hatte, schmerzhaft bewußt.

10

Der Bauch des Whorl

Auk beugte sich über die niedrige, breite Balustrade in Scyllas Schrein und suchte mit den Augen die gezackten Felsplatten am Fuß der Klippe ab. Die wirren, scharfkantigen Flächen glänzten gespenstisch im Himmelslicht, aber die Spalten und Risse zwischen ihnen waren pechschwarz.

»Hier, hier!« Oreb pickte hektisch auf Scyllas Lippen. »Schrein essen!«

»Ich gehe nicht mit zurück«, sagte Chenille zu Auk. »Du hast mich für nichts und wieder nichts in meinem guten Wollkleid hier herauf gescheucht. Na gut. Du hast mich geschlagen und mich getreten. Na gut. Aber wenn ich jetzt wieder mit hinunterkommen soll, dann mußt du mich tragen. Schlage mich ruhig noch ein paarmal und gib mir einen Tritt und sieh zu, ob ich aufstehen kann.«

»Du kannst nicht die ganze Nacht hier oben bleiben«, knurrte Auk.

»Kann ich nicht? Wart's ab.«

Oreb pickte wieder.

»Hier, Auk!«

»Hör auf.« Auk fing den Vogel ein. »Hör gut zu. Ich werde dich hochwerfen, wie ich es auf dem Weg schon einmal gemacht habe. Du siehst dich wie vorher nach Patera Silk um. Wenn du ihn findest, gib mir Bescheid.«

Müde und gleichgültig sagte Chenille: »Er wird nicht zurückkommen.«

»Doch, das wird er. Mach dich bereit, Vogel. Los geht's.« Er warf Oreb über die Balustrade und sah zu, wie der Vogel hinunterglitt.

Chenille sagte: »Es gibt hundert Stellen, wo dieser lange Metzger hingefallen sein kann.«

»Höchstens acht oder zehn. Ich habe mich umgesehen.«

Sie streckte sich auf dem Steinboden aus. »O Molpe, ich bin so müde!«

Auk drehte sich zu ihr herum. »Willst du wirklich die ganze Nacht hier oben bleiben?«

Er konnte nicht sehen, ob sie nickte, dazu war es unter der Kuppel des Schreins zu dunkel.

»Jemand könnte hier heraufkommen.«

»Mit Sicherheit niemand, der schlimmer wäre als du.«

Er grunzte nur.

»Das ist doch komisch«, fuhr sie fort. »Ich gehe jede Wette ein, daß man jeden einzelnen Kerl in dieser gottverdammten kleinen Stadt nehmen könnte, und er wäre nicht schlimmer …«

»Halt's Maul!«

Sie fügte sich, aber sie hätte selbst nicht sagen können, ob sie wirklich Angst vor ihm hatte oder ob sie einfach zu müde zum Streiten war. Im Schweigen, das nun folgte, hörte sie die Wellen, die weit unten gegen den Fuß der Klippe schlugen, und das Seufzen des Windes in den gewundenen Säulen des Schreins. Sie hörte sogar ihr eigenes Blut in den Adern rauschen und das Pochen ihres Herzschlags.

Wenn sie Rost bekommen könnte, sagte sie sich, würde es ihr gleich besser gehen. Sie dachte an das leere Fläschchen, das sie in Orchids Haus auf ihrem Bett zurückgelassen hatte. Dann stellte sie sich einen zwanzigmal größeren Behälter vor, einen Behälter, der größer war als eine Wasserflasche, bis zum Rand mit Rost gefüllt. Sie würde eine Prise nehmen und sich eine noch größere Prise auf die Lippen streuen und mit Auk zurückkehren, bis sie die Stelle erreichten, an der man das Gefühl hatte, mitten durch die Luft zu laufen. Dort würde sie ihm einen Stoß geben, und er würde hinabfallen, hinunterstürzen in den See.

Aber es gab keine Flasche, es würde keine Flasche geben, und die Wirkung der halben Flasche Rotwein, die sie getrunken hatte, war längst verflogen. Sie preßte die Finger an die pochenden Schläfen.

Auk rief: »*Vogel!* Bist du da unten? Nun sing mir schon was vor!«

Oreb antwortete nicht.

Um den Streit nicht einschlafen zu lassen, fragte Auk unterdessen: »Warum wollte Silk überhaupt hier herauf?«

Chenille drehte den Kopf hin und her. »Das hast du mich doch schon einmal gefragt. Ich weiß es nicht. Ich weiß nur, daß wir mit einer Art Wagen gefahren sind. Einer Kutsche oder so etwas. Mit Pferden. Aber da hat jemand anders in mir Regie geführt. Ich wünschte, sie wäre wieder da.« Sie biß sich auf die Knöchel, erstaunt über ihre eigenen Worte. Müde fügte sie dann hinzu: »Sie ist jedenfalls besser klargekommen als ich. Sogar besser als du.«

»Halt's Maul! Hör zu, ich werde ein Stück hinunterklettern. So weit, wie ich komme, ohne abzustürzen. Du kannst dich ausruhen. Ich bin bald zurück.«

»Wir sollten eine Parade machen«, erklärte Chenille ihm. Ein paar Minuten später fuhr sie fort: »Eine große Parade, die Alameda hinauf. Mit Kapellen.«

Dann schlief sie ein. Im Traum betrat sie einen großen, strahlendhellen Raum, in dem sich viele schwarz und weiß gekleidete Männer und mit Juwelen geschmückte Frauen befanden. Ein Drei-Sonnen-Admiral in vollem Wichs ging neben ihr, sie hatte sich bei ihm eingehakt, aber er wurde überhaupt nicht beachtet. Sie schritt stolz und lächelnd einher, und ihr breiter Kragen war ganz mit Diamanten besetzt. Diamanten hingen an den Ohren und blinkten an den Handgelenken wie die Lichter am Nachthimmel. Aller Augen ruhten nur auf ihr.

Und dann schüttelte Auk sie an der Schulter. »Ich gehe zurück. Willst du jetzt mitkommen oder nicht?«

»Nein.«

»In Limna gibt es gute Restaurants. Ich lade dich zum Essen ein und bezahle das Zimmer, und morgen können wir dann in die Stadt zurückfahren. Kommst du jetzt mit?«

Sie war inzwischen wach genug, um etwas energischer zu erwidern: »Du hast nicht zugehört, was? Ich komme nicht mit. Verschwinde!«

»Also gut. Wenn ein paar Kerle hier heraufkommen, dann darfst du nicht mir die Schuld an dem geben, was sie mit dir machen werden. Ich hab's versucht.«

Sie schloß die Augen. »Wenn mich ein Kerl vergewaltigen will, dann soll er das meinetwegen machen, solange du es nicht bist und solange er nicht verlangt, daß ich mich abrackere, während er dabei ist. Wenn ich ihm einen blasen soll, dann ist mir das auch egal.« Sie seufzte. »Jedenfalls, solange er nicht verlangt, daß ich ihm groß dabei helfe.«

Sie konnte das Kratzen von Auks Stiefeln hören, als dieser den Schrein verließ. Nach einer Zeitspanne, die ihr sehr kurz vorkam, rappelte sie sich auf. Es war eine klare Nacht, und über dem unruhigen See schimmerte gespenstisch das Himmelslicht und beleuchtete die harten, nackten Felsklippen. Am Horizont funkelten die Lichter ferner, unbekannter Städte wie winzige Irrlichter, nicht halb so begehrenswert wie das eisige Funkeln, das nicht mehr von ihrem Handgelenk ausging, seit der Traum vorbei war.

»Hackum?« rief sie. Dann, etwas lauter, noch einmal: »Hackum?«

Einen Moment später trat er aus den Schatten der

Felsen heraus und schritt zu dem Vorsprung hinüber, von dem aus Silk den Spion im Schrein beobachtet hatte. Es war die Stelle, von der aus sie ihn im Traum hatte hinunterstoßen wollen. »Jugs? Alles klar?«

Eine unsichtbare Hand legte sich um ihren Hals. »Nein. Aber es wird schon wieder. Hackum?«

»Was ist?« Im allgegenwärtigen diffusen Himmelslicht, das jeden Busch und jeden Felsvorsprung in einen trügerischen Schein tauchte, konnte sie nicht erkennen, was seine Körperhaltung ausdrückte, obwohl ihr das, wenn auch unbewußt, normalerweise recht gut gelang.

Seine Stimme klang gleichmütig und verriet keine Gefühle. Aber vielleicht lag das auch nur an der Entfernung.

»Ich will's noch einmal versuchen. Ich dachte, du willst es vielleicht auch noch einmal versuchen.«

Er schwieg, während sie sieben Pulsschläge abzählte. Dann: »Soll ich zu dir zurückkommen?«

»Nein«, rief sie. Sie hatte den Eindruck, er sei etwas kleiner geworden. »Was ich meine, ist … schau doch mal abends bei Orchid vorbei, ja?«

»Ja.« Es war nicht das Echo.

»Vielleicht nächste Woche. Und ich kenne dich nicht. Und du kennst mich nicht. Dann können wir noch einmal von vorn anfangen.«

»Gut«, rief er. Und dann: »Irgendwann würde ich dich gern kennenlernen.«

Sie wollte noch rufen: *Ja, das will ich auch!* Doch ihr blieben die Worte im Hals stecken, und sie beschränkte sich darauf zu winken.

Dann, als ihr klar wurde, daß er sie nicht sehen konnte, trat sie unter der Kuppel hervor, so daß auch sie im weichen, klaren Himmelslicht stand. Sie winkte noch einmal und sah, wie er an einer Stelle verschwand, wo der Pilgrim's Way eine Biegung landeinwärts beschrieb.

Das war's dann wohl, dachte sie.

Sie war müde, und ihr taten die Füße weh, aber aus irgendeinem Grund wollte sie sich nicht unter der Kuppel schlafen legen. Sie setzte sich auf einen flachen, glatten Felsblock vor den Eingang des Schreins, streifte die Schuhe ab und rieb die Blasen an ihren Füßen.

Es war schon komisch, wie man so etwas auf einmal merkte, dachte sie. Ich sage, das war's dann wohl, und genau in diesem Augenblick merke ich, daß er der Richtige ist, und das hätte ich nie gemerkt, wenn er nicht gesagt hätte: *Irgendwann würde ich dich gern kennenlernen.*

Er wollte, daß sie nicht mehr bei Orchid arbeitete, und plötzlich erkannte sie, daß sie froh wäre, wenn sie Orchids Haus verlassen und irgendwo mit ihm leben könnte, selbst wenn es unter einer Brücke wäre.

Seltsam.

In den glatten Stein des Schreins war eine Messingtafel eingelassen. Sie berührte abwesend die Buchstaben und sagte die auf, die sie erkannte.

Die Platte schien sich zu bewegen, als wäre sie nicht fest angebracht, sondern nur oben mit einem Scharnier befestigt. Sie schob die Fingernägel darunter, hob die Tafel hoch und sah darunter wirbelnde Farben: Rot und Blau und Rosa und Gelb, ein goldenes Braun, Grün und Schwarz und andere Farben, deren Namen sie nicht einmal kannte.

»Sofort, Euer Eminenz«, sagte Incus und verneigte sich noch einmal. »Ich habe Euch völlig verstanden, und ich werde in weniger als einer Stunde am Ort des Geschehens sein. Ihr könnt mir völlig vertrauen, Euer Eminenz. Wie immer.«

Er schloß langsam und fast geräuschlos die Tür, während er sich unablässig verneigte, und vergewisserte sich, daß der Riegel vorgelegt war, ehe er ausspuckte. Der Zirkel wollte sich nach dem Abendessen in Fulmars Lokal treffen, und Bittersweet hatte versprochen, allen Teilnehmern zu zeigen, welche Wunder sie bei einem alten Dienstboten gewirkt hatte, der sie – wie sie angeblich bereits Patera Tussah anvertraut hatte – fortan auf einen entsprechenden Befehl hin als Echidna, Scylla, Molpe, Thelxiepeia, Phaea oder Sphigx anbeten würde. Angeblich war sogar alles in Assembler geschrieben.

Incus sehnte sich mehr denn je danach, es mit eigenen Augen sehen zu können. Er wollte unbedingt den Dienstboten sehen, dessen Schädelplatte und Gesichtsplatte entfernt worden waren. Er brannte darauf (wie er sich wütend eingestand), aus erster Hand eine Demonstration von Bittersweets Technik zu sehen, um sie mit seinen eigenen Fähigkeiten vergleichen zu können.

War es wirklich möglich, die Daten zu laden – oder war die ganze Sache vielleicht sogar viel einfacher, als er es sich vorgestellt hatte? Im Idealfall machte man sich die Kunst der Programmierer der Kurzen Sonne zu Nutze und setzte sie zum eigenen Vorteil ein wie ein erfahrener Ringer, der einen Gegner, der zu schwer ist, um ihn vom Boden zu heben, besiegt, indem er dessen Stärke für den eigenen Angriff umlenkt.

Er biß die Zähne zusammen und knallte die kleine Faust in die Fläche der anderen Hand. Incus versuchte sich einzureden, daß sich am Abend im letzten Augenblick noch etwas ändern mochte. Vielleicht könnte ein wohlgesonnener Gott den alten Remora so weit verwirren, daß Incus dieser Auftrag erspart bliebe.

Aber das war Unfug, und das wußte er. Dabei hatte er das *Recht*, am Abend dabei zu sein. Der Zirkel traf sich nur einmal im Monat, und niemand hatte sich mehr um die Schwarzmechanik bemüht als er selbst – niemand hatte alles, was er gelernt hatte, bereitwilliger mit den anderen geteilt als er, und damit hatte er sich diesen Abend ein dutzendmal verdient. Es gab keine Gerechtigkeit im Whorl. Den Göttern war es egal – es war ihnen gleichgültig, wie es ihm erging. Ohne jede Frage waren sie ihm gegenüber gleichgültig.

Er ließ sich wütend auf seinen Stuhl fallen und stach den nächstbesten Federkiel ins Tintenfaß.

Mein teurer Freund Fulmar,

mit tiefem Bedauern muß ich Euch mitteilen, daß der alte Narr sich wieder einmal eine ausgesprochen lächerliche Aufgabe für mich hat einfallen lassen. Ich soll heute abend nach Limna fahren, und es muß ausgerechnet heute sein. Ich soll mich mit Fischern treffen und nach einer Frau suchen (jawohl, es geht um eine Frau*), die ich noch nie gesehen habe, und das alles nur, weil seine nutzlosen Spione ihn abermals im Stich gelassen haben.*

So ist, mein teurer Freund, Euer armer Mitstreiter, der nur zu gern heute abend bei Euch wäre, wenn es nach ihm ginge, sehr bekümmert.

Das sollte selbst der Narr Fulmar verstehen können. Incus las befriedigt den kurzen Brief noch einmal durch, nahm im Geiste noch eine Verbesserung vor und riß, als er zufrieden war, den Zettel in zwei Stücke, die er zusammenknüllte und in den Aktenvernichter warf. Die Wahrscheinlichkeit, daß der alte Remora diesen Brief sehen und ihn, Incus, als den Schreiber identifizieren würde, war äußerst gering, aber so gering sie auch war, die Vorsicht gebot, nicht ganz so offen zu schreiben.

Also her mit einem neuen Blatt, die Feder in die Tinte getaucht und den Federkiel in die richtige Position gebracht.

Mein lieber Freund,

dringende Pflichten hindern mich daran, an dem Essen, zu dem Ihr mich freundlicherweise heute abend eingeladen habt, teilzunehmen.

Er setzte nicht, wie er es sonst tat, das für seine Handschrift charakteristische spitze *M* ein, sondern malte einen Buchstaben, der bemerkenswerterweise aussah wie ein doppeltes, auf die Seite gelegtes *E*. Gut, sehr gut!

Ihr wißt sicher, mein teurer Freund, oder vielleicht wäre es sogar besser zu sagen, daß Ihr Euch überhaupt nicht vorstellen könnt, wie sehr ich mich darauf gefreut habe, aus erster Hand einen Bericht über die wundervollen Abenteuer unseres gemeinsamen Bekannten Bee zu hören.

Nein, so ging es nicht. Fulmar würde durch den Bezug auf einen Mann völlig durcheinanderkommen. Es blieb Incus nichts anderes übrig, als bei Fulmars Haus haltzumachen und eine klare, unmißverständliche Nachricht bei einem Diener zu hinterlassen. Ganz umsonst wäre die Mühe allerdings nicht; er, Incus, würde wenigstens die Gelegenheit bekommen, sich zu erkundigen, wie lange der arme Diener kein Gehalt mehr bekommen hatte, und er würde die Verblüffung und Nachdenklichkeit des Chemischen genießen können.

Der Diener war das Ergebnis eines sehr befriedigenden kleinen Projekts, das Fulmar ohne seine, Incus' Hilfe, niemals hätte erfolgreich abschließen können.

Incus stand auf und stieß einen schrillen Pfiff aus. Dem dicken, ängstlich dreinschauenden Jungen, der auf den Pfiff hin auftauchte, sagte er: »Ich brauche eine *schnelle* Sänfte mit acht Trägern, die mich zum See befördern kann. Irgendeine dumme Frau … vergiß es. Seine Eminenz gibt mir nicht die Genehmigung, einen Schweber zu mieten, obwohl es doch sehr eilig sei. Sagt den Männern, daß ich der einzige Passagier sein werde. Ihr könnt mich auch beschreiben; ich bin nicht schwer. Sie werden in Limna den *doppelten Lohn* erhalten und dort entlassen werden. Nun gib dir etwas Mühe und beeil dich. Ich habe unterdessen noch hundert andere Dinge zu … nun geh doch schon! Beeil dich! Tut dir der Hintern immer noch weh? Ich werde dafür sorgen, daß er dir noch mehr weh tun wird, wenn du dich nicht sputest!«

»Jawohl, Patera. Sofort, Patera. Sogleich.« Der Junge verneigte sich, schloß währenddessen die Tür, vergewisserte sich, daß der Riegel auch vorgelegt war, und spuckte geübt in eine Ecke.

Silk beobachtete fasziniert, wie sich die Tür gleich einem Wirbel von Blütenblättern öffnete. Der hellgrüne Glanz hinter ihr schien gleichsam aus der Blüte herauszuwachsen. »Ich habe eine Weile gebraucht, um das Gefühl zu identifizieren«, vertraute er Mamelta an, »aber schließlich konnte ich es einordnen. Es war das gleiche Gefühl wie damals, als meine Mutter mich auf den Boden gesetzt hat, nachdem sie mich im Arm gehalten hatte.« Er hielt nachdenklich inne.

»Und jetzt befinden wir zwei uns an einem viel tiefer unter der Erde gelegenen Ort. Das ist wirklich erstaunlich! Gibt es eine Möglichkeit, Hammerstone daran zu hindern, uns mit diesem Ding zu folgen?«

Mamelta schüttelte den Kopf, aber Silk konnte nicht erkennen, ob es eine Verneinung war oder ob sie einfach nur ihre Benommenheit abschütteln wollte. »So seltsam … ist dies hier auch ein Traum?«

»Nein«, versicherte er ihr. Er stand auf. »Nein, das ist kein Traum. Schlagt Euch das ganz und gar aus dem Kopf. Habt Ihr da oben viel geträumt?«

»Ich weiß nicht, wie lange ich dort war. Angenommen, ich hätte alle hundert Jahre einmal geträumt?«

Silk trat in den Flur hinaus. Nicht weit von der Blütentür entfernt war ein Treppenhaus. Die im Dämmerlicht liegende Wendeltreppe führte nach unten. Er ging durch den Flur hinüber, um sie zu untersuchen, und spürte unter der ausgetretenen Schuhsohle eine Unebenheit. Er bückte sich und hob den Gegenstand auf.

Es war eine Karte.

»Schaut her, Mamelta!« Er hob sie auf. »Geld! Seit Ihr bei mir seid, ist das Glück wirklich auf meiner Seite. Irgendein Gott lächelt auf Euch herab, und da ich bei Euch bin, lächelt er auch mich an.«

»Das ist kein Geld.«

»Doch, das ist Geld«, sagte er zu ihr. »Hattet Ihr denn anderes Geld im Whorl der Kurzen Sonne? Das hier ist jedenfalls die Sorte Geld, die wir in Viron benutzen, und auch die Händler aus anderen Städten akzeptieren es. Ich nehme daher an, daß sie untereinander ebenfalls Karten benutzen. Ich könnte damit zum Beispiel eine hübsche Ziege für Pas kaufen oder sogar ein weißes Mutterschaf, wenn die Geschäfte auf dem Markt nicht gut gehen. Wenn Ihr die Karte in hundert Stücke zerschneidet, bekommt Ihr hundert Bits. Mit einem Bit könnt Ihr zwei große Kohlköpfe oder ein halbes Dutzend Eier kaufen. Wollt Ihr nicht auch herauskommen? Ich glaube nicht, daß die bewegliche Kammer noch tiefer fährt.«

Sie stand auf und folgte ihm in den Gang.

»Maytera Marble erinnert sich noch an die Zeit der Kurzen Sonne. Ich will versuchen, Euch ihr vorzustellen. Ich bin sicher, daß Euch vieles mit ihr verbindet.«

Als Mamelta nicht antwortete, fragte er: »Wollt Ihr mir von Euren Träumen erzählen? Vielleicht hilft das. Wovon habt Ihr geträumt?«

»Von Menschen wie Euch.«

Silk beugte sich über das Geländer des Treppenhauses und sah hinab. Auf den ersten sechs Stufen standen die folgenden Worte:

WER ABER HINABSTEIGT DER DIENT PAS

»Seht Euch das an«, sagte er. Doch sie folgte der Aufforderung nicht, und so fragte er: »Wer waren die Menschen in Euren Träumen?«

Sie schwieg so lange, daß er schon glaubte, sie werde überhaupt nicht mehr antworten. Er trat inzwischen durch eine Lücke im Geländer und stieg die erste Stufe hinab. »Auf allen Stufen steht etwas«, informierte er sie. »Der nächste Satz lautet: ›Ich werde meinen Kindern zeigen, wie ich Pas' Plan ausgeführt habe.‹ Dort unten muß ein Schrein des Pas sein. Wollt Ihr ihn ansehen?«

»Ich versuche … ich muß mir überlegen, wie ich es Euch sage. Wir haben nicht gesprochen. Nicht mit Worten. Ich muß mich erst erinnern, wie die Worte gesprochen werden. Wenn ich etwas sage, hört Ihr mich erst, wenn ich die Lippen bewege. Ich muß die Lippen und die Zunge bewegen, während ich … während ich in der Kehle diese Geräusche mache.«

»Ihr macht das aber sehr gut«, beruhigte Silk sie freundlich. »Wir müssen bald wieder hinauf, aber nicht mit dem kleinen Raum, der uns wohl nur zu dem Ort zurücktragen würde, den wir gerade erst verlassen haben. Ich muß in die Tunnel unter Limna zurück und die Asche des Manteions finden. Ich bin nicht sicher, ob wir uns wirklich die Zeit nehmen sollten, den Schrein anzusehen und die Gebete zu sprechen und so weiter. Was meint Ihr?«

»Ich …« Mamelta verstummte sofort wieder und starrte ins Leere.

»Patera Pike – mein Vorgänger und ein sehr frommer Mann – hat manchmal im Traum etwas gerufen«, erklärte Silk ihr. »Manchmal bin ich sogar in meiner Kammer nebenan wach geworden. Ich glaube, Ihr habt vielleicht nur deshalb Angst zu sprechen, weil Ihr glaubt, auch dies hier sei ein Traum, und Ihr könntet die anderen Schläfer aufwecken. Aber ich versichere Euch, Ihr braucht keine Angst zu haben, weil es nicht so ist.«

Sie nickte fast unmerklich. »Am Anfang hätte ich schreien können. Ein Mädchen war noch klein, es war die zweite Tochter des Monarchen. Diejenige, die Ihr habt tanzen sehen.«

»Molpe?« fragte Silk.

»Ich weiß noch, wie ich sie oft daheim gesehen habe. Sie ist durch meine Träume getanzt. Sie war eine wundervolle Tänzerin, aber wir haben nur gejubelt, weil wir Angst hatten. Man konnte ihrem begierigen Gesicht ansehen, wie sie sich danach sehnte, genauso umjubelt zu werden wie die anderen.«

»Es ist möglich, daß Pas selbst Euch begünstigt«, beschloß Silk. »Das ist sogar sehr wahrscheinlich, weil uns die bewegliche Kammer direkt zu seinem Schrein transportiert hat. In diesem Fall wäre er wahrscheinlich beleidigt, wenn wir den Schrein nicht besuchen, nachdem er so viel für uns getan hat. Wollt Ihr nicht mitkommen?«

Sie folgte ihm auf die erste Treppenstufe, und dann gingen sie nebeneinander die Wendeltreppe hinunter. In der dünnen Staubschicht auf den Stufen sahen sie die Fußabdrücke derjenigen, die vor ihnen diesen Weg genommen hatten. Sie schauderten etwas in der kalten Luft des Treppenschachts, der dunkler und enger wurde, je tiefer sie kamen.

Sie hatten noch nicht einmal die Hälfte überwunden, als Silk einen schwachen Verwesungsgeruch wahrnahm und die Nase rümpfte. Es roch, als wäre ein Ambion nicht ordentlich gereinigt und gesäubert worden. Unter der Voraussetzung, daß es im Schrein einen Altar gab, nahm er sich vor, ihn nötigenfalls selbst zu reinigen.

Mamelta, die ein paar Schritte zurückgefallen war, zupfte ihn am Ärmel. »Was ist das?«

Silk drehte sich zu ihr um. »Was meint Ihr? Habt Ihr etwas gehört? Ist etwa Hammerstone in der Nähe? Wo ist er?«

»Da unten ist etwas.« Sie machte eine unbestimmte Geste nach unten. »Stöhnen? Da stöhnt etwas.«

Silk blieb stehen und lauschte. Das Geräusch war so leise, daß er nicht sicher sein konnte, ob er es sich nicht eingebildet hatte. Es war ein gespenstisches Wehklagen, das stieg und fiel, immer an der Hörschwelle und oft sogar ganz unhörbar.

Es wurde weiter unten, wo der Soldat lag, nicht lauter. Silk packte den linken Arm des Toten und rollte ihn herum. Silk hatte das Gefühl, auf einmal nicht mehr so kräftig zu sein wie sonst. In der blau gefärbten Brust des Mannes war ein gezacktes Loch in der Größe eines Daumens zu sehen.

Als er wieder Luft holen konnte, sagte er: »Bleibt besser zurück, Mamelta. Chemische explodieren nur selten, wenn sie tot sind, aber man kann ja nie wissen.« Er hockte sich hin und benutzte eine stählerne Kante des verlassenen Kreuzes, um dem Mann die Gesichtsplatte abzunehmen. Als er mit dem Gammadion die Kontakte überbrückte, sprühten keine Funken. Er schüttelte den Kopf.

»Wie …? Ich sagte Euch, daß ich Mamelta heiße. Habt Ihr mir schon Euren Namen genannt?«

»Patera Silk.« Er richtete sich auf. »Nennt mich bitte Patera. Wolltet Ihr gerade fragen, wie dieser Mann gestorben ist?«

»Es ist eine Maschine.« Sie betrachtete die Wunde des Toten. »Ein Roboter?«

»Ein Soldat«, erklärte Silk ihr. »Allerdings habe ich noch nie einen blauen Soldaten gesehen. Unsere sind gesprenkelt – grün, braun und schwarz. Ich vermute deshalb, daß er aus einer anderen Stadt gekommen ist. Jedenfalls ist er schon lange tot, während irgend jemand im Schrein lebendig ist und Schmerzen leidet.«

Eine schwere Tür, die seitlich vom Treppenschacht abging, stand einen Spalt offen. Silk zog sie ganz auf und trat in den Schrein. Er staunte, als er den kreisrunden Raum überblickte, der mindestens dreißig Ellen hoch war.

Ringsherum waren gepolsterte Sitzkissen zu sehen, an der Decke Gläser und bunte Anzeigen und auch an den gekrümmten Wänden. Alle Gläser waren in Betrieb, und in allen tanzte ein zerfranstes, einem Totenschädel ähnliches Ding, das kein Gesicht mehr war, und heulte.

Er klatschte in die Hände. »Monitor!«

Das Gesicht gab undefinierbare Geräusche von sich. Ein gezacktes Loch öffnete sich und schloß sich wieder. Die Geräusche steigerten sich zu einem schrillen Kreischen, und im Zentrum des Raums öffnete sich eine Falltür.

»Es will, daß Ihr in den Bug geht«, sagte Mamelta.

Silk durchquerte den Raum und starrte hinunter. Unten, fünfzig Ellen entfernt, bewegten sich drei stecknadelkopfgroße Lichter im Gleichtakt. Er mußte an die Lichter in Orpines Grab denken, die er im Traum gesehen hatte. Er beobachtete die Lichter, bis sie verschwanden und einem einzigen Funken Platz machten. »Ich steige da hinunter.«

»Ja, das will er ja auch.«

»Der Monitor? Könnt Ihr ihn verstehen?«

Sie schüttelte den Kopf. Es war nur eine winzige Bewegung. »Man kommt hier zum Schiff, das uns vom *Whorl* wegbringen soll.«

»Das kann aber eigentlich kein Boot sein«, protestierte Silk. »Der ganze Schrein hier ist in massivem Fels eingebettet.«

»Das ist der Liegeplatz«, murmelte sie, aber Silk hatte sich schon auf den Boden gelegt und die Beine durch die kreisrunde Öffnung geschoben, die von der Klapptür freigelegt worden war. In die Wand waren Griffe eingelassen, an denen er zu einer leuchtenden Kuppel hinunterklettern konnte. Draußen vor der Kuppel konnte man eine dunkle, nackte Felsfläche überblicken.

Während Silk hinausstarrte, stellte sich ein namenloser geistiger Mechanismus um, und plötzlich waren die Funken, die jenseits des durchsichtigen, konkaven Fußbodens herumflogen, nicht bloß weit entfernt, sondern in unendlicher Ferne. Es waren die Lampen und Feuer nie gesehener Himmelsländer.

»Allmächtiger Pas!«

Der Name des Gottes klang hier leer und dumm, obwohl er ihn sein Leben lang ausgesprochen hatte, ohne in seinem Glauben schwankend zu werden. Der Große Pas war aber nicht so groß wie das hier, und dort draußen war Pas auch kein Gott.

Silk schluckte. Der Mund war ihm ausgetrocknet, und er schluckte leer. Dann machte er mit dem Gammadion, das er am Hals trug, das Zeichen der Addition. »Das ist es, was du mir gezeigt hast, nicht wahr? Ich habe das gleiche auf dem Sportplatz gesehen: den schwarzen Samt und die bunten Funken unter meinen Füßen.«

Er hatte das Gefühl, eine Zustimmung zu erhalten, die nicht auf gesprochene Worte angewiesen war.

Das beruhigte ihn, wie ihn nichts anderes hätte beruhigen können. Nacheinander nahm er die schwitzenden Hände von den eiskalten Leitersprossen und wischte sie an der Tunika ab.

»Wenn du wünschst, daß ich sterbe, dann werde ich sterben. Das ist mir klar, und ich will daran nicht rütteln. Aber nachdem du mir dieses Bild auf dem Sportplatz gezeigt und mir aufgetragen hast, das Manteion zu retten, bitte ich dich, mich zurückgehen zu lassen – in den Whorl, den ich kenne. Ich schwöre dir, ich werde dir einen weißen Stier opfern, sobald ich ihn mir leisten kann.«

Dieses Mal bekam er keine Antwort.

Er sah sich um. Einige der Lichtpunkte waren rot, manche gelb oder grün, wieder andere violett. Viele waren weiß wie Diamanten. Da und dort sah er Erscheinungen, die ihm vorkamen wie Wolken oder Nebel aus Licht – das mußten Städte sein. Die düstere Ebene war vernarbt wie die Wange eines Kindes, das die Pocken überlebt hatte, und viel öder als die steilen Klippen am Pilgrim's Way. Hier gab es keine Bäume, keine Blumen, keine Gräser und nicht einmal Moos.

Silk blieb, wo er war, und starrte in die funkenbesetzte Dunkelheit hinab, bis Mamelta, die ein paar Sprossen über ihm wartete, seinen Kopf berührte, um ihn auf etwas aufmerksam zu machen. Erschrocken sah er nach oben und wandte sich sofort wieder ab, nachdem er unwillkürlich einen Blick auf ihre unbedeckten Lenden geworfen hatte.

»Was Ihr gefunden habt? Ich weiß jetzt, wohin es gehört. Gebt es mir.«

»Ich bringe sie mit«, sagte er. Als er hinaufklettern wollte, stellte er fest, daß seine Hände kalt und steif waren. »Ihr meint doch die Karte, nicht wahr?«

Sie antwortete nicht.

Die Zimmer waren klein. Einen einzigen größeren Raum gab es, in dem unzählige Sitzkissen verstreut waren. Der Raum war höher als der höchste Turm des Großen Manteions, das neben dem Palast des Prolokutors auf dem Palatinum stand. In einem Raum über der hohen zylindrischen Kammer, in der er zuvor gewesen war, rutschte Silk auf einem kleinen, weißen, verfaulten Gegenstand aus. Jetzt wußte er, woher der durchdringende Verwesungsgestank gekommen war. Ein Dutzend solcher Brocken toten Fleisches lagen auf dem Boden herum. Er fragte Mamelta, was es sei, und sie bückte sich, untersuchte ein Stück und sagte: »Menschlich.«

Er bückte sich, um ein anderes Stück in Augenschein zu nehmen, und bemerkte dabei, daß es inmitten von grobkörnigem schwarzem Staub lag. Der glänzende Metallschrank, in dem ursprünglich wohl Tausende oder Zehntausende gelegen hatten, war, wie der Raum, in dem Mamelta und die anderen Biologischen stehend geschlafen hatten, mit dem Siegel des Pas versperrt gewesen. Das Siegel war erbrochen worden, und die Embryos waren herausgefallen. In der Schola hatte Silk gelernt, daß es Blasphemie sei, wenn man den Namen eines Gottes mißbrauchte. Wenn das zutraf, was war dann erst das hier? Schaudernd beeilte er sich, Mamelta zu folgen.

In einer Kammer, die so klein war, daß er es nicht vermeiden konnte, sie zu berühren, deutete sie auf eine Art Regal, vor dem Drähte baumelten. »Das hier ist die richtige Stelle. Ihr wißt nicht, wie man sie verbindet, also laßt mich das machen.«

Neugierig und immer noch benommen vom Anblick der geplünderten Schätze des Pas, gab er ihr eine Karte. Sie brachte drei Klemmen an, dann musterte sie ein Glas über sich. »Das ist eine andere Sorte«, sagte sie. Sie beugte sich vor und schob sie in Fußhöhe in den Rahmen. »Laßt mich alle ansehen.«

Er gab ihr die Karten, und sie prüfte sie, wie sie es mit der ersten getan hatte. Sie arbeitete langsam und schien manchmal unsicher, ob ihre Entscheidungen richtig waren, aber sie irrte sich nie. Während sie arbeitete, erschien im Glas ein rissiges graues Gesicht. »Ist es Zeit?« fragte das Gesicht – und noch einmal: »Ist es Zeit?« Silk schüttelte den Kopf, aber das Gesicht fragte immer weiter.

Mamelta sagte zu Silk: »Wenn Ihr noch mehr habt, müßt Ihr sie mir geben.«

»Ich habe keine mehr. Nach Orpines Beerdigung waren sieben übrig, zwei hatte ich noch von Bloods Opfer, und dazu die eine, die ich gefunden habe, als Ihr bei mir wart. Ich habe Euch alle gegeben, damit Ihr diesen armen Monitor reparieren könnt. Ich wußte ja nicht, daß man das mit Geld ...«

»Wir brauchen noch mehr«, sagte Mamelta.

Er nickte. »Wir brauchen mit Sicherheit erheblich mehr, wenn wir mein Manteion retten wollen. Viel mehr als diese zehn. Aber wenn ich diese zehn Karten wieder an mich nehme, wird er so sein, wie wir ihn vorgefunden haben.« Silk lehnte sich erschöpft an die Wand. Wenn es möglich gewesen wäre, hätte er sich gesetzt.

»Habt Ihr gegessen? Es ist etwas zu essen an Bord.«

»Ich muß wieder hinunter.« Er bemühte sich, die Freude zu unterdrücken, die er angesichts ihrer Besorgnis empfand. »Ich muß es noch einmal sehen. Der Monitor – ist das hier wirklich eine Art Boot?«

»Nicht wie die *Loganstone.* Es ist kleiner.«

»Der Monitor hatte jedenfalls recht – was ich vom Bug aus gesehen habe, war genau das, was ich sehen sollte. Aber Ihr habt auch recht. Ich sollte zuerst etwas essen. Ich habe nichts mehr gegessen, seit – seit dem Morgen des Tages, an dem wir zum See gegangen sind. Das muß gestern gewesen sein. Ich habe da sehr hastig eine halbe Birne gegessen, bevor wir unsere Morgengebete gesprochen haben. Kein Wunder, daß ich so müde bin.«

Die kleinen Portionen, die in einer milchigen Hülle steckten und die Mamelta mit offensichtlichem Genuß verspeiste, wurden, sobald man die Schutzhülle entfernte, so heiß, daß man sie kaum noch anfassen konnte. Die Behälter schienen aus harten, knusprigen Keksen zu bestehen. Immer noch schaudernd und dankbar für die Wärme, verschlangen sie den Inhalt und die Behälter, während sie nebeneinander auf einem Sitzkissen hockten. Die ganze Zeit über fragte der Monitor: »Ist es schon Zeit? Ist es schon Zeit?« Silk hörte irgendwann nicht mehr hin. Dann gab Mamelta ihm ein dunkelgrünes, längliches Gemüse, dessen Geschmack ihn an die graue Gans erinnerte, die er am Tag, als er zur Sun Street gekommen war, allen Göttern geopfert hatte. Er gab ihr dafür einen kleinen goldbraunen Keks, aber sie winkte ab, weil sie satt war.

»Ich gehe jetzt wieder in den Bug hinunter«, sagte er. »Vielleicht kehre ich nie wieder an diesen Ort zurück, und ich würde es mir nicht verzeihen, wenn ich nicht noch einmal hingehe, um mich zu vergewissern, ob ich wirklich gesehen habe, was es dort zu sehen gibt.«

»Den Bauch des *Whorl?*«

Er nickte. »Wenn Ihr es so nennen wollt, ja – und das, was jenseits des Bauches liegt. Ihr könnt Euch hier ausruhen, wenn Ihr wollt, oder Ihr könnt gehen, wenn Ihr nicht auf mich warten wollt. Meine Robe könnt Ihr behalten, aber bitte laßt mein Federetui hier liegen, wenn Ihr geht. Es steckt in der Tasche.«

Etwas Essen und ein paar Stücke von den knusprigen Behältern waren noch da; aber er war so satt, daß er nichts mehr essen mochte. Er stand auf und wischte die Krümel von seiner mit Asche verschmierten Tunika. »Wenn ich zurückkomme, müssen wir – oder muß ich allein, wenn Ihr nicht mitkommen wollt – in die Gänge zurückkehren, um den Azothen zu holen, den ich dort zurückgelassen habe, als ich auf die Soldaten traf. Ich muß Euch aber warnen, daß es sehr gefährlich werden kann. Es gibt dort schreckliche Tiere.«

Mamelta sagte: »Wenn Ihr keine Karten mehr habt, kann ich in der Zwischenzeit vielleicht andere Reparaturen erledigen.« Er wollte schon gehen, aber sie fuhr fort: »Das ist meine Arbeit, oder wenigstens ein Teil meiner Arbeit.«

Die Leiter war unverändert, aber das Muster der unendlich fernen Lichter hatte sich verschoben. Dieses Boot, das nicht von dieser Welt stammte, war wohl doch kein Schrein, dachte Silk lächelnd. Oder vielmehr war es der Eingang eines Schreins, der größer war als der ganze Whorl. Es war der Schrein eines Gottes, der sogar größer war als der Große Pas.

Ganz unten in der Kuppel lagen vier Sitzkissen. Während er mit Mamelta gegessen hatte, war ihm aufgefallen, daß der Diwan, auf dem sie saßen, dicke geflochtene Bänder an den Seiten hatte. Diese hier hatten ähnliche Bänder, und als er sie sah, mußte er wieder an die Sklaven und an die Sklavenhalter denken, die angeblich auf den Flüssen fuhren, die den Lake Limna speisten.

Er überlegte, daß Bänder wie diese, die stark genug waren, einen Sklaven zu fesseln, auch stark genug waren, um ihn zu halten. Er ließ sich auf den nächsten Diwan fallen und schnallte sich mit dessen oberstem Band fest, so daß er aufrecht stehen konnte. Jetzt schwebte er praktisch mitten in der Kuppel und brauchte sich nur noch an der letzten Leitersprosse festzuhalten.

Als er wieder nach unten blickte, geschah etwas Neues. Die Felsfläche war inzwischen hell geworden. Auf ihr schienen Streifen von Sand zu liegen. Er drehte den Hals, um in die andere Richtung zu sehen, und bemerkte ganz am Ende der Ebene eine Sichel aus blendendem Licht. In diesem Augenblick schien es ihm, als habe der Außenseiter den ganzen Whorl gepackt, wie ein Mann einen Gehstock packen mochte – als hielte er ihn in einer unermeßlich großen Hand, von der Silk in diesem Augenblick nicht mehr als den Rand eines Fingernagels sah.

Verängstigt floh Silk die Leiter hinauf.

11

Einige Anrufungen

»Auk? Hast du mich vergessen?«

Er hatte angenommen, er sei auf dem Pilgrim's Way, während er im steifen Wind nach Limna zurück marschierte, völlig allein. Zweimal hatte er schon Rast machen und sich auf einen weißen Stein setzen müssen. Während der Ruhepausen hatte er die Himmelsländer betrachtet. Auk war nachts öfter allein unterwegs, und normalerweise genoß er die Nacht, soweit er überhaupt die Zeit dazu fand. Es gefiel ihm, den Lauf der silbernen Flüsse zu verfolgen, aus denen er nie trinken würde, und im Geiste die unzähligen unbekannten Städte zu erforschen, in denen er reichere Beute machen konnte als in Viron (so glaubte er wenigstens). Obwohl Chenille es so nachdrücklich gesagt hatte, nahm er nicht an, daß sie tatsächlich die ganze Nacht in Scyllas Schrein verbringen würde. Aber er hätte nie gedacht, daß sie ihn einholen konnte. Er erinnerte sich, wie er sie zuletzt gesehen hatte: mit wunden Füßen und müde, das Gesicht glänzend vor Schweiß, die himbeerroten Locken ein verfilztes, feuchtes Gewirr, der üppige Körper schlaff wie ein vergessener Blumenstrauß auf einem Grab.

Trotzdem war er sicher, daß er gerade eben ihre Stimme hinter sich gehört hatte. »Chenille!« rief er. »Bist du das?«

»Nein.«

Verblüfft stand er auf und rief noch einmal: »Chenille?«

Die Silben ihres Namens hallten zwischen den Felsen.

»Ich werde nicht auf dich warten, Chenille.«

Die Stimme war inzwischen viel näher: *»Dann werde ich am nächsten Stein auf dich warten.«*

Das leise Trommeln war vielleicht Regen. Nein. Er blickte noch einmal zum wolkenlosen Himmel hinauf. Das Geräusch wurde lauter – rennende Füße auf dem Pilgrim's Way hinter ihm. Wie seine Augen vorher den Lauf der Flüsse verfolgt hatten, suchten sie nun den gewundenen Weg auf der öden, vorspringenden Klippe ab.

Im klaren Himmelslicht war sie deutlich zu sehen, viel näher, als er vermutet hatte. Sie hatte sich den Rock bis zu den Schenkeln hochgebunden und ruderte heftig mit Armen und Beinen. Plötzlich verschwand sie im Schatten eines überhängenden Felsens und tauchte sofort wieder auf, als wäre ein Stein aus einer Schlinge in seine Richtung abgefeuert worden. Einen Moment lang glaubte er, sie würde bei jedem Schritt schneller und immer schneller und könnte niemals wieder stehenbleiben. Offenen Mundes trat er einen Schritt zur Seite.

Sie sauste wie ein Wirbelwind an ihm vorbei, den Mund weit geöffnet; die Zähne blitzten, die Augen traten ihr fast aus den Höhlen. Einen Augenblick später verschwand sie zwischen verkrüppelten Bäumen.

Er zog den Nadler, prüfte die Ladung und legte den Sicherungshebel um. Dann ging er vorsichtig weiter, die Waffe schußbereit in der Hand haltend. Der stöhnende Wind trug das Geräusch reißender Kleider und ihres heftig gehenden Atems heran.

»Chenille?«

Wieder bekam er keine Antwort.

»Chenille, es tut mir leid.«

Er fürchtete, dort unten im Schatten könnte ihm ein Ungeheuer auflauern, und obwohl er sich einen Narren schalt, konnte er diese Vorahnung nicht abschütteln.

»Es tut mir leid«, wiederholte er. »Was ich gemacht habe, war dumm. Ich hätte bei dir bleiben sollen.«

Ein paar Schritte weiter, und er war selbst im Schatten. Das Ungeheuer wartete, es war jetzt ganz nahe. Auk wischte sich mit dem Stirnband den Schweiß aus dem Gesicht, und als er es in die Hosentasche stopfte, sah er sie. Splitternackt saß sie auf einem weißen Felsblock in einem Flecken Himmelslicht. Das schwarze Kleid und die helle Unterwäsche hatte sie vor ihren Füßen auf einen Haufen geworfen, und die Zunge hing ihr schräg aus dem Mund, als wollte sie ihre Brüste ablecken.

Er blieb stehen und faßte unwillkürlich den Nadler fester.

Sie stand auf und näherte sich ihm. Er wich in den Schatten zurück und brachte den Nadler in Anschlag. Sie aber ging ohne ein Wort zu sprechen an ihm vorbei und zwängte sich durch die blattlosen Strauchgerippe. Sie ging bis zur Kante der Klippe. Dort blieb sie ein oder zwei Sekunden lang stehen und hob die Arme über den Kopf.

Dann sprang sie, und nach einem, wie es schien, endlos langen Fall hörte er ein leises Platschen.

Er war schon halb bis zur Kante gerannt, ehe er den Sicherungshebel wieder umlegte und den Nadler in den Hosenbund zurückschob. Höhenangst kannte er nicht, doch als er am Rande der Klippe stand und zum Wasser hinunterblickte, das hundert oder mehr Ellen unter ihm vom Himmelslicht beleuchtet wurde, bekam er es mit der Angst.

Sie war nicht da. Vom Wind getriebene Wellen brachen sich am Felsengewirr wie eine Herde von Pferden mit weißen Mähnen. Sie war nirgends zu sehen.

»Chenille?«

Er wollte sich schon abwenden, als ihr Kopf endlich durch eine Welle brach. *»Wir treffen uns dort«*, rief sie.

Ein Arm, der einen Moment lang nur einer von viel zu vielen Armen zu sein schien, deutete den felsigen Strand hinunter in Richtung Limna.

»Arme?«

Das war Oreb. Der Vogel hüpfte rechts von Auk aus einem dichten, trockenen Gebüsch.

Auk seufzte, froh über die Gesellschaft und zugleich wegen seiner Freude beschämt. »Ja. Zu viele Arme.« Er wischte sich wieder das verschwitzte Gesicht ab. »Nein, das war nur eine Täuschung. Es war wie ein Spiegel, verstehst du? Chenille hat die Arme aus dem Wasser gehoben, und im Wasser haben sich ihre Arme gespiegelt, so daß es aussah, als hätte sie unter Wasser noch mehr Arme. Das ist alles. Hast du Patera gefunden?«

»Schrein gefressen.«

»Ja, sicher doch. Komm her, ich nehme dich mit nach Limna.«

»Magst Vogel?«

»Ich denke schon. Ich will dir jedenfalls nicht weh tun, wenn du das meinst, aber du gehörst Patera, und ich werde dich ihm zurückgeben, falls wir ihn wiederfinden.«

Oreb flatterte von den Büschen herüber und landete auf Auks Schulter. »Magst Mädchen? Magst wieder?«

»Chenille? Sicher doch.« Auk hielt inne. »Du hast recht. Das dort ist nicht Chenille, was?«

»Nein, nein!«

»Ganz genau.« Auk nickte nachdenklich. »Das ist eine Art Teufel, der nur zufällig aussieht wie Chenille. Verdammt, ich weiß nicht, ob dieses Wesen Vögel mag oder nicht. Wenn ich raten müßte, dann würde ich sagen, daß es Vögel wahrscheinlich zum Frühstück oder zum Abendessen mag, während es zum Mittagessen etwas kräftigere Kost bevorzugt. Nun ja, wir werden versuchen, unsere Haut zu retten.«

So müde er war, es schien ihm, als flögen seine schlurfenden Füße geradezu über den nächsten und alle folgenden Hügel, während er sich wünschte, er könnte noch Monate mit Aufsteigen und Absteigen verbringen. Eine Stunde müden Laufens kam ihm kürzer vor als eine Minute; und obwohl Oreb auf seiner Schulter saß und ihm Gesellschaft leistete, hatte er sich nur selten im Leben so einsam gefühlt wie jetzt.

»Ich habe es gefunden!« Chenilles Stimme ertönte fast direkt neben seinem Ohr. Er fuhr zusammen, und Oreb quakte. »Kannst du schwimmen? Hast du Wertgegenstände bei dir, die im Wasser Schaden nehmen könnten?«

»Ich bin kein guter Schwimmer«, gab Auk zu. Er war wie angewurzelt stehengeblieben, um sich nach ihr umzusehen. Es fiel ihm schwer, nicht sofort wieder nach dem Nadler zu greifen. Als er weitersprach, hatte er Angst, er könnte stottern. »Ja, ich habe ein paar Sachen, die Schaden nehmen könnten.«

»Dann brauchen wir ein Boot.« Als wäre eine Nebelbank vom See aufgestiegen, erhob sie sich zwischen ihm und dem felsigen Ufer. Er hatte in die falsche Richtung geblickt. »Du verstehst überhaupt nicht, was hier geschieht, nicht wahr? Ich bin Scylla.«

Das war in Auks Augen eine so bedeutsame Aussage, daß kein Geschöpf, das er sich vorstellen konnte, die Frechheit hätte besitzen können, in diesem Punkt zu lügen. Er sank auf die Knie und murmelte ein Gebet.

»Es heißt ›liebliche Scylla‹«, erklärte ihm die Göttin, »›die *Wundervolle* des Wassers‹, nicht ›die *Frau* aus dem *Wasser*‹. Wenn du schon diesen Unsinn aufsagen mußt, dann mach es wenigstens richtig.«

»Ja, Scylla.«

Sie packte ihn am Haar. »Steh auf! Und hör auf zu

heulen. Du bist ein Einbrecher und ein Gauner und deshalb möglicherweise nützlich. Aber nur, wenn du genau das tust, was ich dir sage.« Sie funkelte ihn einen Moment lang an, und ihr Blick schien sich in seine Seele einzubrennen. »Du verstehst es immer noch nicht. Wo können wir ein Boot bekommen? Ich nehme an, in diesem Dorf dort. Kennst du dich dort aus?«

Wenn er stand, war er einen Kopf größer als sie. Er hatte das Bedürfnis, sich kleiner zu machen. »Man kann dort Boote mieten, Liebliche Scylla. Ich habe etwas Geld.«

»Versuche nicht, mich zum Lachen zu reizen. Ich warne dich, das könnte übel für dich ausgehen.«

»Ja, Scylla.«

»Ich mache mir nichts aus Vögeln.« Sie sah sich nicht einmal zu Oreb um, während sie sprach. »Daddy hat sich um die Vögel gekümmert, und nach ihm Molpe. Für Vögel wie den da war der kleine Hierax zuständig. Ich mag es übrigens nicht, wenn meine Leute nach ihnen benannt werden. Wußtest du eigentlich, daß ich die Älteste bin?«

»Ja, natürlich weiß ich das, Liebliche Scylla.« Auk sprach auf einmal eine Oktave höher als sonst. Er räusperte sich und versuchte, die Fassung wiederzugewinnen. »Das hat Patera Pike uns immer in der Palaestra erzählt.«

»Pike?« Sie sah sich zu ihm um. »Das ist gut. Ist er mir besonders ergeben?«

»Ja, Liebliche Scylla. Oder besser, er war es. Er ist tot.«

»Das spielt keine Rolle.«

Sie hatten inzwischen den Beginn des Pilgrim's Way erreicht. Der Schein aus den Fenstern der Speiselokale und Schenken beleuchtete die Straße. Nachtbummler, die in ihre Herbergen zurückkehrten, starrten ungeniert die nackte Chenille an oder sahen demonstrativ in die andere Richtung.

»Sechs Kinder sind noch nach mir gekommen! Daddy wollte unbedingt einen männlichen Erben haben, und er hat wohl geglaubt, er wäre unsterblich.« Ein betrunkener Fuhrmann versuchte, sie in die Brustwarze zu kneifen, aber sie stach mit beiden Daumen nach seinen Augen, und er brach zusammen und blieb, sich vor Schmerzen krümmend, in der Gosse liegen. »Molpe, die als nächste kam, war natürlich wieder ein Mädchen, aber danach hätte man meinen sollen, er wäre mit Tartaros zufrieden gewesen. Aber nein. Bald kam dann auch noch der kleine Hierax, aber nicht einmal der hat ihm gereicht. Also waren noch drei Mädchen fällig. Und danach … Ich glaube, dir ist schon bekannt, daß wir euch einfach übernehmen können?«

Oreb krächzte: »Mädchen?« Aber sie schenkte ihm keine Beachtung.

Auk murmelte: »Ich wußte nicht, daß es immer noch möglich ist, Liebliche Scylla.«

»Es ist unser Recht, aber die meisten brauchen ein Glas oder ein Fenster. So nennt ihr sie. Ein Terminal. Aber da der ganze See mein Terminal ist, habe ich hier in dieser Gegend große Macht.«

Sie sah ihn nicht an, aber Auk nickte trotzdem.

»Ich war aber eine Weile nicht mehr hier. Diese Frau ist eine Hure. Kein Wunder, daß Kypris sie sich geschnappt hat.«

Wieder nickte Auk. Er fühlte sich elend.

»Am Anfang haben wir uns ausgesucht, was wir haben wollten, und Daddy sollte der Obergott werden – wie es der Bedeutung seines Namens entspricht – und über alle anderen herrschen. Verstehst du das? Wo sind denn nun die Boote?«

»Wir müssen nur noch um die nächste Ecke und ein Stück weitergehen, dann werden wir gewiß ein paar Boote finden, liebliche Scylla.«

»Er ist jetzt aber tot. Wir haben ihn vor dreißig Jahren aus dem Kern geputzt. Dann war Mama an der Reihe, und sie hat sich die ganze innere Oberfläche genommen. Ich wußte, daß ihr festes Land lieber war, deshalb habe ich das Wasser genommen. Ich bin früher viel getaucht. Molpe hat sich für die Künste entschieden, das war ja zu erwarten.« Als Chenille um die Ecke bog, sah sie ein Fischerboot, das am Ende der Gasse vertäut war. Sie deutete zum Boot. »Da ist schon ein Mann an Bord. Zwei sogar, und einer ist ein Augur. Perfekt! Kannst du segeln? Ich kann es.«

Pas war tot! Auk konnte keinen klaren Gedanken mehr fassen.

»Nein? Dann bring sie nicht um. Ich wollte eigentlich sagen, daß wir neue Namen angenommen haben, die zu uns gepaßt haben. Daddy hieß damals, als wir noch daheim waren, Typhon der Erste. Wir konnten aber nicht wissen, daß er auch *sie* auswählen lassen würde. Sie hat sich für die Liebe entschieden, das war keine große Überraschung. Und sie hat den Sex und alle anderen schmutzigen Dinge dazubekommen. Am Anfang hat sie sich nur selten eingemischt, weil sie wußte ...«

Als Patera Incus ihre Stimme hörte, hob er den Kopf.

»Du da! Augur! Halte dich bereit, wir legen gleich ab.« Chenille schoß davon wie eine Sprinterin und verschwand im Schatten eines Pökelschuppens. Einen Moment später sah Auk, wie sie lossprang – sie flog auf eine Art und Weise durch die Luft, die ihr unmöglich gewesen wäre, wenn nicht eine Göttin von ihr Besitz ergriffen hätte – und den Sprung auf dem Deck des Fischerbootes mit einer Rolle abfing.

»Ich sagte, du sollst dich aufs Ablegen vorbereiten! Bist du taub?«

Sie schlug den Auguren mit der linken und den Fischer mit der rechten Hand, und die Schläge klangen beinahe, als wäre eine Doppeltür zugefallen. Auk zog den Nadler und rannte hinter ihr her.

Wieder begann ein heißer, ein sengend heißer Morgen. Maytera Marble fächelte sich mit einem Flugblatt frische Luft zu. In ihren Wangen waren zwar Kühlschlangen, aber der Konstruktionsplan ließ sich nicht mehr abrufen. Sie war jedenfalls sicher, daß es auch dort Kühlschlangen gab. Die größten befanden sich in den Beinen, und die in den Wangen waren Hilfsaggregate. Dort kam die Flüssigkeit, die der Übertragung der Kraft diente, die sie noch in sich hatte, in innigen Kontakt mit der Gesichtsplatte aus Titan, und diese wiederum stand in innigem Kontakt mit der Luft in der Küche. So war es jedenfalls gedacht.

Nur, daß die Luft hätte kühler sein müssen.

Aber halt, das stimmte doch nicht. Sie hatte früher einmal – da war sie ziemlich sicher – genauso ausgesehen wie die Biologischen. Auf ihren Wangen hatte sie eine Schicht – da war irgendein Material gewesen, das höchstwahrscheinlich den Wärmeaustausch behindert hatte. Was hatte sie dem guten Patera Silk erst vor ein paar Tagen gesagt? Seit drei Jahrhunderten lebte sie jetzt. Dreihundert Jahre? Das Komma war irgendwie verrutscht. Höchstwahrscheinlich nach links.

So mußte es sein. Sie hatte damals wie eine Biologische ausgesehen – wie ein biologisches Mädchen mit schwarzem Haar und roten Wangen. Wie eine etwas ältere Version von Dahlia, und Dahlia war immer so schlecht im Rechnen gewesen. Dahlia hatte immer die Dezimalstellen durcheinandergebracht und zwei Dezimalzahlen multipliziert und trotzdem nur zwei Dezimalstellen herausbekommen. Sie hatte die Zahlen verhunzt, bis nicht einmal Seine Kogniszenz mehr daraus schlau geworden wäre.

Maytera Marble rührte mit der freien Hand den Haferschleim um. Er war fast fertig, beinahe schon zu lange gekocht. Sie nahm den Topf vom Herd und fächelte sich wieder frische Luft zu. Im Refektorium nebenan wartete die kleine Maytera Mint mit vorbildlicher Geduld auf das Frühstück. Maytera Marble rief hinüber: »Vielleicht solltet Ihr lieber sofort essen, Schwester. Maytera Rose könnte ja krank geworden sein.«

»Das will ich tun, Schwester.«

»Das sagt Ihr, weil Ihr gehorsam sein wollt, nicht wahr, Schwester?« Das Flugblatt wackelte vor Maytera Marbles Gesicht hin und her. Es zeigte ein wäßriges Abbild von Scylla, die mit Sonnenbarschen und Stören spielte, trug aber nichts dazu bei, Maytera Marbles Gesicht zu kühlen. Tief in ihrem Innern begann ein fast vergessener Sensor, Warnsignale auszusenden. »Ihr braucht mir nicht zu gehorchen, Schwester.«

»Aber Ihr seid die ältere, Schwester.« Normalerweise sprach die jüngere Sibylle fast unhörbar leise. Heute morgen aber redete sie deutlich und mit fester Stimme.

Maytera Marble war zu stark erhitzt, um es wahrzunehmen. »Ich will Euch nicht zum Essen zwingen, wenn Ihr nicht essen wollt, aber ich muß es jetzt vom Herd nehmen.«

»Ich richte mich ganz nach Euch, Schwester.«

»Ich werde nach oben gehen und sehen, ob Maytera meine Hilfe braucht.« Dann fiel Maytera Marble etwas ein. »Ich nehme ihr auf einem Tablett eine Schale mit.« Dadurch konnte Maytera Mint ihr Frühstück einnehmen, ohne auf die älteste Sibylle warten zu müssen. »Zuerst will ich Euch etwas Haferschleim geben. Ihr müßt ihn aber ganz aufessen.«

»Wenn Ihr es wünscht, Schwester.«

Maytera Marble öffnete den Schrank und holte Maytera Roses Schale und die alte, angeschlagene Schale heraus, die Maytera Mint am liebsten benutzte. Sie würde sich überhitzen, wenn sie die Treppe hinaufstieg; aber da sie nicht rechtzeitig daran gedacht hatte, blieb ihr nun nichts anderes übrig. Sie schaufelte Haferschleim in Schalen, bis sich die Schöpfkelle in einer Wolke aus Kommastellen auflöste. Sie hielt inne und starrte den Gegenstand an. Sie hatte ihren Schülern immer beigebracht, daß massive Objekte aus wimmelnden Atomen bestanden, aber das war ein Fehler gewesen; alle massiven Objekte und sogar alle greifbaren Gedanken bestanden vielmehr aus wimmelnden Ziffern. Sie schloß die Augen und zwang sich, die nächste Ladung Haferschleim aus dem Topf zu löffeln. Sie ließ das Flugblatt fallen und tastete mit den Fingern nach dem Rand der Schale. Dann löffelte sie den Haferschleim hinein.

Die Treppe war doch nicht so anstrengend, wie sie befürchtet hatte, aber der erste Stock des Zönobiums war verschwunden. Dort waren nur noch welkende Kräuter und wuchernde Weinranken zu sehen. Irgendwo hatte jemand einen Spruch angeschrieben: SILK MUSS CALDÉ WERDEN!

»Schwester?« Das war Maytera Mint, aber ihre Stimme war leise und weit entfernt. »Geht es Euch nicht gut, Schwester?«

Die ungelenken Buchstaben und der Schiffsstein, auf dem sie erschienen waren, lösten sich in Ziffern auf.

»Schwester?«

»Ja, schon gut. Ich wollte hinaufgehen, nicht wahr? Ich wollte nach Maytera Betel sehen.« Es wäre nicht gut, die ängstliche kleine Maytera Mint zu erschrecken. »Ich bin nur einen Augenblick hier herausgekommen, um mich abzukühlen.«

»Ich fürchte, Maytera Betel weilt nicht mehr unter uns, Schwester. Ihr wolltet nach Maytera Rose sehen.«

»Ja, Maytera, aber natürlich.« Diese tanzenden Zahlenkolonnen waren ganz bestimmt Treppenstufen. Aber waren es Stufen, die zu einer Tür führten, oder waren es Stufen, die ins obere Stockwerk führten? »Ich bin etwas durcheinander, Maytera. Es ist so heiß.«

»Nur Mut, Schwester.« Eine Hand berührte ihre

Schulter. »Vielleicht wollt Ihr mich auch so nennen? Wir zwei, Ihr und ich, wir sind ja Schwestern.«

Jetzt konnte sie endlich die Stufen wieder sehen, davor ein Stück des braunen Teppichs, dessen Muster längst verblichen war und den sie so oft gefegt hatte. Maytera Roses Tür ging von einem kurzen Flur ab. Sie hatte das Eckzimmer. Maytera Marble klopfte an und stellte fest, daß ihre Knöchel das Holz der Tür zerstörten. Sie lugte durchs gesplitterte Holz und sah Maytera Rose noch im Bett liegen. Sie hatte Mund und Augen geöffnet, und auf dem Gesicht saßen unzählige Fliegen.

Sie trat ein, riß Maytera Roses verschlissenes Nachthemd vom Hals bis zum Saum auf und öffnete Maytera Roses Brustkorb. Dann zog sie ihren Habit aus, hängte ihn ordentlich über einen Stuhl und öffnete ihren eigenen Brustkorb. Fast wie gegen ihren Willen begann sie, Bauteile ihrer toten Schwester einzusetzen. Sie prüfte jedes Teil, bevor es an seinen Platz kam. Ein paar wurden vom System zurückgewiesen. Heute ist Tarsday, sagte sie sich, aber Maytera Rose ist tot, also wird es wohl kein Diebstahl sein.

Die alten Bauteile brauche ich nicht mehr.

Das Glas in der nördlichen Wand zeigte ein Fischerboot, das alle Segel gesetzt hatte. Neben dem Steuermann stand eine nackte Frau, die einen blitzenden Ring trug. Maytera, die jetzt selbst nackt war, wandte die Augen ab.

In Silks Kopf hämmerte etwas, und seine Augen schienen fest versiegelt. Der kleine, dicke und dennoch irgendwie riesige Ratsherr Potto dräute über ihm, die Hände zu Fäusten geballt, und wartete, daß Silk die Augen öffnete. Irgendwo – irgendwo gab es Frieden. Zieh das Uhrwerk falsch herum auf, und die Tänzer bewegen sich rückwärts, die Musik spielt rückwärts, vergangene Nächte kommen wieder …

Dunkelheit und ein unablässiges Pochen, das auf seltsame Weise beruhigend war. Die Knie angezogen, die Arme im Gebet angewinkelt. Wortlose Kontemplation, Befreiung vom Bedürfnis zu essen, zu trinken oder zu atmen.

Der Gang war dunkel und warm, wurde aber allmählich kälter. Gepeinigte Schreie, Mamelta war bei ihm, sie hielt seine Hand, und Hyacinths winziger Nadler kläffte wie ein Terrier.

Wieviel haben sie dir bezahlt? Schläge erschütterten ihn.

Unsichtbare Asche nahm ihm den Atem.

»Dies ist die Stelle.«

Wieviel hast du Blood erzählt?

Ein Feuerregen. Morgengebete in einem Manteion in Limna, das vielleicht nur dreißig Ellen, in Wahrheit aber tausend Landmeilen entfernt war.

»Hinter dir! Hinter dir!« Herumwirbeln und schießen.

Die Laterne der toten Frau, die Kerze war zu zwei Dritteln abgebrannt. Mamelta bückte sich mit einem glühenden Stück Holzkohle, um sie anzuzünden.

»Ich bin ein gesetzestreuer Bürg …«

»Ratsherr, ich bin ein gesetzestreuer Bürg …«

Blut spritzte.

»Wer einen Auguren verletzt …«

Wieviel …

Silk öffnete das rechte Auge, sah eine Wand, die so grau war wie Asche, und schloß es wieder.

Er versuchte, die Schüsse zu zählen – und plötzlich saß er wieder im Restaurant. »Also, Patera, zuerst einmal gehen in meinen Nadler viel mehr Nadeln hinein … und alle stabil und dick … das hier war früher die Alambrera.« Die Tür ging auf, und Potto brachte ein Tablett mit ihrem Abendessen herein. Sergeant

Sand folgte ihm mit der Kiste und den schrecklichen Stäben.

Zurück! Zurück!

In der Asche niederknien, mit den Händen wühlen. Ein Gott, der sich schon fünf Nadeln gefangen hatte, stand immer noch hohnlachend am Rande des Lichtscheins, den die Laterne warf. Blut und Speichel liefen aus seinem Mundwinkel. Der Knall einer Muskete, sehr laut im Tunnel und sehr nahe.

... hast du ihm gegeben?

Metallstäbe wurden in seine Genitalien gerammt. Sands Arm drehte die Kurbel, das ausdruckslose Gesicht wurde von einer Welle unerträglicher Schmerzen fortgeschwemmt.

Er hat dein Manteion gekauft.

»Ja. Ich bin ein ...«

Unbegrenzt? Er will dich unbegrenzt lange bleiben lassen?

»Ja.«

Unbegrenzt.

»Ja. Ich weiß nicht ...«

(Zurück, nur zurück, aber die Strömung ist zu stark.)

Silk öffnete das linke Auge. Lackierter Stahl, grau wie Asche. Er rieb sich die Augen und setzte sich auf. Sein Magen flatterte. Er befand sich in einem mittelgroßen, fensterlosen Raum mit grauen Wänden. Er schauderte. Er hatte auf einer niedrigen, harten und sehr schmalen Pritsche gelegen.

Eine Stimme, die ihm irgendwie bekannt vorkam, sagte: »Ah, Ihr seid wach. Ich brauche jemanden, mit dem ich reden kann.«

Er schnaufte und blinzelte. Es war Doktor Crane, der eine Hand gehoben hatte. Mit blitzenden Augen fragte er: »Wie viele Finger?«

»Ihr? Mir träumte ...«

»Man hat Euch erwischt, Silk. Mich auch. Wie viele Finger seht Ihr?«

»Drei.«

»Gut. Welchen Tag haben wir heute?«

Silk mußte nachdenken. Es fiel ihm schwer, sich zu erinnern. Schließlich sagte er: »Tarsday? Orpines Beerdigung war am Scylsday, wir sind am Molpsday zum See gefahren, und als ich hinunterstieg …«

»Ja?«

»In die Tunnel, meine ich. Ich bin schon ziemlich lange hier unten. Vielleicht haben wir sogar schon Hieraxday.«

»Gut geraten, aber wir sind nicht in den Tunneln.«

»In der Alambrera?«

Crane schüttelte den Kopf. »Ich werde es Euch gleich sagen, aber ich muß dazu einiges erklären, und ich muß Euch vorher warnen, daß man uns wahrscheinlich zusammen eingesperrt hat, weil man hofft, wir könnten etwas Brauchbares sagen. Es wäre besser, wenn Ihr ihnen diesen Gefallen nicht tun würdet.«

Silk nickte und bereute es sofort, den Kopf bewegt zu haben. »Ich wünschte, ich hätte etwas Wasser.«

»Um uns herum ist jede Menge Wasser, aber wir müssen wohl warten, bis sie uns etwas geben. Falls sie das überhaupt tun.«

»Ratsherr Potto hat mir einen Faustschlag versetzt.« Silk befühlte vorsichtig die Schwellung an der Seite seines Kopfes. »Das ist das letzte, an das ich mich erinnern kann. Meint Ihr unser Ayuntamiento, wenn Ihr *sie* sagt?«

»Genau.« Crane setzte sich neben ihn auf die Pritsche. »Ich hoffe, es stört Euch nicht. Ich habe auf dem Boden gehockt, während Ihr bewußtlos wart, aber der Boden ist kalt, und nach einer Weile tat mir der Hintern weh. Warum seid Ihr zum See hinausgefahren? Könntet Ihr mir das erklären?«

»Ich kann mich nicht erinnern.«

Crane nickte zustimmend. »Das ist wahrscheinlich das Beste, was man überhaupt sagen kann.«

»Das habe ich mir nicht zurechtgelegt. Ich hatte ... ich hatte sehr seltsame Träume.« Silk schob die schrecklichen Erinnerungen an Potto und Sand beiseite. »Einer handelte von einer nackten Frau, die ebenfalls seltsame Träume hatte.«

»Ts-ts.«

»Ich habe mit einer ... egal. Und ich habe einen Teufel besiegt. Aber das werdet Ihr mir wohl nicht glauben, Doktor.«

»Nein, das glaube ich nicht«, sagte Crane fröhlich.

»Aber es ist wahr. Ich habe nacheinander alle Götter angerufen. Nur Hierax hat sie in Angst und Schrecken versetzt.«

»Eine Teufelin also. Hat sie so ausgesehen?« Crane fletschte die Zähne.

»Ja, ungefähr.« Silk hielt inne und rieb sich den Kopf. »Und es war kein Traum – die Bilder verblassen nämlich nicht. Ihr kennt sie. Ich bin sicher, daß Ihr sie kennt.«

Crane hob eine Augenbraue. »Ich soll eine Teufelin kennen, die Ihr ausgetrieben habt? Ich kenne sehr viele Menschen, aber ich ...«

»Es ist Mucor. Bloods Tochter. Sie kann von Menschen Besitz ergreifen, und sie hat von der Frau Besitz ergriffen, die bei mir war.«

Crane wurde plötzlich ernst und pfiff leise.

»Habt Ihr sie operiert?«

Crane schüttelte den Kopf. »Hat Blood Euch davon erzählt?«

»Er hat mir erzählt, daß er vor Euch einen Gehirnchirurgen beschäftigt hätte. Als ich erfuhr, was Mucor tun kann, habe ich es begriffen. Oder wenigstens glaube ich es. Wollt Ihr es mir erzählen?«

Crane spielte mit seinem Bart, dann zuckte er die Achseln. »Ich denke, es kann wohl nicht schaden. Das

Ayuntamiento weiß ohnehin schon alles, was wichtig ist, und wir müssen uns ja irgendwie die Zeit vertreiben. Wollt Ihr mir denn auch einige Fragen beantworten, wenn ich es Euch sage? Wollt Ihr mir ehrliche, umfassende Antworten geben, solange es nicht um Dinge geht, die sie nicht erfahren sollen?«

»Ich weiß überhaupt nichts, was das Ayuntamiento interessieren könnte«, erklärte Silk. »Ich habe dem Ratsherrn Potto bereits eine Menge Fragen beantwortet. Ich kann Euch alles erzählen, was mich selbst betrifft, und alles, was ich über andere Menschen weiß, soweit es mir nicht durch das Gebot der Verschwiegenheit untersagt ist.«

Crane grinste. »In diesem Fall will ich mit der einfachsten Frage anfangen. Für wen arbeitet Ihr?«

»Ich hätte betonen sollen, daß ich Eure Fragen beantworten werde, nachdem Ihr meine Fragen zu Mucor beantwortet habt. So ist es verabredet. Wenn ich kann, würde ich ihr gern helfen.«

Die Augenbraue wurde wieder hochgezogen. »Einschließlich meiner ersten Frage?«

»Ja«, sagte Silk. »Natürlich. Die werde ich sogar zuerst beantworten. Ist Mucor wirklich Bloods Tochter? Sie hat es mir gesagt.«

»Juristisch gesehen, ja. Sie ist seine Adoptivtochter. Unverheiratete Männer dürfen normalerweise keine Kinder adoptieren, aber Blood hat für das Ayuntamiento gearbeitet. Wußtet Ihr das?«

Silk dachte im letzten Augenblick daran, nicht den Kopf zu schütteln. »Nein. Ich glaube es auch nicht. Er ist ein Verbrecher.«

»Er wird nicht mit Karten bezahlt wie ein Angestellter. Sie stören ihn nicht bei seinen Geschäften, solange es in seinen Häusern keine Schwierigkeiten gibt, und sie sind ihm gefällig. So scheint es auch in diesem Fall gewesen zu sein. Ein Wort an den Richter von einem der Ratsherren ist völlig ausreichend. Und da Blood sie adoptiert hat, kann er über sie verfügen, bis sie volljährig ist.«

»Ich verstehe. Wer sind ihre leiblichen Eltern?«

Crane zuckte wieder die Achseln. »Sie hat keine. Jedenfalls nicht in unserem Whorl. Und wer sie auch sind, wahrscheinlich sind sie sich sowieso nur in einer Petrischale begegnet. Mucor war ein gefrorener Embryo. Blood hat eine Menge Geld für sie bezahlt, glaube ich. Ich weiß, daß Blood ein kleines Vermögen bezahlt hat, um den Gehirnchirurgen zu bekommen, den Ihr erwähnt habt.«

Silk erinnerte sich an den kahlen, verdreckten Raum, in dem er Mucor zum ersten Mal gesehen hatte. »Und dann hat er versucht zu zerstören, was er so teuer bezahlt hatte«, sagte er verbittert.

»Nein, eigentlich nicht. Er wollte sie gefügig machen. Nach allem, was ich gehört habe, muß sie höllisch aufsässig gewesen sein. Aber der Gehirnchirurg – er kam übrigens aus Palustria, und dadurch haben wir herausgefunden, was da im Gange war. Als er ihren Schädel öffnete, fand er ein seltsames Organ.« Crane kicherte. »Ich habe seinen Bericht gelesen. Er ist bei den Krankenunterlagen in der Villa.«

»Ein seltsames Organ? Was für ein Organ denn?«

»Ich meine damit nicht, daß sie kein Gehirn gehabt hätte. Sie hatte natürlich ein Gehirn. Aber es war anders aufgebaut als alle Gehirne, die er bisher gesehen hatte. Es war, medizinisch gesprochen, kein menschliches, aber auch kein tierisches Gehirn. Er mußte auf gut Glück und mit Gottvertrauen arbeiten, wie man so sagt. Am Ende hat er es dann aber doch verpfuscht. Er hat es zugegeben.«

Silk wischte sich die Augen trocken.

»Nun hört schon auf. Das war vor zehn Jahren, und wir Spione sollten doch aus etwas härterem Holz geschnitzt sein.«

»Hat überhaupt schon einmal irgend jemand um sie

geweint, Doktor?« fragte Silk. »Ihr oder Blood oder Musk oder der Gehirnchirurg? Hat jemand um sie geweint?«

»Nicht, daß ich wüßte.«

»Dann laßt mich um sie weinen. Wenigstens das soll sie haben.«

»Ich will Euch nicht aufhalten. Ihr habt gar nicht gefragt, warum Blood nicht versucht hat, sie loszuwerden.«

»Ihr habt mir doch gesagt, daß sie juristisch gesprochen seine Tochter ist.«

»Das würde ihn nicht aufhalten. Der Grund ist, daß der Gehirnchirurg gesagt hat, ihre psychischen Fähigkeiten könnten irgendwann, wenn alles verheilt ist, wieder zum Vorschein kommen. Es war nur eine Vermutung, aber nach der Geschichte, die Ihr über die Teufelin erzählt habt, sind die Fähigkeiten wieder da. Und das Ayuntamiento weiß es jetzt auch, da Ihr es ausgesprochen habt. Dadurch wird Viron gefährlicher denn je.«

Silk tupfte sich noch einmal die Augen mit einer Ecke seiner Robe ab und schneuzte sich. »Prächtiger denn je, wolltet Ihr wohl sagen. Das könnte Eure Regierung in Palustria vielleicht beunruhigen, aber mich stört es nicht im mindesten.«

»Ich verstehe.« Crane rutschte auf der Pritsche zurück, bis er sich an die stählerne Wand lehnen konnte. »Ihr habt versprochen, mir zu verraten, für wen Ihr arbeitet, wenn ich Euch etwas über Mucor erzähle. Nun werdet Ihr mir wohl gleich sagen, daß Ihr für Seine Kogniszenz den Prolokutor arbeitet, oder so etwas. Nicht wahr? Das ist aber kaum das, was ich als gerechte Gegenleistung bezeichnen würde.«

»Nein. Oder vielleicht stimmt es in gewisser Weise sogar. Es ist jedenfalls eine interessante ethische Frage. Ich tue natürlich das, was Seine Kogniszenz von mir erwarten würde, aber ich habe ihm nicht gesagt … ich habe das Kapitel nicht in aller Ausführlichkeit unterrichtet, sollte ich wohl sagen. Ich habe einfach nicht die Zeit dazu gefunden. Die alte Ausrede. Hättet Ihr mir geglaubt, wenn ich gesagt hätte, daß ich für Seine Kogniszenz spioniere?«

»Nein, das hätte ich nicht geglaubt. Euer Prolokutor hat jede Menge Spione. Aber sie sind keine heiligen Auguren. So dumm ist er nicht. Also, für wen arbeitet Ihr?«

»Für den Außenseiter.«

»Meint Ihr den Gott?«

»Ja.« Silk spürte, daß Crane schon wieder die Augenbrauen gehoben hatte, obwohl er nicht in Cranes Richtung blickte. Er holte tief Luft und atmete durch den Mund wieder aus. »Niemand will mir glauben – höchstens Maytera Marble ein Stück weit –, also kann ich auch nicht erwarten, daß Ihr mir glaubt, Doktor. Ihr am allerwenigsten. Aber ich habe es bereits Ratsherr Potto erklärt, und ich erkläre es jetzt Euch. Der Außenseiter hat am letzten Phaesday auf dem Sportplatz neben unserer Palaestra zu mir gesprochen.« Er wartete darauf, daß Crane verächtlich schnaubte.

»Das ist aber interessant. Darüber können wir uns sicherlich lange unterhalten. Habt Ihr ihn gesehen?«

Silk dachte über die Frage nach. »Nicht so, wie ich Euch jetzt sehe. Ich glaube, es ist ohnehin unmöglich, ihn auf diese Weise zu sehen. Wie ich Blood schon vor ein paar Tagen sagte, sind alle bildlichen Darstellungen der Götter letzten Endes falsch. Manche Bilder sind mehr oder weniger angemessen, aber keineswegs den Göttern ähnlich. Der Außenseiter hat sich mir gezeigt – oder er hat mir seinen Geist gezeigt, soweit man das über einen Gott sagen kann –, indem er mir unzählige Dinge zeigte, die er getan und gemacht hatte: Menschen und Tiere und Pflanzen und unzählige andere Dinge, die ihm sehr wichtig sind und die für Euch, Doktor, oder für mich, nicht unbedingt schöne oder liebenswerte Dinge wären. Große Feuer außerhalb des Whorl, ein Käfer, der aussieht wie ein Juwel und dennoch seine Eier in Dung legt, ein Junge, der nicht sprechen kann und wie ein wildes Tier lebt.

Ich sah einen nackten Verbrecher unter dem Galgen, und wir sind zu dieser Szene zurückgekehrt, als er starb, und noch einmal, als der Tote heruntergenommen wurde. Seine Mutter sah mit einigen seiner Freunde zu, und als jemand sagte, er habe das Volk aufgehetzt, meinte sie, ihrer Meinung nach sei er niemals ein wirklich böser Mensch gewesen, und sie würde ihn immer lieben. Ich sah eine tote Frau, die in einer Gasse zurückblieb, und ich sah auch Patera Pike, und alles stand miteinander in Verbindung, als wären es nur Szenen und Bestandteile eines größeren Bildes gewesen.« Silk hielt inne und suchte in seinen Erinnerungen.

»Laßt uns weiter über den Gott sprechen. Konntet Ihr seine Stimme hören?«

»Mehrere Stimmen«, erwiderte Silk. »Sie haben gleichzeitig in meine beiden Ohren gesprochen. Eine klang sehr männlich – nicht übertrieben tief, aber fest, als spräche ein großer Berg zu mir. Die andere war eine weibliche Stimme, eine Art sanftes Gurren. Trotzdem gehörten beide Stimmen ihm. Als die Erleuchtung vorüber war, konnte ich viel, viel besser verstehen, warum die Künstler Pas mit zwei Köpfen darstellen. Aber ich glaube, auch der Außenseiter hatte noch viel, viel mehr Stimmen als die beiden, die ich gehört habe. Manchmal konnte ich sie, wenn auch undeutlich, hinter mir vernehmen. Es war, als wartete hinter mir eine Menschenmenge, während mir deren Anführer in die Ohren flüsterten; aber gleichzeitig schien die Menschenmenge irgendwie in einer einzigen Person versammelt zu sein, im Außenseiter. Wollt Ihr etwas sagen?«

Crane schüttelte den Kopf. »Konntet Ihr denn verstehen, was beide Stimmen sagten, als sie gleichzeitig sprachen?«

»O ja. Sogar noch, wenn sie ganz unterschiedliche Dinge sagten, was sie meistens auch taten. Was ich aber bis heute nicht verstehe und was mir bis heute Kopfzerbrechen bereitet, ist, daß sich das alles binnen Sekundenbruchteilen abgespielt hat. Ich glaube, ich habe später jemandem erzählt, daß es mir vorkam, als hätte es hundert Jahre gedauert, aber in Wirklichkeit ist keine meßbare Zeitspanne verstrichen. Es ist auf einer anderen Ebene geschehen, die irgendwie außerhalb der Zeit steht. Ich habe dieses Gefühl sonst noch nie gehabt. Ich kann das nicht besser ausdrücken, aber vielleicht könnt Ihr trotzdem verstehen, was ich meine.«

Crane nickte.

»Einer der Jungen – Horn, der beste Spieler, den wir haben – wollte gerade den Ball fangen. Er berührte ihn schon fast, und dann hatte ich dieses Erlebnis außerhalb der Zeit. Es war, als hätte der Außenseiter schon mein Leben lang hinter mir gestanden, hätte aber erst das Wort ergriffen, als es notwendig wurde. Er zeigte mir, wer er ist und was er für die Dinge empfindet, die er gemacht hat. Dann zeigte er mir, welche Gefühle er für mich hegte und was ich für ihn tun sollte. Er hat mich gewarnt, daß er mir nicht helfen könnte …« Silk brach mitten im Satz ab und preßte sich eine Handfläche an die Stirn.

Crane kicherte. »Das war aber gar nicht nett von ihm.«

»Ich glaube, in diesem Augenblick ging es auch nicht um Nettigkeiten«, erwiderte Silk langsam. »Es ist eine Frage der Logik. Wenn ich sein Agent sein sollte, wie er es mir aufgetragen hatte – ich hätte vielleicht betonen sollen, daß er nichts direkt von mir verlangt hat. Wenn ich also sein Agent sein sollte, dann wäre es fast so, als würde er es selbst tun. Er will unser Manteion behüten und hat mir den Auftrag gegeben, es für ihn zu tun. Er behütet es durch mich. Ich bin der Helfer, den er geschickt hat, und den Retter rettet man nicht. Man schrubbt ja auch kein Stück Seife sauber, und man kauft keine Pflaumen, um sie an den Pflaumenbaum zu hängen. Ich sagte natürlich, daß ich es versuchen würde. Ich sagte, ich würde alles tun, was er von mir verlangt.«

»Und dann seid Ihr also ausgezogen, um Euer heruntergekommenes Manteion in der Sun Street zu retten? Und das kleine Haus, in dem Ihr lebt und alles andere?«

»Ja.« Silk nickte, bereute sofort wieder, daß er sich bewegt hatte, und fügte hinzu: »Nicht unbedingt die Gebäude, die jetzt dort stehen. Wenn man sie durch neue, größere Gebäude ersetzen könnte – Patera Remora, der Koadjutor, hat neulich abends eine entsprechende Andeutung gemacht –, dann wäre das sogar noch besser. Jedenfalls ist dies die Antwort auf Eure Frage. Ich habe Euch gesagt, für wen ich arbeite. Wenn Ihr wollt, könnt Ihr sagen, daß ich spioniere, denn ich habe Euch ausspioniert.«

»Für einen Nebengott, der Außenseiter genannt wird.«

»Ja. So ist es. Wir wollten … ich wollte Euch sagen, ich wußte, daß Ihr ein Spion seid, wenn Ihr das nächste Mal meinen Knöchel behandelt hättet. Ich wollte sagen, daß ich mit Leuten gesprochen habe, die Euch Informationen geliefert haben, ohne zu erkennen, wozu Ihr die Informationen gebraucht habt, und mit anderen, die für Euch Botschaften überbracht haben; und daß ich nach und nach ein Muster in diesen Dingen erkannt habe. Ich sehe inzwischen noch klarer, aber ich habe es schon vor einer Weile erkannt.«

Crane schüttelte mit gespielter Verzweiflung den Kopf. »Das glaubt leider auch Ratsherr Lemur.«

»Ich erkenne auch noch andere Dinge«, fuhr Silk

fort. »Zum Beispiel, warum Ihr bei Blood wart und warum ich hier in den Gängen auf Bloods Talus gestoßen bin.«

»Wir sind nicht in den Tunneln«, sagte Crane abwesend. »Habt Ihr nicht gehört, wie ich sagte, daß rund um uns herum nur Wasser ist? Wir befinden uns in einem versunkenen Schiff im See. Oder, um es etwas genauer zu sagen, in einem Schiff, das so gebaut ist, daß es versinken und auf Befehl des Kapitäns wieder zur Wasseroberfläche auftauchen kann. Unter Wasser kann es schwimmen wie ein Fisch, wenn Ihr mir das glauben wollt. Das ist die Geheimwaffe Virons. Ich wäre ein reicher Mann und ein Held, wenn ich meinen Vorgesetzten daheim diese Information zukommen lassen könnte.«

Silk rutschte von der Pritsche herunter und ging zur stählernen Tür des Raums. Sie war verschlossen, wie er erwartet hatte, und es gab kein Fenster und kein Guckloch, durch welches er hätte hinausschauen können. Plötzlich wurde ihm sein Körpergeruch bewußt, und er erinnerte sich an seine ascheverschmierte Kleidung. »Gibt es hier eine Waschgelegenheit?«

Crane schüttelte abermals den Kopf. »Unter der Pritsche ist ein Nachtgeschirr, wenn Ihr das wollt.«

»Nein, im Augenblick nicht.«

»Nun sagt mir aber, war es Euch denn einerlei, daß ich ein Spion war? Anscheinend wolltet Ihr mich ja nicht dem Ayuntamiento übergeben.«

»Aber das wollte ich tun«, erwiderte Silk einfach, »falls Ihr Euch geweigert hättet, mir zu helfen, das Manteion von Blood zurückzukaufen. Hättet Ihr mir geholfen, dann hätte ich Euch fliehen lassen.«

Er setzte sich in die hinterste Ecke der Zelle auf den Boden, so weit von der Pritsche entfernt, wie es möglich war. Der Stahlboden war so kalt und hart, wie Crane es gesagt hatte. »Wenn Ihr mir nicht geholfen hättet, dann hätte ich Euch bei den Grünen angeschmiert. So drücken es die Leute in meinem Viertel aus. Ich habe ebenso für sie wie für den Außenseiter gearbeitet, der gesagt hat, ich solle das Manteion retten, weil ihm die Leute so am Herzen liegen.«

Silk zog sich die Schuhe aus. »Mit den ›Grünen‹ meinen die Leute die Männer von der Zivilgarde. Sie sagen, die Gardisten sehen in ihren grünen Uniformen wie Frösche aus.«

»Ich weiß. Warum seid Ihr in die Gänge eingedrungen? Weil ich mich bei einigen Leuten nach ihnen erkundigt habe?«

Während er antwortete, pellte Silk sich die Socken von den Füßen. »Nein, eigentlich nicht. Ich wollte überhaupt nicht in die Gänge gehen. Ich hatte zwar schon von ihnen gehört – daß sich dort Zirkel von Schwarzmechanikern träfen und so weiter. Ich habe auf der Schola gelernt, daß diese Leute ziemlich verrückt sind. Da Ihr mir diesen Verband geliehen habt, konnte ich zu Scyllas Schrein am See gehen. Ich habe den Schrein aufgesucht, weil Commissioner Simuliid auch hingegangen war. Die Person, von der ich das erfahren habe, sagte mir, auch Ihr hättet Euch dafür interessiert.«

»Chenille.«

»Nein.« Silk schüttelte den Kopf. Er wußte, daß es weh tun würde, aber es war ihm wichtig, seine Antwort so entschieden klingen zu lassen, wie es ihm nur möglich war.

»Doch, sie war es. Aber das spielt keine Rolle. Ich habe übrigens draußen gelauscht, während Ihr Chenille die Beichte abgenommen habt. Ich konnte nicht viel verstehen. Ich wünschte, ich hätte mehr hören können.«

»Dies hättet Ihr jedenfalls nicht hören können, weil es nicht gesagt worden ist. Chenille hat ihre eigenen Verfehlungen gebeichtet, nicht die Euren.«

»Wenn Ihr meint. Hat Bloods Talus Euch dann an Potto übergeben?«

»Es war etwas komplizierter«, sagte Silk zögernd. »Ich glaube, es ist vielleicht unklug, das jetzt zu sagen, aber wenn Ratsherr Potto jemanden geschickt hat, der uns belauscht, dann soll es mir recht sein – ich will es endlich loswerden, weil es mein Gewissen belastet. Ich habe Bloods Talus getötet. Ich mußte es tun, um mein eigenes Leben zu retten, aber mir war nicht wohl dabei, und es gefällt mir immer weniger, je länger ich darüber nachdenke.«

»Wie habt Ihr …?«

Silk nickte. »Mit einem Azothen, den ich zufällig bei mir hatte. Er wurde mir später abgenommen.«

»Ich verstehe. Vielleicht sollten wir nicht weiter darüber reden.«

»Dann laßt uns über das hier sprechen«, sagte Silk, indem er den Verband hob. »Ihr wart sehr großzügig, mir dies hier zu leihen, und ich war so undankbar, wie man es nur sein kann. Ihr habt meine Entschuldigung gehört: Ich hatte gehofft, das zu tun, was der Außenseiter von mir verlangt hatte. Ich wollte seinem Vertrauen in mich gerecht werden, nachdem ich ihm dreiundzwanzig Jahre lang kaum Aufmerksamkeit geschenkt hatte. Es wäre nicht recht, wenn ich den Verband behalten würde, und ich bin dankbar für diese Gelegenheit. Nehmt ihn zurück.«

»Nein, ich will ihn nicht. Ist er jetzt kalt? Soll ich ihn für Euch wieder aufladen?«

»Ihr sollt ihn aber nehmen, Doktor. Ich hätte das Geld, das ich brauche, von Euch erpreßt, wenn ich die Gelegenheit dazu bekommen hätte. Ich verdiene es nicht, daß Ihr mir einen Gefallen tut.«

»Ihr habt aber kein Geld bekommen.« Crane zog die Beine an, bis er im Schneidersitz saß. »Ich habe Euch nicht erfunden, aber ich wünschte, ich hätte Euch erfunden, weil ich froh wäre, wenn ich mich mit Euch rühmen könnte. Ihr seid genau das, was wir gebraucht haben. Ihr seid ein Vorkämpfer der Unterschicht Virons, und eine Stadt, die innerlich zerrissen ist, ist zu schwach, um ihre Nachbarn anzugreifen. Nun ladet das Ding schon auf und legt es Euch wieder um den Knöchel.«

»Ich hatte nie den Wunsch, Viron zu schwächen«, sagte Silk zu ihm. »Das war kein Teil meiner Aufgabe.«

»Macht Euch deshalb keine Vorwürfe. Das Ayuntamiento hat den Schaden angerichtet, als es den Caldé ermorden ließ und Eurer Charta und dem Volk zum Trotz die Regierungsgewalt selbst übernommen hat. Aber das wird Euer Leben nicht retten, wenn Lemur mit Euch fertig ist. Er wird Euch genauso töten lassen wie mich.«

Silk nickte traurig. »Ratsherr Potto hat etwas Ähnliches gesagt. Ich habe gehofft … ich hoffe immer noch, daß das nur eine Drohung war. Ich hoffe, er wird mich trotz seiner Drohung so wenig töten lassen, wie Blood es getan hat.«

»Dies hier ist eine völlig andere Situation. Ihr seid zu Bloods Villa hinausgefahren, und es war nicht ausgeschlossen, daß andere Menschen davon wußten. Wenn Euch aber der Talus geschnappt und in die Gänge gezerrt hat, dann weiß vermutlich niemand, daß das Ayuntamiento Euch in der Gewalt hat. Nicht einmal der Talus kann es verraten, denn wie Ihr sagt, habt Ihr ihn ja umgebracht.«

»Nur Mamelta weiß es. Das ist die Frau, die mit mir zusammen gefangen worden ist.«

»Und außerdem«, fuhr Crane fort, »wäre Bloods Lage unsicherer geworden, wenn er Euch getötet hätte. Für Lemur und die anderen wäre es aber *sicherer,* Euch zu töten. Ich wundere mich sogar, daß sie es nicht schon längst getan haben. Wer ist eigentlich Mamelta? Eine dieser heiligen Frauen?«

»Sie gehört zu den Menschen, die Pas in den Whorl gesteckt hat, als er ihn vollendet hatte. Wußtet Ihr, daß einige von ihnen noch leben? Sie schlafen.«

Crane schüttelte den Kopf. »Hat er Euch das gesagt? Pas?«

»Nein, Mamelta hat es mir gesagt. Soldaten hatten mich gefangengenommen – ich hatte den Azothen zurückgelassen, als das geschah, weil ich wußte, daß man mich durchsuchen würde. Ein Aschehaufen hat den Tunnel fast ganz versperrt, und ich habe die Waffe in diesem Haufen versteckt, als die Soldaten mich herauszogen.«

Crane grinste. »Raffiniert.«

»Nein. Überhaupt nicht raffiniert. Einer der Soldaten hat mir dann die schlafenden Menschen gezeigt und mir gesagt, daß sie sich seit der Zeit der ersten Siedler in diesem Zustand befinden. Mucor hat eine Schläferin aufgeweckt. Das war Mamelta. Ich habe dann Mucor wieder ausgetrieben, wie ich Euch schon sagte.«

»Ja.«

»Mamelta und ich sind vor den Soldaten geflohen – ich fürchte, Hammerstone wird dafür bestraft werden –, aber wir wurden festgenommen, als wir den Azothen holen wollten. Sie haben mich zuerst in ein Loch gesteckt, das viel schlimmer war als das hier. Nach einer Weile haben sie mir meine Robe gebracht. Mamelta hatte sie vorher getragen, also müssen sie ihr ordentliche Kleidung gegeben habe. Das hoffe ich jedenfalls.« Silk hielt inne und knabberte an der Unterlippe. »Ich hätte mich wohl mit dem Azothen gegen die Soldaten zur Wehr setzen können, und es ist gut möglich, daß ich beide umgebracht hätte. Aber ich konnte mich nicht überwinden, sie anzugreifen.«

»Das ist lobenswert. War Potto zugegen, als man Euch zum zweiten Mal verhaftet hat?«

»Ja.«

»Und er hat rasch herausgefunden, wer Ihr seid.«

»Ich habe es ihm gesagt«, erwiderte Silk. »Soll heißen, er hat mich nach meinem Namen gefragt, und ich habe ihm meinen Namen genannt. Das würde ich jederzeit wieder tun. Ich bin ein gesetzestreuer Bürger, das habe ich ihm mehrmals versichert.«

»Ich frage mich, ob es möglich ist, ein gesetzestreuer Bürger zu sein, wenn man tot ist. Aber das ist Euer Problem. Was mich wirklich interessiert, ist die Tatsache, daß Ihr zunächst mit der Frau geflohen seid. Könntet Ihr mir erklären, wie sich das mit Eurer Loyalität verträgt?«

»Ich mußte mich um dringende Angelegenheiten kümmern«, sagte Silk. »Ich will jetzt nicht ins Detail gehen, aber das ist die Wahrheit, und weil ich nichts Unrechtes getan hatte, fühlte ich mich moralisch berechtigt, mich zu entfernen, als sich eine entsprechende Gelegenheit bot.«

»Aber jetzt habt Ihr etwas Unrechtes getan? Seid Ihr jetzt ein Verbrecher, der den Tod verdient?«

»Nein. Ganz rein ist mein Gewissen nicht, aber das Schlimmste, was ich mir vorzuwerfen habe, ist, daß ich den Außenseiter enttäuscht habe. Wenn ich irgendwie davonkommen könnte – obwohl das jetzt unmöglich scheint –, dann wage ich zu hoffen, daß ich vielleicht doch noch Erfolg haben könnte.«

»Dann würdet Ihr mit mir fliehen, wenn wir könnten?«

»Aus einem Raum mit Eisenwänden und mit einer versperrten Tür?« Silk fuhr sich mit den Fingern durch das blonde Haargestrüpp. »Wie wollt Ihr das anfangen, Doktor?«

»Wir bleiben vielleicht nicht für immer hier eingesperrt. Also, würdet Ihr fliehen?«

»Ja, natürlich.«

»Dann ladet Euren Verband wieder auf. Es kann sein, daß wir rennen müssen. Ich hoffe es jedenfalls. Los, tretet ihn und schlagt das Ding auf den Fußboden.«

Silk tat wie ihm geheißen und prügelte auf die

stählernen Bodenplatten ein. »Wenn es auch nur die leiseste Chance gibt, mein Gelöbnis gegenüber dem Außenseiter zu erfüllen, dann muß und will ich sie ergreifen. Er wird Euch gewiß für Eure Großmut segnen.«

»Ich würde mich darauf lieber nicht verlassen wollen.« Crane lächelte. »Ihr hattet einen kleinen Gehirnschlag, das ist alles. Höchstwahrscheinlich ist aufgrund der Anstrengung während des Ballspiels eine winzige Ader in Eurem Gehirn geplatzt. Wenn das an der richtigen Stelle passiert, kommt es oft zu Trugbildern wie denen, die Ihr gesehen habt. Der Bereich heißt Wernicke-Zentrum.« Er berührte seinen Kopf, um Silk die Stelle zu zeigen.

12

Lemur

Silk kniete nieder und sprach ein stummes Gebet, das Gesicht zur grau gestrichenen Wand gedreht.

Wundervolle Molpe, zürne mir nicht, da ich dich immer in Ehren gehalten habe. Dein Reich ist die Musik. Soll ich sie nie wieder hören? Erinnere dich an meine Spieluhr, Molpe, an die vielen Stunden, die ich als Kind mit ihr verbracht habe. Sie ist jetzt in meinem Schrank, Molpe, und wenn du mich befreist, dann will ich die Tänzer ölen, damit sie wieder gut läuft, und die Uhr jeden Abend abspielen. Ich habe mein Gewissen erforscht, Molpe, um herauszufinden, wo ich dich enttäuscht habe. Ich habe dies gefunden: Ich war viel zu grob mit Mucor, als sie Mamelta in Besitz genommen hatte. Diejenigen, deren Geist verwirrt ist, und diejenigen, die, obwohl erwachsen, innerlich Kinder bleiben, genießen deinen Schutz, Molpe, und um deinetwillen hätte ich sanfter mir ihr umgehen müssen. Ich hätte sie nicht als Teufelin bezeichnen dürfen, weil sie keine ist. Ich stelle meinen Stolz zurück und will versuchen, Mucor aus Bloods Gewalt zu befreien, wenn ich das kann. Ich werde sie behandeln, als wäre sie mein eigenes Kind, das schwöre ich. Einen Singvogel will ich dir opfern, Molpe, wenn du …

Crane fragte: »Glaubt Ihr wirklich, daß Euch das jetzt helfen kann?«

Einen Singvogel will ich dir opfern, Molpe, wenn du uns nur die Freiheit schenkst.

Dunkler Tartaros, zürne mir nicht, da ich dich immer in Ehren gehalten habe. Der Diebstahl gehört in dein Reich, und ebenso Mord und Untaten, die in der Dunkelheit begangen werden. Soll ich nie wieder durch die dunklen Straßen meiner Heimatstadt gehen dürfen? Erinnere dich doch, wie ich mit Auk zusammen gegangen bin, der wie ich ein Dieb ist. Als ich auf Bloods Mauer geklettert bin, hast du mir deine Gunst erwiesen, und ich habe mit Freuden das schwarze Lamm und den Hahn bezahlt, die ich dir versprochen hatte. Erinnere dich, daß ich es war, der Kalan die Vergebung des Pas gebracht hat, und erlaube es mir, mich jetzt davonzustehlen, Tartaros, und Doktor Crane mitzunehmen. Ich werde nie vergessen, Tartaros, daß Diebe zu deinem Reich gehören und daß ich einer von ihnen bin. Ich habe mein Gewissen erforscht, Tartaros, um herauszufinden, wo ich dich enttäuscht habe. Ich habe dies gefunden: Ich habe deine dunklen Tunnel von ganzem Herzen gehaßt und in meinem Stolz nicht daran gedacht, daß du mich dorthin geschickt hattest und daß sie für einen wie mich ein höchst angemessener Ort waren. Ich stelle meinen Stolz zurück, und wenn du mich jemals wieder dorthin schickst, werde ich mich bemühen, dankbar zu sein und mich an deine Gunst zu erinnern. Das schwöre ich. Ein Dutzend schwarze Ratten für dich, Tartaros, wenn du uns nur die Freiheit schenkst.

Höchster Hierax, zürne mir nicht, da ich dich immer in Ehren gehalten habe. Der Tod gehört in dein Reich. Soll ich nie wieder den Sterbenden beistehen können? Erinnere dich an meine Freundlichkeit gegenüber Pricklythrift, Shrub, Flax, Orpine, Bharal, Kalan und Exmoor, o Hierax. Erinnere dich, wie Exmoor mich mit seinem letzten Atemzug gesegnet hat und vergiß nicht, daß ich es war, der den Vogel erschlagen hat, dem ein Gotteslästerer deinen Namen gegeben hatte. Wenn du uns die Freiheit schenkst, werde ich mein Leben lang den Sterbenden beistehen und die Toten bestatten. Ich habe mein Gewissen erforscht, Hierax, um herauszufinden, wo ich dich enttäuscht habe. Ich habe dies gefunden …

»Ich dachte, Ihr benutzt dazu eine Gebetskette.«

»Potto hat mir alles abgenommen, das sagte ich doch schon«, erwiderte Silk niedergeschlagen. »Er hat mir alles weggenommen, sogar die Brille.«

»Ich wußte gar nicht, daß Ihr eine Brille braucht.«

Als ich diejenigen sah, die im Schlaf gestorben waren, in den Pas sie hat sinken lassen, habe ich nicht vorgeschlagen, sie zu bestatten, und ich habe nicht einmal ein Gebet für sie gesprochen. Als Mamelta und ich die Knochen der Frau fanden, die eine Laterne getragen hatte, nahm ich ihr in meinem falschen Hochmut die Laterne weg, ohne die Gebeine zu beerdigen. Ich stelle meinen Stolz zurück und werde stets voller Achtung mit den Toten umgehen. Das schwöre ich. Einen schwarzen Ziegenbock für dich, Hierax, wenn du uns die Freiheit schenkst.

Bezaubernde Thelxiepeia, zürne mir nicht, da ich dich immer in Ehren gehalten habe. Die Prophetie und die Magie gehören in dein Reich. Soll ich nie wieder am Thelxday die Würfel werfen oder in den Eingeweiden eines Opfers die Dinge lesen, die kommen werden? Erinnere dich an die vielen Opfer, die ich für Orpine und für Auk und für mich selbst am letzten Scylsday dargebracht habe. In allen Tieren außer in den Vögeln habe ich gelesen. Ich habe mein Gewissen erforscht, Thelxiepeia, um herauszufinden, wie ich dich enttäuscht habe.

Plötzlich wurde es stockdunkel im Raum. Es war eine Dunkelheit, wie Silk sie noch nie gesehen hatte, nicht einmal in dem Tunnel, in dem die Asche herumgeflogen war. Es war eine greifbare, erdrückende Dunkelheit, in der es nicht den kleinsten Lichtfunken gab.

Crane flüsterte drängend: »Das ist Lemur! Bedeckt Euren Kopf.«

Verzagt und da er ohnehin nichts hatte, um seinen Kopf schützen, ignorierte Silk die Aufforderung.

Ich habe dies gefunden: Ich habe keinen Zauber …

Die Tür wurde geöffnet. Silk drehte sich gerade noch rechtzeitig herum, um eine große Gestalt sehen zu können, die den Türrahmen fast völlig ausfüllte.

Die Tür fiel mit einem lauten Knall wieder zu, aber das Klicken des Riegels blieb aus.

»Steht auf, Patera.« Ratsherr Lemurs Stimme war tief und voll, ein dröhnender Bariton. »Ich brauche Euch beide. Doktor, nehmt das hier.«

Ein Knall.

»Hebt es auf.«

Crane sagte: »Das ist meine Arzttasche. Wie habt Ihr sie bekommen?«

Lemur lachte. Silk stand auf. Er spürte einen fast unwiderstehlichen Drang, in das Lachen einzustimmen, so freundlich und gutmütig klang es. »Ihr glaubt, wir befänden uns mitten im See? Wir sind noch in der Höhle. Wir werden aber bald in See stechen. Ich habe mit Blood gesprochen, und einer seiner Fahrer hat sie gebracht, das ist alles. Patera, ich habe ein paar Kleinigkeiten für Euch. Nehmt sie, sie gehören Euch.«

Silk streckte beide Hände aus und nahm die Gebetskette, das Gammadion und die Silberkette, die seine Mutter ihm geschenkt hatte, in Empfang. Die Gebetskette und die Silberkette hatten sich verheddert. »Danke«, sagte er.

»Ihr seid ein tapferer Mann, Patera. Für einen Auguren seid Ihr sogar ein äußerst tapferer Mann. Denkt Ihr etwa darüber nach, daß Ihr und der Doktor, wenn Ihr gemeinsam vorgeht, mich womöglich überwältigen könntet?«

»Ich weiß es nicht.«

»Seit Ihr Euren Gott verloren habt, seid Ihr nicht mehr ganz so mutig. Und wie ist es mit Euch, Doktor? Ihr und der Augur zusammen gegen mich?«

Crane, der immer noch auf der Pritsche saß, sagte nur: »Nein.« Silk hörte gleichzeitig das leise Klicken eines Sicherungshebels.

»Euer Nadler steckt in meinem Hosenbund. Und der Eure, Patera, steckt in meinem Ärmel. Ich werde sie Euch gleich zurückgeben. Glaubt Ihr, Ihr und Euer

Freund, der Doktor, könntet mich im Dunkeln töten, wenn Ihr Eure Nadler zurückbekommen habt?«

Silk sagte: »Mögen alle Götter verhüten, daß ich jemals Euch oder sonst jemanden töte oder auch nur den Wunsch dazu verspüre.«

Lemur lachte wieder leise. »Aber Potto hättet Ihr am liebsten umgebracht, nicht wahr, Patera? Er hat Euch, wie er mir sagte, stundenlang verhört. Ich kenne Potto schon, so lange ich lebe, und selbst wenn er mal freundlich tut, gibt es im ganzen Whorl keinen hassenswerteren Mann als ihn.«

»Es ist wahr, ich kann ihn nicht leiden.« Silk wählte seine Worte mit Bedacht. »Aber ich respektiere ihn als Mitglied des Ayuntamiento und damit als einen der legitimen Herrscher unserer Stadt. Ich will ihm gewiß nichts antun.«

»Er hat Euch mehrmals geschlagen, am Ende sogar so fest, daß Ihr mehrere Stunden bewußtlos wart. Der ganze Whorl will meinen Vetter Potto loswerden. Wollt Ihr Euren Nadler zurückbekommen?«

»Ja, sehr gern.« Silk streckte aufs Geratewohl die Hände aus.

»Und dann werdet Ihr versuchen, mich zu töten?«

»Hammerstone hat mich auf die gleiche Weise herausgefordert«, sagte Silk. »Ich habe Potto davon erzählt, und er muß es Euch erzählt haben. Aber Ihr seid kein Soldat.«

»Ich bin nicht einmal ein Chemischer.«

Cranes Stimme ertönte: »Er hat Euch noch nie gesehen.«

»In diesem Fall sollt Ihr mich ansehen, Patera.«

Ein schwaches Glühen, nicht mehr als ein verschwommener, weiß schimmernder Fleck, entstand dicht unter der Decke. Silk richtete fasziniert den Blick auf das Licht, und nun erschien dort das glattrasierte Gesicht eines ungefähr sechzigjährigen Mannes. Es war ein edles Antlitz: eine hohe Stirn, über der eine

Mähne von silbrigem Haar wuchs, eine aristokratische Nase und ein breiter, beweglich aussehender Mund. Während er ihn anstarrte, wurde Silk klar, daß Ratsherr Lemur sogar größer sein mußte als Gib.

Das Gesicht sprach: »Wollt Ihr nicht wissen, wie ich das mache? Meine Haut ist selbstleuchtend. Sogar meine Augen. Paßt auf.«

Zwei weitere schwach schimmernde Flecken erschienen und wurden zu Lemurs Händen. Eine hielt einen Nadler, der so groß war wie Auks Waffe, am Lauf. »Nehmt ihn, Doktor. Er gehört Euch.«

Cranes Stimme, die irgendwo hinter Lemurs Händen ertönte, sagte: »Silk ist nicht beeindruckt.«

Der Nadler wurde offenbar weitergegeben und verschwand.

»Er ist eben ein Mann des Geistes«, fuhr Crane kichernd fort.

»Das bin ich auch, Patera. Unbedingt. Ihr habt Euren Gott verloren. Darf ich Euch einen neuen anbieten?«

»Tartaros? Ich habe zu ihm gebetet, als Ihr hereingekommen seid.«

»Wegen der Dunkelheit, natürlich.« Lemurs Gesicht und Hände verschwanden. Eine Dunkelheit, die schwärzer schien denn je, breitete sich aus.

»Und weil heute sein Tag ist«, sagte Silk. »Jedenfalls glaube ich, daß wir inzwischen Tarsday haben.«

»Tartaros und die anderen sind nur Gespenster, Patera. Sie waren nie mehr als Gespenster, und Gespenster verblassen irgendwann. Nach dreihundert Jahren sind Pas, Echidna, Tartaros, Scylla und die anderen praktisch unsichtbar. Der Prolokutor weiß es, und da Ihr sein Nachfolger werden sollt, müßt Ihr es auch erfahren.«

»Da ich …« Silk verstummte. Plötzlich war er froh, daß es so dunkel war.

Lemur lachte wieder, und Silk, weh im Herzen und

verängstigt, hätte beinahe eingestimmt. Dann lächelte er über sich selbst. »Wenn Ihr Euch nur sehen könntet, Patera! Wenn man jetzt nur ein Bild von Euch malen könnte.«

»Ihr ...«

»Ihr seid, wie ich hörte, ein geweihter Augur. Ihr habt die Schola mit Auszeichnung abgeschlossen. Nun sagt mir: Kann Tartaros im Dunkeln sehen?«

Silk nickte und gab durch diese unwillkürliche Bewegung zu erkennen, daß er bereits als Tatsache akzeptiert hatte, daß auch Lemur im Dunkeln sehen konnte. »Gewiß. Das können alle Götter.«

Crane schaltete sich ein: »Jedenfalls hat man Euch das gelehrt.«

Cranes Stimme hatte schrill und dünn geklungen im Vergleich zu Lemurs Bariton. Lemur erklärte: »Ich kann es auch, genau wie sie. Ich kann Euch jetzt mit Hilfe von Energiewellen sehen, die für Eure Augen zu lang sind. Und ich kann Dinge an Orten sehen und hören, an denen ich mich nicht aufhalte. Als Ihr erwacht seid, hat Doktor Crane die Hand gehoben und Euch Finger zählen lassen. Jetzt seid Ihr an der Reihe. Wählt eine Zahl.«

Silk hob die rechte Hand.

»Alle fünf. Noch einmal.«

Silk gehorchte.

»Drei. Crane hat Euch auch drei Finger gezeigt. Noch einmal.«

»Ich glaube Euch«, sagte Silk.

»Sechs. Ihr habt allerdings auch Crane geglaubt, als er sagte, ich würde euch beide töten. Das ist nicht wahr, wie Ihr gehört habt. Wir haben die Absicht, Euch beide zu ehren und auszuzeichnen.«

»Danke«, sagte Silk.

»Zuerst werde ich Euch aber die Geschichte der Götter erzählen. Doktor Crane kennt sie bereits, oder er kann erraten, was er nicht sicher weiß. Ein gewisser

Herrscher, ein Mann, der die Kraft hatte, ganz allein zu herrschen, und der sich deshalb als Monarch bezeichnete, hat unseren Whorl gebaut, Patera. Ihr habt einige der Leute gesehen, die er an Bord brachte. Mit einer Frau habt Ihr sogar gesprochen.«

Silk nickte. Dann, als er an Crane dachte, sagte er laut: »Ja. Ihr Name ist Mamelta.«

»Ihr habt über Mucor gesprochen. Die Ärzte des Monarchen haben mit den Gehirnen der Männer und Frauen, die sie in den Whorl gesteckt haben, genauso herumgepfuscht, wie Bloods Chirurg es mit Mucor gemacht hat. Aber sie waren viel geschickter und haben die persönliche Vorgeschichte der Menschen so weit wie möglich ausgelöscht.«

»Mamelta meinte, man habe sie operiert, bevor sie in den Whorl gebracht wurde«, sagte Silk.

»Da habt Ihr es. Die Chirurgen haben aber herausgefunden, daß die Erinnerungen der Patienten an den Herrscher, an seine Familie und an einige seiner Beamten so tief verwurzelt waren, daß man sie nicht völlig entfernen konnte. Um die Sache zu vertuschen, haben sie ihnen neue Namen gegeben. Der Herrscher, der Mann also, der sich selbst als Monarch bezeichnete, bekam den Namen Pas. Die Xanthippe, die er geheiratet hat, wurde Echidna, und so weiter. Sie hatte ihm sieben Kinder geboren. Wir nennen sie Scylla, Molpe, Tartaros, Hierax, Thelxiepeia, Phaea und Sphigx.«

Silk machte im Dunkeln das Zeichen der Addition.

»Der Monarch wollte einen männlichen Erben bekommen. Scylla hatte einen ebenso starken Willen wie der Monarch selbst, aber sie war ein Mädchen. Es ist ein Naturgesetz, das für uns alle gilt, daß Frauen den Männern untertan sind. Ihr Vater erlaubte ihr jedoch, unsere und viele andere Städte zu gründen. Sie hat auch Euer Kapitel begründet. Es war eine Art Parodie auf die Staatsreligion ihres eigenen Whorl. Sie war damals kaum mehr als ein Kind, müßt Ihr wissen, und die anderen waren sogar noch jünger als sie.«

Silk schluckte und zog es vor zu schweigen.

»Die Königin gebar dem Monarchen ein weiteres Kind, wieder ein Mädchen und noch schlimmer als das erste. Die Kleine war eine gute Tänzerin und Musikerin, aber eben auch nur ein Mädchen und hin und wieder von Anfällen von Schwachsinn geplagt. Wir nennen sie Molpe.«

Es klickte leise.

»Findet Ihr nichts Brauchbares in Eurer Tasche, Doktor? Wir haben sie natürlich durchsucht. Also weiter. Das dritte Kind war ein Junge, aber er war nicht besser als die ersten beiden, weil er blind geboren wurde. Er wurde der Tartaros, dem Ihr Euer Schicksal anempfohlen habt, Patera. Ihr glaubt, er könnte ohne Licht sehen. Die Wahrheit ist, daß er bei Tageslicht nichts sehen kann. Langweile ich Euch, Patera?«

»Das spielt eigentlich keine Rolle. Aber Ihr zieht die Mißgunst der Götter auf Euch und bringt Eure eigene Seele in Gefahr.«

Im Dunkeln war Cranes trockenes Kichern zu hören.

»Ich werde dennoch fortfahren. Echidna wurde wieder schwanger und gebar einen weiteren Knaben. Der Junge war gesund, erbte aber vom Vater die männliche Gleichgültigkeit gegenüber den Empfindungen anderer. Im Grunde eine Geisteskrankheit. Wie alle anderen Menschen, Patera, kennt Ihr sicher auch die köstliche Freude, die es uns bereitet, wenn wir jemandem, den wir nicht leiden können, Schmerzen zufügen. Der Knabe ließ sich so weit von dieser Freude verführen, daß er sich um nichts und niemand mehr kümmerte und, obwohl noch ein Kind, Tausende von Menschen abschlachtete. Wir nennen ihn heute Hierax, den Gott des Todes.

Soll ich fortfahren? Es fehlen noch drei, alles

Mädchen, aber Ihr kennt sie so gut wie ich. Thelxiepeia mit ihren Zaubersprüchen und Tränken und Giften, die fette Phaea und Sphigx, in der sich die Entschlossenheit des Vaters mit der Übellaunigkeit der Mutter verbündet haben. In einer Familie wie der ihren war sie natürlich gezwungen, diese Qualitäten zu kultivieren, weil sie sonst untergegangen wäre.«

Silk mußte husten. »Ihr habt angedeutet, Ihr wolltet mir den Nadler zurückgeben, Ratsherr. Ich würde mich wirklich sehr freuen, wenn ich ihn jetzt bekommen könnte.«

Dieses Mal hüllte das gespenstische Licht Lemurs ganzen Körper ein, und es war stark genug, um sogar schwach durch Tunika und Hosen zu schimmern. »Paßt auf«, sagte er und streckte den rechten Arm aus. Ein dunkler Fleck unter dem bestickten Satin des Ärmels glitt den Arm hinunter bis zum Ellbogen, dann weiter über den Unterarm, bis Hyacinths mit Gold verzierter Nadler in der Handfläche lag. »Hier, nehmt ihn.«

»Wie habt Ihr das gemacht?« fragte Silk.

»Ich habe Tausende winziger Stromkreise im Arm. Indem ich gewisse Muskeln anspanne, kann ich ein Magnetfeld erzeugen, und indem ich die Muskeln abwechselnd anspanne und entspanne, kann ich das Feld bewegen. Paßt auf.«

Hyacinths Nadler glitt aus Lemurs Hand zum Handgelenk und verschwand unter dem Ärmel. »Wollt Ihr ihn wirklich zurückhaben?«

»Ja, sehr gern.«

»Und Ihr, Doktor Crane? Ich habe Euch bereits Euren Nadler gegeben. Ich habe die Absicht, Eure Dienste in Anspruch zu nehmen. Werdet Ihr Euren Nadler als im voraus entrichtete Bezahlung akzeptieren?«

Das Licht, das von Lemur ausging, war jetzt so hell, daß Silk im Halbschatten sogar Crane erkennen konnte.

Der Arzt saß immer noch auf der Pritsche. Er zog den Nadler und hielt ihn Lemur hin. »Ihr könnt ihn wieder nehmen, wenn Ihr wollt. Aber laßt Silk seinen Nadler, das soll mir als Bezahlung reichen.«

»Ihr müßt wissen, daß Doktor Crane schon einmal versucht hat, mich zu erschießen.« Lemurs strahlendes Gesicht lächelte. »Er spielt ein grausames Spiel mit Euch, Patera.«

»Nein, er ist der Freund, als den ich ihn von Anfang an kenne. Es gibt Menschen, die sich ihrer spontanen Freundlichkeit schämen, weil viele Menschen Güte mit Schwäche gleichsetzen. Gebt mir die Waffe, bitte.«

Nicht Hyacinths Nadler, sondern ihr Azoth kroch wie eine silberne Spinne in Lemurs offene Hand. Silk langte danach, aber die Hand schloß sich darum; Lemur lachte, und es wurde wieder dunkel.

Crane warf ein: »Silk sagte mir, Ihr hättet zusammen mit ihm eine Frau gefangengenommen. Wenn Ihr sie schwer verletzt habt, würde ich sie gern untersuchen.«

»Ich könnte so fest darauf drücken, daß er zerbricht«, sagte Lemur. »Das wäre sogar für mich gefährlich.«

Es war Silk inzwischen gelungen, die Ketten zu entwirren. Er legte sich die Silberkette um den Hals und rückte Pas' Gammadion auf der Brust zurecht, während er antwortete: »Dann würde ich Euch empfehlen, es nicht zu tun.«

»Ich werde es auch nicht tun. Patera, bevor ich Euch die Wahrheit über Eure Götter erzählt habe, sagte ich, daß ich Euch möglicherweise einen neuen Gott anbieten könnte. Einen lebendigen Gott, vor dem die klügsten Männer niederknien würden. Ich meinte mich selbst, wie Ihr sicherlich bereits erkannt habt. Seid Ihr bereit, mich anzubeten?«

»Ich fürchte, wir haben kein angemessenes Opfer, das wir Euch darbringen könnten.«

»Eure Höflichkeit ist fehl am Platz, Patera. Wollt Ihr

nicht Prolokutor werden? Als ich es zufällig erwähnte, dachte ich, Ihr würdet mich abküssen, weil ich an so eine Möglichkeit gedacht hatte. In Wirklichkeit habt Ihr aber so getan, als hättet Ihr es überhaupt nicht gehört.«

»Nach ein oder zwei Augenblicken habe ich angenommen, es sei eine besonders raffinierte Art von Folter gewesen. Offengestanden denke ich das immer noch.«

»Keineswegs. Ich rede völlig offen mit Euch. Der Doktor wünschte sich, er hätte Euch erfunden. Das wünschte ich auch. Wenn Ihr das seid, was er und seine Auftraggeber brauchen, dann paßt Ihr auch ganz hervorragend in meine eigenen Pläne.«

Silk konnte kaum noch atmen. »Ich soll den Menschen erzählen, daß Ihr ein Gott seid, Ratsherr? Daß man Euch ehren soll wie einen Gott?«

Lemurs warme, volle und freundliche Stimme dröhnte im Dunkeln: »Mehr als das. Das könnte auch der derzeitige Prolokutor tun, und wenn ich es ihm sagte, würde er sofort damit beginnen. Oder ich wüßte hundert Auguren, die auf der Stelle seine Position einnehmen und es statt seiner tun würden.«

Silk schüttelte den Kopf. »Das wage ich zu bezweifeln. Und selbst wenn Ihr das könntet, man würde es nicht glauben.«

»Genau. Aber Euch würde man glauben. Seine Kogniszenz ist alt. Seine Kogniszenz wird sterben, jeden Tag kann es so weit sein. Eine überraschende, aber vom Volk sehr begrüßte Wendung der Dinge wird zu der Entdeckung führen, daß er Euch als seinen Nachfolger benannt hat. Ihr werdet dem Volk erklären, daß Pas mit Rücksicht auf meine Ansprüche abgedankt hat. Die Menschen brauchen mir nur die gebührende Ehre zu erweisen, und ihnen soll verziehen sein. Schließlich werden sie sogar begreifen, daß ich alles in allem ein größerer Gott bin als Pas. Empfindet Ihr immer noch Loyalität für ihn, obwohl ich Euch all diese Dinge erzählt habe? Über Echidna und ihre Gören?«

Silk seufzte. »Als Ihr gesprochen habt, wurde mir klar, wie wenig Loyalität ich ihnen bisher erwiesen habe. Eure Gotteslästerungen hätten mich in Wut versetzen müssen. Doch ich war nur schockiert wie eine alte Tante, die zufällig die Köchin fluchen hört. Aber wißt Ihr, ich bin einem wirklichen Gott begegnet, dem Außenseiter ...«

Crane brüllte vor Lachen.

»Und Kypris, einer wirklichen Göttin. Daher weiß ich, was Göttlichkeit ist, wie es sich anfühlt und wie es aussieht und wie es anmutet. Ihr habt auch noch etwas anderes gesagt, das ich ebenfalls ignoriert habe, Ratsherr.«

Plötzlich schien von Lemur eine Bedrohung und sogar eine tödliche Gefahr auszugehen. »Und was war das?«

»Ihr sagtet, Ihr seid kein Chemischer. Ich bin keiner der dummen, mit Vorurteilen behafteten Biologischen, die sich den Chemischen überlegen fühlen, aber ich weiß doch ...«

»Ihr lügt!« In der Dunkelheit noch schrecklicher anzusehen als sonst, zerfetzte die Klinge des Azothen die Existenzebene wie ein Stück Papier, fuhr an Silks Ohr vorbei, daß jede Zelle in seinem Körper die Waffe spürte, die entsetzlich war wie nichts anderes, das es in diesem Universum gab.

Auf der anderen Seite des Raums rief Crane: »Ihr werdet uns noch versenken!« Und während er sprach, ruckte es, und das ganze Schiff bebte. Funken brennender Farbe und Flocken von glühendem Stahl überschütteten Silk mit einem Schauer aus Feuer. Er wich entsetzt zurück.

»Ich bin als biologischer Mann geboren, Patera. Und ich bin darüber hinausgewachsen.« Irgendwo im Dunkeln hallte etwas, als wäre ein Hammer auf einen Amboß geprallt. »Ich bin ein biologischer Mann *und* ein Gott.« Die entsetzliche Diskontinuität, die den Zusammenhalt des Universums selbst verletzt hatte, war verschwunden.

»Danke«, sagte Silk. Er keuchte. »Ich danke Euch sehr. Bitte, tut das nicht noch einmal.«

Als das heftige Schlingern des Schiffs nachgelassen hatte und nur noch ein gleichmäßiges Pochen zu hören war, tauchte Lemurs leuchtender Arm wieder auf. Die Hand öffnete sich, und der Griff des Azothen glitt rasch in den Ärmel.

Es gab einen Knall, als Crane seine Arzttasche fallen ließ. »Steckt Ihr wirklich in der Gestalt, die wir jetzt sehen?«

Lemurs Stimme klang wieder freundlich. »Warum fragt Ihr?«

»Ich war nur neugierig. Ich habe mich gefragt, ob es nicht etwas ist wie eine Kampfrüstung, nur besser konstruiert.«

»Und das wäre eine sehr interessante Information für Eure Herren in der Regierung von …?«

»Palustria.«

»Nein. Nicht Palustria. Wir haben mehrere Städte eliminiert, und Palustria ist eine davon. Wie Patera Silk werdet auch Ihr Euch früher oder später entschließen, Viron zu dienen, und wenn Ihr das tut, dann müßt Ihr offen sein. Unterdessen will ich es dabei bewenden lassen, Euch zu sagen, daß ich mich in Wahrheit in einem anderen Teil dieses Schiffes befinde. Vielleicht zeige ich es Euch, wenn wir die wichtigeren Dinge erledigt haben.«

»Daß wir Euch dienen sollen, meint Ihr.«

»Wir werden sehen. Übrigens, Patera, Ihr braucht Euch wegen Eures Herzblatts aus der Vergangenheit keine Sorgen zu machen. Sie kümmert sich um Doktor Cranes Patienten und macht sich Sorgen um Euch.«

Crane warf ein: »Ihr benutzt altmodische Worte, Ratsherr. Wie alt seid Ihr?«

»Was meint Ihr denn, wie alt ich bin?« Lemur streckte eine leuchtende Hand aus. »Ihr Ärzte kennt das Zittern, das sich vor Altersschwäche einstellt. Was meint Ihr, wie alt ich bin?«

»Ihr wart unter zwei Caldés im Amt, und seit dem Tod des letzten sind noch einmal zweiundzwanzig Jahre dazugekommen. Da macht man sich natürlich seine Gedanken.«

»In Palustria. Ja, natürlich. Ihr habt Euch in Palustria Eure Gedanken gemacht. Wenn Ihr mich einmal an einem anderen Ort seht, könnt Ihr schätzen. Es würde mich wirklich interessieren, zu welchem Ergebnis Ihr kommt. Patera, seid Ihr nicht sehr erstaunt?«

»Ich kann mir vorstellen, daß Ihr möglicherweise ein Biologischer mit Prothesen seid; das ist bei unserer Maytera Rose ganz genauso.« Silk stellte fest, daß inzwischen seine eigenen Hände zitterten. Er schob sie in die Hosentaschen. »Aber ich kann mir nicht vorstellen, wie Ihr Euch in einem anderen Teil dieses Bootes aufhalten könntet.«

»Es ist gerade so, als würde ein Glas Euch das Bild eines Zimmers am anderen Ende der Stadt übermitteln. Auf die gleiche Weise hat Euch Euer Heiliges Fenster das raffiniert dargestellte Bild einer Frau gezeigt, die seit dreihundert Jahren tot ist. So hat man Euch glauben gemacht, Ihr hättet mit einer Nebengöttin gesprochen.« Lemur kicherte. »Aber ich habe schon viel zuviel Zeit verschwendet, während Doktor Cranes Patient im Sterben liegt. Ich hoffe, er wird mir verzeihen, daß ich so hemmungslos meinem Vergnügen nachgegangen bin.« Die leuchtende Hand hob Hyacinths Nadler. »Hier ist Doktor Cranes Gebühr, wie versprochen. Doktor, ich möchte Euch bitten, Euch einen Patienten anzusehen. Um Euch Euer Honorar zu verdienen, sollt Ihr ihn nur ansehen und ihm die

Wahrheit sagen. Verstößt es gegen die ärztliche Ethik, einem Patienten die Wahrheit zu sagen?«

»Nein.«

»Es gab Zeiten, da habe ich gedacht, es sei ein Verstoß. Mein vierter Gefangener ist ebenfalls ein Spion. Wollt Ihr ihn ansehen? Er ist schwer verletzt.«

»Und danach werdet Ihr Silk und mich umbringen«, schnaubte Crane. »Na gut. Ich habe als Quacksalber gelebt, und wenn ich schon sterben muß, dann will ich auch als Quacksalber sterben.«

»Ihr werdet beide leben«, erwiderte Lemur, »weil Ihr beide eine bewundernswerte Bereitschaft zur Mitarbeit entwickeln werdet. Ich hätte Euch jetzt schon dahin bringen können, wenn ich es gewollt hätte, aber für den Augenblick dient Ihr mir besser, wenn Ihr meine Gegner seid. Das Wort ›Feinde‹ will ich nicht benutzen. Ich habe, das sollte ich Euch erklären, diesem vierten Gefangenen erzählt, daß der Arzt, der ihn untersuchen, und der Augur, der ihm die Beichte abnehmen wird, nicht meine Freunde sind. Ich habe ihm sogar gesagt, daß sie es für nötig hielten, gegen die Regierung, der ich vorstehe, Ränke zu schmieden.«

Lemurs Hand leuchtete heller, und Hyacinths kleiner Nadler, die mit Gravuren geschmückte und mit Gold belegte kleine Waffe, glitt wie ein lebendiges Tier in seine offene Hand. »Euer Kogniszenz? Bitte sehr.« Er gab Silk den Nadler. »Wollt Ihr als gesalbter Augur Doktor Cranes Patienten die Vergebung des Pas überbringen, wenn Crane zu dem Urteil kommt, daß der Mann am Rande des Todes schwebt?«

»Selbstverständlich«, sagte Silk.

»Dann laßt uns gehen. Ich weiß, daß Ihr dies sehr interessant finden werdet.«

Lemur zog die Tür auf. Blinzelnd und sich die Augen reibend, folgten sie ihm über einen schmalen Gang, dessen Boden mit Stahlgittern ausgelegt war.

Dann ging es eine Treppe hinunter, die fast so steil war wie eine Leiter.

»Ich bringe Euch bis ganz zum Kiel hinab«, erklärte Lemur. »Übrigens, Ihr braucht keine Angst zu haben, Ihr könntet seekrank werden. Wir haben zwar inzwischen abgelegt – ich habe den Befehl dazu gegeben, während wir mit dem Azothen gespielt haben –, aber wir fahren jetzt unter der Wasseroberfläche, wo man vom Seegang nichts spürt.«

Er führte sie zu einer schweren Luke, die in den Boden eingelassen war. Nachdem er zwei Handräder gedreht hatte, zog er sie auf. »Hier unten. Ich werde Euch jetzt das Loch in unserem Bauch zeigen.«

Silk ging als erster hinunter. Die Vibrationen, die das Schiff durchliefen, seit Lemur mit dem Azothen gedroht hatte, waren hier stärker. Es war ein beinahe hörbares Geräusch, und die Luft war kühl und frisch. Das Eisengeländer der Treppe, die er nun hinunterstieg, fühlte sich feucht an. Grüne Lichter, ähnlich den alten Lichtern, die die ersten Siedler von Pas bekommen hatten, und ein unbestimmbarer Geruch, der vielleicht doch nicht mehr war als das völlige Fehlen irgendeines Geruchs, ließen ihn vermuten, daß er möglicherweise tatsächlich unterhalb der Oberfläche des Lake Limna war.

Als erstes sah er die zerbrochenen Flügel des Fliegers. Die Gerippe lagen ausgebreitet auf der durchsichtigen Schutzplane einer ansehnlichen Jolle, und bei ihnen lagen die Fetzen des fast unsichtbaren Stoffes, der sie bedeckt hatte. Außerdem sah Silk Bruchstücke eines Materials, das ihm vorkam wie polierter Knochen. Die Stäbe waren kaum dicker als sein Zeigefinger.

»Wartet einen Augenblick, Euer Kogniszenz«, rief Lemur. »Ich will Euch das erst zeigen. Euch und Doktor Crane. Es wird sich lohnen.«

»Dann habt Ihr also einen erwischt«, sagte Crane. »Ihr habt einen Flieger heruntergeholt.«

Seine Stimme klang so niedergeschlagen, daß Silk sich unwillkürlich umdrehte und ihn ansah.

»Sie waren alle fort«, erklärte Crane. »Blood und seine Gauner und die meisten männlichen Diener. Ich dachte, das wäre die richtige Gelegenheit, aber ich hoffte ...« Er ließ den Satz unvollendet und zuckte die Achseln.

Lemur hatte ein seltsam geschwungenes, beinahe tränenförmiges Gitter aus einem beigefarbenen Material in die Hand genommen. »Tatsächlich, Doktor. Und das hier ist das Geheimnis. Einfach und dennoch unermeßlich wertvoll. Wollt Ihr es untersuchen? Wollt Ihr Euren Herren nicht das Geheimnis des Fluges bringen? Den Schlüssel, der die Himmel aufschließt? Das hier ist ein Stück davon. Nehmt es in die Hand, wenn Ihr wollt. Fühlt, wie leicht das Material ist. Fahrt mit der Hand darüber, Doktor.«

Crane schüttelte den Kopf.

»Dann tut Ihr es, Euer Kogniszenz. Wenn Eure Anhänger Euch zum Caldé gemacht haben, dann könnte es sehr wichtig sein, dies zu wissen.«

»Ich werde niemals Caldé werden«, erwiderte Silk, »und ich habe nie gewünscht, es zu werden.« Er nahm das fast gewichtslose Material in die Hand und starrte die geschwungenen Verstärkungsrippen an. »Das ist es, was die Flieger fliegen läßt? Dieses Ding hier?«

Lemur nickte. »Das Entscheidende ist das Material, aus dem es gemacht ist. Tarsier analysiert es gerade. Als Ihr am Abend des Phaesday in Bloods Villa eingebrochen seid – Ihr müßt wissen, daß ich über alles informiert bin. Als Ihr eingebrochen seid, müßtet Ihr Euch eigentlich gefragt haben, warum Cranes Heimatstadt ihn geschickt hat, um ausgerechnet Blood zu beobachten.«

»Ich wußte da noch nicht, daß er ein Spion war«, erklärte Silk. Er legte das Stück fort und betastete die

Schwellung, die Pottos Faustschlag auf seinem Kopf hinterlassen hatte. Er fühlte sich schwach und etwas benommen.

»Er war dort, weil seine Auftraggeber über Bloods Fortschritte mit dem Adler unterrichtet werden wollten«, erzählte Lemur. »Vor mehr als fünfundzwanzig Jahren habe ich erkannt, welche Möglichkeiten wir hätten, wenn wir fliegen könnten. Ich habe mir vorgestellt, daß unsere Truppen fliegen könnten wie die Flieger, so daß sie sofort über feindliche Truppenbewegungen im Bilde wären. Oder man könnte Eliteeinheiten hinter den feindlichen Linien landen lassen, um die Kommunikation zu stören und so weiter. Sobald ich imstande war zu handeln, habe ich begonnen, verschiedene Erfinder zu unterstützen, deren Arbeit vielversprechend schien. Aber keiner hat ein Gerät entwickelt, das auch nur ein Kind transportieren konnte, von einem Gardisten ganz zu schweigen.«

Silk, der sich an Hammerstone erinnerte, fragte: »Warum keine Soldaten?«

Crane grunzte. »Die sind zu schwer. Lemur hier wiegt viermal soviel wie Ihr und ich zusammen.«

»Ah!« Lemur wandte sich an Crane. »Wie ich sehe, habt Ihr Euch eingehend mit der Materie beschäftigt.«

Crane nickte. »Flieger sind etwas kleiner als die meisten Gardisten. Ich bin auch ziemlich klein, wie mich die meisten Leute wissen lassen, aber ich bin immer noch größer als die meisten Flieger.«

»Es scheint mir fast, Ihr hättet mal einen aus der Nähe gesehen.«

»Nur durch ein Fernglas«, sagte Crane. »Wollt Ihr einwenden, ich hätte nichts als Vergleichsmaßstab gehabt?«

»Um ehrlich zu sein, ja.«

»Ich habe nichts gebraucht. Ein kleiner Mensch hat andere Proportionen als ein großer, und als kleiner Arzt ist mir das sehr bewußt. Zum Beispiel ist der

Kopf eines kleinen Menschen im Verhältnis zu den Schultern ziemlich groß.«

Silk war unruhig. »Wenn hier wirklich jemand im Sterben liegt ...«

»Dieser Jemand könntet auch Ihr selbst sein, Euer Kogniszenz.« Lemur legte Silk eine schwere Hand auf die Schulter. »Laßt uns als Hypothese formulieren, daß ich Euch den Kopf abreiße, sobald Ihr dem Unglücklichen die Vergebung des Pas übermittelt habt. In diesem Fall würdet Ihr Euer Leben verkürzen, indem Ihr unser Gespräch verkürzt.«

»Als Bürger der Stadt habe ich das Recht auf eine öffentliche Verhandlung und einen Advokaten. Als Augur ...«

Der Druck von Lemurs Fingern nahm zu. »Zu schade, daß Ihr nicht selbst ein Advokat seid, Euer Kogniszenz. Denn wenn Ihr es wärt, dann wüßtet Ihr, daß es eine weitere, nicht schriftlich fixierte Bestimmung gibt. Es ist nämlich so, daß wir uns als allererstes um den Schutz Virons kümmern müssen. Während wir hier sprechen, unternimmt eine böswillige, unzufriedene Gruppe von Radikalen den Versuch, das rechtmäßig eingesetzte Ayuntamiento zu stürzen und einen unerfahrenen – einen äußerst unerfahrenen – Auguren als Herrscher einzusetzen, der das Volk in Unruhe versetzt, indem er abergläubischen Quatsch über Erleuchtungen und angebliche Gunstbeweise der Götter verbreitet. Drücke ich zu fest auf Eure Schulter?«

»Es tut ziemlich weh.«

»Es könnte noch erheblich schlimmer werden. Habt Ihr in diesem übel beleumundeten Haus tatsächlich mit einer Göttin gesprochen? Sagt nein, sonst zerdrücke ich Euch die Schulter.«

»Mit einer Göttin, die im gleichen Sinne eine Gottheit war wie der Gott, der mich erleuchtet hat? Doktor Crane besteht darauf, daß es kein solches Wesen gibt.

Ich weiß nicht, ob er recht hat, aber ich hege gewisse Zweifel, ob es noch mehr solcher Götter gibt.«

Lemur löste seinen Griff ein wenig. Wenn Silk gekonnt hätte, wäre er auf die Knie gesunken. »Ich will Euch ausführlich erläutern, Euer Kogniszenz, wie ich auf die Idee gekommen bin, einen Raubvogel einzusetzen, um einen Flieger vom Himmel zu holen, den wir untersuchen konnten. Ich bin auf die Idee gekommen, als ich im Zwielicht gesehen habe, wie ein Falke einen Gänsesäger geschlagen hat. Ich habe dann unter äußerster Geheimhaltung in ganz Viron nach dem richtigen Mann gesucht, der den Plan ausführen konnte. Und ich habe ihn gefunden.«

Silk stöhnte, und Crane sagte: »Und so weiter und so weiter. Laßt ihn los, und ich sage Euch, wie wir davon erfahren haben.«

»Laßt ihn los!« Mamelta kam aus dem Halbdunkel herangestürmt und drängte sich beschützend vor Silk. *»Du verdammter Roboter! Du DING!«* Abgesehen von einem blutverschmierten Fetzen, den sie sich um die Hüften gebunden hatte, war sie nackt. Ihre vollen Brüste und ihre runden Schenkel zitterten, und ihre nackte Haut hatte die Farbe von altem Elfenbein.

Lemur ließ Silk los und gab ihr fast beiläufig einen Stoß. Weißer Knochen glänzte, wo seine langen Fingernägel ihr die Stirn aufgerissen hatten, bis das Blut herausströmte und die Wunde bedeckte.

Crane hockte sich neben sie und öffnete seine braune Arzttasche.

»Schon gut, Doktor«, sagte Lemur. »Ihr dürft sie gleich zusammenflicken. Aber nicht hier.« Er warf sie sich über die Schulter und stolzierte davon.

»Kommt schon.« Sehr beweglich für einen Mann seines Alters stieg Crane die Treppe zur Falltür hinauf, die Lemur ihnen geöffnet hatte, und zog an einem der Räder.

»Wir dürfen sie nicht im Stich lassen«, sagte Silk. Er

bewegte vorsichtig die Schulter und stellte fest, daß wahrscheinlich nichts gebrochen war.

»Wir können nichts für sie tun, solange wir selbst noch Gefangene sind.«

Lemurs höhnische Stimme dröhnte von der anderen Seite des Hangars herüber. »Ein Mann liegt im Sterben, und die Frau hier blutet wie ein abgestochenes Schwein. Ist Euch das auf einmal egal?«

»Mir nicht«, rief Silk und humpelte in die Richtung, aus der die Stimme gekommen war.

Hinter dem Bug der Jolle lag der Flieger auf einer Decke, die man auf dem Stahlboden ausgebreitet hatte. Das sonnengebräunte Gesicht war vor Schmerz verzerrt. Neben ihm war eine zweite Luke zu sehen, viel größer als die erste, durch die sie gekommen waren. Groß genug, dachte Silk mit einigem Erstaunen, daß die Jolle hindurchpaßte. Neben dem Schott am anderen Ende des Raums stand ein Steuerpult.

Lemur ließ Mamelta neben dem Flieger fallen. Mit einem ohrenbetäubenden Brüllen, das Silk an den Talus erinnerte, rief er: *»Kommt lieber zu uns zurück, Doktor. Ihr werdet die Luke sowieso nicht aufbekommen.«* An Silk gewandt, fuhr er fort: »Ich habe nämlich die Sperrschrauben festgedreht. Und ich bin erheblich stärker als Ihr zwei zusammen und um einiges schwerer.«

Silk kniete schon am Kopf des Fliegers. »Ich überbringe dir, mein Sohn, die Vergebung aller Götter. Erinnere dich nun an die Worte des Pas, der …«

»Das reicht.« Lemur packte wieder seine Schulter. »Ich glaube, wir brauchen hier als erstes den Doktor. Wenn er nicht kommen will, dann müßt Ihr ihn holen.«

»Ich bin schon da«, sagte Crane.

»Das hier ist unser Flieger«, erklärte Lemur. »Sein Name ist Iolar. Er hat uns etwas erzählt, aber leider nichts Wertvolles. Er hat uns nicht einmal den Namen seiner Stadt genannt. Ich bin Eurer Meinung, daß er kaum größer ist als Ihr, und er könnte ein wenig leichter sein. Und er ist ein Flieger, und er ist geflogen.«

Crane antwortete nicht. Er hielt kurz inne, nahm dann eine Schere aus seiner Arzttasche und begann, den Fliegeranzug aufzuschneiden. Silk riß einen Streifen Stoff aus seiner Robe und wickelte ihn zweimal um Mameltas Kopf. Dann band er ihn fest.

Lemur nickte wohlwollend. »Sie wird Euch sicher ewig dankbar sein, Patera. Iolar auch, hoffe ich. Hört Ihr zu, Doktor Crane?«

Crane nickte, ohne aufzublicken. »Ich muß Euch umdrehen. Hebt die Arme über den Kopf. Versucht nicht, Euch selbst zu drehen. Laßt es mich tun.«

»Ihr müßt wissen«, fuhr Lemur im Plauderton fort, »daß Iolar direkt hier über dem See abgestürzt ist. In gewisser Weise war das für uns sogar sehr angenehm. Wir haben unser kleines Beiboot zur Oberfläche geschickt und ihn und seine Flügel ohne Hilfe der Zivilgarde eingesammelt. Auch Blood haben wir nicht gebraucht, und ich kann Euch sagen, daß das beiden überhaupt nicht geschmeckt hat.« Lemur kicherte.

»Das war gestern am frühen Morgen. Wie es der Zufall wollte, habe ich mich zu dieser Zeit an Land befunden. Deshalb hat Loris die Rettungsaktion geleitet. Ich kann nicht einmal sagen, ob ich es besser gekonnt hätte. Loris ist nicht Lemur, aber das ist ja auch kein Wunder. Jedenfalls konnte ein wichtiges Teil nicht gefunden werden, obwohl wir den Flieger und den größten Teil seiner Flügel und alles, was ihm das Fliegen ermöglicht, bergen konnten. Er hat das fehlende Teil als Antriebsmodul bezeichnet. Stimmt das nicht, Iolar?«

Crane blickte kurz zu Lemur hoch, dann kümmerte er sich wieder um seinen Patienten.

»Ganz recht, Doktor. Ohne dieses Gerät werden unsere Truppen immer noch in gewisser Weise fliegen können, aber sie können nur gleiten, wie es eine Möwe tut, wenn sie im Seewind schwebt, ohne die Flügel zu bewegen. Wenn der Wind stark genug und in eine günstige Richtung weht, sollten unsere Gardisten damit von einer Klippe oder einem Turm aus ein gutes Stück weit segeln können. Aber sie könnten nur unter sehr außergewöhnlichen Bedingungen von einem ebenen Feld abheben. Und es wäre überhaupt nicht möglich, bei Rückenwind zu starten. Ist Euch das zu technisch, Patera? Doktor Crane kann mir, glaube ich, folgen.«

Silk sagte: »Ich glaube, ich kann Euch auch folgen.«

»Zuerst schien es uns nicht weiter tragisch, daß das Teil fehlte. Iolar besaß ein Antriebsmodul – das hat er zugegeben. Wir haben angenommen, das Gerät hätte sich beim Aufprall auf das Wasser gelöst. Wir dachten, wir könnten es noch finden, und haben den ganzen Tag danach gesucht. Dann dachten wir, er könnte uns erklären, wie man so ein Gerät herstellt. In diesem Punkt hat er sich aber, das muß ich leider sagen, geweigert.«

Crane sagte: »Habt Ihr nicht irgendwelche medizinischen Einrichtungen in Eurem Boot? Ich brauche etwas Besseres als das hier.«

»Oh, natürlich«, versicherte Lemur ihm. »Wir haben ihn sogar zuerst zur Krankenstation gebracht. Aber er hat unsere Freundlichkeit nicht zu würdigen gewußt, und deshalb haben wir ihn wieder hierher gelegt. Ist er bei Bewußtsein?«

»Habt Ihr nicht gehört, wie ich gerade mit ihm gesprochen habe? Natürlich ist er bei Bewußtsein.«

»Schön. Iolar, hört gut zu. Ich bin Ratsherr Lemur, und ich habe etwas mit Euch zu besprechen. Es kann sein, daß ich nie wieder zu Euch spreche, und was ich Euch zu sagen habe, ist für Euch wichtiger als alles, was Ihr bisher gehört habt, und wichtiger als alles, was Ihr hernach noch hören werdet. Habt Ihr das verstanden? Sagt etwas oder bewegt den Kopf.«

Der Flieger, der inzwischen auf dem Bauch lag, das Gesicht zur breiten stählernen Luke gedreht, antwortete mit schwacher Stimme und einem seltsamen Akzent. »Ich höre.«

Lemur lächelte und nickte. »Ihr habt inzwischen festgestellt, daß ich ein Mann bin, der sein Wort hält, nicht wahr? Nun gut. Ich gebe Euch mein Wort, daß alles, was ich Euch gleich sagen werde, der Wahrheit entspricht. Ich werde Euch nicht hintergehen, und ich stehe kurz davor, mit Euch die Geduld zu verlieren. Diese beiden hier sind die Männer, von denen Potto und ich Euch erzählt haben. Der Doktor hat zugegeben, wie Ihr ein Spion zu sein. Natürlich ist er keiner unserer eigenen Spione. Er sagt, er hätte für Palustria spioniert. Dieser Augur hier ist der Anführer einer Gruppe von Menschen, die versuchen, die Kontrolle über unsere Stadt zu erlangen. Wenn Doktor Crane sagt, daß Ihr sterben werdet, dann habt Ihr in unserer Auseinandersetzung gesiegt. Dann soll Euch der Augur die Vergebung des Pas überbringen, und das war's dann. Wenn Doktor Crane aber sagt, daß Ihr überleben werdet, dann setzt Ihr Euer Leben aufs Spiel, wenn Ihr Euch weiterhin weigert. Habe ich mich deutlich genug ausgedrückt? Ich werde meine oder Pottos Zeit nicht mehr damit verschwenden, Euch die Dinge aus der Nase zu ziehen, die wir wissen müssen. Wir bauen gerade neue Geräte, um Euer Antriebsmodul auf dem Grund des Sees zu finden. Wir werden es bekommen, und dann seid Ihr für nichts und wieder nichts gestorben. Wenn wir es nicht finden, haben wir immer noch das Adlerweibchen. Es weiß inzwischen, was es zu tun hat, und wir brauchen es nur auf den nächsten Flieger loszulassen, den wir sehen, um ein Antriebsmodul zu bekommen.«

Lemur deutete auf Crane. »Keine Drohungen, Doktor. Keine Versprechungen. Die Wahrheit kostet Euch nichts, und eine Lüge wird Euch keinen Vorteil bringen. Wird er überleben?«

»Ich weiß es nicht«, erwiderte Crane mit ruhiger Stimme. »Ein paar Rippen sind gebrochen – sie haben die Lunge nicht durchbohrt, sonst wäre er schon tot. Mindestens vier Wirbel im Brustbereich sind angebrochen. Das Rückenmark hat Schaden genommen, aber ich glaube, es ist nicht durchtrennt, auch wenn ich nicht ganz sicher bin. Mit der richtigen Pflege und einer Behandlung durch einen erstklassigen Chirurgen würde ich sagen, daß er gute Chancen hat.«

Lemur sah ihn skeptisch an. »Wird er sich vollständig erholen?«

»Das bezweifle ich. Aber er könnte wieder selbständig gehen lernen.«

»Also gut.« Lemur flüsterte jetzt. »Wie wollt Ihr es nun haben? In zwei oder drei Stunden könnten wir wieder an Land sein. Wie funktionieren nun die schwarzen Tornister, die Ihr alle tragt?«

Es wurde still im Hangar. Silk, der sich über Mamelta gebeugt hatte, sah ihre Augenlider flattern und nahm ihre Hand. Crane zuckte die Achseln und schloß seine Tasche. Das Klicken, mit dem der Verschluß einrastete, klang so hart und endgültig wie Auks Nadler im Cock.

»Ich habe nicht damit gerechnet, daß Ihr reden würdet«, sagte Lemur fast gemütlich zum Flieger. »Ich bin darauf vorbereitet. Patera, Ihr könnt nun Eure Sprüche aufsagen, wenn Ihr es wollt. Es ist mir egal. Er wird tot sein, noch ehe Ihr richtig mit ihm fertig seid.«

»Was wollt Ihr mit ihm tun?« fragte Crane.

»Wir werden ihn aus dem Boot werfen.« Lemur trat an das Steuerpult. »Da Ihr Wissenschaftler seid, Doktor, dürfte dies hier für Euch von Interesse sein. Dieser Raum hier befindet sich, wie ich Euch schon sagte, ganz unten im Boot. Er ist fest verschlossen. Das habt Ihr gerade selbst herausgefunden, als Ihr versucht habt, die Luke zu öffnen. Im Augenblick«, er las eine Anzeige ab, »befinden wir uns siebzig Ellen unter der Wasseroberfläche. In dieser Tiefe beträgt der Wasserdruck, der auf unserem Rumpf lastet, ungefähr drei Atmosphären. Hat Euch schon jemand erklärt, wie wir aufsteigen und sinken?«

»Nein«, gab Crane zurück. »Aber ich habe darüber nachgedacht.« Er blickte zu Silk, als wollte er sich vergewissern, ob auch dieser neugierig war; aber Silk sprach seine Gebete und ließ die Kette über dem Kopf des verletzten Fliegers pendeln.

»Wir tun es mit Hilfe von komprimierter Luft. Wenn wir tiefer sinken wollen, fluten wir einen unserer Ballasttanks. Das Wasser dringt ein, wir verlieren Auftrieb und sinken. Wenn wir auftauchen wollen, pressen wir komprimierte Luft in den Tank und drücken das Wasser hinaus. Der Tank will oben schwimmen, also gewinnen wir Auftrieb. Ein sehr einfaches, wirkungsvolles Prinzip. Wenn ich dieses Ventil hier öffne, wird Luft in den Raum hier strömen.« Lemur drehte den Griff, und es zischte laut.

»Wenn ich die Luft schnell hereinließe, wäre es schmerzhaft für Euch. Deshalb habe ich nur ein kleines Stück aufgedreht. Schluckt, wenn Euch die Ohren weh tun.«

Silk, der nur mit halbem Ohr zugehört hatte, hielt einen Augenblick inne und schluckte. Währenddessen flüsterte der verletzte Flieger: »Die Sonne …« Er riß die Augen, die er bisher halb geschlossen gehalten hatte, weit auf und bemühte sich, das Gesicht zu Silk zu drehen. »Sagt es Euren Leuten!«

Solange die Liturgie nicht vollendet war, durfte Silk nicht mit Worten antworten, aber er nickte und machte mit der Kette das Zeichen der Subtraktion. »Du sollst gesegnet sein.« Während er neunmal den Kopf neigte, wie es das Ritual verlangte, machte er das Zeichen der Addition.

»Wenn der Druck hier drinnen auf drei Atmosphären gestiegen ist, was bald der Fall sein wird, können wir die Bootsluke öffnen, ohne den Raum zu überfluten.« Lemur kicherte. »Ich löse jetzt die Dichtungen.«

Crane wollte protestieren, aber dann biß er die Zähne zusammen.

»Wir verlieren die Kontrolle«, flüsterte der Flieger Silk zu. Dann schloß er die Augen.

Mit der freien Hand strich Silk ihm über die Schläfe, um ihm deutlich zu machen, daß er ihn verstanden hatte. »Ich bitte dich, uns, die wir noch leben, zu vergeben.« Wieder machte er das Zeichen der Addition. »Ich und viele andere haben dir großes Unrecht angetan, mein Sohn. Wir haben schreckliche Verbrechen und zahlreiche Vergehen gegen dich begangen. Begrabe sie nicht in deinem Herzen, sondern beginne in Unschuld das Leben, das auf dieses Leben folgt, und alle Sünden sollen vergeben sein.« Abermals machte er mit der Kette das Zeichen der Subtraktion.

Mamelta nahm Silks Hand. »Er … träume ich?«

Silk schüttelte den Kopf. »Ich spreche hier für den Großen Pas, für die Göttliche Echidna, für die Sengende Scylla, für die Wundervolle Molpe, für den Tödlichen Tartaros, für den Höchsten Hierax, für die Behutsame Thelxiepeia, für die Grimmige Phaea und für die Starke Sphigx. Und ebenso spreche ich für die Nebengötter.« Silk senkte die Stimme und fügte hinzu: »Auch der Außenseiter vergibt dir deine Sünden, mein Sohn, denn ich spreche auch für ihn.«

»Muß er sterben?«

Silk legte einen Finger an die Lippen. Mit überraschend sanfter Stimme sagte Crane: »Lemur wird ihn töten. Der Flieger hat sich selbst dafür entschieden. Ich hätte es auch getan.«

»Und ich auch.« Mamelta berührte den schwarzen Stoff, mit dem Silk ihren Kopf bandagiert hatte. »Es hieß, wir kämen in eine wunderschöne, friedliche Welt, in der es uns an nichts mangelt und wo den ganzen Tag Mittag ist. Wir wußten schon vorher, daß sie gelogen haben. Wenn ich sterbe, werde ich nach Hause zurückkehren. Meine Mutter und meine Brüder … Chiquito auf seiner Sitzstange im Patio.«

Crane holte wieder seine Schere heraus. Er schnitt und löste Silks Verband von ihrem Kopf, während Lemur die Luke öffnete.

Es war – Silk konnte den Gedanken einfach nicht abschütteln –, als hätte der Außenseiter selbst den Hangar betreten. Wo gerade noch die stählerne Luke gewesen war, sah man nun ein Rechteck aus flüssigem Licht, schimmernd und einen kühlen Glanz ausstrahlend. Es war das Licht der Langen Sonne, die das Wasser des Lake Limna bis in eine Tiefe von siebzig Ellen durchdrang. Das Licht brach sich und wurde zerstreut und erfüllte den Ausgang, den Lemur abrupt geöffnet hatte, mit einem übernatürlichen hellblauen Glanz. Ein paar Sekunden lang konnte Silk kaum glauben, daß diese ätherische Substanz Wasser sein sollte. Er beugte sich über den Flieger, stützte sich mit der rechten Hand, in der er immer noch die Gebetskette hielt, auf dem Rand ab, und tauchte die Finger ins Wasser.

Crane sagte: »Es ist etwas Luft entwichen. Habt Ihr es bemerkt?«

Silk, der benommen ins kristallklare Wasser starrte, schüttelte den Kopf. Eine Schule schlanker Fische tauchte am Ende der Luke auf und huschte im Nu zur anderen Seite, zehn Ellen oder mehr unterhalb der Stahlplatte, auf der er kniete.

Lemur sagte: »Macht Platz, Patera.« Er hob den Flieger auf.

Crane rief: »Paßt doch auf! So dürft Ihr ihn nicht halten!«

»Habt Ihr Angst, ich könnte ihm weh tun, Doktor?« Lemur lächelte und hob den Flieger ohne sichtbare

Anstrengung über seinen Kopf. »Es spielt keine Rolle mehr. Was ist nun, Iolar? Habt Ihr noch etwas zu sagen? Dies ist Eure letzte Chance.«

»Dank sei der Frau«, keuchte der Flieger, »und den Männern. Starke Flügel.«

Lemur warf ihn in die Öffnung. Das strahlende Wasser, das die Luke ausfüllte, spritzte in Silks Gesicht, durchnäßte seine Kleidung und blendete ihn einen Augenblick lang. Als er wieder sehen konnte, war der Flieger schon fast vorbeigetrieben. Ein kurzer Blick auf das gequälte Gesicht, in die erschrockenen Augen, auf den offenen Mund, aus dem Luftblasen wie kleine Glasperlen sprudelten, und er war verschwunden.

Lemur ließ die Luke mit einem lauten Knall zufallen und sicherte die Verschlüsse. »Wenn ich die Luke öffne, durch die wir hereingekommen sind, wird ein Druckausgleich mit dem Rest des Schiffes stattfinden. Öffnet den Mund, damit Euch nicht die Trommelfelle platzen.«

Er führte sie auf einem anderen Weg hinaus. Sie kamen durch einen breiteten Gang, in dem sie Galaga und Potto begegneten, die in ein Gespräch vertieft waren, und erreichten schließlich eine Tür, die von zwei Soldaten bewacht wurde. »Dies hier ist, was Ihr gesucht habt, Doktor«, sagte er zu Crane, »auch wenn Ihr es vielleicht gar nicht gewußt habt. In dieser Kabine werdet Ihr unser wahres, biologisches Selbst sehen. Ich bin dort drüben.«

Er deutete auf einen Halbkreis funkelnder Maschinen. Crane eilte hinüber, Silk folgte ihm humpelnd. Er stützte Mamelta, die noch langsamer ging.

Ratsherr Lemurs biologischer Körper lag auf einem rein weißen Lager. Ein ebenso makellos sauberes weißes Laken war bis zum Kinn hochgezogen. Die Augen waren geschlossen, die Wangen eingefallen. Der Brustkorb hob und senkte sich gleichmäßig, und man konnte sogar ein leises Schnaufen hören, wenn er Luft holte. Unter dem schwarzen Plastik und den bunten Kabelsträngen, die seinen Kopf einrahmten, lugte eine weiße Haarlocke hervor. Aus einem Dutzend Maschinen schlängelten sich Schläuche hervor (durchsichtig, hellgelb, dunkelrot) und verschwanden unter der Bettdecke.

»Hier drin gibt es keine verräterischen Biologischen«, erklärte Lemur ihnen. »Wir werden von ergebenen Chemischen betreut, und die Maschinen, die uns am Leben halten, werden von Chemischen gewartet. Sie lieben uns, und wir lieben sie. Wir versprechen ihnen die Unsterblichkeit, und wir werden sie ihnen gewähren: Eine niemals abreißende Versorgung mit Ersatzteilen. Sie vergelten es uns mit unendlicher Verlängerung unserer eigentlich endlichen Lebensspanne.«

Crane betrachtete eine der Maschinen. »Euer Lebenserhaltungssystem ist wirklich beeindruckend. Ich wünschte, ich hätte so etwas.«

»Meine Nieren und die Leber haben versagt. Deshalb haben wir Geräte aufgestellt, die diese Funktionen übernehmen. Außerdem gibt es ein Gerät, das den Herzschlag unterstützt und die Herztätigkeit sogar ganz übernehmen kann, wenn das Herz ausfällt. Und das dort ist die Beatmungsanlage.«

Crane schnalzte anerkennend und schüttelte den Kopf.

Mamelta sagte leise: »Endlich ist mir nicht mehr kalt.«

»Die Luft hier drinnen wird alle siebzig Sekunden umgewälzt. Sie wird gefiltert, bestrahlt, um Bakterien und Viren zu vernichten, und auf einer relativen Feuchtigkeit von fünfunddreißig Prozent gehalten. Die Temperatur entspricht bis auf ein Viertel Grad der normalen Körpertemperatur eines biologischen Körpers.«

Silk betrachtete den schlummernden Ratsherren

und sagte: »Ich hätte nie gedacht, daß Ihr mir einmal leid tun würdet, aber jetzt tut Ihr mir leid.«

»Mir ist nur selten bewußt, daß ich hier liege. Ich bin hier.« Lemur schlug sich auf die Brust, und es klang wie der hallende Hammerschlag, den Silk im Dunkeln gehört hatte. »Gesund und munter, mit intaktem Gehör und Augenlicht. Nur mein Verdauungssystem ist nicht sehr belastbar.« Lemur machte eine Kunstpause. »Wie meine Geduld.«

Crane hatte sich über die ruhende Gestalt gebeugt, und bevor Lemur ihn aufhalten konnte, hatte der Arzt ein graues Augenlid mit dem Daumen hochgeschoben. »Der Mann ist tot.«

»Redet keinen Unsinn!« Lemur wollte auf ihn losgehen, aber Silk, einem Impuls folgend, der ihm kaum bewußt wurde, trat ihm ihn den Weg. Und Lemur, der wahrscheinlich ebenso impulsiv einem Gebot folgte, das er in der Kindheit gelernt hatte, achtete den Habit des Auguren und blieb sofort wieder stehen.

»Seht her.« Crane faßte mit Daumen und Zeigefinger in die leere Augenhöhle und zog einen Klumpen einer schwarzen Masse heraus, die aussah wie eine Mischung aus Erde und Teer. Nachdem er sie Lemur gezeigt hatte, ließ er den Brocken auf das jungfräulich weiße Laken fallen, als wollte er sich von etwas Schmutzigem befreien. Dann wischte er sich die Finger am dünnen weißen Kopfkissen ab. Seine Finger hinterließen braune, stinkende Streifen.

Lemur gab ein nicht sehr lautes Geräusch von sich, das Silk noch nie gehört hatte. Obwohl noch jung an Jahren, hatte Silk schon viele bekümmerte Menschen klagen hören, aber so etwas hatte er noch nie vernommen. Es war wie eine Art Schniefen oder wie das Schleifen eines kleinen Kolbens, der sich immer schneller bewegte. Es wurde schriller und ähnelte schließlich dem Geräusch eines Bohrers, der auf einen Nagel gestoßen ist und der sich, von einem Irren getrieben, schneller und schneller dreht und fester und fester ins Bohrloch gedrückt wird, bis er sich durch die grenzenlose, unbeherrschte Energie selbst zerstört. Ein paar Stunden später sollte Silk sich an dieses Geräusch erinnern und an das Uhrwerkuniversum denken, das ihm der Außenseiter am letzten Phaesday auf dem Sportplatz gezeigt hatte; denn das Geräusch entstand, weil dieses Universum oder vielmehr ein Teil von ihm starb, oder besser (sagte er sich später schläfrig), weil das Ganze aus irgendeinem Grund für irgend jemanden zu sterben bereit war.

Lemur krümmte sich langsam und ruckweise, während er den Ton von sich gab, der Silk in den nächsten Stunden nicht mehr aus dem Kopf gehen sollte. Der Ratsherr bewegte ziellos die Hände, als hätten diese einen eigenen Willen. Sie krallten nicht und griffen nach nichts und taten eigentlich überhaupt nichts, außer sich zu bewegen, wie sich die Hände des toten Fliegers (vielleicht) noch im kalten Wasser des Sees bewegten, während sie die Starre erwarteten, die nach dem Tod einsetzt und die sich einen halben Tag lang hält. Oder einen ganzen Tag oder sogar anderthalb Tage lang, je nach verschiedenen Umständen, über die sich die Gelehrten noch stritten.

Obwohl er sich krümmte, hielt Lemur die ganze Zeit den Blick auf den mumifizierten Ratsherren auf dem schneeweißen Bett gerichtet, und schließlich, als er ein Knie auf den grün gekachelten Boden setzte, schien es, als könnte Lemur sich nicht weiter krümmen. Die Arme sanken kraftlos herab.

Der silberne Azoth, den Silk aus einer Schublade in Hyacinths Kommode genommen hatte, das war am Abend des Tages gewesen, an dem der Außenseiter Silk das Wesen des Universums gezeigt hatte, rutschte aus Lemurs besticktem Ärmel und fiel auf den Boden.

Crane wollte sich sofort daraufstürzen, prallte jedoch schwer gegen eine der medizinischen Maschinen, die das Bett des toten Ratsherren umgaben, und warf sie mit lautem Knall um; aber trotzdem, so grau sein Bart auch war, er bewegte sich zielstrebig und schnell und schnappte sich den Azothen.

Der schreckliche Strahl schoß heraus, und Lemur explodierte in einem Feuerball. Silk und Mamelta taumelten zurück und schützten ihre Gesichter mit erhobenen Armen.

Crane stürmte an ihnen vorbei und war schon durch die Tür verschwunden, bevor Silk wieder sehen konnte.

Mamelta schrie.

Silk faßte sie am Arm und zog sie hinter sich her. Ihm war bewußt, daß er sie eigentlich zum Schweigen bringen mußte, aber ihm war ebenfalls bewußt, daß dies wahrscheinlich gar nicht möglich war und daß er so oder so keine Sekunde verlieren durfte.

Die Soldaten, die draußen postiert waren, gaben bereits Schüsse ab, als Silk die Tür öffnete. Bevor er zurückweichen konnte, rannten sie schon den breiten Flur hinunter, dreimal so schnell, wie es selbst ein flinker Bursche wie Horn vermocht hätte, und zehnmal so schnell wie es Silk, durch den verletzten Knöchel und die kreischende Mamelta behindert, gekonnt hätte. Als die beiden knapp zur Hälfte den Gang hinuntergelaufen waren, schlug ihnen ein Blitz entgegen, und es gab eine zweifache Explosion – schrecklich laut zwar, aber nicht besonders schlimm für Ohren, die Lemurs Explosion noch nicht ganz verwunden hatten.

»Wir müssen ihm nach, bevor er die Luke versperrt«, sagte Silk zu Mamelta. Als sie immer noch nicht rennen wollte, hob er sie (wie er sich später verwundert erinnerte) auf, warf sie sich über eine Schulter wie eine zusammengerollte Matratze oder einen Sack Mehl, und rannte los, taumelnd und stolpernd, einmal sogar gegen einen Spant krachend, daß er beinahe der Länge nach hingefallen wäre. Irgendwo rief jemand: »*Wartet! Wartet!*«, und er hatte schon die Luke erreicht, bevor er merkte, daß er selbst gerufen hatte.

Die Luke war verschlossen, aber er ließ Mamelta fallen und begann, die Handräder zu drehen. Als er weit genug gedreht hatte, hob ein sausender Wind von unten die Luke hoch.

»*Doktor!*«

»Helft mir!« rief Crane. »Wir können mit dem Beiboot fliehen.«

Ein halbes Dutzend Musketen knallten unten im Gang, als Silk und Mamelta die kurze Treppe zum Hangar hinunterstolperten. Eine Kugel traf die Luke wie ein Vorschlaghammer, während er den Verschluß von innen wieder festdrehte.

Als er Crane erreichte, mühte sich der kleine Arzt schon mit der größeren Luke ab, durch die das Beiboot hinausfahren konnte. Zu dritt bekamen sie die Luke auf, und kaltes Seewasser sprudelte herein und half, sie zu öffnen, wie der Luftdruck oben bei der kleineren Luke geholfen hatte. Einen Augenblick lang torkelte Silk ziellos im steigenden Wasser umher. Dann spuckte er aus, wischte sich das Gesicht ab und holte Luft.

Der Zustrom hörte auf, und der Wasserspiegel blieb eine oder zwei Sekunden, die Silk wie Minuten vorkamen, stabil. Er hörte die voll aufgedrehte Luftdüse blasen, und irgendwo in der Nähe – er wußte nicht, ob es Mamelta oder Crane war – platschte und spritzte jemand herum.

Dann lief die Strömung in die andere Richtung. Langsam zuerst, dann schneller und schneller und ihn beinahe mitreißend, lief das Wasser, das den Raum zuletzt fast ausgefüllt hatte, in den Lake Limna zurück. Hilflos wie eine Puppe in einem reißenden Fluß wirbelte Silk in einem flackernden Whorl aus blauem Licht herum. Dann, als seine Lungen fast zu platzen drohten, wurden die Strudel langsamer, und er sah eine andere Gestalt, die wie er mit ausgebreiteten Armen und schwebendem Haar im Wasser trieb.

Und schließlich bemerkte er undeutlich einen gewaltigen, gesprenkelten Kopf – schwarz, rot und golden –, weitaus größer als eine Wand in seinem Pfarrhaus, mit einem klaffenden Maul, das sich um die leblose Gestalt schloß, die er gesehen hatte. Das Ungeheuer glitt unter ihm vorbei, als wäre ein Schweber, der über eine abschüssige Bergwiese rast, an einem schwebenden Distelsamen vorbeigeflogen. Die Turbulenzen des Kielwassers ließen ihn abermals wild durchs Wasser taumeln.

13

Der Caldé ergibt sich

»Patera? O Patera!«

Maytera Marble stand auf der Vordertreppe des alten Manteions in der Sun Street und winkte. Zwei Gardisten in voller Rüstung standen neben ihr. Der grün gekleidete Offizier war gerade dabei, Maytera Mint seinen Säbel zu zeigen. Gulo eilte Silk entgegen.

Der Offizier blickte auf. »Patera Silk? Ihr seid verhaftet.« Gulo schüttelte den Kopf und begann zu erklären.

Maytera Marble schniefte, und das Schniefen hatte eine derart vernichtende Kraft und verriet eine so große Verachtung, daß dem jungen Offizier sofort jegliches Vergnügen verging, das er ob Maytera Mints großäugiger Bewunderung gerade noch empfunden hatte. »Patera Silk mitnehmen? Kommt nicht in Frage! Er ist ein heiliger ...«

Irgendwo in der Menge, die sich um Gulo gesammelt hatte, war ein leises Knurren zu hören. Gulo war kein sonderlich phantasievoller Mensch, aber es schien ihm, als sei dort ein unsichtbarer Löwe erwacht. Vielleicht hatten die Gebete, die er jeden Sphigxday sang, am Ende doch einen Sinn.

»Nun streitet Euch doch nicht!« Maytera Mint gab dem Offizier den Säbel zurück und hob die Hände. »Bitte, das ist doch wirklich nicht nötig!«

Ein Stein flog und traf den Helm eines Gardisten. Ein zweiter zischte an Maytera Marbles Kopf vorbei und prallte gegen die Tür. Der Gardist, der getroffen worden war, feuerte einen Schuß ab, und irgendwo schrie jemand. Maytera Mint stürmte die Treppe hinunter und in die Menschenmenge hinein.

Der Gardist schoß noch einmal, aber der Offizier drückte die Mündung der Muskete herunter. »Öffnet uns«, sagte der Offizier zu Gulo. »Wir sollten besser hineingehen.« Weitere Steine flogen, als sie ins Manteion flohen. Der Gardist, der getroffen worden war, feuerte noch zweimal, als Maytera Marble und der zweite Gardist die schwere Tür schlossen. Die Schüsse fielen so schnell nacheinander, daß sie fast wie ein einziger klangen. Wieder kamen Steine geflogen.

»Das ist die Hitze.« Der Offizier schien selbstbewußt, und er lächelte sogar. »Sie werden uns vergessen, sobald sie uns nicht mehr sehen.« Er schob seinen Säbel in die Scheide. »Euer Patera Silk ist sehr beliebt.«

Maytera Marble nickte. Dann sagte sie scharf: *»Patera!«*

»Ich muß jetzt gehen.« Gulo entriegelte die Tür wieder. »Ich … ich hätte überhaupt nicht mit hineinkommen sollen.« Er versuchte, sich an den Namen der zweiten Sibylle zu erinnern, und als es ihm nicht gelang, sagte er lahm: »Sie hatte recht.«

Der Offizier schnappte einen Augenblick zu spät nach Gulos Robe, als dieser hinaushuschte. Draußen waren wütende Schreie zu hören, die verstummten, als die Gardisten die Tür schlossen und abermals den Riegel vorlegten. Der Offizier konnte hören, wie Gulo draußen rief: *»Leute, Leute!«*

»Sie werden ihm nichts tun, Maytera.« Er hielt inne und lauschte noch einen Augenblick mit schief gelegtem Kopf. »Es gefällt mir natürlich überhaupt nicht, eine Verhaftung …«

Er ließ die Entschuldigung unvollendet, als ihm klar wurde, daß sie ihm nicht mehr zuhörte. Auf ihrem Metallgesicht spielten Farben: Limone, Pink, Rotbraun. Er sah in die gleiche Richtung wie sie. Im Heiligen Fenster wirbelten Farben. Er kniete nieder. Die tanzenden Farben erschufen Muster, die er nicht ganz erkennen konnte: Sinnbilder, Figuren, Landschaften, die nur umrißhaft erschienen, ein schwebendes Gesicht, das abwechselnd schmolz und Konturen bekam. Dann begann die Göttin in einer Sprache zu sprechen, die er beinahe verstand, in einer Sprache, die auch er in einem früheren Leben an einem unvorstellbaren Ort vor unvorstellbar langer Zeit einmal gekannt hatte. Wie ein kleines Tier, sagte sie ihm, sei er hier. Einst aber sei er ein Mann gewesen, auch wenn die Erinnerungen, die sie weckte, womöglich nichts weiter waren als die Erinnerungen eines Mannes, den es nicht mehr gab.

Ich werde es tun, Große Göttin. Er soll bei uns gut aufgehoben sein.

Hinter und über sich hörte er die Chemische mit dem dicken Auguren reden. »Eine Gottheit ist erschienen, während Ihr draußen wart, Patera. Sie hat uns mit ihrer Gegenwart beehrt, ohne daß wir ein Opfer erbracht hätten. Es war aber niemand da, der für uns übersetzen konnte. Es tut mir ja so leid, daß Ihr es verpaßt habt …« Darauf der Augur: »Ich habe es nicht verpaßt, Maytera. Jedenfalls nicht alles.«

Der Offizier wollte, daß sie schwiegen. Die Stimme der Göttin summte ihm immer noch in den Ohren, weit entfernt und lieblich, und er wußte, was sie von ihm erwartete.

Die Oberfläche des Sees durchbrechen, wie Silk es tat, dem Erstickungstod entrinnen, den schmalen, grellen Streifen der Sonne wiedersehen und einen tiefen Atemzug tun, das war, als würde er neu geboren. Er war kein guter Schwimmer. Eigentlich konnte er fast überhaupt nicht schwimmen. Aber obwohl er sehr erschöpft war, schaffte er es, sich an der Oberfläche zu halten und mit der sanften Dünung zu treiben, indem er krampfhaft Wasser trat. Bei jedem Tritt fürchtete er, die Aufmerksamkeit eines der riesigen Fische auf sich zu ziehen.

In der Ferne rief jemand, darauf folgte ein Klappern, als schlüge jemand wie wild auf eine Pfanne ein. Er ignorierte den Lärm, bis ihn eine Welle so hoch hob, daß er die braunen Segel sehen konnte.

Drei halbnackte Fischer zogen ihn an Bord. »Da ist noch jemand im Wasser«, keuchte er. »Wir müssen ihn finden.«

»Sie haben mich schon gefunden!« Crane grinste ihn an.

Der größte, stark ergraute Fischer klopfte Silk auf den Rücken. »Die Götter kümmern sich schon um ihre Auguren. Das hat mir jedenfalls mein Vater immer erzählt, Patera.«

Crane nickte weise. »Sie kümmern sich um Auguren – und Narren.«

»Ja, Sir. Um die kümmern sie sich auch. Wenn Ihr das nächste Mal segeln geht, solltet Ihr einen Seemann mitnehmen. Hoffentlich können wir Eure Frau noch finden.«

Silk mußte wieder an den großen Fisch denken. Er schauderte. »Es ist freundlich von Euch, nach ihr zu suchen, aber ich fürchte …«

»Wir würden sie nicht finden, Patera?«

»Nein, aber … nein.«

»Nun ja, wir werden sie herausholen, wenn wir sie sehen.«

Silk stand auf und verlor im rollenden Boot sofort das Gleichgewicht. Plötzlich saß er auf einem Stapel von Netzen.

»Bleibt, wo Ihr seid, und ruht Euch aus«, murmelte Crane. »Ihr habt eine Menge durchgemacht. Ich auch. Aber wir haben eine gründliche Wäsche bekommen, und das ist gar nicht mal schlecht. Wenn ein Chemischer in die Luft fliegt, werden eine Menge Isotope frei.« Er hielt eine glänzende Karte hoch. »Kapitän, könntet Ihr uns etwas zu essen beschaffen? Vielleicht sogar etwas Wein?«

»Laßt mich versuchen, die Frau zu finden, Sir, und dann will ich sehen, ob noch etwas da ist.«

»Gürteltasche«, flüsterte Crane, der Silks verblüfften Gesichtsausdruck bemerkt hatte. »Lemur ließ mich die Taschen leeren, aber er hat mich nicht abgeklopft. Ich habe ihnen eine Karte versprochen, wenn sie uns nach Limna zurückbringen.«

»Die arme Frau«, sagte Silk mehr zu sich selbst als zu den anderen. »Dreihundert Jahre ist sie alt geworden.« Auf der Reling eines weit entfernten Bootes hockte ein schwarzer Vogel. Als Silk ihn sah, erinnerte er sich an Oreb und lächelte, nur um sich im nächsten Augenblick für sein Lächeln zu schelten.

Schuldbewußt sah er sich um. Er hoffte, seine unpassende Heiterkeit sei unbemerkt geblieben. Crane sah dem Kapitän zu, der seinerseits das Hauptsegel beobachtete. Ein Matrose stand vorn im Bug, einen Fuß auf den Bugspriet gesetzt. Der zweite Matrose schnappte sich gerade ein Seil und band es an den langen Stock (Silk konnte sich nicht an den Namen erinnern, falls er ihn je gewußt hatte), der das Segel ausgebreitet hielt. Dann schien er auf ein Zeichen vom Kapitän zu warten. Von hinten gesehen, kam der Mann Silk irgendwie bekannt vor. Als Silk sich an eine andere Stelle setzte, um besser sehen zu können, fiel ihm ein, daß die Netze, auf denen er gesessen hatte, trocken gewesen waren.

Crane hatte Silk eine rote Tunika, braune Hosen und braune Schuhe gekauft, die jene ersetzten, die er im See abgestreift hatte. Silk hatte sich in einer stillen Gasse umgezogen und die Robe, die Tunika und die alten Hosen hinter einen Haufen Müll geworfen. »Ich habe Hyacinths Nadler, das Gammadion und die Gebetskette zurückbekommen, aber leider nicht meine Brille und meine anderen Habseligkeiten. Vielleicht soll das ein Zeichen sein.«

Crane zuckte die Achseln. »Wahrscheinlich hat Lemur sie nicht bei sich gehabt.« Auch er trug eine neue Tunika und neue Hosen, und er hatte ein Rasiermesser gekauft. Er blickte zur Einfahrt der Gasse und sagte: »Sprecht leiser.«

»Was ist denn dort?«

»Ein paar Gardisten.«

»Das Ayuntamiento wird sicher denken, wir sind tot«, wandte Silk ein. »Solange sie nichts Gegenteiliges hören, haben wir keinen Grund, die Zivilgarde zu fürchten.«

Crane schüttelte den Kopf.

»Aber wenn sie glauben, wir hätten überlebt, dann wären sie doch an die Oberfläche gekommen und hätten nach uns gesucht, oder?« beharrte Silk.

»Dabei hätten sie jedem auf dem See verraten, daß sie ein Unterseeboot haben. – Wie passen die Sachen?«

»Die Hosen sind ein bißchen groß.« Silk sah an sich hinab und wünschte, er hätte einen Spiegel. »Das Boot muß doch an die Oberfläche gekommen sein, um den armen Iolar aufzulesen.«

»Ihr seid ziemlich dünn«, erwiderte Crane. »Nein, sie haben dazu sicher das kleine Beiboot geschickt, das wir gesehen haben. Sie konnten es aber nicht hinter uns herschicken, weil der Raum unten im Kiel völlig überflutet worden wäre, sobald sie die Luke geöffnet hätten.«

»Es kam ja schon eine Menge Wasser herein, als wir die Bodenluke geöffnet haben«, murmelte Silk.

»Genau. Ich habe das Luftventil so weit wie möglich geöffnet, aber es war nicht genug Zeit verstrichen, nachdem Ihr und die Frau die Luke geöffnet hattet und hereingekommen wart. Natürlich ist eine Menge

Wasser eingedrungen. Dadurch wurde der Luftraum verkleinert, und der Druck wurde erhöht, bis er dem Wasserdruck entsprochen hat. Danach wurde das Wasser dann wieder hinausgedrängt.«

Silk zögerte, dann nickte er. »Aber wenn sie die obere Luke öffnen – die im Gang –, dann wird der Raum wieder geflutet, nicht wahr?«

»Natürlich. Und das Wasser würde auch in den Rest des Schiffs aufsteigen. Deshalb konnten sie uns nicht das kleine Boot hinterherschicken. Ich kann mir nicht vorstellen, wie sie die Bootsluke schließen wollen, wenn sie nicht einmal den Raum betreten können, aber sie werden sich wohl etwas einfallen lassen.«

Silk lehnte sich an eine Mauer und nahm Cranes Verband vom Fußgelenk. »Ich bin kein Seemann, aber wenn ich etwas zu sagen hätte, würde ich weit in den See hinaus fahren, wo die Gefahr, gesehen zu werden, nicht sehr groß ist – vielleicht auch in die Höhle, die Lemur erwähnt hat, als Ihr fragtet, woher er Eure Tasche hatte.«

»Ich wünschte, ich hätte sie nicht verloren.« Crane zupfte an seinem Bart. »Ich habe sie seit zwanzig Jahren.«

Silk, der sich an sein Federetui erinnerte, sagte: »Ich weiß, wie Ihr Euch fühlt, Doktor.« Er prügelte mit dem Verband auf die Wand ein.

»Angenommen, sie sind wirklich zu ihrer Höhle zurückgefahren. Das Problem bliebe aber das gleiche. Das Unterseeboot ist zu groß, um es an Land zu bringen.«

»Aber sie könnten es kippen«, sagte Silk. »Sie könnten alle beweglichen Teile auf eine Seite schaffen und das Wasser auf der anderen Seite aus dem Hangar pressen. Vielleicht können sie es sogar ganz umdrehen, wenn sie an der Wand der Höhle ein Seil befestigen.«

Crane nickte. Er beobachtete immer noch den Eingang der Gasse. »Schon möglich. Seid Ihr bereit?«

Als Crane gegangen war, öffnete Silk das Fenster. Ihr Zimmer lag im dritten Stock des Rusty Lantern und bot einen herrlichen Ausblick über den See. Außerdem spürte man hier oben eine frische Brise. Silk beugte sich vor und blickte zur Dock Street hinunter. Crane hatte gesagt, daß er aus der Schußlinie kommen wollte; aber sobald sie ihr Zimmer bezogen hatten, hatte er nach Feder und Papier verlangt und eine nicht sehr lange Nachricht geschrieben. Dann war er wieder hinausgegangen und hatte Silk zurückgelassen.

Als er jetzt die Dock Street hinauf und hinunter schaute, dachte Silk, daß es sicher nicht schaden konnte, die Straße von seinem hochgelegenen Fenster aus zu beobachten, wenn Crane es ungefährlich fand, wieder hinauszugehen.

Der Wirt hatte ihnen erklärt, daß Limna ein friedlicher Ort sei. Aber am Vorabend habe es Unruhen gegeben, die von der Garde brutal unterdrückt worden seien. »Silks Männer«, hatte der Wirt ihnen verraten. »Das sind diejenigen, die für Unruhe sorgen, wenn Ihr mich fragt.«

Silks Männer.

Wer waren sie? Silk massierte sich gedankenverloren die Wange. Die Fingerspitzen kratzten über den Zweitagebart. Zweifellos waren es dieselben Männer, die seinen Namen an die Wände geschrieben hatten. Und zweifellos gab es im Viertel einige, die dies und noch mehr tun und sogar behaupten würden, sie hätten auf seine Anweisung gehandelt. Wieder fiel ihm ein, daß es möglicherweise die gleichen Männer waren, die in der Sun Street niedergekniet waren und um seinen Segen gebeten hatten, nachdem er Blood berichtet hatte, daß er erleuchtet worden war – Männer, die so verzweifelt waren, daß sie jeden Anführer akzeptierten, der in der Gunst der Götter zu stehen schien.

Sogar einen wie ihn.

Zwei Gardisten kamen in ihren scheckigen grünen Kampfrüstungen die Dock Street herauf. Sie hielten die Musketen in der Armbeuge, zeigten demonstrativ ihre Stärke und hofften wohl, dadurch neuen Unruhen am Abend vorzubeugen – Männer mit Prügeln und Steinen und ein paar Nadlern und Hirschfängern, wie Auk einen hatte, waren sicher nicht scharf darauf, gegen gepanzerte Gardisten anzutreten, die mit Musketen bewaffnet waren. Silk überlegte schon, ob er sie rufen und ihnen sagen sollte, daß er Patera Silk war und sich ergeben wollte, falls dadurch die Kämpfe ein Ende nähmen. Das Ayuntamiento konnte ihn wohl kaum ohne Prozeß umbringen lassen, wenn er sich öffentlich ergab, und selbst wenn er seine Unschuld nicht beweisen konnte, würde er die Genugtuung bekommen, sich öffentlich zu seiner Unschuld bekannt zu haben.

Aber er hatte das Manteion noch nicht gerettet. Er hatte versprochen, es zu retten, wenn er es konnte, und nun war es stärker gefährdet denn je. Wieviel Zeit hatte Musk ihm gegeben? Eine Woche? Ja, eine Woche, vom Scylsday an gerechnet. Aber hatte Musk wirklich für Blood gesprochen, wie er behauptet hatte, oder nur für sich selbst? Juristisch gesehen gehörte das Manteion Musk. Wenn Silk jetzt aufgab, würde das bedeuten, daß er Musk das Manteion überließ.

Silk zuckte innerlich zusammen, als er diese Möglichkeit ins Auge faßte. Blood mochte es seinetwegen bekommen, wenn es nicht anders ging. Aber gewiß nicht, ganz gewiß nicht jemand wie … die bloße Möglichkeit, daß dies geschehen konnte, hatte den Außenseiter bewegt, ihn zu erleuchten, damit er es verhinderte. Er würde Musk töten, wenn …

Wenn es keinen anderen Weg gab und wenn er sich überwinden konnte, es zu tun.

Er wandte sich vom Fenster ab und streckte sich auf dem Bett aus. Er erinnerte sich an den Ratsherrn Lemur und an die Art und Weise, wie er gestorben war. Als Vorsitzender Ratsherr des Ayuntamiento war Lemur praktisch der Caldé gewesen, auch wenn er nicht offiziell ernannt worden war. Crane hatte ihn getötet. Crane hatte vielleicht sogar das Recht dazu gehabt, weil Lemur die Absicht gehabt hatte, Crane ohne Prozeß zu töten.

Ein Prozeß wäre allerdings ohnehin nicht mehr als eine bloße Formalität gewesen. Crane war ein Spion und hatte dies zugegeben – ein Spion aus Palustria. Hatte Crane demnach wirklich das Recht gehabt, Lemur zu töten? Und spielte das überhaupt eine Rolle?

Erst jetzt fiel Silk ein, daß die Nachricht, die Crane so eilig geschrieben hatte, mit ziemlicher Sicherheit eine Botschaft an die Regierung seiner Stadt gewesen war – an den Caldé von Palustria oder wie er dort genannt wurde. An den Prinzregenten. Crane hatte sicher das Unterseeboot des Ayuntamiento (Crane hatte es für äußerst wichtig gehalten) und das eigenartige tränenförmige Bruchstück beschrieben, das Gelenkstück eines Flügels, mit dem man fliegen konnte.

Draußen auf dem Flur waren Schritte zu hören. Silk hielt unwillkürlich den Atem an. Crane hatte ihm eingeschärft, nur die Tür zu öffnen, wenn es dreimal schnell hintereinander klopfte, aber das spielte keine Rolle. Die Gardisten würden kommen, sie würden zweifellos diesen Gasthof und alle anderen durchsuchen, sobald das Ayuntamiento einen neuen Vorsitzenden Ratsherren ernannt hatte und falls dieser der Meinung war, Silk und Crane (und ebenfalls die arme Mamelta, denn auch ihr mußte der neue Vorsitzende Ratsherr mißtrauen) könnten überlebt haben. Crane hatte für dieses Zimmer im besten Gasthof in Limna so viel Geld ausgegeben, weil er glaubte, die Gardisten würden ihn und Silk nicht ohne weiteres stören, wenn man sie für reiche Gäste hielt; aber wenn sie klare Anweisungen vom Ayuntamiento bekamen, würden die Gardisten nicht zögern, jeden Gast zu stören, ganz egal, wie reich er war.

Die Schritte wurden leiser und waren schließlich nicht mehr zu hören.

Silk hatte sich schon aufgesetzt und die neue rote Tunika angezogen, bis ihm richtig bewußt wurde, daß er sich soeben entschlossen hatte, sich zu rasieren. Er stand auf, zog heftig an der Klingel, und sofort war draußen auf der Treppe ein leises Poltern zu hören. Der Zweitagebart mochte ihn verändern, aber er kennzeichnete ihn außerdem als jemanden, der eine Verkleidung brauchte, und der Außenseiter würde bestimmt nichts dagegen haben, wenn er sich rasierte, wie er es sonst jeden Tag tat. Wenn er verhaftet wurde, nun gut. Dann würde es keine Aufstände und keine Toten mehr geben. Und am besten wäre es sogar, wenn er sich selbst stellen würde – als Silk, als der Mann, den die anderen als Caldé bezeichneten, und nicht als ein Flüchtling, der sich versteckte.

»Seife, Handtücher und eine Schüssel warmes Wasser«, trug er dem zuvorkommenden Zimmermädchen auf, das sich auf sein Schellen gemeldet hatte. »Ich will mich rasieren.« Sie roch ein wenig nach Küche, und der Duft weckte seinen Hunger. »Und ich möchte auch ein belegtes Brot oder etwas Ähnliches haben. Egal was, Hauptsache, Ihr könnt es rasch zubereiten. Mate oder schwarzen Tee dazu. Setzt es auf unsere Rechnung.«

Auch Crane läutete nach frischen Handtüchern und warmem Wasser zum Rasieren, sobald er wieder zurück war. »Ich möchte wetten, Ihr habt geglaubt, ich ließe Euch im Stich«, sagte er, während er die Sachen auf dem Waschtisch bereitstellte.

Silk schüttelte den Kopf, und da er die Bewegung praktisch schmerzlos ausführen konnte, betastete er neugierig die Schwellung, die Pottos Faust hinterlassen hatte. »Wenn Ihr nicht zurückgekehrt wärt, dann hätte ich angenommen, daß Ihr verhaftet worden seid. Wollt Ihr Euch den Bart abrasieren? Ich hoffe, es macht Euch nichts aus, daß ich mir Euer Rasiermesser geborgt habe.«

»Nein, keineswegs.« Crane begutachtete sich im Spiegel, der luxuriöse Ausmaße hatte. »Ich denke, ich sollte jedenfalls den größten Teil abnehmen.«

»Die meisten Männer in Eurer Position hätten sich zuerst rasiert und danach den Bericht abgeschickt. Glaubt Ihr, die Fischer, die uns gerettet haben, werden der Garde etwas verraten, wenn sie befragt werden?«

»Hmm-hmm.« Crane zog seine Tunika aus.

»Dann würde die Garde genug erfahren, um uns hier in Limna finden zu können.«

»Sie würden sowieso suchen. Wenn sie denken, wir haben überlebt, ist dies der erste Ort, an dem man nachsehen müßte.«

»Das denke ich auch. Habt Ihr den Fischern eine Karte gegeben? Für einen Fischer muß eine ganze Karte eine Menge Geld sein.«

»Sie haben uns das Leben gerettet. Der Kapitän will nach Viron, um etwas einzukaufen, und die Matrosen werden sich inzwischen betrinken. Wenn sie betrunken genug sind, kann man ihnen keine Fragen mehr stellen.«

Silk nickte wieder, da er sah, daß Crane ihn im Spiegel beobachten konnte. »Ich kann Euch gar nicht sagen, wie überrascht ich war, auf dem Fischerboot den Mann zu sehen, der mich von Bloods Villa nach Hause gefahren hat. Anscheinend ist er ein Fischer geworden.«

Crane drehte sich um und starrte Silk an. Cranes Gesicht war schon eingeseift, und er hielt das Rasiermesser in der Hand, als wäre er zur Salzsäule erstarrt. »Ich habe Euch schon wieder unterschätzt. Jedesmal, wenn mir das passiert, nehme ich mir vor, daß es das letzte Mal gewesen sein soll.« Er wartete, ob er eine Antwort bekäme, dann drehte er sich wieder zum Spiegel um. »Danke, daß Ihr es für Euch behalten habt, bis wir allein waren.«

»Er kam mir sofort bekannt vor, aber ich konnte ihn erst unterbringen, als wir in den Hafen eingelaufen sind. Er hat versucht, mir immer den Rücken zuzuwenden, und dadurch konnte ich seinen Hinterkopf genau sehen. Genau den habe ich aber auch gesehen, als er mich zum Manteion zurückgefahren hat. Ich habe ja hinter ihm gesessen.«

Crane tippte mit dem Rasiermesser auf eine Kotelette. »Und da ist es Euch klargeworden.«

»Eigentlich habe ich es gerade eben erst verstanden, als ich überlegte, was für ein guter Spion Ihr seid und wie wertvoll Ihr für Eure Stadt sein müßt.«

Crane kicherte. »Es scheint, als würden wir uns gegenseitig Honig um den Bart schmieren.«

»Die Sache mit dem Fischerboot habe ich erst verstanden, als wir uns unten in der Gasse umgezogen haben«, sagte Silk. »Vorher habe ich mich einfach nur gewundert; aber jemand an Bord des Fischerbootes, der Kapitän oder noch eher der Fahrer, der mich nach Hause gefahren hatte, hat Euch ein paar Karten zugesteckt.«

»Ihr habt gesehen, daß ich keinen Gürtel hatte. Ich hätte mich dafür in den Hintern treten können. Ich habe die ganze Zeit gehofft, Ihr hättet es nicht bemerkt.«

»Als Chenille Euch von dem Commissioner erzählt hat …«

»Simuliid.«

»Ja, Simuliid. Als Chenille Euch erzählt hat, daß er zum See gegangen war, um sich mit den Mitgliedern des Ayuntamiento zu treffen, seid Ihr selbst hier heraus gekommen, um Euch umzusehen. Ich weiß, daß Ihr das getan habt, weil ich mit einem jungen Paar gesprochen habe, das mit Euch Freundschaft geschlossen hat. Falls Ihr nicht schon einen Vertrauten hier hattet, müßt Ihr Euch spätestens zu diesem Zeitpunkt gesagt haben, daß es gut wäre, einen zu haben. So habt Ihr den Kapitän und sein Boot in Dienst genommen. Ich könnte mir vorstellen, daß sie den Pilgrim's Way im Auge behalten sollten. Der Weg läuft stellenweise direkt am Rand der Klippen entlang, und wer dort hinaufsteigt, kann von einem Boot aus, das sich in der Nähe auf dem See befindet, leicht beobachtet werden. Nein, ich werde Euch oder ihn natürlich nicht melden; aber ich bin neugierig geworden. Stammt der Kapitän aus Viron?«

»Ja«, sagte Crane. »Aber das spielt eigentlich keine Rolle.«

»Ihr rasiert Euch ja überhaupt nicht. Ich wollte Euch nicht dabei stören.«

Crane drehte sich wieder zu ihm um. »Ich würde Euch lieber meine volle Aufmerksamkeit schenken. Ich hoffe, Euch ist klar, daß ich ebenso für Euch wie für meine Stadt gearbeitet habe. Ich habe versucht, Euch an die Macht zu bringen, weil ich hoffte, dadurch einen Krieg verhindern zu können.«

»Ich will keine Macht«, gab Silk zurück. »Aber es wäre unhöflich, mich nicht für alles, was Ihr getan habt, zu bedanken – beispielsweise dafür, daß Ihr mir das Leben gerettet habt, obwohl es sicherer für Euch gewesen wäre, mich im Wasser sterben zu lassen.«

»Wenn Ihr das wirklich denkt, seid Ihr dann bereit, ein formelles Bündnis einzugehen? Virons Ayuntamiento wird uns umbringen, wenn man uns zu fassen bekommt. Ich bin ein Spion, und Ihr bedroht seine Macht. Das ist Euch doch klar, oder?«

Widerstrebend nickte Silk.

»Dann sollten wir lieber Rücken an Rücken stehen, denn sonst liegen wir bald Seite an Seite. Sagt mir alles, was Ihr wißt, und ich sage Euch alles, was Ihr wissen wollt. Ich gebe Euch mein Wort darauf. Ihr habt zwar nicht unbedingt einen Anlaß, mir blind zu vertrauen, aber mein Wort ist besser, als Ihr glaubt. Was sagt Ihr?«

»Das wäre Euch gegenüber sicher nicht fair, Doktor. Die Dinge, die ich mir zusammengereimt habe, sind für Euch bestimmt nicht sehr wertvoll; aber Ihr könntet Informationen haben, die für mich äußerst wertvoll sind.«

»Das ist ja noch nicht alles. Ihr sollt außerdem alles tun, was in Euren Kräften steht, um dafür zu sorgen, daß ich und meine Leute nicht aufgegriffen beziehungsweise daß wir freigelassen werden, wenn man uns aufgegriffen hat. Ich verspreche, daß wir nichts tun werden, was Eurer Stadt schadet. Ihr wißt doch, daß Ihr möglicherweise fortlaufen müßt, wenn Ihr überleben wollt? Wenn wir Euch nicht zum Caldé machen können, dann können wir Euch wenigstens einen Ort anbieten, zu dem Ihr fliehen könnt. Nicht weil wir so gütige Menschen sind, sondern weil Ihr, solange Ihr lebt, ein Unruheherd seid. Ihr braucht uns heute, und es könnte sein, daß Ihr uns in ein paar Tagen noch dringender braucht.«

»Werdet Ihr alle meine Fragen offen und aufrichtig beantworten?«

»Das habe ich Euch doch versprochen, oder? Ja. Ihr habt mein Wort darauf. Wir werden Euch an die Macht bringen, wenn wir das können, und Ihr werdet Frieden halten, solange wir es tun, und uns nicht angreifen. Und jetzt gebt mir Euer Ehrenwort. Seid Ihr einverstanden?«

Silk nickte langsam und streckte die Hand aus. Crane legte das Rasiermesser fort und schlug ein.

»Und nun sagt mir, was Ihr über meine Arbeit als Spion erfahren habt.«

»Im Grunde sehr wenig. Hyacinth arbeitet für Euch, nicht wahr?«

Crane nickte.

»Deshalb lasse ich mich darauf ein.« Silk hatte die Gebetskette aus der Hosentasche gezogen. Er ließ die Perlen durch die Finger gleiten, während er weitersprach. »Deshalb wende ich mich gegen meine Heimatstadt, meine ich. Diese geplatzte Ader in meinem Kopf – nein, ich will nicht mit Euch darüber streiten. Noch nicht, denn es könnte dazu führen, daß wir wieder Feinde werden. Sie will, daß ich das Manteion rette, und das muß ich tun, wenn ich es kann; aber ich persönlich will auch Hyacinth retten. Ihr müßt mich für einen Narren halten.«

»Auch ich will sie retten«, erklärte Crane. »Und dazu die Männer auf dem Fischerboot, die uns vor dem Ertrinken gerettet haben. Sie alle arbeiten für mich, und ich fühle mich für sie verantwortlich. Bei Tartaros, ich *bin* für sie verantwortlich. Wenn es anders wäre, dann hätte ich Euch die Wahrheit über das Boot erzählt, sobald wir an Bord waren. Aber was, wenn man Euch gefaßt und zum Reden gebracht hätte? Die drei Männer wären getötet worden, und sie sind meine Männer.«

Silk nickte wieder. »Ich habe ähnliche Gefühle für die Menschen, die zu den Opfern in unser Manteion kommen. Wahrscheinlich würdet Ihr sagen, daß sie nur Tagelöhner und Diebe und Waschweiber sind, aber im Grunde sind sie die Menschen, die unserem Manteion das Leben schenken. Die Gebäude und sogar unser Heiliges Fenster könnten ersetzt werden, und das gleiche gilt für meine Person. Aber die Menschen sind unersetzlich.« Er stand auf und trat ans Fenster.

»Wie ich schon sagte, Doktor, habe ich darüber

nachgedacht, wie wichtig Ihr seid und wie dumm es war, daß ich das nicht früher erkannt habe. Ihr müßt mindestens fünfzig Jahre alt sein.«

Crane drehte sich wieder zum Spiegel um und wusch sich den getrockneten Seifenschaum aus dem Bart. »Sechsundfünfzig.«

»Danke. Demnach arbeitet Ihr schon lange Zeit als Spion und bekleidet höchstwahrscheinlich einen hohen Rang. Außerdem seid Ihr Arzt, und allein deshalb seid Ihr schon für die Regierung Eurer Heimatstadt ein wichtiger Mensch. Eure Auftraggeber haben Euch sicher nicht ganz allein zu Blood geschickt. Hyacinth stammt aus Viron, das weiß ich von einer Frau, die Hyacinth als junges Mädchen kannte. Aber der Mann, der mich gefahren hat, stammt aus Eurer Stadt. Das vermute ich jedenfalls. Ist er Euer Stellvertreter?«

»Genau.« Crane seifte sich zum zweitenmal den Bart ein und fuhr sich in ausholenden Strichen mit dem dicken Pinsel aus Wildschweinborsten durchs Gesicht.

»Blood hat Musk aufgetragen, einen Fahrer zu rufen und einen Schweber für mich vorfahren zu lassen. Das hattet Ihr vermutlich vorausgesehen, und als Ihr den Raum verlassen habt, habt Ihr Eurem Helfer gesagt, er sollte sich bereithalten. Ihr hattet mir ja den Azothen gegeben, und es bestand die Möglichkeit, daß der Fahrer ihn sah.«

»Ihr habt recht.« Crane schabte sich ein paar Haare von einer Wange. »Außerdem sollte er Euch genau in Augenschein nehmen und sich mit Euch bekannt machen. Ich dachte, das könnte später einmal nützlich sein. Inzwischen weiß ich, daß es tatsächlich so war.«

»Ich sollte mich wohl geschmeichelt fühlen.« Silk beugte sich aus dem Fenster und sah nach oben. »Der wichtigste Punkt ist aber der, daß er, um zu tun, was er heute getan hat, nicht nur gewußt haben muß, daß man Euch gefangengenommen hatte, sondern auch, daß man Euch zum See gebracht hatte. Anscheinend wußte er sogar genau, wo sich das Unterseeboot des Ayuntamiento befunden hat, als wir von dort fliehen konnten, denn das Fischerboot war so gut positioniert, daß er und die Fischer Euch aus dem Wasser holen konnten, sobald Ihr aufgetaucht wart. Ihr seid bestimmt nicht viel früher als ich aus dem Unterseeboot gekommen, und Ihr könnt nicht viel früher als ich die Wasseroberfläche erreicht haben. Ich war nicht sehr lange im Wasser, aber als ich gerettet wurde, wart Ihr schon an Bord, und Euer Stellvertreter hatte sogar die Zeit gefunden, Euch etwas Geld zuzustecken. Er war natürlich darauf vorbereitet, weil ihm klar war, daß man Euch Eure Habseligkeiten abnehmen würde. Selbst wenn er derjenige war, der Eure Arzttasche zu Lemur brachte …«

»Nein, das war er nicht. Er ist schon früher von Blood fortgegangen. In gewisser Weise fand ich das sehr schade. Er hätte mir dort noch von Nutzen sein können.«

»Ich wollte gerade sagen, selbst wenn er erfahren hatte, daß Ihr auf dem See wart, weil er Eure Tasche gebracht hat, oder wenn er den Befehl gehört hat, der einem anderen Fahrer gegeben worden ist, dann brauchte er immer noch ein Hilfsmittel, um Eure genaue Position zu bestimmen. Ich habe versucht, mir vorzustellen, was für ein Hilfsmittel das sein könnte, und mir will nichts Besseres einfallen, als daß er wie Mucor seinen Geist aussenden kann oder daß Ihr ein sehr keines Glas oder ein ähnliches Gerät bei Euch habt. Ihr habt versprochen, meine Fragen zu beantworten. Wollt Ihr mir nun sagen, ob ich recht habe und wie es möglich war, daß man dieses Gerät übersehen hat?«

»Es ist hier drinnen.« Crane tippe sich auf die Brust. »Ich mußte mich vor acht Jahren einer Herzoperation unterziehen. Wir haben die Gelegenheit ergriffen, ein

Gerät einzusetzen, das alle zwei Minuten ein Signal von einer halben Sekunde sendet. Dadurch kann jeder, der es auffängt, bestimmen, wie es meinem Herzen geht. Wer die Richtung weiß, aus der das Signal kommt, kann mich natürlich auch finden. Falls Ihr in einer ähnlichen Situation wie heute keinen Wert darauf legt, gerettet zu werden, braucht Ihr mich nur umzubringen.«

Er grinste. »Da ich aber noch unter den Lebenden weile, darf ich vielleicht fragen, warum Ihr Euch so für das Fenster interessiert?«

»Ich frage mich, ob wir auf diesem Weg fliehen könnten, falls es nötig wird – zum Beispiel, falls die Garde die Tür aufbricht. Ich könnte die Dachkante erreichen und mich hochziehen, glaube ich.«

»Ich würde das nicht schaffen. Als ich in Eurem Alter war, wäre es vielleicht gegangen.« Crane rasierte sich weiter.

»Könnt Ihr nicht fliegen?«

Crane kicherte. »Ich wünschte, ich könnte es.«

»Aber Ihr habt doch dem Prinzregenten berichtet, nicht wahr? Ihr habt über das Bauteil berichtet, das Lemur uns gezeigt hat, und Ihr habt beschrieben, wie Flieger fliegen.«

»Da irrt Ihr Euch. Ich habe es nicht berichtet.«

Silk kehrte dem Fenster den Rücken. »Ein Geheimnis von so großem militärischem Wert habt Ihr nicht weitergegeben? Warum nicht?«

»Ich wünschte wirklich, ich könnte Euch das sagen, aber ich kann nicht. Das ist allerdings auch kein Bestandteil unserer Übereinkunft. Ich hoffe, Ihr erkennt das. Ich habe geschworen, Euch über meine Organisation und unsere Arbeit alles zu erzählen, was Ihr wissen wollt. Ich kann Euch erklären, was in meinem Bericht gestanden hat. Ich muß zugeben, daß der Bericht ein Teil meiner Arbeit ist.«

»Fahrt fort.«

»Aber er war nicht an den Prinzregenten von Palustria adressiert. Glaubt Ihr wirklich, ich hätte Lemur, diesem Verrückten, die Wahrheit gesagt? Ihr habt die Wahrheit gesagt, das weiß ich. Aber ich bin nicht Ihr.«

»Ich hoffe, Ihr werdet mir jetzt nicht einreden wollen, Ihr wärt am Ende überhaupt kein Spion, Doktor.«

»Doch, ich bin ein Spion. Was meint Ihr? Reicht das, oder soll ich alles abrasieren?«

»Ich würde alles rasieren.«

»Ich habe befürchtet, daß Ihr das sagen würdet.« Widerwillig kratzte Crane sich das nächste Stück Bart ab. »Wollt Ihr nicht wissen, für wen ich spioniere? Es ist Trivigaunte.«

»Die Frauen?«

Crane kicherte wieder. »In Trivigaunte sagen sie: ›Die Männer?‹ Viron wird wie die meisten anderen Städte von Männern beherrscht. Glaubt Ihr, das Ayuntamiento hätte keine weiblichen Spione? Es hat so viele, wie es braucht, das kann ich Euch versichern.«

»Unsere Frauen sind selbstverständlich loyal.«

»Bewundernswert.« Crane drehte sich wieder um und sah Silk an, während er mit dem Rasiermesser gestikulierte. »Genau wie die Männer in Trivigaunte. Wir sind keine Sklaven. Wenn überhaupt, dann geht es uns dort besser als den Frauen hier.«

»Ist das auch wahr?«

»Natürlich. Es ist die Wahrheit, und ich übertreibe nicht.«

»Dann sagt mir, was in Eurem Bericht gestanden hat.«

»Gern.« Crane wischte das Rasiermesser ab. »Er war ziemlich kurz. Ihr habt ja gesehen, wie ich ihn geschrieben habe; Ihr solltet das also wissen oder es Euch zumindest denken können. Ich habe gemeldet, daß mir das Ayuntamiento auf den Fersen ist, daß ich geschnappt wurde und auf der Flucht den Ratsherren Lemur getötet habe. Daß sie einen Flieger heruntergeholt, aber das Antriebsmodul im See verloren haben. Daß ich ihr Hauptquartier gefunden habe, ein Boot im Lake Limna, das unter Wasser fahren kann. Ich habe die Belohnung beansprucht, die unsere Rani dafür ausgesetzt hat.«

Breiter grinsend denn je fuhr Crane fort: »Und ich werde sie bekommen. Wenn ich nach Trivigaunte zurückkehre, werde ich ein reicher Mann sein. Aber ich sagte, ich würde noch nicht aufbrechen, weil meiner Meinung nach durchaus noch die Möglichkeit besteht, daß Silk das Ayuntamiento stürzt. Ich hätte Silk vor ihnen gerettet, und er sei mir zu Dank verpflichtet, und ich sei der Ansicht, daß die Aussicht auf einen Regierungswechsel jedes Risiko rechtfertigt.«

»Ich bin Euch wirklich zu Dank verpflichtet«, sagte Silk. »Sehr sogar, wie ich Euch bereits sagte. War das alles?«

Crane nickte. »Das ist es im großen und ganzen. So habe ich es aufgeschrieben. Und jetzt sollt Ihr mir erklären, wie Ihr erfahren habt, daß Hyacinth für mich gearbeitet hat. Hat sie das selbst gesagt?«

»Nein. Ich habe mir die Gravur auf dem Nadler angesehen.« Silk zog die Waffe aus der Hosentasche. »Hier sind überall Hyazinthen zu sehen, aber oben ist ein großer Vogel – zuerst dachte ich, es sei ein Reiher, der in einem Teich steht, aber als ich erkannte, daß es auch ein Kranich sein konnte, wußte ich, daß Ihr die Symbole für sie eingraviert habt.« Er öffnete das Verschlußstück. »Hoffentlich hat das Wasser die Waffe nicht unbrauchbar gemacht.«

»Laßt sie lieber gut trocknen, ehe Ihr zu schießen versucht. Ölt sie vorher, dann sollte es wieder gehen. Aber die Tatsache, daß ich Hy einen teuren Nadler geschenkt habe, kann doch nicht das einzige gewesen sein, was Euch diesen Gedanken nahegelegt hat. Ich hätte einfach ein alter Narr sein können, der sich in sie verliebt hat und ihr ein Geschenk machen wollte.«

»Das ist wahr. Aber sie hat den Azothen in der gleichen Schublade aufbewahrt. Habt Ihr ihn eigentlich noch?«

Crane nickte.

»Deshalb hielt ich es für wahrscheinlich, daß sie beide Waffen von der gleichen Person bekommen hatte. Sie hätte sicher nicht gewollt, daß Ihr ihn seht, wenn sie ihn von jemand anders geschenkt bekommen hätte. Ein Azoth ist mehrere tausend Karten wert, und wenn Ihr einen verschenkt habt, mußte mehr an Euch dran sein, als man auf den ersten Blick sehen konnte. Und Ihr habt ihn mir zugesteckt, als Ihr mich in Bloods Gegenwart untersucht habt. Ich wollte nicht glauben, daß der Mann, der zu sein Ihr vorgegeben habt, so etwas gewagt hätte.«

Crane kicherte wieder. »Ihr seid so scharfsinnig, daß ich allmählich an Eurer Unschuld zu zweifeln beginne. Ihr seid nicht zufällig im gleichen Gewerbe tätig wie ich?«

»Ihr verwechselt Unschuld mit Unwissenheit, obschon ich natürlich in vielerlei Hinsicht auch unwissend bin. Unschuld ist aber etwas, für das man sich entscheiden kann. Man entscheidet sich dafür aus dem gleichen Grund, aus dem man sich für etwas anderes entscheidet – weil es das beste zu sein scheint.«

»Darüber muß ich nachdenken. Wie auch immer, Ihr irrt Euch, wenn Ihr glaubt, ich hätte Hy den Azothen geschenkt. Ein paar Tage vorher hatte jemand meinen Raum durchsucht. Der Azoth ist nicht gefunden worden, aber ich habe Hy gebeten, ihn für mich aufzubewahren, weil ich ganz sicher gehen wollte.«

»Als Ihr ihn mir in den Hosenbund geschoben habt …«

»Da sagte ich, dort oben sei eine Göttin, die Euch begünstigt, natürlich. Sie hat ihn mir gebracht und gesagt, wir müßten uns einen Weg überlegen, ihn Euch zuzustecken, weil sie glaubte, Blood würde Euch von

Musk töten lassen. Als sie zu mir kam, dachte sie, ich wäre noch dabei, Euch zusammenzuflicken, aber ich war schon mit Euch fertig und hatte Euch bereits zu Blood geschickt. Musk kam, um mich zu holen, während wir noch darüber sprachen, also konnte ich Hy nur noch zublinzeln und den Azothen mitnehmen, weil ich hoffte, ich würde eine Gelegenheit finden, ihn Euch zuzustecken.«

»Sie ist gekommen und hat Euch gebeten, es zu tun?«

»Richtig«, erwiderte Crane. »Und wenn Ihr Euch darüber freut, dann kann ich Euch keinen Vorwurf machen. Als ich in Eurem Alter war, wäre ich bei so einer Gelegenheit ganz närrisch geworden.«

»Ich bin ganz närrisch. Ich will es nicht verleugnen.« Silk kaute an der Unterlippe. »Wollt Ihr mir einen Gefallen, einen wirklich großen Gefallen tun und mich den Azothen noch einmal ein paar Minuten lang ansehen lassen? Ich will Euch nicht damit weh tun und nicht einmal die Klinge ausfahren lassen. Wenn Ihr wollt, daß ich ihn sofort wieder zurückgebe, werde ich ihn Euch unverzüglich aushändigen. Ich will ihn nur noch einmal ansehen und ihn in der Hand halten.«

Crane zog den Azothen aus seinem Hosenbund und gab Silk die Waffe.

»Danke. Als ich ihn hatte, habe ich mich gefragt, warum keine Hyazinthen darauf zu sehen waren. Jetzt verstehe ich es. Dieser Dämon hier, ist das ein Blutstein?«

»Richtig. Eigentlich sollte der Azoth ein Geschenk für Blood sein. Unsere Rani hat mir eine hübsche Stange Geld mitgegeben, falls es nötig werden könnte, Blood zu bestechen, und einer unserer Fürsten hat den Azothen als Dreingabe dazugelegt. Blood besitzt jedoch bereits mehrere dieser Waffen, aber das konnten wir damals nicht wissen.«

»Danke.« Silk drehte den Azothen herum. »Wenn

ich gewußt hätte, daß er Euch und nicht Hyacinth gehört, dann wäre ich nicht mit Mamelta zurückgekehrt, um in diesen höllischen Gängen nach ihm zu suchen. Wir wären nicht von Lemurs Soldaten überwältigt worden, und sie wäre nicht gestorben.«

»Man hätte Euch auch gefaßt, wenn Ihr nicht zurückgekehrt wärt«, widersprach Crane. »Aber Lemur hätte den Azothen nicht bekommen, und ohne diese Waffe hätte ich ihn nicht töten können. Ihr und ich, wir wären inzwischen tot. Eure Freundin höchstwahrscheinlich auch.«

»Das stimmt wohl.« Zum letzten Mal, wie er glaubte, preßte Silk die Lippen auf den glänzenden silbernen Griff. »Soweit ich es sagen kann, hat mir diese Waffe nur Unglück gebracht; aber wenn ich sie nicht gehabt hätte, dann hätte mich der Talus umgebracht.« Widerstrebend reichte er sie Crane zurück.

In dieser Nacht lag Silk in seinem Bett in der Herberge und flüsterte mit der fremden Zimmerdecke. Er konnte die Erinnerungen an die unterirdischen Gänge nicht abschütteln, an die düsteren, unübersichtlichen Tunnel, die anscheinend überall unter der Erde verliefen. Ob die hohe Kammer, in der die Schläfer in ihren zerbrechlichen Röhren warteten, jetzt direkt unter ihm lag? Das war durchaus möglich, denn jener Raum war nicht weit von dem durch Asche fast versperrten Gang entfernt gewesen, und die Asche war vom Manteion hier in Limna hinuntergefallen. Zweifellos gab es auch unter seinem alten Manteion in der Sun Street einen solchen Tunnel. Hammerstone hatte ja eine entsprechende Bemerkung gemacht.

Wie schrecklich beengend ihm die Gänge vorgekommen waren, beinahe wie ein lebendiges Wesen, das nur auf die richtige Gelegenheit wartete, sich um ihn zusammenzuziehen und ihn zu erdrücken! Das Ayuntamiento hatte sie nicht gebaut – es konnte sie nicht gebaut haben. Die Tunnel waren viel älter, und die Arbeiter, die Fundamente für neue Gebäude aushoben, stießen manchmal auf sie. Natürlich waren sie so klug, die Löcher in den Tunnelwänden, die sie zufällig aufgebrochen hatten, sorgfältig wieder zu verschließen.

Aber wer hatte diese Gänge angelegt, und was war ihr Zweck gewesen? Maytera Marble konnte sich noch an die Kurze Sonne erinnern. Ob sie sich auch an die Tunnel erinnern konnte? Daran, daß sie einst gegraben worden waren? Und ob sie wußte, zu welchem Zweck die Gänge einst gedient hatten?

Das Zimmer, das eigentlich kühl hätte sein müssen, war überhitzt – heißer noch als sein Schlafzimmer im Pfarrhaus, in dem es ihm immer zu warm war und wo er sich immer wie im Backofen fühlte, obwohl die beiden Fenster, das zur Silver Street und das zum Garten, stets weit offen standen, so daß die weißen Vorhänge in dem heißen Wind flatterten, der keine Kühlung brachte. Doktor Crane stand mit Maytera Marble draußen und warf Schiffssteinbröckchen durch das Fenster, um ihm zu verstehen zu geben, daß er zurückkehren und Hyacinths silbernen Azothen holen mußte.

Wie Rauch erhob Silk sich und glitt zum Fenster. Der tote Flieger schwebte dort, dessen letzter Atemzug in Blasen aus Nase und Mund sprudelte. Irgendwann tat jeder Mensch seinen letzten Atemzug, ohne aber zu wissen, daß es der letzte sein sollte. Ob es das war, was der Flieger ihm hatte sagen wollen?

Die Tür sprang auf. Es war Lemur. Hinter ihm wartete das riesige schwarze, rote und goldene Gesicht des Fischs, der die Frau aus der Glasröhre verschlungen hatte. Jetzt schlief auch Silk selbst in einer Röhre neben Chenille, die in Wirklichkeit Kypris war, die in Wirklichkeit Hyacinth war, die in Wirklichkeit Mamelta war, wobei sie Hyacinths pechschwarzes Haar behielt. Der Fisch kam und wollte sie verschlingen, schnapp, schnapp, schnapp, machten die gewaltigen Kiefer …

Silk setzte sich auf. Das Zimmer war groß, und es war dunkel und still. In der warmen, feuchten Luft hing noch der Nachhall des Geräusches, das ihn geweckt hatte. Crane regte sich im zweiten Bett.

Da war es wieder. Ein leises Pochen oder Klopfen, ähnlich schnell wie das Ticken der kleinen Uhr im Pfarrhaus.

»Die Zivilgarde.« Silk konnte nicht sagen, woher er es wußte.

Crane murmelte: »Wahrscheinlich nur ein Zimmermädchen, das die Bettwäsche wechseln will.«

»Es ist noch dunkel. Mitten in der Nacht kommen keine Zimmermädchen.« Silk drehte sich und setzte die Füße auf den Boden.

Es klopfte wieder.

Mitten auf der Dock Street stand ein Gardist in voller Rüstung mit seiner Muskete. Im Himmelslicht, das durch Wolken gedämpft wurde, war er kaum zu sehen. Er winkte, als er Silk im Fenster bemerkte. Dann nahm er Haltung an und salutierte.

»Es ist die Zivilgarde«, sagte Silk. Er mußte sich sehr anstrengen, um seine Stimme beiläufig klingen zu lassen. »Ich fürchte, sie haben uns erwischt.«

Crane setzte sich auf. »So klopfen keine Gardisten.«

»Draußen steht aber einer, der unser Fenster beobachtet.« Silk schob den Riegel zurück und zog die Tür weit auf. Ein uniformierter Captain der Zivilgarde salutierte. Die Hacken der polierten Stiefel knallten laut zusammen. Silk dachte unwillkürlich an die zuschnappenden Kiefer des riesigen Fisches. Hinter dem Captain salutierte ein zweiter Gardist wie sein Vorgesetzter, indem er die flache Hand über den Lauf der Muskete legte.

»Mögen alle Götter Euch gewogen sein«, sagte Silk,

da ihm nichts Besseres einfiel. Er machte Platz. »Wollt Ihr nicht hereinkommen?«

»Danke, mein Caldé.«

Silk blinzelte.

Sie traten über die Schwelle, der Captain von nachlässiger Eleganz in maßgeschneiderter Uniform, der Soldat in makellos geputzter grüner Rüstung.

Crane gähnte. »Dann seid Ihr nicht gekommen, um uns zu verhaften?«

»Aber nein, nein!« sagte der Captain. »Ganz und gar nicht. Ich bin gekommen, um Euch zu warnen, und besonders um unseren Caldé zu warnen, daß andere kommen könnten, die ihn festnehmen wollen. In diesem Augenblick sucht man bereits nach ihm. Darf ich annehmen, daß Ihr Doktor Crane seid, Sir? Für Euch beide sind Haftbefehle ausgestellt worden. Ihr braucht dringend Schutz, und deshalb bin ich gekommen. Es tut mir leid, daß ich Euch im Schlaf stören mußte, aber ich bin froh, Euch gefunden zu haben, bevor Euch die anderen gefunden haben.«

Silk sagte langsam: »Ich glaube, dies alles geschieht nur, weil Ratsherr Lemur eine unbedachte Bemerkung gemacht hat.«

»Davon ist mir nichts bekannt, mein Caldé.«

»Irgendeine Gottheit hat ihm zugehört – ich glaube sogar zu wissen, welche es war. Wie spät ist es, Captain?«

»Drei Uhr fünfundvierzig, mein Caldé.«

»Also noch zu früh, um in die Stadt zurückzukehren. Setzt Euch. Nein, holt zuerst den Gardisten herein, der unten auf der Straße steht und unser Fenster beobachtet. Dann sollt Ihr drei Euch hier setzen und uns erzählen, was in Viron geschehen ist.«

»Es wäre besser, ihn zu lassen, wo er ist, mein Caldé. Die anderen könnten auf diese Weise glauben, daß ich gerade dabei bin, Euch zu verhaften.«

»Und jetzt habt Ihr die Verhaftung vorgenommen.«

Silk nahm seine Hose und setzte sich aufs Bett, um sie anzuziehen. »Doktor Crane und ich wurden überwältigt und entwaffnet, und jetzt wird der Mann draußen nicht mehr gebraucht. Holt ihn herein.«

Der Captain winkte dem Soldaten, der sofort ans Fenster trat und seinem Kameraden winkte. Der Captain nahm sich unterdessen einen Stuhl.

Silk schlug Cranes Verband gegen einen Bettpfosten. »Ihr habt mich als Caldé angeredet. Warum habt Ihr das getan?«

»Inzwischen weiß jedes Kind, mein Caldé, daß es einen Caldé geben muß. Die Charta, die von unserer Schutzpatronin und dem Herrscher Pas selbst aufgesetzt worden ist, sagt dies unmißverständlich aus – und trotzdem gibt es seit zwanzig Jahren keinen Caldé mehr.«

Crane sagte: »Aber bisher ist doch alles ganz ordentlich verlaufen, nicht wahr? Viron ist eine friedliche Stadt.«

Der Captain schüttelte den Kopf. »Nein, leider nicht, Doktor.« Er blickte zu seinem Soldaten, dann zuckte er die Achseln. »In der letzten Nacht sind neue Aufstände ausgebrochen, und Häuser und Geschäfte wurden angezündet. Eine ganze Brigade hat kaum ausgereicht, um das Palatinum zu verteidigen. Unglaublich! Es wird jedes Jahr ein bißchen schlimmer. Die Hitze sorgt dafür, daß es noch schlimmer wird, und dann die hohen Preise auf dem Markt …« Er zuckte wieder die Achseln. »Wenn das Ayuntamiento mich nach meiner Meinung fragen würde, dann hätte ich dazu geraten, Vorräte einzukaufen – Mais und Bohnen, das Essen der Armen – und unter Einkaufspreis wieder abzustoßen. Aber sie haben mich nicht gefragt, und ich werde meine Meinung mit ihrem Blut niederschreiben.«

Plötzlich mischte sich der Gardist ein. »Eine Göttin hat zu uns gesprochen, Caldé.«

Der Captain zwirbelte seinen schmalen Schnurrbart. »Genau, mein Caldé. Wir wurden gestern in Eurem Manteion, wo jetzt wieder die Götter sprechen, auf eine ganz besondere Weise ausgezeichnet.«

Silk wickelte sich den Verband um den Knöchel. »Hat es denn einer von Euch verstanden?«

»Wir haben es alle verstanden, mein Caldé. Nicht auf die gleiche Weise, wie ich Euch verstehe, und nicht auf die Weise, wie Ihr selbst es zweifellos verstanden hättet. Aber die Göttin hat uns unmißverständlich erklärt, daß das, was man uns zu tun aufgetragen hatte, eine Gotteslästerung sei und daß Ihr ein heiliger Mann seid. Dank der Gunst der Göttin ist Euer Akoluth zurückgekehrt, noch während sie sprach. Er kann ihre Botschaft mit ihren eigenen Worten wiederholen. Der Kern war jedenfalls der, daß die unsterblichen Götter mit unserer unsterblichen Stadt unzufrieden sind, daß sie beschlossen haben, Euch zum Caldé zu machen, und daß jeder sterben muß, der sich ihnen in den Weg stellt. Meine eigenen Männer …«

Wie auf Stichwort klopfte es an der Tür. Der Gardist öffnete und ließ seinen Kameraden ein.

»Diese Männer hier«, fuhr der Captain fort, »waren bereit, mich zu töten, falls ich darauf bestanden hätte, unsere ursprünglichen Anweisungen auszuführen, mein Caldé. Aber seid versichert, daß ich ohnehin nicht die Absicht hatte, es zu tun.«

Silk hörte ihm schweigend zu. Als der Captain fertig war, zog Silk seine rote Tunika an.

Der Gardist, der gerade hereingekommen war, warf einen Blick zu seinem Captain. Dieser nickte, und der Gardist sagte: »Jedermann kann sehen, daß etwas nicht im Lot ist. Pas hält den Regen zurück, und es ist unnatürlich heiß. Eine Ernte nach der anderen fällt aus. Mein Vater hatte früher einen schönen großen Teich, den wir trockenpumpen mußten, um das Korn zu bewässern. Jetzt ist es den ganzen Sommer über trocken geblieben, und er war noch froh, daß er überhaupt zehn Doppelzentner ernten konnte.«

Der Captain legte den Kopf schief und sah seinen Gardisten an, der mit einem Tonfall gesprochen hatte, als hätte er sagen wollen: *Da seht Ihr, mit welchen Schwierigkeiten unsereins zu kämpfen hat.* »Man überlegt mittlerweile, ob man nicht Kanäle vom See her graben soll, mein Caldé, aber das würde Jahre dauern. Der Himmel hat sich vor uns verschlossen, und in keinem Manteion der ganzen Stadt, außer in Eurem, sprechen die Götter. Schon lange bevor die Göttin gesprochen hat, war es klar, daß die Götter unzufrieden mit uns sind. Viele Menschen glauben, der Grund dafür sei offensichtlich. Ist Euch bewußt, mein Caldé, daß die Menschen in der ganzen Stadt die Worte ›Silk muß Caldé werden‹ an die Wände geschrieben haben?«

Silk nickte.

»Heute nacht wollen ich und meine Männer noch etwas dazuschreiben. Wir werden schreiben: ›Silk *ist* Caldé‹.«

Crane kicherte trocken. »Das läuft allerdings beides auf das gleiche hinaus, nicht wahr, Captain? Übersetzt heißt das: Silk wird getötet, sobald man ihn erwischt.«

»Wir wollen dankbar sein, daß es noch nicht geschehen ist, Doktor.«

»Ich bin mit Sicherheit dankbar dafür, das kann ich Euch sagen.« Crane warf seine schweißnasse Bettdecke zurück. »Aber mit Dankbarkeit allein bekommen wir den Caldé nicht in den Juzgado. Wißt Ihr einen Ort, wo wir ihn verstecken können, bis diese Frage geklärt ist?«

»Ich werde mich nicht verstecken«, erklärte Silk. »Ich kehre in mein Manteion zurück.«

Crane zog die Augenbrauen hoch, und der Captain starrte ihn an.

»Zuerst einmal will ich mich mit den Göttern beraten. Zweitens muß ich allen Menschen sagen, daß wir das Ayuntamiento nur mit friedlichen Mitteln überwältigen dürfen, wenn das möglich ist.«

Der Captain stand auf. »Aber Ihr seid doch der Meinung, daß es abgesetzt werden muß, mein Caldé? Friedlich, wenn es friedlich möglich ist, und gewaltsam, wenn Gewalt nötig ist?«

Silk zögerte.

»Vergeßt nicht Iolar«, murmelte Crane.

»Also gut«, sagte Silk schließlich. »Neue Ratsherren müssen die ersetzen, die derzeit das Ayuntamiento bilden. Aber wenn möglich, muß dies ohne Blutvergießen geschehen. Ihr drei habt mir zu verstehen gegeben, daß Ihr bereit seid, für mich zu kämpfen. Seid Ihr auch bereit, mich zu meinem Manteion zu begleiten? Wenn jemand kommt, um mich zu verhaften, könnt Ihr erklären, daß ich bereits in Eurer Obhut bin, genau wie Ihr es hier getan hättet. Ihr könnt sagen, daß ich nur in mein Manteion zurückkehre, um meine Habseligkeiten zu holen. Eine solche höfliche Geste einem Auguren gegenüber wäre doch sicher im Rahmen des Möglichen, oder?«

»Es könnte sehr gefährlich werden, mein Caldé«, sagte der Captain grimmig.

»Alles, was wir tun, kann gefährlich werden, Captain. Was ist mit Euch, Doktor?«

»Ich rasiere mir den Bart ab, und Ihr kehrt in das Viertel zurück, wo Euch jeder kennt.«

»Ihr könnt Euch ja einen neuen wachsen lassen.«

»Dann habe ich also nichts einzuwenden«, sagte Crane grinsend. »Nein, Ihr könnt mich nicht loswerden, Caldé. Ich werde mich an Eure Fersen heften.«

»Ich hatte gehofft, daß Ihr so etwas sagen würdet. – Captain, habt Ihr die ganze Nacht nach mir gesucht? So kam es mir vor.«

»Dank sei der Göttin, die uns ihre Gnade schenkte, mein Caldé. Zuerst hat sie uns in der Stadt ihre Gunst geschenkt und dann noch einmal hier. Euer Akoluth ließ uns wissen, daß Ihr hier seid.«

»Dann solltet Ihr drei etwas essen, bevor wir aufbrechen, und Doktor Crane und ich sollten auch etwas zu uns nehmen. Könntet Ihr einen Eurer Gardisten nach unten schicken und den Wirt wecken lassen? Sagt ihm, wir werden für alles bezahlen, aber wir müssen essen und so bald wie möglich aufbrechen.«

Ein Blick vom Captain, und der Gardist eilte hinaus.

Crane fragte: »Habt Ihr einen Schweber?«

Der Captain machte ein langes Gesicht. »Nein, nur Pferde. Man muß mindestens Colonel sein, um einen Schweber zu bekommen. Mein Caldé, es könnte aber möglich sein, Euch hier einen Schweber zu beschaffen. Ich will es versuchen.«

Silk sagte: »Macht Euch nicht lächerlich. Einen Schweber für einen Gefangenen! Ich werde mit gefesselten Händen vor Eurem Pferd marschieren. Ist das nicht das übliche Verfahren?«

Der Captain nickte widerstrebend. »Das schon, aber ...«

Crane stotterte: »Er humpelt! Das müßt Ihr doch bemerkt haben. Sein Fußgelenk ist gebrochen. Er kann unmöglich von hier bis nach Viron laufen.«

»Es gibt hier eine Wachstube, mein Caldé. Vielleicht kann ich dort ein zusätzliches Pferd bekommen.«

Silk, der sich an seinen Ritt mit Auk zu Bloods Villa erinnerte, sagte: »Esel. Nehmt Esel. Es muß doch möglich sein, einen Esel zu mieten. Ich kann Horn oder einen anderen Jungen beauftragen, ihn zurückzubringen. Ein Augur und ein Mann in Doktor Cranes Alter dürfen wohl auf einem Esel reiten, nehme ich an.«

Das erste graue Licht der Aufblendung drang schon in die Straßen von Limna ein, als sie endlich bereit waren und aufbrechen konnten. Silk murmelte noch das

Morgengebet an den Hohen Hierax, als er auf den jungen weißen Esel stieg, dessen Zügel ein Gardist für ihn hielt. Dann legte er die Hände hinter den Rücken, damit der zweite ihn fesseln konnte.

»Ich ziehe das Seil nicht fest an, Caldé«, sagte der Gardist entschuldigend. »So locker, daß es nicht weh tut und daß Ihr es jederzeit abstreifen könnt, wenn Ihr wollt.«

Silk nickte, ohne das Gebet zu unterbrechen. Es kam ihm komisch vor, in einer roten Tunika zu beten. Allerdings hatte er früher gelegentlich in farbigen Kleidern gebetet, bevor er zur Schola gekommen war. Im Pfarrhaus würde er sich umziehen, nahm er sich vor. Er würde eine saubere Tunika und die beste Robe anziehen. Er war kein guter Redner (so schätzte er sich jedenfalls selbst ein), und die Leute würden sich über ihn lustig machen, wenn er nicht gekleidet war wie ein Augur.

Natürlich mußte er viele Leute zusammentrommeln. Mindestens die drei Sibyllen – und, ja, natürlich, die Schüler aus der Palaestra. Wenn er sprach … wo sollte er überhaupt sprechen? Im Manteion oder draußen? Wenn er sprach, dann …

Der Captain stieg auf sein tänzelndes Offizierspferd. »Wenn Ihr bereit seid, mein Caldé?«

Silk nickte. »Mir ist gerade eingefallen, daß Ihr diese angebliche Verhaftung leicht in eine wirkliche verwandeln könntet, Captain. Wenn Ihr das tut, dann sollt Ihr nichts zu befürchten haben. Weder von mir noch von den Göttern, wie ich glaube.«

»Hierax soll meine Knochen bekommen, wenn ich an so einen Verrat auch nur denke, mein Caldé. Ihr könnt die Zügel selbst nehmen, wann immer Ihr wollt.«

Silks Esel setzte sich in Bewegung, ohne daß Silk ihm einen Tritt gegeben hätte. Nach kurzem Nachdenken kam er darauf, daß der Gardist, der ihm die

Hände gefesselt hatte, das Tier wahrscheinlich von hinten getreten hatte.

Crane betrachtete die schwarzen Wolken, die vom See herantrieben. »Es wird ein düsterer Tag werden.« Er trieb seinen Esel an, bis er neben Silk ritt. »Der erste Regen seit langer Zeit. Wenigstens werden wir auf diesen Biestern nicht in der Sonne schmoren.«

Silk fragte ihn, wie lange der Ritt dauern würde.

»Mit den Eseln? Mindestens vier Stunden. Esel laufen nie schneller als im Schritt.«

»Ich habe als kleiner Junge mal einen über eine Wiese rennen sehen«, erwiderte Silk. »Aber der hatte natürlich keinen Reiter auf dem Rücken.«

»Kaum hat mir dieser Bursche die Hände gefesselt, schon juckt meine Nase.«

Sie trotteten über die Shore Street und kamen am Juzgado vorbei, wo die hilfsbereite Frau, die Oreb bewundert hatte, Silk von Scyllas Schrein und dem Pilgrim's Way erzählt hatte. Dann sahen sie Advokat Vulpes' buntes Schild mit dem roten Fuchs. Wenn Vulpes Silk jetzt sah und ihn in seinen neuen Kleidern erkannte, würde er sich bestimmt fragen, warum Silk dem Captain nicht die Visitenkarte gegeben hatte. Vulpes würde sicher einwenden, daß Verbrecher, die in Limna verhaftet wurden, nicht in die Stadt zurückgeführt werden dürften, wo er ihnen nicht zu Diensten sein konnte.

Silk hatte Vulpes' Karte zusammen mit vielen anderen Dingen verloren, als man ihn durchsucht hatte – zum Beispiel, fiel ihm gerade ein, waren auch seine Schlüssel für das Manteion fort. Wahrscheinlich hatte Lemur, der Hyacinths Nadler, den Azothen, das Gammadion und die Gebetskette vom Ratsherrn Potto bekommen hatte, auch Vulpes' Karte gesehen und angenommen, Silk werde sie vor dem Gericht, vor das er kommen würde, ohnehin nicht brauchen können …

Silk blickte auf. Limna verschwand gerade hinter

ihnen. Die Straße wand sich zwischen niedrigen, sandigen Hügel entlang, die früher einmal, als der See viel größer gewesen war, Inseln und Untiefen im See selbst gewesen sein mußten. Silk drehte sich im Sattel um und wollte ein letztes Mal zum Dorf zurückblicken, doch hinter dem Captain und den beiden Gardisten auf ihren Pferden war nur noch das stahlblaue Wasser des Sees zu sehen.

»Ungefähr um diese Tageszeit muß Chenille als Kind hierhergekommen sein«, sagte er zu Crane. »Sie hat bei der Aufblendung das Wasser gesehen. Hat sie Euch auch davon erzählt?«

»Es muß sogar eine noch frühere Stunde gewesen sein.«

Ein Regentropfen zeichnete einen dunklen Fleck auf den weißen Hals des Esels. Ein zweiter fiel in Silks ungekämmtes Haar: feucht, aber erstaunlich warm.

»Nur gut, daß das nicht früher gekommen ist«, meinte Crane. »Nicht, daß ich es jetzt besonders angenehm fände.«

Silk hörte das Knallen der Schüsse einen Augenblick, nachdem er gesehen hatte, wie Crane sich versteifte. Der Captain, der hinter ihm ritt, rief: »Runter!« Er rief noch etwas, aber die Worte gingen im Knallen der Muskete eines Gardisten unter.

Das Seil, mit dem Silks Handgelenke gefesselt waren, schien sich von selbst festzuziehen, sobald er versuchte, die Hände aus der Schlinge zu befreien.

»Caldé! Runter vom Esel!«

Er ließ sich aus dem Sattel fallen und landete auf der staubigen Straße. Wie durch ein Wunder hatte er plötzlich eine Hand frei. Auf das Röhren eines Schwebers folgte ein gedehntes trockenes Klappern, als würde ein Riesenkind einen Stock über die Gitterstäbe eines Käfigs rattern lassen.

Silk rappelte sich auf. Auch Cranes Hände waren jetzt frei. Er legte Silk die Arme um den Hals, als der ihm vom Esel herunter half. Wieder knallten Schüsse. Das Pferd des Captains schrie – ein gräßliches Geräusch –, bäumte sich auf und brach neben ihnen zusammen. Reiter und Pferd stürzten in den Graben.

»Meine linke Lunge«, murmelte Crane. Schaumiges Blut quoll ihm aus dem Mund.

»In Ordnung.« Silk schob Cranes Tunika hoch und riß sie mit einer einzigen Bewegung entzwei.

»Azoth.«

Das Knallen der Musketen wurde vom lauteren Knallen des Donners beantwortet, als wären die Götter am Schießen und Sterben beteiligt. Tropfen, so groß wie Taubeneier, platschten in den Staub.

»Ich werde Euch verbinden«, sagte Silk. »Ich glaube nicht, daß die Wunden tödlich sind. Ihr werdet wieder gesund werden.«

»Bringt nichts.« Crane hustete einen Schwall Blut. Dann: »Tut so, als wärt Ihr mein Vater.« Jetzt fiel der Regen, als wäre eine Welle über sie geschwappt.

»Ich *bin* Euer Vater, Doktor.« Silk drückte einen zusammengewickelten Fetzen in die heiße, pulsierende und tiefe Wunde. Dann riß er einen langen Streifen von Cranes Tunika ab, um das Polster zu fixieren.

»Caldé. Nehmt den Azothen.« Crane drückte ihm die Waffe in die Hand.

»In Ordnung.«

Über Crane gebeugt, den nutzlosen Stoffstreifen in den Händen haltend, sah Silk zu, wie der Mann starb. Ein letzter Schauder durchlief den Arzt, dann verdrehte er die Augen, der Körper versteifte und entspannte sich. Silk wußte, daß in diesem Augenblick das Leben aus ihm gewichen war und daß der große, unsichtbare Geier, als der Hierax in solchen Augenblicken erschien, im peitschenden Regen herabgestoßen war, um Cranes Geist zu erfassen und aus Cranes Körper zu reißen – und daß er, Silk, während er im Schlamm kniete, mit einem unsichtbaren Gott in inniger Berührung war. Während er zusah, hörte das Blut auf, aus Cranes tiefer Wunde zu sprudeln, und nach ein oder zwei Sekunden hatte der Regen die Haut weiß gewaschen.

Silk steckte sich Cranes Azothen in den Hosenbund und nahm die Gebetskette heraus. »Ich überbringe dir die Vergebung aller Götter. Erinnere dich nun an die Worte des Pas, der sagte: ›Tue, wie ich dir geheißen, und lebe in Frieden, vermehre dich und brich nicht mein Siegel. So sollst du meinem Zorn entgehen.‹«

Aber Pas' Siegel war schon viele Male verletzt worden. Er selbst hatte sogar die Überreste eines zerstörten Siegels vom Boden aufgekratzt. Embryos, die jetzt nur noch faulende Fleischbrocken waren, hatten auf dem Boden verstreut gelegen. War Pas' Siegel wichtiger als die Dinge, die es beschützen sollte? (Es donnerte.) Pas' Zorn war auf den Whorl losgelassen worden.

»›Fahre nun dahin (wohin eigentlich?), und alle Sünden, die du je begangen hast, sollen dir vergeben sein.‹«

Der Schweber kam näher, das Röhren der Gebläse war trotz des Unwetters deutlich zu hören.

»O Doktor Crane, mein Sohn, wisse, daß Pas und alle anderen Götter mich ermächtigt haben, dir in ihrem Namen zu vergeben. Und ich vergebe dir und nehme jedes Verbrechen und jede Missetat von dir. Sie seien getilgt.« Im herabströmenden Wasser machte Silk mit der Kette das Zeichen der Subtraktion. »Du sollst gesegnet sein.«

Wieder waren Rufe zu hören. Wahrscheinlich waren der Captain und seine beiden Gardisten tot. Ob die Gardisten erlaubten, daß er den toten Kämpfern die Vergebung des Pas übermittelte, bevor er fortgebracht wurde?

»Ich bitte dich, uns, den Lebenden, zu vergeben.« Silk sprach so rasch er konnte und ließ die Worte mit einer Geschwindigkeit heraussprudeln, die seine Lehrer auf der Schola schärfstens mißbilligt hätten. »Ich und viele andere haben dir großes Unrecht angetan, mein Sohn. Wir haben schreckliche Verbrechen und zahlreiche Vergehen gegen dich begangen. Begrabe sie nicht in deinem Herzen, sondern beginne in Unschuld das Leben, das auf dieses Leben folgt, und alle Sünden sollen vergeben sein.«

Eine Muskete knallte dreimal rasch hintereinander. Es klang sehr nahe. Das Maschinengewehr ratterte wieder, und eine Handbreit von Cranes Kopf entfernt spritzte Dreck hoch.

Jetzt kam der entscheidende Punkt: »Im Namen aller Götter sei dir für immer vergeben, Doktor Crane. Ich spreche hier für den Großen Pas ...« Er nannte die neun Götter bei ihren Heiligen Namen. Und plötzlich bekam Silk das Gefühl, daß keiner von ihnen wirklich wichtig war, nicht einmal Hierax, obwohl Hierax in diesem Augenblick sicherlich zugegen war. »Und ich spreche für den Außenseiter und für alle Nebengötter.«

Er stand auf.

Hinter einem toten Pferd kauerte ein Mann, der völlig mit Schlamm bespritzt war. »Lauft, mein Caldé! Rettet Euer Leben!« Dann drehte er sich wieder um und schoß auf den Schweber der Garde, der sich ihnen näherte.

Silk hob die Hände. Das Seil, das ihn nicht mehr fesselte, baumelte noch an einem Handgelenk. »Ich ergebe mich!« Der Azoth in seinem Hosenbund wog schwer wie ein Klumpen Blei. Er humpelte dem Schweber entgegen, so schnell er konnte, und rutschte und taumelte im Schlamm, während ihm der Regen ins Gesicht prasselte. »Ich bin der Caldé Silk!« Ein Blitz zuckte über den Himmel, und einen Augenblick lang kam ihm der heranfliegende Schweber vor wie ein Talus mit Stoßzähnen und starren, aufgemalten

Augen. »Wenn Ihr unbedingt jemanden erschießen müßt, dann erschießt mich.«

Der schlammbespritzte Mann ließ die Muskete fallen und hob ebenfalls die Hände.

Der Schweber hielt an, und die Luft, die aus seinen Gebläsen kam, ließ einen zweiten Schauer aus Regen und schlammigem Wasser entstehen.

»Man hat aus dem Hinterhalt auf uns geschossen, mein Caldé.« Die schlammbespritzte Gestalt sprach seltsamerweise mit der Stimme des Captains. »Wir sterben für Euch und für Viron.«

Unter dem Geschützturm wurde eine Luke geöffnet, und ein Offizier, dessen Uniform sofort vom Regen durchnäßt wurde, sprang heraus.

»Ich weiß«, sagte Silk. »Das werde ich Euch nie vergessen.« Er versuchte, sich an den Namen des Captains zu erinnern, aber falls er ihn je gehört hatte, war er unwiederbringlich verloren, genau wie der Name des Gardisten mit dem schmalen, ernsten Gesicht, der vom ausgetrockneten Teich seines Vaters erzählt hatte.

Der Offizier kam ihnen mit großen Schritten entgegen, blieb stehen und präsentierte seinen Säbel. Er knallte die Hacken zusammen und nahm Haltung an, dann salutierte er mit der Waffe, als wäre er auf dem Exerzierplatz, und hielt sie quer vor das Gesicht. »Caldé! Hierax und all den anderen Göttern sei Dank, daß wir Euch retten konnten!«

Götter, Personen und Tiere, die im Text erwähnt werden

Anmerkung: In Viron werden biochemische Männer nach Tieren oder Tierprodukten benannt: Auk, Blood, Crane, Musk und Silk sind Beispiele dafür. Biochemische Frauen werden nach Pflanzen (hauptsächlich Blumen) oder pflanzlichen Produkten benannt: Chenille, Mint, Orchid, Rose. Chemische Personen, männliche wie weibliche, werden nach Metallen oder Mineralien benannt: Hammerstone, Marble, Sand, Schist.

Aquila: ein junger Adler, der von Musk ausgebildet wird.

Arolla: eine Frau, die Orchids Haus verlassen hat.

Auk: ein Einbrecher, mit Silk befreundet und Mint ergeben; ein großer und starker Mann mit kantigem Kinn und abstehenden Ohren. Chenille nennt ihn ›Hackum‹.

Der **Außenseiter:** der Nebengott, der Silk erleuchtet hat.

Bass: der Aufpasser, der in Orchids Haus für Ordnung sorgt.

Bellflower: eine Frau in Orchids Haus.

Maytera **Betel:** einst Sibylle im Manteion an der Sun Street, verstorben.

Bittersweet: eine Angehörige von Incus' Schwarzmechanikerzirkel.

Blood: ein Verbrecherkönig, de facto der Besitzer von Silks Manteion und Orchids Freudenhaus. Groß und schwer gebaut, schütteres Haar, rotes Gesicht, ungefähr fünfundfünfzig Jahre alt.

Chenille: eine Frau in Orchids Haus. Sie ist wahrscheinlich neunzehn Jahre alt, groß und athletisch gebaut und hat ihre Haare mit dem grellen Rot gefärbt, das der Blume entspricht, die ihr den Namen gab. Auk nennt sie ›Jugs‹.

Chervil: eine junge Frau aus der Mittelschicht, die in Viron lebt. Sie ist Coypus Ehefrau.

Chiquito: ein Papagei, der früher einmal Mameltas Eltern gehört hat.

Coypu: ein junger Mann aus der Mittelschicht, der in Viron lebt. Er ist Chervils Ehemann.

Doktor **Crane:** Bloods Leibarzt; ein kleiner, nervöser Mann mit eisgrauem Bart.

Dreoilin: Iolars Lieblingstochter.

Echidna: eine Hauptgöttin; die Gefährtin des Pas, Mutter der Götter und wichtigste Fruchtbarkeitsgöttin. Sie wird besonders mit Schlangen, Mäusen und Kriechtieren in Verbindung gebracht.

Feather: ein kleiner Junge in Silks Palaestra.

Fulmar: ein Mitglied in Incus' Schwarzmechanikerzirkel.

Ratsherr **Galago:** ein Mitglied des Ayuntamiento, Experte für Diplomatie und Außenpolitik.

Gib: der große Mann, der im Lokal ›Cock‹ für Ordnung sorgt. Ein Freund von Auk.

Die **Grünen:** eine geringschätzige Bezeichnung für die Zivilgarde.

Patera **Gulo:** ein junger Augur.

Corporal **Hammerstone:** ein Soldat in Virons Armee.

Hare: Musks Assistent.

Hierax: ein Hauptgott, der Gott des Todes und der Schutzherr des vierten Wochentages. Wird besonders mit aasfressenden Vögeln, Schakalen und (wie Tartaros) mit schwarzen Tieren jeglicher Art in Verbindung gebracht.

Horn: der Anführer der älteren Jungen in Silks Palaestra.

Hyacinth: eine bildschöne Kurtisane, die Blood zur Verfügung steht.

Patera **Incus:** Remoras Protonotar; ein kleiner, verschlagener und geldgieriger Mann. Sein Hobby ist die Schwarzmechanik.

Iolar: ein Flieger.

Kalan: ein Dieb, der von Auk getötet wurde.

Kit: ein kleiner Junge, der Silks Palaestra besucht.

Kypris: eine Nebengöttin, die Göttin der Liebe. Wird vor allem mit Kaninchen und Tauben in Verbindung gebracht.

Ratsherr **Lemur:** der Vorsitzende Ratsherr des Ayuntamiento und damit praktisch der Herrscher Virons.

Ratsherr **Loris:** ein Mitglied des Ayuntamiento, in Lemurs Abwesenheit der Vorsitzende Ratsherr.

Mamelta: eine Schläferin, die von Mucor geweckt und von Silk befreit wird.

Maytera **Marble:** eine Sibylle in Silks Manteion, jünger als Rose, aber älter als Mint; sie ist mehr als dreihundert Jahre alt und inzwischen ziemlich abgenutzt.

Marrow: ein Gemüsehändler.

Maytera **Mint:** die jüngste Sibylle in Silks Manteion.

Molpe: eine Hauptgöttin; die Göttin der Musik, des Tanzes und der Künste, Herrin der Winde und aller leichten Dinge, Schutzpatronin des zweiten Wochentages. Sie wird besonders mit Singvögeln und Schmetterlingen in Verbindung gebracht.

Mucor: Bloods Adoptivtochter. Sie ist ungefähr fünfzehn Jahre alt und kann ihren Körper verlassen. Sie hat Ähnlichkeit mit einem Teufel.

Musk: Bloods Verwalter und Geliebter.

Nettle: Horns Freundin.

Olive: eine Schläferin.

Orchid: die Puffmutter im gelben Haus in der Lamp Street. Orpines Mutter.

Oreb: Silks Nachtdohle; ein großer schwarzer Vogel mit scharlachroten Beinen und einem karminroten Schnabel.

Orpine: Orchids Tochter, wird von Chenille erstochen.

Pas: der Vater der Götter und der Herrscher des Whorl, den er gebaut hat. Er ist der Gott der Sonne und des Regens, aller Mechanismen und vieler anderer Dinge, meist zweiköpfig dargestellt. Er wird vor allem mit Vieh und Raubvögeln in Verbindung gebracht.

Phaea: eine Hauptgöttin; die Göttin des Nährens und Heilens und die Schutzpatronin des sechsten Wochentages. Sie wird besonders mit Schweinen in Verbindung gebracht.

Patera **Pike:** ein Augur; Silks Vorgänger im Manteion an der Sun Street, verstorben.

Poppy: eine Frau in Orchids Haus; klein, dunkel und hübsch.

Ratsherr **Potto:** ein Mitglied des Ayuntamiento; Experte für innere Sicherheit und Spionage. Er hat ein rundes Gesicht und ein täuschend fröhliches Äußeres.

Patera **Quetzal:** der Prolokutor Virons und damit der oberste Herr des Kapitels. Er wird mit ›Euer Kogniszenz‹ angeredet.

Patera **Remora:** Quetzals Koadjutor. Groß gewachsen und dünn, schmales, kränkliches Gesicht und glattes, schwarzes Haar. Wird als ›Euer Eminenz‹ angesprochen.

Maytera **Rose:** die älteste Sibylle in Silks Manteion. Im Grunde nur noch eine Ansammlung prothetischer Ersatzteile. Fast vierhundert Jahre alt.

Sergeant **Sand:** ein Soldat in Virons Armee.

Gemeiner **Schist:** ein Soldat in Virons Armee.

Scleroderma: die Frau des Fleischers. Sie verkauft Fleischabfälle als Tierfutter und wird manchmal ›die Katzenfutterfrau‹ genannt. Klein und sehr dick.

Scylla: eine Hauptgöttin; die Herrin der Seen und Flüsse, Schutzpatronin des ersten Wochentages und die Schutzgöttin von Silks Heimatstadt Viron; wird vor allem mit Pferden, Kamelen und Fischen in Verbindung gebracht; wird mit acht, zehn oder zwölf Armen dargestellt.

Patera **Silk:** Augur des alten Manteions in der Sun Street. Er ist dreiundzwanzig Jahre alt, groß und schlank und hat störrisches hellblondes Haar.

Commissioner **Simuliid:** ein wichtiger Beamter in Virons Regierung; groß und sehr dick, breiter schwarzer Schnurrbart.

Sphigx: eine Hauptgöttin; die Göttin des Krieges und des Mutes, Schutzpatronin des siebten Wochentages; wird vor allem mit Löwen und anderen Katzen in Verbindung gebracht.

Ratsherr **Tarsier:** Mitglied des Ayuntamiento; Experte für Architektur und Ingenieurswesen.

Tartaros: ein Hauptgott; der Gott der Nacht, des Verbrechens und des Handels, Schutzpatron des dritten Wochentages; wird besonders mit Eulen, Fledermäusen und Maulwürfen in Verbindung gebracht, außerdem (wie Hierax) mit schwarzen Tieren jeglicher Art.

Teasel: ein Mädchen in Silks Palaestra.

Thelxiepeia: eine Hauptgöttin; die Göttin der Magie, der Mystik und der Gifte und Schutzpatronin des fünften Wochentages; wird vor allem mit Geflügel, Hirschen, Affen und Menschenaffen in Verbindung gebracht.

Villus: ein kleiner Junge in Silks Palaestra.

Vulpes: ein Advokat in Limna.